BASTEI
LÜBBE

Weitere Titel des Autors:

13997 Deiche, Dünen, Friesenmorde
14226 Tod vor Borkum
14722 Inselmorde
14890 Letzter Törn nach Spiekeroog
14904 13 kleine Friesenmorde
15313 Der Tote im Maisfeld
15492 Friesische Todessinfonie
15661 Friesischer Tod/Mörderische Friesenhochzeit
15985 Mord in Norddeich
19574 Tödliche Teestunde
19580 Die Tote vom Nordstrand
19602 Mord im Fischerhafen

Über den Autor:

Theodor J. Reisdorf, geboren 1935 in Neuss, reiste quer durch Europa und Nordafrika, arbeitete in vielen Berufen, machte in Wilhelmshaven das Abitur und studierte Wirtschafts- und Sozialwissenschaften in Hamburg, Köln und Mannheim. Nach dem Abschluss zum Dipl.-Handelslehrer folgte die zweite Staatsprüfung in Bielefeld mit anschließender Lehrtätigkeit in Aachen, Norden und Emden. 1997 wurde er als Oberstudienrat pensioniert. Er wohnt in Ostfriesland und schreibt als »Meister des Friesenkrimis« spannende Romane über Land, Leute und Leichen. Seine Geschichten sind ein mörderisches Muss für alle Nordsee-Fans.

Theodor J. Reisdorf

Noch mehr FRIESEN◆MORDE

Drei spannende Kriminalfälle hinter den Deichen

BASTEI LÜBBE

BASTEI LÜBBE TASCHENBUCH
Band 19600

1. Auflage: Juni 1995
2. Auflage: Mai 1997
3. Auflage: Juni 1999
4. Auflage: Juli 2001
5. Auflage: Juni 2005
6. Auflage: April 2009

Vollständige Taschenbuchausgabe

Bastei Lübbe Taschenbücher
in der Verlagsgruppe Lübbe

Umschlaggestaltung: QuadroGrafik, Bensberg
Titelbild: Bastei-Archiv
Satz: hanseatenSatz-bremen, Bremen
Druck und Verarbeitung: CPI – Ebner & Spiegel, Ulm
Printed in Germany
ISBN 978-3-404-19600-5

Inhalt

Der Mord macht die Musik
Seite 7

Du sollst nicht begehren
Seite 163

Die toten Mädchen von Jever
Seite 325

Der Mord
macht die Musik

1. Kapitel

Kapitän Soerge blickte zufrieden in die Runde. Um ihn herum, auf der Veranda seines Hauses, saßen die Nachbarn in fröhlicher Runde, prosteten sich zu und unterhielten sich angeregt. Auch diejenigen, die sonst kaum ein Wort miteinander wechselten. Der reichlich genossene Alkohol tat seine Wirkung.

Die Stimmung an diesem späten Oktoberabend war hervorragend. Der Herbst hatte sich heute noch einmal von seiner besten Seite gezeigt und sich mit fast sommerlicher Hitze verabschiedet.

Auf dem Rasen, beim gusseisernen Holzkohlengrill, standen Soerges Sohn Horst und die hübsche Musikstudentin Sonja Diekmann und flirteten auf Teufel komm raus. Ob die Koteletts und Würstchen, die auf dem Rost brutzelten, nachher knusprig in die hungrigen Mägen der Gäste wandern würden oder nicht, schien sehr fraglich.

Gastgeber Soerge, gekleidet in schwarzen Troyer und Manchesterhose, hielt es für an der Zeit, seine wohl vorbereiteten Worte an den Mann zu bringen. Er erhob sich steifbeinig und schlug mit der Gabel an sein Bierglas, um die Aufmerksamkeit auf sich zu lenken. Die Gespräche und das laute Lachen verstummten jedoch erst beim dritten Versuch.

»Liebe Nachbarinnen und Nachbarn«, begann Soerge förmlich. »Der Wettergott meint es in diesem Jahr besonders gut mit uns. Wann hat es das schon mal gegeben, dass wir unser Straßenfest sozusagen mitten auf der grünen Wiese feiern konnten! Nun, ich freue mich über diesen gelungenen Abend.

Ich freue mich, dass wir von der Blausielstraße auch in diesem Jahr so harmonisch und fröhlich beieinander sitzen …«

Irgendjemand fing an, Beifall zu klatschen, und die anderen Gäste fielen lautstark ein, was Soerge die Gelegenheit gab, sein leeres Bierglas gegen ein volles zu vertauschen. Er winkte lächelnd ab, wie ein professioneller Entertainer, und fuhr dann fort:

»Darum hebt mit mir die Gläser, Freunde! Lasst uns auf das Wohl unserer kleinen Oase im gebeutelten Emden anstoßen!«

Das mit der ›kleinen Oase im gebeutelten Emden‹ ging zu Soerges Enttäuschung leider etwas unter, denn seine Gäste waren längst auf den Geschmack gekommen und prosteten sich lautstark zu. Erwien Diekmann, ein gesetzter Mittfünfziger, erhob sich aus seinem Gartenstuhl, ging mit schon etwas unsicheren Schritten auf Rentner Soerge zu und legte diesem den Arm um die Schultern. Dann hielt er seine Bierflasche hoch und begann zu singen.

»Wo die Nordseewellen trecken an den Strand …«

Alle fielen begeistert in den Gesang ein und begannen zu schunkeln, während Sonja Diekmann die Gläser der Gäste nachfüllte und Soerge junior mit dem ersten Tablett Grillfleisch und Würstchen reihum ging.

Eine halbe Stunde später bot sich Kapitän Soerge und seinen Gästen der schönste Sonnenuntergang des Jahres dar. Der Himmel leuchtete blutrot. Ein prächtiges Schauspiel, das so recht zur Hochstimmung der Leute von der Blausielstraße passte. Als der Gastgeber die Beleuchtung der Veranda einschaltete und einige Partylichter auf den Rasen stellte, war auch er nicht mehr ganz sicher auf den Beinen, und allmählich verwandelte sich bei einigen seiner Gäste die Hochstimmung in Müdigkeit. Frieda und Theo Nannsen waren die Ersten, die zum Aufbruch rüsteten. Doch noch einmal ergriff Soerge das Wort.

»Liebe Blausieler«, begann er mit schleppender Stimme,

»als wir hier vor langer Zeit unsere bescheidenen Häuser bauten, hätte wohl keiner gedacht, dass wir einmal eine solch bombige Gemeinschaft werden …« Er stockte, suchte nach einer passenden Fortsetzung seiner unvorbereiteten Abschlussrede. Schließlich fiel ihm nichts Besseres mehr ein als: »Wie immer, wenn wir gemeinsam feiern, gilt auch diesmal der Grundsatz, dass wir … auch gemeinsam aufräumen. Heute Mittag. Wir alle, wie immer. Nur Magda und Erwien sind aus der Pflicht entlassen, denn sie treten in der Frühe ihren wohlverdienten Schwarzwaldurlaub an und …«

Erwien Diekmann erhob sich mühsam aus seinem Stuhl und winkte grinsend ab.

»Nee, nee! Der Erwien und die Magda haben ihren Müll noch immer selbst weggeräumt!«

Seine vollschlanke Gattin, die eigentlich jetzt erst so recht in Fahrt gekommen war, fügte lautstark hinzu:

»Jawoll! Wir sind mit von der Partie. Ausruhen können wir uns in den Ferien.«

Die Gäste, bereits in Aufbruchstimmung, bekundeten ihren Beifall. Während Horst Soerge und Sonja Diekmann das Grillfeuer verlöschen ließen, nahmen die Nachbarn noch einen letzten gemeinsamen Schluck mit Kapitän Soerge und Frau und verabschiedeten sich dann von ihren Gastgebern.

Jemand sang auf dem Heimweg lautstark: »Wir sind Ostfriesenkinder …«

Als Letzte gingen die Diekmanns, begleitet von Horst und Sonja. Erwien Diekmann und seine Frau Magda hatten mehr getrunken, als sie wollten. Kichernd und schwankend ließen sie sich von ihrer Tochter und dem Sohn des Kapitäns einhaken und über die Straße zu ihrem Haus führen.

Sonja Diekmann schloss die Haustür auf. Die jungen Leute geleiteten das Ehepaar die Treppe hinauf bis vors Schlafzimmer.

Im Flur standen die gepackten Koffer für den Schwarzwaldurlaub.

Professor Micky hatte sich in Salzburg in der Nähe der Pferdeschwemme ein luxuriös eingerichtetes Zimmer gemietet. Micky, Dozent an der Musikhochschule in Emden, leitete zurzeit ein Seminar für junge Komponisten am Mozarteum. Es war mehr ein Zufall, als er sich an diesem Abend die ›Salzburger Nachrichten‹ mit auf sein Zimmer nahm. Während er lustlos darin blätterte, ließen ihn plötzlich drei Schwarz-Weiß-Fotos erstarren. Für Sekunden verschwammen die Bilder vor seinen Augen, eine Hitzewelle trieb ihm den Schweiß aus den Poren, als er den Text las:

Die deutschen Touristen Erwien, Magda und Sonja Diekmann werden vermisst. Die aus Emden stammende Familie hat ihren Urlaub am Freitag, dem 26. Oktober, angetreten und ihren Bestimmungsort bis heute nicht erreicht.
Leser, die über den Verbleib der Diekmanns Auskünfte geben können, werden gebeten, sich an die Geschäftsstellen der ›Salzburger Nachrichten‹ oder jede Dienststelle der Gendarmerie zu wenden.

Mickys Finger zitterten, als er die Zeitung auf den Tisch zurücklegte. Sein Gesicht war totenbleich, schmerzhaft krampfte sich sein Herz zusammen. Wie ein Nachtwandler stand er auf und ging zu dem Flügel, an dem er zu üben pflegte. Sekundenlang blieb er stehen, den Blick starr auf den Deckel gerichtet. Dann nahm er auf dem Drehstuhl Platz. Immer noch starrte er auf den geschlossenen Deckel, in seinen Augen Angst und Entsetzen, so als fürchtete er sich, beim Öffnen eine grauenhafte Entdeckung zu machen. Schließlich schien er sich entschlossen zu haben. Mit einer heftigen, ruckartigen Bewegung öffnete er den Deckel. Seine Finger zuckten über die Tasten, entlockten dem Klavier ein paar schrille Klänge. Sonja, schrie es in ihm.

Entsetzliche, albtraumhafte Bilder entstanden vor seinem geistigen Auge. Sonjas schöner Körper, den er so oft geliebt hatte, in tödlichen Zuckungen, blutüberströmt – leblos.

Wie ein Gehetzter sprang Micky auf, rannte in die Diele, zog sich den Trenchcoat an und verließ die Pension. Ohne die vielen Passanten wahrzunehmen, hastete er durch die Getreidegasse. Erst in der Nähe des Schlosses schien er ein wenig zur Ruhe gekommen zu sein. Er betrat eine kleine, abgelegene Gaststätte, setzte sich in eine stille Ecke und bestellte sich beim Wirt ein großes Bier.

Von den anwesenden Gästen nahm er keine Notiz, starrte nur dumpf vor sich hin.

Sonja!

Sonja Diekmann: Zuerst war sie seine Schülerin gewesen – intelligent und begabt, eine Virtuosin auf der Violine – dann seine Geliebte. Sie hatten heiraten wollen!

Professor Micky spürte die Trockenheit in seinem Hals und schluckte mühsam. Dem überraschten Wirt, der ihm das Bier brachte, riss er fast den Krug aus der Hand. Kopfschüttelnd verließ der Mann seinen Gast wieder. Micky setzte den Krug an die Lippen und nahm einen langen Schluck. Hart setzte er den Krug wieder ab, so, als wollte er mit dem Geräusch die Schreckensbilder verscheuchen, die sich ihm immer wieder gewaltsam aufzudrängen versuchten.

An diesem Abend ließ er sich seinen Krug noch mehrmals füllen, und um seine Ängste und seine düsteren Gedanken vollends zu vertreiben, half er mit einigen Schnäpsen nach. Gegen Mitternacht zählte er dem Wirt lallend die Schillinge vor und verließ schwankend die historische Gaststätte.

Unter dem Durchgang, der in die Getreidegasse führte, leerte er die Blase. Zerschlagen, gebeugt und mit dem Gefühl von

Übelkeit im Magen betrat Micky schließlich die Pension, warf sich aufs Bett und fiel in einen unruhigen Schlaf.

Während der nächsten Tage wurde Salzburg für den Professor zum Albtraum. Mühsam quälte er sich durch seine Vorträge. In den freien Stunden irrte er ziellos durch die Stadt. Tagsüber hockte er in den Kaffeehäusern und abends in den Gaststätten. Er war froh, als das Seminar vorüber war und er in seinem nagelneuen Mercedes in das triste Ostfriesland zurückkehren konnte.

Es war kurz nach zweiundzwanzig Uhr, als er seine luxuriös ausgebaute Kate in Suurhusen bei Emden betrat. Er leerte den Briefkasten, der inzwischen fast überquoll, stellte die Heizung ein, goss sich einen Drink ein und sah die Post durch, bevor er todmüde zu Bett ging.

Micky fand in dieser Nacht nur wenig Schlaf in dem Bett, das er so oft mit Sonja Diekmann geteilt hatte.

2. Kapitel

Professor Micky hatte Mühe mit den Sichtverhältnissen, als er seinen Wagen in Suurhusen auf die B 70 lenkte. Bei dem diesigen Wetter hoben sich die Umrisse der schiefen Backsteinkirche des kleinen Ortes fast schon gespenstisch gegen den bleigrauen Himmel ab. Auf dem Asphalt der Straße spiegelten sich die Lichter der wenigen Autos, die ihm entgegenkamen.

Micky näherte sich Emden, und obwohl er die nur etwa fünf Kilometer lange Strecke schon seit Jahren mehrmals am Tag zurücklegte, hatte er das Gefühl, durch eine ihm völlig fremde Gegend zu fahren. Selbst die Neonreklame des Autohändlers kam ihm unheimlich vor.

Während er an einigen Ampeln halten musste, wirkten die Gebäude des Industriegebietes, gegen deren triste Fassaden der Wind den Regen peitschte, so trostlos und hässlich auf ihn wie niemals zuvor.

Im Kino wurde offenbar ein Kassenschlager gezeigt, denn die Besucher drängelten sich an den Schaltern – ein anonymer Menschenklumpen, der sich vor der Kälte und Nässe im Vorraum des Kinos zusammendrängte.

Auf der Blausielstraße floss der Regen in wahren Bächen in die Gullys. Aus den erhellten Wohnzimmerfenstern fiel trübes Licht auf die Herbstblumen in den Vorgärten. Am Ende der Straße war schemenhaft und düster der Stadtwall zu erkennen.

Fast wäre Micky an seinem Ziel vorbeigefahren. Er parkte den Wagen gegenüber dem Haus der Diekmanns und starrte aus dem regengepeitschten Fenster. Die Hausfront ragte still und dunkel vor ihm auf. Ein kalter Schauer überlief seinen Rücken. Micky setzte seine Prinz-Heinrich-Mütze auf und stieg aus. Unentschlossen stand er auf der Straße. Dann machte er einige Schritte auf die gegenüberliegende Straßenseite zu, fuhr herum, als er das schabende Geräusch in seinem Rücken vernahm, das das monotone Prasseln des Regens übertönte. Er lächelte gequält, als er die abgemagerte Katze entdeckte, die durch den Lichtschein des Nachbarhauses schlich. Das Tier hockte sich in den Hauseingang neben einen hässlichen Holzrahmen mit eingelegten Glasbausteinen.

Micky ging hinüber, und die streunende Katze huschte davon und verschwand in der Dunkelheit. Er drückte den Klingelknopf, und Sekunden später tauchte die Außenleuchte seine Gestalt in helles Licht. Die schwere Haustür wurde geöffnet, und ein alter Mann, bekleidet mit Manchesterhose und einem schwarzen Troyer, blickte neugierig hinaus.

»Herr Professor!«, rief der Alte überrascht und erfreut zugleich.

»Guten Abend, Käpt'n«, sagte Micky mit einem freundlichen Lächeln. »Ich hoffe, ich …«

»Wer ist denn da, Hinni?«, wurde er von einer resoluten Frauenstimme unterbrochen, die gedämpft in das Geräusch des Regens hinaus drang.

Der Alte schien die Frage überhört zu haben.

»Bitte, kommen Sie doch herein, Professor«, sagte er und führte seinen Gast durch den Korridor, wo er ihm an der Garderobe aus dem triefnassen Mantel half. Die Prinz-Heinrich-Mütze legte der rüstige Alte auf den Boden.

»Hinni«, erklang wieder die Frauenstimme, »willst du mir nicht sagen …«

In der Tür zum Wohnzimmer erschien die alte Dame, gekleidet in einen dunklen Rock mit schwarzer Strickjacke. Ihr dünnes graues Haar war streng nach hinten gekämmt und zu einem Dutt geformt. Die Frau nickte Micky zu, ohne zu lächeln.

»Guten Abend«, sagte sie leise.

Bevor Micky den Gruß erwidern konnte, meldete sich der Alte zu Wort. »Mutter, das ist Professor Micky. Er war am Morgen nach dem Straßenfest bei mir. Der Herr Professor ist der Lehrer von Sonja!«

Erst jetzt zeigte sich die Andeutung eines Lächelns auf dem Gesicht der Frau. Sie bat Micky ins Wohnzimmer und wies auf einen schweren, mit blauem Samt bezogenen Sessel.

»Bitte, nehmen Sie doch Platz, Herr Professor«, sagte sie.

»Danke«, murmelte Micky, setzte sich und blickte dabei rasch in die Runde. Ein Chippendale-Büfett, Unmengen von Zinntellern und Porzellanfiguren, der röhrende Hirsch in Öl im Stuckrahmen, eine Kuckucksuhr, eine Radierung, die das Bild eines jungen Mädchens zeigte. Mickys Herz krampfte sich schmerzhaft zusammen. Er fühlte sich an Sonja erinnert.

»Möchten Sie einen Tee?«, fragte die Alte höflich und riss Micky aus seinen Gedanken. Der Professor nickte dankbar, denn er spürte die Nässe durch seine Kleidung auf der Haut, und ein heißer Tee war jetzt genau das Richtige. Während die Frau das Zimmer verließ, griff ihr Mann zur Pfeife und drückte schwarzen, groben Tabak in den Kopf.

»Sie haben sicher gemerkt, dass wir eine prima Nachbarschaft haben«, begann der Alte dann mit rauchiger Stimme das Gespräch. »Keine Fremden, alles Ostfriesen. Ich bin zur See gefahren, wissen Sie, und war dann jahrelang Lotse. Da kennt man sich aus, glauben Sie mir.« Micky nickte gedankenversunken. Solche Typen waren rar geworden in der See- und Hafenstadt, dachte er. Jetzt war längst schon die Autoindustrie der wichtigste Garant für das wirtschaftliche Überleben Emdens geworden.

Die Frau kam mit dem Tee. Er musste bereits fertig gewesen sein, denn schon stellte sie die Kanne auf das Stövchen und goss ein.

»In den Wohnblocks gibt es keine Straßenfeste«, fuhr der Alte fort und beugte sich dann vor. »Übrigens, haben Sie etwas von der Deern gehört?«

»Nein«, erwiderte Micky. »Ich hatte gehofft, von Ihnen etwas erfahren zu können. Nun ja, und da wäre noch etwas.« Die beiden Alten warfen sich einen raschen, fragenden Blick zu.

»Bei uns auf See waren klare Positionen lebenswichtig«, sagte der Kapitän dann freundlich. »Sprechen Sie nur aus, was Sie meinen.«

Micky nippte am Tee und fragte dann: »Ihre Nachbarn, die Diekmanns, haben doch bis in die Nacht mit Ihnen gefeiert, oder?«

»Ja. Obwohl sie schon am nächsten Vormittag in den Schwarzwald fahren wollten«, erwiderte der Alte.

»Und da gibt es keine Zweifel?«

Der Kapitän blickte Micky fest an und blies den Qualm aus.

»Wenn Sie mich nach Häfen fragen, Herr Professor, sind Sie bei mir an der richtigen Adresse. Aber die Frage, wo die Ramsau liegt oder was weiß ich, die streichen Sie mal bei mir von der Liste.«

»Die Diekmanns wollten am Morgen nach unserem Straßenfest noch beim Aufräumen helfen. Aber weil es so spät geworden war, haben wir alle Verständnis dafür gehabt, dass sie dann doch nicht gekommen sind«, meldete sich die Frau zu Wort.

»Sind sie mit der Bahn oder mit dem Auto gereist?«, fragte Micky.

»Keine Ahnung«, sagte der Alte und klopfte seine Pfeife aus.

»Und niemand von Ihnen hat etwas gehört? Haben die Diekmanns bis jetzt nicht einmal eine Postkarte geschrieben, obwohl Sie alle so eine herzliche Verbundenheit besitzen?«

»Wer sagt das?«, brummte der Kapitän missmutig.

»Hören Sie, die Diekmanns werden vermisst!«, sagte Micky scharf.

»Aber wir wissen doch auch nicht, wie lange sie bleiben wollen«, erwiderte der Alte versöhnlich. »Mutter, du hast doch mit Magda telefoniert. Erzähl doch mal!«

Micky hätte fast die Teetasse fallen lassen.

»Ein Lebenszeichen von den Diekmanns? Von Sonja?«, rief er. Doch die alte Frau winkte müde ab.

»Ja, ja, ich habe mit Magda gesprochen. Das heißt, besser sage ich wohl: Sie hat mit mir gesprochen. Die Leitung war irgendwie gestört. Magda sprach so abgehackt, so undeutlich. Ich hab' nur mitgekriegt, dass sie gut aufgehoben sind, dass das Wetter gut ist – na, eben das Übliche. Und dann sagte Magda noch, dass sie vielleicht ihren Urlaubsort wechseln wollten.« Micky schien wie elektrisiert.

»Wann war das?«, fragte er und konnte das Zittern in seiner Stimme nicht verbergen.

»Nun, das ist nicht lange her. Vor ein paar Tagen.«

Micky stand auf und fragte:

»Der Anruf kam aus dem Schwarzwald? Hat Sonja das Reiseziel akzeptiert, oder wollte sie vielleicht nach Österreich?«

Der Kapitän erhob sich ebenfalls.

»Das wissen wir nicht«, sagte er. »Auf unserer Feier war jedenfalls die Rede davon, dass sie in den Schwarzwald fahren wollten. Und was Sonja angeht – nun, die jungen Leute waren unter sich. Mein Sohn hat lange mit Sonja gesprochen. Leider ist er nicht mehr zu Hause. Er wohnt in der Stadt. Allein.«

Micky warf einen raschen Blick auf seine Armbanduhr.

»Ja, also dann vielen Dank für Ihre Gastfreundschaft«, sagte er und wandte sich zum Gehen. »Und wenn Sie von den Diekmanns hören sollten, melden Sie sich bitte bei mir, ja?«

»Das geht in Ordnung«, sagte der Kapitän und brachte seinen Gast, der es plötzlich sehr eilig hatte, zur Tür.

Micky eilte durch den strömenden Regen zu seinem Mercedes. Sein Ziel war die nächste Polizeidienststelle.

Professor Micky parkte seinen Wagen auf dem Bahnhofsplatz und ging zum Polizeirevier hinüber. Die Pförtnerloge war um diese Stunde nicht mehr besetzt, aber die Tür zur Dienststelle stand offen, und Micky trat entschlossen ein.

Die wenigen uniformierten Beamten blickten ihn erstaunt an.

»Moin«, sagte Micky, ohne seine Nervosität verbergen zu können. »Bitte, es geht um die vermisste Familie Diekmann. Ich möchte …«

»Hier aus Emden?«, fragte einer der Polizisten.

»Ja«, erwiderte Micky. »Es sind Freunde von mir, die zum Urlaub nach Österreich gefahren und seitdem verschwunden sind.«

»Österreich«, murmelte der Beamte vor sich hin und sah

dann Micky an. »Einen kurzen Moment, bitte.« Er wählte eine kurze Nummer auf der Hausleitung und erklärte dem Dienst habenden Kommissar den Sachverhalt. »Zimmer dreihundertvierzig«, sagte er dann zu Micky. »Erster Stock. Kommissar Bentz erwartet sie.«

»Danke.«

Micky stieg die Treppe hinauf. Er spürte die kalte Nässe auf seinem Rücken und schauderte.

Kurz darauf klopfte er an die Tür mit dem schmucklosen Plastik-Namensschild ULFERT BENTZ – KRIMINALKOMMISSAR. Der Professor vernahm ein gedämpftes »Herein« und betrat das Büro. Bentz saß hinter seinem Schreibtisch und musterte seinen Besucher aufmerksam. Er hatte ein schmales, glatt rasiertes Gesicht und flachsblondes Haar. Micky schätzte sein Alter auf fünfunddreißig.

»Nehmen Sie bitte Platz«, sagte der Kommissar und wies auf den Stuhl vor seinem Schreibtisch. Micky setzte sich, zog ein Taschentuch hervor und wischte sich den Schweiß von der Stirn.

»Mein Name ist Micky, Herr Bentz. Ich bin Musikprofessor an der hiesigen Hochschule.«

Bentz nickte höflich. »Ihr Name ist mir bekannt, Herr Professor. Nun, womit kann ich Ihnen jetzt helfen?«

»Ich hatte in Salzburg ein Musikseminar zu halten«, sagte Micky. »Dort las ich in der Zeitung, dass die Familie Diekmann hier aus Emden vermisst wird.«

Bentz' Gesichtszüge spannten sich. Micky erwartete eine Frage oder eine Bemerkung des Kommissars, doch dieser schwieg scheinbar uninteressiert.

»Nun«, fuhr Micky fort, »Sonja Diekmann war eine meiner Studentinnen, müssen Sie wissen. Sie hätte heute Morgen ein Referat bei mir abliefern müssen, das im Hinblick auf ihr Examen von größter Wichtigkeit ist.«

Bentz sah Micky prüfend an.

»Ihr berufliches Interesse an Fräulein Diekmann leuchtet mir ein, Herr Professor«, sagte er dann langsam, als wählte er jedes Wort mit Bedacht. »Aber wissen Sie, für uns stellt das angebliche Verschwinden der Familie Diekmann noch kein Problem dar. Uns flattern täglich dutzende von Vermisstenmeldungen auf die Schreibtische. Überflüssigerweise in den allermeisten Fällen, wie sich anschließend herausstellt. Der Sohn der Familie, Hans-Joachim Diekmann, hat allerdings eine Vermisstenanzeige aufgegeben, so viel kann ich Ihnen sagen. Und wir haben die üblichen Schritte eingeleitet. Aber es ist offenbar nicht einmal bekannt, ob die Diekmanns tatsächlich in den Schwarzwald gereist sind.«

Micky lächelte schwach.

»Auf die Gefahr hin, dass ich mir jetzt nasse Füße hole, Herr Kommissar …« Er zögerte.

»Na, ich glaube, die haben Sie schon«, sagte Bentz grinsend. »Wo drückt denn der Schuh?«

»Ich habe vorhin mit Nachbarn der Vermissten gesprochen, und ich bin nur gekommen, um Ihnen zu sagen, dass Frau Diekmann aus ihrem Urlaubsort mit diesen Nachbarn telefoniert hat.«

»Könnten Sie mir die Adresse geben?«, fragte Bentz sofort. Micky nannte ihm die Anschrift der Soerges, die sich der Kommissar notierte. Dann blickte er auf. »Kennen Sie eigentlich Hajo Diekmann, Herr Professor?«

»Ja«, erwiderte Micky erstaunt, »er war ebenfalls Student bei mir, brach sein Studium allerdings ab. Dabei war der Junge außergewöhnlich begabt. Aber er wollte schneller und bequemer jemand sein, wie man so schön sagt.«

Bentz machte sich einige Notizen, und Micky fragte interessiert: »Was macht er denn jetzt? Hajo Diekmann, meine ich. Wissen Sie, ich habe seinen weiteren Lebensweg aus den Augen verloren.«

»Wenn Sie schnelles Geldverdienen mit Erfolg gleichsetzen, dann hat er es geschafft«, antwortete der Kommissar, ohne von seinem Zettel aufzublicken. »Soweit ich informiert bin, ist er Computerspezialist und erfolgreich im Verkauf einer großen Firma tätig.«

»Das freut mich«, sagte der Professor und gab sich Mühe, dass es auch so klang. Er erhob sich. »Sie verständigen mich doch, wenn sich etwas Neues ergibt?«

»Gewiss«, sagte Bentz. »Und vielen Dank für Ihre Auskünfte.«

Micky verließ mit müden Schritten das Büro.

Für einige Sekunden verharrte der Kommissar nachdenklich an seinem Schreibtisch. Dann eilte er zur Tür und lief Micky hinterher.

»Herr Professor!«, rief er über den Flur.

Micky wandte sich überrascht um.

»Verzeihen Sie«, sagte Bentz. »Ich vergaß noch einige wichtige Fragen.«

»Ja? Dann fragen Sie nur.«

»Hatte Sonja Diekmann einen Wagen?«

»Ja, eine Ente«, erwiderte Micky stirnrunzelnd.

»Und sind Sie nicht überrascht, dass sie trotz ihres wichtigen Referats in Urlaub gefahren ist?«

»Nun, eigentlich schon. Sie war ansonsten, was ihr Studium anging, äußerst konsequent.« Micky wandte sich zum Gehen.

»Moment noch, Herr Professor!«, rief Bentz. »Würden Sie mich zum Haus der Diekmanns begleiten?«

»Zu Hajo Diekmann?«, fragte Micky.

»Nein, nein«, sagte Bentz. »Der junge Mann ist beruflich unterwegs. Ich möchte mir nur gern das Haus ansehen.«

»Aber wieso denn?« Micky war erstaunt. »Sagte ich Ihnen nicht, dass ich vor etwa einer Stunde noch dort gewesen bin?

Das Haus steht völlig leer. Ich glaube, für mich wären jetzt ein Grog und eine Wärmflasche gesünder.«

»Na, kommen Sie!«, sagte Bentz grinsend. »Ein Mann in den besten Jahren! Und gerade zeigten Sie noch so viel Engagement. Außerdem möchte ich bei den Diekmanns gern etwas überprüfen.«

Micky gab sich einen Ruck.

»Also gut, ich begleite Sie.«

Der Kommissar holte seinen Mantel und ließ sich in der Wachstube Schlüssel und Papiere eines freien Dienstwagens aushändigen. Es goss noch immer in Strömen, als die beiden Männer zum Fahrzeug gingen.

Die Fahrt verlief schweigend. Bentz stellte den Wagen unmittelbar vor dem Haus der Diekmanns ab, stieg aus und schritt durch die kleine Vorgartenpforte, gefolgt von Micky. Der Kommissar glaubte eine seltsame Kälte zu spüren, die das düstere, verlassene Haus auszustrahlen schien. Er stieg langsam die Treppenstufen hinauf und drückte die Klingel. Nichts. »Ich sagte Ihnen doch, dass niemand zu Hause ist«, sagte Micky.

»Ja«, murmelte Bentz gedankenversunken. »Aber da wäre noch etwas. Wissen Sie, wo die Garage ist?«

»Die Garage? Keine Ahnung.«

Bentz blickte sich um. Schemenhaft war hinter dem Haus ein Anbau zu erkennen. Eine schmale, gepflasterte Einfahrt führte dorthin.

Bentz ging mit langsamen Schritten die Einfahrt entlang und dann auf die Hinterfront des Anbaus zu. Im spärlichen Licht, das von einem Nachbargebäude herüberschien, erkannte er das große Rolltor.

»Na also«, sagte er zu Micky, der ihm gefolgt war. »Würden Sie bitte einen Moment hier warten? Ich hol' mal eben 'ne Stablampe.«

»Ja, gut«, sagte Micky, der sein Unbehagen nur schwer verbergen konnte. Er war erleichtert, als er kurz darauf die tanzende Lichtbahn der Stablampe sah, als Bentz sich näherte.

»Na, dann wollen wir mal sehen«, sagte der Kommissar und hielt die Lampe gegen das kleine Garagenfenster. Er warf einen Blick hinein und sah einen BMW – vermutlich der Wagen Erwien Diekmanns – sowie Sonjas Ente.

»Sind die Wagen fort?«, fragte Micky atemlos.

»Eben nicht«, erwiderte Bentz. »Das ändert einiges. Kommen Sie, das war's fürs Erste.« Bentz richtete den Strahl der starken Lampe auf den Boden, als sie das Anwesen verließen. Mit dem Dienstfahrzeug brachte er Micky zu dessen Wagen. »Haben Sie morgen Zeit, Herr Professor?«, fragte er. »Ich werde versuchen, beim Staatsanwalt eine Durchsuchungsvollmacht für das Haus der Diekmanns zu bekommen. Wir könnten uns die Wohnung gemeinsam ansehen.«

Micky überlegte kurz.

»Am Nachmittag habe ich eine Konferenz … Also gut, so gegen siebzehn Uhr?«

»Kommen Sie bitte in mein Büro. Ich erwarte Sie«, sagte Bentz. Micky trat hinaus in den Regen und blickte dem Kommissar hinterher, dessen Wagen in Richtung Polizeirevier in der Dunkelheit verschwand.

Professor Micky hatte es eilig, nachdem die Konferenz beendet war. Ohne am üblichen kleinen Umtrunk teilzunehmen, verließ er die Hochschule und fuhr zu Bentz, der ihn bereits erwartete.

»Nehmen Sie bitte Platz, Herr Professor«, sagte der Kommissar, stopfte seine Pfeife, zündete sie an und blies genüsslich den Rauch von sich. »Tja, ich glaube, die Diekmanns werden doch zu einem Fall.«

»Haben Sie Hinweise bekommen?«, fragte Micky aufgeregt. »Wissen Sie, wo sie sich aufhalten?«

Bentz schüttelte den Kopf. »Ihre letzte Frage muss ich leider verneinen. Doch wir haben Hinweise aus Wiesbaden bekommen, vom BKA. Die Kollegen teilten aber lediglich mit, dass die Diekmanns weder in Deutschland noch in Österreich einen Unfall erlitten haben können. Anfragen bei sämtlichen Krankenhäusern waren negativ. Ebenfalls, was nicht identifizierte Leichen betrifft.«

Micky verzog das Gesicht. »Aber sie können sich doch nicht in Luft aufgelöst haben, verdammt noch mal!«, rief er dann heftig.

»Wohl kaum«, murmelte Bentz und stopfte seine Pfeife nach.

»Und wieso werden sie dann zu einem Fall, wie Sie sich ausdrücken?«, fragte Micky ärgerlich.

»Erstens, weil eben nicht der geringste Hinweis auf ihren Aufenthaltsort vorliegt, und zweitens, weil die PKWs in der Garage stehen. Übrigens treffe ich mich in Kürze mit Hajo Diekmann. Er wird mir sicher …«

»Er kann Ihnen auch nicht weiterhelfen«, unterbrach Micky ihn barsch. »Sonst hätte er wohl kaum die Vermisstenanzeige aufgegeben.« Micky lag nichts an einem Wiedersehen mit Sonjas Bruder. Er wusste nicht, ob Hajo von seiner Beziehung zu Sonja erfahren hatte. Er und Sonja waren bemüht gewesen, ihr Verhältnis zu verheimlichen, und Micky sah die Gefahr, dass Hajo die hervorragenden Studienleistungen seiner Schwester auf ihre außergewöhnlichen Leistungen im Bett zurückführen würde.

Micky blickte unbehaglich zum Kommissar hinüber, der einen Aktenordner aufschlug, die kleine Tischlampe einschaltete und ein Schriftstück ausheftete.

»Ich habe mir von Staatsanwalt Schepker den Durchsuchungsbefehl besorgt«, sagte Bentz und erhob sich. »Also, schauen wir uns die Wohnung der Diekmanns einmal gründlich an.«

»Jetzt?«, fragte Micky und konnte ein leichtes Zittern in seiner Stimme nicht unterdrücken.

»Schlechte Nerven, Herr Professor? Ein Beamter von der Spurensicherung begleitet uns. Wir besorgen uns bei dieser Familie Soerge den Wohnungsschlüssel. Sonst öffnen wir die Tür gewaltsam. – Ich hätte gern, dass Sie mich begleiten.« Bentz ging zur Garderobe, zog seinen Ledermantel über und hielt Micky die Tür auf.

An diesem Tag war der Himmel über Emden wolkenlos, und eine trockene, angenehme Luft zog von der Krummhörn über die Stadt. Auf dem Fahrzeughof wartete bereits ein junger Polizeibeamter in einem Passat. Bentz dirigierte den Fahrer durch den dichten Verkehr bis vor die Einfahrt des Diekmannschen Hauses. Der junge Beamte wartete im Wagen, während Micky und Bentz zu den Soerges hinübergingen.

Der alte Mann freute sich, als er den Professor erkannte. Micky stellte ihm Kommissar Bentz vor. Sofort stiegen Sorgenfalten in das Gesicht des Alten.

»Was ist denn mit unseren Nachbarn?«, fragte er Bentz. »Hat man schon etwas herausgefunden?«

»Nicht viel«, erwiderte Bentz. »Man weiß bisher nur, dass sie offenbar nicht verunglückt sind. Aber Ihre Frau kann mir vielleicht einige wichtige Auskünfte geben. Wie Herr Professor Micky mir sagte, hat sie mit Magda Diekmann telefoniert.«

»Ja, ja, das hat sie«, sagte der Alte. »Aber kommen Sie doch bitte in die Stube, meine Herren.«

Frau Soerges gutmütiges Gesicht war vor Aufregung gerötet, als sie dem jungen Kommissar berichtete.

»Ja, Magda hat mir erzählt, dass sie gut angekommen sind und gut untergebracht sind und … na ja, das Übliche eben. Sie sagte aber auch, dass sie vielleicht noch einmal umziehen wollten.«

»Umziehen?«, fragte Bentz. »Wie meinte sie denn das?«

Die Alte zuckte die Achseln. »Ich weiß auch nicht. Wir konnten uns ja kaum richtig unterhalten. Das Telefon war kaputt.«

Der muskulöse, breitschultrige Mann, der sich auf der Couch lümmelte, sagte lachend:

»Sie meint, die Verbindung war schlecht, Herr Kommissar.«

»Das ist unser Sohn Horst«, sagte der Alte. Der junge Mann mit der Afrofrisur ließ seine Blicke unruhig über die beiden Besucher gleiten. Seine Abneigung gegen Bentz war offensichtlich.

»Waren Sie auch beim Straßenfest dabei?«, fragte ihn der Kommissar.

Horst Soerge nickte.

»Klar doch«, erwiderte er schnippisch. »In diesem Jahr waren meine Eltern die Gastgeber, im nächsten Jahr sind die Diekmanns die Platzherren. Hoffentlich.«

»Was meinen Sie mit hoffentlich?«, fragte Bentz.

»Die Diekmanns werden doch vermisst, Herrgott noch mal!«

Bentz schluckte eine heftige Erwiderung herunter.

»Dann haben Sie sicher auch mit Sonja Diekmann Kontakt gehabt?«, fragte er und bemerkte, dass der Professor mit versteinerter Miene zuhörte.

»Kontakt gehabt ist gut! Als Kinder haben wir zusammen im Sandkasten gespielt. Als wir älter wurden, haben wir unseren Spielplatz verlegt«, antwortete der etwa fünfundzwanzigjährige Sohn des Kapitäns mit einem Grinsen, das Micky unter die Haut ging.

»Haben Sie Ihre Kinderspiele auch am Abend des Gartenfestes erfolgreich wiederaufgenommen?«, fragte Bentz.

Der junge Soerge bleckte die nikotingelben Zähne. »Das

geht Sie einen feuchten Kehricht an«, sagte er. »Ich war bei der Party nur der Würstchenlieferant, und Sonja sorgte für den Senf.« Soerge grinste wieder. »Zum Scharfmachen. Wir haben unseren Spaß gehabt.«

Bentz entging nicht, dass der Professor seine Hände zu Fäusten ballte.

»Hat Sonja denn vor lauter Spaß noch so viel Zeit gehabt, Ihnen zu erzählen, dass sie mit ihren Eltern in den Schwarzwald fahren wollte?«, fragte der Kommissar mühsam beherrscht.

Der junge Mann erhob sich, zog seine Jeans straff und sagte, während er das Zimmer verließ:

»Sonja redete unentwegt davon. Ich habe keinen Job und scheiße auf den Schwarzwald.«

Die Eltern blickten betroffen zu Boden. Bentz räusperte sich und fragte mit betont ruhiger, freundlicher Stimme:

»Sagen Sie, Herr Kapitän, haben die Diekmanns Ihnen ihren Wohnungsschlüssel zur Aufbewahrung gegeben?«

Der Alte nickte, griff in eine Nippesvase, zog ein Schlüsselbund hervor und reichte es dem Kommissar.

»Das haben sie jedes Jahr so gemacht. Es könnte ja mal was sein.«

»Danke«, sagte Bentz und erhob sich. »Es tut mir Leid, dass wir Sie gestört haben.«

»Sie haben nicht gestört«, murmelte Soerge, während er seine Besucher zur Haustür führte. »Es ist mir nur peinlich, dass mein Junge …«

»Schon gut«, unterbrach Bentz ihn. »Wir alle sind wohl etwas nervös.«

Bentz bat seinen Kollegen dazu, und die drei Männer gingen zum Haus der Diekmanns hinüber. An der Tür suchte der Kommissar nach dem passenden Schlüssel, fand ihn rasch und öffnete. Die Dunkelheit des Korridors war seltsam bedrückend. Bentz befiel ein beklemmendes Gefühl. Er sah, wie auch Micky schauderte. Der Kommissar drückte auf den Lichtschalter, und der matte Schein der Lampe beleuchtete einen kleinen Vorraum. Auf einem Seitentisch stand das Telefon, daneben befand sich die Garderobe und ein Frisierspiegel. Akkurate Sauberkeit und leere Kleiderbügel bestätigten, dass niemand zu Hause war.

Der Kommissar betätigte den Lichtschalter hinter der nur angelehnten Küchentür. Er war zwar auf alles gefasst, ärgerte sich jedoch über die Vorstellung, in jeder dunklen Ecke könne ein wahnsinniger Mörder mit gezücktem Messer lauern.

Die Küche war so blitzblank, als hätte man sie für einen Werbefilm für Putzmittel hergerichtet. Bentz öffnete die Kühlschranktür.

Er war leer, das Gefrierfach abgetaut.

Im Wohnzimmer war die Luft seltsam stickig. Aber auch hier war alles aufgeräumt und ordentlich. Bentz blickte den Professor und seinen Kollegen an, die im Türrahmen warteten, als hätten sie Angst, das Zimmer zu betreten.

Die Männer stiegen in den ersten Stock hinauf. Im Badezimmer das gewohnte Bild – das Licht der Neonröhre spiegelte sich in blitzblanken Fliesen. Der Kommissar trat an den Spiegelschrank. Fast sämtliche Toilettenartikel waren verschwunden.

»Kein Zweifel, die Diekmanns sind abgereist«, sagte Bentz. »Na, schauen wir noch kurz in dieses Zimmer da vorn.« Der Kommissar wies auf die Tür zu Sonjas Reich. Micky durchzuckte ein stechender Schmerz.

Der Kommissar und sein Kollege betraten den Raum. Neben dem Giebelfenster hingen zu beiden Seiten bunte Poster. Das eine zeigte einen roten Blumenstrauß in einer Vase und hatte eine Christian-Roulfs-Ausstellung angekündigt. Auf dem anderen hielt die berühmte Geigerin Erika Vater mit gesenktem Kopf und verzückten Augen ihr Instrument.

Unter dem Fenster stand ein Schreibtisch aus hellem Holz im Ikea-Stil. Die seitliche Schräge war getäfelt. Darunter stand die Liege. Auf einer bunten Tagesdecke lag eine Geige neben einem geöffneten Geigenkasten.

Aufmerksam durchsuchten die Beamten auch dieses Zimmer, fanden aber auch hier die Bestätigung, dass Familie Diekmann ihr Haus aufgeräumt verlassen hatte.

Der Professor stand im Türrahmen.

»Haben Sie noch Zweifel, Herr Kommissar? Die Diekmanns sind in Urlaub gefahren«, sagte er. »Mit der Bahn.«

Bentz nickte zustimmend. »Es deutet jedenfalls alles darauf hin.«

Die Männer stiegen die Treppe hinab, blickten sich im Korridor kurz noch einmal um und verließen das Haus, das auf Bentz einen gespenstischen Eindruck gemacht hatte, obwohl er keine Erklärung dafür hatte.

Er atmete tief durch, als er auf den Terrazzostufen stand, das Türschloss versiegelte und dann mit Micky und seinem Kollegen zum Dienstwagen zurückging.

Während der Fahrt saß der Professor mit geschlossenen Augen im Fond. Er schien wie erstarrt und fuhr erschrocken hoch, als er die aufgeregte Stimme des Kommissars vernahm.

»Halten Sie an«, sagte Bentz zu seinem Kollegen. »Da steht der Wagen vom jungen Diekmann!«

Micky starrte durchs Seitenfenster auf die grelle, blaurote Neonlichtreklame des ›Sir Arthur‹. Vor der von einem Baldachin geschützten Tür der Diskothek drängten sich junge Leute.

»Na, das nenn' ich einen Zufall!«, wandte sich Bentz an Micky. »Kommen Sie mit? Oder ist das nicht die richtige Musik für Sie?«

»Was für richtige Musik?«, murmelte Micky und stieg aus.

Bentz schickte seinen Kollegen mit dem Dienstwagen zum Revier zurück. Er ging mit Micky zur Diskothek hinüber und zeigte auf einen fast nagelneuen Porsche mit Emdener Kennzeichen.

»Hajo Diekmanns Wagen«, sagte er. »Muss gut verdienen, der Junge. Was mich nur wundert, ist, dass er sich vergnügt, während wir uns das Hirn zermartern, was mit seiner Familie passiert sein könnte.« Bentz schüttelte den Kopf. »Er hätte sich doch bei mir melden müssen, wenn er schon hier in Emden ist! Das verstehe ich nicht.«

Aus dem ›Sir Arthur‹ schlug den beiden Männern schwüle, nikotin- und alkoholgeschwängerte Luft entgegen. Das aufgedonnerte Fräulein an der Kasse verlangte von Bentz und Micky je zehn Mark Eintritt und setzte ihnen als Quittung einen Stempel auf die Handrücken.

»Trichinenfrei«, sagte Bentz grinsend.

Micky lächelte müde.

Grellbunte Lichter blendeten sie. Fast sämtliche Tische waren besetzt. Allein die tresenähnliche Enklave unter rotierenden Scheinwerfern – das Reich des Discjockeys – war im Moment verwaist: Tanzpause. Eilig nutzten Bentz und der Professor die Zeit, in dem Gedränge nach Hajo Diekmann Ausschau zu halten. Am anderen Ende der Disko erkannte Bentz eine Art Empore, auf der vor einer dunkelroten Wand ein gutes Dutzend Tische standen, von denen aus man eine gute Übersicht über den gesamten Raum haben musste. Zielsicher steuerte Bentz diese Tische an. Micky hatte Mühe, ihm durch das Gewühl zu folgen – und blieb plötzlich wie erstarrt stehen. Es war nicht das sündhaft schöne Mädchen, dessen gelocktes blondes Haar bis zum verführerischen Ausschnitt ihrer Bluse fiel, nicht ihr fast kindlich naives Gesicht mit dem rot geschminkten Schmollmund. Micky starrte auf den jungen Mann, der ihn mit seinem pechschwarzen Haar und seiner braunen Haut an Sonja erinnerte. Der junge Mann trug einen auffallend eleganten Pepitaanzug, dazu eine Krawatte, deren Farbe dezent mit der des Oberhemdes abgestimmt war.

Hajo Diekmann hatte sich während seiner kurzen Studentenjahre und später in den Gesprächen mit seiner Schwester Sonja in Mickys Leben gedrängt, wie er es empfand. Deutlich spürte der Professor die stumme Ablehnung, als sich sein Blick mit dem Hajo Diekmanns traf. Diekmanns Augen zeigten keine Wärme, nicht einen Funken von Freude oder auch nur die Bereitschaft, sich an seinen ehemaligen Lehrer zu erinnern. Er wandte den Blick von Micky ab und begrüßte den Kommissar, der ihn inzwischen ebenfalls entdeckt hatte, mit ausgesuchter Höflichkeit. Dann wies er mit dem Kopf auf die Schönheit neben sich und sagte nicht ohne Besitzerstolz:

»Meine Freundin Katja.«

Kommissar Bentz schenkte dem Mädchen einen bewundernden Blick und reichte ihr die Hand.

»Herren wie Sie sehe ich sonst nur auf der Mattscheibe«, sagte Katja mit samtweicher Stimme.

Bentz lächelte sein charmantes Lächeln.

»Gott sei Dank müssen wir in Emden nur selten Kapitalverbrechen lösen, wie man sie dort zeigt.«

Der Kommissar stellte ihr den Professor vor. Die Spannung zwischen Micky und dem jungen Diekmann war ihm nicht entgangen.

»Wie Sie sehen, Katja«, sagte Bentz und lächelte Micky aufmunternd zu, »findet man unter den Gästen einer Diskothek auch hin und wieder eine echte musikalische Größe.«

Das Mädchen warf Micky einen halb amüsierten, halb interessierten Blick zu, während Hajo Diekmann seinem ehemaligen Lehrer schweigend die Hand reichte.

Sie nahmen an einem der wenigen freien Tische Platz. Hajo Diekmann gelang es, mit erhobener Hand die Kellnerin auf sich aufmerksam zu machen. Am Handgelenk ließ der ein wenig herabgerutschte Ärmel seiner Jacke den Blick auf eine schwere goldene Uhr frei. Auf den massiven Gliedern des Armbandes brach sich funkelnd das Licht. Die Computerbranche schien in der Tat sehr einträglich zu sein.

Ein wenig herablassend und angeberisch, als müsse er beweisen, dass er es geschafft hatte, aus der Enge des kleinen Bürgerhauses auf der Blausielstraße auszubrechen, lächelte er die Bedienung an, die sich gerade die ›Charleys‹, die Bentz und Micky sich bestellt hatten, notieren wollte.

»Aber nicht doch, nicht doch«, sagte Diekmann. »Bringen Sie uns noch eine Flasche Sekt, schönes Kind. Die Herren sind meine Gäste.«

Micky sah, dass bereits eine Flasche im Eiskübel auf dem Tisch stand. Hajo Diekmann bot Zigaretten an. Micky bediente sich, und Katja gab ihm mit ihrem süßesten Lächeln Feuer, während Bentz Pfeife und Tabak aus seinem Lederbeutel hervorkramte.

»Es war schon spät, Herr Kommissar«, begann Diekmann. »Ich hatte die Wahl, Sie oder Katja heute Abend zu treffen. Ich nehme an, Sie haben Verständnis dafür, dass ich mich für Katja entschied.« Er hielt seine Zigarette mit gespreizten Fingern von sich.

Der Bursche hat sich ausgezeichnet an die smarten Umgangsformen der Büromaschinenverkäufer-Branche angepasst, dachte Micky.

»Ich habe durchaus Verständnis für Ihre Entscheidung«, erwiderte Bentz und zündete sich seine Pfeife an. »Andererseits … Nun ja, lassen wir das. Zu Ihrer Information, Herr Diekmann: Leider haben wir bisher noch keine neuen Erkenntnisse erlangt, was den Verbleib Ihrer Eltern und Ihrer Schwester betrifft. Aber wir sind auf einige Widersprüche gestoßen, die Fragen nach sich ziehen.«

Hajo Diekmann zeigte nicht die geringste Reaktion.

»Wenn Sie Auskünfte von mir wünschen, Herr Kommissar«, sagte er, »dann fragen Sie. Katja weiß über alles Bescheid. Auch sie macht sich große Sorgen.«

So siehst du aus!, dachte Micky, als die Schöne eifrig nickte.

»Gut«, sagte Bentz. »Ihre früheren Nachbarn behaupten, dass Ihre Mutter in einem Telefongespräch angedeutet hat, dass sie den Urlaubsort wechseln wollten. Wissen Sie etwas darüber?« Für einen kurzen Augenblick huschte ein Schatten über Diekmanns Gesicht.

»Ja«, antwortete er dann. »Ursprünglich wollten sie in den Schwarzwald. Aber ich fand zu Hause einen Zettel mit dem Hinweis, dass meine Familie ihr Reiseziel geändert hat und nach Österreich gefahren ist. Den Zettel hat übrigens meine Schwester geschrieben.«

»Wann fanden Sie diesen Zettel?«, fragte der Kommissar aufgeregt.

»Gestern. Warum?«

Mühsam beherrscht sagte Bentz:

»Warum? Glauben Sie nicht, dass das für unsere Ermittlungen wichtig sein könnte? Bringen Sie ihn mir morgen aufs Revier.«

Für einen Moment verlor Diekmann sein angeberisches Gehabe. »Ich … ich habe den Zettel weggeschmissen. Ich hielt ihn für unwichtig.«

Bentz paffte nervös an seiner Pfeife. Er sah, dass Micky zu einer heftigen Erwiderung ansetzte, als plötzlich die Lichter in Bewegung gerieten. Ohrenbetäubende Musik dröhnte durch die Diskothek, übertönt von der schnarrenden Stimme des Discjockeys. Die grellen Scheinwerfer warfen zuckende Lichtblitze über das Getümmel auf der Tanzfläche.

Der schöne smarte Hajo verschwand mit Katja irgendwo in der Masse der Tanzenden.

»Dieser Idiot!«, rief Micky wütend.

Bentz winkte ab.

»Kommen Sie, Professor. Wir gehen in eine ruhige Pinte. Immerhin wissen wir jetzt, dass wir den Schwerpunkt der Fahndung nach Österreich verlagern müssen.«

»Wenn Diekmanns Geschichte mit diesem Brief stimmt«, sagte Micky.

»Zweifeln Sie daran?«, fragte Bentz neugierig.

Micky zuckte mit den Schultern und erhob sich.

»Ich denke unterwegs darüber nach. Kommen Sie, lassen Sie uns verschwinden. Für jemanden, der gerade vom Salzburger Mozarteum kommt, ist das hier nicht ganz die richtige Umgebung.« Lachend erhob sich auch Bentz. Die beiden Männer schoben sich durch das Gewühl zum Ausgang des ›Sir Arthur‹ und waren froh, als sie den Lärm hinter sich gelassen hatten. Die frische Seeluft tat ihnen gut.

3. Kapitel

Urige Kneipen und gemütliche Pinten gibt es in Emden im Überfluss. Bentz und Micky hatten kein bestimmtes Ziel, als sie langsam und schweigend durch den Park schritten. Es wehte ein kühler, aber sanfter Wind aus der Krummhörn in die Stadt.

Schon von weitem sahen sie die Positionslichter des Feuerschiffs ›Deutsche Bucht‹, das aber leider nur noch eine touristische Attraktion auf dem Ratsdelft darstellte, denn es hatte Radar und elektronischer Strahlpeilung weichen müssen.

Auf dem Rathausturm bündelten sich die Strahlen der Scheinwerfer. Die Straßenbeleuchtung entlang des Kais spiegelte sich im Wasser. Dieser Teil Emdens hat noch Romantik. Er vermittelt mit seinem Geschmack von Salz und Seeluft Fernweh.

Bentz kam eine Idee.

»Wie wär's, Professor? Auf dem Feuerschiff gibt's ein gut gezapftes Bier.« Micky nickte müde.

Nach einer Weile hatten sie die ›Deutsche Bucht‹ erreicht und betraten das schwimmende Gasthaus. Auf den festgeschraubten, urigen Stühlen saßen die Gäste und tranken Bier oder heißen, dampfenden Grog. In den großen Bullaugen in den blinkenden Messingrahmen spiegelte sich das Licht.

Sie fanden einen unbesetzten Tisch im unteren Deck. An den Wänden hingen verblasste Kapitänsbilder. Die stumpfen Birnen hinter den Schutzgittern sorgten für eine gemütliche Stimmung. Das rissige Holz verströmte den Geruch von Teer.

Micky bestellte zwei Korn und zwei Pils. Bentz packte schweigend seine Rauchutensilien aus. Erst als der eisgekühlte Doornkaat und das Bier serviert wurden, sagte er: »Auf Ihr Wohl, Professor! Sie haben mir sehr geholfen.«

Micky kippte den Klaren hinunter und genoss die wohlige Wärme, die sich in seinem Körper ausbreitete. »Habe ich das?«, fragte er dann.

Bentz nickte.

»Allerdings. Ich bin sehr froh darüber, dass Sie Ihre Freizeit opfern, um mir Gesellschaft zu leisten. Wissen Sie – es gibt da einige Fakten im Fall Diekmann, mit denen ich nicht fertig werde. Aber ohne Sie wäre ich gar nicht erst auf diese Fakten gestoßen. Ich hätte die Akte Diekmann vermutlich voreilig in die Ablage gelegt.«

»Und jetzt ist aus der Akte Diekmann der Fall Diekmann geworden«, stellte Micky fest. »Was ich nur nicht begreife, ist die Sache mit dem Zettel, den Hajo angeblich gefunden haben will. Angenommen, es stimmt: Warum wollten die Diekmanns nach Österreich und nicht mehr in den Schwarzwald?«

Bentz lächelte verzerrt.

»Die Zehntausend-Mark-Frage. Rekonstruieren wir mal: Das Straßenfest dauerte bis tief in die Nacht. Nach Aussagen aller Beteiligten – von den Diekmanns abgesehen – verlief die Feier harmonisch. Und auch die Diekmanns sind auf ihre Kosten gekommen. Besonders Sonja mit diesem Afrosprössling von Kapitän Soerge.«

Micky zuckte kaum merklich zusammen.

»Die Diekmanns«, fuhr der Kommissar fort, »feierten nicht nur das Straßenfest, sondern auch den Beginn ihres Urlaubs. Ihres Schwarzwaldurlaubs! Zu dieser Zeit hatte kein Reisebüro mehr geöffnet, keine Gesellschaft nahm noch Umbuchungen entgegen. Ja, Sie haben Recht.

Warum, verdammt noch mal, hätten die Diekmanns überhaupt so abrupt ihr Urlaubsziel wechseln sollen?«

Micky saß gedankenversunken vor seinem halb vollen Bierglas. Plötzlich trank er es auf einen Zug leer und setzte es hart auf den Tisch.

»Und wenn es diesen Zettel gar nicht gab? Wenn Hajo nur ablenken will? Wenn er uns auf eine falsche Fährte zu lenken versucht, aus welchen Gründen auch immer?«

»Diekmanns Bankkonto«, murmelte Bentz.

»Wie bitte?«

»Punkt eins: Wir müssen Erwien Diekmanns Konten überprüfen«, sagte der Kommissar. »Wer mit drei Personen in Urlaub fährt, braucht schließlich Geld. Punkt zwei: Die Diekmanns müssen Fahrkarten gelöst haben. Ihre Wagen stehen in der Garage. Wir müssen versuchen, den Taxifahrer ausfindig zu machen, der sie zum Bahnhof gefahren hat.«

Die Kellnerin brachte eine neue Runde. Bentz hob das Bierglas und prostete Micky zu.

»Auf unseren Erfolg!«

Es wurde ein langer Abend. Fast als Freunde verließen Bentz und der Professor das Feuerschiff.

Bentz trat mit dem Bus die Heimreise an. Micky ging zu seinem Wagen, obwohl er wusste, dass er zu viel getrunken hatte, um sich noch ans Steuer setzen zu dürfen. Doch was spielte es noch für eine Rolle? Während seiner Fahrt nach Suurhusen war Professor Micky in düstere Gedanken versunken. Eine tiefe Depression überkam ihn. Das Gespräch mit Bentz hatte ihn Nerven gekostet. Immer, wenn Sonjas Name gefallen war, hatte es ihn zerrissen.

Als er seine zum Landhaus umgebaute Kate betrat, wusste Micky, dass er in dieser Nacht keinen Schlaf finden würde.

Er trat an den uralten Bauernschrank, holte seine Geige, ein wundervolles, kostbares Instrument, hervor, und setzte sich in einen Sessel. Er begann zu spielen. Ohne Noten improvisierte er, unterbrach gelegentlich sein Spiel und summte leise ein paar Töne vor sich hin, um sie dann seiner Geige zu entlocken. Nach einer Weile setzte er sich an seinen Schreibtisch, blickte kurz auf das Bild seiner vermissten Geliebten. Dann begann er damit, das eben Gespielte auf Notenblätter zu übertragen. Hin und wieder unterbrach Micky diese Tätigkeit, ging zum Flügel hinüber, spielte kurze Passagen und schrieb auch sie auf die Notenblätter.

Die Nacht verstrich. Als Micky sich in der Küche ein Frühstück zubereitete, wusste er, dass seine vor Wochen aufgenommene Arbeit allmählich ihre endgültige Gestalt annahm.

An der Hochschule fielen Klausuren an, für die Micky als Gutachter zuständig war. Seine nächsten Nachmittage waren damit ausgefüllt. Abends flüchtete er sich in seine Komposition. Er musste sich ablenken, betäuben, denn je mehr Tage verstrichen, desto unerträglicher wurde die Spannung in ihm.

An einem diesigen, grauen Nachmittag legte er gerade einige korrigierte Klausuren zur Seite und blickte durchs Fenster seiner Kate in die spätherbstliche weite Wiesenlandschaft, als das Telefon schrillte. Micky fuhr zusammen, dann griff er zögernd zum Hörer. Bentz war am anderen Ende der Leitung.

Micky glaubte eine Schlinge um den Hals zu spüren, da er den Grund des Anrufs zu kennen glaubte.

»Hat man … ich meine, Sonja … ist sie …«

»Nein«, unterbrach Bentz ihn hastig. »Aber ich habe ein paar Neuigkeiten für Sie. Kann ich zu Ihnen nach Suurhusen rauskommen?«

»Du liebe Zeit, ja!«, rief Micky erleichtert. »Kommen Sie, und kommen Sie schnell. Vor der schiefen Kirche biegen Sie ab. Im letzten Haus auf der Hieve Pad wohne ich.«

»Ich weiß«, sagte Bentz und legte auf.

Micky schaffte mit ein paar raschen Handgriffen provisorisch Ordnung in seiner Junggesellenwohnung. Schon nach etwa fünfzehn Minuten erschien Bentz. Micky führte seinen Besucher in das geräumige Wohnzimmer und bat ihn, Platz zu nehmen.

Der Kommissar wirkte ernst. Ohne die üblichen Floskeln über die schöne Wohnung, den herrlichen Ausblick oder die reizvolle ländliche Umgebung stopfte Bentz sich schweigend seine unvermeidliche Pfeife.

»Ich darf doch?«, fragte er Micky und holte sein Feuerzeug hervor.

»Natürlich. Eine Tasse Tee?«

»Sehr gern, danke.«

Als Micky mit dem Tee ins Wohnzimmer zurückkam und einschenkte, spürte er Bentz' forschenden Blick.

»Es existieren Fahrkarten nach Österreich«, sagte der Kommissar.

»Wie bitte?«

»Wir haben herausgefunden, dass die Diekmanns keine Fahrkarten in den Schwarzwald gelöst haben. Allerdings wurden an zwei verschiedenen Tagen Fahrkarten nach Österreich verkauft.«

»Du lieber Himmel!«, rief Micky. »Das wird ja immer komplizierter. Aber … könnte es nicht bedeuten, dass die Diekmanns noch leben?«

»Sie meinen damit vor allem Ihre Geliebte Sonja, nicht wahr?«, fragte Bentz.

Micky erbleichte.

»Woher wissen Sie …?«

»Nun«, erwiderte Bentz mit müdem Lächeln, »man muss nicht einmal Kriminalist sein, um das herauszufinden. Ich dachte es mir von Anfang an. Ihre Sorge um Sonja war nicht die Sorge, die sich ein Fremder gemacht hätte. Das ist auch der Grund dafür, dass ich vor ein paar Tagen so oft mit Ihnen gemeinsam unterwegs war. Und dass ich nun hier bin. Ich hoffe weiterhin auf Ihre Hilfe, Professor.«

»Das ist selbstverständlich«, murmelte Micky. »Auch wenn Sonja nicht meine Geliebte, wie Sie es ausdrücken, gewesen wäre, würde ich Ihnen helfen. Diese Fahrkarten nach Österreich … könnte es nicht sein, dass die Diekmanns in Norddeich eingestiegen sind? Dort sind die Züge noch leer.«

»Den Gedanken hatte ich auch«, erwiderte Bentz. »Bisher leider Fehlanzeige. Kein Taxifahrer erinnert sich an eine Fahrt von der Blausielstraße zum Bahnhof. In den Reisebüros in Leer, Norden und Aurich konnte sich ebenfalls niemand erinnern, irgendeinem der Gesuchten eine Fahrkarte verkauft zu haben. Wir haben auch die Busfahrer der Linie sieben befragt.

Keiner von ihnen hatte Fahrgäste, bei denen es sich um die Diekmanns gehandelt haben könnte.«

Mickys Blick huschte über das Bild Sonjas auf seinem Schreibtisch. Seine Haltung spannte sich.

»Vielleicht hat ein Arbeitskollege Diekmanns die Fahrkarten besorgt oder sie zur Bahn gebracht«, sagte er.

»Längst überprüft«, erwiderte Bentz knapp und trank an seinem Tee. »Ich habe auf der Werft mit den Kollegen Erwien Diekmanns gesprochen. Ich hätte mir den Weg sparen können.«

»Und wie sah es bei der Bank aus?«

Bentz stocherte in seiner Pfeife herum. »Am Donnerstagmorgen hat Erwien Diekmann dreitausend Mark von seinem Konto abgehoben. Scherzhaft hat er zu der Schalterbeamtin gesagt, dass er das Geld brauche, um den Fremdenverkehr im Schwarzwald anzukurbeln. Das hilft uns aber nicht weiter, denn Diekmann hat zusätzlich Euroschecks mitgenommen. Leider ist noch kein Scheck bei der Bank eingegangen. Tja, wir stecken in einer verdammten Sackgasse. Da wäre dieser mysteriöse Anruf Magda Diekmanns bei Frau Soerge, den ich nicht bezweifle. Dann dieser seltsame Zettel, den Hajo Diekmann zu Hause gefunden haben will. Und die Bemerkung Diekmanns gegenüber der Bankangestellten. Die Autos stehen in der Garage, aber ein Hinweis darauf, dass die Vermissten mit dem Zug aus Emden abgereist sind, existiert auch nicht. Ein Entführungsfall scheidet ebenfalls aus. Erstens ist Diekmann für Entführer – verzeihen Sie – uninteressant, und zweitens hätten sich etwaige Entführer längst gemeldet. Dies alles lässt nur einen Schluss zu: Die Diekmanns haben Emden nie verlassen.«

Bentz bemerkte, wie Micky heftig erschrak.

»Und?«, fragte der Professor heiser. »Glauben Sie, dass sie tot sind?«

Bentz erhob sich. »Wie es aussieht, gibt es kaum noch eine

Chance, die Diekmanns jemals lebend wiederzusehen«, sagte er. »Tut mir Leid, das so hart sagen zu müssen, aber die Frage, die sich uns stellt, lautet: Wo befinden sich die Leichen?«

»Verdammt noch mal!«, brüllte Micky verzweifelt. »Diese Frage hätten Sie sich sparen können!«

»Ich fürchte«, sagte Bentz und wandte sich zum Gehen, »das eben kann ich nicht. Ich rufe Sie an, wenn ich etwas Neues erfahre. Auf Wiedersehen, Professor.«

Während Bentz Richtung Emden fuhr, wankte Micky zu seinem Schreibtisch und ließ sich in den Sessel fallen. Lange, sehr lange starrte er auf Sonjas Bild.

4. Kapitel

Das Rathaus lag bereits im Licht der Scheinwerfer, und am Feuerschiff ›Deutsche Bucht‹ brannten die Positionslampen. Bentz parkte seinen Wagen vor dem kleinen Stadtgarten, überquerte inmitten der Menge der Passanten die Große Straße, ging noch ein Stück den Kai entlang und gelangte schließlich zum Feuerschiff. Im unteren Deck fand er einen Platz, wo er allein sitzen konnte. Er bestellte sich einen Korn und ein Bier und ließ die Seeromantik, die dieses Schiff ausstrahlte, beruhigend auf sich einwirken. Der Schnaps gab ihm innere Wärme, das Bier löschte seinen Durst. Jetzt noch die Pfeife anzünden, und das Denkspiel kann beginnen, Herr Kommissar, dachte Bentz.

Die Diekmanns hatten Emden nie verlassen; davon war er nun überzeugt. Er hatte die Frau Soerge noch sehr gut in Erinnerung, als sie von dem mysteriösen Telefongespräch berichtet hatte. Sie war keine Wichtigtuerin. Aber von wo hatte Magda

Diekmann angerufen? Warum war sie so schlecht zu verstehen gewesen? Hatte jemand sie bedroht, während sie sprach? Aber aus welchem Grund?

Und dann, ganz plötzlich, durchzuckte Bentz die Idee: ein Tonband! Natürlich, ihre Stimme musste von einem Tonband gekommen sein! Irgendjemand hatte Interesse daran gehabt, dass Erwien, Magda und Sonja Diekmann ihren Urlaub gar nicht erst antreten konnten. Nein – viel schlimmer …

Bentz bestellte einen doppelten Schnaps und paffte nervös an der Pfeife. Wenn das stimmte, dann lief in Emden aller Wahrscheinlichkeit nach ein Mörder frei herum; eine Bestie, die drei Menschenleben auf dem Gewissen hatte. Aber das Motiv, verdammt? Wer konnte aus dem Tod der Diekmanns irgendeinen Nutzen ziehen? Waren die dreitausend Mark und die paar Euroschecks der Grund? Wohl kaum.

Nächster Punkt: Der Mörder der Diekmanns hatte vermutlich den Urlaubstermin gekannt und dann das Straßenfest genutzt, um Zeit zu gewinnen. Und um sich ein Alibi zu verschaffen …?

Sofort dachte Bentz an Horst Soerge, den grobschlächtigen Sohn des Kapitäns. Er hatte – nach allem, was der Polizei bisher bekannt war – Sonja als Letzter gesehen. Andererseits war da aber auch Hajo Diekmann, der so sorglos mit seiner ostfriesischen Monroe durch die Diskotheken bummelte, während das Schicksal seiner Eltern und seiner Schwester höchst ungewiss war. Und dann diese Sache mit dem Zettel …

Bentz ließ den doppelten Schnaps stehen und machte sich auf den Weg nach Hause. Im Feuerschiff hatte er einen neuen Kurs gefunden.

Bentz kam vom Einwohnermeldeamt, wo er kurz recherchiert hatte. Er zog seine schwarze Baskenmütze, die einen so attraktiven Kontrast zu seinem flachsblonden Haar bildete, tiefer in die Stirn und zog seinen Mantel enger, denn vom Ratsdelft blies ein eisiger Wind. Es hatte gefroren; zum ersten Mal in diesem Jahr. Trotz der kühlen Witterung bevölkerten erstaunlich viele Passanten die Gehwege. Hinter Bentz strömten die Menschen in die Brückstraße, die etwas vernachlässigte zweite Einkaufsgegend Emdens. Er überquerte im Schwarm der Fußgänger die Neutorstraße. Auf dem Neuen Markt beherrschten die Stände der Händler das Geschehen. Die riesige Boje, einst ein Seezeichen mit Funktion im Dollart, erinnerte an Zeiten, die viele Menschen in dieser Stadt wieder herbeisehnten.

Der Kommissar sah schon bald die gepflegte Fassade des Bankgebäudes. Hier hatte er schon mehr als einmal Auskünfte eingeholt; er kannte sich aus. Doch wie harmlos erschienen ihm seine damaligen Recherchen, als es sich ausschließlich um die Aufklärung von Betrugsfällen gehandelt hatte. Heute ging es um mehr. Um Mord?

Bentz stieg die mit einem dezent-geschmackvollen Veloursboden angelegte Treppe hinauf. Etwas unpassend dazu wirkten die Werke lokaler Malergrößen, deren Bilder vergessene Heringslogger zeigten.

Im Vorzimmer saß eine unsympathische Sekretärin, die sich mit arrogantem Getue Bentz' Dienstmarke zeigen ließ und ›Herrn Direktor‹ den Kommissar ankündigte, als wäre die Steuerfahndung im Hause. Offenbar war ihrem Chef in dieser Blütezeit bundesdeutscher Bestechungsskandale ein Besuch der Polizei alles andere als willkommen. Doch Bentz war von der Höflichkeit des Direktors angenehm überrascht.

Der Bankdirektor, ein Mann von fast zwei Metern Größe und zwei Zentnern Gewicht, hatte seinen Bauch unter einem maßgeschneiderten Alcantarajackett versteckt. Er blickte Bentz prüfend über die Ränder seiner Hornbrille hinweg an und bat ihn dann mit sanfter Stimme in sein Allerheiligstes.

Bentz zog seine Baskenmütze vom Blondhaar, blickte sich im Büro des Direktors um und sah sich von moderner Kunst umgeben.

»Nehmen Sie doch bitte Platz, Herr Kommissar«, sagte der Bankleiter. »Kaffee?«

Bentz nickte.

»Danke, gern.« Sein Gespräch hier konnte länger dauern. Der Direktor schritt zur Tür, als führte er eine unsichtbare Tänzerin am Arm. Er wies seine Sekretärin an, ihm und seinem Besucher Kaffee zu bringen, und setzte sich mit einem freundlich-geschäftsmäßigen Lächeln an seinen Schreibtisch. Sein Verhalten war äußerst korrekt. Vielleicht lag es am Kontostand des Kommissars, denn Bentz hatte wohlhabend geheiratet.

»Ich kann Ihnen vorweg absolute Verschwiegenheit zusichern«, begann Bentz.

Der Bankdirektor winkte lächelnd ab.

»Aber gewiss, Herr Kommissar. Und wie kann ich Ihnen helfen?«

»Ich brauche die Kontostände von zwei Ihrer Kunden«, erwiderte Bentz und sah, wie ein Schatten über das Gesicht seines Gegenübers fiel.

Die Sekretärin brachte den Kaffee, schenkte ein und verschwand wortlos.

»Herr Kommissar«, sagte der Bankleiter, »Sie wissen doch, dass das Bankgeheimnis uns verpflichtet … Na ja, handelt es sich denn um bedeutende Kunden?«

Bentz zog ein Schreiben des Staatsanwalts aus der Tasche seines Jacketts und reichte es dem Dicken. Der las die Zeilen aufmerksam, und seine Miene hellte sich auf.

»Moment, bitte.« Er erhob sich und verließ sein Büro. Als er kurz darauf zurückkam, sagte er: »Die Herren unterhalten in der Tat Konten bei uns. Ich lasse die Auszüge bringen. Wenn

Sie wünschen, lasse ich auch die Daten der Schufa über Computer abrufen.«

Bentz schüttelte den Kopf.

»Mich interessieren nur die Auszüge«, sagte er und blickte erstaunt auf, als ihm eine dralle Blondine in einem viel zu engen Hosenanzug die Unterlagen vorlegte.

»Prompte Bedienung«, sagte er lächelnd zu der jungen Frau, »danke sehr.«

Sie lächelte nicht zurück.

Der Kommissar begann mit den Kontoauszügen des arbeitslosen Horst Soerge. Wie ein Thermometer im Winter hatte sich sein Kontostand in den letzten Monaten fast nur im Minusbereich bewegt, bis plötzlich eine vor kurzem erfolgte Einzahlung von zweitausend Mark eine Wetterbesserung und den frühlingshaften Anstieg gebracht hatte. Bentz notierte sich die Zahlen und ging zum zweiten Kontoinhaber über. Der Computervertreter Hajo Diekmann hatte ein Konto, dessen Buchungen der Fieberkurve eines Patienten glichen, der mit dem Tode rang, um gleich darauf immer wieder zur vollen Gesundheit zurückzugelangen.

»Der Mann ist viel auf Reisen«, erläuterte der Bankdirektor. »Oft im Ausland. Er bezahlt grundsätzlich nur mit Euroschecks. Seine Verkaufs- und Gehaltsprämien hinken zwar immer hinterher, aber er ist ein guter Kunde. Vertrauens- und kreditwürdig.«

Bentz blickte auf den letzten Kontoauszug.

»Dreitausend Mark Bareinzahlung«, sagte er.

»Herr Diekmann hat sie so nebenbei eingezahlt«, erläuterte der Dicke, während Bentz sich das Einzahlungsdatum notierte.

»Gibt es noch Ergänzungen?«, fragte er, ohne aufzublicken.

Die Hosenrockdame meldete sich zu Wort.

»Ja, in beiden Fällen«, sagte sie und reichte ihrem Chef die Computerausdrucke.

Der Bankdirektor studierte sie kurz.

»Horst Soerge war mit den Einzahlungen für seinen Gebrauchtwagen im Rückstand«, murmelte er dann. »Sein Vater hat sie für ihn beglichen. Und Hajo Diekmann … warten Sie mal … er stellte vor mehreren Wochen bei der Ostfriesischen Landesbank einen Antrag auf Gewährung eines Zweihunderttausend-Mark-Kredits.«

»Zweihunderttausend Mark!«, entfuhr es Bentz.

»Ja«, sagte der Dicke betont gelassen. »Für die Gründung oder den Kauf eines gesunden Unternehmens. Vielleicht handelte es sich auch nur um eine Beteiligung.«

»Aber er hat doch einen guten Job«, sagte Bentz.

Der Bankchef lächelte sein Ich-bin-hier-der-Fachmann-Lächeln. »Dynamische Unternehmer sind das Salz der Freien Marktwirtschaft. Besonders in wirtschaftlich schwachen Gebieten.«

»Vielleicht«, sagte Bentz und klappte seinen Notizblock zu. »Woher haben Sie eigentlich erfahren, dass Hajo Diekmann bei einer fremden Bank einen Kreditantrag gestellt hat?«

»Nun ja, Herr Kommissar – das Kapital ist das Blut unserer Wirtschaft, da müssen wir doch die Adern kennen«, erwiderte der Dicke ebenso blumenreich wie ausweichend.

Bentz bedankte sich. Er hatte erfahren, was er erfahren wollte. Er verabschiedete sich und trat hinaus in die Kälte. Die Sonne hatte es nicht geschafft, sich aus dem tiefen Grau zu lösen.

Der Kommissar ging hinüber zum Parkplatz, stieg in seinen Wagen, ordnete sich in den fließenden Verkehr ein und fuhr zur Blausielstraße. Den Haustürschlüssel hatte er dabei, ebenso frische Siegelmarken, die er sich vorsorglich beschafft hatte.

Die Blausielstraße wirkte wie ausgestorben. Bentz parkte direkt vor dem Haus der Diekmanns, durchquerte den Vorgarten und kramte den Haustürschlüssel aus seiner Hosentasche. Eine seltsame Nervosität ergriff ihn, während er das unberührte Siegel entfernte, die Tür öffnete und das Haus betrat.

Er umklammerte für einen Moment krampfhaft den Haustürschlüssel. Als könnte er wie ein Wünschelrutengänger Signale aus diesem Haus empfangen, das eine so sonderbare Kälte ausstrahlte.

Grabeskälte?, fragte sich Bentz schaudernd und knipste das Licht an. Zögernd begann er mit einem Rundgang. Irgendwie hatte er gehofft, Hinweise zu bekommen, beim letzten Mal etwas übersehen zu haben. Doch da war nichts, nur diese eigentümliche Kälte, die er schon vor ein paar Tagen in diesem Haus verspürt hatte. Draußen waren die Temperaturen zwar bis in die Nähe des Gefrierpunktes gefallen, doch eine Erklärung für diese gespenstische Kälte war das nicht. Was ihm hier und jetzt eine Gänsehaut über den Rücken trieb, kam tief aus seinem Inneren. Bentz befand sich im ersten Stock, als er plötzlich ein leises Geräusch vernahm.

Er lauschte angestrengt.

Nichts – da war nichts …

Bentz war ein erfahrener Polizist, doch jetzt kroch Angst in ihm hoch. Seine Faust krampfte sich um den Griff der Dienstwaffe. Dann hörte er Schritte. Schnelle, forsche Schritte.

Bentz lehnte sich an die Wand; neben der Tür von Sonjas Zimmer.

Jemand kam die Treppe hinauf …

»Soerge!«, stieß Bentz hervor, als er den jungen Mann erkannte. Der untersetzte junge Bursche erschrak heftig, als Bentz so unerwartet vor ihm auftauchte. Der Kommissar war auf einen Angriff gefasst, doch Soerge blieb schwer atmend vor ihm stehen.

»Herr Kommissar«, keuchte er, »ich sah Ihren Wagen, und die Tür war nicht verschlossen. Da dachte ich … nun, ich muss Ihnen etwas beichten.«

Der kräftige junge Mann nahm die letzten Stufen und trat an Bentz heran, der den Alkoholdunst des anderen roch. Soerge streckte ihm die Hand entgegen, in der die des Kommissars ganz verschwand.

»Im Vertrauen, Herr Kommissar, ich möchte, dass es unter uns bleibt«, sagte Soerge, während er Bentz' Hand beinahe zerquetschte.

»Ehrenwort«, versprach der Kommissar.

Horst Soerge ließ Bentz' Hand frei, griff in die Tasche und holte eine Packung Zigaretten hervor.

»Auch eine?«

»Ja, danke.« Bentz zog ein Stäbchen aus der Packung.

Während sie rauchten, sagte Soerge stockend:

»Wissen Sie, ich war in der Nacht vor der Abreise der Diekmanns hier im Haus.«

Bentz stockte fast der Atem. War dies die Spur, nach der er schon so lange suchte? Oder kam jetzt gar ein Geständnis?

»Sehen Sie das bitte nicht falsch, Herr Kommissar«, fuhr Soerge fort, »aber Sonja und ich – na ja, Sie wissen schon.«

»Ja«, sagte Bentz. »Sie haben es ziemlich krass angedeutet, als ich Ihre Eltern besuchte.«

Soerge lachte auf, und seine Stimme schallte laut durch das leere Haus.

»Wie sind Sie eigentlich in Sonjas Zimmer gekommen?«, fragte ihn Bentz. »In der Nacht, als das Straßenfest gefeiert wurde.«

»Sonja und ich haben Erwien und Magda bis vor ihr Schlafzimmer gebracht. Sie waren blau wie die Veilchen und fielen direkt in die Betten. Sonja und ich übrigens auch. Sonja ist schön. Von so was träumst du, wenn du nichts fürs Bett hast oder sonst nur die dritte Wahl erwischen kannst.«

»Mein Gott«, flüsterte Bentz.

»Was haben Sie denn, Mann?«, fragte Soerge grinsend. »Hören Sie zu! Also, das Straßenfest war 'ne Wucht, sage ich Ihnen. Sonja und ich lösten ein altes Versprechen ein.« Er zeigte auf Sonjas Zimmer. »Da drin.«

»Ja, und nun ist sie verschwunden«, sagte Bentz bissig.

Nervös warf Soerge die Kippe auf den Boden und trat sie aus.

»Ich habe mit der Sache nichts zu tun. Ich weiß nicht, wo die Diekmanns sind. Sonja wollte in den Schwarzwald, das ist alles, was ich weiß. Ich bin gegen vier Uhr früh verschwunden.« Die Worte waren wie auswendig gelernt über die Lippen des alkoholisierten Mannes geflossen. So, als habe er sich von einer schweren Last befreit, legte er zum Vertrauensbeweis seinen muskulösen Arm um die Schulter des Kommissars.

Bentz schüttelte ihn ab.

»Kommen Sie, gehen wir.«

Die beiden Männer verließen das Haus, und Soerge schaute mit glasigen Augen zu, wie der Kommissar das Siegel an der Haustür erneuerte. Während sie durch den Vorgarten schritten, fragte Bentz unvermittelt:

»Sind Sie bereit, das, was Sie mir anvertraut haben, zu Protokoll zu geben?«

Soerge grinste, legte den Zeigefinger vor den Mund und wies mit der freien Hand auf sein Elternhaus.

»Selbstverständlich. Aber nur vertraulich«, sagte er, wandte sich lachend um und ging leicht schwankend hinüber. Bentz fuhr hinüber zur Dienststelle und dachte unterwegs über das seltsame Zusammentreffen nach.

Der Kommissar heftete seinen Bericht in die allmählich anwachsende Akte ›Diekmann‹. Die kleine Tischlampe warf ihr helles Licht auf den Ordner, der mehr Fragen als Antworten enthielt. Bentz hatte viel geraucht und spürte den seifigen Geschmack der nur flüchtig gereinigten Pfeife auf der Zunge. Vom Bahnhof drang das durchdringende Quietschen der Bremsen des D-Zuges Frankfurt – Norddeich zu ihm hinauf. Mit einem raschen Blick auf die Uhr stellte Bentz fest, dass der Zug pünktlich war.

Er hätte jetzt gern Professor Micky angerufen, um ihn als Wetzstein für seine Gedanken zu benutzen. Doch er schreckte davor zurück. Nicht nur die Befangenheit, sondern auch die Vorstellung, dass er ihn dann über den Treuebruch seiner Geliebten Sonja informieren müsste, hielten ihn vom Anruf ab.

Was mochte Sonja Diekmann zu dem Seitensprung veranlasst haben?, fragte sich Bentz. Er fand keine Antwort. Oder sollte es zwischen Sonja und dem Professor zum Streit gekommen sein?

Dann dachte Bentz über Horst Soerge nach. Obwohl er als Kriminalbeamter beinahe dazu verpflichtet war, vorurteilsfrei zu sein – er mochte den Kerl nicht. Seine Erfahrung mit Kriminellen warnte ihn. Hier war Vorsicht geboten. Trotzdem, Soerge war eine Schlüsselfigur. Soerge, der arbeitslose Automechaniker, hatte plötzlich zweitausend Mark auf sein Konto einzahlen können. Woher stammte das Geld? Aus der Urlaubskasse der Diekmanns? War es Soerge gewesen, der ein Tonband mit der Stimme Magda Diekmanns zurechtgeschnitten, es in der dunkelsten Ecke irgendeiner Telefonzelle unter den Hörer gehalten und dann die Nummer seiner Mutter angerufen hatte?

Jedenfalls war er in der Nacht vor der Abreise der Diekmanns in deren Haus gewesen. So hatte er es selbst zu Protokoll gegeben.

War er auch der Letzte gewesen, der sie lebend gesehen hatte? Oder hatten die Diekmanns noch gelebt, nachdem Soerge gegangen war?

Bentz erhob sich. Er trat ans Fenster seines Büros, drückte die Stirn gegen das beschlagene Glas und blickte auf die Lichter der Stadt. Er erkannte die Gracht, die tief unter ihm im Schatten lag. Lange schaute er gedankenversunken hinaus. Dann gab er sich einen Ruck, ging zu seinem Schreibtisch, nahm den Hörer seines Dienstapparates auf und wählte entschlossen eine Nummer.

»Micky«, meldete sich eine vertraute Stimme. »Hallo, wer ist da?«

Bentz legte auf. Ihm kamen Bedenken. Er spürte, wie er zu schwitzen begann. Mit sich selbst zerstritten, verließ er das Büro, eilte die Treppen hinunter und kramte, unten angekommen, in seiner Jacke nach Kleingeld. Er zog sich, was er lange nicht getan hatte, eine Schachtel Zigaretten und einen Pappbecher Kaffee. Bentz überlegte kurz, ging dann wieder in sein Büro zurück und setzte sich an den Schreibtisch. Er steckte sich eine Zigarette an und inhalierte den Rauch in hastigen, nervösen Zügen.

Es gelang ihm einfach nicht, diesen grobschlächtigen Soerge aus seinen Gedanken zu verdrängen. Seine Fantasie gaukelte ihm Bilder vor, wie Soerge seine riesigen Pranken um den Hals Sonja Diekmanns legte und zudrückte.

Der Kommissar schaute verdrossen auf die Akte. Sie enthielt bisher noch nichts, was ihn der Lösung des Falles näher brachte. Fest stand nur, dass die drei Diekmanns vermisst waren. Jedenfalls wusste niemand etwas über ihren Verbleib. Bentz steckte sich eine weitere Zigarette an und blickte eine Weile dem blauen Dunst nach. Dann langte er nach dem Telefonhörer und rief zu Hause an. Es tat gut, die Stimme seiner Frau zu hören. Er sagte ihr, dass er heute später käme.

Wieder starrte Bentz lange Minuten vor sich hin und überlegte fieberhaft die nächsten Schritte. Er dachte kurz daran, am morgigen Tag die ihm untergeordneten Beamten zu einer Dienstbesprechung einzuberufen, verwarf diesen Gedanken aber rasch wieder. Nein, aus dieser Sackgasse musste er sich schon allein herausmanövrieren. Oder?

Plötzlich kam Bentz eine Idee. Wieder griff er zum Telefonhörer. Er wählte die Nummer des Landeskriminalamtes und wurde mit einem Oberkriminalrat Studt verbunden, der den Abenddienst versah. Bentz kannte den Mann nicht, doch Studts Stimme klang sympathisch.

Der Oberkriminalrat wusste den Anruf aus der Provinz richtig zu deuten. Er versprach Bentz, die Suchhundestaffel von Hannover nach Emden zu schicken, dann würde man schon weitersehen.

Hoffentlich, dachte Bentz, nachdem er den Hörer aufgelegt hatte. Hoffentlich. Aber er spürte, wie seine innere Anspannung ein wenig nachließ. Er hatte gehandelt, und nur das war jetzt wichtig. Bentz verschloss die Akte Diekmann, knipste das Licht aus und verließ das Revier. Er stieg in seinen Wagen und fuhr zum Ratsdelft, um im Feuerschiff noch ein Bier zu trinken.

5. Kapitel

Bentz schob den Frühstücksteller beiseite. Er stand auf, strich seinem Sohn über das Haar, gab seiner Frau einen flüchtigen Kuss auf die Wange, nahm seinen grünen Wettermantel von der Garderobe, ergriff seine Aktentasche und verließ den Bungalow – das übliche morgendliche Ritual.

Über die Hausdächer zogen schwere, feuchte Nebelschwaden träge dahin und dämpften das Licht der hohen Straßenlaternen.

Bentz schloss die Garage auf, setzte sich in seinen BMW und fuhr los. Die Sichtweite betrug weniger als fünfzig Meter. Selbst die grelle Lichtreklame der Autohandlung, an der Bentz auf seinem täglichen Weg vorüberfuhr, kämpfte vergeblich gegen die trübe Suppe an, färbte den Nebel nur rötlich. Bentz fädelte sich in den Verkehr auf der B 70 ein. Er wohnte in Hinte und hatte keinen allzu weiten Weg vor sich.

Selbst mitten in der City trieb der Nebel hartnäckig durch die Straßen. Bentz lenkte seinen Wagen fluchend hinter einem langsam fahrenden Bus her, der in Richtung Bahnhof fuhr. Dort stellte der Kommissar den BMW auf seinen Stammparkplatz vor dem Polizeigebäude.

Über der Gracht ballte sich der Dunst. Bentz war nicht ganz wohl zumute, als er ausstieg und zum Revier hinüberging. Die Ungewissheit, die seinen Tagesablauf bestimmte, versetzte seine Magennerven in Unruhe.

Als er sein Büro betrat, kam ihm der Raum seltsam kalt und unfreundlich vor. Bentz schaltete die Tischlampe an, drehte die Heizung höher und hängte den Mantel auf einen Bügel. Seine Aktentasche stellte er ungeöffnet neben den Schreibtisch, nachdem er sich gesetzt hatte.

Jemand klopfte an die Tür. Gerjet Focken, Bentz' Assistent, betrat das Büro.

»Moin, Chef«, sagte er müde. »Hier sind die Protokolle. Viel Vergnügen.«

Bentz grinste. Mit Gerjet Focken verstand er sich gut. Ein fähiger junger Mann mit einem messerscharfen Verstand, obwohl er äußerlich mehr den trägen, ländlichen Typ verkörperte, dessen Haupttugend darin bestand, dass er sich durch nichts aus der Ruhe bringen ließ. Sein untersetzter Körper verriet Kraft, sein Gesicht Schlitzohrigkeit.

»Also, Gerjet«, begann der Kommissar ernst, »heute kommen die Suchhunde. Ich möchte, dass du mich begleitest.«

»Klar, Chef«, erwiderte Focken. »Sie kennen ja meine Tierliebe. Aber wenn ich mir mal eine Frage erlauben darf …«

»Ja?«

»Was sollen die Suchhunde suchen?« Focken grinste.

Bentz erhob sich. Sein Gesicht war ernst, als er zum Fenster schritt und über das trübe Emden blickte.

»Die Leichen der Diekmanns«, sagte er.

Gerjet Focken räusperte sich verlegen.

»Sie glauben also an Mord, Chef?«

»Ja. Vielleicht finden die Hunde eine Spur. Ich jedenfalls habe noch keine gefunden. Ich gebe dir Bescheid, wenn die Hundestaffel einsatzbereit ist. An die Arbeit mit dir!«

Focken schlich aus dem Zimmer, während der Kommissar sich den Protokollen zuwandte. Doch in Gedanken war er mit ganz anderen Dingen beschäftigt. Er überlegte kurz, ob er die Staatsanwaltschaft über den bevorstehenden Einsatz der Hundestaffel informieren sollte, beschloss dann aber, erst einmal die Aktion abzuwarten. Er warf einen Blick auf die Uhr. Für die Strecke Emden – Hannover rechnete er etwa vier Stunden, falls der Nebel nicht überall ein solches Verkehrshindernis darstellte wie hier in Emden.

Bentz saß immer noch über dem Aktenmaterial, als ihm die Ankunft der Beamten aus Hannover gemeldet wurde. Er sagte Focken Bescheid und ging mit ihm in die Kantine hinunter, wohin er die Kollegen hatte führen lassen.

Bentz und Focken fanden die Beamten aus Hannover in der Kantine bei Kaffee und Käsebrot. Sie äußerten den Wunsch, ihren Job hier in Emden so schnell wie möglich hinter sich zu bringen, da der Wetterbericht eine Ausdehnung der Nebelfront von der Küste auf das Binnenland angekündigt hatte.

Dem Kommissar sollte es nur recht sein. Er schrieb den Kollegen die Adresse auf, für den Fall, dass sie sich im Nebel aus den Augen verlieren sollten. Gemeinsam verließen die Beamten die Kantine und gingen zu ihren Fahrzeugen. Bentz und Focken nahmen den Passat, der Bully mit den auswärtigen Kollegen und ihren Hunden folgte ihnen.

Es war heller geworden; auch auf der Blausielstraße hatte sich der Nebel gelichtet. Bentz parkte am Straßenrand und dirigierte den Bully in die Garagenauffahrt.

»Die Kontaktgegenstände?«, wandte sich einer der Männer an Bentz. Dieser lief ins Haus und kam mit drei Kleidungsstücken zurück.

Der Beamte vom Landeskriminalamt nahm die Schlafanzugjacke Sonjas, öffnete die Heckklappe des Bully und warf die Jacke zu den beiden Hunden hinein. Die Tiere beschnüffelten sie knurrend und zähnefletschend und zerrissen sie dann mit wütendem Bellen.

»Alles klar«, sagte der Beamte, »sie haben's angenommen.« Er holte eine Leine und rief: »Hasso!« Einer der beiden Hunde sprang aus dem Bully, lief auf den Beamten zu und ließ sich anbinden. Auch das zweite Tier, das der Beamte »Blanka« rief, war kurz darauf bereit für die Suchaktion.

Der Kommissar öffnete die Wohnungstür und ließ die Hundeführer mit den beiden Tieren eintreten. Die Schäferhunde nahmen hechelnd und schnüffelnd Witterung auf, zogen die Hundeführer über den Flur und kratzten schließlich bellend an der Wohnzimmertür. Bentz und Focken beobachteten fasziniert die Aktion. Die Hunde beschnupperten nur kurz die Möbel und zerrten ihre Führer dann, als hätten sie sich abgesprochen, die Treppe hinauf. Auf dem oberen Flur verharrten sie für Sekunden, sprangen dann laut kläffend gegen die

Tür zu Sonjas Zimmer. Als die Tür geöffnet wurde, waren die Tiere kaum noch zu bändigen. Sie beschnupperten nervös Sonjas Liege, zerrten ihre Führer dann wieder hinaus auf den Flur und verlangten jaulend Einlass in die Rumpelkammer. Hier kläfften sie böse in die Dunkelheit hinein, als hielte sich jemand in der Kammer versteckt, zerrten die Beamten dann ins Badezimmer und von dort aus wieder die Treppe hinunter.

Irritiert beobachtete Bentz, wie die Hunde mit gesträubtem Fell und wie verrückt bellend vor der verschlossenen Tür innehielten, die hinaus auf den Hof führte. Er gab einem der Hundeführer den Schlüssel. Der Mann öffnete die Tür, und Hasso und Blanka zerrten die beiden Beamten in den Garten. Zwischen den dünnen Nebelschwaden hindurch ging es kreuz und quer über das feuchte Grundstück. Erst hinter dem kleinen Grünkohlacker machten die Tiere Halt, schnüffelten über den Boden, jaulten laut und durchdringend und wühlten die Erde auf. Bentz warf Focken einen überraschten Blick zu.

Die Hundeführer strafften die Leinen, beruhigten die Tiere und führten sie auf einen schmalen Steinplattenweg.

»Das war's«, sagte der Einsatzleiter zu Bentz. Er zeigte auf der Stelle, wo die beiden Hunde den Boden aufgewühlt hatten. »Hier können Sie ansetzen.«

»Danke«, murmelte Bentz. »Wie wär's jetzt mit 'ner Tasse Kaffee und 'nem vernünftigen Mittagessen?«

»Ist leider nicht drin, Herr Kollege«, sagte der Mann vom LKA. »Wir sind vor einer halben Stunde nach Lüneburg beordert worden.«

»Alle Achtung«, sagte Focken, während er dem davonbrausenden Bully nachblickte. »Die verstehen ihr Geschäft.«

»Wollen's hoffen«, murmelte Bentz und maß das Ackerstück kurz mit den Augen. »Komm, Gerjet«, sagte er dann.

»Ich fürchte, hier muss jetzt 'ne Truppe her, die mit dem Spaten nach den Diekmanns sucht.«

Ihre Gesichter waren grau wie der Nebel, als sie in den Dienstwagen stiegen und losfuhren.

Die beiden Beamten betraten durchgefroren Bentz' Büro. Der Kommissar hängte seinen Mantel über den Bügel und warf einen mürrischen Blick auf die dreckverschmierten Schuhe und schlammbespritzten Hosenbeine.

»Ein wirklich schmutziger Fall«, seufzte er und ließ sich in den Stuhl hinter seinem Schreibtisch fallen. Focken nahm mit geöffnetem Parka auf dem Besuchersessel Platz.

»Offenbar hatten Sie leider Recht mit Ihrer Mordtheorie, Chef«, sagte er. »Die Hunde witterten eine Spur, die Schlimmes ahnen lässt.«

Bentz trommelte nervös mit den Fingern auf der Tischplatte und fragte sich: Pfeife oder Zigarette? Focken nahm ihm die Entscheidung ab, als er seinem Chef eine Zigarette anbot. Bentz griff dankbar danach und rauchte nervös.

»Tja, ab sofort sind wir die Spürhunde«, sagte er.

»Wann wollen Sie die Männer in die Blausielstraße schicken?«, erkundigte sich sein Assistent.

»Ich schlage vor, dass wir uns morgen gegen dreizehn Uhr auf dem Grundstück treffen«, erwiderte Bentz. »Bis dahin veranlasse ich alles Nötige.«

»In Ordnung, Chef«, sagte Focken und verließ Bentz' Büro.

Der Kommissar ließ sich mit der Stadtfeuerwehr verbinden. Brandmeister Schilling meldete sich, ein altgedienter, aufrechter Mann, mit dem Bentz schon des Öfteren zusammengearbeitet hatte.

»Moin, Herr Schilling«, sagte der Kommissar. »Bentz, Kriminalpolizei. Wir haben ein … äh, etwas heikles Problem.

Auf einem Grundstück an der Blausielstraße hat ein bisher noch unbekannter Täter möglicherweise drei Leichen vergraben. Könnten Sie ein paar Ihrer Männer zu uns rüberschicken?«

»Selbstverständlich, Herr Bentz«, sagte Schilling gelassen, dem die Nervosität des Kriminalbeamten nicht entging. »Wir sind so einiges gewöhnt, da machen Sie sich mal keine Sorgen. Wann und wo brauchen Sie die Männer?«

»Morgen um dreizehn Uhr in der Blausielstraße.«

»Bei den Diekmanns?«, fragte Schilling. »Geht es um diese vermisste Familie?«

»Ja«, erwiderte Bentz. »Aber ich möchte Sie bitten, dass die Sache unter uns bleibt.«

»Alles klar«, sagte Schilling und hängte ein.

Bentz wählte die Nummer des Krankenhauses und bat die Empfangsschwester, ihn mit Dr. Kering, seinem Tennisfreund, zu verbinden. Das Knacken in der Leitung bestätigte, dass man hinter dem Arzt her schaltete, der sich kurz darauf meldete.

»Tag, Jesko. Ulfert hier. Ich brauche deine Hilfe. Wir haben morgen um dreizehn Uhr eine ernste Sache zu erledigen. Es geht um diese Familie Diekmann, von der ich dir erzählt habe. Wir haben sie gefunden, glaube ich. Vergraben, in ihrem eigenen Garten.

»Verdammt!«, fluchte der Arzt. »Hat sich dein Verdacht also bestätigt! Gut, Ulfert. Ich bin um Punkt dreizehn Uhr zur Stelle.«

»Danke, Jesko«, sagte Bentz und legte den Hörer auf die Gabel. Er wusste, dass er sich auf Kering und Schilling verlassen konnte. Beide würden kein Wort über die Sache verlieren. Stadttratsch und Presserummel waren das Letzte, was Bentz jetzt brauchen konnte. Morgen, wenn sie die unangenehme Arbeit hinter sich hatten, würde die Lawine ohnehin nicht mehr aufzuhalten sein. Nach zwei Stunden würde es die halbe Stadt wissen. Und die Presse natürlich auch.

Aber dann würde auch der bestialische Mörder erfahren, dass man seine Opfer gefunden hatte. Wieder musste Bentz sofort an Soerge denken. Jetzt kam die Sache endlich ins Rollen, und sollte Soerge der Täter sein, würde seine Reaktion auf den grauenhaften Fund ihm, Bentz, schon Aufschlüsse genug geben.

Der Kapitän und seine Frau waren alt und lebten von ihrer Rente. Ihr Sohn Horst dürfte noch immer der Mittelpunkt ihres Lebens sein. Auch er, Bentz, hatte Kinder und erhoffte von ihnen, dass sie sich später einmal eine solide Existenz aufbauen würden. An eine solide Existenz allerdings schien Horst Soerge nicht zu denken. Ein wenig taten Bentz die beiden Alten Leid, als er sich an die Peinlichkeit erinnerte, die Horst Soerge mit seiner Bemerkung über sein Verhältnis zu Sonja ausgelöst hatte.

Bentz verscheuchte die Gedanken an die Soerges. So furchtbar es auch klingen mochte: Erst einmal mussten sie die Leichen finden, bevor weitere Schritte überdacht werden konnten. Der Kommissar erschauderte bei diesem Gedanken. Er war dankbar, als Gerjet Focken das Büro betrat.

»Das Wetteramt kündigt für morgen Frühglätte und klare Sicht an«, sagte Focken. »Wie wär's mit 'ner Tasse Kaffee?«

»Ich hab' nichts dagegen«, murmelte Bentz.

»Kleinen Moment«, sagte Focken, verschwand und kehrte kurz darauf mit zwei Pappbechern Kaffee wieder zurück. Er schloss die Tür mit dem Ellbogen, stellte die beiden Becher auf den Schreibtisch und setzte sich.

»Alles Schicksal«, murmelte Bentz und nahm einen Schluck von dem heißen, schwarzen Gebräu.

»Was sagten Sie, Chef?«, fragte Focken und legte seine Zigarettenpackung auf den Tisch. Unaufgefordert bediente sich Bentz.

»Unsere Kinder sind keine Fotokopien von uns«, begann er müde. »Sie leben nach eigenen Gesetzen, und das ist gut so. Manchmal jedenfalls. Und unsere Erziehungshilfen können nichts anderes sein als eine Art Beruhigung des eigenen Gewissens.«

Focken schwieg eine Weile. Es kam sehr selten vor, dass seinen Chef philosophische Anwandlungen überkamen. Focken bemerkte Bentz' gedrückte Stimmung.

»Na ja«, sagte er schließlich, »was meine Braut und mich betrifft – die Geräte zum Fotokopieren setzen wir nur zum Warmlaufen in Gang. Wir müssen zuerst noch so einiges anschaffen.«

Bentz grinste müde und blickte dem Rauch seiner Zigarette nach.

»Scheiße«, sagte er nach einer Weile, »ich wollte, der morgige Tag wäre schon vorüber.«

6. Kapitel

Dem Kommissar war an diesem Morgen zumute, als müsse er eine Prüfung ablegen. Er schaltete die Kaffeemaschine ein und schmierte sich eine Schnitte. Er verzichtete auf ein ordentliches Frühstück. Bei dem Gedanken an das, was ihm heute vielleicht bevorstand, schmeckte ihm ohnehin kein Bissen. Im Stehen, auf den Kühlschrank gestützt, kaute er lustlos sein Brot. Den heißen Kaffee trank er schwarz und ungesüßt.

Er sah durch das Küchenfenster, wie sich der Morgenhimmel allmählich stahlblau färbte; ein wolkenloser Frosttag kündigte sich an. Bentz war zwar nervös, fühlte sich aber andererseits mehr herausgefordert als jemals zuvor. Seine beruflichen

Erfolge oder Misserfolge blieben ja nicht ohne Auswirkungen auf seine Karriere. Verständlich, denn wer will nicht nach oben? Aber führt mein Weg nach oben buchstäblich über Leichen?, dachte er schaudernd.

Er fragte sich, was gewesen wäre, wenn Professor Micky von der Fachhochschule für Musik sich nicht aus Sorge um seine Geliebte an ihn gewandt hätte. Die Antwort lag klar auf der Hand: Der Bestie wäre vermutlich ein perfekter Mord in dreifacher Ausführung gelungen. Bentz wusste schließlich aus Erfahrung, dass die Vermisstenanzeige von Hajo Diekmann bereits in Vergessenheit geraten und zu den abgelegten Akten der unaufgeklärten Fälle gewandert wäre. Hajo Diekmann hatte sich in den letzten Tagen nicht ein einziges Mal bei ihm gemeldet, während sich Micky drei- oder viermal nach dem neuesten Stand der Dinge erkundigt hatte. Bentz verabschiedete sich flüchtig von seiner Frau und fuhr zur Dienststelle. Der Streuwagen hatte bereits die in der Nacht vereiste Straße passiert, und der nasse Asphalt glänzte im Licht der Scheinwerfer. Bentz' Nervosität stieg. Er ließ sich nur unwillig im trägen Verkehrsfluss treiben. Zeit hatte er zwar genug, doch seine innere Unruhe trieb ihn an. Als er endlich das Revier erreichte, parkte er seinen Wagen auf seinem Stammparkplatz und nahm eilig die Treppe nach oben. Nachdem er in seinem Büro seinen Jagdmantel abgelegt hatte, suchte er im Telefonbuch nach der Nummer des jungen Diekmann. Er drehte die Wählscheibe. Das Freizeichen ertönte, doch niemand nahm den Hörer ab.

Er ist unterwegs, dachte Bentz bedauernd, der dem jungen Mann schließlich mitteilen musste, dass die Polizei auf dem elterlichen Grundstück nach den Leichen seiner Familienangehörigen suchen wollte.

Bentz legte achselzuckend auf und vertiefte sich in seine Routinearbeit. Die Belege der Kollegen aus Hannover, die Begründung und Rechtfertigung des Einsatzes der Hundestaffel, aber auch die Organisation des für heute geplanten Vorhabens fanden ihren Niederschlag in den Akten. Bentz wusste, dass er am Nachmittag – unabhängig von den Ergebnissen der Suchaktion – nicht mehr in der Lage sein würde, sich an seinen Schreibtisch zu setzen und solche Routinearbeiten zu erledigen.

Er konzentrierte sich auf die Schreibarbeit. Seine Hände waren ruhig, als er sich an die Maschine setzte und den Bericht tippte. Selbst die ein- und abfahrenden Züge auf dem nahen Bahnhof überhörte er dabei. Er atmete auf, als er fertig war und die Zeilen überflog. Nur einige handschriftliche Verbesserungen musste er vornehmen. Zuletzt setzte er seine Unterschrift unter die Dokumente und lehnte sich gedankenversunken zurück.

Eigentlich konnte er mit seinem Leben zufrieden sein. Seine Ehe war intakt; er war bei Freunden und Kollegen beliebt. Der einzige Wunsch seiner Schwiegereltern war, ihre Tochter glücklich zu sehen. Diesen Wunsch erfüllte er ihnen. Und auch finanziell war seine Welt in Ordnung. Sein Bungalow in bester Wohnlage war schuldenfrei. Nun, Geld spielte in der Familie seiner Frau keine Rolle – sie hatte mehr als genug davon. Doch gerade das war es, was seinen Ehrgeiz zusätzlich anstachelte.

Lautes Klopfen an der Tür riss ihn aus seinen Gedanken. Bentz erhob sich und öffnete. Es war Doktor Kering, sein Freund, der sich einfand, um ihn zum mutmaßlichen Tatort zu begleiten.

Bentz rief seinen Assistenten Gerjet Focken an und bat ihn, die Vorbereitungen zu treffen, damit sie in etwa zehn Minuten zur Blausielstraße fahren konnten.

Focken steuerte den Passat, während der Kommissar und Kering sich auf der Rückbank unterhielten. Als Focken in die

Blausielstraße einbog, standen der Feuerwehrwagen und der Bully der Kollegen von der Schutzpolizei bereits vor dem Haus der Diekmanns. Focken wendete den Passat vor dem Wall und parkte auf der anderen Straßenseite vorm Haus Kapitän Soerges.

Auf dem Grundstück der Vermissten standen zwei Beamte auf Wache. Ein weiterer Uniformierter hielt sich vor der Tür im kleinen Vorgarten auf.

Die Luft war trocken und kalt. Einige Neugierige – vor allem alte Leute aus der Nachbarschaft, aber auch einige Jugendliche – hatten sich vor dem Grundstück versammelt. Sie stellten Fragen, die die Beamten unbeantwortet ließen. Emden würde früh genug erfahren, was passiert war.

Bentz, Kering und Focken eilten mit schnellen Schritten über die Einfahrt in den Garten. Vom Plattenweg aus beobachteten sie die Feuerwehrmänner um Brandmeister Schilling, die Arbeitsanzüge trugen und Spaten und Schubkarren bereithielten. Auf dem Boden unweit der Stelle, wo gegraben werden sollte, stand ein Gebläse mit einem riesigen Sieb und vorgeschaltetem Propeller.

Schilling sah die drei Männer und kam zu ihnen hinüber.

»Moin, die Herren«, sagte er und wandte sich dann an Bentz. »Tja, Herr Kommissar, wir warten auf den Startschuss.«

»Sie können beginnen«, erwiderte Bentz.

Die Feuerwehrmänner entfernten den Mutterboden, aus dem der nächtliche Frost entwichen war. Sie arbeiteten routiniert und vorsichtig und beschränkten sich zunächst auf eine Fläche von zwei mal zwei Metern des insgesamt fünf mal sechs Meter großen Gartenstückes. Der Kommissar stand neben Kering und starrte wie dieser wortlos auf die Spaten, die sich tiefer und tiefer in die Erde gruben. Schilling, der selbst mit Hand anlegte, stoppte plötzlich die Arbeit.

»Hier wird die Erde lockerer«, sagte er zu Bentz, während

er begann, mit einer langzinkigen Gabel den Boden zu sondieren. Erst als er keinen Widerstand spürte, ließ er seine Männer eine weitere Schicht der Erde abtragen.

Der Kommissar fühlte, wie seine innere Spannung von Minute zu Minute wuchs. Sein Hals war trocken. Er schaute sich nach seinem Assistenten um, der mit starrem Blick in die Mulde sah. Doktor Kering hatte seine Medizinertasche auf dem trockenen Plattenweg abgestellt und wartete. Er war bereit.

Wieder unterbrach Schilling die Arbeit seiner Leute und griff zu der Sonde. Und dann ging es allen Beteiligten durch Mark und Bein, als die Zinken der Gabel, die Schilling führte, auf Widerstand zu stoßen schienen. In atemloser Spannung umstanden die Männer die Grube, Schilling zog die Gabel langsam und vorsichtig aus der braunen Erde. Sie war bis auf ein paar Sandkrümel blank und blinkte in der Sonne. Unbewusst atmete Bentz auf. Er beobachtete, wie der Brandmeister die Sonde nun in einem schrägen Winkel vorsichtig, wie in Zeitlupe, in den Boden führte. Die Gabel kam hoch.

Irgendjemand schrie auf. Auf den Zinken lag ein Unterarm, der etwa in Höhe des Ellbogens abgetrennt war. Am Handgelenk befand sich noch die Armbanduhr.

Bentz keuchte und wandte sich ab. Angewidert. Schockiert. Diesen Anblick würde er sein Lebtag nicht vergessen. Übelkeit stieg in ihm auf. Er glaubte, sich übergeben zu müssen. Wie durch Watte hörte er Gerjet Focken aufstöhnen.

Doktor Kering bückte sich rasch nach seiner Tasche und nahm eine flüchtige Untersuchung des grauenhaften Fundes vor. Seine mit Gummihandschuhen bedeckten Hände lösten geschickt die Uhr vom Armstumpf, den er in den bereitgestellten Sarg legte.

Bentz hielt es nicht mehr aus. Er entfernte sich von der Grube, während die Männer ihre grässliche Arbeit wieder aufnahmen. Das Gebläse donnerte plötzlich mit ohrenbetäubendem

Lärm los. Die Feuerwehrleute siebten die Erde, die sie abgruben. Hin und wieder nahm Kering Fundstücke auf, untersuchte sie kurz und legte sie in den Sarg. Bentz bewunderte die Nerven von Gerjet Focken, der mit versteinertem Gesicht der Aktion zusah.

Nach Minuten, die dem Kommissar endlos erschienen, trieb die Pressluft nur noch Erde gegen das Sieb, und der Boden, in den die Spaten stießen, wurde wieder fester. Wie aus weiter Ferne hörte Bentz plötzlich Schillings Stimme.

»Jetzt kommt nichts mehr!«, rief der Brandmeister und schaltete das Gebläse ab.

Die Stille war bedrückend.

Der Kommissar bewunderte die Männer von der Feuerwehr, die nun mit den Aufräumungsarbeiten begannen. Er trat auf seinen Assistenten zu. Fockens Gesicht war kreidebleich.

»Mein Gott, so was Grauenhaftes hab' ich noch nie gesehen, Chef«, presste er mit heiserer Stimme hervor. »Wer, um Himmels willen, kann so etwas tun?«

Bentz antwortete nicht. Was sollte er auch darauf erwidern? Wie durch eine Nebelwand sah er Brandmeister Schilling, der seine Männer zur Eile antrieb.

Doktor Kering stand vor dem Sarg und winkte den Kommissar zu sich. Widerwillig ging Bentz zu ihm hinüber.

»Tja, Ulfert, wir fanden nur Leichenteile«, sagte der Arzt, als spräche er übers Wetter. »Der Unterarm dürfte von einer jungen Frau stammen, soweit ich das bis jetzt beurteilen kann. Ich muss die Funde an das gerichtsmedizinische Institut weiterleiten.«

Der Kommissar wunderte sich selbst darüber, dass er plötzlich die Kraft besaß, einen Blick in die Sargschale zu werfen. Er wandte sich rasch wieder ab.

»Und wir hatten drei Särge bestellt«, hörte er einen Beamten der Schutzpolizei nörgeln.

»Verschwinden Sie, Mann! Aber ein bisschen plötzlich!«, fuhr Bentz ihn an.

Der Brandmeister trat auf ihn und Doktor Kering zu. »Wir machen hier noch eine größere Kontrolle, Herr Bentz«, sagte er. »Ich glaube allerdings nicht, dass wir noch etwas finden.«

»Danke«, sagte Bentz und reichte Schilling eine Flasche Schnaps, die er aus einem ›Geheimfach‹ im Passat geholt hatte. Schilling winkte lächelnd ab und rief seine Männer zusammen.

Kering legte seinem Freund den Arm um die Schulter.

»Komm, gehen wir.«

Bentz, der Arzt und Focken verließen das Grundstück. Als sie die Straße erreichten, sah Bentz, dass die Menge der Schaulustigen weiter angewachsen war. Doch die Uniformierten erfüllten konsequent ihren Auftrag, niemand das Diekmannsche Grundstück betreten zu lassen.

Kering verabschiedete sich von den beiden Kripoleuten. Focken setzte sich ans Steuer und fuhr mit dem Kommissar zurück zum Revier.

Als Bentz mit seinem Assistenten sein Büro betrat, wartete dort bereits der Chef der Schutzpolizei und bot seine Hilfe an.

»Danke, Herr Kollege«, sagte Bentz müde. »Lassen Sie bitte Doktor Kering in einer Stunde abholen, und sorgen Sie dafür, dass die Funde aus der Blausielstraße nach Beendigung der Arbeiten ins gerichtsmedizinische Institut gebracht werden.«

»Geht in Ordnung, Herr Bentz. Schrecklich, das Ganze! Und das in unserer Stadt«, sagte der Schupo-Chef beim Hinausgehen.

Bentz warf seinen Mantel über die Garderobe und ließ sich schwer in den Besuchersessel fallen. Er war noch immer kreidebleich.

»Jetzt können die Zeitungsleute kommen, Gerjet«, sagte er.

»Vielleicht bringt uns ihre Mithilfe weiter. Diese grauenhaften Funde können dazu beitragen, dass jemand auspackt, der bisher geschwiegen hat.«

»Denken Sie an jemand Bestimmten, Chef?«, fragte Focken.

»Nein.«

»Aber an das Straßenfest, nicht wahr?«

Bentz lächelte gequält. »Bist ein heller Kopf, Gerjet. Und jetzt mach! Bestell die Presse für siebzehn Uhr.«

»In Ordnung«, sagte Focken und machte sich auf den Weg.

Bentz langte zum Telefonhörer und wählte die Nummer des Staatsanwalts. Mit wenigen Worten gab er das Ergebnis der Grabung durch. Sein Entsetzen, seine ohnmächtige Wut und seine Enttäuschung übertrugen sich auch auf den Staatsanwalt. Doktor Schepker bot ihm an, eine Kommission zu bilden, doch Bentz erbat sich für die nächste Zeit freie Hand und wünschte nur eine zusätzliche Hilfe bei der weiteren Spurensuche.

Er verschwieg, dass er bereits einen jungen Mann als Mörder in Verdacht hatte. In Gedanken vertieft blieb er im Sessel sitzen. Sollte er Professor Micky anrufen? Nachher vielleicht.

Bentz erhob sich, um sich auf die Pressekonferenz vorzubereiten.

7. Kapitel

Professor Micky arbeitete wie besessen an seiner Komposition. Er arbeitete fast Tag und Nacht daran, schien sich mit seiner Arbeit betäuben zu wollen wie mit einer Droge. Er war in seine Musik gleichsam geflüchtet. Nur hier fand er Ruhe und Vergessen.

Umso härter traf ihn der Anruf des Kommissars. Bentz bat ihn mit kargen Worten zu sich. Es habe sich etwas Neues im Fall Diekmann ergeben, etwas Unerfreuliches.

Micky warf sich seinen Parka über, stürzte aus dem Haus, stieg in seinen Wagen und raste in Richtung Emden.

Nachdem er seinen Wagen vor dem Revier abgestellt hatte, eilte er mit kurzem Gruß an den Dienst habenden Beamten der Schutzpolizei vorbei und rannte über die Treppenstufen dem Zimmer entgegen, das er kannte. Atemlos klopfte er an die Tür. Als er sie öffnete, sah er, wie der Kommissar einen müden Blick auf ihn richtete und wortlos auf den Besuchersessel wies. Im abgeschirmten Licht der Tischlampe wirkte Bentz bleich, sein Gesicht eingefallen. Seine Finger trommelten nervös auf der Schreibtischkante. Das Zimmer wirkte düster, als säßen irgendwo die Toten als stumme Ankläger.

Professor Micky versuchte sich zur Ruhe zu zwingen. Ihm schlug das Herz bis zum Hals.

»Herr Professor, was ich Ihnen jetzt sagen muss, fällt mir nicht leicht«, begann Bentz. Er legte eine Pause ein, um seine Worte sorgfältig zu wählen, doch dann sagte er hart: »Wir müssen davon ausgehen, dass Sonja und ihre Eltern ermordet wurden.«

Vor Professor Micky begann sich das Zimmer zu drehen. Er vergrub sein Gesicht in den Händen. Ein Zucken ging durch seinen gebeugten Körper.

»Bitte, Herr Professor«, hörte er Bentz' Stimme wie aus weiter Ferne. »Trug Sonja eine silberne Uhr?«

»Eine …? Ja«, erwiderte Micky heiser. Vor seinem geistigen Auge sah er die kleine Verkäuferin, wie sie Sonja die Uhr, die er ihr zum Geburtstag geschenkt hatte, um das Handgelenk legte. »Ja … Sonja trug eine silberne Uhr. Ich – schenkte sie ihr – zum Geburtstag. Herr Kommissar, wo – hat man sie gefunden?«

Bentz holte tief Luft. Er zögerte. Konnte er diesem gebrochenen Mann die volle Wahrheit sagen? Ja – er musste es tun, bevor Micky die Einzelheiten aus der Presse erfuhr.

»Im Garten des Hauses ihrer Eltern. Wir – fanden nur Leichenteile, die noch untersucht …«

»O Gott! Nein!« Es klang wie ein gequälter Aufschrei. »Bitte, Herr Bentz, das ist nicht wahr!«

»Leider ja«, erwiderte Bentz leise und hasste in diesem Augenblick seinen Beruf. »Aber eines kann ich Ihnen versprechen. Wenn sich auch nur die Andeutung einer Spur findet, wer der Täter ist, werden wir sie mit aller Entschlossenheit und ohne jede Rücksicht verfolgen.«

Keine Reaktion. Micky saß zusammengesunken im Besuchersessel.

»Soll ich Sie nach Hause fahren lassen?«, fragte Bentz mitfühlend.

Micky hob den Kopf und gab sich einen Ruck. »Nein. Das ist nicht nötig.« Er erhob sich und wandte sich zum Gehen.

»Sobald wir mehr wissen, melde ich mich bei Ihnen«, versprach Bentz und begleitete den verzweifelten Mann zur Tür.

Als die Zeitungen am nächsten Morgen über das grausame Verbrechen in der Blausielstraße berichteten, war die Bevölkerung Emdens vor Entsetzen wie gelähmt. Kommissar Bentz hatte mehrere Beamte abgestellt, die Horst Soerge rund um die Uhr beschatteten. Der schreckliche Fund war für die Polizei Anlass genug gewesen, das Anwesen noch ein weiteres Mal gründlich zu untersuchen. Kriminalbeamte aus Aurich und Norden verstärkten die Mannschaft um Bentz. Nicht nur der gesamte Garten, sondern auch das Wohnhaus und die Garagen wurden förmlich auf den Kopf gestellt. Kein Quadratzentimeter wurde ausgelassen, den die Diekmanns oder ihr Mörder berührt oder betreten haben konnten.

Noch am selben Abend fuhr ein Beamter mit den entnommenen Fingerabdrücken, Textilfasern und sonstigem Untersuchungsmaterial nach Osnabrück zur Auswertung.

Die Frage, die alle Beteiligten bewegte, war: Wo befinden sich die Leichen? Irgendwo in Emden oder im weiten ostfriesischen Umland?

Emden, als See- und Hafenstadt, wird sternförmig von Grachten durchzogen. Sogar durch den Stadtkern ziehen breite Wassergräben und schneiden ausgedehnte Dreiecke in das Grünland. Der Ems-Jade-Kanal lässt große, seeartige Gewässer seitlich auf seinem Weg in den alten Binnenhafen liegen. Hinzu kommen die ausgedehnten Binnenseen, die an der Küste als ›Meer‹ bezeichnet werden.

Falls der Mörder seine Opfer in Plastiksäcken, mit Steinen beschwert, in einem Gewässer versenkt haben sollte, so konnte man vorerst die heute nicht mehr schiffbaren Stadtgewässer ausklammern, denn die Gefahr, entdeckt zu werden, war für den Täter zu groß; erheblich größer jedenfalls als etwa an der Pier der VW-Schiffe, die weit in den Hafen ragte. Hier hätte der Mörder unterhalb des kleinen Leuchtturms seine Opfer unbeobachtet beseitigen können.

Aus diesem Grunde begannen am frühen Morgen Kriminalbeamte, unterstützt von der Wasser- und Schutzpolizei, der freiwilligen Feuerwehr und Tauchern der DLRG, im Außenhafen unterhalb der Westmole in Höhe Borkum-Kai mit der Suche.

Einige Stunden zuvor waren Bentz und Focken nach Osnabrück gefahren, um sich mit Oberkriminalrat Wevers zu besprechen und die Ergebnisse der Grabungsaktion einzuholen. Außerdem hatte Wevers ihnen eine ›revolutionäre Entwicklung auf dem Gebiet der Spurensicherung‹ angekündigt.

Die beiden Kriminalisten aus Emden erreichten noch vor dem Einsetzen des Berufsverkehrs das Polizeipräsidium und mussten nicht lange warten, bis sie Wevers gegenüberstanden.

Die bisherigen Ermittlungsergebnisse waren bei einer Tasse Kaffee rasch ausgetauscht.

Dann erschienen die Beamten vom Labor. Sie bestätigten Bentz und Focken, dass der abgetrennte Arm von Sonja Diekmann, die anderen Funde von ihren Eltern stammten. Die Armbanduhr hatte der jungen Frau gehört. Und die Fingerabdrücke auf der Türklinke zu Sonjas Zimmer stammten von einem bisher Unbekannten.

Sofort kam dem Kommissar der junge Soerge in den Sinn. Sicher, er hatte Bentz gestanden, die halbe Nacht bei Sonja verbracht zu haben. Aber hatte sein angekündigtes plötzliches Zusammentreffen mit Bentz in der Wohnung der Diekmanns nur dazu gedient, sich selbst aus der Schusslinie zu bringen und etwaige Fingerabdrücke zu rechtfertigen? Oder stammten diese Fingerabdrücke doch von jemand anderem?

Jedenfalls hatte der Mörder selbst keine Spuren hinterlassen. Er war, so viel stand fest, ein Eindringling, der keine Gegenstände im Wohnhaus berührt hatte. Daraus war zu schließen, dass seine Tat geplant und nicht impulsiv gewesen war.

Bentz und Focken hörten gespannt zu, als ein Wissenschaftler sie auf ein neues chemisches Untersuchungsgerät hinwies, das seine Erprobungsphase mit großem Erfolg in einigen westdeutschen Großstädten bestanden hatte. Er zeigte ihnen die ›idiotensichere‹ Handhabung der dazugehörigen Sprühvorrichtung.

Bentz und Focken waren beeindruckt. Wevers hatte ihnen nicht zu viel versprochen. Der Kriminaloberrat war sofort einverstanden, als Bentz ihn bat, das Gerät zu einer weiteren Untersuchung des Diekmannschen Hauses nach Emden zu überstellen.

Auf der Autobahn Hesel – Emden herrschte nur wenig Verkehr. Bentz steuerte den Passat. Obwohl es bereits zehn Uhr war, fuhr er noch mit eingeschalteten Scheinwerfern. Das gleichmäßige Brummen des Motors machte die beiden Männer müde. Sie schwiegen, hingen ihren Gedanken nach. Endlich zeigte sich Emden mit den am Horizont auftauchenden Hafen- und Krananlagen. Der Autobahnzubringer führte direkt in die Stadt; der Verkehr wurde dichter. Vor dem Rathaus mussten die beiden Kriminalbeamten kurz im Stau warten.

Sie fuhren direkt in die Blausielstraße. Noch immer bewachten zwei Polizeibeamte das Haus der ermordeten Diekmanns. Diese Maßnahme hatte sich als notwendig erwiesen.

Leider waren die Reaktionen auf die Zeitungsmeldungen spärlich geblieben und hatten keine brauchbaren Hinweise erbracht. Der einzige ›Erfolg‹ beschränkte sich darauf, dass die Berichte über den grauenhaften Mord das kleine rote Klinkerhaus zu einer Art Sehenswürdigkeit abgestempelt hatten, das in wenigen Minuten von der Innenstadt aus erreicht werden konnte und echten Grusel garantierte, der authentischer war als Hitchcock-Zelluloid.

Als die beiden Beamten den Wagen vor dem Haus parkten, umstanden gaffende Bürger aller Altersstufen den kleinen Vorgarten. Bentz verstand irgendwie die Neugierde dieser Menschen. Sogar die verrosteten Eisenspitzen des Tores wirkten anheimelnd gruselig, und die toten Fenster im blassroten Mauerwerk unter dem grauen Himmel konnten einem Betrachter eine Gänsehaut über den Rücken jagen.

Der Kommissar half seinem Assistenten, das Gerät aus dem Wagen zu laden. Focken schnallte sich die tornisterartige Vorrichtung über den Rücken. Keiner der sensationslüsternen Gaffer konnte auch nur ahnen, dass es sich dabei um ein hochmodernes Spurensicherungsgerät handelte. Bentz schleppte die dazugehörige Holzkiste. Er stellte sie auf die Treppenstufen, entfernte das Siegel von der Tür und trat ein. Focken folgte ihm. Vor den neugierigen Blicken der Menge schlug Bentz die Tür hinter sich zu.

Das erste Ziel der Beamten war das Zimmer Sonja Diekmanns. Oben angelangt, machten die beiden Männer Halt. Während Focken zur Sicherheit noch einmal die kurze Gebrauchsanweisung las und dann den Kanister an die Sprühvorrichtung anschloss, nahm Bentz den Reservetank aus der Holzkiste und öffnete das Zimmer.

Wie ein Gärtner, der Obstbäume spritzt, stellte Focken sich in Bereitschaft. Dann legte er den Kippschalter um. Mit leisem Zischen verbreiteten die Spritzdüsen die Chemikalie im Zimmer der ermordeten Studentin. Focken ging systematisch vor. Nachdem er mit dem Zimmer Sonjas fertig war, zog er durch sämtliche Räume des Obergeschosses, bedeckte Bad, Elternschlafzimmer und Korridor mit dem hauchfeinen Film. Auch die Einrichtungsgegenstände ließ er nicht aus. Bentz folgte seinem Assistenten mit gespannter Erwartung, als sie anschließend die Treppe hinabstiegen und auch die unteren Räume in gleicher Weise präparierten. Nach Auskunft des Osnabrücker Spezialisten dauerte es etwa zehn Minuten, bis die Untersuchungen beginnen konnten.

Während Bentz und Focken darauf warteten, dass das angeblich todsichere ›Leukomalachit grün‹ seine Wirkung entfaltete, rauchten sie im düsteren Korridor nervös eine Zigarette. Ohne dass sie es vor sich selbst zugegeben hätten, ließ sie wieder die schneidende, unerklärliche Kälte frösteln, die diese Wohnung ausstrahlte.

Der Kommissar paffte nervös an der Camel, die er sich von Focken geschnorrt hatte. Er fragte sich, ob dieses neue ›Wundermittel‹ ihnen tatsächlich helfen konnte, den Mörder zu entlarven.

Die zehn Minuten waren um. Focken drückte die Zigarettenkippe in einer leeren Streichholzschachtel aus. Bentz folgte seinem Beispiel. Seine Hand zitterte leicht.

»Gehen wir!«, sagte er entschlossen. Er setzte nun all seine Hoffnung auf die Wirkung des hochempfindlichen Sprühmittels, von dem der Osnabrücker Kriminalchemiker behauptet hatte, dass es auch dann grün fluoreszierend leuchten würde, wenn sich auch nur ein Tropfen Blut in fünfzigtausend Litern Wasser befände.

Mit klopfendem Herzen näherten sich die beiden Beamten dem Zimmer Sonja Diekmanns – und blieben wie versteinert im Türrahmen stehen. Große Flecken leuchteten schwach vor Sonjas Liege in einem geisterhaften Grün. Hier musste sich Abscheuliches abgespielt haben. Kleine Flecken führten aus dem Zimmer hinaus. Als hätte der Teufel selbst eine Spur gelegt, setzte sich dieses Mosaik des Grauens über den Korridor bis ins Badezimmer fort.

»Mein Gott!«, stieß Focken entsetzt hervor und starrte entgeistert auf die Fliesen rund ums Waschbecken. So, als hätte er die Gedanken seines Vorgesetzten gelesen, sagte er heiser: »Ein Verrückter … nur ein Verrückter kann so etwas getan haben.«

Diesen Eindruck hatte auch der Kommissar. Dies war nicht die Tat eines gewöhnlichen Mörders. Dies war die Tat einer Bestie in Menschengestalt.

Die beiden Beamten folgten dem grünlich fluoreszierenden Punkt- und Strichmuster. An den Wänden und Türen waren Spritzer zu erkennen – wie Glühwürmchen im Dämmerlicht. Im Elternschlafzimmer starrten die Männer erschrocken auf den Parkettboden neben den frisch bezogenen Betten. Ein wahrer Blutstrom musste dort geflossen sein, so groß waren die geisterhaft schwimmenden Flecken. Bentz roch die stickige Luft. Seit Wochen war hier nicht mehr gelüftet worden, und ihm kam es plötzlich so vor, als könne er den Geruch der Toten wahrnehmen. Bentz schüttelte diesen Eindruck ab, blickte sich um. Auch zum Fenster musste der Mörder gegangen sein, um den schweren Store vor die Gardinen zu ziehen. Das ›Leukomalachit grün‹ verriet, wie brutal der Täter vorgegangen sein musste. Offenbar hatte er seinen schlafenden Opfern die Kehlen durchgeschnitten. So umgeben vom Licht des Todes, fragte sich Bentz, warum der Mörder keine Fußabdrücke hinterlassen hatte. Vielleicht trug er deshalb keine Schuhe, weil er sich in Sonjas Zimmer ausgezogen und mit ihr geschlafen hatte. Oder sie dazu gezwungen hatte, mit ihm zu schlafen.

»Soerge«, murmelte Bentz kaum hörbar.

»Was sagten Sie, Chef?«, fragte Gerjet Focken. »Soerge? Glauben Sie …?«

»Der Verdacht liegt jedenfalls nahe«, unterbrach ihn Bentz und versuchte, sich in die Situation des Mörders zu versetzen. Er ging zurück in Sonjas Zimmer und trat an ihre Liege. Dann beugte er sich vor und streckte die Arme aus, als wollte er die Leiche der jungen Frau packen, um sie forttragen zu können.

Focken schaute gespannt zu.

»Hier war ihr Kopf«, sagte Bentz und richtete sich wieder auf. Er wies auf eine der großen phosphoreszierenden Stellen. »Aber wie …?« Er überlegte kurz und sagte dann: »Komm, Gerjet! Wir müssen die Treppe und den Korridor einsprühen.«

Sie gingen nach unten. Bentz schloss den Reservekanister an. Focken schnallte sich wieder die ›Leukomalachit‹-Spritze um die Schultern und begann die Treppenstufen einzusprühen. Weil Bentz vermutete, dass der Mörder mit seinen Opfern das Haus nicht durch die vordere Tür verlassen hatte, ließ er Focken auch den gesamten Korridor einsprühen; anschließend die Steinplatten entlang des Anbaues, den Weg zur Garage und den Boden um die in der Garage stehenden Fahrzeuge. Anschließend verpackten die beiden Männer das Gerät und brachten es samt Kanistern zum Passat zurück.

Noch immer standen Neugierige vor dem Grundstück. Das Erscheinen der Kripoleute verschaffte ihnen Tatortgeschehen live. Dazu zählte auch das eigenartige Gerät, das unter der Heckklappe des Dienstfahrzeuges verschwand.

Die Gesichter der beiden Kriminalbeamten waren ernst, als sie sich den Blicken der Neugierigen mit eiligen Schritten entzogen. Focken griff nach dem Arm des Kommissars, doch dieser hatte schon die grüne Leuchtspur ausgemacht, die sich aus der Anbautür des Wohnhauses wie die Milchstraße an einem frostklaren Winterhimmel hinüber zu den Steinplatten erstreckte und von dort aus in einem Bogen zur Garage verlief. Bentz und Focken betraten das Haus durch den Anbau und erkannten, dass die grün schimmernde Fährte vor der Treppe abknickte und die Stufen emporführte.

»Der Verrückte hat seine Opfer einzeln die Treppe runter in die Garage getragen«, stellte Focken überflüssigerweise fest. Bentz war schon auf dem Weg dorthin. Und dort empfing ihn jetzt ein geradezu unheimliches Leuchtfeuer, als brenne der Boden.

Schaudernd erkannte Bentz, dass sie an jener Stelle standen, an der dieser bestialische Mörder Erwien, Magda und Sonja Diekmann regelrecht zerstückelt haben musste. Ein Blick auf den Kotflügel und die Seitentür des BMW bestätigten seine Vermutung.

Voller Abscheu und Ekel verließen die beiden Kriminalbeamten diese Stätte des Grauens. Sie schlugen die Tür hinter sich ins Schloss und betraten das Haus durch den Anbau. Sie verriegelten auch hier die Tür, um das Gebäude zur Straßenseite hin zu verlassen. Der Kommissar versiegelte zum x-ten Mal das Türschloss. Er warf einen raschen Blick über die Menge der Neugierigen, die kamen und gingen. Doch er entdeckte kein bekanntes Gesicht. Auch nicht das Gesicht Horst Soerges …

Sie stiegen in den Wagen und fuhren zur Dienststelle.

8. Kapitel

Staatsanwalt Schepker war ein strenger Jurist, unbeugsam, aber gerecht. Er galt als ein Mann der alten Schule, dem korrektes Verhalten über alles ging. Sein Haar war eisgrau, sein herbes Gesicht wirkte ledern und asketisch. Er war schlank und mittelgroß. Schepker glaubte durch das Tragen von Manchesterhosen und Rollkragenpullovern der Marke ›Peter Scott‹, die er in fast allen gängigen Farben besaß, dem seiner Meinung nach lauen Juristennachwuchs genügend Entgegenkommen zu zeigen. Außerdem hatte er damit dem herben Küstenklima entsprechend für dreiviertel des Jahres seine Garderobenfrage gelöst.

Der Staatsanwalt hatte sich im Hafen nach den Bergungsarbeiten erkundigt, den dort unermüdlich suchenden Männern gedankt und sich danach zum Uphuser Meer fahren lassen, um sich auch dort nach dem Stand der Dinge zu erkundigen. Aber auch dort gab es keine neuen Ergebnisse.

Nach dem jetzigen Ermittlungsstand war Horst Soerge der Hauptverdächtige. Nicht nur, dass man seine Fingerabdrücke in Sonjas Zimmer gefunden hatte – für seine Täterschaft sprach auch die Einzahlung der zweitausend Mark auf sein Konto.

Der Amtsrichter hatte sich diesen Argumenten nach anfänglichem Zögern gebeugt und den Haftbefehl ausgestellt.

Schepker erwartete den Kommissar und Gerjet Focken in Bentz' Dienstzimmer. Er saß dösend am Schreibtisch vor seinem geöffneten Aktenkoffer und fuhr hoch, als die beiden Beamten plötzlich eintraten.

»Ist der Haftbefehl ausgestellt, Herr Staatsanwalt?«, fragte der Kommissar nach kurzer Begrüßung und nahm Platz, während Focken aus einem Nebenzimmer einen zweiten Stuhl holte.

»Der Amtsrichter hatte keine Einwände«, erwiderte Schepker und reichte Bentz das Aktenstück. »Dann wollen wir Herrn Soerge also mal die Gelegenheit geben, in der Untersuchungshaft ein wenig nachzudenken. Vielleicht verrät er uns dann, wo er die Leichen versteckt hat – wenn er der Täter ist. Aber Sie scheinen ja davon überzeugt zu sein, Herr Kommissar.«

Bentz nickte. »Ja. Wenn wir auflisten, spricht alles dafür, dass Soerge der Mörder ist.«

»Wie verlief der Einsatz des neuen Spurensicherungsgeräts?«, erkundigte sich Schepker. Das laute Kreischen der Bremsen des D-Zuges Bad Harzburg – Norddeich drang zu ihnen herauf. Bentz wusste, dass er und Focken ihre Mittagspause vergessen konnten.

»Nun«, begann Bentz, »der ›Leukomalachit‹-Test erbrachte eindeutige Ergebnisse. Der Täter hat seine Opfer offenbar im Schlaf ermordet, die Leichen dann in die Garage gebracht und sie dort … äh, zerteilt. In der Garage endet die Spur. Der Mörder muss die Leichen abtransportiert haben und bei seinen, tja, Reinigungsarbeiten das, was sich noch in der Garage befand, im Garten vergraben haben.«

Der Staatsanwalt blickte angeekelt auf die Schreibtischplatte. »Und das trauen Sie diesem Soerge zu?«, fragte er.

»Durchaus«, antwortete Bentz.

»Nun, dann werden wir von ihm ja auch erfahren, wo die Leichen sind«, sagte Schepker. »Unsere Suchtrupps rackern sich ab. Vergeblich. Sie haben weder im Hafenbecken noch im Uphuser Meer Erfolge zu verzeichnen.«

»Wenn ich mir den Vorschlag erlauben darf«, sagte Bentz förmlich, »dann lassen Sie die Suchaktion fortsetzen, während wir Soerge in U-Haft nehmen.«

»Selbstverständlich«, erwiderte Schepker.

Bentz wandte sich an Focken. »Gerjet, der Junge wird beschattet. Lass bitte feststellen, wo er sich im Moment aufhält.«

»In Ordnung, Chef!« Focken verließ das Zimmer.

Schon nach wenigen Minuten, in denen Bentz den Staatsanwalt über weitere Details ihrer Ermittlungsarbeit informierte, kehrte er zurück.

»Soerge macht es uns einfach«, sagte er. »Der Bursche ist im Spielsalon ›Kansas‹ am Neuen Markt.«

»Nicht mehr lange«, sagte Schepker entschlossen und erhob sich. »Fahren wir los, meine Herren.«

Ein Beamter der Schutzpolizei brachte die drei Männer in die Innenstadt. Vor der hässlichen Hinterhoffassade einer Reinigung parkte er den Wagen und erhielt von Schepker die Anweisung zu warten. Die Beamten hatten keinen weiten Weg. Aus der Eingangstür des Spielsalons drang ihnen das Klickern, Scheppern und Dröhnen der Automaten entgegen. Ein Beamter in Zivil trat den drei Männern entgegen und zog seine Dienstmarke aus der Tasche seiner ledernen Jeans. Unauffällig führte er Bentz, Focken und Schepker in die nur mäßig besuchte Halle.

Flackernde, grelle Lichter, das Dröhnen dahinrasender Rennwagen, Abschussblitze und Detonationsgeräusche boten den wenigen Besuchern die Spannung, die sie im Berufs- oder Privatleben nicht fanden. Der Kommissar beobachtete, dass Horst Soerge wie besessen die Knöpfe eines Flipperautomaten bearbeitete. Er betrachtete die großen Hände des bulligen jungen Mannes und stellte sich vor, wie sie sich um den Griff eines Messers geschlossen hatten und zustießen, wieder und wieder …

Für Sekunden war Bentz wie gelähmt. Seine Fantasie gaukelte ihm so schreckliche Bilder vor, dass es ihm schien, als stieße die stählerne Kugel des Flipperautomaten gegen seine Magennerven.

»Also los, kommen Sie«, riss ihn die Aufforderung Schepkers in die Wirklichkeit zurück.

Bentz wusste, wie verhasst dem Staatsanwalt diese, wie er sich ausdrückte, »Amerikanisierung und Verblödung der Stadtjugend« war. Doch was ihn mit Sicherheit am meisten ärgerte, war die ›Null-Bock-Mentalität‹ mancher jugendlicher Straftäter, deren Elan und Tatkraft nur noch für einige kriminelle Handlungen reichten, mit deren Hilfe sie ihr knapp bemessenes Taschengeld aufzubessern versuchten.

Schepker trat neben Horst Soerge. Der junge Mann blickte kurz auf; er fühlte sich gestört, denn er knurrte:

»Zieh Leine, Opa! Du stehst in meinem Blickfeld, Mann. Hier spielt nicht dein Enkelchen.«

»Das würde ich ihm auch nicht erlauben«, erwiderte Schepker eisig. »Herr Soerge, ich habe einen Haftbefehl gegen Sie. Sie sind vorläufig festgenommen.«

Soerge wirbelte mit erhobenen Fäusten herum. Doch der kaum weniger bullige Gerjet Focken packte blitzschnell seine Handgelenke, drehte sie auf den Rücken und legte dem jungen Mann Handschellen an.

Bentz bemerkte die Verwirrung, die das kantige Gesicht Soerges ausdrückte. Er sah, wie sich sein untersetzter Körper spannte.

»Keine Dummheiten, mein Junge!«, sagte Bentz scharf. »Los, folgen Sie uns.«

Wut und Hass spiegelten sich in den Augen Horst Soerges. Doch ohne Widerstand zu leisten, folgte er den Beamten zum Wagen.

Nur widerwillig ließ Soerge seine Finger auf das Farbkissen pressen, um sich die Fingerabdrücke nehmen zu lassen. Er zitterte vor hilfloser Wut. Hasserfüllt starrte er die Beamten an.

»Herr Soerge, Sie waren der Letzte, der Erwien, Magda und Sonja Diekmann lebend gesehen hat«, sagte Schepker. »Sie haben …«

»Verdammt noch mal, das stimmt doch gar nicht!«, brüllte Soerge plötzlich los. »Dieser Irre, der sie ermordet hat, der hat sie zuletzt gesehen!«

»Sie haben nach eigener Aussage mit Sonja Diekmann geschlafen«, fuhr der Staatsanwalt unbeirrt fort, »während das Ehepaar im Nebenzimmer betrunken im Bett lag.«

»Ja, aber das geht Sie einen Dreck an, Alter!«

»Sonja Diekmann hat Sie danach zur Tür begleitet. Hat sie hinter Ihnen die Haustür abgeschlossen?«

»Nein«, erwiderte Soerge mit schiefem Grinsen. »Sie musste ja den nächsten Kunden reinlassen.«

»Hören Sie, Soerge«, sagte Bentz scharf, »Ihre Situation ist nicht dazu angetan, hier dumme Scherze zu machen.«

»Natürlich hat Sonja die Tür verschlossen«, sagte der untersetzte junge Mann. »Was soll diese blöde Fragerei?«

»Diese blöde Fragerei soll uns helfen, die Frage zu klären, wie die letzten Stunden im Leben Sonja Diekmanns abgelaufen sind. Und Sie, Herr Soerge, spielen nach unseren bisherigen Ermittlungen da eine ganz besondere Rolle«, sagte der Staatsanwalt.

»Sind Sie bescheuert? Wollen Sie mir einen Mord anhängen?«, schrie Soerge.

»Nicht einen, drei«, erwiderte Bentz gelassen.

»Und wie? Wie denn, he?«, brüllte Soerge.

»Sonja Diekmann verweigerte sich Ihnen. Wahrscheinlich wehrte sie sich. Sie vergewaltigten sie und brachten sie dann um. Aus Angst vor einer Entdeckung töteten Sie anschließend auch Erwien und Magda Diekmann.« Horst Soerge sprang auf und versuchte trotz der Handschellen, auf den Kommissar einzuschlagen. Doch die beiden ihn bewachenden Beamten packten ihn und drückten ihn auf den Stuhl zurück. Soerges Augen glühten vor Hass, seine Fäuste waren geballt.

»Ihre Neigung zur Gewalttätigkeit spricht nicht gerade gegen die Theorie des Kommissars«, sagte Schepker mit Schärfe in der Stimme. Er schaltete die Schreibtischlampe ein. Das Gesicht des mutmaßlichen Mörders wirkte bleich und verzerrt. »Waren Sie alkoholisiert, als Sie die Vergewaltigung Sonja Diekmanns planten?«

Erstaunt sah Bentz, wie plötzlich alle Aggressivität von Soerge abfiel. »Ich war es nicht«, flüsterte er heiser und senkte den Kopf.

»Hören Sie, Herr Soerge«, fuhr der Staatsanwalt milder fort. »Sie verließen in Begleitung von Sonja das Straßenfest. Sie halfen Sonja, ihre Eltern nach Hause zu bringen. Wie kam es anschließend zu den intimen Beziehungen zwischen Ihnen und Sonja? Sie trafen sich doch nicht regelmäßig, oder?«

Soerge blickte die Beamten mit einer Mischung aus Hass und Verzweiflung an. Mit müder Stimme, als sei sowieso alles umsonst, was er hier vorbrachte, sagte er. »Wir brachten Erwien und Magda ins Schlafzimmer. Ich wollte gehen, aber Sonja – ach verdammt, alles Weitere geht Sie nichts an.«

»Kennen Sie eigentlich Professor Lothar Micky?«, fragte Focken, der bisher geschwiegen hatte.

»Nein«, erwiderte Soerge. Eine längere Pause entstand.

»Und es interessiert Sie auch nicht, weshalb wir hier diesen Namen nennen?«, fragte Focken schließlich weiter.

»Sollte es das? Ich kenne den Mann nicht.«

»Er ist Professor an der Fachhochschule für Musik. Sonja Diekmann und Lothar Micky wollten in nächster Zukunft heiraten. Finden Sie es da nicht seltsam, dass Sonja mit Ihnen ins Bett ging?« Die Beamten sahen, dass Soerge verunsichert schluckte. Er begann zu zittern. Tränen traten in seine Augen. Trotzdem hakte der Staatsanwalt unerbittlich nach:

»Herr Soerge, wir haben erfahren, dass Sonja niemals die Absicht hatte, in den Schwarzwald zu reisen. Ihre Eltern wollten es allerdings. Sie hatten die Reise bereits vorbereitet. Ihre Urlaubskasse und die Euroschecks befanden sich im Hause. Sie, Herr Soerge, haben kurz nach der Tat Ihr überzogenes Konto ausgeglichen. Handelt es sich dabei um einen Zufall?«

Keine Antwort. Soerge saß mit schweißüberströmtem Gesicht da und stierte vor sich hin. Schepker ließ weder Sympathie noch Antipathie im Umgang mit dem jungen Mann erkennen. Er kannte nur ein Ziel: den Mörder zu überführen. Ein Ziel, dem er bedingungslos alles andere unterordnete und auf das er auch in diesem Verhör konsequent hingearbeitet hatte. Und nun war es so weit. Er konnte die entscheidende Frage stellen.

»Wo sind die Leichen der Diekmanns, Herr Soerge?«

Bentz hatte einen Wutausbruch Soerges erwartet oder den völligen Zusammenbruch. Doch der junge Mann erwiderte sachlich und gefasst:

»Ich habe sie nicht umgebracht. Sie lebten, als ich das Haus verließ.«

»Und woher stammte die plötzliche Geldspritze?«

»Ich habe eine Antiquität verkauft«, erwiderte Soerge, als habe er sich mit dieser Antwort nun endgültig und völlig verausgabt. Der Mann, der nach dem Stand der Dinge eine unvorstellbar grausame Bluttat begangen hatte, hob seine mit den Handschellen gefesselten Arme, um sich Schweiß und Tränen aus dem Gesicht zu wischen.

Sie hatten ihn weich gekocht. Doch zu einem Geständnis brachten sie ihn nicht. Schepker gab auf.

»Nennen Sie uns einen Anwalt, Herr Soerge, der Ihre Verteidigung übernehmen kann, wenn es zum Prozess kommt. Sie bleiben vorerst in Untersuchungshaft.«

In den Augen des jungen Mannes war plötzlich ein Funken Hoffnung zu erkennen.

»Mein Vater soll einen Anwalt bestimmen«, sagte er, zögerte dann und fügte hinzu: »Falls er an meine Unschuld glaubt.«

Schepker wandte sich an die beiden Beamten der Schutzpolizei.

»Abführen!«

Bentz lenkte seinen Wagen in die Neutorstraße und bog am Bollwerk in den kleinen stillen Reckwall ein. Dort parkte er und schritt gemeinsam mit Focken dem Haus mit der Nummer 16 entgegen. Es war ein altes, um die Jahrhundertwende erbautes Zweifamilienhaus, das hinter einem verwilderten Garten lag.

Die Beamten standen im kalten, feuchten Wind. Bentz las die Namensschilder, die unter schmierigen Plastikscheiben von verrosteten Schrauben gehalten wurden. ›Jan Terjen – José Ramires – Horst Soerge‹. Er drückte den ersten Klingelknopf. Es dauerte eine Weile, bis sie schlurfende Schritte hörten. Eine alte Frau öffnete und starrte die Beamten misstrauisch an. Bentz hielt ihr seinen Dienstausweis unter die Nase. »Wir müssen uns in der Wohnung Ihres Mieters Soerge umsehen«, sagte er.

Die Alte ließ ihn und Focken widerwillig eintreten.

»Ist etwas passiert?«, fragte sie mit einer unangenehm hohen, keifenden Stimme.

»Nein, nicht direkt«, erwiderte Bentz und atmete die stickige, verbrauchte Luft ein, die aus einer offenen Seitentür in den Korridor drang. »Danke, Sie können jetzt gehen. Wir haben einen Wohnungsschlüssel«, wandte er sich an die Alte.

Sie öffnete den Mund, um zu protestieren, schlurfte dann aber davon.

Das Treppenhaus war verwohnt und schmuddelig. Vor der

Etagenwohnung der Familie Ramirez lagen Plastikspielsachen neben leeren Bierflaschen. Die nackten Glühbirnen tauchten alles in grelles Licht.

Die Treppe zur Dachwohnung Soerges war steil. Oben angelangt, stieß Bentz hörbar die Luft aus. Der winzige Flur reichte gerade aus, dass er sich gegen die Tür lehnen konnte, um im schwachen Lichtschein den richtigen Schlüssel zu finden. Focken wartete auf der vorletzten Treppenstufe, während Bentz die Tür öffnete und das Licht auf dem Korridor einschaltete. Die trübe Funzel konnte kaum die Dunkelheit vertreiben. Der Korridor war kahl und leer bis auf einen Garderobenständer, an dem ein Mantel und einige abgetragene Jeans hingen. Eine zweite Tür führte nach rechts. Bentz öffnete, knipste auch hier wieder das Licht an. Im kalten Schein zweier Neonröhren breitete sich die Junggesellenwohnung Horst Soerges vor ihnen aus. Vom Wohnraum führten rechts und links zwei weitere Türen ab. Hinter der ersten entdeckten die beiden Beamten ein veraltetes Toilettenbecken mit Wasserkasten für die Spülung, hinter der zweiten eine verdreckte, primitive kleine Küche, deren gesamtes Mobiliar aus einem Tisch, einem Schrank und einem Drei-Platten-Gaskocher bestand.

Auch das Wohnzimmer war mit anspruchslosen Möbeln ausgestattet. Nur die weiß getünchte Wand gegenüber der Schräge erregte die Aufmerksamkeit der beiden Kriminalbeamten. Dort hingen, sorgfältig aufgereiht, Dolche und Säbel.

»Guck dir das an«, sagte Bentz. »Hat der Kerl die Rüstkammer im Rathaus geplündert?«

»Hier, Chef!« Focken hatte einen leeren Haken entdeckt, an dem ein Kampfmesser gehangen haben musste – auf der von Tabaksqualm angedunkelten Wand zeichneten sich die Umrisse der Waffe deutlich ab.

»Die Tatwaffe, verdammt noch mal!«

Bentz winkte ab.

»Langsam, mein Junge! Vielleicht war es die Antiquität, die er angeblich verkauft hat, um sein Konto auszugleichen.«

Die beiden Beamten sahen sich in der kärglich eingerichteten Wohnung gründlich um, doch die Ausbeute war mager. In der Schublade eines verstaubten Regals lagen ein paar Exemplare eines Porno-Magazins. Auf den Holzbrettern stand Schnickschnack; Bücher fehlten völlig. Immerhin schien Soerge eine gewisse Ordnungsliebe zu entwickeln, was seine Wäsche betraf. Sie lag säuberlich gefaltet in einem Spind aus furniertem Holz. Bentz fand im unteren Fach einer Konsole eine Art Dokumentenmappe mit Schulzeugnissen, dem Gesellenbrief, einigen positiven Arbeitszeugnissen hiesiger Kraftfahrzeugbetriebe, das Kündigungsschreiben von Soerges letztem Arbeitgeber, Abrechnungen des Arbeitsamtes und einigen Mädchenfotos. Ein Schnellhefter enthielt seine dürftige Korrespondenz.

Ein Freund der Musik war Soerge offenbar nicht. Er besaß kein Radio, keinen Plattenspieler und kein – Tonbandgerät! Bentz erinnerte sich an den offenbar fingierten Telefonanruf Magda Diekmanns bei der alten Soerge. War der Anrufer doch nicht ihr Sohn Horst gewesen?

Bentz war ein wenig enttäuscht. Er hatte mehr erwartet. Andererseits war Soerge sicherlich zu gerissen, um in seiner Wohnung blutige Socken aufzubewahren. Sie fanden nichts, was den Mann zusätzlich belastete. Die beiden löschten die Lichter, verschlossen die Tür und stiegen die Treppe nach unten, ohne jemandem zu begegnen. Die Alte hatte ihre Wohnungstür zugezogen. Bentz klopfte an. Sie erschien mit kauendem Mund. Um das stoppelige Altfrauenkinn lag ein Fettrand.

»Alles in bester Ordnung, Frau Terjen«, sagte der Kommissar. »Wiedersehen.«

Die Alte nickte kauend. Sie stellte keine Fragen und ließ die

Beamten ziehen. Ein schneidender, kalter Wind peitschte Nieselregen durch die Straße. Bentz und Focken waren froh, als sie ihren Wagen erreicht hatten. Lustlos steuerte der Kommissar den Passat durch die Innenstadt. Er ärgerte sich über sich selbst. Seine Dienstbehörde setzte hohe Erwartungen in ihn, die er, wie er glaubte, bisher nicht erfüllt hatte. Soerge stritt die Morde entschieden ab. Beweisen konnte man ihm bisher nichts. Und einige Zeitungen im ostfriesischen Raum wetzten jetzt schon die Messer auf die Polizei, die mal wieder völlig zu versagen schien. Bentz kamen Zweifel. Hatten sie etwas übersehen? Er warf einen raschen Blick zu seinem Assistenten hinüber. Focken trug nicht gerade dazu bei, Bentz' Stimmung zu heben. Er starrte schweigend auf die belebten Gehsteige. In den Schaufenstern tauchten die ersten Vorboten des Weihnachtsgeschäfts auf: Tannenschmuck, Kerzenlicht und Weihnachtsmänner.

Als die beiden Beamten das Revier erreicht hatten, verriet der sich abkühlende Wind, dass Frost einsetzen würde.

9. Kapitel

Professor Micky saß mit versteinerter Miene an seinem Schreibtisch.

Das Läuten der Türglocke riss ihn aus seinen Gedanken, ließ ihn zusammenfahren. Wieder klingelte es. Micky ging zur Tür, öffnete und blickte in das lächelnde Gesicht von Kommissar Bentz.

»Moin, Herr Professor«, sagte Bentz. »Ich störe doch hoffentlich nicht?«

»Aber nein. Treten Sie bitte ein.« Micky führte seinen überraschenden Besucher zur Garderobe, nahm ihm Baskenmütze und Trenchcoat ab.

Bentz rieb sich die Hände, als wären sie durchgefroren. Dann nahm er seinen Aktenkoffer auf, den er mitgebracht hatte, und ging unaufgefordert ins Wohnzimmer.

»Es freut mich, dass Sie Zeit für mich haben, Herr Professor«, sagte er, nahm in einem Sessel Platz und stellte seinen Aktenkoffer neben sich.

Micky fragte:

»Einen Tee?«

»Gern, vielen Dank«, sagte Bentz. Er spürte deutlich, wie gedankenabwesend Micky war.

Micky verschwand in der Küche. Der Kommissar hörte das leise Klappern von Geschirr, während er sich in der geschmackvoll eingerichteten Wohnung des Musikers umsah. Ihm entging nicht das Bild Sonjas auf Mickys Schreibtisch, und beim Anblick des bildhübschen Gesichts der jungen Frau spürte Bentz ohnmächtige Wut auf den brutalen Mörder in sich aufsteigen.

Schweigend stellte Micky das Geschirr auf den Tisch. Als die Kerze im Stövchen brannte, Kluntjebecher, Sahnetopf und Tee stilecht vor ihnen standen, fragte Micky:

»Haben Sie einen Verdacht?«

Bentz war erleichtert, dass der Professor sofort zum Thema kam.

»Nun«, sagte er, »wir haben Horst Soerge als mutmaßlichen Täter in Untersuchungshaft genommen. Aber er leugnet die Tat entschieden ab, und uns fehlen die Beweise. Aus diesem Grund waren wir gegenüber der Presse bisher noch recht zurückhaltend. Sicher, Soerge belastet hauptsächlich die Tatsache, dass er sich nach dem Straßenfest als Letzter im Haus der Diekmanns aufgehalten hat. Soerges Fingerabdrücke befinden sich auf der Türklinke zu Sonjas Zimmer. Allerdings braucht das noch nichts zu bedeuten, denn bekannt ist, dass er Sonja nach dem Straßenfest in der Blausielstraße nach Hause gebracht hat. Und er macht daraus ja auch keinen Hehl. Seine Version lautet eben, der wirkliche Mörder habe erst nach ihm das Haus betreten.«

Micky wurde bleich. Seine Hände zitterten, als er sich eine Zigarette anzündete.

»Soerge«, flüsterte er.

»Ja«, sagte Bentz und holte einen dünnen Aktenordner aus seiner Tasche. »Hier sind seine Aussagen. Es ist ein nicht gern gesehener Weg, den ich hier beschreite, aber ich möchte Sie bitten, die Aussagen zu lesen.«

Micky griff nach dem Ordner und begann aufmerksam zu lesen. Er schüttelte ungläubig den Kopf, kleine Schweißtropfen bildeten sich auf seiner Stirn. Plötzlich schrie er förmlich auf:

»Nein! Das hätte Sonja nie getan! Nie hätte sie mir die Treue gebrochen!«

Er sprang auf und warf Bentz die Aktenmappe vor die Füße, als enthielte sie harte Pornografie. Er trat ans Fenster, blickte lange schweigend auf die weiten Wiesen, als suche er am grauen Horizont nach etwas Unwiderbringlichem. Schließlich drehte er sich langsam, mit müden Bewegungen um.

»Nein, Herr Bentz«, sagte er gefasst. »Selbst, wenn sie zu viel getrunken hätte, wäre es niemals dazu gekommen, dass Soerge … Nein, nur mit Gewalt hätte er sich das holen können, wovon er im Protokoll spricht.«

»Das erhärtet nur unseren Verdacht!«, sagte Bentz.

»Soerge ist ein mieser Dreckskerl!«, stieß Micky hervor. »Ich hoffe, Sie werden alles daransetzen, diese Bestie zur Strecke zu bringen!«

Bentz rauchte seine Pfeife. Die Entrüstung und Verzweiflung dieses Mannes waren nur zu verständlich. Andererseits waren noch viele, sehr viele Recherchen notwendig, um Soerge den

Mord nachweisen zu können, falls er überhaupt der Täter war. Wenn sich nämlich der Käufer für die verschwundene Waffe aus Soerges Sammlung – einen türkischen Offiziersdolch aus der Zeit Friedrichs des Großen – finden würde, bliebe kaum noch etwas Handfestes, das man gegen den Mann anführen könnte.

Micky riss ihn aus seinen Gedanken. Die Erregung des Professors schien schlagartig verschwunden zu sein. Als wäre er mit dem Thema Soerge fertig, sagte er:

»Und wenn Soerge tatsächlich nicht der Letzte war, der Sonja lebend sah? Das würde bedeuten, dass eine gerissene Bestie unter uns ist, ein hochintelligenter Teufel, der vom Ungeschick des Jungen profitiert. Was meinen Sie, Herr Kommissar, wer sich sonst noch Zugang ins Haus hätte verschaffen können?«

Bentz betrachtete Micky ernst, zuckte mit den Schultern.

»Kein Türschloss war angetastet, keine Scheibe zerbrochen. Entweder war Soerge der Mörder oder jemand, der einen Schlüssel besaß. Nur einer käme dafür infrage: Hajo Diekmann.«

Micky starrte den Kommissar an. »Ein konsequenter Gedanke, zugegeben«, sagte er nach einer Weile, und ein kaum merkliches Grinsen zeigte sich auf seinem schmalen, gut geschnittenen Gesicht. »Trinken wir einen Schnaps und denken mal darüber nach?«

»Mit dem Schnaps bin ich einverstanden«, erwiderte Bentz lächelnd, »da sag' ich nicht Nein.«

Micky holte eine Flasche Corvit, an der noch kleine Eisklumpen hingen. Wie Öl floss der Schnaps in die langstieligen Gläser. Die beiden Männer prosteten sich zu und tranken. Als sie die Gläser neben die bunten Teetassen auf den Tisch stellten, sagte Bentz:

»Hajo Diekmann als möglichen Täter in Betracht zu ziehen, übersteigt allerdings meine Fantasie. Der Sohn bringt seinen Vater, seine Mutter und seine Schwester bestialisch um?« Bentz schüttelte den Kopf. »Selbst bei einem knallharten Motiv ein unvorstellbarer Gedanke.«

Der Professor starrte gedankenverloren ins Leere. Seine ganze Haltung verriet dem Kommissar, wie angestrengt er nachdachte.

»Ist es nicht denkbar«, sagte er nach einer Weile, »dass Hajo Diekmann, ein hochintelligenter junger Mann, den grobschlächtigen, ungebildeten Soerge sozusagen als viertes Opfer benutzt haben könnte? Als lebendes Alibi?«

Der Kommissar schwieg. Sicher, auch auf das Konto Hajo Diekmanns war eine hohe Geldsumme eingezahlt worden, aber das war bei ihm längst nicht so ungewöhnlich wie bei Horst Soerge. Außerdem erschien ihm der ganze Gedanke absurd, einem finanziell erfolgreichen, gut aussehenden jungen Geschäftsmann, der zudem nicht den Eindruck machte, unter Komplexen zu leiden, eine solche Wahnsinnstat anzulasten.

Micky goss noch einmal die Gläser voll.

»Prost, Herr Kommissar!«, sagte er. »Darauf, dass es Ihnen gelingt, dieses Scheusal zu packen.«

»Ihr Wort in Gottes Ohr«, erwiderte Bentz lächelnd, kippte den eiskalten Corvit in einem Zug und erhob sich. »Könnte ich mal kurz anrufen?«

»Selbstverständlich. Hat denn der liebe Gott Anschlüsse für Kripobeamte aus Emden?«

»Genau das möchte ich herausfinden«, erwiderte Bentz und wählte Hajo Diekmanns Nummer. »Oh, Verzeihung. Ich habe mich verwählt«, sagte er in den Hörer und legte auf, als sich der Computervertreter meldete. Er nahm seinen Aktenkoffer. »Ich glaube nicht, dass der liebe Gott eine so angenehm weiblichen Stimme hat«, sagte er grinsend.

Micky lächelte schwach.

»Wen wollten Sie denn anrufen? Versuchen Sie's doch noch mal.«

Bentz wandte sich zum Gehen.

»Nein, nein. Nicht so wichtig. Vielen Dank für den Tee und den ausgezeichneten Schnaps, Herr Professor. Wir bleiben in Verbindung.«

Der Kommissar fuhr auf direktem Weg zu seiner Dienststelle. Die Geschäfte hatten bereits geschlossen, die Straßen waren leer. Erst in ein, zwei Stunden würden sich die Parkplätze wieder füllen, wenn die jungen Leute in die Kinos und Diskotheken strömten. Bentz stellte sich die Frage, ob auch Hajo Diekmann heute Abend wieder seinen Porsche in die Innenstadt zum ›Sir Arthur‹ lenken würde, um mit seiner schönen Freundin Abstand von seinen Geschäftsreisen zu suchen? Hatte er einen besonderen Grund, mit Sekt anzustoßen, wo ›Charlies‹ üblich waren?

Bentz rang sich zu dem Entschluss durch, den jungen Diekmann – auch auf die Gefahr, einer fixen Idee zum Opfer zu fallen – beschatten zu lassen. Die Rechtfertigung für diesen plötzlichen Entschluss fand er zum einen darin, dass Hajo behauptet hatte, diesen ominösen Zettel seiner Schwester mit der Nachricht, sie wäre mit den Eltern nach Österreich aufgebrochen, vorgefunden zu haben. Ein Zettel, der vermutlich nie existiert hatte, denn nachweislich hatten die Diekmanns ihr Haus nach dem Straßenfest nicht mehr verlassen. Ebenso seltsam war die Tatsache, dass Hajo sich nicht im Geringsten für die polizeiliche Aufklärungsarbeit interessierte, obwohl er zum Schluss doch mit dem Schlimmsten rechnen musste. Er verdiente gutes Geld. Für einen läppischen Telefonanruf, auch aus dem Ausland, hätte es immer reichen müssen. Und schließlich war da noch die Sache mit seinem Konto und seinen hochfliegenden beruflichen Plänen, die eine solche Menge Geld verschlangen, wie sie auch ein noch so erfolgreicher Computervertreter nicht verdienen konnte.

Bentz stellte den Wagen ab und eilte mit einem kurzen Gruß an den Beamten vorbei, die Abenddienst hatten. Er betrat sein Büro, schaltete das Licht ein und blickte überrascht auf ein Briefpaket auf seinem Schreibtisch. Die Versandtasche trug seine Anschrift. Bentz riss die überklebte Lasche auf. Es war ein Teilbericht aus dem Labor. Nachdenklich las Bentz die mit wissenschaftlichen Fachausdrücken gespickten Zeilen. Der Käfer des mutmaßlichen Mörders Horst Soerge trug keine tatverdächtigen Spuren. Die Leichen waren nicht in diesem Wagen transportiert worden. Ebenso wenig entsprachen die Reifenabdrücke des sechs Jahre alten VWs, den sich Soerge trotz seiner Arbeitslosigkeit geleistet hatte, den Reifenabdrücken, die man auf den Zufahrtsstraßen zu den ›Meeren‹ gesichert hatte.

Sollte Horst Soerge tatsächlich unschuldig und zum Opfer der teuflischen Pläne des wirklichen Täters geworden sein?

Bentz rief seinen Assistenten an. Als Focken sich meldete, sagte Bentz:

»Gerjet, es geht um Hajo Diekmann … Was …? Ja! Schreib auf: wohnhaft Kapitänslohne 16. Größe etwa einsachtzig. Schwarzhaarig, brauner Teint, südländischer Typ. Meist elegant gekleidet. Fährt einen Porsche – aber das weißt du ja alles. Also, lass feststellen, wo der Kerl steckt. Die Zentrale ist benachrichtigt.«

Bentz legte den Hörer auf und nahm ihn sofort wieder ab, um den Staatsanwalt anzurufen, doch Schepker war zu Hause nicht zu erreichen. Nach Auskunft seiner Frau war er im ›Schadhaus‹ bei der Gesangsprobe des Shanty-Chors ›Dollart-Boys‹.

Bentz lehnte sich einige Minuten in seinem Schreibtischstuhl zurück, um sich zu entspannen. Jetzt war es erst einmal wichtig, Hajo Diekmann auf Schritt und Tritt zu beschatten. Dem Kommissar erschien es nun längst nicht mehr so unwahrscheinlich, dass der etwas primitive Soerge zum Opfer des gerissenen Hajo Diekmann geworden war. Soerge, dem das kumpelhafte ›Du‹ leicht über die Lippen ging und der ihm, Bentz, im Haus der Diekmanns so plumpvertraulich von seinem Verhältnis mit Sonja berichtet hatte. Bentz war sich mit einem Mal nicht mehr so sicher, dass Soerge clever genug war, um ein Geständnis zu erfinden, weil er glaubte, sich damit retten zu können.

Das Blatt hat sich gewendet, dachte Bentz. Aber was steckt hinter dieser ganzen schrecklichen Geschichte?

Er ging auf den Flur hinaus zum Zigarettenautomaten und zog sich eine teure Marke. Er schämte sich dabei ein wenig vor sich selbst, dem Pfeifenrauchen immer mehr untreu zu werden. Mit einer Zigarette im Mundwinkel und einer Tasse Kaffee kehrte er zurück in sein Büro, lümmelte sich hinter seinen Schreibtisch und versuchte, für ein paar Minuten völlig abzuschalten.

Vergeblich.

Hajo Diekmann ging ihm einfach nicht mehr aus dem Kopf.

Er griff zum Telefonhörer und erkundigte sich bei den wachhabenden Beamten, ob Focken sich schon gemeldet hatte. Fehlanzeige. Trotzdem ließ Bentz vorsorglich einen Dienstwagen in Bereitschaft halten.

Noch hatte er Zeit. Er rauchte nervös und trank den heißen Kaffee. Mit dem, was er sich um Hajo Diekmann zusammenreimte, konnte er ganz schön an der Wirklichkeit vorbeispekulieren. Doch diese Wirklichkeit kannte sowieso nur einer: der Mörder. Und da galt es, jede, aber auch die kleinste Möglichkeit durchzuspielen.

Also nur mal angenommen, dachte Bentz, der junge Diekmann hat tatsächlich diese unvorstellbaren Morde auf dem Gewissen, dann spielte der Termin des Straßenfestes eine ganz besondere Rolle. Mit anderen Worten: Hajo musste schlicht und einfach in der Mordnacht in Emden in der Blausielstraße gewesen sein. Hinzu kam, dass Erwien, Magda und Sonja Diekmann ja in der Tat für den nächsten Morgen ihre Urlaubsreise gebucht hatten. Niemand würde vorerst Verdacht schöpfen. So gewann der Täter außerdem viel Zeit, um die Spuren der Bluttat und seine Opfer zu beseitigen.

Bentz schüttelte den Kopf. So einfach lag die Sache sicher nicht. Aber immerhin: Vielleicht hatte der ahnungslose Soerge, beglückt und berauscht über seine bei Sonja bewiesene Männlichkeit, das Haus der Diekmanns verlassen und Hajo so die Chance gegeben, der Polizei einen idealen Täter zu präsentieren.

Das Telefon unterbrach Bentz in seinen Gedankengängen. Gerjet Focken hatte Diekmann im ›Sir Arthur‹ aufgespürt, begleitet von seiner ostfriesischen Monroe.

»Bleib am Ball«, sagte Bentz. »Gegen dreiundzwanzig Uhr bekommst du Verstärkung.«

»Aber wenn der Junge in seinen heißen Ofen steigt, verlieren wir ihn«, wandte Focken ein. »Bei 'nem Porsche halten unsere Dienstmühlen nicht mit.«

»Wir müssen eben darauf setzen, dass er noch bleibt. Ein Wagen wird bereitstehen«, sagte Bentz. Er hängte ein, verließ das Büro, stieg in den bereitgestellten Dienstwagen und fuhr los. Am Bahnhof waren noch späte Reisende unterwegs. Taxifahrer warteten in einer langen Schlange auf die Fahrgäste, die ihnen der letzte Zug aus Bremen vielleicht noch bescheren würde.

Bentz fuhr über die Große Straße und bog dann in den Pottersgang ein. Hier breitete sich ein Hauch Altstadtstimmung aus. Diskotheken, gewöhnliche Kneipen und traditionsbewusste Gaststätten warfen buntes Licht über die rissigen Klinkerwände der Gebäude. Auf dem Neuen Markt parkte Bentz den Wagen und ging zu Fuß die wenigen Meter bis zum Schadhaus, dessen konservative hanseatische Atmosphäre besonders die älteren Gäste schätzten. Und die besser betuchten. Neben der Eingangstür hingen die Emailleschilder der Rotarier, des ADAC und des Verbandes Reisender Kaufleute wie Orden auf einer Uniformspange.

Bentz betrat den rauchgeschwängerten Gastraum. Vor den massiven Eichentischen unter dem historischen Gebälk saßen die Honoratioren, tranken Bier und droschen Skat. Der Kommissar erblickte sofort zwei Fähnchen des Shanty-Chors ›Dollart-Boys‹ auf einer langen Reihe von Tischen, die man zusammengeschoben hatte.

Bentz setzte sich in die Nähe des Stammtisches. Während das ›Rolling Home‹ leise zu ihm herüberdrang, blickte er gedankenversunken auf ein großes Ölgemälde des Hamburgers Jens Jensen, das dieser vor achtzig Jahren in Zahlung gegeben hatte, um die Übernachtungskosten und einige Grogs abzudecken. Das Bild zeigte Heringslogger beim Fang auf See. Es drückte vieles, so vieles von dem aus, was Emden heute vermissen ließ.

Der Ober, gekleidet in Troyer und Lederschürze, hätte auf ein solches Schiff gepasst. Aber diese Logger gab es nicht mehr.

Der Gesang, das herrliche kühle Bier und die romantische Umgebung ließen Bentz für eine Weile seine Probleme vergessen. Die tiefen Männerstimmen drangen harmonisch, wie von einer leichten Brise getragen, zu ihm hinüber. Doch schon bald entzauberten die Gedanken an den Fall Diekmann, der so tief in die Abgründe der menschlichen Psyche führte, den Gesang der ›Dollart-Boys‹. Bentz trank sein Bier aus und winkte dem Ober. Er reichte dem Mann, der ihn mit einem Hans-Albers-Blick ansah, das leere Glas zum Nachfüllen. Dann verließ er an der Theke vorbei die Gaststube und ging zur Toilette. Während er dort seine Blase erleichterte, kämpfte der Männerchor gerade mit einem Sturm, der Kap Hoorn zur Hölle werden ließ. Als Bentz die Toilette verließ, näherte er sich der kleinen Seitentür, die in den Saal führte, in dem die ›Dollart-Boys‹ probten. Unter dem Licht der Deckenstrahler standen die Sänger – allesamt Persönlichkeiten der Stadt. Vier Ärzte machte Bentz aus, Kaufleute, Anwälte, einen Schuldirektor, der alle anderen an Größe überragte, und den Staatsanwalt. Der Kommissar konnte ein Grinsen nicht unterdrücken, als er sah, mit welcher Inbrunst der sonst so kühle und trockene Jurist bei der Sache war.

Bentz ging zurück in die gemütliche Gaststube und trank sein zweites Bier. Er hatte vom Ober erfahren, dass sich auch die Pseudo-Seefahrer in Kürze am Nachbartisch einfinden würden, um ihre trockenen Kehlen zu befeuchten und den Klatsch und Tratsch der Woche durchzuhecheln.

Bentz blickte auf die Meerwievkenuhr, die hinter dem Tresen zwischen Schiffsmodellen hing. Focken würde nun bald abgelöst werden.

Der Chor verstummte. Bentz betrachtete die Honoratioren in gesetztem Alter, die nun in die Gaststube strömten. Sie trugen ihre Prinz-Heinrich-Mützen wie Uniformteile in den Händen, nahmen an der langen Tischreihe Platz und bestellten Bier und Korn. Die Herren benahmen sich ausgelassen laut wie übermütige Schüler.

Schepker hatte indessen den einsamen Gast unter dem Fischerbild entdeckt. Erstaunen und Neugierde spiegelten sich auf seinem Ledergesicht. Er erhob sich und kam zu Bentz herüber. »Was treibt Sie denn zu dieser späten Stunde hierher?«, fragte er, als gehöre Bentz nach der ›Sesamstraße‹ ins Bett. Bentz spielte nervös mit seinem Bierglas. Er suchte vergeblich nach den richtigen Worten.

»Es spricht vieles dafür, dass Horst Soerge unschuldig ist«, sagte er schließlich.

»Und noch mehr dafür, dass er schuldig ist«, erwiderte Schepker schroff. »Sind Sie nur deshalb gekommen, um mir das zu sagen?«

Der Kommissar entschloss sich zu einem Frontalangriff.

»Ich bin der Meinung, dass auch Hajo Diekmann als Täter infrage kommt«, sagte er und unterstrich mit seinen Handbewegungen die Ernsthaftigkeit dieses Verdachts. »Ich habe …«

»Das ist doch verrückt!«, unterbrach ihn Schepker lauter als beabsichtigt. Er warf einen beinahe erschrockenen Blick zu seinen Sangesbrüdern hinüber, die jedoch nichts mitbekommen hatten.

Der Kommissar widersprach ihm entschieden. Er legte Schepker, der sich die Zeit nahm, zuzuhören, seine Theorie dar.

»Wir lassen Diekmann beschatten«, sagte Bentz abschließend. »Es wäre für unsere Arbeit natürlich sehr hilfreich, wenn Sie morgen Früh den Untersuchungsrichter aufsuchen könnten.«

Der Staatsanwalt überlegte eine Weile.

»Also gut«, sagte er dann, »der Vogel wird schon nicht davonfliegen. Bleiben Sie an ihm dran. Sie hören dann morgen von mir.«

Schepker betrachtete das Gespräch als beendet. Er erhob sich, reichte Bentz die Hand und gesellte sich wieder zu seinen Sangesbrüdern, die nicht nach kleinen oder großen Fischen suchen mussten.

Bentz blieb noch auf ein weiteres Bier im Schadhaus. Gedankenversunken sah er dem Hans-Albers-Typ zu, der eilfertig die ›Dollart-Boys‹ bediente. Er fragte sich, wie es bei Gerjet Focken stehen mochte. Nun, das würde er morgen Früh erfahren. Als Bentz zahlen wollte, teilte ihm der Ober mit, dass die Herren vom Shanty-Chor die Rechnung übernehmen würden. Bentz nickte dem Staatsanwalt zum Abschied zu und verließ die Nobelgaststätte. Am Neuen Markt genehmigte er sich an einem Stand noch eine Pizza aus einer Pappschale, bevor er hundemüde nach Hause fuhr.

Kriminalassistent Gerjet Focken saß an einem Tisch im ›Sir Arthur‹, umgeben von ausgelassenen jungen Leuten. Ihre lautstarken Unterhaltungen, die dröhnende Musik und das Flackern der grellbunten, rotierenden Scheinwerfer gingen ihm auf die Nerven. Er trank Cola mit Rotwein, rauchte unentwegt und ließ das elegante, schöne Pärchen, das er observieren sollte, nicht aus den Augen. Während den Jugendlichen die Zeit zu schnell verging, wurden ihm die Minuten zu Stunden. Erleichtert atmete er auf, als zwei uniformierte Beamte, begleitet von einem Kollegen der Kripo, eine Ausweiskontrolle durchführten, um diejenigen nach Hause zu schicken, denen das Gesetz nicht erlaubte, sich ohne Erwachsenenbegleitung um diese Zeit noch in der Disko zu vergnügen.

Diese Kontrolle führte die Emdener Polizei in regelmäßigen Abständen durch, und so bemerkte niemand, dass der junge Kripobeamte im Vorbeigehen Focken blitzschnell einen Zettel zusteckte.

Der Discjockey hielt mit mehr oder minder witzigen Bemerkungen die heißen Platten zurück, bis die Polizei ihre Kontrolle zu Ende geführt hatte. Focken las die Notiz:

Ablösung in dreißig Minuten. PKW steht startbereit vor der Porzellanhandlung Mees. Streifenwagen parkt in Sichtweite vor der Buchhandlung Nüllen.

Gerjet Focken zerknüllte den Zettel, steckte ihn ein, bestellte noch eine Cola und bezahlte, als die Bedienung sie servierte.

Donnernde Rockmusik riss die Besucher von den Stühlen. Unter den zuckenden Spotlights ließ Emdens Jugend Dampf ab.

An sich keine Umgebung für einen karrierebewussten Jungmanager, dachte Focken. Aber vielleicht war das Diekmanns Konzession an seine blutjunge Freundin!

Focken behielt aufmerksam den Platz im Auge, an dem Hajo Diekmann und seine hübsche Begleiterin saßen. Focken beobachtete etwa fünf Minuten, nachdem die Beamten gegangen waren, wie Hajo die blonde Schönheit küsste, sie dann an der Hand nahm und mit Besitzerstolz zum Ausgang führte. Trauer über den Tod seiner Eltern und seiner Schwester schien er nicht zu empfinden; ebenso wenig wie seine Begleiterin.

Elegant, in einen eisgrauen Anzug gekleidet, genoss Diekmann sichtlich die bewundernden Blicke der anderen Gäste. Focken folgte den beiden unauffällig.

Vor dem ›Sir Arthur‹ stand der Kollege, der eine Currywurst mit Fritten aß, und zwinkerte Gerjet Focken zu. Die Sache konnte anlaufen. Focken ließ das Pärchen ziehen und ging zum Porzellangeschäft hinüber, wo der Passat mit einem Wachtmeister in Zivil am Steuer wartete. Focken stieg ein. Er beobachtete, wie sein Kollege dem Paar folgte, das mit schnellen Schritten zum Kai des Delfts hinüberging. Es war wohl die Kälte, die die beiden zur Eile antrieb. Focken und der Wachtmeister fuhren los, als Diekmann und die blonde Schöne in den Porsche einstiegen. Sie überquerten den Katergang und bogen ab zum Delft. Vor der Stadtsparkasse parkten sie und warteten auf den Kollegen, der kurz darauf zu ihnen einstieg. Gerade rechtzeitig, denn Hajo Diekmann setzte den Blinker und scherte aus der Parklücke aus. Er musste vor der roten Ampel warten, wie auch die Beamten, die sich sofort an seine Fersen hefteten.

»Wo will er bloß hin?«, fragte der Wachtmeister, als Diekmann über die Große Straße in Richtung Norden/Aurich fuhr.

»Wahrscheinlich bringt er die Kleine nach Hause«, meinte der junge Kollege.

Sie blieben auf Distanz. Hajo Diekmann hielt sich an die Geschwindigkeitsbegrenzungen. Er bog von der Kreisstraße ab und fuhr in Richtung Hinte. Die Beamten folgten ihm durch verwinkelte Straßen und an verschlafenen Wohnhäusern vorbei nach Cirkwehrum, einem Nest, von dem man zu dieser späten Stunde kaum ein Licht sah. Die lange, einsame Landstraße knickte vor einem Gutsbetrieb ab. Die Scheinwerfer huschten über ein gelbes Straßenschild, auf dem Uttum stand.

Vor den drei Beamten verschwanden die Rücklichter des Porsche plötzlich wie in einer dunklen Wand. Der Wachtmeister gab Gas, denn vor einem kleinen Wäldchen gabelte sich die Straße. Ein Abzweig führte nach Wirdum, der andere nach Jennelt. Aber weder auf der einen noch auf der anderen Straße entdeckten sie den Porsche. Kein verräterisches Licht – nichts. Hajo Diekmann schien mitsamt seinem Sportflitzer von der Dunkelheit verschlungen worden zu sein, ohne eine Spur zu hinterlassen.

»Fahren Sie zurück, und halten Sie vor dem Bauernhaus«, sagte Focken zu dem Wachtmeister.

Als dieser den Passat vor einer riesigen Scheune parkte, die von einer einzigen Außenlaterne nur schwach beleuchtet wurde, wandte sich Focken an seinen jungen Kollegen von der Kripo:

»Komm mit, Knut. Wir sehen mal nach, wo der Kerl geblieben sein kann.«

Die beiden stiegen aus und schritten in der Dunkelheit einem kleinen Wäldchen entgegen. Focken spürte die schneidende Kälte im Gesicht, die ein leichter Ostwind verstärkte. Die beiden Kripobeamten näherten sich dem Wäldchen, über dem die Lichter der Huttumer Mühle schwach in der Dunkelheit zu erkennen waren. Focken sagte leise, als könnte sie jemand belauschen:

»Diekmann hat eine befestigte Straße benutzt. Gehen wir bis zur Brücke.«

Knut Hansen schwieg. Er war nicht vertraut mit den Einzelheiten des Falles. Er hatte nur den Auftrag gehabt, das Pärchen zu observieren. Nun war es ihnen entwischt.

Hatte Hajo Diekmann sie bemerkt und mit einem Abhängemanöver ausgetrickst?

Der Weg über die kleine Brücke führte zur Mühle. Doch kurz vor der Zufahrt bog ein Asphaltweg in eine Schleife in den Wald. Die beiden folgten diesem Weg. Nach einigen hundert Metern gelangten sie an einen Abzweig und blieben überrascht stehen. Links zwischen den Bäumen stand der Porsche. Im Wageninnern brannte das Licht, während die Scheinwerfer abgeschaltet waren.

Plötzlich spürte Focken panische Angst in sich aufsteigen. Er dachte an ein weiteres Verbrechen, während die schrecklichen Bilder aus der Blausielstraße vor seinem geistigen Auge vorüberzogen. Instinktiv griff er nach dem Arm seines jungen Kollegen und zog ihn seitlich in die Nähe verkümmerter Sträucher. Dann schlichen sich die beiden Beamten routiniert an das Fahrzeug heran.

Focken spürte, wie sich sein Puls beschleunigte, als sie die letzten Meter geduckt und fast lautlos zurücklegten. Alles hatte er erwartet, nur nicht das, was das matte, gelbe Licht ihren Blicken offenbarte: Hajo Diekmann lag nackt auf dem schlanken, unbekleideten Mädchenkörper. Die langen, leicht angewinkelten Beine der Schönen bewegten sich rhythmisch.

Wie geprügelte Hunde schlichen die beiden Beamten davon. Erst als sie sich der Brücke näherten, sagte Focken:

»Scheiße! Ich komme mir vor wie ein Spanner.«

»Na ja«, meinte Hansen grinsend. »In 'nem Porsche grenzt das jedenfalls schon an Akrobatik. Weißt du …«

»Ach, hör auf!«, unterbrach ihn Focken wütend. »Nach ihrem Spaß können wir jetzt die Fährte neu aufnehmen, verdammt noch mal.«

Die beiden Beamten gingen schweigend zum Passat zurück.

»Wir müssen warten«, sagte Gerjet Focken zum Wachtmeister. »Der Porsche wird bald wieder auftauchen.« Er hörte Hansen auf dem Rücksitz kichern.

Es dauerte tatsächlich nicht lange. Gemächlich passierte der Sportwagen ihre Lauscherposition.

Die weitere Fahrt kam Focken sinnlos vor. Sie beobachteten, wie Diekmann seine schöne Freundin in Eilsum vor einem bürgerlichen Backsteinhaus absetzte. Die Blonde ging mit leichten Schritten der alten, kunstvoll geschnitzten Holztür entgegen, winkte noch einmal und ging ins Haus. Die drei Beamten folgten Diekmann dann noch auf seinem Rückweg. Der junge Mann parkte seinen Renner auf der Auffahrt und verschwand in seiner Wohnung.

Focken war erleichtert. Er gab über Funk ihren Standort zur Zentrale durch. Als sich nach zwanzig Minuten der Bully der Kollegen vor dem Haus postierte, hatte Focken endlich Feierabend und ließ sich vom Wachtmeister nach Hause fahren.

Kommissar Bentz betrachtete den Sonnenaufgang. Die Wiesen lagen unter dickem Raureif, auf dem sich der glutrote Morgenhimmel spiegelte. Bentz riss sich von dem herrlichen Anblick los und machte sich zum Aufbruch fertig.

Es war der erste geschäftsoffene Samstag in der Vorweihnachtszeit. Morgen würde in vielen Häusern die erste Adventskerze brennen. Doch die Stadt schlief noch, als Bentz an diesem Morgen zum Dienst fuhr. Die Kerzen auf den Tannengirlanden, die Lichterkränze und Glitzersterne gaben noch keinen Glanz, und hinter den Schaufenstern in der Innenstadt lagen die Kinderträume unbeachtet im Halbdunkel. Vor dem Bahnhof stand, wie in jedem Jahr, ein riesiger Tannenbaum.

Die Beamten des Nachtdienstes grüßten müde und reichten dem Kommissar eine Notiz an. Bentz nahm den Zettel ungelesen mit auf sein Büro. Er schaltete das Licht ein, drehte die Heizung höher und nahm sich erst dann die Zeit, die Zeilen zu überfliegen. Er nickte zufrieden. Der junge Diekmann hatte seine Wohnung noch nicht verlassen. Er wurde weiterhin observiert.

Bentz rief die Bereitschaft an:

»Hier Bentz. Herr Wachtmeister, gleich, wenn die Kollegen kommen, sollen sich zwei Beamte bereithalten. Wir haben eine Festnahme vorzunehmen.«

Der Wachtmeister bestätigte. Bentz überlegte kurz, ob er den Staatsanwalt anrufen sollte, verwarf diesen Gedanken dann aber. Es war noch zu früh. Er holte sich die Akte Diekmann und blätterte sie durch, als Gerjet Focken das Büro betrat. Das verkaterte Gesicht und die dunklen Ringe unter den Augen seines Assistenten verleiteten Bentz zu der Frage:

»Na, Gerjet? Spätfilm mit Schluck?«

Focken hustete, als hätte übermäßiges Rauchen seine Atemwege verschleimt.

»Letzteres stimmt, Chef«, erwiderte er mit heiserer Stimme. »Aber es war kein Film, sondern eine Livesendung, 'ne Porno-Show, 'ne richtig heiße Nummer.«

»'ne was?«

»Wir haben Hajo Diekmann so gut beschattet, dass er nicht mal ungesehen über seine Freundin steigen konnte«, sagte Focken.

Bentz lachte herzhaft.

»Du hast vielleicht 'ne Ausdrucksweise, mein Junge! Und jetzt schläft sich der schöne Hajo aus, oder?«

»Erraten«, krächzte Focken. »Ich muss schon sagen, unser Dienst gestaltet sich in den letzten Wochen recht abwechslungsreich. Mann, die Sache war mir ganz schön peinlich.«

»Mein lieber Gerjet«, sagte Bentz lächelnd, »was meinst du, wie peinlich es der hübschen Blondine erst sein wird, wenn ihr Hajo uns verraten muss, warum er mit einem scharfen Messer seine Eltern und seine Schwester ermordet hat.«

»Sind Sie denn sicher, dass er es war?«

»Jedenfalls erhärten sich die Verdachtsmomente immer mehr.«

»Ehrlich gesagt, hatte ich heute Nacht ein bisschen Angst, dass Diekmann die Blonde abmurksen könnte«, murmelte Focken.

»Damit er eines Tages nicht auf die Idee kommt, müssen wir ihn überführen und hinter Gitter bringen«, sagte Bentz.

Er war überrascht, als plötzlich der Staatsanwalt das Büro betrat. Seine Prinz-Heinrich-Mütze saß schief auf dem eisgrauen Haar. Auch Schepkers Gesicht zeigte die Spuren einer langen Nacht. Doch der als hart verschriene Jurist war nicht minder hart gegen sich selbst. Er hatte Wort gehalten und den Haftbefehl sowie den notwendigen Durchsuchungsbefehl erwirkt. Er reichte Bentz die Unterlagen.

»Es war nicht ganz einfach, Richter Carls von der Notwendigkeit dieses Schrittes zu überzeugen«, sagte er. »Ich hoffe, Sie wissen, was Sie tun, Herr Kommissar.«

Das hoffe ich allerdings auch, dachte Bentz.

»Begleiten Sie uns?«, fragte er den Staatsanwalt.

Schepker winkte ab.

»Nee«, sagte er grinsend. »Ich muss mit den frischen Brötchen pünktlich bei meiner Frau sein. Sonst krieg' ich 'nen Prozess an den Hals.«

Er schloss seinen Aktenkoffer, wünschte den beiden Kripomännern viel Erfolg und verließ das Büro.

»Mein Gott!«, seufzte Focken. »Der hat ja Humor!«

»Lass den Quatsch, Gerjet«, sagte Bentz. »Wir fahren los.«

10. Kapitel

Über Emden wölbte sich ein stahlblauer Himmel. Die Luft war klar, trocken und kalt. Die Wettervorhersage hatte ein Grad minus angekündigt. Es waren neun Grad minus.

Die Innenstadt lag im Zauber der dekorierten Schaufenster und bunten Lichterketten. Die Kaufleute öffneten ihre Läden und witterten die kühle Luft und gute Geschäfte. Es weihnachtete sehr.

Bentz und Focken verließen die City, fuhren über die Kreisstraße zum Philosophenweg und erreichten von dort die ruhige Kapitänslohne. Sie parkten hinter dem Polizeibully und besprachen sich mit den Kollegen, die die Nacht über die Wohnung Diekmanns observiert hatten. Die Männer waren sichtlich froh, den langweiligen Nachtdienst hinter sich zu haben. Knut Hansen begleitete Bentz und Focken bis an das spitzwinklige Haus, wies auf den Porsche und schlenderte müde davon in den wohlverdienten Feierabend.

Der kleine Vorgarten des Hauses war liebevoll gepflegt. Ein paar Rosenknospen lugten über immergrüne Büsche, als wollten sie dem Winter ein letztes Mal trotzen.

Der Porsche stand wie ein geducktes, sprungbereites Raubtier auf der Auffahrt.

Die Metalliclackierung blitzte im Morgenlicht. Doch in dieser noblen Nachbarschaft gab es gewiss noch teurere Wagen.

Bentz las die Namensschilder: Dr. Sanders und darüber: H. J. Diekmann. Der Kommissar drückte auf den Klingelknopf und wartete vergeblich auf die Betätigung der Gegensprechanlage. Er versuchte es mit ›Sturmschellen‹. Das wirkte. Die massive Eichenholztür wurde geöffnet, und Hajo Diekmann starrte die beiden Beamten an wie Wesen aus einer anderen Welt. Sein Gesicht zeigte trotz der braunen Hautfarbe die typischen Merkmale einer langen Nacht. Vermutlich hatte er sich nach seiner Rückkehr noch eine ganze Reihe von Drinks genehmigt. Er trug einen dotterblumengelben Bademantel, der gut zu seinem südländischen Aussehen passte, und eine hautenge rote Seidenhose. Es war wohl mehr eine Reflexbewegung als Unhöflichkeit oder gar Angst, als er versuchte, seinen Besuchern die Tür vor der Nase zuzuschlagen. Bentz verhinderte dies mit seinem rechten Fuß.

»Nicht so eilig, Herr Diekmann«, sagte er. »Wir haben einen Durchsuchungsbefehl.«

»Sonst noch was?«, fauchte Diekmann wütend.

»Ja. Einen Haftbefehl.«

Der Junge Mann wurde blass unter seiner Bräunung, starrte Bentz mit einer Mischung aus Angst und Unglauben an. Ist es der Überraschungseffekt?, fragte sich der Kommissar. Oder ist es ein Schuldbekenntnis? Gemeinsam mit Focken betrat er das Haus. Diekmann quälte sich wie ein Halbtoter die Treppe hinauf. Seine linke Hand krampfte sich ruckartig um den Geländerlauf. Die beiden Kripobeamten stellten fest, dass die Miete nicht gerade niedrig sein konnte. Die Wände entlang der Treppe waren mit Edelholz vertäfelt und mit teuren Lithos bekannter Künstler geschmückt.

Wie ein Traumwandler führte Hajo Diekmann seine ungebetenen Gäste in sein Reich. Dem Kommissar verschlug es die

Sprache, so ausgesucht elegant und teuer war die Wohnung eingerichtet. Allein die Antiquitäten in zwei großen Vitrinen mussten ein Vermögen wert sein.

»Ich möchte Sie bitten, sich anzuziehen, während ich mich umsehe, Herr Diekmann«, sagte Bentz. »Mein Assistent wird Sie leider begleiten müssen. Vorschrift.«

Mit hängendem Kopf trottete der junge Mann ins Schlafzimmer. Focken folgte ihm. Der Kommissar öffnete die schweren Türen des Wohnzimmerschranks. Sündhaft teure Musikgeräte waren im Mittelteil untergebracht. Links befanden sich wohl sortierte Aktenordner, Schnellhefter und Fotoalben zeigten fast ausschließlich zwei Motive: den Porsche und die Blondine. Katja posierte vor Fischkuttern in Greetsiel, saß auf den Friesia-Schiffen und zeigte sich schließlich hüllenlos am FKK-Strand von Norderney. Aber auch Hajo fehlte nicht. Die meisten Bilder zeigten ihn vor seinem Porsche, im Hintergrund fremde Rathäuser, Kirchen und Landschaften. Vergeblich suchte Bentz nach einem Band, der möglicherweise sehr vieles geklärt hätte: nach einem Familienalbum. Waffen fand der Kommissar bei seiner flüchtigen Durchsuchung nicht. Aber die Kollegen von der Spurensicherung würden hier später alles gründlich durchsuchen.

Diekmann und Focken erschienen. Der Kriminalassistent wirkte neben Hajo, der sich für einen blauen Nadelstreifenanzug entschieden hatte, reichlich abgerissen. Diekmann stellte seine Naturledertasche auf die Couch, stemmte die Fäuste in die Hüften und sagte mit erhobener Stimme.

»Ich beuge mich dem Gesetz, Herr Buntz …«

»Bentz.«

»Ich bin Kaufmann und kenne meinen Marktwert! Sie suchen einen offenbar geistesgestörten Mörder. Dann tun Sie's, aber an der richtigen Adresse! Was haben Sie denn bis jetzt vorzuweisen? Einen Dreck! Im Übrigen wird dieser – Überfall noch Folgen für Sie haben, das kann ich Ihnen versprechen!« In Diekmanns Augen spiegelten sich Hass und Ironie. Er hatte sich verdammt schnell gefangen.

»Sind Sie jetzt fertig?«, fragte Bentz gelassen.

»Vorläufig!«, zischte Diekmann. »Vorläufig!«

»Wie schön. Bring ihn zum Wagen, Gerjet.«

»Geht in Ordnung, Herr Buntz«, prustete Focken und fing sich einen vernichtenden Blick seines Vorgesetzten ein. Bentz fand die Hausschlüssel an einem antiken Schiffsbrett, probierte sie durch und verschloss die Wohnung. Von den Sanders', vermutlich die Hauseigentümer, war nichts zu sehen und zu hören.

Focken führte den schweigsamen, aber spürbar wütenden Diekmann zum Bully. Nach zwei Minuten erschien der Kommissar.

»Fahr los«, sagte er zu Focken. Über Funk ließ er sich mit Staatsanwalt Schepker verbinden und bat ihn zum Verhör. Eine knappe halbe Stunde später saß Hajo Diekmann in jenem Konferenzzimmer, in dem auch Horst Soerge vernommen worden war.

»Herr Diekmann, Sie stehen unter einem schweren Verdacht«, begann der Staatsanwalt. »Unter dem Verdacht, Ihre Eltern und Ihre Schwester ermordet zu haben.«

Schepker blickte den gut aussehenden jungen Mann abwartend an. Diekmanns Blick huschte für einen kurzen Moment über die Beamten.

Doch er schwieg beharrlich.

»Wir haben in Ihrem Elternhaus Blutspuren gefunden«, setzte Bentz das Verhör fort. Ihm ging das arrogante Getue Diekmanns auf die Nerven, und er schilderte die Ermittlungen in der Blausielstraße so drastisch, dass der Staatsanwalt ihn beinahe unterbrochen hätte. »Sie haben die Leichen zerstückelt und Teile davon im Garten vergraben!«, schloss der Kommissar.

Diekmann biss sich auf die Lippen. Er zitterte. Aber er schwieg noch immer. Nach einer Stunde gaben die Beamten es auf.

»Lassen Sie ihn in Untersuchungshaft bringen«, ordnete Schepker an.

In Emdens City herrschte fröhliche Vorweihnachtsstimmung. Die Passanten trugen Kartons und Einkaufstüten nach Hause. Ein übergroßer Nikolaus, dem die frische Brise, die vom Ratsdelft herüberwehte, den wattigen Bart kraulte, lud ein zum Bummel durch das große Zelt, in dem sich der Weihnachtsmarkt befand und wo sich die Gerüche von Backwaren, Rostbratwürstchen und Anisbonbons vermischten. Bei dem leichten Frost, der draußen herrschte, fand der Glühwein reißenden Absatz.

Bentz und sein Assistent Focken saßen auf einer Bank vor einer der vielen Buden und aßen Backfisch. Für sie war das Weihnachtsfest noch weit entfernt.

Bentz wischte seine fettigen Finger an der Serviette ab und warf das trockene Brötchen in den Abfallkorb.

»Gehen wir«, sagte er nach einem kurzen Blick auf die Rathausuhr. Sie hatten ihren Wagen für den kurzen Imbiss vor dem Restaurant ›Pfefferstreuer‹ abgestellt und mussten sich nun durch die Altstadt quälen, denn die vielen Besucher aus den kleinen ostfriesischen Dörfern verstopften mit ihren Fahrzeugen die Straßen.

Die beiden Beamten brauchten eine ganze Stunde, um in die Kapitänslohne zu gelangen.

Diekmanns Porsche stand unberührt auf der Auffahrt, als Bentz und Focken vor dem Haus mit der Nummer 16 parkten. Der Kommissar drückte die Klingel des Hausherrn, doch weder Dr. Jonny Sanders noch sonst jemand ließ sich blicken.

»Der Herr Doktor hat Dienst im Krankenhaus, und seine Frau ist verreist!«, rief eine ältere Dame, die sich aus einem Haus des Nachbarhauses beugte.

»Danke!«, rief Bentz zurück, kramte den Haustürschlüssel aus einer Manteltasche und sagte zu Focken: »Dann muss es eben ohne Sanders gehen.«

»Sind Sie von der Polizei?«, rief die alte Frau.

»Ja«, erwiderte Bentz knapp und beeilte sich, ins Haus zu gelangen, bevor die Alte weitere neugierige Fragen stellen konnte. Im Schlafzimmer Hajo Diekmanns begannen sie mit ihrer Durchsuchung. Der große Kleiderschrank gegenüber dem zerwühlten Bett stand noch offen. Selbst mit dem eiligen Packen hatte Diekmann der Ordnung keinen Schaden angetan: Wäsche und Handtücher lagen akkurat aufgestapelt. Bentz fand nichts, als er die Stapel zur Seite schob. Auch hinter den anderen Türen des großen Schrankes, in dem Diekmanns ausgesucht teure Garderobe hing, herrschte eine geradezu vorbildliche Ordnung. Focken durchsuchte die Taschen der Anzüge und Mäntel. Kleingeld, eine Theaterkarte aus Berlin und eine Kinokarte der Lichtspiele Norden waren die dürftige Ausbeute. Focken entzifferte den Tagesstempel der Kinokarte.

»Wann war doch gleich das Straßenfest, Chef?«, fragte er.

Bentz, der gerade die Kleiderschranktüren verschloss, erwiderte mürrisch:

»Am fünfundzwanzigsten Oktober.«

»Dann stimmt Diekmanns Aussage. Er hat sich an diesem Abend in Norden einen Film angeschaut.« Focken reichte dem Kommissar die Karte, der einen kurzen Blick darauf warf und sie kommentarlos in einer Plastiktüte verschwinden ließ. Bentz nahm sich nun das Wohnzimmer vor. Es waren wohl nur die umfangreichen Ordner in den Schränken, die noch Geheimnisse preisgeben konnten. Wieder war Bentz überrascht von der geradezu bürokratischen Genauigkeit, mit der die Unterlagen abgeheftet waren. Er las sich in Geschäftspapiere, Behördenkorrespondenz, Handwerkerrechnungen und Post- und Fernmeldebelege ein und wunderte sich über den Umfang des Schriftverkehrs. Dann stieß er auf ein Schreiben des Rechtsanwalts Dr. Peter Häming. Sofort wurde er stutzig. Er las den Inhalt des Dokuments mehrmals durch.

Es gab keinen Zweifel. Dort stand schwarz auf weiß, dass der Kauf der Firma Roengen & Buttermann, Büromaschinen- und Bürobedarfsgroßhandlung in 26506 Norden, Graf-Udo-Straße 14–16, durch den Klienten Hans-Joachim Diekmann, EDV-Kaufmann, wohnhaft in 26703 Emden, Kapitänslohne 16, laut Vertrag vom 12. Oktober mit allen Rechten und Pflichten als abgeschlossen galt. Gebannt blätterte der Kommissar weiter. Ein grünblauer, dünner Umschlag des Amtsgerichts dokumentierte, dass die Witwe Roengen und der Kaufmann Buttermann als Eigentümer der besagten Firma gelöscht worden waren. Kaufmann Hans-Joachim Diekmann war als ihr Nachfolger eingetragen.

Ein weiteres Dokument wies die Ostfriesische Landesbank als Hypothekengläubigerin über dreihunderttausend Mark am Grundstück Graf-Udo-Straße 14–16 in Norden aus. Ein Kreditvertrag folgte, der stattliche zweihunderttausend Mark bewilligte, die zu Lasten des Grundstücks und des Wohnhauses in der Blausielstraße 27 in Emden abgesichert waren. Auch der Vorvertrag zwischen Diekmann und Roengen & Buttermann fand sich in dieser Mappe.

»Guck dir das mal an, Gerjet«, rief Bentz zu Focken hinüber, der noch immer das Schlafzimmer durchsuchte. »Das haut dich glatt um, mein Junge!«

Focken kam ins Wohnzimmer und studierte die Akten flüchtig. Er hörte Bentz sagen: »Könnte ein Motiv sein, oder? Da beschäftigen wir uns seit Wochen mit den Geheimnissen dieses Hauses, während der Sohnemann als Erbe mit seiner Bank Klartext geredet hat.«

»Sehe ich das richtig, dass Diekmann sein Elternhaus beliehen hat, um diese Büromaschinenfirma zu kaufen?«, fragte Focken und blickte von den Unterlagen auf.

»Allerdings«, sagte Bentz und erhob sich, suchte nach einem Aschenbecher. »Gib mir 'ne Zigarette, Gerjet.« Der Kommissar zog sich eine Camel aus der Packung, zündete sie an und paffte nervös.

»Ein eiskalter Bursche«, sagte er. »Ich bin mir sicher, dass wir in dieser Nobelwohnung sonst kein belastendes Material mehr finden werden.«

Focken zuckte mit den Schultern. »Offen gestanden verstehe ich nicht, was an diesen Unterlagen denn so belastend sein soll.«

»Mensch, Gerjet, kapierst du denn nicht? Unterstellen wir mal, dass Hajo Diekmann schon lange den Wunsch hegte, diese Firma in Norden zu kaufen, dann ist es doch möglich und sogar sehr wahrscheinlich, dass sich seine Eltern gegen das Risiko sperrten, ihr Haus belasten zu lassen. Sie werden auch an eine Absicherung Sonjas gedacht haben. Nun – Hajo schaffte auf seine Art und Weise klare Verhältnisse. Er brachte seine Familie um und steht jetzt als Alleinerbe da.«

»Aber die Beweise?«, sagte Focken wenig überzeugt.

»Wer sonst sollte ein Interesse daran gehabt haben, die Diekmanns zu ermorden? Ein Vergleich der möglichen Motive von Soerge und Diekmann spricht hier eindeutig gegen Hajo Diekmann.«

»Hajo Diekmann besuchte am Abend des Straßenfestes das Kino in Norden«, fuhr Bentz fort. »Danach kam er hierher nach Emden. Er wusste, dass dieses Straßenfest stattfand. Vermutlich hatte man ihn sogar dazu eingeladen. Er lauerte seinen angetrunkenen Eltern auf. Dass Soerge sie und Sonja nach Hause brachte und dann noch zwei, drei Stunden bei Sonja blieb, war Diekmann nur recht. Als Soerge aus dem Haus kam und verschwand, beging Diekmann diese scheußlichen Morde.« Der Kommissar packte den Ordner mit den Kaufverträgen in seine Aktentasche.

Focken kratzte sich am Kopf. »Klingt plausibel, Chef«, sagte er. »Zumal Diekmann vorgesorgt haben dürfte. Wie er aussagte, verbrachte er in Norden noch die halbe Nacht mit Freunden und mit seiner schönen Blondine.«

»So ist es«, erwiderte Bentz und zog sich seinen Mantel über. »Komm, wir fahren zurück zum Revier.«

Als sie im Wagen saßen und sich durch den dichten Verkehr quälten, sagte der noch immer skeptische Focken:

»Sicher, das Material spricht Bände. Aber ich bin sicher, dass letztendlich ein halbwegs gerissener Anwalt triumphieren wird, weil wir Diekmann die Tat nicht nachweisen können. Das Verbrechen geschah im Herbst, und Weihnachten haben wir zwei Verdächtige hinter Gittern sitzen. Aber nur das Christkind weiß, wer von ihnen der Mörder ist.«

»Wenn wir die Leichen finden würden, kämen wir der Lösung näher«, murmelte Bentz. »Na ja, vielleicht findet sie ein stiller Wanderer im Spessart oder in der Eifel. Dann können wir davon ausgehen, dass ein Computervertreter sie während seiner Geschäftsreisen durch die Bundesrepublik dort verschwinden lassen wollte. Und dann wissen wir, wer der Mörder ist.«

Doch diese Hoffnung sollte sich nicht erfüllen.

Professor Micky arbeitete immer noch an seiner Komposition, hatte aber im Augenblick so etwas wie eine Flaute zu überwinden. Um sich von seinen quälenden Depressionen zu befreien, suchte er Ablenkung, unternahm weite Spaziergänge in das

Wiesenvorland, las bis tief in die Nacht und stürzte sich zwischendurch wieder verbissen in seine Arbeit, die jedoch nur mühsam vorwärts kam.

Je näher das Weihnachtsfest und damit seine Ferien rückten, umso erschöpfter fühlte er sich. Micky dachte oft an die Tage im Salzburger Mozarteum. Vielleicht sollte er eine Reise machen. Ja, er fühlte sich gefangen in seinem für ihn allein zu großen Bungalow. Sein Einkommen würde es ihm jederzeit ermöglichen, auch die fernsten und teuersten Urlaubsziele anzufliegen. Micky besorgte sich wahllos Prospekte – und konnte sich dann doch nicht dazu entschließen, zu verreisen. Stattdessen kam ihm der Gedanke, sich einen lang gehegten Kindheitswunsch zu erfüllen. Micky entschloss sich schnell und war selbst überrascht, wie problemlos es ihm gelang, sich in Bauanleitungen einzulesen, sich durch den Dschungel der verschiedenen Spurbreiten und Modellreihen durchzuschlagen. Wo noch vor kurzem die bunten Reiseprospekte Urlaubsvergnügungen angepriesen hatten, lagen nun Kataloge von Märklin, Fleischmann und Trix.

Er fuhr zu einer Schreinerei, ließ sich Platten zurechtschneiden. Micky wurde ein guter Kunde des Spielwarengeschäfts Fortema, wo er wie ein großzügiger Vater Schienenstränge, Güter- und Personenzüge, Transformatoren, Fallerhäuschen und alles andere kaufte, was man zum Auf- und Ausbau einer großen Modelleisenbahnanlage benötigte.

Micky gab sich seinem Hobby so sehr hin, dass jeder, der ihn dabei beobachtet hätte, überrascht gewesen wäre. Zwischendurch hörte er auf seiner HiFi-Anlage Mozart, den Lautstärkeregler aufgedreht bis zur Schmerzgrenze.

Am Nachmittag des 22. Dezember saß er wieder vor seiner Modelleisenbahn und ließ die Züge durch kleine Dörfer und Berglandschaften rattern.

Es war der letzte geschäftsoffene Samstag vor dem vierten Advent. An diesem Morgen hatte er sich bei Fortema noch drei Personenanhänger gekauft, die ihn an ferne Zeiten erinnerten, als er als kleiner Junge mit seinem Vater die Bauernhöfe nach Lebensmitteln abgeklappert hatte. Er war so vertieft in sein Tun, dass er erschrak, als ein unverhoffter Besucher die Türklingel betätigte. Micky dachte zuerst an einen seiner Studenten, der den Abgabetermin einer Examensarbeit vergessen hatte und nun mit Blick auf Weihnachten Gnade vor Recht suchen wollte. Doch als Micky öffnete, blickte er überrascht in das Gesicht des Kommissars, der im Licht der Außenlampe in seinem grünen langen Mantel, der Bundeswehrmütze und den Stiefeln wie ein Jäger ohne Waffe wirkte.

»War Treibjagd, Herr Bentz?«, fragte Micky belustigt und bat den Kommissar einzutreten.

»Sie werden lachen, Sie haben Recht. Ich war heute Jagdgast bei Hugo von Warendorf. Verdammt viel Prominenz, die sich da versammelt hatte. Na ja, und weil ich gerade vom Wibbelsumer Polder komme, dachte ich, ich schau mal bei Ihnen vorbei.«

»Das freut mich«, sagte Micky und führte seinen Gast ins Wohnzimmer, wo seine Modelleisenbahn ihren vorläufigen Platz gefunden hatte. Bentz blickte erstaunt auf die dahinratternden Züge.

»Sie sind verheiratet und haben einen Sohn, Herr Kommissar«, sagte Micky ein wenig verlegen. »Aber wenn man so allein ist wie ich, denkt man oft an die Kindheit zurück und kommt auf die verrücktesten Ideen.« Er zeigte mit einer umfassenden Handbewegung auf die Modelleisenbahn. »Das hier war meine.«

»Ehrlich gesagt, hätte ich an so 'ner tollen Anlage auch Spaß«, erwiderte Bentz und ließ sich von Micky ein paar Einzelheiten erklären, bevor er zur Sache kam. »Ich wollte Ihren Frieden nicht stören, Herr Professor, aber ich habe ziemliche Probleme. Vielleicht können Sie mir helfen.«

»Probleme?«, murmelte Micky. »Na, ziehen Sie erst mal den Mantel aus, und machen Sie es sich gemütlich. Ich bereite uns Tee, ja?«

»Gern«, sagte Bentz. Micky brachte Bentz' Mantel zur Garderobe, verschwand in der Küche, setzte Wasser auf und holte das Geschirr.

Als die beiden Männer wenig später bei einer guten Tasse Tee beisammensaßen, begann Bentz: »Wir haben Hajo Diekmann festgenommen.«

»Sie haben was?«, fragte Micky entgeistert.

»Es liegen ernst zu nehmende Fakten vor, die ihn sehr belasten.«

»Und Soerge?«

»Der liegt im Krankenhaus«, erwiderte Bentz leise. »Er unternahm auf dem Weg zu einem Verhör einen Selbstmordversuch. Er sprang über die Treppenbrüstung und zog sich Knochenbrüche zu, der arme Hund. Jetzt wird ihm dieser Selbstmordversuch natürlich als Schuldanerkenntnis ausgelegt. Nun ja, immerhin ist sein Anwalt ein tüchtiger Bursche, der von Soerges Unschuld überzeugt ist. Aber er wird es schwer haben gegen den Oldenburger Professor Körber, den Verteidiger Hajo Diekmanns.«

Micky blickte auf seine Modelleisenbahn. »Und wie soll ausgerechnet ich Ihnen helfen?«

»Sie kennen Hajo Diekmann. Ich wollte Sie bitten, mit ihm zu sprechen.«

»Nein!«, sagte Micky scharf. »Weder mit ihm noch mit Soerge. Einer dieser beiden hat Sonja und ihre Eltern unvorstellbar grausam ermordet. Nein! Einem solchen Monstrum trete ich nicht gegenüber. Niemals!«

Der Professor schien sich gewaltsam zur Ruhe zu zwingen. Er zitterte vor Erregung, und es dauerte eine Weile, bis er sich wieder unter Kontrolle hatte.

»Herr Bentz, ich bin kein Pastor«, fuhr er dann mit beherrschter Stimme fort. »Ich bin Künstler. Meine Welt ist eine Welt der Harmonie. Ich bin ein schöpferischer Mensch, obwohl mich der Mord an Sonja in eine tiefe Krise gestürzt hat, die ich aber dadurch zu überwinden versuche, den Tod meiner Geliebten in mein Werk einzuweben. Aber wenn ich jetzt ihrem Mörder gegenübertreten soll, zerbricht etwas in mir. Das müssen Sie doch begreifen.«

Bentz nickte müde. Er sah ein, es war zwecklos. Er konnte Micky verstehen. Der Professor hatte sich in eine andere Welt geflüchtet, um zu vergessen.

»Ich habe vollstes Verständnis für Sie«, sagte Bentz und erhob sich. »Aber wir müssen eben jede sich bietende Chance nutzen, diesen Verrückten zu überführen. Und vielleicht wäre ein Gespräch zwischen Ihnen und Hajo Diekmann …«

»Tut mir wirklich Leid«, sagte Micky. »Sie haben zwei Verdächtige. Wenn einer von ihnen unschuldig ist, muss der andere der Mörder sein. Das ist die simple Wahrheit, und das herauszufinden, ist Ihr Job, nicht meiner. Ich helfe Ihnen gern, aber ich trete weder Soerge noch Diekmann gegenüber.« Micky half dem Kommissar in den Jagdmantel und geleitete ihn zur Tür. Nachdem die Rücklichter von Bentz' Wagen in der Dämmerung verschwunden waren, begab sich Micky fröstelnd in das Wohnzimmer seiner umgebauten Kate.

11. Kapitel

Das Jahr endete arbeitnehmerfreundlich. Der Heilige Abend fiel auf einen Montag, doch Bentz und seinem Assistenten Focken war an diesem Tage ganz und gar nicht weihnachtlich zumute. Sie hatten Schilling, den Feuerwehrchef, gebeten, sich mit seinen Leuten nach Uttum zu begeben.

Im ersten Morgenlicht begannen die Feuerwehrleute mit ihrer Arbeit. Sie unternahmen Suchgrabungen in der Nähe der Wegkreuzung, wo Hajo Diekmann seinen Porsche in jener Nacht geparkt hatte, als Focken ihn bei seinem Schäferstündchen beobachtete.

Der Plan stammte von Bentz. Der Staatsanwalt hatte ihm erst nach längerem Zögern zugestimmt. Falls Diekmann der Mörder war, hatte Bentz überlegt, war er mit größter Wahrscheinlichkeit geistesgestört. Und warum, so hatte Bentz argumentiert, treibt es ein erfolgreicher junger Geschäftsmann, der eine luxuriöse Wohnung besitzt, mit seiner Freundin in einer so gottverlassenen Gegend zu nächtlicher Stunde in der Enge seines Sportwagens? Bentz hatte gefolgert, dass Diekmann sich in jenem Waldstückchen – seiner kranken Psyche entsprechend – zusätzlich Lust verschaffen wollte. Mit anderen Worten: Möglicherweise waren dort die Leichen vergraben.

Bentz und Focken hatten sich zu dieser frühen Stunde ebenfalls eingefunden und beobachteten, wie die Feuerwehrleute ergebnislos im Waldboden herumstocherten, ohne auch nur eine verdächtige Stelle zu finden. Nach drei Stunden ließ Bentz die Aktion abbrechen und wünschte den Männern ein fröhliches Weihnachtsfest.

Er hatte sich verspekuliert. Die Suche in Uttum war ein totaler Flop gewesen. Enttäuscht blickte Bentz den Einsatzwagen nach, die in der Ferne verschwanden.

»Tja, Gerjet«, wandte er sich an seinen Assistenten, »ich hatte eigentlich gehofft, dass mir das Christkind den grässlichsten Weihnachtswunsch meines Lebens erfüllt.«

Focken schwieg.

Er hatte die Hoffnung aufgegeben, dass sie den Fall noch im

alten Jahr lösen könnten, wenn überhaupt. »Dienst ist Dienst, Chef«, sagte er nach einer Weile. »Und Weihnachten ist ein ander Ding.«

»Komm, wir verschwinden hier«, sagte Bentz. »Vielleicht kriegen wir in der Mühle 'nen Kaffee.« Er schlug den Weg zu der kleinen Brücke ein. Nach einer knappen Viertelstunde hatten die beiden die Huttumer Mühle erreicht. Die grünen Flügel der Eingangstür standen offen.

Ihren vor Kälte tränenden Augen bot sich ein gemütlicher Holztresen dar. Eine steile Treppe führte in Windungen nach oben. Kleine Tische standen im runden Raum. Schwere Holzbalken und die erhalten gebliebene Schütte, die sich von der Decke über das Geländer hinweg bis auf den Boden erstreckte, machten das Innere der alten Mühle anheimelnd romantisch. Der Wirt war gerade damit beschäftigt, den Tannenbaum zu schmücken.

»Können wir 'nen starken Kaffee haben?«, fragte Bentz den älteren, kräftigen Mann, nachdem er mit Focken an einem der Tische Platz genommen hatte.

»Tee können Sie haben«, erwiderte der Wirt freundlich. »Wissen Sie, die Kaffeemaschine habe ich schon abgestellt, weil sich hier in ein paar Stunden meine Enkelkinder austoben.«

»Gut, nehmen wir Tee«, sagte der Kommissar. Durch das schmale Fenster konnte man weit über die schier endlosen Wiesen bis tief in die Krummhörn blicken. Sogar der bunte Leuchtturm von Campen war zu erkennen. Draußen begann es zu nieseln. Aus einer weißen Weihnacht schien auch in diesem Jahr nichts zu werden. Bentz rauchte seine Pfeife und schaute lange auf den sich grau beziehenden Horizont, als könnte er dort irgendwo seinen weihnachtlichen Frieden finden.

Die beiden Männer hingen schweigend ihren Gedanken nach.

Erst als der Wirt den Tee serviert hatte, fragte Bentz:

»Sag mal, Gerjet, hältst du eigentlich Diekmann für den Mörder?«

»Das ist für mich so sicher wie das Amen in der Kirche«, antwortete Focken wie aus der Pistole geschossen. »Auch wenn wir ihm zurzeit die Tat noch nicht nachweisen können.«

»Und Soerge?«

»Soerge ist ein armer Hund.«

Die Familie Bentz verlebte ein harmonisches Weihnachtsfest. Die Eheleute beschenkten sich nicht; dafür war der kleine Sohn reich bedacht worden. Der Weihnachtsbaum erstrahlte im Licht der elektrischen Kerzen bis in den späten Abend. Der Kommissar hatte seine beruflichen Pflichten und Sorgen vergessen – bis sich am zweiten Weihnachtstag der Staatsanwalt telefonisch meldete. Als Bentz einhängte, rief seine Frau, die in der Küche das Abendessen zubereitete:

»Wer hat denn angerufen, Ulfert?«

»Schepker«, erwiderte Bentz mürrisch.

»Was Wichtiges?«

»Ich weiß nicht. Soerge hat in seiner Zelle einen zweiten Selbstmordversuch unternommen.« Bentz ging in die Küche und nahm sich eine Flasche Bier aus dem Kühlschrank.

Seine Frau blickte ihn erschrocken an.

»Und …?«, fragte sie leise.

»Er ist zum zweiten Mal davongekommen«, sagte Bentz. »Der arme Hund. Und Diekmann schmiedet schon kräftig Pläne. Er ist davon überzeugt, dass wir ihn bald auf freien Fuß setzen müssen.«

»Stimmt das denn?«

»Keine Ahnung«, erwiderte Bentz kurz angebunden und ging in sein Arbeitszimmer hinüber. Er setzte sich an seinen Schreibtisch und trank das Bier. Verdammt – was ging ihn das alles noch an! Sollten doch die Juristen das letzte Wort sprechen! Die Rechtsanwälte! Diekmann hatte zweifellos den weitaus erfahreneren Mann an seiner Seite. Soerges Anwalt war tüchtig, hatte aber kaum eine Chance gegen den Osnabrücker Starverteidiger. Vermutlich würde er Soerge samt Anwalt in der Luft zerreißen. Diekmann hatte tatsächlich gute Aussichten, auf freien Fuß zu kommen. Womit wir wieder beim Thema wären, dachte Bentz seufzend und genehmigte sich einen doppelten Whisky.

Hajo Diekmann …

Hatte Erwien Diekmann, der biedere Schiffbauer, sich strikt geweigert, sein Haus in die risikoreichen Spekulationen seines Sohnes einbeziehen zu lassen? Und wenn, war das ein Mordmotiv? Wohl kaum. Da steckte mehr dahinter.

Selbstverständlich war er, Bentz, der Frage nachgegangen, ob es zum Streit zwischen Vater und Sohn gekommen war. Aber die Nachbarn in der Blausielstraße hatten nur die Schultern gezuckt.

Und diese Sache mit dem Zettel, der angeblichen Nachricht Sonjas? Eine glatte Lüge. Der Anruf Magdas aus dem Schwarzwald? Diekmann hatte gelogen, aber die alte Soerge? Nein. Es musste jemand diesen Anruf vorgetäuscht haben; nicht nur, um die Soerges zu beruhigen, sondern um Österreich als angebliches Reiseziel vorzutäuschen. Vermutlich eine Tonbandaufnahme. War Soerge dazu clever genug? Bentz schüttelte den Kopf. Er und Focken hatten in Soerges Wohnung ja nicht einmal ein Radiogerät entdecken können. Wie sollte der simple Horst es fertig gebracht haben, ein Gespräch Magda Diekmanns mitzuschneiden? Fazit: Bei Diekmann war das Motiv nicht stichhaltig, und Soerge war nicht intelligent genug, um eine solchen Mordplan auszuführen. Andererseits war es absurd, an einen dritten Tatverdächtigen zu denken – niemand konnte in der Mordnacht ins Haus. Man konnte die Sache drehen und wenden, wie man wollte: Alles sprach dafür, dass Hajo Diekmann seine Familie umgebracht hatte.

Bentz dachte an den Mann, der vor Monaten den Stein ins Rollen brachte – Professor Micky. Wie mochte er diesen letzten Tag des Weihnachtsfestes verbringen? Es wäre doch eine nette Geste, diesen einsamen, leidgeprüften Mann zu besuchen. Noch heute. Jetzt.

Der Kommissar erhob sich kurz entschlossen, holte eine Flasche Doornkaat aus dem Schrank und ging in die Küche zu seiner Frau.

»Hör mal, Birgit. Ich lass' dich und den Jungen mal für ein, zwei Stunden allein. Ich möchte Micky eine späte Weihnachtsfreude machen und auf 'nen Schnaps zu ihm rüberfahren«, sagte er.

»Oooch, Ulfert! Musst du am letzten Weihnachtsabend …«

»Ich bleib' nicht lange«, sagte Bentz und drückte ihr einen Kuss auf die Wange.

Die Kate des Professors stand wie ein einsames Gehöft vor der weiten dunklen Wiesenlandschaft und strahlte urige Wohnlichkeit aus. Durch die Fenster fiel warmes Licht auf die Terrasse, und zwischen den dahinziehenden Wolken funkelten Sterne am klaren Winterhimmel. Ein idyllisches Bild der Ruhe und des Friedens.

Bentz nahm sein Präsent aus dem Handschuhfach des BMW und stieg aus. Er genoss die kalte, reine Luft, während er zur Wohnungstür schritt. Er drückte den Klingelknopf und fragte sich im gleichen Moment, ob er nicht besser hätte anrufen sollen. Doch Micky war allein. Er fuhr sich mit der Rechten über sein langes Haar, als er öffnete. Sein Gesicht war ernst, hellte sich aber auf, als er seinen Besucher erkannte.

»Herr Bentz!«, rief er überrascht und erfreut zugleich.

»Na ja, irgendjemand sollte Ihnen zeigen, dass Sie nicht allein auf der Welt sind«, sagte der Kommissar ein wenig verlegen und reichte Micky die in Geschenkpapier eingewickelte Flasche. »Ich störe doch hoffentlich nicht?«

»Ganz im Gegenteil«, sagte Micky lächelnd, hielt die Flasche ans Ohr und schüttelte sie.

»Klarer Schnaps?«

»Ich merke schon – Sie haben das absolute Gehör«, sagte Bentz grinsend.

»Schön wär's«, erwiderte Micky. »Aber bitte – kommen Sie herein!« Der Professor, gekleidet in Bluejeans und T-Shirt, führte seinen Besucher ins Wohnzimmer.

Auf dem Flügel standen Kerzen, die im leichten Wind flackerten, der durchs Fenster in den Raum wehte. Der Deckel des Instruments war hochgestellt, und ein Stapel Blätter lag auf dem Notenhalter.

Micky stellte das Geschenk auf den Schreibtisch und bat Bentz, in einem der großen ledernen Sessel Platz zu nehmen.

»Ich … danke Ihnen, dass Sie gekommen sind«, begann er dann zögernd. »Ein so einsames Weihnachtsfest ist eine schlimme Sache, wissen Sie. Aber gottlob habe ich ja meine Arbeit.« Er zeigte auf den Flügel. »Lieben Sie Musik, Herr Kommissar?«

Bentz grinste. »Vor dreißig Jahren war es Elvis, vor fünfzehn waren es die Beatles, und heute ist es Jazz. Glenn Miller und Co. Ich fürchte, von ernster Musik verstehe ich nicht viel.«

»Was ist ernste Musik?«, fragte Micky. »Die Leute, die am lautesten darüber reden, verstehen meist am wenigsten davon.« Er wies mit dem Finger auf die Notenblätter. »Darin habe ich versucht, meine Freude, meinen Schmerz und meine Einsamkeit zu vertonen. Vielleicht ist das ernste Musik. Ich weiß es nicht.«

Der Professor setzte sich an den Flügel und begann zu spielen. Das flackernde warme Kerzenlicht fiel auf seine schlanken Finger, die virtuos über die Tasten glitten.

Bentz lehnte sich im Sessel zurück und schloss die Augen. Die heitere Melodie nahm ihn gefangen. Es war, als tanzte ein schönes, anmutiges Mädchen über eine Blumenwiese. Die schwebenden Klänge selbst schienen die bunten Bilder zu erschaffen. Doch allmählich, stärker und stärker anschwellend, schlich sich etwas Bedrohliches, Düsteres in diese heitere Harmonie. Die tiefen Klangfolgen steigerten sich, wuchsen zu einem Orkan und fegten die idyllischen Bilder davon, die Bentz in seiner Fantasie geformt hatte. Wie schrille Schreie drang es an seine Ohren, und entsetzt sah er das verzerrte Gesicht Hajo Diekmanns vor sich, wie er in Sonjas Zimmer schlich, ein Messer, von dem noch das Blut tropfte, und Sonja …

Und dann, ganz plötzlich, glättete sich die Melodie wieder, wurden die düsteren Dissonanzen verdrängt durch eine helle, harmonische Klangfülle, die eine ausgelassene Fröhlichkeit und schließlich eine heitere Ruhe ausstrahlte. Wie ein Sonnenaufgang nach dunkler Nacht, dachte Bentz, nachdem die letzten Töne verklungen waren.

Micky saß gebeugt an seinem Flügel. Dann, als sei er aus einem Traum erwacht, straffte sich sein Körper. Er wandte sich um und blickte den Kommissar an. Sein Gesicht spiegelte die Anstrengung wider, die ihn das Spielen gekostet hatte.

Bentz war tief beeindruckt.

»Das war großartig, Herr Professor« sagte er. »Die Musik und Ihr Spiel.«

»Vielleicht«, erwiderte Micky. »Aber Sonja war ein musikalisches Naturtalent. Man konnte ihr Wissen vermitteln, Techniken, aber ihr angeborenes Können war ein Wunder. Sie hätten sie einmal spielen hören müssen, Herr Kommissar. Ich habe ein paar Bandaufnahmen. Wenn es Sie interessiert, können wir sie uns anhören.«

»Das würde mich sehr interessieren«, sagte Bentz.

Micky erhob sich, zögerte dann aber plötzlich.

»Ich ... habe die Bänder seit ihrem Tod nicht mehr angerührt«, sagte er dann schleppend. »Ich glaube, ich könnte es auch noch nicht verkraften, wenn ich sie jetzt ...« Er stockte.

»Lassen Sie nur«, sagte Bentz mitfühlend und lenkte das Gespräch rasch in andere Bahnen. »Wie heißt eigentlich das Werk, das Sie mir eben vorgespielt haben?«

»Requiem auf eine Tote.«

»Ich verstehe«, sagte der Kommissar leise.

»Wirklich?«, fragte Micky ohne jeden spöttischen Beiklang. »Als Sonja noch lebte, war ich ein glücklicher Mann. Aber mir gelang nichts Schöpferisches. Erst jetzt, wo sie tot ist ...« Micky verstummte.

»Es ist eine zu Herzen gehende Musik«, sagte Bentz. »Und vielleicht war dies der einzige Weg, um über ihren Tod hinwegzukommen.«

Micky warf Bentz einen seltsamen Blick zu.

»Und Sie?«, fragte er dann. »Haben Sie Ihre Ermittlungen erfolgreich abschließen können?«

»Leider nein. Es bleibt dabei – wir haben zwei Tatverdächtige, und nun müssen die Richter entscheiden.« Bentz erhob sich. »Ich möchte Ihnen danken, Herr Professor. Für mich war Ihre Musik ein herrlicher Abschluss des Weihnachtsfestes«, sagte er aufrichtig.

Micky reichte ihm die Hand.

»Und ich danke Ihnen für Ihren Besuch. Sie waren der Erste, der das Requiem, wenn auch noch unausgereift, gehört hat. Es freut mich sehr, dass es Ihnen gefallen hat.« Er begleitete den Kommissar zur Tür und winkte hinter ihm her. Dann ging er ins Wohnzimmer zurück, setzte sich wieder an den Flügel und spielte seine Komposition mit Tränen in den Augen zu Ende.

Am Tag darauf brachte ein eisiger Ostwind klirrende Kälte nach Norddeutschland. Nüchtern zog der Alltag wieder ein. Der glitzernde Weihnachtsschmuck verschwand aus den Straßen. Die Geschäfte dekorierten ihre Schaufenster mit neuen Blickfängen. Nicht nur die Firmen gingen daran, ihre Jahresbilanzen vorzubereiten – der Abschied vom Fest mit Blick aufs neue Jahr zerstörte so manche Illusion.

Kommissar Bentz spürte diesen Wandel mit dem ersten Rasseln des Weckers. Der Pflicht gehorchend warf er mit dem warmen Federbett symbolisch auch den geruhsamen Frieden der Feiertage von sich. Ihm wollte das Frühstück mit den reichhaltigen Resten des Weihnachtsfestes nicht so recht schmecken. Als er sein Haus verließ, um zur Dienststelle zu fahren, tröstete er sich mit dem Gedanken an die kurze Arbeitswoche, die vor ihm lag. Es war Donnerstagmorgen.

Auf dem Präsidium herrschte die gleiche Katerstimmung. Bentz begab sich in sein Büro und legte erst einmal zu den Akten, was ihm am Morgen des Heiligen Abends nicht den geringsten Erfolg gebracht hatte: die Berichte über die Grabungsaktion in der Nähe der Huttumer Mühle.

Gegen zehn Uhr, nach einem ausgiebigen Studium der Zeitung, fuhr er zur Ostfriesischen Landesbank. Dort waren die Schalter unbesetzt; die Angestellten waren mit der Vorbereitung des Jahresabschlusses beschäftigt. Doch es gelang ihm rasch, zum Chefzimmer vorzudringen. Er machte sich eifrig Notizen, als der Leiter des Instituts ihm seine Fragen beantwortete.

»Ja, Herr Kommissar«, sagte der Bankchef. »Wir hatten Herrn Diekmann aufgefordert, uns für den geplanten Kauf der Firma Roengen und Buttermann in Norden eine schriftliche Belastungsgenehmigung seines Vaters vorzulegen. Sonst hätten wir das Haus in der Blausielstraße nicht als Kreditsicherung beanspruchen können. Für uns, Herr Kommissar, ist es völlig normal, wenn zwischen dem Beginn der Verhandlungen und dem Abschluss des Kreditvertrages Wochen vergehen. Da gibt es etliche Gesichtspunkte wie etwa Testament oder Ehevertrag zu beachten. Als aber feststand, dass Herr Diekmann aufgrund der Mordtragödie rechtmäßiger Erbe des Hauses geworden war, schlossen wir das Geschäft ab.«

»Wie ich den Unterlagen entnehme, arbeiten Sie mit dem Notar Doktor Hämling zusammen«, sagte Bentz.

»Das ist richtig. Herr Kommissar, wenn ich mir die Frage erlauben darf: Stimmt es, dass Herr Diekmann unter Mordanklage festgenommen wurde?«, fragte der Bankleiter.

»Eine reine Vorsichtsmaßnahme«, erwiderte Bentz und verabschiedete sich. Er fuhr auf direktem Weg zu Dr. Hämling, dessen Anwalts- und Notariatskanzlei sich in der Riffstraße befand. Im Büro des greisen Notars erfuhr Bentz, dass die Hypothekenbestellung und der Grundstückskauf völlig rechtmäßig erfolgt waren und dass Hajo Diekmann Eigentümer der Firma in Norden geworden war. Mit einem bösen Blick aus seinen wässrigen Augen bekundete Hämling seinen Unmut darüber, dass man seinen Klienten unter Mordverdacht in U-Haft hielt. Er gab dem Kommissar deutlich zu verstehen, dass er den ›netten jungen Diekmann‹ nicht für fähig halte, ein solch abscheuliches Verbrechen zu begehen.

Bentz hatte genug von dummen Fragen und böswilligen Anspielungen. Er fuhr zurück zur Dienststelle. Nun ja – vermutlich war der senile Hämling den blendenden Umgangsformen und dem sicheren Auftreten des nun selbstständigen Kaufmanns auf den Leim gegangen.

Focken war noch unterwegs – bewaffneter Überfall auf eine Tankstelle in Borsum. Beute: zweitausendfünfhundert Mark. Gott sei Dank ohne Schießerei.

Der Kommissar überlegte kurz, ob er nicht die Gelegenheit nutzen und seine Überstunden abfeiern sollte, entschloss sich dann aber, als er das Präsidium erreichte, erst einmal zu einem kurzen Spaziergang. Es sah nach Schneefall aus, als er einen Blick zum bleigrauen Himmel warf.

Er schlenderte, die Hände tief in den Taschen seines Mantels vergraben, über die Große Straße. Die frische, kalte Luft tat ihm gut. Er spazierte zum Alten Markt. Am Stadtgarten entschloss er sich, ins Café zu gehen. Wohlige Wärme umfing ihn. Bentz setzte sich an einen Tisch im Holzanbau mit den großen Fenstern, beobachtete die Passanten, die draußen vorübergingen. Das Café war so leer wie die Geldbörse vieler Menschen nach den Festtagen. Die Bedienung brachte ihm den Kaffee. Bentz sah nicht das freundliche Lächeln des jungen Mädchens; er blickte gedankenversunken am Fischerdenkmal vorbei auf das Ratsdelft.

Aus versteckten Boxen klang leise das vom NDR übertragene ›Konzert für junge Interpreten‹, und die Musik erinnerte Bentz auf seltsame Weise an Mickys ›Requiem auf eine Tote‹. Einem plötzlichen Entschluss folgend, erhob er sich, ging zwischen den leeren Tischreihen hindurch zum Telefon hinüber und wählte Mickys Nummer. Bentz wollte schon auflegen, als sich der Professor doch noch meldete.

»Hätten Sie nicht Lust, auf ein Bier ins Stadtgartencafé zu kommen?«, fragte Bentz.

Micky räusperte sich. »Ich käme ja gern, Herr Kommissar«, sagte er, »aber ich bin gerade dabei, zu packen. Wissen Sie, ich habe vier Tage Norderney gebucht. Ich möchte dort die Jahreswende verbringen, zumal der Organist der Ludgerikirche, ein alter Freund, mir angeboten hat, das Requiem auf der Inselorgel zu spielen.«

»Norderney! Da würde ich Sie gern begleiten«, sagte Bentz. »Sowohl das Meer als auch Ihre Musik würden mich interessieren. Ich würde Ihr Requiem gern mal auf der Orgel hören. Na ja, vielleicht ein andermal. Gute Erholung, Herr Professor!«

»Danke. Auf bald«, sagte Micky und legte auf.

Bentz ging zu seinem Tisch zurück und trank den inzwischen lauwarmen Kaffee. O ja – auch er würde gern einmal ausspannen, ohne Familie, weg von Emden. Auf der Insel über die Dünen wandern, den Möwen zuhören und sich die Seeluft um die Nase wehen lassen.

Missmutig hörte er der Konzertübertragung im Radio zu. Das war nichts im Vergleich zu Mickys Requiem, mit dem er seine Gefühle gegenüber Sonja vertont hatte – ihr Glück, sein Glück, ihr Leid, sein Leid. Bentz bat die Serviererin, die Musik ein wenig lauter zu stellen. Doch so viel Mühe Bentz sich auch gab – die jungen Interpreten spielten an ihm vorbei. Ihre Musik berührte ihn nicht. Nach einer Weile zahlte er und ging hinaus in die klirrende Kälte. Aus der Telefonzelle vor dem Rathaus rief er zu Hause an und entschuldigte sich bei seiner Frau, weil er nicht zum Mittagessen käme. Dann ging er in Gedanken vertieft durch die Kälte. Sein Ziel war das Amtsgericht.

Staatsanwalt Schepkers Sekretärin ließ ihn sofort zu ihrem Chef vor. Zwischen den Jahren herrschte auch hier ziemliche Ruhe. Schepker reichte dem Kommissar die Hand und bat ihn, Platz zu nehmen.

»Nun, Herr Bentz, was führt Sie zu mir?«, fragte er freundlich.

Wie manche Patienten im Wartezimmer ihres Zahnarztes plötzlich keine Schmerzen spüren, so rasch verließ Bentz seine Selbstsicherheit. Seine Gedankenkonstruktion, während seines langen Spazierganges sorgfältig aufgebaut, stürzte wie ein Kartenhaus in sich zusammen.

»Ich habe Sie aufgesucht wegen …« Bentz stockte, suchte nach den richtigen Worten.

»Nur raus mit der Sprache!«, sagte Schepker aufmunternd.

»Ich weiß nicht, wie ich es sagen soll«, murmelte Bentz.

»Ich besuchte gestern Abend Professor Micky. Er ist mir … na ja … fast ein Freund geworden. Der Mann hat entsetzlich unter dem Tod Sonjas gelitten. Wie Sie wissen, Herr Staatsanwalt, wollten die beiden in nächster Zukunft heiraten. Micky spielte mir sein ›Requiem auf eine Tote‹ vor. Er …«

»Sein was?«, fragte Schepker stirnrunzelnd.

»Eine eigene Komposition mit dem Titel ›Requiem auf eine Tote‹. Micky hat nach Sonja Diekmanns Tod versucht, seine Gefühle ihr gegenüber in Musik zu fassen. Und ich muss sagen, dass ihm das sehr eindrucksvoll gelungen ist.«

»Ich verstehe nicht, worauf Sie eigentlich hinauswollen«, sagte der Staatsanwalt erstaunt.

Bentz entschloss sich zum Frontalangriff.

»Nennen Sie es Intuition. Oder Vision. Jedenfalls hatte ich plötzlich ganz klar vor Augen, wie Hajo Diekmann ins Haus seiner Eltern eindrang und sie und seine Schwester ermordete. Ich glaube, die Sache sah folgendermaßen aus: Diekmann besaß einen Haustürschlüssel. Er kannte die Gewohnheiten seiner Eltern und Sonjas. Er kannte auch den Termin des Straßenfestes. Ihm war auch bekannt, dass sein Vater, seine Mutter und seine Schwester am Morgen nach dem Fest in Urlaub fahren wollten. Hajo Diekmann hat am Abend vor der Mordnacht ein Kino in Norden besucht. Anschließend war er mit seiner Freundin und ein paar Bekannten in einer Kneipe, um sich ein Alibi zu sichern. Dann aber fuhr er in der Nacht zur Blausielstraße. Irgendwie stellte er fest, dass Soerge bei seiner Schwester war. Vermutlich war er in der Wohnung und hat sie, als er dies bemerkte, wieder verlassen. Dann wartete er draußen in der Dunkelheit, bis Soerge das Haus verließ. Besser konnte es Diekmann gar nicht treffen. Dann beging er die schrecklichen Morde. Er hatte Zeit genug, um anschließend die Leichen zu beseitigen, denn er konnte ja davon ausgehen, dass die Nachbarn glaubten, Sonja und seine Eltern seien in den Schwarzwald gefahren. Und er wusste ganz genau, dass Soerge sich ideal als Mordverdächtiger eignete. Schließlich verließ Soerge ja als Letzter das Haus. Diekmann gab die Vermisstenanzeige auf, spielte der alten Soerge das Tonband vor, auf dem er die Stimme seiner Mutter mitgeschnitten hatte, und tischte uns das Märchen von dem Zettel auf, den Sonja angeblich hinterließ.«

Bentz holte tief Luft, kramte seine Zigarettenpackung hervor und zündete sich nervös ein Stäbchen an.

Der Staatsanwalt grinste. »Und diese interessante Theorie haben Sie Mickys Requiem zu verdanken?«, fragte er mit leiser Ironie.

Bentz blickte starr vor sich hin.

»Eine derart gerissene Bestie wie der Mörder der Diekmanns sichert sich nach allen Seiten ab. Das gilt vor allen Dingen für die Spuren seiner Tat.«

»Meinen Sie die Leichen?«, fragte Schepker.

»Ja«, sagte Bentz. Ihm war plötzlich eine Idee gekommen. »Diekmann wusste natürlich, dass wir nach den Leichen suchen würden«, fuhr der Kommissar dann aufgeregt fort. »Sicher, er hätte sie in irgendeinem Waldstück vergraben können. Er hätte tausend Möglichkeiten gehabt, sie spurlos verschwinden zu lassen. Aber er dachte einen Schritt weiter. Wer befindet sich im Umkreis der Betroffenen? Da war zunächst einmal Soerge. Also tut er alles, um den Verdacht auf ihn zu lenken. Was aber, wenn Soerge seine Unschuld beweisen konnte? Diekmann wusste, dass nicht alles gegen Soerge sprach. Er ging also zum Nächsten auf seiner Liste über, wenn ich mich einmal so ausdrücken darf. Zu einem Mann, den er wegen seiner Beziehung zu Sonja hasste. Zu Micky.«

»Sie glauben …«, stieß Schepker atemlos hervor und stockte dann.

Bentz nickte.

»Ja. Ich glaube, dass Micky der zweite Mann ist, den Diekmann als Mordverdächtigen vorsah. Wenn das richtig ist, dann könnte er zum Beispiel die Leichen in unmittelbarer Nähe von Mickys Kate versteckt haben. Herr Staatsanwalt, der Professor reist heute für ein paar Tage nach Norderney. In seiner Abwesenheit könnten wir in der Umgebung seines Hauses nach den Leichen der Diekmanns suchen. Es wäre eine Chance, die nicht von der Hand zu weisen ist.«

Schepker starrte entgeistert vor sich hin, während Bentz sich erhob und ans Fenster trat. Sein Atem ging stoßweise. Sein blitzartiger Gedanke hatte ihn bis ins tiefste Innere aufgewühlt. Die Entscheidung lag jetzt bei dem Manne, der hier von Amts wegen anzuklagen hatte.

»Herr Kommissar?«, vernahm er Schepkers Stimme.

Bentz wandte sich um und blickte in das faltige Gesicht des Juristen.

»Können Sie bis morgen Früh um zehn die nötigen Vorbereitungen treffen?«

Bentz lächelte. »Kann ich, Herr Staatsanwalt.«

12. Kapitel

Kommissar Bentz war nervös, als er sich am frühen Morgen in seinem Dienstzimmer mit Focken besprach. Er wählte die Nummer des Professors, um sicherzugehen, dass Micky tatsächlich abgereist war.

»Der arme Kerl soll nicht mitkriegen, wenn wir auf seinem Grundstück die Leichen finden sollten«, sagte Bentz. »Komm, es wird Zeit.«

Die beiden Beamten fuhren im Licht der aufgehenden Sonne in Richtung Suurhusen. In der vergangenen Nacht hatte es geschneit, und bei dem klaren Frostwetter, das heute herrschte, wirkten die weiten Wiesen und Felder wie eine Märchenlandschaft unter dem stahlblauen, wolkenlosen Himmel. Die alte Warfenkirche mit ihrem schiefen Turm trug eine Schneekappe und wirkte wie ein überdimensionaler Neujahrsgruß.

Suurhusen, das Tausend-Seelen-Dorf, lag verschlafen im Winterfrieden und döste dem neuen Jahr entgegen. Kein Bürger der Gemeinde wusste, dass der stille, in sich gekehrte Mann, der am Hieve Pad wohnte, in einen dramatischen Mordfall verwickelt war.

So war es nur die Stadtfeuerwehr aus Emden, die ihre Fahrzeuge vor dem umgebauten alten Bauernhaus geparkt hatte. Die Männer waren schon einsatzbereit, rieben sich die Hände in der Kälte, rauchten und warteten auf den Startschuss.

Bentz parkte den Passat seitlich neben dem Feuerwehrwagen und umrundete gemeinsam mit Focken das Haus. Dabei stellte er fest, dass das Grundstück des Professors ein Trapez bildete; die Grenzen waren durch Weidepfähle markiert. Ein breiter, mit Rhododendronsträuchern und Tannen bepflanzter Streifen fasste den Rasen ein, den Maulwürfe respektlos aufgewühlt hatten. Die doppelt verlegten Waschbetonplatten des Gehwegs durchschnitten kreuzförmig das Grundstück.

Wenige Minuten, nachdem Bentz und Focken eingetroffen waren, kamen auch Brandmeister Schilling und Staatsanwalt Schepker. Der Staatsanwalt besprach sich kurz mit Bentz und Schilling. Man beschloss, auf der Südseite mit den Grabungen zu beginnen. Die Feuerwehrmänner nahmen die Arbeit auf. Mit dünnen Stahlrohren sondierten sie den nur zentimetertief gefrorenen Boden. Sie begannen in einer Reihe am Rande der Rasenfläche und rückten systematisch vor. Kein Quadratzentimeter wurde ausgelassen.

Bentz rauchte nervös eine Zigarette nach der anderen. Schepker unterhielt sich angeregt mit Focken über die Berufschancen des Nachwuchses im gehobenen und höheren Polizeidienst – offenbar hielten beide nicht sonderlich viel von Bentz' Theorie, dass Diekmann die Leichen auf diesem Grundstück versteckt hätte. Sie schienen mit ihrer Skepsis Recht zu behalten, denn selbst nach zwei Stunden intensiver Suche gab es noch nicht den kleinsten Fingerzeig dafür, dass man hier fündig werden würde. Schepker blickte bereits mit allen Anzeichen von Ungeduld auf seine Armbanduhr, kam schließlich zu Bentz herüber und sagte.

»Tja, Herr Kommissar, so interessant Ihre Vermutung auch war – ich fürchte, wir haben eine Niete gezogen.«

Bentz nickte mürrisch. Schepker hatte Recht. Diekmann hatte den zweiten Schritt nicht getan; er hatte nicht versucht, auch Micky zu belasten. Vermutlich würde man die Leichen von Erwien, Magda und Sonja Diekmann niemals finden können.

Schilling kam mit müden Schritten zu den beiden Männern herüber.

»Ich glaube, ich kann meine Leute zurückpfeifen, Herr Kommissar«, sagte er. »Wir …«

»Moment mal!«, unterbrach Bentz den Brandmeister. Erst jetzt fiel ihm auf, dass im nach Süden führenden Plattenweg vier oder fünf der Waschbetonplatten geringfügig aus der ansonsten schnurgeraden Linie abwichen. Schilling folgte dem Blick des Kommissars.

»Verdammt!«, stieß er hervor. »Da könnten Sie Recht haben!«

Er stapfte eilig davon, um seinen Männern die nötigen Anweisungen zu erteilen.

Schepker blickte verständnislos drein.

»Was meinen Sie beide denn bloß?«, fragte er erstaunt.

»Dass es vielleicht doch keine Niete war«, erwiderte Bentz und beeilte sich, dem Brandmeister zu folgen. Focken stand bereits neben den Feuerwehrmännern, die die fünf Platten inzwischen entfernt hatten. Bentz sah auf den ersten Blick die verräterischen dunklen Stellen im hellen, festgebackenen Sand. Hier musste vor nicht allzulanger Zeit jemand gegraben haben.

Die Feuerwehrleute setzten die Spaten an und trugen vorsichtig Erdschicht um Erdschicht ab. In etwa einem halben Meter Tiefe stießen sie auf die erste von einem Dutzend Plastiktüten, deren Inhalt auch die hartgesottensten unter ihnen in die Knie zwang …

Bentz und der Staatsanwalt hatten sich von einem der Feuerwehrleute die Tür zu Mickys Bungalow mit einem Dietrich öffnen lassen. Während Schepker einen Anruf nach dem anderen tätigte – Amtsgericht, Landeskriminalamt, gerichtsmedizinisches Institut –, blickte der Kommissar durch das große Panoramafenster nach draußen. Drei Feuerwehrleute waren unter der Leitung von Schilling damit beschäftigt, die sterblichen Überreste der Familie Diekmann zu bergen; weit genug entfernt, um keine Einzelheiten erkennen zu lassen. Obwohl sich seine Theorie glänzend bestätigt hatte und der Fall nun langsam seiner Lösung entgegenzusehen schien, verspürte Bentz keinerlei Triumph, sondern nur tiefes Mitleid mit Hajo Diekmann. Ein Verrückter, ein hochintelligenter Teufel. Aber wieder war es Micky gewesen, der ihn, Bentz, auf die richtige und diesmal entscheidende Spur gelenkt hatte.

Der Kommissar war erleichtert, dass dem sensiblen Künstler dies hier erspart geblieben war. Vielleicht wäre Micky vollends daran zerbrochen, hätte gar Hand an sich gelegt. Es würde schon schwierig genug sein, ihm die grauenhaften Neuigkeiten mitzuteilen, die der heutige Morgen allen Beteiligten beschert hatte. Bentz war froh, als sich endlich das Polizeifahrzeug näherte, das den Polizeiarzt Dr. Cange an die Stätte des grausamen Fundes brachte. Nach einer Viertelstunde luden Polizeibeamte drei Zinksärge in das wartende Fahrzeug, das sich kurze Zeit später auf den Weg nach Emden machte.

Über dem Grundstück breitete sich Friedhofsstille aus, als sich schließlich nur noch Bentz, Schepker und Focken im Wohnzimmer von Mickys Bauernhaus aufhielten. Die Sonne warf ihre kalten Strahlen auf das verschneite Umland. Ein Bild der Ruhe und des Friedens – wie in den Schlusspassagen von Mickys ›Requiem auf eine Tote‹.

Auch Schepker verabschiedete sich, nachdem er die beiden Kriminalbeamten für den morgigen Tag um zehn Uhr früh in sein Büro gebeten hatte.

»Respekt, Chef«, sagte Focken, als sie allein waren. »Jetzt haben Sie Diekmann am Wickel.«

»Ach, Scheiße!«, fluchte Bentz. »Kommst du mit auf ein paar Bierchen ins Schadhaus, Gerjet? Der restliche Dienstplan ist für heute gestrichen.«

»Gern, Chef«, sagte Focken und ersparte sich den Scherz, den er sonst gemacht hätte.

Am Freitag schlief Bentz länger als üblich. Er hatte eine schlimme Nacht hinter sich. Auch der reichlich genossene Alkohol hatte nicht die Albträume vertreiben können, die ihn geplagt hatten. Fröstelnd fuhr er seinen Wagen aus der Garage, nachdem er auf sein Frühstück verzichtet und sich nur flüchtig von seiner Frau verabschiedet hatte.

»Mistwetter«, murmelte er, schloss das Garagentor, stellte den Kragen seines Mantels hoch und fuhr schlecht gelaunt los.

Über Emden lag eine dichte Dunstglocke. Die Temperaturen waren über den Gefrierpunkt gestiegen. Es fiel leichter Nieselregen, der für eine unangenehme, feuchte Kälte sorgte. Die Straßen in Richtung Innenstadt waren verstopft, der Verkehr staute sich. Die Ampelanlage an der Ecke Neutorstraße und Große Straße erreichte Bentz nur im Schritttempo. Kein Wunder, dachte er. Morgen ist Samstag, und Montag haben wir Silvester. Ein weiteres, verlängertes Wochenende.

Vor dem Amtsgericht wartete ein verkaterter Gerjet Focken auf seinen Chef. Nach kurzer Begrüßung begaben sich die beiden Beamten zum Büro des Staatsanwalts. Schepker telefonierte gerade und nickte ihnen kurz zu, als sie eintraten. Als er den Telefonhörer auf die Gabel legte, begann er ohne Umschweife:

»Es bestehen keine Zweifel. Die im Garten von Herrn Micky geborgenen Toten sind einwandfrei identifiziert worden. Es handelt sich um die Leichen von Erwien, Magda und Sonja Diekmann. Eine Frage an Sie, Herr Bentz: Wie konnte Diekmann nach Ihrer Meinung vor dem Haus des Professors das Grab ausheben, mit dem Wagen vorfahren, die Leichen vergraben und alle Spuren beseitigen, ohne Micky auf den Plan zu rufen?«

»Micky suchte mich in der Dienststelle auf«, erwiderte Bentz. »Er war während der Herbstferien in Salzburg. Vor seiner Abreise hat er Sonja Diekmann mit der Abfassung eines Referats beauftragt. Da sie am letzten Vorlesungstag nicht in sein Seminar gekommen war, hat er ihr die entsprechenden Unterlagen bringen wollen. Doch da waren die Diekmanns bereits verschwunden. Ermordet. Micky ging natürlich davon aus, dass sie in Urlaub gefahren waren. Nach seiner Rückkehr aus Salzburg führte sein erster Weg in die Blausielstraße. Er hatte in den Salzburger Nachrichten vom Verschwinden der Diekmanns gelesen und machte sich natürlich Sorgen. Als er niemanden antraf, erschien er bei mir und brachte die ganze Sache ins Rollen.«

»Die Ferien begannen doch am fünfundzwanzigsten Oktober, nicht wahr?«, fragte Schepker.

»Ja, an einem Donnerstag«, sagte Bentz.

»Die Morde geschahen in der Nacht zum Freitag«, murmelte der Staatsanwalt nachdenklich. »Was aber nicht bedeuten muss, dass Diekmann die Leichen noch in der gleichen Nacht in Suurhusen vergraben hat.«

»Natürlich nicht«, erwiderte Bentz. »Micky blieb vier Wochen in Salzburg. Sagen Sie, Herr Staatsanwalt, hat man an den Plastiktüten Fingerabdrücke gefunden?«

»Nein. Auch die Untersuchung von Diekmanns Porsche hat kein Ergebnis gebracht. Das hat aber nicht viel zu besagen. Bei der … nun ja, Gewissenhaftigkeit, mit der er vorgegangen ist, war das nicht anders zu erwarten. Ende Oktober bis Ende November sind in Emden und Umgebung allein sechs Autos spurlos verschwunden. Eine nicht ungewöhnliche Zahl. Und eines davon könnte der Wagen gewesen sein, mit dem Diekmann die Opfer fortschaffte. – Meine Herren, ich möchte Ihnen danken. Das grausamste Verbrechen der Nachkriegszeit in Emden nähert sich seiner Aufklärung. Diekmann verweigert zwar bisher jede Aussage, aber mit den Ergebnissen unserer Suche konfrontiert, müsste er sein Schweigen aufgeben. Sein Geständnis ist nur noch eine Frage der Zeit. Ich werde mich um die Rehabilitierung Horst Soerges kümmern.«

»Ich möchte Sie um die Ausstellung eines Durchsuchungsbefehls für die Wohnung von Professor Micky bitten«, sagte Bentz und handelte sich einen erstaunten Blick seines Assistenten ein.

Schepker aber lächelte wissend.

»Ist bereits ausgestellt. Da hatten wir wohl den gleichen Gedanken, nicht wahr?«

»Wahrscheinlich«, erwiderte Bentz grinsend und warf seinem Assistenten einen forschenden Blick zu. »Streng dich mal an, Gerjet! Na, was vermuten der Staatsanwalt und ich in Mickys Wohnung?«

Focken zuckte die Achseln. »Ich hätte wohl doch zur Bundesbahn gehen sollen wie mein Vater.«

»Die Tatwaffe«, sagte Bentz.

Es war um die Mittagszeit, als sie ihren Passat vor dem Bungalow am Hieve Pad in Suurhusen parkten. Auch jetzt war weit und breit keine Menschenseele zu entdecken; niemand nahm Notiz von ihnen, als sie die umgebaute Kate des Professors betraten.

Die beiden Beamten begannen mit ihrer Suche nach der Mordwaffe im Wohnzimmer, wo verwaist Mickys Eisenbahnanlage stand. Die Züge warteten stumm auf das Signal für ihre Abfahrt ins Nirgendwo. Bentz nahm sich das große Bücherregal vor, das die ganze rechte Wand ausfüllte; Focken inspizierte die linke Seite, wo der Flügel neben dem offenen Kamin stand und wo Micky seine Notizen, Unterlagen und die Korrespondenz in einem großen ostfriesischen Bauernschrank aufbewahrte. Eine Tür führte in einen kleinen Nebenraum. Dort standen Regale, die voll gestopft mit Akten, Sitzungsunterlagen und Konferenzberichten der Musikhochschule waren.

Nach kurzer Durchsuchung von Küche, Bad und Toilette war Bentz und Focken klar, dass sie hier unten nicht fündig würden. Sie stiegen die Stufen ins Obergeschoss hinauf. Es gab nur drei Räume hier oben; zwei links, einen rechts des schmalen Korridors. Die erste Tür führte ins Schlafzimmer. Dort stand ein breites französisches Bett, seitlich davon eine Sesselgruppe. Ein großer, mit einem kitschigen Goldrahmen eingefasster Spiegel hing über einem Eichentisch gegenüber dem Bett. Daneben stand eine Bauerntruhe, die einen Farbfernseher und einen Videorecorder trug. Auffällig waren die Deckenstrahler, die alle auf das Bett zu zielen schienen. Auch in diesem Raum blieb die Suche der beiden Beamten ergebnislos; ebenso im nächsten Zimmer, wo der Professor seine Garderobe in zwei großen Kleiderschränken aufbewahrte. Unter dem Fenster stand eine uralte Kommode, die ein Vermögen gekostet haben musste. Hier bewahrte Micky Fotoalben und Zeichnungen auf, die offenbar von ihm selbst stammten. Einige dieser Zeichnungen zeigten die nackte Sonja Diekmann in ziemlich gewagten Posen.

Aber erst der letzte Raum barg eine Überraschung – es war ein fast komplett eingerichtetes kleines Tonstudio. Mischpulte, Aufnahmegeräte, Schneidetische, Mikrofone und anderes Gerät füllten den Raum, dessen Wände mit einer Schallisolierung ausgekleidet waren.

»Radio Freies Ostfriesland«, murmelte Focken grinsend. Es sah tatsächlich fast so aus, als betriebe Micky hier einen Piratensender. Bentz blickte sich interessiert um.

»Kein Wunder bei seinem Beruf. Micky muss mit der Zeit gehen«, sagte er.

Focken studierte begeistert die Aufnahmegeräte und Verstärkeranlagen.

»Muss ja ein Vermögen gekostet haben«, sagte er. »Aber da kann man was rausholen!«

Bentz betrachtete die großen Regale, die bis obenhin mit Tonbändern und Tonbandkassetten gefüllt waren. Er las die aufgeklebten Rückenbeschriftungen. Bei mehr als der Hälfte der Bänder handelte es sich offensichtlich um Probeaufnahmen von Studenten und jungen Interpreten. Der Rest waren Aufnahmen großer Klassiker, vor allem Mozarts. Als würde er einen Ausflug in die Welt der Musik unternehmen, las Bentz die Namen großer Komponisten, berühmter Interpreten und weltbekannter Orchester. Die Sammlung war beeindruckend.

Focken interessierte sich weitaus mehr für den technischen Bereich. Wie er feststellte, war nur in eines der Studiotonbandgeräte eine Spule eingelegt. Focken warf einen kurzen Blick auf die Beschriftung des Bandes: ›Diekmann, Sonja – 8. Semester – Violine‹ stand darauf. Für einen kurzen Moment war er versucht, das Band abzuspielen, dann aber riss ihn Bentz' Stimme aus seinen Gedanken.

»Das ist ja alles sehr eindrucksvoll, Gerjet«, sagte der Kommissar. »Aber eine Mordwaffe finden wir hier bestimmt nicht.«

Bentz wandte sich von den Regalen ab; mit hinter dem Rücken verschränkten Armen ging er dann nachdenklich auf und ab. ›Fehlanzeige‹, dachte er enttäuscht – in dieser Wohnung befand sich die Tatwaffe ganz gewiss nicht. Diekmann würde sie so versteckt haben, dass man sie auch bei einer flüchten Durchsuchung hätte finden müssen. Denn es musste ihm ja daran gelegen sein, dass man sie fand, wollte er Micky damit belasten.

Bentz schüttelte den Kopf – es war doch inkonsequent von Hajo Diekmann, einerseits zwar die Leichen auf Mickys Grundstück zu vergraben, andererseits aber die Tatwaffe verschwinden zu lassen! Es hätte sich geradezu aufgedrängt, sie Micky ebenfalls unterzuschieben.

Obwohl der Kommissar wusste, dass die Kollegen von der Spurensicherung das Haus der Diekmanns förmlich auf den Kopf gestellt hatten, fuhr er mit Focken noch einmal in die Blausielstraße. Er hatte eine vage Hoffnung, dort etwas zu finden, dem er bislang vielleicht zu wenig Beachtung geschenkt hatte.

Während der Fahrt wirkte Bentz griesgrämig und unfreundlich. Hätte er die Mordwaffe gefunden, hätte dies seine Theorie gekrönt, und der Fall hätte endgültig abgeschlossen werden können. Hinzu kam, dass Diekmann immer noch beharrlich schwieg und jede Aussage verweigerte. Soerge war zwar offiziell rehabilitiert, rang aber im Krankenhaus mit dem Tode – eine plötzlich eingetretene Krise nach seinem zweiten Selbstmordversuch war der Grund dafür. Die Funde in Mickys Garten waren bislang noch vor der Presse geheim gehalten worden, und Bentz quälte der Gedanke daran, Micky mit der brutalen Wirklichkeit konfrontieren zu müssen, wenn er von Norderney zurückkehrte.

Probleme über Probleme.

Das Schlimmste aber war die plötzliche Unsicherheit, die sich des Kommissars bemächtigte.

Sollte er mit seinem Verdacht, dass Hajo Diekmann der Mörder war, falsch liegen?

»Gestatten Sie mir die Frage, wonach Sie in der Blausielstraße noch suchen wollen, Chef?«, fragte Focken ungewohnt zurückhaltend.

»Wenn die Tatwaffe nicht der Schlüssel zur Überführung Diekmanns ist, was könnte es dann noch sein, Gerjet?«, murmelte Bentz.

»Dieser fingierte Anruf? Das Tonband?«, fragte Focken.

»Genau. Diekmann ist Computerfachmann. Es dürfte für ihn ein Kinderspiel gewesen sein, solch ein Band zurechtzuschneiden.«

»Und Sie glauben, dass er die Bänder präparierte und sie dann entweder aus dem Haus seiner Eltern oder aus seiner Wohnung per Telefon zu den Soerges überspielte?«

»Bestimmt nicht aus dem Haus seiner Eltern, Gerjet. Diekmann ist doch nicht so blöd und ruft von dort aus bei den Soerges an, wo seine Eltern doch angeblich in Urlaub sind. Er musste doch damit rechnen, dass wir irgendwann einmal überprüfen, ob nach der angeblichen Abreise seiner Eltern noch aus dem Haus telefoniert wurde. Und das habe ich getan. Natürlich ging nach der Mordnacht kein Anruf mehr raus.«

Focken schwieg betreten.

»Und warum fahren wir dann nicht sofort in Diekmanns Wohnung?«, fragte er nach einer Weile.

»Eins nach dem anderen. Lass uns erst mal in Sonjas Zimmer

nachschauen, ob wir unter ihren Tonbändern etwas Brauchbares finden. Irgendwo muss Diekmann sich ja das Rohmaterial für seinen Zusammenschnitt beschafft haben.«

Der Kommissar blieb für den Rest der Fahrt schweigsam. Er lehnte sogar eine Zigarette ab, als Focken ihm die Packung hinhielt. Bentz konnte sich nicht losreißen von dem Mann, der einen teuren Sportwagen fuhr, dessen beruflicher Aufstieg gesichert war, der ein blendendes Aussehen und ein selbstsicheres Auftreten besaß und dessen Freundin es mit jeder Illustriertenschönheit aufnehmen konnte. Ihm fielen Fockens Protokolle über die Beobachtungen im Huttumer Wäldchen ein, als Diekmann es mit der Schönen in seinem Porsche getrieben hatte. Die Kleine war aus allen Wolken gefallen, als sie erfahren musste, dass ihr Freund sich wegen Mordverdacht in Untersuchungshaft befand und sie sich einer verrückten Bestie hingegeben haben sollte.

Geld, eine schöne Frau, eine Blitzkarriere vom Vertreter bis zum Chef eines erfolgreichen Unternehmens. Hatte diese Wunschleiter am Schluss tatsächlich einige morsche Sprossen gehabt?

In der Wohnung der Diekmanns hatte sich der muffige Geruch noch verstärkt. Bedächtig, fast vorsichtig nahmen die beiden Männer die Stufen nach oben und betraten Sonjas Zimmer. Auf dem Schreibtisch lag die Geige, die sie so meisterhaft gespielt hatte, als sie noch lebte. Darüber hing das Plakat, das für ein Benefizkonzert zum Bau der Kunsthalle warb und auf dem Almuth Vater in gekonnter Pose ihre Violine hielt. In einem Schrank hinter dem Notenständer, an dem ein Mikrofon befestigt war, stand ganz unten das Aufnahmegerät. Darüber, in fünf Regalen sorgfältig geordnet, bewahrte Sonja ihre Tonbänder auf.

»O Mann«, stöhnte Focken. »Wir werden uns zu Kennern der klassischen Musik entwickeln, wenn wir uns das alles anhören müssen. Hoffentlich spielte die kleine Diekmann wenigstens einigermaßen.«

Bentz warf seinem Assistenten einen vernichtenden Blick zu.

»Ist doch wahr«, murmelte Focken.

»Das ist noch gar nicht alles«, sagte der Kommissar brummig. »Wir werden uns, wie gesagt, auch Hajo Diekmanns Bänder zu Gemüte führen müssen. Aber keine Angst, bei all diesen musikalischen Genüssen werden uns eine ganze Reihe von Kollegen Gesellschaft leisten, die noch gar nichts von ihrem Glück wissen. Los, pack die Sachen ein. Wir müssen noch zu Diekmanns Wohnung.«

Auch Hajo Diekmann besaß aus seiner kurzen Zeit als Musikstudent ein teures Studiogerät, wie Bentz wusste. Zu Fockens großer Erleichterung war Hajos Sammlung von Tonbändern aber bei weitem nicht so umfangreich wie die seiner Schwester – etwa zwei Dutzend Tonspulen befanden sich in einem Schrank, der eine große Sammlung von Schallplatten beherbergte.

Heftiger Schneeregen setzte ein, als die beiden Beamten in Richtung Innenstadt fuhren. Der Wind frischte auf und brachte nasse Kälte mit. Der Wetterdienst kündigte Frost an; gegen Abend war mit Glatteisbildung zu rechnen.

»Komm, Gerjet, ich geb' 'nen Kaffee aus.« Bentz zupfte seinen Assistenten am Ärmel, zeigte auf das Stadtcafé. Focken brummte seine Zustimmung und parkte den Wagen auf dem kleinen Platz am Delft. Sie liefen über den Platz durch den immer heftigeren Schneeregen zum Café hinüber, wo wohlige Wärme sie empfing. Die beiden suchten sich einen Platz an einem Ecktisch auf der Glasveranda. Es waren nur wenige Gäste da; die meisten von ihnen blätterten gelangweilt in Illustrierten. Bald würden einige dieser Blätter die Sensationslust ihrer Leser mit Fotoreportagen über die ›Bestie von Emden‹ befriedigen.

Bentz bestellte zwei Kännchen Kaffee und zwei Stück Kuchen.

»Eigentlich sollten wir mal wieder richtig einen draufmachen, Chef«, sagte Focken. »Schließlich haben wir unsere verdammte Pflicht und Schuldigkeit getan. Jetzt sind Richter und Anwälte am Zuge.«

»Mir ist noch nicht nach Feiern zumute«, erwiderte Bentz. »Nicht ehe der Mörder wirklich überführt ist.«

Die Serviererin brachte Kaffee und Kuchen. Die beiden Männer aßen, ohne sich zu unterhalten, und blickten auf die Passanten, die im dichten Schneeregen vorübereilten. Auf dem Südwester des in Stein gehauenen Fischers der Denkmalgruppe bildete sich allmählich eine Schneehaube. Auch über der Ratsdelft trieb der eisige Wind die Schneemassen. Das Feuerschiff ›Deutsche Bucht‹ wirkte wie ein Fels in stürmischer See.

Als sie schließlich die Kuchenteller von sich schoben und sich Zigaretten anzündeten, sagte Bentz:

»Und jetzt 'nen steifen Grog.«

»Bravo, Chef.« Focken grinste breit. »Es geht bergauf mit Ihnen. Wird ja auch Zeit. Morgen um neun ist die Pressekonferenz. Da wollen die Leser der Emder Zeitung, der Ostfriesenzeitung und des Kuriers doch einen lächelnden Kommissar sehen, wenn er Arm in Arm mit dem Staatsanwalt vor die Kamera tritt.«

»Quatschkopf«, brummte Bentz, winkte der Bedienung und bestellte zwei Grog. Während er umständlich seine Pfeife stopfte, schenkte Focken dem hübschen Mädchen, das die heißen Getränke servierte, erfolglos sein verführerischstes Lächeln.

Im Café wurde das Radio angestellt. Die Klänge eines Violinkonzerts drangen aus den Lautsprechern. »Seltsam«, murmelte Bentz. »Ich saß erst vorgestern hier, und da spielten sie auch klassische Musik. Eigentlich hab' ich mich nie sonderlich dafür interessiert, aber als mir Micky sein Requiem vorspielte – ich kann nur sagen, berauschend schön. Weißt du, er hat versucht, seine Gefühle gegenüber Sonja in Töne zu kleiden. Er hat sie in wunderbare Klänge aufgelöst. Sie muss übrigens ein außergewöhnliches musikalisches Talent gewesen sein.«

»Na, da hätte ich das Band doch mal anspielen sollen«, sagte Focken und nahm einen tiefen Schluck Grog.

»Welches Band?«, fragte Bentz verblüfft.

»In Mickys Studio. Das einzige Band, das aufgelegt war. ›Sonja Diekmann‹ stand darauf, und noch irgendwas.«

Die Bemerkung seines Mitarbeiters traf Bentz so unerwartet, dass er fast sein Glas hätte fallen lassen.

Sein Assistent blickte erschrocken auf.

»Fühlen Sie sich nicht wohl, Chef?«

»Bist du ganz sicher, dass ›Sonja Diekmann‹ draufstand?«, fragte Bentz eindringlich.

»Na klar.«

Der Kommissar warf achtlos einen Zwanzigmarkschein auf den Tisch. »Los, wir müssen nach Suurhusen!«, sagte er.

13. Kapitel

Der flackernde grüne Lichtknopf bestätigte, dass Focken das Wiedergabegerät richtig eingeschaltet hatte. Statisches Rauschen war zu hören – zwei, drei Minuten lang. Dann drang der helle, klare Klang einer Violine so laut und so plötzlich durch Mickys Studio, dass es den beiden Männern eiskalt über den Rücken lief. Rasch stellte Focken das Gerät leiser. Stirnrunzelnd beobachtete er Bentz, der mit versteinerter Miene am Mischpult lehnte.

Sofort erkannte der Kommissar die Melodie. Und sofort wusste er, dass dieser mysteriöse Fall nun endgültig geklärt war. Denn was er jetzt hörte, war ein Teil des Requiems auf eine Tote – gespielt zu ihren Lebzeiten, gespielt von Sonja Diekmann. Dann die Stimme ihres Mörders: »Gut, Sonja. Aber die Eingangspassage ist noch zu hektisch. Du musst …«

Bentz schaltete das Band ab. Sein Gesicht war kreidebleich. »Micky …?«, fragte Focken rau.

Bentz nickte. »Ja«, sagte er dann. »Vor ein paar Tagen wollte er mir ein Band von Sonja vorspielen, machte dann aber plötzlich einen Rückzieher. Angeblich konnte er es noch nicht ertragen, Sonja spielen zu hören. Als du eben im Café dieses Band hier erwähntest, fielen mir seine Worte wieder ein. Jetzt wird mir klar, warum Micky so plötzlich davor zurückschreckte. Ein paar Minuten vorher hatte er sein Requiem auf dem Flügel gespielt. Ich sei der Erste, der es höre, sagte er mir. Er habe mit dem Requiem Sonjas Schicksal in Musik gekleidet. Das stimmt nur halb – er hat es vor allem vorweggenommen.« Bentz trat an die Regalwand, wo Micky die Bänder seiner Studenten archivierte. Zwei davon nahm der Kommissar an sich, bevor er mit seinem Assistenten die Kate verließ. Eins der Bänder war mit ›Diekmann, S.‹ beschriftet, das andere mit ›Sonja‹. Vielleicht befand sich auf einem von ihnen ein Telefonanruf aus dem Schwarzwald …

Es war gegen einundzwanzig Uhr, als Bentz und Focken vor dem Reihenhaus des Staatsanwalts hielten. Im schneidenden Ostwind schritten sie durch den gepflegten Vorgarten.

Der Kommissar drückte auf den Klingelknopf. Schlurfende Schritte näherten sich der Tür. Dann öffnete Staatsanwalt Schepker den beiden unerwarteten Besuchern.

»Sie!«, sagte Schepker erstaunt und fügte sofort bissig hinzu: »Ich glaube, Sie sind um genau zwölf Stunden zu früh dran, Herr Bentz. Wir sind erst morgen um neun zur Pressekonferenz verabredet.«

»Und ich glaube, diese Pressekonferenz findet gar nicht erst statt«, erwiderte Bentz gelassen.

»Wie kommen Sie denn auf diese Idee?« Der Staatsanwalt blickte von Bentz zu Focken. Die beiden Kriminalisten verharrten in demonstrativem Schweigen im Hauseingang.

»Äh, ja, entschuldigen Sie«, sagte Schepker merklich höflicher. »Kommen Sie rein.« Er führte die beiden Männer durch den Flur. Ein paar alte Stiche – Stadtansichten von Emden – hingen an den fast kahlen Wänden; nur ein modischer Kleiderständer und eine Schirmablage lockerten die kalte Eintönigkeit der dunkelblauen Tapete auf. Auch das Wohnzimmer präsentierte sich so nüchtern eingerichtet, wie es Schepkers Naturell als Jurist entsprach.

Nachdem die Männer Platz genommen hatten, erschien eine knochige Endfünfzigerin und fragte mit einem säuerlichen Lächeln nach etwaigen Getränkewünschen. Bentz und Focken lehnten dankend ab; Schepker ließ sich von seiner Frau ein Bier bringen. Die Alte verschwand grußlos.

»Meine Frau betrachtet Sie offenbar als Störenfriede«, murmelte der Staatsanwalt unbeteiligt. »Nun ja, seit unsere Kinder aus dem Haus sind, verlaufen unsere Abend ziemlich monoton. Also, was führt Sie her?«

»Herr Doktor Schepker, die Zeit für einen Besuch ist äußerst unpassend«, sagte Bentz. »Allerdings ist der Anlass umso wichtiger und sensationeller. Lassen Sie mich mit einem Besuch beginnen, den ich vor ein paar Tagen Professor Lothar Micky abstattete. Er komponierte, wie ich Ihnen schon einmal sagte, ein musikalisches Werk, dem er den Titel ›Requiem auf eine Tote‹ gab …«

»Und das Sie auf die Idee brachte, im Garten Mickys nach den Leichen der Diekmanns zu suchen«, unterbrach ihn der Staatsanwalt. »Ja, natürlich kann ich mich an diese … nun, sagen wir, etwas seltsame Angelegenheit erinnern. Aber der Zweck heiligt die Mittel – Ihr Erfolg gab Ihnen Recht.«

Bentz sah ein, dass es zwecklos war, noch länger herumzutändeln. »Diekmann ist unschuldig«, sagte er.

»Wie bitte?«, fragte Schepker, als habe er sich verhört.

»Diekmann mag ein gewissenloser Lump sein, aber er ist nicht der Mörder.«

Wider Erwarten blieb der Staatsanwalt völlig gelassen.

»Wer denn?«

»Professor Lothar Micky.«

Der Wutausbruch kam plötzlich und heftig.

»Sie wollen mich wohl auf den Arm nehmen!«, blaffte Schepker und sprang auf. »Sie wollen mir meine Karriere wohl völlig ruinieren! Verdammt noch mal, Soerge liegt im Krankenhaus. Auch er ist unschuldig, aber nach seinem Selbstmordversuch schwebt er noch immer in Lebensgefahr. Es werden hier in Emden einige Köpfe rollen, meine Herren, ist Ihnen das eigentlich klar? Meiner ist vermutlich auch dabei. Und Sie können von Glück sagen, wenn Sie ungeschoren davonkommen. Jeden zweiten Tag kreuzen Sie bei mir auf und servieren mir einen neuen Täter, um ihn zwei Tage später als Unschuldslamm hinzustellen. Heute ist es Lothar Micky, und morgen der Polizeipräsident, wie?«

»Bleiben Sie bitte sachlich!«, sagte Bentz wütend. »Sie wissen so gut wie ich, dass die U-Haft sowohl gegen Soerge als auch gegen Diekmann ein durchaus angemessenes Mittel war. Unser Rechtssystem ist nun mal nicht perfekt. Kein

Rechtssystem der Welt ist das, das müssten Sie besser wissen als ich.«

Schepkers Gesicht nahm wieder eine halbwegs normale Farbe an, während er mit hinter dem Rücken verschränkten Armen nervös im Zimmer auf und ab ging. »Also gut«, sagte er schließlich, »also gut. Dann lassen Sie mal hören. Aber wenn Sie wieder daneben liegen, werde ich höchstpersönlich dafür sorgen, dass Sie in Zukunft in Berum oder sonstwo entlaufene Kühe einfangen können.«

»Wie ich schon sagte – das Requiem ist der Schlüssel zur Lösung des Falles«, erklärte Bentz. »Micky hat mir gegenüber vor wenigen Tagen behauptet, erst nach dem Tod Sonjas mit der Komposition begonnen zu haben. Ich hatte keinen Grund, diese Behauptung anzuzweifeln. Er liebte Sonja, und ohne Zweifel bewunderte er ihr musikalisches Talent. Vielleicht beneidete er sie sogar darum. Jedenfalls, als er mir vor ein paar Tagen anbot, mir eine Aufnahme von Sonjas Violinenspiel vorzuführen, hätte er fast einen verhängnisvollen Fehler gemacht. Denn auf dem Band, das er mir vorführen wollte, spielte Sonja Diekmann die ersten Passagen des ›Requiem auf eine Tote‹. Sie konnte nicht ahnen, dass sie damit sozusagen die Ouvertüre zu ihrer eigenen Ermordung spielte. Micky muss den Mord lange vorausgeplant haben, und die einzelnen Schritte hielt er in seinem Requiem fest. Die Vollendung seines Werkes allerdings war ihm erst nach Sonjas Tod möglich.«

»Wenn ich Sie richtig verstehe«, sagte Schepker sichtlich beeindruckt, »dann wollen Sie behaupten, dass Micky praktisch gezwungen war, seine Geliebte zu ermorden, um sein Werk zu Ende komponieren zu können?«

»Ganz genau«, erwiderte Bentz. »Micky wusste, dass Sonja schon längere Zeit ein Verhältnis mit Soerge hatte, und das war beileibe nicht ihr einziges, wie wir ja inzwischen herausgefunden haben. Sicherlich war dies auch Micky bekannt. Die

Eifersucht muss den Mann im wahrsten Sinne des Wortes in den Wahnsinn getrieben haben. Aus diesem Grunde mussten auch Sonjas Eltern sterben. Und daraus erklärt sich auch die grauenhafte Ausführung der Morde.«

»Der Mord macht die Musik«, murmelte der Staatsanwalt.

Bentz nickte. »Dass wir vor einer Stunde im Labor den fingierten Anruf Magda Diekmanns auf einem der Bänder Mickys fanden, bestätigt mir die Richtigkeit meiner Gedankengänge, die ja vorerst noch Vermutungen waren. Letzte Sicherheit geben uns die Fingerabdrücke auf dem Zusammenschnitt. Sie stammen eindeutig von Lothar Micky – und nur von ihm.« Bentz räusperte sich und fuhr fort. »Alles andere passt nun ebenfalls ins Bild. So war Micky nicht zum Straßenfest in die Blausielstraße eingeladen worden, da Sonja ihr Verhältnis zu ihm geheim halten wollte. Sie wusste genau, warum: wegen ihrer anderen Liebhaber. Sie hatte keineswegs die Absicht, Micky zu heiraten. Gegen teure Geschenke hatte sie allerdings auch nichts einzuwenden, und so ließ sie ihn vielleicht in dem Glauben, dass sie seine Frau werden wollte – bis Micky dahinter kam, dass sie ihn betrog. Am Abend, als das Straßenfest stattfand, vermutete Micky, dass Sonja ihn mit Horst Soerge betrügen würde. Nun, er wurde nicht enttäuscht, als er mitten in der Nacht in der Nähe des Hauses auf der Lauer lag. Er drang ins Haus ein, als Sonja und Horst die betrunkenen Diekmanns nach oben zu ihrem Schlafzimmer brachten; vielleicht besaß er aber auch Nachschlüssel. Nachdem Soerge, mit dem sich Micky wohlweislich nicht anlegte, das Haus verlassen hatte, ermordete er auf bestialische Art und Weise Sonja und ihre Eltern. Er muss völlig durchgedreht sein. Zeit genug, die Spuren seiner Tat zu verwischen, hatte er. Keiner der Nachbarn – die meisten lagen ja ohnehin in bier- und weinseliger Stimmung in ihren Betten – konnte auch nur den geringsten Verdacht schöpfen, wenn Micky die Lichter in den Zimmern brennen ließ. Die Urlauber mussten ja schließlich packen. Nie würde jemand erfahren, dass die Reise der Diekmanns nicht im Schwarzwald, sondern im Jenseits endete.« Bentz machte eine Pause.

Als der Staatsanwalt schwieg, fuhr Bentz fort:

»Micky muss Schwerstarbeit geleistet haben. Ob er nun die wenigen Morgenstunden dazu benötigte, um die Spuren seiner Tat zu verwischen, oder ob er noch eine weitere Nacht dazu brauchte, sei dahingestellt. Jedenfalls öffnete er die Tür zum Garten und trug die Leichen in die Garage. Ein Beil und Plastiktüten befanden sich in Erwien Diekmanns Werkzeugschuppen hinter der Garage.

Niemand hat Micky beobachtet, als er anschließend seinen Wagen auf die Einfahrt fuhr und seine grauenhafte Fracht in den Kofferraum lud. Jedenfalls bis auf diejenigen Funde, die wir im Garten der Diekmanns machten.« Schepker war blass geworden.

»Wo ist der Mann?«, fragte er nur.

»Auf Norderney«, sagte Bentz. »Zur Premiere seines Requiem.«

Der Staatsanwalt verschwand kurz in seinem angrenzenden Arbeitszimmer und kehrte mit seinem Fahrplan der Norderney-Fähre wieder zurück.

14. Kapitel

Die Sonne stand noch tief am Morgenhimmel und warf ihr kaltes Licht auf Norddeich. Auf dem Seedeich spazierten Kurzurlauber, die die Jahreswende hier an der Küste verleben wollten.

An der Mole lagen die weißen Fährschiffe, und im Fischereihafen zerrten die Kutter an den Tauen, denn mit der Ebbe flutete das Wasser ab.

Auf der Mole herrschte reges Treiben. Die Zeitungen hatten angekündigt, dass mehr als zehntausend Gäste den Jahreswechsel auf Norderney verleben würden.

Bentz und Focken hatten ihren Wagen am Vereinshaus des Yachtclubs geparkt.

Mit weiten Schritten näherten sie sich der *Friesia III*, vor deren Gangway sie bereits den Staatsanwalt erkannten. Doktor Schepker trug einen kleinen schwarzen Aktenkoffer. Unter seinem Trenchcoat lugte ein navyblauer Rollkragenpullover hervor.

»Guten Morgen, die Herren«, begrüßte er die beiden Kriminalbeamten in aufgeräumter Stimmung. »Prachtwetter heute, nicht wahr? Stünden die Dienstgeschäfte nicht im Vordergrund, könnten wir uns der Schönheit von Meer und Dünen hingeben. Man ist viel zu selten hier draußen, stelle ich mal wieder fest.«

Gemeinsam mit den drei Männern aus Emden strömte die Flut der Reisenden in das Schiff, doch die Beamten hatten Glück; sie fanden einen Fenstertisch im Restaurationsdeck. Schepker bestellte bei der völlig überlasteten Bedienung drei Kännchen Kaffee. Als ein Vibrieren durch den Schiffsrumpf ging, die Schrauben durch das Wasser mahlten, die Küste allmählich zurückblieb und nur noch die Möwen am stahlblauen Himmel die *Friesia III* auf ihrem Weg nach Norderney ein Stück begleiteten, war es Schepker, der dienstlich wurde.

Er hatte noch am Vorabend einen Bericht verfasst und mit juristischer Präzision und Logik das von Bentz vorgetragene Belastungsmaterial gegen Micky aufgelistet und zu einer begründeten Anklage verknüpft.

Bentz fühlte sich nicht recht wohl in seiner Haut. Ausgerechnet Lothar Micky, der ihm fast zum Freund geworden war, hatte er, Bentz, als die lang gesuchte ›Bestie von Emden‹ entlarvt, wie die Zeitung in Ostfriesland den ihnen noch unbekannten Täter bereits publikumswirksam bezeichneten. Ein genialer Musiker – ein wahnsinniger Mörder.

Am Fenster zog das Wasser mit weißen Schaumkronen vorüber. Allmählich wuchs die bekannte Silhouette der Insel Norderney aus dem leichten Dunst. Seitlich verschwand Juist aus dem Blickfeld der Passagiere. Die Reisenden wurden unruhig. Die Nähe ihres Urlaubszieles trieb sie zu ihren Koffern und Taschen, während die Kinder lärmten, als befänden sie sich bereits am Dünenstrand.

Am Anlieger erwartete Kommissar Focko Meyers seine Emdener Kollegen und den Staatsanwalt. Er lehnte lässig an seinem Dienstwagen und blinzelte in die strahlende Sonne, während die Taxis und Busse mit den Touristen ausschwärmten.

»Hallo, man sieht sich selten«, begrüßte Meyers die drei Männer. Er warf einen raschen Blick auf seine Armbanduhr. »In einer halben Stunde beginnt die Premiere.«

»Die gleichzeitig eine Abschiedsvorstellung ist«, fügte Bentz trocken hinzu und nahm neben seinem Assistenten auf der Rückbank des Dienstwagens Platz, während Schepker sich vorn neben Meyers setzte. Der Kommissar von der Insel ließ den Passat langsam anrollen und fuhr gemächlich; auf der Insel war keine Eile geboten. Sie ließen die Hafengebäude hinter sich. Das hässliche Neubaugelände mit den unfertigen Häusern lag seitlich der breiten Umgehungsstraße. Die Pferdeweiden waren leer, das Gras braun.

Meyers lenkte den Wagen über die renovierten Steinwege an Baumgruppen entlang bis kurz vor den Kurpark. Am neuen Theater, in der Nähe der umstrittenen Heinrich-Heine-Plastik, parkte Meyers den Wagen. »Ab hier geht's nur noch zu Fuß weiter«, sagte er.

Die Luft war klar, trocken und würzig. Die Fußgängerzone gehörte bereits den Besuchermassen, die sich auch vor und in den Geschäften drängelten. Meyers führte die drei Männer an der Post entlang direkt zur Ludgerikirche. Zwei uniformierte Beamte traten aus einem versteckten Torwinkel hervor, der dem Kirchenportal gegenüberlag.

Sie nickten den Männern kurz zu und zogen sich wieder zurück.

Im Gotteshaus umfing sie Dämmerstimmung; nur durch die Seitenfenster fiel farbiges Licht durch die großen bunten Scheiben. Auf den dunklen Holzbänken saßen nicht nur alte Menschen, auch einige junge Leute hatten sich eingefunden; Paare zumeist. Meyers führte die Emdener Beamten nach vorn bis in die Nähe des Altars. Sie reihten sich in eine der langen Bänke ein.

Nur Focken kniete kurz nieder und setzte sich dann; Schepker und Bentz nahmen sofort Platz.

Unmittelbar darauf setzten Orgelklänge ein. Sofort erkannte Bentz die Musik: Es war Mickys ›Requiem auf eine Tote‹.

Eine spielerisch leichte, beinahe fröhliche Melodie ertönte, helle, schwebende Sphärenklänge, langsam sich steigernd in Klangfülle und Intensität, heiter und harmonisch, und weiter und weiter sich steigernd, aufwärts in einen heiteren blauen, klaren Himmel der Musik, in ein Paradies der Töne, das Raketen zu Palmen werden ließ, Demarkationslinien zu klaren Bächen, Bomben zu Blumen und Brot.

Kein Hüsteln, kein Füßescharren war zu vernehmen, als der unsichtbare Interpret eine mächtige Kathedrale aus Tönen aufbaute und dann allmählich wieder zur stillen, heiteren Grundmelodie zurückkehrte. Die Klänge schienen gleichsam in gelassener Heiterkeit zu sprudeln, so als erhebe sich mitten unter den Zuhörern ein Springbrunnen aus Musik.

Plötzlich sah Bentz wieder Sonja Diekmann vor sich, frisch

und schön und beschwingt. Dann aber verblasste plötzlich die Idylle, störten Disharmonien die heitere Ruhe, verdrängten sie brutal, wurden zu einem düsteren Klangbild, auf dunklen, tiefen Registern gezogen, sich mächtig erhebend zu einem bedrohlichen Dröhnen, das aus den Tiefen der Hölle zu kommen schien und sich zu schrillen Akkorden hinaufschwang, zu Schreien der Verzweiflung, der Angst und der Todesqual.

Und dann – Stille.

Abrupt und unerwartet schwieg die Orgel. Die plötzliche Ruhe war beklemmend und bedrückend. War das Werk zu Ende gespielt? War die Lösung gefunden?

Nein.

Die Lösung bahnte sich erst an, als die Orgel plötzlich wieder einsetzte und Micky leise zur Grundmelodie zurückkehrte.

Noch mischte sich Heiteres mit Düsterem. Doch bald gewannen die hellen, klaren Klänge den Kampf, wuchsen an zu einer alles befreienden, alles verzeihenden Harmonie, mächtig und umfassend, als wolle sie die Beschwernisse von dieser Welt verbannen; Gnade spenden den Dieben, den Ausbeutern und vielleicht auch den Mördern.

So, als vereinige das Finale des Requiems Opfer und Täter, wurden die Töne sanfter und leiser, ebbten ab und verstummten schließlich.

Nach Sekunden atemlosen Schweigens setzte spontaner Applaus ein. Auch die Beamten aus Emden schlossen sich an. Bentz bemerkte, wie tief beeindruckt der ›Dollart-Boy‹ Schepker war. Nur Focken schien recht gelassen zu sein.

Der Beifall steigerte sich zu einem wahren Orkan, als Micky auf der Empore erschien und sich verbeugte. Sein männliches Gesicht wirkte abgezehrt und erschöpft. Er hob die rechte Hand.

Der Applaus verstummte.

»Ich danke Ihnen, meine Damen und Herren«, begann der

Schöpfer des Requiem. »So kurz vor dem Jahreswechsel beginnt eine Zeit der Besinnung. Eine Zeit, in der man das Gute aus dem alten Jahr erkennen und mit hinübernehmen sollte in das neue Jahr, und in der man das Schlechte und Böse verbannen und verdrängen sollte …«

»Als Musiker ist er besser«, raunte Focken.

»Seien Sie ruhig, Mann!«, zischte Schepker.

»… habe meinem zweiten Werk, das ich Ihnen heute vortragen möchte«, endete Micky, »den Titel ›Mea culpa‹ gegeben – ›durch meine Schuld‹. – Ich danke Ihnen für Ihr Interesse und Ihren freundlichen Applaus und wünsche Ihnen ein glückliches neues Jahr.«

Während Beifall den Professor auf dem Weg zur Orgel der Ludgerikirche begleitete, wandte sich Bentz an den Staatsanwalt:

»Interessanter Titel, finden Sie nicht auch?«

»Allerdings. – Übrigens, ich hatte den Eindruck, dass er Sie erkannt hat.«

Der Kommissar nickte.

»Ja, das glaube ich auch.«

»Dann kommen Sie jetzt, meine Herren«, sagte Schepker.

»Nein, warten Sie noch«, bat Bentz ihn. »Dieses ›Mea culpa‹, lassen wir es ihn noch spielen.« Er hörte Focken leise seufzen.

Der Kommissar war enttäuscht.

Die zweite Komposition war nicht mehr als ein müder Aufguss des Requiem, strahlte längst nicht dessen düstere Faszination aus. Musste Micky zum Mörder werden, um ein solches Werk wie sein Requiem zu schaffen?, fragte sich Bentz im Stillen.

Nachdem der Applaus verklungen war, führte Kommissar Meyers seine Emdener Kollegen und den Staatsanwalt zu der gewundenen Treppe hinüber, über die man die Empore erreichte.

Bentz schluckte trocken, als er Micky an der Orgel sitzen sah. Der Professor kehrte den Männern den Rücken zu und war mit dem Sortieren seiner Notenblätter beschäftigt.

»Herr Professor Micky«, sagte Bentz leise.

Micky fuhr herum. Sein Gesicht war bleich und schweißüberströmt. Er stutzte, fasste sich dann aber schnell und bemühte sich sichtlich um Haltung.

»Guten Tag, die Herren«, sagte er lächelnd und richtete seinen Blick dann auf Bentz. »Es freut mich wirklich, dass Sie die Zeit gefunden haben, der Premiere des Requiem beizuwohnen.«

»War es denn eine Premiere?«, fragte Schepker.

»Was soll diese Frage?«, erwiderte Micky unwillig.

»Sie soll endgültig den Mord an der Familie Diekmann klären.«

Micky betrachtete das Gespräch mit Schepker offensichtlich als beendet, denn er wandte sich an Bentz.

»Wer ist dieser Mann?«

»Das ist Staatsanwalt Schepker«, sagte der Kommissar.

»Dann sollte er dafür sorgen, dass der Mörder endlich seiner gerechten Strafe zugeführt wird!«

»Aus diesem Grund bin ich hier«, sagte Schepker eisig und zog den Haftbefehl aus seiner Jackentasche. »Lothar Micky, ich verhafte Sie hiermit wegen Mordes an Magda, Sonja und Erwien Diekmann.«

Micky starrte ihn ungläubig an. »Was bringt Sie denn auf eine solch absurde Idee?«, fragte er mit einem verzerrten Grinsen.

»Ihr ›Requiem auf eine Tote‹«, erwiderte Bentz anstelle des Staatsanwalts. »Sie hätten nicht den Fehler machen dürfen, mit der Komposition schon zu Sonjas Lebzeiten zu beginnen. Das Band …«

Mickys schrilles Gelächter unterbrach ihn. »Das Band!«, rief er. »Das Band! Das Band!«

Sein Lachen hallte noch immer schauerlich im Kirchengebäude wider, als ihn zwei uniformierte Beamte in Handschellen zum Wagen führten.

»Ich halte ja nicht viel von solchen Sprüchen«, murmelte Bentz, »aber ich glaube jetzt tatsächlich daran, dass Genie und Wahnsinn manchmal nur durch einen schmalen Grat getrennt werden.«

Du sollst nicht begehren!

1. Kapitel

Beate Multhaupt hatte ihren Dienst wie immer korrekt versehen, obwohl sie während des ganzen Tages unter depressiven Gedanken sehr gelitten hatte.

Endlich war es so weit. Die Filiale der Stadtsparkasse Oldenburg schloss die Schalter.

Beate Multhaupt hatte keinen weiten Weg nach Hause. An der Haustür ihres Reihenhauses in der Klipperstraße stand ihre Mutter. Beate nahm ihr den geistig behinderten Jungen vom Arm, küsste ihn und heulte drauflos.

An diesem Abend badete sie den kleinen Jochen selbst, fütterte ihn und legte ihn ins Bett. Sie rückte einen Stuhl zurecht und setzte sich zu ihm. Sie streichelte ihn und sprach zu ihm. Jochen spielte mit seinen Händchen. Aus seinem Mund quollen unverständliche Wortbrocken. Die kleinen Augen zwischen den Schlitzen verrieten Stumpfsinn. Was wollte ihr Kind ihr mitteilen?

Sie weinte, weil ihr Sohn nie begreifen würde, welche Last er ihr aufbürdete.

Als Jochen eingeschlafen war, holte sie sich eine Flasche Wein und nahm sie mit auf ihr Zimmer. Sie setzte sich an den kleinen Schreibtisch, nippte am Weinglas und ließ in Gedanken an sich vorüberziehen, wie alles angefangen hatte …

Dr. Johannes Zander gab im Apartment 505 des Columbushauses ein kleines Essen. Beate Multhaupt, seine Sekretärin und Lebensgefährtin, servierte an diesem Abend den wenigen Gästen Lukullisches aus der Küche des ersten Hauses der Stadt Bremerhaven.

Eingeladen hatte Dr. Zander seinen Chef, den Leiter der Bremer Merkur-Bank, der in Begleitung seiner hausbackenen Gattin gekommen war.

Anwesend war auch sein Schulfreund, Professor an der Universität Bremen und Wirtschaftssenator der Hansestadt. Nicht vergessen hatte Johannes seinen Freund Onno Etzinga, der ihm nach harten Scheidungsauseinandersetzungen das Apartment preiswert vermietet hatte.

Beate Multhaupt stand im Mittelpunkt und wurde bewundert. Sie trug ein eng anliegendes Kleid, das ihre Figur beneidenswert schlank erscheinen ließ.

Das Essen fand die Zustimmung der Gäste, und als Beate das Geschirr abräumte, servierte Johannes den Sekt. Danach ergriff Beate das Wort und sagte: »Liebe Freunde, ich freue mich, dass Johann es geschafft hat. Er bekommt die Position in New York. Unsere Bank hat den richtigen Bewerber ausgewählt.« Sie schritt zu ihrem Lebensgefährten, nahm ihn in die Arme und küsste ihn.

Die Gäste klatschten Beifall. Der Vorgesetzte Dr. Zanders erhob sich. »Herr Dr. Zander, Sie genießen unser Vertrauen. Wir sind sicher, dass Sie sich als unser Mann in New York behaupten werden«, sagte er und griff nach dem Sektglas.

Die Gäste folgten seinem Beispiel und prosteten Johann zu.

Der Professor wusste Neuigkeiten vom New Yorker Kunstmarkt. Bei seinem letzten Aufenthalt hatte er im ›Museum of Modern Art‹ Kunstwerke junger Maler aus Norden und Wilhelmshaven bewundern können. Er schwärmte von seinen Eindrücken und eröffnete ein Thema, das das Interesse der Anwesenden fand. Die Gattin des Bankchefs gab offen zu, dass sie sich den exzentrischen Spekulationen des Kunstmarktes fern halten mussten, da alle Bankangestellten, also auch ihr Mann, keine Schulden machen durften.

Zu fortgeschrittener Stunde weinte Beate Multhaupt und umarmte ihren Freund.

»Lass mich nicht lange allein«, hauchte sie ihm flehend ins Ohr.

»Du wirst mir sehr fehlen. Ich werde dich später zu mir holen«, flüsterte Dr. Zander. Er küsste Beate, stand auf und füllte die Sektgläser.

Danach ergriff Onno Etzinga, der Landwirt aus Aurich, das Wort: »Probleme gibt es hier und in New York genügend. Wir wollen deshalb unserem Auswanderer so echt das Nordseelied singen.« Er stimmte an, und alle sangen mit. Das Abschiedsfest für Johannes wurde allen zu einem unvergesslichen Erlebnis.

Einige Wochen nach der Abschiedsparty fuhr Beate Multhaupt ihren VW auf den reservierten Parkplatz. Sie griff nach ihrer Einkaufstüte, nahm die Handtasche, verschloss das Auto und eilte dem Apartmenthaus entgegen. Sie öffnete die Haustür und blickte in den Briefkasten. Er war leer.

Enttäuscht betrat sie den Aufzug und fuhr nach oben.

Als sie die Wohnung betrat, verlor sie die Beherrschung. Sie ließ die Einkaufstüte und die Handtasche auf den Boden fallen, warf sich in einen Sessel und begann zu weinen.

Das hübsche Apartment ödete sie an. Sie war mit den Nerven am Ende. Johannes hatte nicht einmal eine billige Ansichtskarte aus New York geschickt. Und heute hatte sie Geburtstag!

Sie erhob sich aus dem Sessel, schritt an das Fenster und blickte über den Schifffahrtsweg auf die im Dunst liegende Nordsee.

Johannes hatte alle Brücken hinter sich abgebrochen. Sie war nur eine Gespielin gewesen.

Er hatte sie nicht geliebt!

Sie ging zu dem Beistellschrank, nahm sein Bild aus dem Rahmen, zerriss es zu kleinen Schnipseln, öffnete das Fenster und warf sie hinaus. Der Wind spielte mit den Fetzen und wirbelte sie wie Schneeflocken davon.

Sie verschloss das Fenster, weil sie in sich das Verlangen fühlte, einfach rauszuspringen und ihrem Leben ein Ende zu setzen.

Ich muss mit jemandem sprechen.

Sie dachte an ihre Kolleginnen, die verheiratet waren oder sich in festen Verhältnissen befanden.

Es war Freitag und Wochenende. Sie würde nur stören und ihre schlechte Laune übertragen.

Beate Multhaupt griff zum Telefonhörer. Sie wählte die Nummer ihrer Mutter, die in Oldenburg wohnte. Als sie ihre harte, lieblose Stimme vernahm, legte sie den Hörer auf die Gabel. Ihre Mutter war bereits senil. Auch sie hatte ihren Geburtstag vergessen. Unentschlossen stand sie am Fenster. Sie zuckte zusammen, als sie den Gong der Haustür vernahm. Der schrille Laut riss sie aus ihren traurigen Gedanken. Sie griff in ihr Haar, um es zu lockern, eilte ins Bad, betupfte kurz ihr Gesicht mit 4711 und schritt zur Tür. Neugierig schaute sie durch den Spion. Sie glaubte zu träumen. Sie sah Rosen, nichts als Rosen. Sie öffnete die Tür. Vor ihr stand Onno Etzinga.

Beate Multhaupt kamen die Tränen. Sie vernahm das ›Happy birthday to you …!‹ Onno Etzinga sang und legte ihr einen duftenden Rosenstrauß in die Arme. Es waren dreißig.

»Das ist lieb von dir, Onno«, sagte sie dankbar.

Onno hängte seine Jacke im Korridor auf einen Bügel und setzte die Reisetasche ab.

Beate Multhaupt führte Onno ins Wohnzimmer. »Ich habe

nicht einmal ein Stück Torte im Haus«, sagte sie und holte eine Vase.

Als sie die Blumen auf die Anrichte stellte, bemerkte Etzinga, dass das Bild seines Freundes Johannes dort nicht mehr stand. »Wir könnten irgendwo schick essen gehen«, sagte er und setzte sich in einen Sessel.

»Ich weiß nicht, mich noch einmal umziehen?«, fragte sie, als spräche sie mit sich selbst.

»Wir haben uns lange nicht gesehen, Beate.« Onno Etzinga lächelte.

»Ich habe noch eine Flasche Wein«, sagte sie und verließ das Wohnzimmer.

Onno erhob sich. Er nahm den Kerzenständer von der Anrichte und zündete die Kerzen an.

»Und schon ist Stimmung da«, sagte Beate Multhaupt und reichte Onno Etzinga die Weinflasche. Sie holte einen Korkenzieher und Gläser. Onno goss die Gläser voll.

»Auf dass die hundert voll werden«, sagte er.

Sie prosteten sich zu.

»Hast du etwas von Johannes gehört?«, fragte Beate und stellte das Glas ab.

Onno Etzinga wich ihrem Blick aus.

»Schon, Beate, aber heute – wo du dreißig geworden bist …«, sagte er.

»Was ist?«, fragte Beate Multhaupt gepresst.

»Ihm geht es gut. Er schwärmt von seiner gut gewachsenen schwarzen Sekretärin«, sagte Onno Etzinga.

»So«, sagte sie zornig. Beate Multhaupt trank das Glas leer und ließ es sich von Onno wieder füllen.

»Sei nicht traurig, Beate. Du hast Johannes überschätzt. Er lehnt jede feste Bindung ab. Wie wäre es mit etwas Musik? Spanish Eyes oder Dr. Schiwago?« Onno schaute Beate Multhaupt mitfühlend an.

Sie stand auf, ging zu der Anrichte und küsste jede Rose einzeln. Ihr Weltschmerz wich einer aufkeimenden Fröhlichkeit. Sie suchte das Band mit den Schnulzen aus dem Vorrat und schob die Kassette in den Recorder. Auch Johannes mochte diese gemütvolle Musik, dachte sie. Aber er war weit weg und trieb es mit einer Schwarzen. Sie setzte sich wieder auf die Couch und leerte ihr Glas.

»Zum Feiern gehören nicht nur Rosen«, sagte Onno. Er erhob sich und holte aus seiner Reisetasche zwei Flaschen Dom Pérignon, die er zum Kühlschrank brachte. Danach sprachen sie von früher. Beate sorgte für passende Gläser, als Onno eine gekühlte Champagnerflasche holte und sie öffnete. Schließlich hatte Beate Multhaupt nichts dagegen, als Onno die zweite Flasche aus dem Kühlschrank holte und die Kelche füllte.

Zu fortgeschrittener Stunde hatte Beate Multhaupt auch nichts dagegen, als sich Onno mit einer Rose in der Hand zu ihr setzte und liebevoll sagte: »Beate, diese Rose macht dich noch jünger. Es sind nur noch neunundzwanzig in der Vase.« Er entfernte mit seinem Daumennagel die Dornen und steckte ihr die Rose in den Ausschnitt der Bluse.

Beate lachte vergnügt und schüttelte sich, als sie den kalten Stängel auf ihrer Haut fühlte.

Sie tranken den kühlen Champagner und kamen sich näher. Onno sorgte für Musik und für volle Gläser.

Beate Multhaupt war glücklich darüber, dass es jemanden gab, der sie mochte und sich darüber freute, dass es sie gab. Und es gab sie! Aus allen Poren drang ihre Lebenslust! Weg waren die Gedanken an den Fenstersprung. Sie fühlte sich lebendiger denn je, als Onno Etzinga ihr die Bluse auszog, den BH öffnete und ihn ablegte. Berauscht sah sie zu, wie er sich auszog und Rosenblätter auf ihren nackten Körper fallen ließ. Sie roch seine Haut und den Duft der Rosen, als er sich zu ihr legte, während draußen der Hausmeister vor der Tür stand und sein graues Haupt schüttelte. Er hatte den Mercedes mit dem Auricher Kennzeichen auf dem Parkplatz erkannt und wunderte sich über die Moral ›gewisser Kreise‹.

Beate Multhaupt war verliebt und glücklich. Die Arbeit bei der Bremer Merkur-Bank bereitete ihr wieder Freude. Onno Etzinga verwöhnte sie mit kleinen Aufmerksamkeiten. Mittwochs brachte der Fleurop-Händler regelmäßig einen Blumenstrauß.

Onno reiste samstags an.

Sie aßen dann in feinen Lokalen, besuchten die Oper oder ein Theater. Beate kaufte in den Boutiquen der Schickeria ein, und Onno zahlte großzügig.

Schon nach wenigen Wochen setzte Beate Multhaupt sich an ihren kleinen Schreibtisch und verfasste mit dem Blick auf Onnos Foto einen bösen, ironischen Brief an ihren ehemaligen Lebensgefährten Dr. Zander und machte endgültig Schluss mit ihm.

Zwar war auch Onno Etzinga zwanzig Jahre älter als sie, aber er war Witwer und nicht geschieden. Hinzu kam, dass Onno vermögend war und nicht wie Johannes ihr Gehalt mit einkalkulieren musste. Onno übernahm großzügig die Miete für das Apartment und versprach Beate die Ehe. Er beabsichtigte, seinen Betrieb zu verkaufen oder zu verpachten und ganz zu ihr nach Bremerhaven zu ziehen.

Beate Multhaupt schwelgte im Glück. Sie sah sich an der Seite ihres Geliebten auch in Zukunft auf Rosen gebettet. In dieser Stimmung zerriss sie den Brief aus New York ungelesen.

Sie gehörte Onno und hatte Johannes Zander aus ihrem Leben verbannt.

An einem Samstag genoss Beate Multhaupt die entspannende Wärme eines Bades. Sie hatte dem Wasser Rosenöl zugefügt und auch einige Spritzer des Duftstoffes auf ihre bereitliegende Wäsche geträufelt.

Im Wohnzimmer hatte sie den Tisch bereits gedeckt. In einer Meißener Vase hatte sie Rosen mit zwei handgroßen Blüten und ein kleines Moosröschen gesteckt.

Mit dem Essen hatte sie sich Mühe gegeben. Sie hatte Wildschweinbraten mit Kroketten und Preiselbeeren vorbereitet.

Beate frottierte sich vor dem Spiegel. Zufrieden betrachtete sie ihren Körper. Sie war eine schöne Frau und hatte endlich ihre Erfüllung gefunden.

Auch Onno war schlank, hoch gewachsen und sah gut aus. Wir bilden ein schönes Paar, dachte sie und zog sich an. Sie ließ das Badewasser ab und betrat das Wohnzimmer.

Lange stand sie vor dem Bild ihres Geliebten. Hoffentlich wird es ein Junge, dachte sie. Sie wünschte sich ein kleines winziges Abbild ihres Liebhabers Onno.

Sie schaute auf die Uhr. Noch eine Stunde! Sie fieberte Onnos Ankunft entgegen, um ihm die freudige Nachricht mitzuteilen, dass sie schwanger war …

Doch Onno kam nicht.

Es war bereits spät, als Beate Multhaupt ihre Rückschau beendete. Sie trank den Rest des Weines, löschte das Licht in ihrem Arbeitszimmer und schritt leise über den Korridor zum Kinderzimmer. Sie öffnete die Tür und vergewisserte sich, dass Jochen schlief.

»Onno, du sollst in der Hölle schmoren, falls es eine gibt«, flüsterte sie und ging nach unten.

In der Küche trank sie ein Glas Sprudel. In einem Glas auf der Anrichte sah sie die Zahnprothese ihrer Mutter.

Was würde aus Jochen, wenn sie nicht mehr für ihn sorgen konnte?

Diese Frage hatte Onno Etzinga sich nie gestellt! Er hatte schnell ein Bett gefunden, in dem ein anderes Weib ihm sündige Wärme bot!

2. Kapitel

Die Familie Mentjes hatte sich zu einem Gespräch in der guten Stube um den Esstisch versammelt.

Als wäre sich jeder der Bedeutung der Zusammenkunft bewusst gewesen, hatten sich alle mit ihrer Kleidung angepasst. Selbst Harm Mentjes hatte seine fleckige Drillichhose abgelegt, sich für eine gereinigte Manchesterhose entschieden und einen frischen Troyer angezogen.

Der Tee war zubereitet. Die Kanne stand auf dem Stövchen, der Tisch war gedeckt. Plätzchen türmten sich in einer Glasschale. So, als gäbe es auch eine Gesprächsordnung, erhob Swantje Mentjes sich, als der Zeiger der antiken Standuhr auf acht Uhr sprang. In den ersten Glockenschlag hinein sagte sie: »Der Tee wird uns allen gut tun.« Ihre Stimme klang müde.

Harm Mentjes grinste geringschätzig. Er sehnte sich nach einem Schnaps. Es war so still, dass sie das Knistern der Kandiszuckerstücke vernahmen, als Swantje Mentjes den Tee ausschenkte. Alle nippten an den Tassen. Uwe Mentjes räusperte sich: »Es ist nicht notwendig, darauf hinzuweisen, dass das Weihnachtsfest sich nähert. Ich frage mich allerdings, ob wir uns als Familie nicht schon so weit auseinander gelebt haben, dass es für uns kein gemeinsames christliches Fest mehr geben kann. Schlimmer noch: Wir sind dabei, uns gegenseitig zu quälen!«

»Vater, wenn du nachts im Suff mit einer Axt im Hause herumgeisterst, dann ist das für uns nicht nur beängstigend, sondern sogar bedrohlich. Du hast eine Familie, auf die du stolz sein kannst. Mutter ist trotz ihrer Jahre immer noch eine attraktive Frau, die zu dir steht. Du bist ein tüchtiger Landwirt und hast es zu einem ansehnlichen Wohlstand gebracht«, sagte Tochter Anja.

Harm Mentjes bemühte sich um Haltung. Er blickte auf den Boden, als alle ihn vorwurfsvoll anschauten. Seit 16 Uhr hatte er keinen Schluck mehr gehabt. Das zerrte an seinen Nerven. In ihm rumorte es. Er schaute in Richtung Küche. Im Kühlschrank befand sich der gekühlte Corvit.

»Für euch bin ich der Zugochse. Jeder macht, was er will. Du studierst, Uwe – und was ist? Du verachtest mich, und ich zahle.« Böse schaute er auf seine Frau. »Mutter zieht es nach Höherem! Volkshochschule! Chorsingen! Ich bleibe der dumme Bauer. Die Tochter treibt es mit einem Nigger! Wer soll das alles verkraften?«, schrie er und rieb seine Hände nervös über seine Oberschenkel.

»Vater, du hast nicht das Recht, über Mutter herzuziehen, weil sie neben ihrer harten Hofarbeit sich auch geistig betätigen will. Warum überwindest du dich nicht einmal zu einem Theaterbesuch?«, sagte Uwe erregt.

»Theater. Ja, das ist es! Soll ich jetzt auf dein aufgeblasenes Gequassel reinfallen?«, schrie Mentjes.

»Besinne dich auf frühere Jahre, Vater. Es war einmal anders hier in unserem Haus«, antwortete Uwe.

Swantje Mentjes weinte. Anja neigte sich vor und sagte bitter: »Du bist so egoistisch und blind, dass du uns alle mit deiner Kleingärtnermentalität messen willst. Allan ist Amerikaner, er ist ein Mann mit Bildung. Und du richtest, ohne ihn zu kennen, nur weil Gott ihm eine schwarze Haut gegeben hat und dir einen miesen Charakter!«

Harm sah seine Tochter böse an.

»Und wo bist du, wenn uns die Arbeit über den Kopf wächst? Bei deinem Nigger!«, brüllte er.

»Vater, wer Wind sät, wird Sturm ernten«, sagte Uwe vorwurfsvoll.

Der Alte lachte hämisch: »Du Rotzbengel, wer sät und wer erntet hier? Wenn ihr ›Kassieren‹ ernten nennt, dann seid ihr alle Weltmeister.«

»Und wenn du ohne Schnaps nicht leben kannst, dann haben wir die Möglichkeit, dich zu einer Entziehungskur anzumelden«, stellte Uwe fest.

Harm Mentjes starrte seinen Sohn wütend an.

»Ihr mich anmelden! Ich bezahle euren Luxus, und mich wollt ihr anmelden?« Er stand auf und eilte in die Küche. Sie sahen sich an. Sie stießen auf Granit. Er hatte die Flasche bereits am Hals, als er zurückkam.

»Ich bestimme, wann ich aufhöre!«, brüllte er sie an.

Swantje Mentjes hatte bis jetzt geschwiegen. Schluchzend sprach sie vor sich hin: »Harm, ich habe dich geliebt, doch was hast du aus mir gemacht? Ich war deine Magd. Wie ein Bulle, den man zur Kuh führt, hast du dich im Bett benommen. Das Leben bestimmte die Hofarbeit. Meine Liebe zur Kunst, mein Wissensdrang fanden Erfüllung in der Schularbeitsbetreuung der Kinder. Doch dann kam das Ende. Niemand brauchte meine geistigen Fähigkeiten mehr. In mir stumpfte alles ab. Du gabst dich dem Alkohol hin, mir blieb das Fernsehen und die Angst vor deinen Kräften.«

Harm nahm einen tüchtigen Schluck aus seiner Flasche.

»Ab Weihnachten wird sich alles ändern. Den Heiligen Abend gestalte ich! Wir feiern einen Neubeginn«, sagte er zerknirscht.

»Ohne Schnaps, Vater?«, fragte Uwe.

»Ja«, sagte Mentjes und stellte die Corvit-Flasche auf den Boden.

Der erste starke Wintereinbruch hatte über Nacht eingesetzt. Selbst am Tage lagen die Temperaturen noch bei minus vier Grad. Es schneite ununterbrochen. Die Straßen waren spiegelglatt.

Harm Mentjes fuhr seinen Mercedes mit angepasster Geschwindigkeit. Er benötigte fast eine Stunde, bis er in der Kreisstadt Aurich ankam und auf dem Pferdemarkt einen Parkplatz fand.

Er betrat den Supermarkt, schob einen Einkaufswagen vor sich her und fand schnell die Regale, die Knabberzeug und Wein enthielten.

Er bezahlte und verstaute seinen Einkauf im Kofferraum seines Wagens. Vor der Kaufhalle erstand er einen Weihnachtsbaum, den er auf dem Dachgepäckträger festband.

Danach verließ er seinen geparkten Wagen und ging zu Fuß zur Burgstraße. Beim renommierten Schlachter bestellte er ein kaltes Büffet der Spitzenklasse für den Heiligen Abend.

Die Weihnachtsdekoration tauchte die Burgstraße verschwenderisch in gleißendes Licht. Auch sein Skatbruder Wert Koller hatte mit Licht nicht gespart. Es brach sich im Schaufenster tausendfach in den ausgestellten Schmuckstücken. Harm schritt an der Verkäuferin vorbei, die pünktlich zum Feierabend die Ladentür schloss. Wert Koller stand hinter seinem Verkaufstresen.

»Eine lausige Kälte«, sagte Mentjes und rieb sich die Hände.

»Suchst du Schmuck zum Fest für deine Grazien?«, fragte Koller.

»Ihnen fehlt es sonst an nichts, Wert. Und mit der Mode kenne ich mich nicht aus«, antwortete Mentjes und blickte auf die gefüllten Vitrinen.

Koller rollte bereits das dunkelgrüne Samttuch auf dem Verkaufstresen aus. Harm schaute unsicher zu.

»Du bist der Fachmann, Wert. Für Swantje so um die dreitausend Mark und für Anja etwa die Hälfte«, schlug er vor und kraulte seinen Vollbart.

Wert Koller hatte Geschmack, das wusste Harm.

»Hier habe ich ein besonders preiswertes Stück, Harm. Es heißt ›Gezeiten‹. Eine Arbeit aus der Kollektion Kern, Düsseldorf«, sagte Koller und legte das wellenförmige Anhängsel samt Goldkette auf das Samttuch. »Wie im Leben. Die Liebe geht, die Liebe kommt« scherzte er.

»Gut. Ich kaufe das Stück«, sagte Harm Mentjes.

»Und für Anja?«, fragte Koller.

»Vielleicht hast du etwas Amerikanisches da?«, fragte Harm.

»Wie wäre es mit einem Golddollar an einer Massivkette?«

Koller hielt den Schmuck hoch.

Mentjes sah seine groben Vorstellungen erfüllt.

»Ich lasse dir die beiden Stücke für viertausendfünfhundert Mark«, sagte Koller.

»Das geht klar. Ich bin froh, dass ich die Geschenkfrage gelöst habe.«

»Du kannst mir das Geld überweisen«, sagte Koller. Er griff nach kleinen Schachteln und Weihnachtspapier. »Komm doch noch auf ein Bier mit nach oben, Harm«, schlug Koller vor und händigte seinem Skatfreund die Schachteln aus.

»Warum nicht. Ich habe Zeit. Swantje probt heute Abend im Kirchenchor für das Weihnachtssingen, und Anja kommt spät von ihrem Freund Allan zurück«, antwortete Harm Mentjes und folgte Koller über die Treppe zur Wohnung.

»Meine Frau besucht unsere Tochter in Esens. Oma passt

auf die Kinder auf. Die jungen Leute heute …«, sagte Koller geringschätzig und ging in die Küche.

Er kam zurück und stellte Bierflasche und Gläser auf den Tisch.

»Ich bin kein Weihnachtsfan, Harm. Diese Aufregungen vorher und dann diese Sentimentalitäten«, sagte er und füllte die Gläser.

»Ich hoffe, dass es mir gelingt, mithilfe des Tannenbaumes und den Geschenken meine Lieben ein wenig zum Nachdenken zu bringen«, sagte Harm Mentjes.

Sie prosteten sich zu.

»Unser Skatabend muss ausfallen, Harm«, sagte Koller. »Ich habe noch etliche Geschenke zu gravieren. Folkert Ideus rief mich an. Er kann ebenfalls nicht.«

»Weiß Onno Bescheid?«, fragte Harm Mentjes.

»Noch nicht. Du kannst ja eben bei ihm anhalten«, sagte Koller.

Es war bereits zweiundzwanzig Uhr, als Harm Mentjes sich von seinem Skatbruder verabschiedete. Er schritt durch den Schnee zum Parkplatz, kratzte die Scheiben frei und stieg in den Wagen.

Die Schneedecke war ausgefahren. Er fuhr in angepasster Geschwindigkeit in Richtung Tannenhausen.

Auch Onno Etzinga sang im Kirchenchor. Um diese Zeit musste er zu Hause sein. Onnos Tochter Kerstin besuchte ihren Bruder Uwe in Hamburg.

Mentjes bog in den Versorgungsweg ein und warf einen Blick auf die dunklen Fenster im Wohnhaus seines Nachbarn.

Er fuhr seinen Mercedes an der Scheune vorbei und parkte in der Nähe der Haustür. Er stieg aus und ging zum Haus. Nirgendwo brannte Licht. Er schaute auf die Uhr. Das Singen musste zu Ende sein. Vielleicht trank Onno irgendwo ein Bier. Achselzuckend stieg er in seinen Wagen und fuhr nach Hause.

Auch Swantje war noch nicht zurück. Er schloss die Haustür und bemühte sich, die aufkeimende Eifersucht zu verdrängen. Er entfernte den Tannenbaum vom Gepäckträger und trug den Einkauf in die Küche.

Für Minuten stand er unentschlossen vor dem Fernseher. Da auch seine Tochter Anja noch nicht nach Hause gefunden hatte, packte er wütend einige Bierflaschen in einen Korb und verzog sich auf sein Zimmer. Schon seit geraumer Zeit hatte Swantje sich eine eigene Kammer hergerichtet, zu der sie ihm nur gelegentlich Zutritt gewährte.

Harm Mentjes trank Bier und dachte über sein Eheleben nach. Swantje hatte insoweit Recht, dass ihr Zusammenleben in abgestumpften Gewohnheiten erstarrt war. Die Führung des Hofes mit dem Ziel, Gewinne zu erzielen, war nach dem Großziehen der Kinder in den Vordergrund gerückt. Er war kein junger Hüpfer mehr, und die Zuneigung zu Swantje war für ihn so selbstverständlich, dass er sich albern vorkommen würde, wenn er sie an der Hand nehmen und wie früher mit ihr in hellen Mondnächten spazieren gehen sollte. Aber auch Swantje hatte seine ergrauten Haare nicht mehr gekrault und ihm ihre zum Kuss gespitzten Lippen nicht mehr hingehalten. Im Gegenteil, sie war nörglerisch geworden mit den Jahren. An allem, was er unternahm, meckerte sie herum.

Ihre Gespräche, in deren Mittelpunkt der Weg ihrer Kinder stand, verebbten immer mehr neben dem sinnlosen Durcheinander der Sensationen der Medien.

So in Gedanken verstrickt, vernahm er, wie Swantje ihre Kammer betrat. Es war sehr spät. Er erhob sich, zog hastig seinen Schlafanzug aus und verließ sein Zimmer. Er wollte Swantje lieben und mit ihr reden. Nun mied er den Schnaps und wollte sich ändern.

Er griff zur Klinke, doch die Tür war bereits verschlossen.

»Mach auf, Swantje! Ich will mit dir reden!«, rief er enttäuscht.

»Heute nicht«, antwortete sie.

»Aber Swantje, es gibt da einiges. Öffne bitte die Tür«, sagte er.

»Werde zuerst einmal trocken!« Rief sie. Er vernahm ihr Kichern.

Harm Mentjes kam sich unwürdig vor in seiner Nacktheit vor verschlossener Kammertür. Er hörte die Schritte seiner Tochter, die nach Hause kam.

Er suchte sein Zimmer auf und trank den Rest des Bieres.

Sollte Swantje ihn nach all den Jahren betrügen? Dabei wollte er nicht tatenlos zusehen! Er legte sich auf das Bett und schlief sehr unruhig. Ihm stand immer noch der Sinn nach ihrem schönen Körper.

3. Kapitel

Mentjes fuhr die Milchkannen an die Straße. Es schneite, und ein kalter Wind wirbelte ihm die Flocken entgegen. Er musste nicht lange warten. Der Tankwagen der Molkerei war auch am Heiligen Abend pünktlich.

Der Fahrer saugte die Kannen leer.

»Frohes Fest, Herr Mentjes«, sagte er, als er fertig war.

»Wollen wir es hoffen«, antwortete Harm Mentjes und schob den Karren mit den Kannen dem Stall entgegen. Er klopfte sich den Schnee von der Kleidung und spülte die Kannen in der Milchküche aus. Danach versorgte er das Vieh.

Nach dem Essen verließ er die Küche und fegte das Hofgelände frei. Immer noch schneite es. Er betrachtete sein Anwesen. Der Hof sah schön aus mit den verschneiten Dächern. Die Tannen waren wie in Watte gepackt, und die Weidenpfähle trugen kleine Schneehauben.

Mentjes sah, wie seine Frau über den Hof schritt, die Garagentür öffnete und in den Golf stieg. Ohne Notiz von ihm zu nehmen, fuhr sie über die geräumte Auffahrt davon.

Harm entdeckte im Vorgarten hoch aufgeworfene Maulwurfshügel. Massenhaft stießen die erdigen kleinen Buckel aus der Schneedecke. Als geborener Landwirt mochte er keine Schädlinge. Er ging in den Geräteschuppen, holte aus dem Stellfach Maulwurfgift, hob die gefrorenen Erdhügel ab und verteilte das Gift in die Kanäle.

Wie schnell ein Jahr vergeht, dachte er wehmütig. Er holte den Weihnachtsbaum aus der Garage und schnitt das feinmaschige Netz auf, das die Zweige des Tannenbaumes an den Stamm presste.

Er brachte den Baum ins Haus und ging auf den Speicher, um den Baumständer, die elektrischen Kerzen und den Baumschmuck zu suchen. Schließlich trug er alles im Wohnzimmer zusammen.

Das war seine Weihnacht! An nichts sollte es fehlen. So wie er früher den Baum geschmückt hatte, so sollte er in diesem Jahr nach vielen Enttäuschungen alle an glückliche Jahre erinnern.

Er befestigte den Baum im Ständer und schmückte ihn.

Swantje war noch nicht zurück, als der Schlachter kam und das Büffet anrichtete. Erst um siebzehn Uhr betrat sie das Haus. Sie ging an ihm vorbei, ohne etwas zu sagen.

Harm wusste, dass sie sich jetzt umziehen musste. Um achtzehn Uhr war das Weihnachtssingen in der Lamberti-Kirche in Aurich.

Onno Etzinga, sein Nachbar, betrat die Küche. Mit seinem offenen Trenchcoat, dem Blazer und der dazu passenden Krawatte wirkte er wie ein Mann von Welt. Er trug sein volles angegrautes Haar im kurzen Schnitt.

»Kommst du nicht mit?«, fragte er, als sei er überrascht, seinen Nachbarn in Stallkleidung anzutreffen.

»Das Vieh und die Vorbereitungen«, sagte Harm.

»Ich bin froh, wenn die Show vorbei ist«, meinte Etzinga.

»Möchtest du einen Schnaps?«, fragte Harm.

»Nach dem Singen«, antwortete Etzinga.

Swantje betrat die Küche. Sie sah bezaubernd aus in ihrem blauen Kostüm. Wie eine Stewardess hatte sie sich ein Seidentuch locker um den Hals gelegt. Ihren Mantel trug sie auf dem Arm. Achtlos ging sie an Harm vorbei.

»Bis dann!«, rief Onno. Harm blickte hinter beiden her.

Swantjes Beine waren immer noch schön. Unter den Seidenstrümpfen war nicht eine hervorstehende Ader zu sehen. Die hochhackigen Schuhe erhöhten ihre Eleganz.

Sie hat mich aufgegeben, dachte er und ging in den Stall.

Er schaute auf die Kühe, die im fahlen Licht in den Boxen standen. Er kannte sie alle mit Namen. Das war sein Leben, und er wollte, dass es so blieb.

Er legte die Saugnäpfe der Melkmaschine an die Euter der Kühe und kämpfte mit seiner Enttäuschung.

Weiß sie wirklich nicht, welche Qualen ich auf mich nehme, um vom Alkohol loszukommen? Hat sie mit Onno geschlafen?

Er horchte auf den Takt der Melkmaschine. In Aurich, in der Lamberti-Kirche, waren es Orgelklänge, begleitet von den eingeübten Stimmen des Chores, die die Besucher vom Alltag entrückten.

Harm Mentjes duschte, zog sich um und wartete im Wohnzimmer auf die Kirchenbesucher.

Beim Anblick des geschmückten Weihnachtsbaumes und des lodernden Kaminfeuers spendeten sie begeistert Beifall. Harm sah, wie Onno Etzinga sich in den Sessel vor dem kleinen Couchtisch setzte, während Swantje sich ihm gegenüber auf der Couch niederließ. Die jungen Leute nahmen am Tisch Platz.

Mentjes stellte sich neben den Weihnachtsbaum, langte nach dem kleinen Glöckchen, das er in Handhöhe zwischen blinkendem Lametta an einen Ast gehängt hatte. Er ließ es leise erklingen, lächelte freundlich, legte seine fleischigen Hände übereinander und begann zu sprechen. »Liebe Familie, liebe Gäste! Das gemeinsame Beisammensein am Heiligen Abend gehört zu einer alten ostfriesischen Tradition. Die Familie bildet immer noch eine Festung im ländlichen Leben. Ich freue mich, dass wir heute Abend mit unserem Nachbarn Onno Etzinga, seiner Tochter Kerstin und mit Anjas Freund Allan Strawberry gemeinsam den heiligen Abend feiern können.«

Harm schwitzte. Er schaute zu Swantje hinüber. Sie blickte ihn ironisch an. Er ignorierte es und fuhr fort: »Wie bei uns üblich, spiele ich den Weihnachtsmann.«

Er bückte sich und nahm vom Boden eine kleine Schachtel auf.

»Swantje, für deine Geduld mit mir und die fast fünfundzwanzigjährige Treue und Mitarbeit«, sagte er und schritt zu der kleinen Sitzecke. Er überreichte seiner Frau das Geschenk.

Langsam begann sie das Weihnachtspapier zu entfernen. Harm wartete vergeblich auf ein Dankeschön. Er ging zum Tannenbaum zurück, hob ein weiteres Geschenk vom Boden auf.

»Anja, in Liebe von deinem Vater«, sagte er und gab seiner Tochter die kleine Schachtel.

Für Uwe hatte er zwei Tausendmarkscheine in ein Kuvert

gelegt. Er brachte Allan Strawberry eine Versandtasche mit einer gebuchten Busreise nach Rom, für ihn und Anja. Kerstin hatte er ein mehrbändiges Kunstlexikon gekauft.

Harm Mentjes genoss die Freude und den Dank der Kinder, die ihn umringten und ihn an sich drückten.

Der Schwarze war sehr gerührt. Er legte seinen Arm um seine Schulter. »Thanks«, hauchte er.

Harm Mentjes trat an den Getränketisch, stieß zwei Gläser zusammen und rief: »Frohe Weihnachten und Prost.«

Die Party kam in Fahrt. Am Getränketisch ging es hoch her. Uwe bediente die Stereoanlage, und das ›Stille Nacht, heilige Nacht‹ drang dezent aus den Boxen.

Harm sah, wie Onno Etzinga zum Getränketisch ging, die Flasche mit dem Klaren aus dem Eiskübel nahm und ihm zuwinkte.

»Harm, wir müssen zusammen einen trinken«, sagte er einladend. Er trug drei Gläser in der Hand.

Harm trat an den hergerichteten Tisch.

»Das Büffet ist angerichtet«, rief er und entfernte die Folien.

Die jungen Leute griffen nach Tellern und Bestecken. Nur Swantje und Onno blieben sitzen. Er ging zu ihnen und ließ sich in dem freien Sessel vor dem Couchtisch nieder.

Onno füllte die Schnapsgläser. Harm spürte die Verlockung. Doch sein Versprechen hielt ihn davon ab, den kalten Schnaps in sich hineinzukippen.

Swantje schaute ihn fragend an.

Onno Etzinga hob das Glas.

»Zum Wohle«, sagte er.

»Ich trinke keinen Schnaps, Onno«, sagte Harm.

Swantje sprang auf und eilte zum Getränketisch. Sie kam zurück und stellte zwei Flaschen Bier auf den Tisch.

»Das ist ja nun dein neues Gesöff«, sagte sie ironisch.

»Ja, Swantje«, sagte Harm überrascht.

Onno trank den Schnaps, wischte sich den Mund mit der Handfläche ab und atmete tief durch.

Harm zögerte. Er langte nach der Bierflasche.

»Harm, Swantje, was ist mit euch los?«, fragte Etzinga nervös.

Swantje sprang auf und rannte davon. Harm Mentjes stellte die Bierflasche ab.

»Swantje sollte schon anwesend sein, wenn es um uns geht«, meinte Harm.

Onno stand auf. Er holte Swantje zurück an den Tisch.

»Swantje, ich bleibe nicht nur trocken, sondern auch tolerant«, sagte Harm und schaute sie ernst an.

Swantje griff nach der Bierflasche und sagte verbittert: »Prost!«

Auch Harm langte wieder nach der vor ihm stehenden Bierflasche, setzte sie an seinen Mund und trank sie in einem Zuge leer. Als er die Flasche hart auf den Tisch abstellte, sah er, wie Swantje ihn kurz anschaute und sich auf die Couch fallen ließ. Sie erhob sich mühsam und stierte ihn an. Dann sackte sie zusammen. Er vernahm ihr schmerzhaftes Röcheln. Ihr Oberkörper zuckte, und plötzlich lag sie wie tot auf der Couch.

»Einen Arzt, sie stirbt!«, schrie Onno verzweifelt.

Harm sah, wie die jungen Leute sich dem Couchtisch näherten. Er eilte zum Telefon und bestellte einen Arzt und einen Krankenwagen. Dann trat er vor das Haus.

4. Kapitel

Es schneite nicht mehr. Der Mond warf fahles Licht. Der Frost kühlte seinen Schweiß. Er stierte gebannt auf die Einfahrt.

»Schicksal«, sagte er mit fester Stimme. Er beobachtete den BMW, der auf die Einfahrt rollte, und wartete, bis der Arzt ausgestiegen war.

»Ihre Frau?«, fragte Dr. Tholen. Harm nickte nur und führte den Arzt ins Haus.

Etzinga machte Platz.

Der Arzt hob Swantjes Augenlider an. Schweigend entnahm er seiner Tasche das Stethoskop, öffnete Swantje die Bluse und horchte sie ab.

»Ist der Krankenwagen bestellt?«, fragte er.

»Ja, er muss gleich kommen«, sagte Mentjes.

Swantje lag ohne Anteilnahme auf der Couch.

»Hat Ihre Frau irgendetwas Außergewöhnliches gegessen?«, fragte Dr. Tholen.

»Wir tranken gemeinsam ein Bier. Plötzlich fiel sie in Ohnmacht«, sagte Harm.

Die Männer des Krankenwagens kamen mit einer Bahre. Der Arzt half ihnen, Swantje umzubetten.

»Ich begleite Ihre Frau zum Krankenhaus«, sagte Dr. Tholen.

»Kann ich mit?«, fragte Uwe. Der Arzt nickte.

Harm sah zu, wie sie Swantje aus dem Haus trugen. Er ging zum Tannenbaum und löschte die elektrischen Kerzen.

Wortlos verließ Etzinga das Zimmer. Seine Tochter Kerstin stützte ihn.

Harm nahm eine Flasche Bier und setzte sich an den Tisch. Anja begleitete Allan nach draußen. Sie schluchzte, als sie zurückkam.

»Geh auf dein Zimmer und weine dich dort aus, Kind«, sagte Harm gefasst, »ich warte hier auf Uwe.«

Harm Mentjes trank Bier und rauchte seine Pfeife. Er war dankbar, dass Anja ihn alleine gelassen hatte.

In Gedanken ging er die Jahre mit Swantje noch einmal durch. Bei einem Feuerwehrball im Sommer waren er und Swantje sich näher gekommen. Es waren herrliche Jahre gefolgt. Er hatte Swantje geschwängert, und sie hatten geheiratet und im Glück geschwelgt.

Harm Mentjes ließ die Bilder kommen und gehen. Erst als Uwe ihn in die harte Wirklichkeit zurückrief, durchfuhr ihn ein tiefer Schmerz.

»Vater, Mutter ist tot!« Uwe ging schluchzend nach oben.

Harm weinte lange und still vor sich hin.

Die Herren der Skatrunde saßen unter geschwärzten Balken im ›Upstaalboom‹ und reizten ihre Karten aus.

Der alte, ergraute Wirt stand hinter dem Tresen und unterhielt sich mit einigen Gästen, die auf den Barhockern saßen. Er griff nach dem Tablett und ging zum Skattisch.

Landwirt Mentjes ging hart mit seinen Skatbrüdern ins Gericht.

»Onno, ich hatte eine blanke Zehn!«, schimpfte er erbost.

Der Wirt wunderte sich über die erhitzte Debatte. Er stand wartend am Tisch.

»Du konntest das Spiel nicht nach Hause bringen, Harm. Ich hatte Herz König und Pik-Ass!« Schmuckhändler Wert Koller versuchte, den Landwirt zu beruhigen.

»Hinni, vier Bier und vier Korn auf meinen Deckel. Das ist mir das Spiel wert«, sagte Folkert Ideus.

Harm Mentjes schaute seinen Skatbruder böse an.

»Ich trinke keinen Kurzen!«, zischte er.

»Warum so böse?«, fragte Ideus.

Wert Koller mischte die Karten. Harm stritt noch immer mit seinem Nachbarn Onno Etzinga.

»Du bringst uns heute Abend ganz schön auf Trab, Harm«, sagte Folkert Ideus. »Onno kann nicht dafür, dass du eine Pechsträhne erwischt hast.«

Mentjes sprang auf. »Ihr könnt mich alle mal!«, brüllte er und ging zum Tresen, um zu zahlen.

Wert Koller warf die Karten auf den Tisch. Er sah, wie Harm Mentjes das Lokal mit großen Schritten verließ, ohne sich umzuschauen.

»Harm hat den Tod seiner schönen Swantje noch nicht verkraftet«, sagte er, als suche er nach einer Entschuldigung.

»Harm hat es schwer. Sein Hof ist um einige Hektar größer als meiner. Dennoch finde ich sein Verhalten nicht angebracht«, sagte Onno Etzinga.

»Harm hat doch eine neue Hilfe. Das Arbeitsamt hat ihm eine Vietnamesin aus dem Asylantenheim vermittelt. Sie soll sehr knusprig sein«, sagte Wert Koller und grinste.

»Dennoch fühlt er sich von seinen Kindern allein gelassen«, stellte Onno fest.

»Sein Sohn Uwe ist doch dein Schwiegersohn in spe, Onno«, sagte Folkert Ideus.

»Der hat noch nie etwas für die Landwirtschaft übrig gehabt!«, sagte Koller.

»Seine Tochter Anja geht mit einem Schwarzen von der Raketenabwehrstation«, antwortete Onno Etzinga und grinste abwertend.

Der Wirt brachte die Bestellung an den Skattisch. »Harm soll etwas mit seiner Magd haben«, sagte er und blickte seine Gäste neugierig an.

»Tratsch«, sagte Folkert Ideus und langte nach seinem Portemonnaie. Auch Etzinga und Koller zahlten.

»Und was wird aus unserem Skatabend?«, fragte Wert Koller.

»Ich schlage vor, dass wir für ein paar Wochen pausieren«, sagte Onno Etzinga.

Onno Etzinga hatte den Stall entmistet, das Vieh mit frischem Stroh versorgt, die Milchkannen gespült, die Silagereste von der Karre abgespritzt. Er legte seine Stallkleidung ab und stellte sich unter die Dusche.

Das warme Wasser entspannte ihn. Viele Gedanken schossen ihm durch den Kopf.

Etliches war anders verlaufen, als er erwartet hatte. Der Tod Swantjes, der berufliche Ärger mit der Milchquotenkürzung, die wachsende Unzufriedenheit seiner Kollegen, die von ihm konkrete Stellungnahmen und Proteste im Bauernverband und in der Partei forderten, und der sinnlose Streit mit seinem Skatfreund und Nachbarn Mentjes.

Etzinga nahm sich vor, kürzer zu treten, vielleicht sogar seinen Betrieb in absehbarer Zeit aufzugeben. Kerstin war als Lehrerin bestens versorgt, und für ihn würden seine Ersparnisse und Kapitalanlagen reichen.

Der einzige Wermutstropfen in seinem Leben war Beate Multhaupt mit ihrem idiotischen Kind. Sie war unberechenbar. Er hatte gezahlt, und noch ließ sie ihn in Ruhe.

Aber was geschah, wenn ihre Mutter starb und das Kind in ein Heim musste?

Onno Etzinga stellte die Dusche ab, frottierte seinen muskulösen Körper und schlüpfte in die bereitgelegte Stadtkleidung. Er ging in sein Arbeitszimmer, setzte sich an seinen Schreibtisch und studierte die Bestellliste der Bezugs- und Absatzgenossenschaft.

Wie viel Saatgut, Sprühmittel und Kunstdünger hatte er im

Vorjahr bestellt? Auch er disponierte wie alle Landwirte vor, um in den Genuss der Rabatte zu gelangen.

Er stand auf und holte den Aktenordner aus dem Regal. Noch vor Jahren hatte er alle Zahlen im Kopf gehabt. Er füllte die Bestellliste aus. Die fällige Steuererklärung ging ihm durch den Kopf. Er verließ sein Arbeitszimmer, um die Post zu holen. Der Briefkasten war voll. Obenauf lag die GEW-Zeitung seiner Tochter.

Er nahm den Packen Briefe in die Hand und sah sie durch. Die Werkstatt kündigte eine Traktorvorführung an. Die Genossenschaft lud ihn zu einer Weinprobe ein. Doch dann stutzte er. Er las den Absender. ›Dr. Johann Zander, Benjamin Franklin Street A/6, Queens/New York.‹

Ihm schlug das Herz bis zum Halse. Er schaute sich um, als könnte es Zeugen geben. Kerstin war zur Schule. Sie hatte am Nachmittag eine Konferenz und würde vor siebzehn Uhr nicht zurück ein.

Er eilte die Treppe hoch. Außer Atem setzte er sich an seinen Schreibtisch und öffnete das Kuvert.

Er las den Brief und schimpfte. »Das ist die reinste Erpressung. Gut, ich bin nicht ganz unschuldig an dem Verlauf. Doch ich habe draufgezahlt. Soll ich meine letzten Reserven auflösen? Johannes, treib dein Spiel nicht zu weit!«

Er war in Rage. Wütend schritt er einige Male im Arbeitszimmer auf und ab, zerriss den Brief in kleine Schnipsel, ging zur Toilette und spülte sie weg. Danach ging er nach unten, zog seinen Lodenmantel über und betrat die Traktorgarage. Dort stand er für einige Minuten vor dem Regal, das die Gifte enthielt, die er als Landwirt einsetzte.

Immer noch außer sich, studierte er die Etiketten. Danach eilte er entschlossen zu seinem Mercedes und fuhr nach Oldenburg.

Etzinga stellte seinen Wagen auf dem Parkplatz des Supermarktes Fanka ab und schritt wie ein Spaziergänger der nahe gelegenen Siedlung entgegen. Vor dem kleinen Reihenhaus in der Klipperstraße mit der Nummer 25a verharrte er. Er blickte auf die Tür und kämpfte für Sekunden mit seiner Entscheidung. Danach drückte er entschlossen den Klingelknopf.

Die verkalkte Alte, die ihm die Tür öffnete, schaute ihn misstrauisch an. »Ist Ihre Tochter zu Hause, Frau Multhaupt?«, fragte Onno Etzinga.

»Nein«, antwortete sie.

»Arbeitet sie in der Stadtsparkasse?«, fragte Onno Etzinga.

»Das kann sein.«

»Kennen Sie mich nicht?«, fragte er weiter.

»Nein, aber Sie haben mit dem Haus zu tun«, antwortete sie bedächtig, als würde sie nachdenken.

»Es gibt ein paar Unklarheiten mit dem Finanzamt und der Brandkasse. Darf ich einmal kurz nachschauen?«, fragte Onno Etzinga.

»Wenn es nicht lange dauert. Ich versorge mein Kind.« Die Alte ließ ihn eintreten.

Onno Etzinga fühlte einen tiefen Schmerz. *Mein Kind*, hatte die Alte gesagt.

Dieses nicht lebensfähige Persönchen war nicht mehr als eine Belastung für Beate, ihre Mutter und die Umwelt.

Etzinga folgte der Alten in die Küche. In einem Netzställchen krabbelte der mongoloide Jochen mit stumpfem Blick und stieß unverständliche Laute aus.

Auf dem Küchenschrank stand eine Großpackung Fertigkost. Daneben befand sich die altfränkische Emaillemilchkanne. Eine kleine Schüssel mit Obstbrei war vorbereitet.

Die Alte schlurfte zu einem Stuhl und setzte sich. Sie schaute ihn mit irren Altersaugen an.

Onno Etzinga nahm einen Zollstock aus der Tasche und

ging zum Wohnzimmer. Er kam zurück und schrieb Zahlen in sein Notizbuch. Danach stieg er die Treppe hoch. Er bewegte die Türen und täuschte Schritte vor.

Die Situation war günstiger, als er sie sich erhofft hatte.

Die Alte trat in das Treppenhaus. »Kann ich Ihnen behilflich sein?«, fragte sie.

»Es wäre gut, wenn Sie sich davon überzeugen würden, dass ich hier nur einige Maße aufschreibe«, antwortete er.

Die Alte trat zu ihm. Sie sah ihm zu, wie er geschäftig mit dem Zollstock durch die Zimmer schritt und Zahlen aufschrieb. Schließlich sagte Onno Etzinga: »Das war es bereits.« Er steckte das Notizbuch und Zollstock ein und ging nach unten. Rasch betrat er die Küche und hantierte mit der Packung, die den Fertigbrei enthielt.

Er warf einen Blick auf das idiotische Kind und ging in das Wohnzimmer. Dort erreichte ihn schwer atmend die Alte.

»Ich bedanke mich. Das war es bereits, Frau Multhaupt«, sagte er, drückte der Alten die Hand und ging.

Onno Etzinga erwartete vom Schicksal günstige Entscheidungen. Sein ehemaliger Freund Johannes Zander würde ihn zur Rede stellen. Er hatte New York verlassen. Das hatte er dem Brief entnommen.

Er reiste wegen der Dollarschwäche und des Börsensturzes der Aktien an. Lange konnte seine Dienstreise nicht dauern.

Onno Etzinga überlegte, ob er verreisen sollte. Kerstin würde keine Fragen stellen, wenn er sich wegen seiner Gallenbeschwerden für einige Tage nach Bad Neuenahr absetzte. Sie war nicht zimperlich und würde mit der Stallarbeit fertig werden. Außerdem konnte ihr Freund Uwe für wenige Tage aushelfen.

Er suchte die Cafeteria des Supermarktes auf und trank dort einen Kaffee. Er kam sich äußerst hysterisch vor. Warum eigentlich sollte Johannes nicht mit sich reden lassen? Die Zeit hatte sicherlich auch seine Wunden geheilt.

Beates verkalkte Mutter würde seinen Besuch vergessen und nicht wissen, wer der Mann gewesen war, der die Räume vermessen hatte.

Voller Optimismus setzte er sich in seinen Wagen und verließ Oldenburg. Er fuhr nach Hause.

5. Kapitel

Harm Mentjes kam von den Weiden zurück. Er hatte das Wetter genutzt und verrostete Stacheldrahtzäune erneuert. Er traf Traa Kim vor der Garage an. Sie wusch den Golf.

»Traa, der Wagen war doch nicht sonderlich schmutzig«, sagte er freundlich.

»Chef, nicht sehen Schmutz und Salz von Winter«, antwortete sie.

»Begleite mich lieber zu den Feldern, Traa. Bald muss ich Mist ausfahren«, sagte er.

»Chef, bin gleich fertig. Auto dann sauber«, sagte sie.

Harm Mentjes stopfte seine Pfeife. Er rauchte und wartete, bis Traa Kim ihre Arbeit beendet hatte. Sie brachte das Putzzeug in die Garage.

»Chef, alles braucht Pflege. Maschinen wie Menschen. Alles muss leisten Dienste«, sagte sie und ging mit kleinen Schritten ins Haus.

Harm schob seine Prinz-Heinrich-Mütze in den Nacken und fuhr sich verlegen durch das volle Haar. Er wartete, bis Traa Kim zurückkam.

Ihre Füße steckten in gelben Gummistiefeln. Sie hatte die

Jeans anbehalten. Über dem Troyer trug sie einen weiten Anorak.

Ihr macht das Landleben echt Spaß, dachte Harm.

Sie gingen an der Scheune vorbei. Ein kleines Tor führte über die Weiden zu den Feldern.

Sie schwiegen, doch schließlich begann Traa Kim sich nach Harms Vorstellungen zu erkundigen.

»Chef, da Mais und dort Weizen. Ist gut für Mähdrescher. Kann fahren die Straße und kommen von Straße«, sagte sie mitdenkend.

Harm, der sonst selten spazieren ging, kam sich an ihrer Seite wie ein Ungetüm vor.

Sie erreichten die Straße, überquerten sie und schlugen den Weg ein, der am Etzinga-Hof vorbeiführte. Harm hatte seinen Freund Onno seit dem letzten Skatabend nicht mehr zu Gesicht bekommen.

»Ist Nachbar Landwirt?«, fragte Traa Kim und blickte auf den Hof.

»Ja, auch er ist allein. Seine Tochter ist Lehrerin. Aber sein Hof ist kleiner«, sagte Mentjes.

»Fehlt Leben, sehe ist duster«, bemerkte Traa Kim.

Sie traten den Rückweg an. Die Sonne ging unter, und es begann zu dämmern. Harm war lustig und gut aufgelegt. Die frische Luft und der weite Spaziergang hatten ihm gut getan.

»Traa, ich muss abnehmen, du kochst zu gut«, sagte er vorwurfsvoll.

»Ich mache ab morgen Kost für Magerung«, sagte sie und lachte ihn an.

Als sie den Hof erreichten, gingen sie in die kleine Milchküche und zogen die Stiefel aus.

»Tage geworden länger«, sagte Traa Kim.

Harm schaute in ihre Augen. Er zog Traa Kim an sich und

küsste sie. Traa wehrte sich nicht. Sie förderte auch nicht sein Verlangen.

Harm zog Traa aus und schlief mit ihr auf dem Steinboden zwischen den gespülten Kannen und den Milchsieben. Die Kühlmaschine übertönte ihre Geräusche.

Gelegentlich kam Traa Kims Bruder Jong Kim zu Besuch, der als anerkannter Asylant in Oldenburg von der Sozialhilfe lebte. Allmählich baute er sein Misstrauen ab, das er gegen Harm Mentjes hegte, und blieb oft über Nacht.

Jong Kim war ein geschickter Mechaniker und stand Mentjes bei der Pflege des Maschinenparks hilfreich zur Seite.

Harm Mentjes half ihm bei der Behörde und setzte sich dafür ein, dass Jong Kim einen Platz im Auricher Asylantenheim erhielt.

Für Traa Kim richtete er Swantjes Kammer her. Sie zog zu ihm, und er kaufte ihr eine kleine Stahlkassette, zahlte ihr Haushaltsgeld aus und überließ ihr die Führung des Haushaltes.

Die kleine Friedhofskapelle in Oldenburg-Osterdorf war nicht einmal halb besetzt. Der weiß lackierte Sarg mit den Messingbeschlägen und dem Kreuz sah winzig aus neben den beiden Kerzenständern, deren Füße in den abgelegten Blumen standen. Einige Kränze lagen vor der Stellage.

Beate Multhaupt, im schwarzen Kostüm, mit einem flachen Hut mit Schleier, der ihr verhärmtes Gesicht verbarg, weinte und empfand dennoch keine tiefe Trauer.

Ihre alte Mutter, bekleidet mit einem schwarzen Mantel, trug ihren silbrigen Haarknoten unbedeckt. Sie begriff nicht, was um sie vorging. Immer wieder machte sie den Versuch, die Friedhofskapelle zu verlassen. Oft kicherte sie ohne Grund oder schnäuzte sich, obwohl ihr die Nase nicht lief.

Eine Kollegin Beate Multhaupts schritt nach vorne, setzte sich zu der Alten und hielt sie am Arm fest, wenn sie aufstehen wollte.

Die Unruhe übertrug sich auf die übrigen Trauergäste. Niemand der Anwesenden kannte den Vater des verstorbenen kleinen, behinderten Jochen. Die Nachbarn hatten sich bereits vor der Beerdigung ausgetratscht und versahen eine Pflicht, die ihre christliche Gesinnung ihnen nun einmal abverlangte.

Für sie hatte Gott ein Kind vor einem Leben in geistiger Umnachtung erlöst. So gesehen, entsprangen ihre Tränen einerseits dem Gefühl der Erleichterung, denn Gott hatte genommen, was für die Mutter wie eine Strafe ausgesehen hatte. Andererseits rührte sie der Schmerz, den Beate Multhaupt empfinden musste, weil sie etwas verloren hatte, das von ihr unter Schmerzen geboren worden war.

Der Pfarrer hatte seine Worte sorglich abgewogen. Er bettete das menschliche Schicksal von der Gnade der Geburt bis hin zur Erlösung durch den Tod in den Willen Gottes ein. Auch ihn hatte der Schmerz ergriffen, und auch er konnte Beate Multhaupt nicht die Fragen beantworten, die sie sich selbst gestellt hatte. Er vermisste den Mann an ihrer Seite und versuchte mit biblischen Gleichnissen einen Weg zu den Trauernden zu finden. Er wusste nicht einmal, ob die betroffene Mutter ihm überhaupt zuhörte, während die Alte ständig nervös zuckte und mit leeren Augen vor sich hin stierte. Er begann mit Worten zu sparen und winkte den Sargträgern zu, die nun ihr Geschäft zu versehen hatten.

Die Hand voll Trauergäste folgte dem kleinen Sarg, der dann auch schnell, wie ein überdimensionaler Schuhkarten, den Weg in die ausgeworfene Grube fand, an Tannengrün vorbei in die kalte Erde. Nachbarn stützten Beate Multhaupt, als der Pastor Erde auf den kleinen lackierten Sarg warf. Die Alte redete irres Zeug und wurde weggeführt.

Beate Multhaupt hatte eine Teetafel anrichten lasen. Mit nur wenigen Gästen trank sie verheult den Tee und würgte ein Stück Butterkuchen hinunter.

Es war eine Tortur. Die wirr redende Mutter und die gestressten Nachbarn und Kolleginnen der Stadtsparkasse machten alles noch schlimmer.

6. Kapitel

Frau Ideus saß mit ihrem Mann im Wohnzimmer auf der Couch. Sie griff nach ihrem Strickzeug.

»Schrecklich«, sagte sie. Ihr war das Schicksal ›Rebeccas‹ zu Herzen gegangen.

Ideus schaltete das Fernsehgerät ab.

»Habbo hat früh Schule, er soll seinen Computer abstellen«, sagte seine Frau.

Ideus ging in den Flur und rief: »Habbo, Feierabend!«

Das Telefon klingelte. Es stand am Ende des Flurs auf einem kleinen Tisch.

»Ich geh' ran!«, rief Ideus und beeilte sich. Er nahm den Hörer ab.

»Ideus«, meldete er sich und vernahm die Stimme des wachhabenden Beamten vom Revier.

»Herr Kommissar, wir erhielten einen Notruf vom Etzinga-Hof. Der Streifenwagen ist im Einsatz. De Vries holt Sie ab.«

»Ja«, sagte er überrascht. Etzinga, sein Skatbruder, war Landwirt und eine stadtbekannte Persönlichkeit. »Augenblick, Machelett …«, sagte er, doch der Kollege vom Revier hatte bereits eingehängt.

Seine Frau kam zu ihm. Sie trug das Strickzeug in den Händen.

»De Vries holt mich ab. Mit Etzinga stimmt etwas nicht«, sagte Ideus unruhig und griff zum Trenchcoat, der am Haken in der kleinen Garderobennische hing.

»Pass auf dich auf«, sagte seine Frau.

Ideus trat vor die Tür. Er wartete auf die Lichter des Autos. Nach wenigen Minuten näherte sich der Wagen und hielt vor ihm. Er steig zu Jesko de Vries in den Passat. »Eine gewaltige Scheiße, Chef«, sagte de Vries. Er wendete den Wagen und drosch davon.

Ideus schaute auf die Uhr im Armaturenbrett. Es war einundzwanzig Uhr und fünfunddreißig Minuten.

Jesko fuhr durch das fast leere Aurich nach Tannenhausen. »Chef, ich weiß nichts Näheres. Die Tochter hat angerufen«, sagte er.

»Kerstin? Sie ist Grundschullehrerin. Sie hat ein Verhältnis mit dem Sohn meines Skatfreundes Mentjes«, sagte der Kommissar.

Der Hof lag zurückgezogen von der Straße, umgeben von weiten Weiden. Ein Versorgungsweg verband das Anwesen mit der Dorfstraße.

Die Kollegen der Einsatzbereitschaft waren schon da. Das Licht der Außenleuchte am Hauptgebäude fiel auf den Streifenwagen. Jesko stellte den Passat neben dem Polizeifahrzeug ab.

Die große Haupttür des Wohnhauses war verschlossen. Die Seitentür des Stall- und Scheunentraktes stand jedoch offen. Ein kräftiger Dunggeruch schlug ihnen entgegen. Jesko nahm die Spurensicherungstasche und folgte Kommissar Ideus in den Stall.

Ein Beamter der Bereitschaftspolizei nickte und wies nach vorn. Die Kühe rasselten an den Ketten und blökten. Sie wandten ihre Köpfe, und ihre großen Augen schienen nach dem Grund der späten Störung zu fragen.

Die elektrischen Birnen saßen unter verstaubten Glasgehäusen. Der Weg bestand aus sauber geschrubbtem Beton. Seitlich befanden sich die Kanäle für Gülle und das Transportband für den Mist.

Ein Kollege der Streifenwagenbesatzung stand vor dem Opfer.

»Moin«, sagte Ideus und trat näher. Ihm blieb fast der Atem weg, als er auf den Mann blickte, der am Boden lag.

»Mein Gott, Onno«, stöhnte er und fühlte eine Flaute im Magen.

Der anwesende Fotograf schoss erste Bilder.

Der Kommissar ließ ihn. Sollte er ohne seine Anweisungen für spätere Gerichtsverhandlungen das Material liefern. Hier konnte er nichts falsch machen.

Etzinga lag in einer Blutlache auf dem Rücken. In seinem Troyer steckte eine Mistforke, deren Zinken tief in Brust und Bauch eingedrungen waren. Seine Stirn war nur noch eine blutige Masse. Eine kurzstielige Axt, mehr ein Beil, lag blutverschmiert neben ihm.

Der Kommissar wandte sich ab.

»Ein Berserker hat sich hier ausgetobt«, sagte er leise.

Jesko de Vries holte tief Luft.

»Chef, das ist nichts für schwache Nerven«, sagte er, öffnete seine Tasche und begann, den Tatort zu markieren.

Die Kühe blökten unentwegt und schlugen mit ihren Schwänzen, als müssten sie Schwärme von Fliegen verscheuchen.

Die Blitze der Kamera blendeten für Sekunden. Ideus sah, dass das Blut des Opfers selbst auf das Hinterteil der Kuh gespritzt war, die zwei Meter entfernt stand.

»Und seine Tochter hat ihn gefunden?«, fragte er den Beamten, der steif wie ein Wachsoldat mit bleichem Gesicht dastand und sich um Haltung bemühte.

»Sie ist drinnen. Wachtmeister Gerdes kümmert sich um sie«, sagte er.

»Wir warten auf den Arzt, Jesko«, sagte Ideus. »Die Todesursache gibt uns keine Rätsel auf. Ich sehe nach seiner Tochter.« Der Kommissar blickte die Polizeibeamten an, die sich zurückgezogen hatten. »Besorgen Sie einen Sarg«, ordnete er an.

Er schritt durch einen kleinen, weiß gekachelten Raum, in dem Kannen und der Milchkühler standen, und gelangte auf einen Flur. Die Tür zum Wohnzimmer stand offen. Das Schluchzen Kerstins klang ihm entgegen. Ideus sah Wachtmeister Gerdes, der sich bemühte, die Lehrerin zu beruhigen.

»Fräulein Etzinga, gleich kommt der Arzt«, sagt der Kommissar.

Kerstin Etzinga schaute auf.

»Herr Ideus, es war schrecklich. Nachdem ich Hefte korrigiert hatte, schaltete ich das Fernsehgerät ein und sah mit Vater ›Rebecca‹ an. Weil die Kühe plötzlich – für uns ohne Grund – muhten und unruhig waren, ging Vater in den Stall, um nach dem Rechten zu sehen. Nach einer Weile wurde ich unruhig. Er kam nicht zurück. Ich trat ans Fenster und schaute zum Stall hinüber. Irgendetwas huschte durch mein Blickfeld, dann sah ich einen Schatten. Ich rannte in den Stall und fand …« Ein Weinkrampf schüttelte sie.

Der Kommissar schwieg einige Sekunden. Dann fragte er: »Fräulein Etzinga, dieses Etwas, kann das ein Mann gewesen sein?«

Kerstin wischte die Tränen aus ihrem Gesicht. »Ich weiß es

nicht. Vielleicht … Wenn, dann war er nicht groß, oder er lief gebückt!«

Der Kommissar fühlte sich erleichtert, als Dr. Frerich das Wohnzimmer betrat. Der Arzt stellte seine Tasche ab und zog eine Spritze auf.

»Fräulein Etzinga, Sie müssen tapfer ein«, sagte er. Kerstin ließ es zu, dass er ihren Arm freimachte, den Oberarm abband und ihr eine Beruhigungsspritze gab.

»Soll ich Sie zum Krankenhaus bringen?«, fragte Dr. Frerich.

»Nein, ich habe Uwe gerufen. Er ist unterwegs«, sagte sie.

»Ihr Freund?«, fragte der Arzt.

Kerstin nickte.

Dr. Frerich steckte das Besteck in seine Tasche und folgte dem Kommissar in den Stall. Dort öffnete er die Tasche. Die Beamten machten ihm Platz. Der Doktor zog einen Kittel an, band sich eine Gummischürze um den Bauch und begann eine grobe Untersuchung des Opfers.

Der Kommissar schaute weg. Mücken und andere Insekten tanzten um die Beleuchtungskörper. So, als spräche Dr. Frerich durch ein Mikrofon, das fernab von ihm installiert war, hörte er seine Stimme.

»Die Zinken der Gabel hinterließen böse Verletzungen.«

De Vries stand bereit, als Dr. Frerich den Forkenstiel umfasste und die Zinken langsam aus dem Körper des Toten zog. Danach bearbeitete der Arzt mit Gaze die klaffenden Stirnwunden des Opfers.

Auch Jesko de Vries trug wie der Arzt Plastikhandschuhe. Er hielt die Gabel geduldig in der Hand und stierte auf das Beil. Überall war Blut.

»Wir können ihn in den Sarg betten, Kommissar«, sagte Dr. Frerich.

»Bitte.« Ideus sah zu, wie die Beamten des Streifenwagens den Blechsarg in den Stall trugen.

Onno, mein Skatbruder, wen hast du so gekränkt, dass er sich so grausam gerächt hat?, fragte sich der Kommissar, als die Beamten das Opfer abtransportierten.

Er wusste, dass de Vries und er nun vor unübersehbaren Schwierigkeiten standen. Er rechnete nicht damit, dass Forken- und Beilstiel verwertbare Fingerabdrücke liefern würden.

Die Beamten brachten Plastikbahnen. Dr. Frerich half Jesko, die Mordwerkzeuge zu verpacken.

De Vries schaute sich nach weiteren Spuren um. Er entdeckte einen Kuhfladen, in den das Opfer oder der Mörder getreten hatte.

»Chef, ich benötige ein Werkzeug«, sagte er und wies auf die Kuhscheiße. Ein Kollege besorgte eine Schaufel. Vorsichtig hob de Vries den Fladen vom Boden auf. Er setzte ihn auf eine Plastikfolie und trug ihn – wie eine Torte – vor sich her. Als er zurückkam, sagte er: »Das wäre es dann erst einmal, Chef.«

»Können wir den Schlauch nehmen und das Blut in die Gülle spritzen, Doktor?«, fragte der Kommissar.

»Ja, ich werde mir Etzinga im gerichtsmedizinischen Institut genauer ansehen«, antwortete der Arzt und packte seine Tasche.

7. Kapitel

Folkert Ideus fuhr früh zum Dienst.
Es war noch dunkel, als er sein Büro betrat. Er setzte sich an den Schreibtisch und schaltete die Tischlampe ein.

Er war nach den turbulenten Ereignissen in der Nacht sehr spät vom Dienst zurückgekommen. Nach einem Bier hatte er sich einfach zu seiner Frau in das Ehebett geschlichen, ihr den

Finger auf die Lippen gelegt und nur gesagt: »Morgen erfährst du beim Schlachter mehr, als ich weiß.«

Sicher palaverten die Leute heute über das tragische Geschehen auf dem Etzinga-Hof.

Jesko de Vries betrat das Dienstzimmer. Er hängte seinen Mantel auf einen Bügel.

»Moin, Jesko«, sagte der Kommissar und lehnte sich zurück. »Der Mörder hat sich in den Stall geschlichen. Er hat die Kühe absichtlich beunruhigt und in der Dunkelheit auf Etzinga gewartet.«

»Dann kannte er sich im Umgang mit dem Buntvieh aus, Chef. Wenn ich Etzinga an den Kragen gewollt hätte, auf diese Idee wäre ich nie gekommen«, sagte de Vries.

»Warum Beil und Forke? Einen Ballermann kann man doch heute am Kiosk erwerben«, meinte Ideus.

»Der Mörder wollte keine diesbezüglichen Spuren hinterlassen«, antwortete de Vries.

»Oder er kannte sich in der Unterwelt nicht aus und griff nach Werkzeugen, mit denen er zu arbeiten gewohnt war«, folgerte der Kommissar.

»Kerstin Etzinga sah einen Mann, der klein war oder gebückt lief, und einen Schatten; damit kann man wenig anfangen«, sagte der Kommissar.

»Den Schatten warf der Mörder, als das Licht vom Wohnzimmer auf ihn fiel«, sagte de Vries.

»Das ist denkbar.«

»Einen Zufallsmörder können wir also ausschließen.«

»Etzinga hatte meines Wissens in unserer Kleinstadt keine Feinde. Das gibt mir zu denken«, murmelte der Kommissar.

»Warten wir die Laborergebnisse ab, Chef. Vielleicht stammt der Fußabdruck in der Kuhscheiße vom Mörder. Fürs Erste können wir nur eine Akte anlegen. Wir spielen Buchhalter und eröffnen die Konten.«

Ideus nickte. »Fertige das Protokoll an, Jesko. Ich kümmere mich um die Presse.«

»Und hinterher fahren wir zum Tatort. Der Freund von Kerstin Etzinga wird wohl mittlerweile angereist sein«, antwortete de Vries.

Die Tür zum Stall stand offen. Die Kühe fraßen Heu, ohne groß zu blöken. Alles wirkte friedlich. Die Stelle, an der Onno Etzinga in seinem Blut gelegen hatte, war gesäubert worden. Das Stroh unter den Tieren war frisch.

Uwe Mentjes befand sich im Stall. Der Student war hoch gewachsen und schlank. Er trug Jeans und Gummistiefel. In seinen Händen hielt er einen Wasserschlauch, mit dem er die Güllerinne sauber spritzte.

»Moin«, begrüßte ihn der Kommissar. Er wies auf Jesko. »Mein Assistent, Herr de Vries. Wo ist Fräulein Kerstin?«

Uwe zeigte nach vorn.

»Sie ist drinnen«, antwortete er.

»Sie kennen sich auf dem Hof aus, Herr Mentjes?«

»Ja.«

»Dann zeigen Sie uns bitte den Raum, in dem Herr Etzinga sein Werkzeug aufbewahrte.«

»Sie wollen wissen, ob das Beil sich noch am Platz befindet?«, fragte Uwe Mentjes.

»So ist es«, antwortete de Vries.

Uwe legte den Schlauch ab und schritt ihnen voraus. Neben der Scheune befand sich der Anbau, in dem die Traktoren standen. Eine Werkbank mit den Werkzeugen bildete den Abschluss. Seitlich befand sich ein Regal mit Sprühgeräten und Giften. Neben Hämmern, Drahtscheren und Ästen hing ein Beil an einer Halterung. Der Kommissar nahm es in die Hand. Die Schneide war sauber.

»Der Mörder hat sein Werkzeug mitgebracht«, sagte er.

Sie gingen zurück zum Wohnhaus.

»Ich habe hier draußen noch zu tun«, sagte Uwe.

Kerstin Etzinga saß am Wohnzimmertisch. Vor ihr stand das Telefon. Sie hielt den Hörer in der Hand. Die Beamten blieben an der Tür stehen. Kerstin sah abgespannt aus. Als sie den Hörer ablegte, sagte sie erleichtert: »Gott sei Dank. Die Landwirtschaftskammer schickt mir einen ›Grünen Engel‹.«

»Fräulein Etzinga, Sie befinden sich in einer misslichen Situation. In wenigen Wochen, wenn die Aussaat beginnt, werden Sie einen weiteren ›Grünen Engel‹ benötigen«, sagte der Kommissar.

»Sie haben Recht. Ich werde mich nach einem Pächter umsehen. Ich kann den Hof nicht bewirtschaften«, sagte sie.

»Sie haben gelitten und wenig geschlafen, Fräulein Etzinga. Haben Sie inzwischen darüber nachgedacht, welches Motiv es für die schreckliche Tat geben könnte?«, fragte de Vries.

Kerstin Etzinga schüttelte langsam den Kopf.

»Vater hatte keine Feinde. Es gab keine Telefonanrufe, keine Treffen im Dunkeln.«

»Wir möchten uns in seinem Arbeitszimmer ein wenig umsehen«, sagte der Kommissar.

»Vater hatte nie Geheimnisse vor mir. Wir verstanden uns sehr gut. Kommen Sie. Ich bringe Sie nach oben.«

Sie ging voraus. Ihre Schritte wirkten schleppend.

Das Arbeitszimmer, das gleichzeitig das Büro des Betriebes war, befand sich in der ersten Etage. Kerstin Etzinga öffnete die Tür. Sie wies auf die Regale, in denen Aktenordner standen.

»Bitte, Sie können sich alles ansehen. Selbst die Korrespondenz mit dem Finanzamt verwehre ich Ihnen nicht. Im Schreibtisch finden Sie unsere persönlichen Dokumente. Er ist nicht verschlossen.«

Auf dem Schreibtisch stand ein gerahmtes Foto von ihr. Sie begann zu weinen.

»Es wäre uns lieb, wenn Sie bei uns bleiben«, sagte der Kommissar freundlich.

»Schauen Sie sich um, Herr Ideus. Ich muss mich um Vaters Beisetzung kümmern.« Sie ging weinend nach unten.

»Ein patentes Mädchen«, meinte de Vries.

Sie begannen damit, die Ordner der Reihe nach zu inspizieren. Sie enthielten die übliche Korrespondenz, Rechnungen, Bankbelege einer Ferienwohnung in Accumersiel. Sie waren sauber getrennt nach Mieteingängen und Aufwendungen.

Die Schubladen des Schreibtisches enthielten persönliche Unterlagen. Die Heiratsurkunde, das Stammbuch, die Sterbeurkunde der Frau Etzinga und einige Sparbücher.

De Vries zog die unterste Schublade hervor. Er fand nichts, was ihnen zu einem Motiv verhelfen konnte. Ein Schnellhefter enthielt einen Kaufvertrag einer Wohnung im Columbushaus in Bremerhaven. Obenauf lagen die Zahlungsbelege und katasteramtliche Akten.

»Chef, nicht nur in Accumersiel hatte er investiert, sondern auch in Bremerhaven«, sagte de Vries.

»Viele Landwirte suchen ein zweites Standbein im Fremdenverkehr«, erwiderte Ideus.

»Wie zu erwarten, nichts, Chef«, stellte de Vries fest. Sie verließen das Arbeitszimmer und gingen nach unten. Im Wohnzimmer saßen Kerstin Etzinga und Uwe Mentjes.

»Wir erstellen eine Anschriftenliste der Verwandten und Bekannten für das Beerdigungsinstitut«, sagte Kerstin.

Uwe blickte mit müden Augen auf.

»Zwei Beerdigungen in so kurzer Zeit«, bemerkte er.

»Ihre Mutter starb eines natürlichen Todes, Herr Mentjes. Onno Etzinga wurde ermordet«, sagte der Kommissar.

Uwe senkte den Blick und widmete sich der Schreibarbeit.

»Fräulein Etzinga, Ihr Vater besitzt Ferienwohnungen. Könnte er sich bei den Mietern Feinde geschaffen haben?«, fragte de Vries.

»Unmöglich. Die Gäste, die unsere Wohnung in Accumersiel buchen, kennen wir nicht. Sie holen hier den Schlüssel ab. Sie bezahlen im Voraus, und wenn der Urlaub zu Ende ist, dann bringen sie den Schlüssel zurück«, sagte sie.

»Und in Bremerhaven?«, fragte der Kommissar.

Kerstin schaute die Beamten überrascht an.

»Bremerhaven?«, wiederholte sie ungläubig. Uwe Mentjes unterbrach seine Schreibarbeit.

»Vater hatte in Bremerhaven einen Freund, den er sehr häufig besuchte. Aber der wurde von seiner Bank nach New York versetzt«, sagte Kerstin.

»Kannten Sie ihn?«, fragte der Kommissar.

»Nur von Fotos. Früher brachte Vater gelegentlich ein Geschenk von ihm mit. Doch das ist lange her.«

»Fräulein Etzinga, begleiten Sie uns doch bitte noch einmal nach oben«, bat de Vries.

»Ich erinnere mich, gelegentlich sind Skatabende ausgefallen, weil Ihr Vater nach Bremen musste«, sagte Ideus.

Kerstin Etzinga ging mit den Beamten ins Arbeitszimmer nach oben.

De Vries entnahm der Schreibtischschublade den Hefter, der die Kaufunterlagen enthielt, und reichte ihn Kerstin.

»Columbus Center, Wohnung fünfhundertfünf, Eigentümer Onno Etzinga, Aurich«, las sie.

»Ihr Vater hat Ihnen doch nicht alles anvertraut, Fräulein Etzinga«, sagte der Kommissar.

»Ich vermute, dass er sie an Onkel Johannes vermietet hat«, sagte sie.

»Seinen vollen Namen kennen Sie nicht?«, fragte Jesko de Vries.

»Nein, Vater kannte ihn schon lange. Ich war noch ein Kind, als er mir von ihm einen Teddybären mitbrachte.«

»Sie gestatten, dass wir die Unterlagen mitnehmen? Sie werden streng vertraulich behandelt«, sagte Kommissar Ideus.

Kerstin nickte.

»Warten Sie. Ich habe mehrere Fotoalben. Ich besitze irgendwo ein Foto von ihm«, sagte sie und schritt über den Flur davon. Als sie zurückkam, hielt sie eine Farbaufnahme in der Hand.

Sie zeigte einen fröhlichen, lachenden Managertyp, eine hübsche junge Frau und Onno Etzinga, der hinter dem Pärchen stand und beiden die Arme um die Schultern gelegt hatte.

»Dürfen wir auch das Foto mitnehmen?«, fragte der Kommissar.

»Selbstverständlich«, sagte Kerstin.

Sie gingen nach unten.

»Fräulein Etzinga, Herr Mentjes, Sie hören von uns. Auf Wiedersehen. Rufen Sie uns an, falls Sie irgendetwas erfahren, was der Lösung dienen kann«, sagte der Kommissar.

Sie verließen die Wohnung.

8. Kapitel

Die Kriminalbeamten stellten ihren Wagen auf dem Parkplatz des Schifffahrtsmuseums ab.

Vor dem Museumsgebäude herrschte reges Leben. Auf dem Deck des Windjammers ›Seute Deern‹ spielten Schüler Piraten, und auf dem Walfangschiff ›Walter Rau‹ hingen sie in Trauben an der Harpunenkanone. Das gegenüberliegende Columbushaus wirkte wie ein riesiges gespanntes Segel. Die Sonne schien und spiegelte sich in den Fenstern.

Die Beamten verließen den Vorplatz mit den lärmenden Schulkindern. Sie gingen zum Hochhaus. Die kleine Pförtnerloge mit dem Schild ›Hausmeister‹ war nicht besetzt. Ein aufgemalter Zeigefinger wies auf eine Klingel.

Ideus drückte den Klingelknopf. Sie warteten geduldig. Nach einer Weile betätigte Ideus erneut den Klingelknopf.

»Ich komme ja schon!«, rief ein Mann, der sich mit wehenden Kittelschößen näherte.

»Sie sind der Hausmeister?«, fragte der Kommissar.

»So ist es. Ein undankbarer Job. Ich spiele den Klempner, den Schreiner, den Elektriker und befehlige eine Truppe von Raumpflegerinnen.«

Der etwa 55-jährige Mann wirkte jovial.

»Wir sind von der Kripo und haben ein paar Fragen«, sagte Ideus und hielt ihm das Kettchen mit der Polizeimarke entgegen.

»Kennen Sie einen Herrn Etzinga, Onno Etzinga, aus Aurich, Ostfriesland?«, fragte Jesko de Vries.

»Hier wohnt keiner, den ich nicht kenne. Wenn der Fernseher nicht läuft, dann holen sie mich und nicht den Handwerker«, antwortete der Hausmeister geschwätzig.

»Und haben Sie sich auch um seine Wohnung kümmern müssen?«, fragte der Kommissar.

Der Hausmeister lachte listig. »Der Etzinga ist eine Type, das sage ich Ihnen. Er hatte seine Wohnung an Praktikantinnen und Studentinnen vermietet. Zucker, sage ich Ihnen. Exotinnen, eine hübscher als die andere.«

Ideus lächelte freundlich.

»Und welche Puppe bewohnt die Wohnung jetzt?«

»Keine. Die Wohnung steht leer. Das muss ich Ihnen erklären. Mit der letzten Mieterin kam er nicht zugange«, sagte der Hausmeister und grinste.

»Gab es Schwierigkeiten mit den Mieteingängen?«, erkundigte sich de Vries.

»Weit gefehlt. Die Mädchen zahlten nicht viel. Aber Onno kam dann schon auf seine Kosten«, antwortete der Hausmeister verschmitzt.

»Also, er setzte die letzte Exotin an die Luft. Und dann?«, fragte der Kommissar.

»Dann zog Dr. Zander ein. Ein Akademiker von der Bremer Merkur-Bank. Er brachte Beate Multhaupt, seine schöne Sekretärin mit. Sie wohnten nicht lange hier. Dr. Zander wurde von seiner Bank nach New York versetzt und ließ seine hübsche Gefährtin hier«, sagte der Hausmeister, und seine Augen verrieten, dass es da noch etwas gab.

»Und Onno Etzinga reiste an, um dieser Frau Multhaupt die Langeweile zu vertreiben«, sagte der Kommissar.

»Das nehme ich an, Herr Kommissar. Dann gab es einen Knatsch, als Dr. Johannes Zander überraschend zu Besuch kam, um seine Geliebte in die Staaten zu holen«, sagte er.

»Und ist sie nach drüben?«, fragte de Vries.

»Das weiß ich nicht. Sie zog hier aus. Seitdem steht die Wohnung leer«, sagte der Hausmeister.

Ideus nahm das Foto aus seiner Tasche und zeigte es dem Hausmeister. »Ja, Herr Kommissar, das Bild habe ich geschossen, draußen vor dem Museum, Zander, seine Geliebte und Etzinga.«

»Besitzen Sie einen Schlüssel für die Wohnung?«, fragte de Vries.

»Für alle«, antwortete der Hausmeister. Er griff nach seinem Schlüsselbund und schritt zum Aufzug. »Eigentlich darf ich ja nicht, aber was soll's«, sagte er.

Das Apartment hatte Küche, Bad, ein Wohn- und Schlafzimmer. Es war recht ansprechend eingerichtet.

»Etzinga hat die Räume vor kurzem erst renovieren lassen. Er deutete an, dass er sie bald selbst nutzen wollte«, sagte der Hausmeister.

»Wollte er hier nach Bremerhaven ziehen?«, fragte de Vries.

»Warum fragen Sie Etzinga nicht selbst?«, fragte der Hausmeister irritiert.

»Weil er uns keine Antwort mehr geben kann. Seine Tochter wusste nichts von dieser Absteige«, antwortete der Kommissar.

»Und was ist mit Etzinga?«, fragte der Hausmeister.

»Er ist tot. Jemand hat ihn ermordet«, sagte de Vries.

»Mein Gott«, murmelte der Hausmeister entsetzt.

»Kann es sein, dass er sich hier Feinde geschaffen hat?«, fragte der Kommissar.

Der Hausmeister hob bedauernd die Schultern. »Herr Kommissar, das mit den Mädchen, das liegt schon eine Weile zurück. Es gab schon einmal Ärger …«

»Und Sie haben eine Liste seiner Mieterinnen?«, fragte de Vries.

»Nein, ich bin nur der Hausmeister. Was hinter den Türen geschieht, geht mich nichts an«, antwortete der Hausmeister und führte die Besucher zum Aufzug.

9. Kapitel

Die Beisetzung des angesehenen Landwirtes Onno Etzinga mobilisierte die Auricher Bevölkerung.

Kerstin Etzinga hatte auf eine Aufbahrung ihres Vaters verzichtet. Der Sarg stand mit blinkenden Beschlägen und von Kränzen und Blumen umgeben im Chor der Friedhofskapelle.

Die Bänke reichten nicht aus, allen Besuchern einen Platz zu bieten. Dicht gedrängt und mit gefalteten Händen blickten die Trauergäste auf die brennenden Kerzen, deren Flammen nach Sauerstoff züngelten.

Niemand der Trauernden ahnte, dass das Opfer des brutalen Verbrechens sich vor Jahren mit schwarzem und gelbem Sex über das eintönige Hofleben und das so oft triste Wetter in Ostfriesland hinweggetröstet hatte. Etzinga hatte genossen, wovon seine Sangesbrüder und -schwestern nicht einmal zu träumen gewagt hatten. Erst recht konnte der Pastor nicht wissen, dass er in der überbesetzten Kapelle nur einen Teil des Lebens des Verstorbenen würdigte.

»Ein Ehrenmann, ein Vorbild für die Jugend, ein Gemeindeglied mit Engagement. Unser Bruder Onno Etzinga sang im Kirchenchor, er war Ratsherr. Im Vertrauen auf Gottes weise Fügung hat er den Tod seiner geliebten Frau überwunden und sich in sein Schicksal ergeben. Unser Bauernverband hatte in ihm ein echtes Sprachrohr, wenn es um die Interessen unserer Region ging. Seine Stimme fand Gehör. Unser aller Bruder wurde neunzehnhundertfünfunddreißig in Wittmund geboren …«

Kommissar Ideus entdeckte Kerstin und Uwe. Sie saßen ganz vorn. Auch Herr Harm Mentjes, seine Tochter und der dunkelhäutige Schwiegersohn saßen ebenfalls in der ersten Reihe.

»Jesko, der Bericht ist da«, flüsterte Ideus seinem Assistenten zu. De Vries hatte verstanden. Sein Chef ging dienstlichen Gedanken nach.

Der Kirchenchor sang herzerweichend und erinnerte mit seiner Darbietung an die Beerdigung der schönen Bäuerin, die am Heiligen Abend dahingerafft worden war.

Als endlich die Sargträger erschienen, nahm der Kommissar

Jesko beiseite und zog ihn aus dem Strom der Trauergäste, die gefasst dem Sarg folgten.

»Den Rest können wir uns schenken«, sagte der Kommissar.

Sie fuhren zum Revier.

Die Beamten betraten ihr Dienstzimmer und hängten ihre Mäntel über die Bügel.

»Jetzt lässt Kerstin im Forsthaus ihren Verwandten und den Freunden der Familie Butterkuchen und Tee servieren. Meine Skatbrüder werden mich beim Leichenschmaus vermissen«, sagte der Kommissar, als mache er sich Vorwürfe.

»Chef, die Leute wissen, dass Sie Etzingas Mörder jagen«, antwortete de Vries und lachte.

Der Kommissar setzte sich an seinen Schreibtisch. »Auf die Schippe kann ich mich selbst nehmen, Jesko. Hier, lies lieber den Bericht von Dr. Frerich.«

De Vries nahm die Akte auf und las laut: »Der Mörder schlug Etzinga die Blockseite des Beils gegen den Kopf. Etzinga war benommen und stellte sich vermutlich dem Mörder. Der seinerseits ergriff die Forke und rammte sie ihm in Brust und Bauch. Danach nahm er das Beil und spaltete dem Opfer den Schädel.«

»Und das Motiv des Mörders? Er muss wie von Sinnen gewesen sein«, sagte der Kommissar.

»Kerstin Etzinga sah einen kleinen Mann – oder einen Mann, der gebückt lief. Eine Allerweltsaussage«, meinte de Vries.

»Sollte vielleicht irgendjemand aus Bremerhaven ein Hühnchen mit ihm gerupft haben?«

Ein Beamter betrat das Dienstzimmer. In der Hand hielt er eine Versandtasche.

»Die Dienstpost vom Labor«, sagte er und verließ das Zimmer.

Der Kommissar riss die Lasche auf. Er entnahm dem Kuvert den Bericht und vertiefte sich in die Seiten. Nach einer Weile schaute er auf.

»So 'n Mist. Keine Fingerabdrücke, Jesko. Der Mörder trug Handschuhe. Sie wollen uns einen Gipsabdruck der Fußspur im Kuhfladen zuschicken. Die Auswertung des Profils ergab, dass es sich um einen Trekkingstiefel der Firma Sporting handelt. Er wird unter der Bezeichnung ›Drachenfels‹ in Jugoslawien gefertigt und bundesweit vertrieben.«

»Etzinga trug normale Halbschuhe«, sagte de Vries.

»Also trat der Mörder in die Kuhscheiße und hinterließ uns eine Spur.«

»Das ist nicht viel, Chef. Heute läuft die halbe Welt in Freizeitklamotten herum«, antwortete de Vries.

»Dieser Dr. Zander war ein enger Freund meines Skatbruders«, sagte Ideus. »Er wird mehr über Onno Etzinga wissen als seine Tochter Kerstin. Das trifft auch auf diese Frau Multhaupt zu. Wir werden sie befragen.«

»Ich werde an die Bank schreiben und um die jetzigen Adressen ihrer Mitarbeiter Dr. Zander und Frau Multhaupt ersuchen«, sagte de Vries. Er setzte sich an die Schreibmaschine. Der Kommissar begann mit der ungeliebten Verwaltungsarbeit, die er sehr genau nahm.

Der Kommissar steuerte den Wagen. Er bog von der Dorfstraße auf den schmalen Versorgungsweg ein.

Der scharfe Wind trieb die weißen Wolken vor sich her. Auf dem Acker vor dem Etzinga-Hof zog ein Traktor einen Pflug. Möwen kreischten und flogen im Schwarm über die frisch umgeworfene braune Erde und pickten im Sturzflug nach Würmern.

»Das wird der ›Grüne Engel‹ sein«, sagte de Vries.

Sie stellten den Wagen ab. Eine Zementmaschine lärmte. Aus einem Schlauch plätscherte Wasser. Kerstin und Uwe waren dabei, wie Handwerker eine eingerissene Wand neu hochzuziehen. Sie trugen Jeans und alte Jacken.

Ideus sah, saß der große Misthaufen abgetragen war und auch die Transportvorrichtung fehlte. Das stete Brüllen der Kühe blieb aus. Der Hof wirkte wie aufgeräumt.

Uwe Mentjes ließ den Klinkerstein, den er in der Hand hielt, fallen und verließ das kleine Gerüst.

Kerstin Etzinga band sich das Kopftuch ab. Sie wischte sich die Hände an den Jeans ab und schaltete die Mischmaschine aus.

»Wir wollten Sie am Morgen nicht in der Schule aufsuchen, Fräulein Etzinga«, sagte der Kommissar.

»Moin.« Uwe Mentjes hielt seine Hände an den Wasserschlauch. »Einen Tee?«, fragte er.

»Sehr gerne. Aber bei dem Umfang Ihrer Bauarbeiten tut es uns Leid, dass wir Sie stören«, antwortete Ideus.

Sie standen im kalten Wind, der zwischen Hofgelände und Herrenhaus einfiel.

»Wir benötigen selbst einen; meine Hände sind klamm«, sagte Kerstin Etzinga und ging ihnen voraus.

Überall lag Bauschutt. Das Wohnzimmer wirkte unaufgeräumt, und Plastikbahnen lagen auf dem Boden.

»Nehmen Sie dort am Tisch Platz. Ich bereite einen Tee zu. Sie sehen …«, sagte Kerstin. Uwe setzte sich zu ihnen.

»Von der hohen Theorie direkt in die harte Knochenarbeit?«, fragte Jesko de Vries freundlich.

Uwe Mentjes, der nie sehr gesprächig war, nickte. »Die Arbeit in der frischen Luft tut mir gut, und abends bleibt mir noch Zeit für meine Studien.«

»Überall riecht es nach Farbe und Mörtel«, stellte der Kommissar fest.

»Herr Kommissar, das Gebäude ist für uns zu groß, und die Arbeit lenkt Kerstin ab. Es ist schrecklich, nicht zu wissen, wer ihren Vater umgebracht hat«, sagte Uwe Mentjes.

»Auch Sie haben keinen Verdacht?«, fragte der Kommissar.

»Nein«, antwortete er, stand auf und schritt Kerstin entgegen, die ihm auf einem Tablett das Teegeschirr reichte. Uwe deckte den Tisch. Kerstin brachte die Teekanne und das Stövchen. Sie setzte sich zu ihnen, blickte die Beamten an und fragte: »Herr Kommissar, wie steht es um die Ermittlungen? Vater ist nun schon eine Weile unter der Erde.«

Der Kommissar vernahm den leichten Vorwurf in ihrer Stimme. »Fräulein Etzinga, Sie sind die Tochter des Opfers. Sie haben Ihren Vater am besten gekannt. Geben Sie uns Hinweise, dann werden wir Ihnen Erfolge auftischen«, sagte er. Kerstin schenkte den Tee aus. Die Beamten bedienten sich. Ideus sah sich um.

»Während draußen ein ›Grüner Engel‹ Ihren Acker pflügt, sieht es hier nach Umbau aus«, stellte er fest und setzte die Tasse ab.

Kerstin lachte.

»Sie irren sich, Herr Kommissar. Draußen fährt Herr Mentjes den Trecker über seinen Acker. Ich habe ihn verkauft! Aber nicht das Gebäude, sondern das betriebliche Land und das Inventar.«

Der Kommissar blickte Uwe Mentjes an. »Dann hat Ihr Vater auch den gesamten Viehbestand übernommen?«

Uwe nickte. »Vater hat Hilfe bekommen. Er beschäftigt eine vietnamesische Magd voll und ihren Bruder stundenweise. Dennoch arbeitet er mehr noch als früher. Das ist gut so. Das hilft ihm, Mutters Tod zu überwinden.«

»Und nun sind Sie dabei, das Wohngebäude nach Ihren Vorstellungen umzubauen?«, fragte de Vries.

Kerstin langte nach dem Teetopf und füllte die Tassen nach. »Die Makler hätten mich über das Ohr gehauen. Ich bin Lehrerin und nicht geschäftstüchtig genug. Bei einer Versteigerung hätte ich nur Bruchteile von Vaters Vermögen retten können.«

»Ich verstehe«, erwiderte de Vries und trank den Tee.

»Wir sind beide alt genug, um auf eigenen Beinen zu stehen«, fügte Uwe hinzu.

»Bei der Vermögensbasis sicher keine schwere Aufgabe«, lächelte der Kommissar.

Kerstin reagierte sauer. »Herr Kommissar, wir können nicht pausenlos weinen. Das Leben geht weiter.«

»Fräulein Etzinga, haben Sie etwas über die Eigentumswohnung in Bremerhaven erfahren, oder hat sich Onkel Johannes zwischenzeitlich gemeldet?«, fragte Jesko de Vries.

Kerstin lächelte. »Nein, aber der Steuerberater hatte eine plausible Erklärung parat. Vater sparte Einkommenssteuer, weil er die Wohnung nicht selbst nutzte, sondern nach dem Bauherrenmodell abschreiben konnte.«

»Haben Sie sich um neue Mieter bemüht?«, fragte Jesko de Vries. Uwe blickte auf.

»Kerstin und ich werden heiraten. Ich bin noch nicht mit dem Studium fertig, doch es fehlt auch mir nicht an geldlichen Mitteln. Wir möchten die Wohnung für uns behalten«, sagte er.

»Ich habe bereits einen Liegeplatz für ein kleines Boot gemietet«, sagte Kerstin mit dem Stolz der Besitzenden.

»Herr Mentjes, auch Ihre Schwester schmiedet Heiratspläne. Sie hat mit ihrem schwarzen Freund Allan Strawberry in Dornum in bester Lage eine Eigentumswohnung erworben. Hat Ihr Vater diese auch finanziert?«, fragte der Kommissar.

»Ich dachte, Vater hätte Ihnen das selbst mitgeteilt, Herr Ideus. Sie spielen doch mit ihm Skat«, sagte Uwe Mentjes.

»Ihr Vater hat sich kurz vor dem Mord zurückgezogen. Der dritte Mann wurde dann brutal ermordet. Sie sehen, selbst unsere friedliche Skatrunde wurde ein Opfer des verrückten Mörders«, sagte Ideus.

»Mutter war bei der Rustika-Leben A. G. in Hannover versichert«, sagte Uwe Mentjes bissig. »Vater teilte die ausgezahlte Summe durch drei. Reicht Ihnen diese Auskunft, oder wünschen Sie von meiner Schwester einen kompletten Finanzierungsplan?«

In dieser Richtung hatten sie vergessen zu recherchieren.

»Seien Sie nicht böse, aber wir möchten unser Pensum noch vor Dunkelheit schaffen. Wir wissen nicht, wie lange das trockene Wetter noch anhält«, sagte Kerstin und begann, das Teegeschirr auf das Tablett zu räumen.

»Vielen Dank für den Tee«, sagte der Kommissar.

»Ich begleite Sie nach draußen«, bot sich Uwe Mentjes an.

Ideus blickte kurz zum Traktor hinüber, der seine Runden zog. Doch er verspürte keinen Wunsch, mit seinem Skatbruder ein Gespräch zu führen.

Die Beamten stiegen in den Wagen und fuhren zum Revier.

Die Sonne ging bereits hellrot hinter den Feldern unter.

20. Kapitel

In Hannover regnete es in Strömen. Die Kriminalbeamten quälten sich mit ihrem Passat durch den dichten Verkehr der Innenstadt zum Parkhaus. Dort stellten sie ihren Wagen ab.

Sie hasteten mit hochgeschlagenen Mantelkragen dem Verwaltungsgebäude der Rustika-Versicherung entgegen. Der Pförtner führte sie in ein Besucherzimmer und nahm ihnen die nassen Mäntel ab.

»Ich werde Sie anmelden«, sagte er und verließ das Zimmer.

Nach einigen Minuten erschien er in der Tür.

»Nehmen Sie den Aufzug. Unsere juristische Abteilung befindet sich im sechsten Stock, Zimmer sechshundertvier und sechshundertfünf.«

»Danke«, sagte der Kommissar.

Sie verließen den Aufzug und schritten über den langen Flur zum Zimmer sechshundertvier.

Die Sekretärin begrüßte sie freundlich und führte sie zu einem Dr. Berger.

»Nehmen Sie bitte Platz«, sagte der Jurist und wies auf die kleine Sitzecke.

»Herr Dr. Berger, am Heiligen Abend verstarb Swantje Mentjes, die Frau des Landwirtes Harm Mentjes aus Aurich. Sie war bei Ihnen versichert«, trug der Kommissar vor.

»Und Sie vermuten eine Unkorrektheit?«, fragte der Jurist.

»Nein, keineswegs. Uns interessiert die Höhe der ausgezahlten Versicherungssumme«, sagte de Vries.

Der etwa fünfunddreißigjährige Angestellte forderte die Akte an.

»Wenn Sie einen Kaffee wünschen?«, fragte er höflich.

»Nein, danke«, antwortete der Kommissar.

Eine Angestellte brachte die Unterlagen.

»Wollen wir einmal sehen«, sagte Berger und blätterte in den Akten.

»Der Totenschein ist von Dr. Tholen, Aurich, ausgestellt worden. Todesursache: Herzversagen. Die ausgezahlte Summe betrug zweihundertvierzigtausend Mark. Der Vertrag lief auf Gegenseitigkeit. Da Frau Swantje Mentjes als Erste starb, können die Erben beim Ableben des Harm Mentjes keine weiteren Ansprüche anmelden«, erklärte der Jurist.

»Das leuchtet ein. Frau Mentjes wäre also ebenfalls in den Genuss der Auszahlung gekommen, wenn ihr Mann vor ihr verstorben wäre?«, fragte Ideus.

»Ja, der Vorteil liegt darin, dass der überlebende Teil abgesichert ist, da die meisten Höfe mit der technischen Ausstattung heute fast nur von den Ehepaaren allein geführt werden«, sagte Dr. Berger.

»Das war es bereits, was wir wissen wollten. Wir danken Ihnen für die Auskunft, Dr. Berger«, sagte der Kommissar.

Der Sachbearbeiter nahm die Brille ab und begann sie mit dem Rand seines Pullovers zu reinigen.

»Hegen Sie einen Verdacht?«, erkundigte er sich so beiläufig, als frage er nach dem Wetter.

»Nein, eigentlich nicht …«, sagte Jesko de Vries.

»Wir beschäftigen Angestellte, die Ihnen kostenlos beistehen können«, sagte der Jurist.

Die Kripobeamten erhoben sich.

»Sollten wir weitere Auskünfte benötigen, dann melden wir uns«, sagte Jesko de Vries.

Der Kommissar drückte Dr. Berger die Hand.

»Lassen Sie die Akte in Frieden ruhen«, sagte er und lachte.

»Auf Wiedersehen«, sagte Dr. Berger und blickte den Polizeibeamten nach. Dann setzte er sich an seinen Schreibtisch und fertigte eine Aktennotiz an, für alle Fälle.

Im renommierten Café Pudding fanden sie keinen Platz.

Sie schauten in die übrigen Cafés der Innenstadt. Schwätzende Hausfrauen und diskutierende Studenten besetzten die Tische. In einer Cafeteria der klotzigen Kaufhäuser eine Pause einzulegen, das behagte ihnen nicht. Sie gingen zum Parkhaus und fuhren zur Autobahn.

Der Kommissar war kein Freund der Raserei. De Vries saß im Beifahrersitz und döste vor sich hin. Sie sprachen nur wenig. De Vries dachte an die Baupläne, die er mit seiner Freundin schmiedete. Zur Verwirklichung des Traumes vom Eigenheim standen ihnen keine ererbten Geldbeträge zur Verfügung.

»Chef, für Anja und Uwe war der frühe Tod ihrer Mutter sicherlich tragisch. Ihre Trauer milderten allerdings die großzügigen Nachlassummen. Eine Spritze von achtzigtausend Mark ist viel Kohle. So neben der Plackerei etwas Zaster für Baupläne und Spanien ist nicht unübel«, meinte de Vries.

»Bleib auf dem Teppich, Jesko, Gesundheit ist das höchste Gut.«

»Und mich macht der Fall langsam krank. Es kommt schließlich nicht selten vor, dass jemand nachhilft, wenn die Alten auf dem Geldsack sitzen. Ich erinnere mich an einen Vortrag, den der Leiter des Landeskriminalamtes gehalten hat.

Er meinte, dass die Friedhöfe einer Großstadt wie unter Flutlicht erstrahlen würden, wenn auf den Gräbern der Opfer, die man umgebracht hat, kleine Lichter brennen würden«, sagte de Vries.

»Das Blabla der hohen Tiere«, murmelte der Kommissar geringschätzig.

Um sechzehn Uhr erreichten sie Aurich.

Der Kommissar parkte vor der Stadthalle.

»Ich spendiere einen Kaffee, Jesko«, sagte er.

Es hatte aufgehört zu regnen. Sie gingen zur Burgstraße. Im City Café setzten sie sich an einen Tisch und bestellten zwei Kännchen Kaffee.

Als die Bedienung den Kaffee servierte, rauchte der Kommissar entspannt eine Zigarette und reichte de Vries die Packung.

»An was denkst du, Jesko? An die Lichter auf dem Friedhof einer Großstadt?«

»Nun, wenn jemand den Tod der Swantje Mentjes in seine Planung einkalkuliert hätte …«

»Mord?«, fragte der Kommissar.

De Vries grinste.

»Chef, der Gedanke kam mir nur so.«

Der Kommissar stieß den Rauch seiner Zigarette aus. Dann schaute er de Vries ernst an.

»Hm, Jesko. Swantjes plötzlicher Tod am Heiligen Abend hat der Familie eine überraschend hohe materielle nachweihnachtliche Bescherung gebracht. Anja kann mit ihrem schwarzen Freund das junge Glück in einer Eigentumswohnung genießen. Mentjes konnte die Äcker des ermordeten Etzinga kaufen, und Uwe träumt mit Kerstin von einem Segelboot und baut mit ihr das alte Bauernhaus um. Nur Swantje und Onno gingen leer aus. Statt tiefer Trauer um die Verstorbenen genießen die Lebenden den Wohlstand.«

»Chef, diese Gedanken finde ich äußerst gewagt. Doch konsequent weitergedacht, könnte der Eindruck entstehen, dass nicht nur Landwirt Etzinga, sondern auch Swantje Mentjes ermordet wurde.«

Der Kommissar lachte. »Die Fantasie geht mit dir durch, Jesko.«

»Oder auch nicht«, meinte de Vries.

»Mein Freund Harm lebt sehr zurückgezogen, Jesko. Aber Swantje sehnte sich nach Geselligkeit. Wir sollten uns ein wenig nach ihren Lebensgewohnheiten erkundigen.«

»In Aurich wird sicherlich getratscht. Doch ich habe bisher nichts Bemerkenswertes vernommen.«

»Kennst du den Chorleiter?«

»Nein, Chef. Vielleicht sollten wir ihn befragen.«

»Warum nicht«, antwortete der Kommissar und rief nach der Bedienung, um zu zahlen.

Chorleiter Ostermann, Oberstudienrat am Ulrichgymnasium in Aurich, wohnte ländlich. Sein Bungalow stand zwischen hohen Bäumen. Ostermann begrüßte die Kriminalbeamten höflich und führte sie in seine gute Stube. Seine Frau schaute kurz in das Zimmer.

»Mutter, Besuch, machst du uns einen Tee?«, fragte er seine Frau. Sie nickte und ging in die Küche.

Ostermann bat die Beamten, in der kleinen Sitzecke Platz zu nehmen. Er wies auf den Flügel und sagte: »Ich habe als Erstfach Musik studiert und glaubte in jungen Jahren, meine Umwelt mit Meisterwerken beglücken zu können. Auch mein zweites Fach, Deutsch, verhalf mir nicht zu aufführbaren Dramen und akzeptierter Lyrik. Bescheiden geworden, habe ich mich der Chorarbeit gewidmet und ernte Erfolge.«

»Zu Ihren Chormitgliedern gehörten auch Frau Mentjes und Herr Etzinga«, sagte der Kommissar.

»Herr Kommissar, der frühe Herztod unserer Sangesschwester Swantje und der brutale Mord an unserem Sangesbruder Onno haben uns alle zutiefst getroffen«, betonte der Oberstudienrat erschüttert.

»Herr Ostermann, wie in jedem Verein nimmt auch in Ihrem Chor das Gesellige einen großen Raum ein«, meinte de Vries.

»Unser Chorgesang lebt vom Idealismus der Mitglieder. Im Gegensatz zum Sport stellt sich bei uns nie die Frage, wer am besten singt. Wir bieten eine Gesamtleistung dar. Uns allen liegt daran, dem Alltag mit seinen harten Anforderungen an einem oder gelegentlich an zwei Abenden der Woche zu entfliehen.«

»Gab es möglicherweise engere Beziehungen zwischen Frau Mentjes und Herrn Etzinga?«, fragte der Kommissar.

»Mir fielen sie zumindest nicht auf. Etzinga teilte bei unserem Ausflug in den Harz mein Zimmer. Allerdings fanden wir kaum Schlaf«, sagte Ostermann und grinste.

Seine Frau servierte den Tee.

»Verzeihen Sie, aber Swantje Mentjes liebte die Geselligkeit, Herr Ostermann«, sagte der Kommissar und trank den Tee.

»Herr Kommissar, Onnos Mörder finden Sie nicht in den Reihen meines Chores«, sagte Ostermann überzeugt.

»Meine Frage zielte in eine andere Richtung. Bemühte sich Herr Etzinga um die Zuneigung der schönen Bäuerin?«, frage Ideus.

»Was soll ich sagen? Sie schienen vertraut miteinander. Schließlich waren sie Nachbarn, wie Sie wissen.«

Die Beamten spürten, dass sich der Chorleiter um eine Stellungnahme drückte. Es hatte keinen Zweck, ihn weiter zu befragen. »Wir danken Ihnen für die nette Bewirtung, Herr Ostermann. Achten Sie bitte auf Gerüchte, die im Chor auftauchen könnten. Sie sind nicht immer aus der Luft gegriffen«, sagte der Kommissar.

»Ich wünsche Ihnen viel Erfolg«, antwortete der Lehrer und begleitete sie zur Tür.

»Chef, der Oberstudienrat hält mit der Wahrheit hinter dem Berge zurück«, sagte de Vries, als sie in den Wagen stiegen.

»Das ist verständlich, oder? Für den Chor wäre es nicht gut, wenn wirklich etwas an dem Gerücht wäre.«

Im Posteingang befand sich ein Brief der Bremer Merkur-Bank. Ideus öffnete den Umschlag, las und reichte ihn dann de Vries. Der Text des Briefes lautete:

Streng vertraulich!
Auskunftsbeantwortung Anfrage der Kriminalpolizei, Revier Aurich.
Betreff: Mitarbeiterin Beate Multhaupt und Dr. Johannes Zander

Frau Beate Multhaupt
Seit März 1976 war Beate Multhaupt bei uns beschäftigt.
Während ihrer letzten Dienstjahre arbeitete sie bei uns als Sekretä-

rin in der Außenhandelsabteilung. Sie schied auf eigenen Wunsch am 30. Juli 1986 aus.
Ihre Anschrift zu diesem Zeitpunkt:
Beate Multhaupt, Klipperstraße 25a, 2900 Oldenburg.

Herr Dr. Johannes Zander
Unser Mitarbeiter Dr. Johannes Zander ist seit dem 2. April 1972 bei uns beschäftigt. Er leitete mehrere Jahre die Außenhandelsabteilung und arbeitet seit Februar 1987 als Direktor unserer Filiale in New York.
Seine Anschrift:
Dr. Johannes Zander, Benjamin Franklin Street A/6, Queens/New York.
Personalabteilung A-4
Ppa.
L. Rönne.

»Chef, es würde mich schon reizen, nach New York zu fliegen, um den Zeugen Zander zu befragen«, meinte de Vries und grinste listig.

»Dazu besteht keine Veranlassung, Jesko. Oldenburg liegt uns näher. Frau Multhaupt steht uns als Zeugin zur Verfügung.«

»Der Hausmeister sprach von einem Knatsch, Chef«, warf de Vries ein.

»Erkundige dich, welcher Wagen frei ist. Wir besuchen Frau Multhaupt. Hinterher wissen wir hoffentlich mehr«, sagte der Kommissar.

11. Kapitel

Die Klipperstraße in Oldenburg befand sich in der Nähe der ausgelagerten Verbrauchermärkte. Das Reihenhaus mit der Nummer 25a war rot geklinkert und hatte einen kleinen Vorgarten. Eine alte Frau öffnete ihnen die Tür. Sie kicherte und schaute die Beamten belustigt an.

»Gnädige Frau, wir möchten Beate Multhaupt sprechen«, sagte Ideus.

»Ich bin Frau Multhaupt. Sie meinen meine Tochter. Sie arbeitet. Sie hat es nicht leicht. Ich helfe, wo ich kann«, sagte sie.

»Wo arbeitet Ihre Tochter?«, frage de Vries.

»Drüben in der Stadtsparkasse«, sagte sie und wies mit der Hand in die Richtung der Märkte.

»Danke«, sagte der Kommissar.

Sie fuhren zu den Einkaufsmärkten und fanden dort die Filiale der Stadtsparkasse.

Frau Multhaupt bediente am Schalter. Sie stutzte, als der Kommissar sich auswies.

»Haben Sie einige Minuten Zeit für ein paar Fragen, Frau Multhaupt?«

Die junge Frau war auf dem Foto, das der Hausmeister vor dem Schifffahrtsmuseum aufgenommen hatte, schlanker gewesen.

Frau Multhaupt bat eine Kollegin, ihren Dienst zu übernehmen, und führte die Beamten in einen Nebenraum. Stühle standen um einen Tisch. Werbeplakate priesen Kredite an. Sie nahmen Platz. Frau Multhaupt wirkte elegant. Sie hatte sich für das Publikum ein wenig zurechtgemacht. Neugierig blickte sie die Besucher an.

»Ich bin Kommissar Ideus, und mein Assistent heißt de Vries. Ich will gleich zur Sache kommen. Sie bewohnten in Bremerhaven mit Herrn Dr. Zander eine Wohnung, die Herr Etzinga an Sie vermietet hatte«, sagte der Kommissar.

Die junge Frau nickte.

»Das ist richtig«, sagte sie und blickte auf ihre Hände, die sie auf dem Tisch übereinander legte.

»Frau Multhaupt, Ihr damaliger Gefährte wurde nach New York versetzt?«, fragte de Vries.

»Ja«, sagte sie nur.

»Und Herr Etzinga, Ihr Vermieter, wurde Ihr neuer Lebensgefährte?«, fragte der Kommissar.

Das Gesicht der jungen Frau wirkte traurig.

»Ich habe Onno Etzinga geliebt«, sagte sie. »Er hatte mir die Ehe versprochen. Doch hinterher stand ich da mit unserem Kind.«

»Herr Etzinga ist ein vermögender Mann, Frau Multhaupt«, sagte de Vries.

»Onno hat mich abgefunden. Ich habe mir ein Reihenhaus gekauft. Mit geht es finanziell gut, doch ich lebe allein«, sagte sie.

»Und Ihr ehemaliger Lebensgefährte Dr. Zander?«, fragte der Kommissar.

Beate Multhaupt kämpfte mit den Tränen.

»Er wollte mich nach New York holen, doch zu diesem Zeitpunkt war ich bereits schwanger«, schluchzte sie.

»Allein stehende Mütter haben es nicht leicht«, lenkte de Vries ein.

»Ich hatte zum Glück noch meine Mutter«, antwortete Beate Multhaupt.

»Und Dr. Zander, der ehemalige Freund Etzingas? Treffen Sie ihn gelegentlich?«

»Wenn er von New York kommt, reicht es für eine Tasse Kaffee in einem Café«, sagte sie.

»Wann trafen Sie ihn zuletzt?«, frage der Kommissar.

»Ende Januar, Anfang Februar«, antwortete sie.

»Und kümmerte sich Herr Etzinga um sein Kind?«, fragte de Vries und schämte sich, die junge Frau anzuschauen.

»Nein, wir haben uns über Rechtsanwälte geeinigt, doch dann verstarb mein Sohn. Er war behindert …«, antwortete sie. Tränen stiegen ihr in die Augen.

»Frau Multhaupt, Herr Etzinga hatte, bevor Sie mit Dr. Zander sein Apartment bewohnten, an ausländische Studentinnen vermietet. Könnte er sich bei diesen Mieterinnen Feinde geschaffen haben?«, fragte der Kommissar.

»Darüber habe ich nie etwas erfahren«, sagte Beate Multhaupt und blickte den Kommissar misstrauisch an. »Stimmt etwas nicht?«, fragte sie nach Sekunden.

»Onno Etzinga wurde ermordet«, sagte de Vries. Er erwartete einen erneuten Tränenfluss, doch Beate Multhaupt schüttelte nur traurig den Kopf.

»Herr Kommissar, unser gemeinsamer Sohn ist tot. Onno hat sich an seinem Kind versündigt. Jochen hat seinen Vater nie gesehen. Er überließ mir und meiner senilen Mutter die Pflege. Jetzt bin ich darüber hinweg.«

»Frau Multhaupt, wir von der Kripo haben die Aufgabe, seinen Mörder zu überführen«, sagte der Kommissar.

Beate Multhaupt blickte die Beamten wehleidig an.

»Dann sind Sie bei mir an der falschen Adresse.«

»Immerhin hat er Sie sitzen lassen«, stellte de Vries fest.

»Nicht direkt. Seine Art sich einzuschmeicheln, seine Besessenheit nach Sex, seine Überredungs- und Verführungskünste waren abscheulich«, ereiferte sich die Sparkassenangestellte.

»Und Dr. Zander?«, fragte der Kommissar neugierig.

»Fragen Sie ihn selbst«, antwortete sie gequält.

»Frau Multhaupt, wir gehen nicht davon aus, dass Sie mit dem Mord an Onno Etzinga zu tun haben«, sagte der Kommissar.

»Onno und ich haben nicht zueinander gepasst. Wir haben miteinander abgerechnet. Mich geht das alles nichts mehr an.«

Ideus erhob sich. »Alles Gute und Auf Wiedersehen, Frau Multhaupt«, sagte er.

»Ein Wiedersehen wird nicht erforderlich sein«, erwiderte sie lächelnd und führte die Beamten zurück in die Schalterhalle.

»'tschüs«, sagte sie freundlich, als die Beamten die Filiale verließen.

De Vries saß an seinem Schreibtisch und tippte das Protokoll. Er unterbrach seine Schreibarbeit, als der Kommissar mit der Dienstpost das Zimmer betrat.

»Die Multhaupt hatte eine Stinkwut auf Etzinga, Chef«, sagte er. »Obwohl sie einen gemeinsamen Sohn hatten, war sie nicht auf seiner Beerdigung.«

»Sie war ja auch nicht eingeladen worden«, sagte der Kommissar.

»Trotzdem, Chef. Für mich ist sie ein Flittchen. Kaum war der Freund in New York, stieg sie mit Etzinga ins Bett. Mal angenommen, dieser Dr. Zander war darüber so sauer, dass er seinen Freund umbrachte.«

»Die Pferde gehen wieder mit dir durch, Jesko.«

»Vielleicht, Chef, aber auch harte Manager sind vor Hass- und Rachegefühlen nicht gefeit. Angenommen, das wäre mir passiert. Ich glaube …«

»Ich weiß, Jesko. Du hättest deinen Nebenbuhler umgebracht«, unterbrach ihn der Kommissar. Er griff nach einem Schreiben. »Hier habe ich einen Brief der Rustika-Lebensversicherung Hannover. Dieser Dr. Berger besitzt die Frechheit, uns nach dem Stand der Ermittlungen im Falle Swantje Mentjes zu fragen.«

»Er spricht von einem Fall?«, frage de Vries überrascht.

»Hier, lies selbst.« Der Kommissar schob ihm das Schreiben zu. Er langte nach dem Telefonhörer.

»Verbinden Sie mich mit Dr. Tholen«, sagte er. Dann blickte er Jesko an. »Nun wollen wir es wissen.«

Das Telefon klingelte. Ideus nahm den Hörer ab.

»Ideus, Kripo Aurich. Herr Dr. Tholen? Es geht um den Tod der Bäuerin Swantje Mentjes am Heiligen Abend. Sie stellten den Totenschein aus.«

Jesko de Vries sah, wie der Kommissar mit ernstem Gesicht auf die Antwort wartete.

»Ich habe verstanden, ich werde mit Ihrem Kollegen sprechen«, sagte Ideus und legte den Hörer nachdenklich auf die Gabel.

»Jesko, der Herztod der Swantje Mentjes war nicht unumstritten«, sagte er.

»Es gab Zweifel?«, fragte de Vries überrascht.

»Wir fahren zum Krankenhaus und fragen Dr. Frerichs selbst«, entschied der Kommissar.

Sie zogen die Mäntel über und gingen zum Wagen.

Das Krankenhaus lag am Stadtrand von Aurich an der Wallinghauser Straße. Gärtner arbeiteten in den Anlagen. Auf dem Parkplatz herrschte reger Betrieb.

In der Pförtnerloge saßen zwei Angestellte vor der Telefonanlage.

Kommissar Ideus zeigte seine Polizeimarke.

»Dr. Frerichs«, sagte er nur.

Der Mann warf einen Blick auf eine Reihe bunter Knöpfe seiner Telefonanlage.

»Er ist im Hause, Station drei. Innere«, sagte der Pförtner.

Sie nahmen die Treppe und schritten durch den langen Flur.

Die Stationsschwester führte sie zu einem kleinen Arbeitszimmer. Sie bat sie, sich etwas zu gedulden.

De Vries spürte den scharfen Geruch eines Desinfektionsmittels in der Nase.

»Wenn auch nur ein Quäntchen Zweifel an der Todesursache der Bäuerin besteht, marschieren wir direkt zum Staatsanwalt«, sagte Ideus.

Dr. Frerichs betrat das Stationszimmer. Er begrüßte die Beamten und reichte ihnen die Hand.

»Sie haben Fragen, Kommissar?«

»Es geht um die Todesursache der Frau Swantje Mentjes, Herr Dr. Frerichs«, sagte Ideus.

»Ich weiß, mein Kollege Tholen rief mich an«, antwortete er.

»Wir hegen keinen festen Verdacht gegen bestimmte Personen. Es handelt sich mehr um ein theoretisches Gedankenspiel«, sagte der Kommissar.

»Der Vorgang ist schnell dargestellt. Dr. Tholen begleitete die Schwerkranke vorsorglich im Krankenwagen hierher. Eine notwendige Injektion hatte keinen Erfolg erbracht. Frau Mentjes starb auf dem Weg ins Krankenhaus. Mein älterer Kollege befand sich angesichts der Stunde und der Umstände im Stress. Er bat mich, seine Diagnose zu bestätigen. Ich fand im Rachen der Toten Anzeichen einer Atmungslähmung. Auf Feiern wird viel geraucht, und ein Patient, der einen Kreislaufkollaps erleidet, benötigt viel Sauerstoff. Sauerstoff verbrauchen im Übermaß Kerzen, die Flammen des Kamins, aber auch die Feiernden. Ich hegte keinen ernst zu nehmenden Verdacht«, sagte der Arzt.

»Können Sie Fremdverschulden ausschließen?«, fragte de Vries. Dr. Frerichs trat an den kleinen Schreibtisch. Das seitliche Wandregal war voller medizinischer Werke.

»Nein. Sowohl mein Kollege als auch ich halten es für möglich, dass wir uns geirrt haben können. Nur eine Autopsie würde letztlich Klarheit bringen«, sagte er und schaute auf die

Buchrücken seiner Bibliothek, als wollte er seine Meinung damit unterstreichen.

»Und auf welche Art und Weise hätte irgendjemand den Herztod der Swantje Mentjes herbeiführen können?«, fragte der Kommissar.

»So wie es in der Kriminalgeschichte bereits häufig vorexerziert worden ist, nämlich mit einem Gift«, antwortete der Arzt.

»Ein abscheulicher Gedanke«, meinte der Kommissar.

»Und ein beschwerlicher Weg«, antwortete der Arzt und lächelte.

»Wir suchen den Staatsanwalt auf, Herr Dr. Frerichs«, sagte Ideus.

»Er und der beratende Untersuchungsrichter müssen entscheiden, ob wir den ewigen Frieden der Swantje Mentjes stören müssen.«

»Ich werde den Herren den Sachverhalt bestätigen, so wie ich ihn Ihnen hier vorgetragen habe«, versicherte Dr. Frerichs.

»Es wäre gut, wenn Sie uns einen kleinen schriftlichen Bericht zuschicken würden«, sagte de Vries.

»Den werden Sie noch heute von mir bekommen«, sagte der Arzt.

Sie verabschiedeten sich und gingen zum Parkplatz.

Staatsanwalt Dr. Duinmann empfing die Beamten mürrisch und bat sie, in den Besuchersesseln Platz zu nehmen.

»Bringen Sie mir Ergebnisse im Fall Etzinga, oder kommen Sie mit neuen Problemen?«, fragte er missgelaunt.

Ideus kannte sein Getue. Der grauhaarige Mann blickte schon seit geraumer Zeit auf ein bestimmtes Datum. Er sehnte sich nach seiner Pensionierung.

Für den Ruhestand hatte er sich auf der Insel Spiekeroog eine Wohnung gekauft.

»Dr. Tholen und Dr. Frerichs schließen nicht aus, dass Swantje Mentjes keines natürlichen Todes starb, Herr Staatsanwalt«, sagte der Kommissar.

Dr. Duinmann erschrak. Er neigte sich vor.

»Herr Ideus, ich verspüre weder Lust noch Laune, mir solche Albernheiten anzuhören«, sagte er entrüstet.

»Herr Staatsanwalt, ich möchte Sie ersuchen, den Leichnam der Swantje Mentjes exhumieren zu lassen«, bat der Kommissar.

Jesko de Vries amüsierte sich über den als äußerst bürokratisch verrufenen Staatsanwalt.

Dr. Duinmann stand auf und trat an das Fenster, als wolle er die Störenfriede seine Abneigung spüren lassen.

»Wie stellen Sie sich das vor? Hier in unserem friedlichen Aurich? Wen wollen Sie verdächtigen? Den geplagten Landwirt oder seine Kinder? Das grenzt an Amtsmissbrauch«, schimpfte er.

Kommissar Ideus blieb ruhig.

Er legte die Hände übereinander, während ihm eine leichte Röte ins Gesicht stieg.

»Herr Staatsanwalt, der Leichnam der Swantje Mentjes gehört in das gerichtsmedizinische Institut«, sagte er gelassen.

Dr. Duinmann trat zu ihnen an den Tisch.

»Sie haben die Tragweite Ihrer Forderung nicht genügend durchdacht«, sagte er aufgebracht.

»Sie können mir den Fall abnehmen lassen, Herr Staatsanwalt«, konterte der Kommissar. »Nicht aber meine berufliche Verantwortung.«

»Und Sie?«

»Unser Anliegen scheint mir wichtiger zu sein als bürgerliche Rücksichtnahme«, antwortete de Vries und grinste frech.

»Das ist doch die Höhe!«, empörte sich der Staatsanwalt. Er ging zum Schreibtisch und setzte sich in Positur.

»Herr Staatsanwalt, wir werden unseren Besuch aktenkundig machen«, sagte der Kommissar. Er stand auf. Auch de Vries erhob sich.

»Ich werde mit Dr. Tholen und Dr. Frerichs sprechen und meines Amtes walten. Der Untersuchungsrichter soll dann entscheiden. Sie hören von mir«, sagte Dr. Duinmann ernst, sein Gesicht drückte seine Abneigung aus.

Die Beamten verließen das Dienstzimmer des Staatsanwalts. Auf dem Parkplatz schimpfte der Kommissar.

»Skandal oder nicht, Jesko. Der Rustikal-Lebensversicherung geht es um das Geld. Wir suchen einen Mörder. Fahren wir zum Revier.«

Bedienstete der städtischen Friedhofsverwaltung und des Gartenamtes sperrten den Weg zu Swantje Mentjes' Grab mit Baumarkierungen ab. Sie täuschten Wegarbeiten vor und begannen, den Sarg freizulegen. Das schöne Wetter hatte angehalten, und die Frostschicht war fast abgetaut.

Es wurde bereits dunkel, als die Männer den Sarg aus dem Grab hoben und ihn in den Leichenwagen schoben.

Der schwarz gekleidete Fahrer kannte sein Ziel und fuhr los. Die Bediensteten schaufelten das Grab wieder zu und bedeckten es mit Tannengrün.

Der Staatsanwalt wischte sich den Schweiß von der Stirn, als die Männer die Sperren auf ihr Fahrzeug luden.

»Wenn das an die Öffentlichkeit dringt und Frau Mentjes in der Tat an einem Herzversagen verstarb, bin ich erledigt«, wandte er sich an den Kommissar.

»Stellen Sie sich das Getratsche vor, wenn Sie die Familie Mentjes von diesem notwendigen Schritt unterrichtet hätten«, sagte de Vries.

»Der Untersuchungsrichter hat die Aktion abgesegnet«, fügte Ideus hinzu.

Dr. Duinmann nickte nur. Sein Gesicht wirkte bleich.

In Aurich kamen keine Gerüchte auf.

Kein Reporter umschlich mit einer Kamera das Grab. Die Aktion war ungestört verlaufen. Nach einigen Tagen wiederholten die Friedhofs- und Stadtgärtner ihr Ablenkungsmanöver. Sie karrten frische Asche auf die Gehwege, walzten sie fest, während der Sarg mit der sterblichen Hülle der Swantje Mentjes im Grabe die endgültige Ruhe fand.

Ein Kälteeinbruch erschwerte den Bediensteten zwar die Arbeit, doch der aufgebriste Ostwind legte eine weiße Schneedecke über das Grab.

Als die Mannschaft am Abend den Friedhof wieder verließ, atmete Dr. Duinmann erleichtert auf. Er lud den Kommissar und seinen Assistenten zu einem Bier in die ›Alte Wache‹ ein und spendierte vorweg einen eisgekühlten Küstenkorn, den er zur inneren Erwärmung dringend selbst benötigte.

12. Kapitel

Der Winter begann sein Rückzugsgefecht. Windböen trieben Graupelschauer über das Land. Gelegentlicher Schneefall brachte Matsch.

Harm Mentjes verlebte mit seiner Hausgehilfin Traa Kim eine glückliche Zeit. Sie stand ihm nicht nur bei seinen Hofarbeiten erfolgreich zur Seite, sondern verwöhnte ihn auch im Bett mit asiatischer Liebe.

Ihr Bruder Jong Kim bewährte sich auf dem Hof als erfahrener Landarbeiter gegen Bezahlung.

Uwe Mentjes arbeitete intensiv an seiner Diplomarbeit, die einen Aspekt der Teilchenphysik behandelte. Er wollte die Erwartungen seiner Professoren nicht enttäuschen.

Kerstin Etzinga saß abends vor den Schulheften ihrer vierten Klasse.

Sie bereitete den Unterrichtsstoff für ihre Schüler gewissenhaft vor, denn ihre Noten bestimmten den weiteren Bildungs- und Chancenweg ihrer Schüler in der Orientierungsstufe.

Allan Strawberry half Anja bei der Einrichtung ihrer gemeinsamen Eigentumswohnung in Dornum.

Niemand der Familie hegte den Wunsch, an das Grab der Swantje Mentjes zu treten, um ein paar Blumen als Gruß der Lebenden an die Tote dort abzulegen.

Niemand von ihnen ahnte zu dieser Zeit, dass sich ein Gewitter über ihnen zusammenballte.

Im Revier diskutierten Kommissar Ideus und sein Assistent de Vries die Ergebnisse des wissenschaftlich fundierten Laborberichtes des Gerichtsmedizinischen Institutes.

Die Fakten waren schockierend. Swantje Mentjes hatte kurz vor ihrem Tod Bier getrunken, das mit ›E 605 forte‹ angereichert war.

»Fazit: Sie wurde also auch ermordet«, stellte de Vries fest.

»Besprechen wir uns mit Dr. Duinmann«, sagte der Kommissar.

Das Dienstzimmer des Staatsanwaltes lag im Hauptgebäude des Schlosses. Die Sekretärin führte sie direkt in sein Büro. Dr. Duinmann saß mit ernster Miene an seinem Schreibtisch und bat die Kripoleute, Platz zu nehmen.

»Unsere Befürchtungen sind eingetroffen. Es gilt, einen zweiten Mord aufzuklären«, begann der Kommissar das Gespräch.

»Ich bin bereits informiert und will meine Entrüstung für mich behalten. Hier geht es allein um die Gerechtigkeit. Ich hatte bereits ein Gespräch mit dem Amtsrichter. Er wird einen Haftbefehl ausstellen. Harm Mentjes wird zur Last gelegt, am Heiligen Abend 1987 seine Frau heimtückisch mit vergiftetem Bier ermordet zu haben. Niedere Beweggründe, nämlich die Summe der Lebensversicherung, verleiteten ihn zu dieser Tat«, sagte Dr. Duinmann.

Der Kommissar schaute durch das Fenster. Der Himmel zeigte sich trist grau.

»Ist das nicht ein wenig voreilig, Herr Staatsanwalt?«

Dr. Duinmann blickte den Kommissar irritiert an.

»Es besteht keine Verdunklungsgefahr«, sagte Ideus. »Mentjes bleibt Zeit genug, seinen Standpunkt festzulegen. Er ist mein Skatbruder, nein, er war mein Skatbruder, denn auch Herr Etzinga gehörte neben Wert Koller zu unserem Quartett. Deshalb möchte ich zuerst einmal mit ihm persönlich sprechen.«

»Der Mord an Swantje Mentjes war perfekt eingefädelt. Ohne unsere Skepsis hätte es keine Anklage geben, Herr Staatsanwalt«, sagte de Vries.

»Herr Kommissar, Mentjes fühlt sich noch sicher. Nutzen Sie den Überraschungseffekt, und liefern Sie mir nach Ihrem Besuch ein lückenloses Protokoll«, sagte Dr. Duinmann.

Ideus atmete auf.

»Darf ich Ihren Apparat benutzen?«, fragte er.

Der Staatsanwalt hob den Hörer ab.

»Eine Verbindung mit dem Landwirt Harm Mentjes«, sagte er nur und legte auf.

Ideus stand am Schreibtisch und wartete. Als es klingelte, hob er den Hörer ab.

»Hier Folkert«, sagte er. Er hörte, wie Harm im Spaß sagte: »Willst du einen neuen Skatclub gründen?«

»Das wird schwierig sein, nachdem Onno ermordet wurde. Nein, ich muss dich sprechen«, antwortete Ideus.

»Dienstlich?«, fragte Harm nach einer Weile.

»Ja, und eilig«, sagte der Kommissar. Sein Skatbruder nahm sich Zeit für eine Antwort.

»Gut. Nach der Stallarbeit bei mir«, sagte Harm.

Der Kommissar legte den Hörer auf.

»Und?«, fragte der Staatsanwalt.

»Heute Abend werde ich ihn besuchen«, antwortete der Kommissar.

Über die Weiden, Felder und rot geklinkerten Höfe legte sich die Dämmerung. Der Kommissar saß am Steuer seines Wagens und dachte über seinen Skatbruder Harm Mentjes nach. Harm war nicht nur ein starker und stämmiger Mann, sondern auch charakterlich konsequent und listig. Ihm war der Mord an seiner Frau zuzutrauen.

Der Kommissar erreichte den Hof. Ein muffiger Dunggeruch stieg ihm in die Nase. Er vernahm das dumpfe Rasseln der Kuhketten. Die Fenster des Wohnhauses waren erleuchtet.

Er schritt zu der kleinen Seitentür und drückte den Klingelknopf.

Die Vietnamesin öffnete ihm die Tür. Sie trug Jeans und eine bunte Bluse. Sie sah hübsch aus und lächelte ihn an.

»Moin«, begrüßte sie ihn freundlich.

»Ich bin angemeldet«, sagte der Kommissar höflich.

»Chef erwarten Gast«, antwortete sie und führte Ideus durch die Milchküche zum Wohnzimmer.

Mentjes saß im Sessel vor dem Couchtisch. Er quälte sich hoch. Ideus reichte ihm die Hand.

»Setz dich, Folkert«, sagte Mentjes und zeigte auf den Sessel. Die Vietnamesin wartete in der Nähe der Tür.

»Was darf ich dir anbieten?«, fragte Harm.

»Für einen Schnaps ist es zu früh. Außerdem muss ich noch fahren. Wenn es keine Umstände macht, einen Tee«, entschied sich Ideus.

»Den hat Traa Kim bereits vorbereitet«, sagte Harm Mentjes. Er wandte sich an die Vietnamesin. »Für mich ein Bier, Traa Kim.«

Sie blickten sich eine Weile stumm an. Dann brach Harm das Schweigen.

»Folkert – oder muss ich jetzt Kommissar sagen?«

Er ließ sich in den Sessel fallen.

»Du hast erwiesenermaßen starke Nerven, Harm«, antwortete Ideus. »Ich hätte die Beerdigung meiner Frau nicht so kühl und ruhig überstanden wie du.«

Harm schaute seinen Skatbruder misstrauisch an.

»Das Leben geht weiter, Folkert. Der Alltag holt dich schnell ein. Du kannst nicht aussteigen. Die Kinder und deine Bedürfnisse«, sagte Mentjes und begann seine Pfeife zu stopfen.

»Ich verstehe. Der Betrieb, und mit fünfzig gehört man noch nicht zum alten Eisen«, antwortete der Kommissar mitfühlend.

»Du sprichst mir aus der Seele.« Harm zündete die Pfeife an und blies den Qualm von sich.

»Du hättest auch kürzer treten können, Harm. Die Versicherungssumme der Rustika-Lebensversicherung hätte sicher gereicht.«

Harm schaute auf.

»Du spionierst hinter mir her?«, fragte er aufgebracht.

»Langsam, Harm. Ich bin Beamter. Mein Dienst fordert mich. Freundschaft ist eine andere Sache«, meinte der Kommissar.

Die Vietnamesin reichte Harm das Bier und servierte dem Kommissar den Tee. Sie verbeugte sich und sagte: »Ich gehe auf mein Zimmer. Wenn mich wünschen, rufen.«

Der Kommissar sah ihr nach. Ein hübsches Persönchen, dachte er.

»Ich gratuliere, eine nette Hilfe hast du gefunden«, sagte er.

Harm füllte das Bier in das Glas. Ideus legte Kluntjes in die Tasse und goss den Tee ein.

»Zur Sache, Folkert. Was willst du von mir?«, fragte Mentjes und kippte das Bier in sich hinein.

»Wir haben deine Frau exhumieren lassen«, sagte Ideus und fühlte den Schweiß, der sich auf seiner Stirn bildete. Er griff zur Teetasse und nahm einen großen Schluck.

Harm fuhr sich mit seiner fleischigen Hand durch das Haar.

»Ihr Bullen habt Swantje aus ihrer ewigen Ruhe geholt?«, fragte er gefährlich leise und starrte den Freund fassungslos an.

»Harm, beruhige dich! Hör mir zu!«, sagte Ideus. Er fühlte, wie seine Hand zitterte, als er die Tasse absetzte.

Mentjes neigte sich vor, sein Atem ging schnell.

»Harm, das musste sein. Swantje wurde ermordet«, beteuerte Ideus.

»Du widerlicher Bulle. Du gemeiner Schnüffler«, zischte Mentjes und kam in Fahrt.

»Harm, hör bitte zu. Swantje wurde vergiftet. Mit E 605 forte!«, brüllte Ideus ihm entgegen.

Mentjes legte die Pfeife in den Aschenbecher. Er griff mit seinen Händen nach den Jackenaufschlägen seines Skatbruders. Ideus spürte den Druck seiner Hände. Er versuchte, sich aus dem Griff zu befreien.

»Und mich willst du überführen, du pissige Beamtensau!«, schrie Mentjes.

Er ließ von Ideus ab, erhob sich und ging in die Küche. Er kam mit einer Schnapsflasche zurück.

»Harm, begreif es doch endlich«, schrie Ideus. »Mit dem Corvit kannst du die Probleme nicht lösen!«

Wie hypnotisiert ging Harm zurück und brachte die Flasche weg. Er trug Bierflaschen in seinen Händen, als er zurückkam. Schwer atmend ließ er sich in den Sessel fallen. Er wischte sich den Schweiß von der Stirn, öffnete eine Flasche und setzte sie sich an den Mund. Er trank sie in einem Zuge leer. Dann schaute er Ideus an.

»Kommissar Skatbruder, ich besitze E 605 forte, ja, ich sprühe es gegen Insekten. Du musst nicht lange im Stall suchen«, sagte er gehetzt.

»Hast du Swantje das Gift in das Bier gegeben, das sie kurz vor ihrem Tode trank?«, fragte Ideus.

Harm griff zur nächsten Bierflasche. Auch diese trank er ex. Dann lachte er wie ein Verrückter und rang nach Luft. Plötzlich schlug seine Stimme um. Er stand auf und sagte völlig nüchtern: »Hau ab, Folkert. Ich kann euch alle nicht mehr sehen. Zu viele haben mich enttäuscht. Verlass sofort mein Haus!«

Der Kommissar erhob sich. War sein Skatbruder geisteskrank?

»Wenn du nicht mit mir reden willst, dann wird der Staatsanwalt dich befragen«, sagte er drohend.

»Geh, bevor ich dich erschlage«, zischte Mentjes böse.

Der Kommissar wich zurück, als Harm sich ihm mit ausgestreckten Armen näherte.

»Hast du etwa auch unseren Freund Onno erschlagen?«, sagte Ideus aufgebracht.

»Widerlicher Bulle!«, schrie Harm Mentjes. Der Kommissar

zog seine Dienstwaffe. »Harm, ich warne dich! Wir sehen uns wieder«, sagte er und verließ das Haus.

Harm Mentjes verschloss die Haustür. Er hörte die Geräusche des davonfahrenden Wagens.

»Der verdammte Schnüffler!«, murmelte er vor sich hin.

Er spürte die aufkeimende Unruhe in sich. Schweißperlen bildeten sich auf seiner Stirn. Die Bullen werden mich jagen, dachte er verbittert. Allen voran mein Skatbruder Folkert Ideus.

Harm Mentjes wog seine Chancen ab, vor einen Richter mit glaubwürdigen Aussagen treten zu können.

An diesem Abend schritt er an der Tür seiner Geliebten Traa Kim vorbei und stieg die Treppe hoch zum Speicher. Er hatte Swantjes Sachen ausrangiert, sie abgelegt, weil sie für ihn nicht mehr waren als Requisiten eines abgespielten Stückes.

Sicher würde Folkert nicht davor zurückschrecken, bei ihm mit einem Hausdurchsuchungsbefehl zu erscheinen. Er wollte gerüstet sein.

»Kerstin wird nicht wissen, dass ihr Vater es in einem Apartment mit jungen Mädchen trieb«, sagte der Kommissar. »Aber nehmen wir einmal an, Onno Etzinga hätte auch Mentjes mit seiner Swantje betrogen, dann hätten wir ein weiteres Motiv: Eifersucht.«

»Diese Vermutung liegt nahe. Etzinga war ein Weiberheld«, sagte der Staatsanwalt.

»Herr Staatsanwalt, ich gebe zu bedenken, dass Mentjes vor Weihnachten bei unserem Skatbruder Wert Koller teuren Schmuck für seine Frau und seine Tochter gekauft hat«, stellte Ideus fest.

»Ich bleibe dabei, auf ihn konzentrieren sich die Verdachtsmomente«, erwidere Dr. Duinmann.

»Landwirt Mentjes wird seinen Hof nicht verlassen, Herr Staatsanwalt«, sagte de Vries. »Ihn zu inhaftieren, bringt uns keinen Schritt weiter. Gönnen Sie uns etwas Zeit zum Recherchieren.«

»Dazu benötigen wir einen Hausdurchsuchungsbefehl«, sagte der Kommissar.

»Glauben Sie, er hätte das Gift jetzt noch griffbereit herumstehen?«, fragte der Staatsanwalt.

»Das Gift ist handelsüblich. Die meisten Landwirte benutzen es. Uns interessieren seine Schuhgröße und sein Schuhbestand. Außerdem wollen wir ihn ein wenig unter Druck setzen«, sagte der Kommissar. Dr. Duinmann erhob sich. Er verschränkte seine Hände auf dem Rücken.

»Ich spreche mit dem Amtsrichter«, sagte er und verließ hinkend das Dienstzimmer.

13. Kapitel

Ideus und de Vries fuhren in Begleitung eines Kollegen der Schutzpolizei zum Mentjes-Hof.

Ein kräftiges Hoch hatte die Küste erreicht. Der Himmel war blau, und ein lauer Wind wehte über die Felder und Weiden.

Sie parkten den Bully in der Nähe des Stalles. Mistfladen und lehmige Treckerspuren bedeckten den Boden. Es stank bestialisch. Der aufgehäufte Mistberg war bis zur Hälfte abgetragen.

Die Vietnamesin kam ihnen aus dem Stall entgegen. Sie zeigte sich nicht sonderlich überrascht, als sie die Polizeibeamten bemerkte.

»Moin! Chef auf Acker, muss gleich kommen«, sagte sie.

Ein Traktor mit einem Miststreuer fuhr auf den Hof. Der Mann hinter dem Steuer des Lanz-Schleppers winkte den Beamten zu.

»Mein Bruder«, sagte Traa Kim. »Er versteht viel von Arbeit auf Farm. Er kann hier Geld verdienen. Sozialhilfe ist zu wenig, um schaffen eine Existenz.«

Der Kommissar beobachtete, wie der kleine Asiat vom Lanz-Schlepper stieg. Auch er wirkte wie seine Schwester zierlich, erst recht, als er an den wuchtigen Reifen des Fahrzeuges vorbeiging. Er lächelte freundlich.

»Ich bin Jong Kim. Ich helfen Bauer, weil er nicht kann alles machen.« Er zeigte auf den blauen Himmel. »Ist gutes Wetter, wir fahren Mist zum Pflügen.«

Der Kommissar dachte an Uwe Mentjes, der Teilchenphysik studierte, was das auch immer sein mochte. Ihm blieb sicherlich keine Zeit, einen Traktor zu steuern.

Jong Kim schritt zum Transportband und ließ den Mist auf den Hänger platschen. Stinkende Dunstwolken mischten sich mit der Frühlingsluft.

Die Beamten rauchten und warteten auf den Landwirt. Sie sahen zu, wie Jong Kim in das Führerhaus kletterte und sich hinter das Steuer setzte. Er winkte und fuhr davon. Wie verabredet steuerte wenige Minuten später Mentjes den Unimog auf den Hof.

So, als hätte er die Beamten nicht gesehen, brachte er sein Fahrzeug vor dem Transportband in Position. Er schaute nicht einmal auf, als er das Band und den Greifer einschaltete.

»Gehen wir«, sagte der Kommissar.

Harm Mentjes trug einen Latzanzug, der seine kräftige Statur voll zur Geltung brachte. Erst als die Beamten in seiner Nähe standen, schaltete er die Ladevorrichtung ab und drehte sich um.

»Hier riecht es nach Scheiße, Folkert! Kannst du mich nicht in Ruhe lassen?«, fragte er böse.

»Was denkst du, was ich in meiner Tasche habe, Harm?«

»Wie ich dich kenne, einen todsicheren Grand mit Vieren«, antwortete Mentjes angewidert und spuckte auf den Boden.

»Bleib auf dem Teppich, Harm. Der Untersuchungsrichter ist bereit, einen Haftbefehl auszustellen«, sagte der Kommissar.

»Und du kommst als sein Erfüllungsgehilfe. Und weil du Angst hast, ich würde deine zarten Beamtenknochen brechen, kommst du mit deiner Truppe«, sagte Mentjes und lehnte sich kampfbereit an die fleckige Seitenwand des Miststreuers.

»Herr Mentjes, seien Sie vernünftig. Der Kommissar hat für Sie einiges herausgeholt«, sagte de Vries.

»Grünschnabel! Du glaubst wohl jetzt, vor einem Doppelmörder zu stehen, der nicht mehr wert ist als das, was er auf seinen Anhänger lädt, was?«, schrie Harm den Assistenten an.

»Wenn Sie es wissen wollen, ja«, antwortete de Vries wütend.

»Mein Gott, Harm, komm doch endlich zur Vernunft«, stöhnte Ideus.

»Was ist, Skatbruder, soll ich die Karten hinwerfen?«, fragte Mentjes ironisch. »Soll ich sagen, ich brachte Swantje um, ja, ich war es, der den geilen Etzinga im Stall abgeschlachtet hat? Soll ich meine Stiefel ausziehen, die voller Mist sind, und dir folgen?«

»Harm, was du auch vorbringst, du bleibst unsere Nummer eins«, sagte der Kommissar verärgert.

Mentjes ging auf Ideus zu. Wie ein Ringer neigte er den Kopf vor. Die Arme ließ er mit geöffneten Händen baumeln. De Vries und die Beamten umringten ihn.

»Folkert, ja, ich reize! Ich sage Kontra, ich sage Re. Ich verlasse mich auf den Skat. Und wenn du mich nicht mitnehmen kannst, dann verschwinde mit deinen Bullen!«, schrie er.

Ideus war fertig. Der Freund strapazierte seine Nerven.

»Wir werden dein Haus durchsuchen, Harm. Selbst, wenn wir dich in Ketten legen müssen«, sagte er verärgert.

»Los, worauf wartet ihr noch?«, stieß Mentjes wütend hervor. »Steigt treppauf und treppab. Sucht nach Kondomen, die ich benutzt habe. Nur lasst mich hier in Frieden. Dieser Mist hier gehört auf die Felder.«

Er schritt an das Transportband und kümmerte sich nicht weiter um seine Besucher.

Traa Kim musste gelauscht haben. Sie blickte ihnen mit ihren Mandelaugen freundlich entgegen, dabei wirkte sie völlig gelassen.

»Können gehen durch ganzes Haus. Ich nicht begleiten Sie. Habe Vertrauen in deutsche Polizei. Ist Sache von Chef«, sagte sie und begann, sich in der Küche mit Töpfen zu beschäftigen.

Die Beamten betraten das Wohnzimmer.

»Hier haben sie gefeiert, Chef, beim offenen Feuer und mit einem Tannenbaum«, sagte de Vries.

»Ja, die ›Stille und Heilige Nacht‹, in der Swantje gelähmt vom Gift mit klarem Verstand zu sterben begann«, antwortete der Kommissar.

»Es ist sinnlos, hier in Schubladen herumzusuchen«, sagte de Vries.

»Schauen wir uns die übrigen Räume an«, schlug Ideus vor.

Im Schlafzimmer des Landwirtes lag die Wäsche geordnet im Schrank. De Vries interessierte sich für den kleinen Schuhschrank. Er enthielt keine Wanderschuhe mit groben Sohlen. Das hatte er auch nicht erwartet. Er griff nach ein paar Sonntagsschuhen und verglich sie mit dem Gipsabdruck.

»Die Größe kommt hin, Chef«, sagte er und stellte die Schuhe zurück auf das Bett.

»Was nicht heißen muss, dass …«, murrte der Kommissar.

»Immerhin«, stellte de Vries fest.

Auf dem Doppelbett lag ein Schlafanzug.

Sie warfen einen Blick in das zweite Schlafzimmer. Im Schrank hing akkurat die Garderobe der Vietnamesin. Ein Schreibtisch enthielt einige Ordner, in denen Traa Kim die behördlichen Dokumente abgeheftet hatte.

Als sie die Treppenstufen zum Speicher nahmen, fragte de Vries: »Chef, was suchen wir überhaupt?«

Der Kommissar öffnete die Speichertür und blieb stehen.

»Ich weiß es nicht, Jesko. Vielleicht nur eine Spur von Swantje Mentjes, die uns betätigen könnte, dass sie hier einst als Frau und Mutter für mehr als zwanzig Jahre die Arbeit verrichtet hat, die heute die zierliche Vietnamesin versieht.«

De Vries fand den Lichtschalter. Der Boden war unaufgeräumt. Überall lagen Pakete herum, die verstaubt aus den Nähten zu platzen schienen. Seitlich stand ein Regal mit leeren Gläsern, wie man sie zum Einkochen von Marmeladen wieder verwenden will; eine Plastikwanne mit Legosteinen; weiteres Kinderspielzeug; abgelegte Schulbücher und abgetragene Schuhe.

Staub wirbelte durch die Luft, als sie begannen, die vielen Pakete in Augenschein zu nehmen.

Sie stießen auf Kartons, die ohne Staub frisch gelagert worden waren. Eine Plastikplane deckte einen Teil davon ab. Der Kommissar entfernte die Abdeckung und öffnete einen Karton.

»Der Baumschmuck«, sagte er trocken. Er wollte sich bereits entfernen, als Jesko de Vries einige weitere Kartons inspizierte.

»Chef, hier, schauen Sie!«, rief er und hielt ein hinter Glas gerahmtes Großfoto der schönen Swantje in der Hand.

Der Kommissar blickte für Sekunden auf das Bild, bevor er sich an den uniformierten Polizeibeamten wandte.

»Wachtmeister, wie lange sind Sie verheiratet?«

Der Polizist lächelte irritiert. »Nun, zwanzig Jahre können schon zusammengekommen sein, Herr Kommissar.«

»Würden Sie die Bilder Ihrer Frau auf dem Speicher abladen, wenn sie verstorben wäre?«, fragte Ideus und erwartete keine Antwort. Er ging zu Jesko de Vries und sah zu, wie er die Kartons leerte.

Hochzeitsbilder, Kinderbilder, Bilder des Paares ohne Kinder. Alles war zusammengepresst, verstaut, als hätte Harm Mentjes Abschied genommen von Jahren, die eine bittere Enttäuschung für ihn gewesen waren.

Ein weiterer Karton enthielt Kosmetika, Haarröllchen und Einsteckkämme.

»Der Bauer hat Klarschiff gemacht«, sagte der Wachtmeister.

»Vielleicht hat er auf seine Art mit seiner Swantje abgerechnet?«, warf de Vries ein. Er öffnete einen der typischen Supermarktkartons. Er enthielt die elektrischen Baumkerzen und zu seiner Überraschung eine leere Bierflasche.

Blitzschnell fuhr es ihm durch den Kopf, dass Frau Mentjes an vergiftetem Bier gestorben war.

»Jever Pils«, sagte er überrascht.

Der Kommissar fuhr herum.

»Was ist, Jesko?«, fragte er.

»Hier im Karton liegt eine leere Bierflasche, Chef«, antwortete de Vries.

»Seltsam, Jesko! Nimm sie mit«, forderte der Kommissar ihn auf.

De Vries bugsierte, unter Zuhilfenahme seines herabgezogenen Pullovers, die leere Flasche in seine Manteltasche.

»Vielleicht ein Andenken zur späteren Genugtuung«, meinte der Kommissar.

»Dafür spricht einiges«, erwiderte de Vries.

Sie verließen den Speicher und gingen nach unten.

Traa Kim stand in der Küche.

»Ist alles gut?«, fragte sie und lächelte freundlich.

»Ja«, sagte der Kommissar. Sie verließen das Haus und gingen zum Wagen.

Jong Kim steuerte sein beladenes Gefährt vom Hof.

»Fahren wir zum Revier«, sagte der Kommissar.

»Chef, Ihr Skatbruder hat sich für einen Neuanfang entschieden. Er duldet nichts um sich, was ihn an seine Frau erinnern könnte«, sagte de Vries.

»Bringen wir erst einmal alles hübsch zu Protokoll, Jesko«, sagte der Kommissar. »Morgen werden wir seinem Sohn und Kerstin Etzinga einen Besuch abstatten.«

»Chef, vielleicht sind Sie blind auf einem Auge«, murmelte de Vries.

14. Kapitel

Der Etzinga-Hof lag friedlich in der Morgensonne. Im Vorgarten waren die Sträucher geschnitten und die Beete umgegraben. Seitlich der Stallung standen die Mischmaschine und ein Container für Bauschutt.

Die Mauer war hochgezogen und die Tür frisch gestrichen. Eine Klingel war installiert.

Kerstin Etzinga und Uwe Mentjes verkündete das blinkende Messingschild.

Kommissar Ideus drückte den Klingelknopf. Sie hörten Schritte. Die Tür öffnete sich. Kerstin Etzinga stand vor ihnen im Bademantel. Ihr Gesicht wirkte bleich, ihr Haar war ungekämmt, ihre Lippen blass. Sie blinzelte in die Sonne.

»Sie sind es«, sagte sie.

»Haben Sie uns erwartet?«, fragte der Kommissar.

»Nicht so früh. Wir haben kaum geschlafen«, sagte sie und öffnete ihnen die Tür zum Eintritt.

Sie führte den Besuch durch die ehemalige Milchküche, die zum Teil frisch getäfelt war. Im Wohnzimmer lagen echte Perserteppiche. Sie kamen voll zur Geltung.

»Nehmen Sie Platz«, bat sie. »Ich ziehe mich eben an.«

Uwe erschien. Auch ihm sah man die Spuren einer langen Nacht an. Er hatte geduscht, wie sein nasses Haar verriet.

Er trug Jeans und ein Sweatshirt, das den Aufdruck *Columbia University New York* trug.

»Ich habe gestern Abend mit Vater gesprochen«, sagte er. »Sie verdächtigen ihn. So weit sind wir im Bilde. Kerstin und ich brauchen jetzt einen Tee! Ich bereite gern ein paar Tassen mehr zu.« Der Kommissar nickte zustimmend.

Uwe Mentjes ging in die Küche. Die Beamten setzten sich an den Tisch und warteten.

Nach einigen Minuten kam Kerstin zurück. Sie wirkte in Rock und Bluse sehr attraktiv. Sie hatte ihr Haar zu einem kessen Pferdeschwanz gebunden und sich geschminkt.

»Ich verstehe die Welt nicht mehr«, stöhnte sie, ging in die Küche und brachte das Geschirr. »Uwes Vater ein Mörder! Niemals! Der hat seine Frau geliebt.«

»Fräulein Etzinga, viele Morde geschehen aus Liebe. Das hat uns Shakespeare mit seinem Othello schon zu verstehen gegeben«, antwortete der Kommissar.

»Ich bin fix und fertig und habe mich krankgemeldet«, sagte sie und lehnte sich in den Sessel. Schließlich brachte Uwe den Tee und schenkte ihn ein.

»Herr Mentjes, auf Ihren Vater fällt der Verdacht, am Heiligen Abend Ihre Mutter vergiftet zu haben. Sie und Fräulein Etzinga sind für uns wichtige Zeugen«, sagte der Kommissar.

Uwe schaute unsicher auf.

»Ich kann Ihnen nicht zur Verfügung stehen, wenn Sie einen Zeugen suchen, der zusah, wie Vater das Gift in Mutters Glas füllte«, empörte er sich.

»Vermutlich in eine Bierflasche, Herr Mentjes«, mischte sich Jesko de Vries ein.

»Das mag sein. Wir hatten alle Familienstreitigkeiten friedlich gelöst. Vater wollte am Heiligen Abend einen neuen Anfang machen«, sagte Uwe.

»Was stimmte denn in der Familie nicht?«, erkundigte sich der Kommissar.

»Vater waren die Probleme über den Kopf gewachsen, wie er glaubte. Er suchte die Lösung beim Corvit. Er brachte es schließlich auf mehrere Flaschen am Tage. Er begann Mutter zu quälen, die ihrerseits Abstand von ihm suchte und sich um Bildung in der Volkshochschule bemühte. Sie sang, wie Ihnen bekannt ist, im Kirchenchor und musste vor Weihnachten zweimal in der Woche zu den Proben. Vater wurde missgünstig und ausfallend. Er hat sie sogar – gegen ihren Willen mehrmals ...« Er sprach es nicht aus und blickte zu Boden.

»Gut, Vater und Mutter hatten Probleme. Und Sie und Ihre Schwester?, fragte Jesko de Vries.

»Herr Kommissar, Anja liebt ihren schwarzen Freund Allan Strawberry. Er dient in der Raketenabwehrstation in Dornum.«

Der Kommissar unterbrach ihn.

»Das ist mir zu Genüge bekannt, er kommt aus New York«, stellte er fest und blickte auf den Schriftzug, der Uwes Brust zierte.

Uwe stutzte und zog an seinem Sweatshirt.

»Ja, das hat er mir geschenkt«, sagte er.

»Vielleicht hat er Ihnen auch anderweitig geholfen«, warf de Vries ein.

Uwe reagierte sauer. »Was soll diese Bemerkung?«

»Berichten Sie weiter, Herr Mentjes«, forderte der Kommissar ihn auf.

»Vater titulierte den Freund meiner Schwester einen Nigger und machte Anja das Leben zur Hölle«, sagte er.

»Und Ihre Rolle im Familiendrama?«, fragte de Vries.

Uwe holte tief Luft. Er trank hastig seinen Tee, dann fuhr er fort: »Mutter hatte mich aufgefordert, Vater zurechtzuweisen. Ich versuchte ihn zu überreden, das Trinken aufzugeben.«

»Und?«, fragte de Vries.

»Es geschah ein Wunder. Vater schaffte es«, sagte Uwe Mentjes.

Die Beamten blickten sich überrascht an.

»Seien Sie uns nicht böse, Herr Mentjes, wir sind von der Kripo. Bei meinem letzten Besuch hat er noch tüchtig zugelangt«, sagte der Kommissar.

»Das ist nicht wahr! Er trank Bier. Bier ist für ihn kein Alkohol«, antwortete er.

Kerstin Etzinga wirkte verärgert. »Am Heiligen Abend waren wir alle da. Uwes Vater hatte selbst Allan Strawberry eingeladen und auch meinen Vater«, sagte sie.

»Es gab Geschenke. Der Tannenbaum erstrahlte, und alles war Friede, Freude, Eierkuchen«, sagte Jesko de Vries ironisch. Kerstin sah den Kriminalbeamten böse an.

»Ja, es fiel kein böses Wort. Uwes Vater hatte eine reiche Getränkeauswahl bereitgestellt und ein kaltes Büffet anrichten lassen.«

»Und plötzlich kippte Swantje Mentjes aus den Latschen?«, warf Jesko de Vries ein.

»Herr de Vries, die Tote war meine Mutter«, empörte sich Uwe.

»Und dennoch muss nach unserem bisherigen Ermittlungsstand Ihr Vater sie vergiftet haben«, sagte der Kommissar.

»Und wenn ich hundert Jahre alt werde, Herr Kommissar, und selbst wenn Sie Uwes Vater lebenslänglich geben, das hat er nicht getan!« Kerstin begann zu heulen.

»Nach allem, was wir hier erfahren haben, wäre eine umgekehrte dramatische Abfolge logischer gewesen. Nämlich Harm Mentjes, der seine Familie tyrannisierte, als Opfer, das gäbe ein klares Bild«, sagte der Kommissar.

»Fräulein Etzinga, kann Ihr Vater in dem Drama unter dem Tannenbaum eine wichtige Rolle gespielt haben?«, fragte de Vries.

Kerstin starrte den Assistenten böse an.

»Ungeheuerlich!«, empörte sie sich. »Welches Interesse sollte mein Vater daran gehabt haben, seine Nachbarin zu töten?«

»Nun, der Kreis der Täter ist beschränkt, die außer Herrn Mentjes senior in Frage kommen«, sagte Ideus. »Den Bierhändler und den Schlachter können wir wohl außer Betracht lassen. Als Verdächtige bieten sich auch Allan Strawberry und Anja Mentjes an. Hatte Swantje Mentjes den schwarzen Amerikaner beleidigt? Hatte sie ihrer Tochter Anja vielleicht den Umgang mit dem Soldaten verwehrt?«

»Das ist doch alles Unsinn!«, rief Uwe empört.

»Langsam, junger Mann«, sagte de Vries kühl. »Oder haben Sie etwa mit Blick auf die Lebensversicherung das Gift in das Bier Ihrer Mutter praktiziert? Oder wollte Ihr Vater sich finanziell verbessern, oder wollten Anja und Allan endlich zu einer angemessenen Wohnung finden?«

»Bullen, die so reden, haben hier nichts zu suchen!«, schrie Uwe.

Der Kommissar erhob sich.

»Fräulein Etzinga, auch Ihr Vater kaufte bei der Genossenschaft das Gift E 605 forte, an dem Frau Mentjes starb«, sagte er.

»Vater hat die Insekten mit E 605 forte vergiftet. Im Stall stören sie die Kühe. Alle Landwirte benutzen es«, antwortete sie böse.

»Ja, auch der Mörder hat es benutzt! Und sogar mit Erfolg. Doch Swantje Mentjes war kein lästiges Insekt, oder?«, fragte der Kommissar.

Die Beamten verließen grußlos das umgestaltete Bauernhaus und gingen zum Wagen.

»Fahren wir zum Revier«, sagte der Kommissar. Während der Fahrt schwieg er. Er hing seinen Gedanken nach. Auch de Vries war unzufrieden. Er schaute in die Landschaft. Möwen kreisten über den Feldern.

Idyllisch wirkten die rot geklinkerten Bauernhäuser. Doch der Schein konnte trügen. Niemand blickte hinter die Fassaden. Noch war ihnen unbekannt, was sich am Heiligen Abend im Lichterschein des Tannenbaumes im Wohnzimmer der Familie Mentjes abgespielt hatte.

»Der Mörder der Swantje Mentjes gehört zu den Teilnehmern der Weihnachtsfeier. Das steht fest«, sagte de Vries.

»Kein Leser unserer Zeitungen hat sich gemeldet. Der Film ›Rebecca‹, den das Fernsehen zur Tatzeit ausgestrahlt hatte, muss der reinste Gassenfeger gewesen sein. Niemand bemerkte zwischen einundzwanzig und zweiundzwanzig Uhr ein Fahrzeug oder eine verdächtige Person in der Nähe des Etzinga-Hofes«, sagte der Kommissar.

Die Beamten saßen in ihrem Dienstzimmer. Sie waren einem telefonischen Hinweis nachgegangen, der sie nicht weitergeführt hatte. Der von einem Zeugen beobachtete Fahrradfahrer war ein harmloser Gymnasiast gewesen, der sich stark alkoholisiert nach dem Besuch einer Geburtstagsfeier um den heimatlichen Kurs bemüht hatte.

»Jesko, wir spielen Blindekuh«, sagte der Kommissar verärgert.

De Vries rauchte eine Zigarette.

»Beide Verbrechen stehen in einem Zusammenhang«, sagte er.

»Sicherlich. Es ist einfach, Harm Mentjes zum Doppelmörder zu stempeln. Beweisen können wir ihm aber nichts«, antwortete der Kommissar und verfasste eine Aktennotiz.

»Chef, Harm Mentjes hatte seine Familie, die Etzingas und den schwarzen Amerikaner zur Weihnachtsfeier eingeladen. Er hatte das kalte Büffet bestellt. Er hatte eingekauft und Geschenke verteilt. Und Frau Mentjes, Ehefrau und Mutter?«, fragte de Vries.

»Swantje hatte sich emanzipiert, Jesko. Die Ehe war nur nach außen in Ordnung.«

»Aber die Familie hatte sich gegen den Vater verschworen, und der besann sich. Er mied den Alkohol. Er wollte seine Swantje zurückerobern. Doch sein Einsatz kam zu spät«, folgerte de Vries.

»Und weiter gedacht: Mentjes sann nach Rache. Er vergiftete Swantje mit E 605 forte«, stellte der Kommissar fest.

»Das ist die eine Lesart. Die andere lässt den Verdacht zu, dass er jemanden seiner Familie decken will«, stellte de Vries fest.

»Das kann sein, Jesko. Harm ist ein Schlitzohr! Er schweigt und zieht die Fäden«, sagte der Kommissar. Er stand auf und schritt zum Fenster.

Schneeflocken wirbelten vom Himmel. Sie bedeckten die Äste der Bäume vor dem Postamt. Auf der Straße bildete sich Matsch. Er ging zurück zu seinem Schreibtisch.

»Onno Etzinga drehte der Beate Multhaupt ein Kind an«, sagte Ideus. »Das ist an sich nichts Sensationelles. Doch bezogen auf unseren Fall hat sie ihrem ehemaligen Gefährten Dr.

Zander damit sicherlich keine Freude bereitet. Rufe die Bremer Merkur-Bank an und versuche das genaue Datum seines Heimaturlaubes festzustellen, Jesko.«

»Dieser Gedanke ist nicht neu, Chef. Eine Version, die uns bisher zu fantastisch vorkam. Mentjes vergiftete seine Frau, und Dr. Zander erschlägt seinen ehemaligen Freund, und beide handelten aus Eifersucht«, meinte de Vries.

»Jesko, bevor wir Harm Mentjes packen können, müssen wir nach allen möglichen Lösungen suchen.«

De Vries griff zum Telefonhörer und ließ sich mit der Bremer Merkur-Bank verbinden.

Der Kommissar rauchte eine Zigarette.

Mentjes, Uwe, Anja, Allan und Kerstin konnten das Gift in das Bier getan haben. Aber wer von ihnen konnte Onno Etzinga ermordet haben?

Ideus schloss die Frauen aus. Es blieben Uwe, Allan und natürlich Harm Mentjes. Und nun wollten sie Dr. Zander in den mutmaßlichen Kreis der Täter aufnehmen.

Ideus hörte, wie sein Assistent den Hörer auf die Gabel legte.

»Chef, das kommt hin! Dr. Zander hielt sich zur Mordzeit in Deutschland auf«, berichtete er.

»Dennoch, Jesko, der Vorwurf gegen diesen Mann scheint mir etwas weit hergeholt«, sagte Ideus und drückte die Kippe aus. »Okay, starten wir einen weiteren Versuch, Mentjes zum Sprechen zu bringen. Wir rühren an seinen Vaterinstinkt.«

»Wie meinen Sie das, Chef?«, fragte de Vries.

»Nerven wir Uwe und Anja. Noch ist der Draht zwischen Vater und den Kindern nicht abgerissen«, antwortete der Kommissar und nahm seinen Mantel vom Bügel.

15. Kapitel

Kerstin Etzinga begrüßte die Beamten freundlich und zeigte sich versöhnlich. »Kommen Sie mit, mein Freund arbeitet an seiner Diplomarbeit, und auch ich faulenze nicht, wie das böse Zungen von Lehrern immer behaupten«, sagte sie.

Uwe Mentjes unterbrach seine Studien und schob den Taschenrechner beiseite. Auf dem Tisch lagen aufgeschlagene Lehrbücher und Schulhefte.

»Moin«, sagte der Kommissar.

»Wir haben uns bei Ihrem letzten Besuch ein wenig albern verhalten, Herr Kommissar«, sagte Uwe.

»Herr Mentjes, vergessen! Wir bringen neue Probleme mit«, sagte Ideus.

»Einen Tee?«, fragte Kerstin Etzinga.

»Nein, danke«, sagte de Vries. »Wir haben in Wigboldsbur im Sielhof unsere Mittagspause gemacht. Wir wollen auch nicht lange um den heißen Brei herumreden. Herr Mentjes senior ist noch auf freiem Fuß, dennoch gilt er als der Verantwortliche für das, was am Heiligen Abend geschah.«

Uwe Mentjes blickte nervös seine Freundin an.

»Herr Mentjes, wenn Ihr Vater, wie er behauptet, unschuldig ist, dann geraten auch Sie in den Verdacht, Ihre Mutter vergiftet zu haben«, sagte der Kommissar.

»Herr Kommissar, nicht schon wieder!«, stöhnte Kerstin.

»Fräulein Etzinga, selbst Sie hatten die Gelegenheit dazu, ja, alle Beteiligten der Weihnachtsfeier können das Gift in das Bier gegeben haben«, meinte de Vries.

Die Lehrerin ging zu Uwe. Sie lachte verächtlich.

»Eine Menge Verdächtiger! Vielleicht war es mein Vater! Er besaß das Gift. Der ist aber ermordet worden, Herr Kommissar! Hängen Sie ihm den Mord an. Er kann nämlich nicht widersprechen.« Ihre Stimme klang gehässig.

»Ich bin Beamter, Fräulein Etzinga. Sie als Lehrerin wissen, dass wir unserer Pflicht nachgehen müssen. Außerdem finde ich den Gedanken nicht einmal so abwegig. Noch vor kurzem haben Sie böse reagiert, als ich diese Richtung wies. Vielleicht hatte Ihr Vater mit Frau Mentjes ein Verhältnis. Er hatte ja schließlich die Reisen nach Bremerhaven eingestellt. Sie wissen nicht, dass Sie einen kleinen Halbbruder hatten. Aber er war nicht lebensfähig und verstarb. Ihr Vater hat die Mutter großzügig abgefunden. Studieren Sie seine Akten, die Sie uns vorenthalten haben.«

Uwe Mentjes brauste auf, sein Gesicht wurde rot. »Sie sind unverschämt …« Kerstin verschlug es die Stimme. Sie setzte sich und kämpfte mit den Tränen.

Wer deckt nun wen?, fragte sich de Vries.

»Herr Mentjes, nach Ihren Aussagen liebte Ihre Mutter das – na ja – das Besondere«, sagte er. »Sie suchte nach Bildung, und die besaß Herr Etzinga. Außerdem sang er im Kirchenchor, am Schluss zweimal die Woche …«

Kerstin begann zu heulen.

»Tränen sind genug geflossen, Fräulein Etzinga«, sagte der Kommissar. »Sie helfen Ihnen und uns nicht weiter. Haben Ihr Vater und Frau Mentjes den Landwirt Harm Mentjes hinter seinem Rücken betrogen? Das würde ein Motiv ergeben. Denken Sie bitte nach, wer außer Harm Mentjes noch als Mörder in Frage kommen könnte.«

Der Kommissar und de Vries verließen das Haus und gingen zum Wagen.

»Fahren wir nach Dornum. Wenn wir Glück haben, treffen wir den Amerikaner und Anja Mentjes in ihrem Luxusnest an«, sagte der Kommissar und stieg in das Auto.

Dornum zeigte sich idyllisch, mit dem Schlossturm, der Benninga-Burg und dem Waldbestand. Auf den Dächern der Häuser lag Schnee. Ihr Weg führte sie an der Autohandlung vorbei in die Neubaugegend. Die Eigentumswohnungen bildeten einen architektonisch gelungenen Block mit drei Etagen.

Anja hatte das Geld, das ihr aus der Lebensversicherung zugeflossen war, gut angelegt.

Die Beamten stellten ihren Wagen auf dem großzügig angelegten Parkplatz ab und schritten zur Haustür, an der im Klingelkasten ›A. Strawberry und A. Mentjes‹ stand.

Der Kommissar drückte die Klingel.

Als der Türöffner brummte, betraten sie das Haus. Eine Steintreppe führte nach oben. Sie sahen den lang aufgeschossenen Schwarzen. Er stand am Geländer und schaute ihnen neugierig entgegen.

»Herr Strawberry?«, fragte de Vries.

»Ja«, sagte der Schwarze verwirrt.

»Ist Anja Mentjes zu Hause?«, fragte der Kommissar.

Strawberry nickte. Er führte sie durch einen Flur in das Wohnzimmer. Anja Mentjes hielt Teller in der Hand. Sie deckte den Tisch. Es roch nach Sauerkraut und Bratwürstchen.

Sie schaute die Beamten fragend an.

»Junge Frau, wir kennen uns. Wir haben einige Fragen«, sagte der Kommissar.

Anja Mentjes rückte Stühle zurecht.

»Nehmen Sie Platz«, sagte sie. Ihr Blick war offen. Auch der Schwarze zeigte keine Bestürzung.

»Soll ich einen Tee machen?«, fragte sie.

»Danke«, sagte der Kommissar. »Sie wollten gerade essen. Wir fassen uns kurz. Ihr Vater ist in den Verdacht geraten, Ihre Mutter vergiftet zu haben. Er streitet die Tat ab, dennoch bleiben berechtigte Zweifel.«

»Und weil ich in der Drogerie arbeite, gerate ich in die Schusslinie?«, fragte sie ganz ruhig.

»Fräulein Mentjes, die Herkunft des Giftes ist Nebensache. Das Gift E 605 forte benutzen alle Landwirte, wie wir erfahren haben«, sagte de Vries.

Anja atmete auf.

»Dennoch sind auch Sie und Ihr Verlobter in den Verdacht geraten, das Gift benutzt zu haben«, trug der Kommissar vor.

So, als habe Strawberry nicht alles verstanden, blickte er Anja aufmunternd an.

»Herr Kommissar, Vater hat uns alle tyrannisiert. Mutter ist durch die Hölle gegangen. Ehrlich, ich habe oft mit dem Gedanken gespielt, ihn umzubringen«, sagte Anja. Sie griff nach der Hand ihres Freundes.

»Und nun ist nicht er das Opfer geworden, sondern die Mutter«, sagte de Vries.

»Glauben Sie mir, niemand von uns hätte Mutter etwas Böses zufügen können«, antwortete sie überzeugt.

»Und dennoch starb sie an dem vergifteten Bier«, erwiderte der Kommissar.

»Das kann ich immer noch nicht glauben«, sagte sie.

»Sie alle haben aus dem Tod Ihrer Mutter einen Nutzen gezogen«, sagte der Kommissar. »Ihre Lebensversicherung brachte allen finanzielle Vorteile.«

Anja schaute den Kommissar traurig an.

»Herr Ideus, das reden Sie so dahin. Wissen Sie nicht, was eine Mutter bedeutet? Allan und ich wollen Kinder haben. Meinen Sie wirklich, dass Kontoauszüge eine liebende Großmutter ersetzen können?«

Ideus schwieg.

Ein menschliches Argument, dachte er. Ein Anschlag mit Insektengift, um eine eigene Wohnung zu bekommen, blieb dennoch ein Motiv. Hinzu kam, dass es nicht ausgeschlossen war, dass Swantje Mentjes, verwurzelt in Ostfriesland, sich als Großmutter keine schwarzen Enkelkinder gewünscht hatte. »Trauen Sie Ihrer Mutter einen Ehebruch zu?«, fragte de Vries.

Anja stand auf und ging in die Küche. Dort schaltete sie Herdplatten aus. Sie kam zurück und sagte verlegen: »Als Uwe und ich Mutters Hilfe bei den Schularbeiten nicht mehr benötigten, fehlte ihr etwas. Sie suchte nach einem geistigen Ausgleich, während Vater mit dem Trinken begann. Er seinerseits fühlte, wie Mutter ihm langsam entglitt. Es war ein Teufelskreis. Der Nachbar war Witwer. Etzinga war gebildet und vielfach interessiert. Und so kann es gekommen sein.«

»Sie belasten Ihren Vater. Der Amtsrichter wartet darauf, einen Haftbefehl auszustellen«, sagte de Vries.

»Vater muss es nicht gewesen sein«, sagte sie fest.

»Und wer dann?«, fragte der Kommissar.

»Ich weiß es nicht!«, antwortete Anja.

»Ihr Bruder?«, fragte de Vries.

»Warum? Er liebte Mutter – wie ich. Sie hat uns viel gegeben.«

»Etzinga ist tot. Und Kerstin?«, fragte Ideus.

»Sie war nur für ihren Vater da. Und warum sollte sie meine Mutter töten? Nur weil diese möglicherweise ein verbotenes Verhältnis mit ihrem Vater unterhielt?«

»Der Mörder oder die Mörderin feierten mit Ihnen den Heiligen Abend«, sagte Ideus.

Strawberry nickte. »Ja, das ist schrecklich. Herr Mentjes war nett zu mir. Ich bin der einzige echte Freund in der Familie. Es gibt keinen Grund, uns zu verdächtigen.«

»Verstehen Sie uns bitte, Fräulein Mentjes«, sagte Ideus. »Wir müssen auch den Mord an Ihrem Nachbarn Etzinga aufklären. Ihr Vater steht ebenfalls im Verdacht, seinen Nebenbuhler umgebracht zu haben.«

Anja schaute ihn triumphierend an. »Herr Ideus, das kann ich beschwören, dass Vater nicht Onno Etzingas Mörder war.«

»Das ist ja interessant«, sagte de Vries.

»An dem Abend hatte Allan Nachtdienst auf der Raketenabwehrstation. Ich nahm seinen Wagen und fuhr zu Vater. Ich wollte nichts Besonderes, sondern ihm nur guten Tag sagen. Als ich aus dem Wagen stieg, brannten die Lichter. Ich hörte ihn lamentieren. Er grölte und ging durch das Haus. Er hatte sich voll laufen lassen. Sicherlich waren die Ereignisse daran schuld. Ich wollte ihn in diesem Zustand nicht antreffen. Deshalb fuhr ich zurück und sah mir im Fernsehen den Rest des Films ›Rebecca‹ an«, sagte sie.

»Diese Aussage benötigen wir schriftlich, Fräulein Mentjes«, sagte der Kommissar.

»Gern, jederzeit.«

Der Kommissar stand auf.

»Dennoch bleibt Ihr Vater in dem Verdacht, Ihre Mutter vergiftet zu haben«, betonte de Vries.

»Warum nur?«, fragte Anja.

»Weil er eifersüchtig war«, antwortete de Vries.

»Beweisen Sie es. Für mich ist Vater unschuldig«, sagte sie und begleitete die Beamten zur Treppe.

16. Kapitel

Der Kommissar stieg in seinen Wagen, schaltete das Radio an und fuhr zum Dienst. Der Wetterfunk kündigte eine Schlechtwetterfront an, die mit ihren Ausläufern die Küste bereits überquerte.

Er sah, wie sich Fußgänger und Fahrradfahrer den Böen entgegenstemmten und nur mühsam vorankamen.

Vor der BMW-Vertretung knatterten die Werbefahnen im Sturmwind.

Der Kommissar parkte vor dem Schlossflügel. Der Himmel war schwarzgrau. Auf den Asphaltsteinen lagen abgerissene Äste.

Er schaute auf die Fenster des Untersuchungsgefängnisses. Noch gab es keinen überführten Mörder, den sie in eine der Zellen einweisen konnten.

Ideus suchte sein Dienstzimmer auf, legte den Mantel ab und holte sich die Akten aus dem Eisenschrank. Er setzte sich an seinen Schreibtisch und blätterte die Seiten durch. Mit den bisherigen Ergebnissen ihrer Recherchen war er nicht sonderlich zufrieden, obwohl schon einiges zutage gekommen war.

Er unterbrach seine Arbeit, als sein Assistent das Dienstzimmer betrat.

De Vries bewohnte in Moorhusen mit seiner Freundin eine kleine Kate im Grünen. Sie arbeitete bei der Stadtverwaltung.

»Moin, Chef, mir kam der Wind von vorne«, sagte er gut gelaunt.

»Und?«, fragte der Kommissar und blickte seinen Assistenten an.

»Was heißt hier und?«

»Jesko, du hast doch bestimmt viel nachgedacht, oder?«

»Natürlich, Chef. Da ist die Sache mit dem BHW. Die schieben die Auszahlungstermine in das nächste Jahrtausend hi naus. Wir wollen bauen und heiraten. Das sind die einzigen Abenteuer, die es heute für uns Normalbürger auf der Welt noch gibt.«

»Und nun rauchste Camel?«

»Mal wieder voll daneben, Chef. Ab heute drehe ich nur noch. Meike übernimmt die Kasse«, sagte de Vries grinsend.

»Sei nicht böse, wenn ich mich darüber freue. Doch diese Anja Mentjes – sie ist ja reizend – auch ihren schwarzen Freund finde ich sympathisch; könnte es sein, dass sie uns aus – hm, sagen wir aus Familientreue ablenken wollte?«, fragte der Kommissar.

Jesko de Vries setzte sich an seinen Schreibtisch.

»Ich weiß nicht, mir fehlt der Durchblick. Sie ist sicherlich nicht so intelligent wie ihr Bruder«, meinte er.

»Sie lieferte uns handfeste Alibis im Falle Etzinga, Jesko. Ihr Freund hatte Nachtdienst auf der Raketenabwehrstation, und sie selbst hatte den Vater besucht, der dun war.«

»Und ihr Bruder Uwe befand sich in Hamburg«, sagte de Vries.

»Harm war trocken, wenn wir vom Bier einmal absehen. Warum besoff er sich an dem Abend, als sein Nebenbuhler abgemurkst wurde?«, fragte Ideus.

De Vries begann ungeschickt, Tabak in das Blättchen zu pressen. Er schaute auf.

»Vor Freude. Verständlich. Ich bin eifersüchtig und wäre in der Lage, jeden umzubringen, der es mit meiner Meike treiben wollte«, sagte er und steckte sich die Selbstgedrehte an.

Ideus lächelte breit, als das leere Papier an der Spitze in einer großen Flamme abbrannte.

»Woher sollte Mentjes denn gewusst haben, dass man seinen Nachbarn an diesem Abend ermorden würde?«, fragte er.

Jesko paffte nervös. »Stellen Sie weitere Fragen, Chef«, sagte er verwirrt.

»Vielleicht war er gar nicht zu Hause«, meinte der Kommissar.

»Und wo war er dann, wenn er zu Hause soff und grölte?«, stellte de Vries die Gegenfrage.

»Jesko, Mentjes besitzt eine Menge Bauernschläue. Swantje und Etzinga hatten ihn betrogen, sein Vertrauen missbraucht«, sagte Ideus.

»Aber Mentjes konnte nicht an zwei Orten gleichzeitig sein. Außerdem kann er nicht der kleine oder gebückte Mann sein, den Kerstin Etzinga sah.«

Jeskos Selbstgedrehte hinterließ einen beißenden Geruch. Ideus spielte mit den Seiten der Akten.

»Aber hätte sie nichts gesehen, auf wen würde unser Verdacht konsequenterweise fallen?«, fragte de Vries.

»Natürlich auf Mentjes. Aber er hat ein Alibi«, antwortete der Kommissar.

»Chef, es hapert an Indizien«, sagte de Vries.

Ideus schwieg. Wenn, ja wenn – dachte er. Schließlich sagte er: »Mentjes foppt uns!«

»Suchen wir ihn auf, Chef«, sagte de Vries. »Verunsichern wir ihn mit unserem Besuch und fragen ihn selbst nach seinem Alibi.«

»Bei diesem Wetter wird er nicht auf den Feldern sein«, murmelte Ideus. Er griff zum Telefonhörer, bestellte einen Dienstwagen und bat um die Begleitung eines Beamten der Schutzpolizei.

»Steck deine Waffe ein, Jesko. Man kann nie wissen«, sagte er.

Sie verließen das Gebäude und gingen zum Wagenpark.

Der Kommissar steuerte den Wagen über den schmalen Versorgungsweg. Dunkle Wolken trieben über die Höfe. Der Sturm zerrte an den Schilfbüscheln des Wassergrabens. Ideus sah den Fischreiher, der sich mit schweren Flügelschlägen erhob und gegen den Sturm ankämpfte.

»Das reinste Besäufniswetter«, sagte de Vries.

Sie näherten sich dem Hof des Landwirtes Mentjes. Niemand war auf den Feldern und Weiden. Als sie den Hof erreichten, sahen sie, dass der Misthaufen abgetragen war. Die Streuwagen standen gesäubert neben der Scheune.

Sie parkten den Wagen vor dem Stall und gingen zur Seitentür des Wohnhauses. Hinter ihnen erfasste der Sturm das Scheunentor und schleuderte es krachend gegen die Wand. Sie fuhren herum.

Harm Mentjes stand im blauen Overall vor der Scheune.

»Was gibt es?«, rief er.

Sie gingen ihm entgegen.

»Moin, Harm«, sagte Ideus freundlich, aber ohne Anbiederung in der Stimme.

Mentjes griff nach dem Torflügel und zog ihn mit einer Hand gegen den Sturm hinter sich zu. Auf dem Boden lagen Teile einer Grasschneidemaschine. Es roch nach ranzigem Fett und Dieselöl.

Erst jetzt sah der Kommissar den vietnamesischen Gehilfen, der in Jeans und einer verwaschenen Trainingsjacke vor der Maschine auf dem Boden kniete und einen schweren Schraubenschlüssel in den Händen hielt.

Harm Mentjes stampfte hinter ihnen her. Er gab sich friedlich.

»Landwirt zu sein ist nicht nur ein Beruf, sondern auch ein Schicksal. Wir haben die Saat noch nicht draußen, und schon müssen wir an den Frühsommer denken. Milchquotenkürzung, Flächenbeschneidungen, diese scheiß EG-Politik bedroht unsere Höfe wie Pleitegeier«, schimpfte er.

»Von der Milchpolitik der EG verstehe ich wenig, Harm, doch die Flächenreduzierung hast du nicht ernst genommen. Du hast doch Onnos Land dazugekauft«, sagte der Kommissar. Harm Mentjes sah Ideus misstrauisch an.

»Wie sollte das Mädchen mit dem Hof fertig werden?«, fragte er.

De Vries nickte. »Ich glaube Ihnen, dass die Landwirte kaum aus den Stiefeln kommen, Herr Mentjes. Ihre Klagen in Richtung Landwirtschaftsministerium mögen berechtigt sein. Wir haben andere Sorgen. Es gilt zwei Morde aufzuklären, mit denen Sie zu tun haben.«

Harm Mentjes schaute den Beamten verärgert an. »Werden Sie nicht wieder unverschämt. Die Sache ist für mich ausgestanden.« Er griff nach einem Stahlsägeblatt, das er mit einem Schleifstein zu bearbeiten begann.

Der Kommissar ging zu dem Vietnamesen.

»Ihnen macht die Arbeit Spaß, Herr Jong Kim?«, fragte er freundlich.

Der Vietnamese erhob sich. Er griff nach einem Putzlappen und wischte sich Schmierfett von seinen Händen.

»Kann nicht geben Hand, wie üblich ist«, sagte er höflich lächelnd. »Mein Herz schlagen für Demokratie. Bringen Leistung hier, bekommen Bezahlung. Möchte nicht Almosen.«

Der Kommissar wandte sich an Harm. »Gibt es überhaupt noch deutsche Landgehilfen?«

Mentjes schaute ihn missmutig an und hob die Schultern.

»Heute will doch niemand mehr einen Zwölfstundentag«, sagte er. »Und Samstag und Sonntag arbeiten und das ohne Sonderzulage? Und dann investiert man hundertfünfzigtausend Mark in einen Mähdrescher für vierzehn Tage Erntezeit. Die Zinsen und dann die Brüsseler Preise. Scheiße ist das.«

»Diese Argumente sind mir von unseren Skatrunden bekannt, Harm«, sagte Ideus. »Ich muss zur Sache kommen.«

Harm Mentjes unterbrach seine Arbeit. Er schaute Ideus böse an.

»Anja verschaffte dir ein Alibi, Harm«, sagte Ideus unvermittelt.

»Bitte nicht schon wieder«, knurrte Harm.

»Nach Anjas Angaben kannst du nicht der Mörder Onno Etzingas gewesen sein. Sie war am Abend hier, als Onno ermordet wurde. Sie hörte, wie du hier zu Hause – verzeih bitte – besoffen herumlamentiert hast.«

Harm Mentjes ließ den Schleifstein fallen. Für Sekunden ballte er seine Hände zu Fäusten.

»Folkert, kein Wort mehr!«, drohte er.

»Wenn das dein Ernst ist, Harm, dann beenden wir unser Gespräch und lassen dich vorladen«, sagte Ideus. Er bemerkte, wie der Beamte der Schutzpolizei sich vom Scheunentor abstieß und langsam auf sie zukam. Harm Mentjes stand vor ihnen wie ein Koloss. Er blickte unsicher den uniformierten Polizeibeamten an, der seine Bereitschaft anzeigte, einzugreifen.

Harm Mentjes strich mit seinen fleischigen Händen an seinem Overall entlang.

»Dir sind doch meine Probleme mit dem Alkohol bekannt«, sagte er verlegen.

»Nur in groben Zügen«, antwortete der Kommissar.

Der Vietnamese kroch unter die Schnittmaschine und bearbeitete dort irgendwelche Teile.

»Harm, deine Tochter fuhr nach Dornum zurück. Und zwar ziemlich besorgt, da du doch vor Weihnachten das Trinken aufgegeben hattest«, sagte Ideus.

Harm Mentjes zog seine Stirn in Falten. »Folkert, es gibt Stunden, da ist einem diese schnöde Welt zuwider. Da möchte man abtauchen. Ich gehöre nicht zu den Typen, die den Mut haben, sich mit einem Strick in der Scheune zu erhängen. Du hast zu sorgen für alle, du tust, was du kannst, und dennoch achtet dich keiner, du bleibst das Arschloch der Familie. Ich bin umgefallen für ein paar Stunden, habe den Schnaps in mich hineingegossen und mit denen lamentiert, die nicht zu Hause waren.«

»Und zu den Gründen, zur Buddel zu greifen, gehörte auch der zurückliegende Ehebruch deiner Frau?«, fragte Ideus. Harm Mentjes stutzte. Er kniff seine Augen zusammen und schaute Ideus wütend an.

Dann zischte er: »Du Schnüffler, so einfach ist das also für dich!« Er hob seine Arme, doch er ließ sie sogleich wieder sinken.

»Ein glasklares Motiv, die untreue Frau umzubringen«, sagte de Vries.

»Sie Scheißer! Ziehen Sie erst mal Kinder groß«, empörte Mentjes sich. Wie ein tapsiger Bär stand er hilflos vor ihnen.

»Die Beleidigung müsste ich Ihnen eigentlich krumm nehmen, Herr Mentjes«, sagte de Vries. »Doch mir geht es um die Sache. Wenn Sie den Giftanschlag auf Ihre Frau nicht unternommen haben, wer war es dann?«

»Das herauszufinden ist nicht meine Aufgabe, sondern Ihre«, sagte Mentjes schnippisch.

»Und dein Sohn Uwe, der Student der Teilchenphysik?«, fragte Ideus.

»Du kotzt mich an, Folkert. Du hast doch selbst einen Sohn. Du weißt doch, was ihm die Mutter bedeutet!«

De Vries sah, wie Schweißperlen in Mentjes angegrauten Bart rannen.

»Harm, mein Sohn ist noch sehr jung, und ich wäre stolz auf ihn, wenn er später die Erfolge aufweisen könnte, die Uwe vorzeigen kann«, sagte Ideus. »Doch warum kapseln sich alle von dir ab?«

Mentjes wischte sich den Schweiß von der Stirn. Er blickte hilflos um sich.

»Uwe ist unschuldig, Folkert. Auch Anja und ihr Freund Al lan Strawberry sind unschuldig. Für alle bleibe ich verdächtig – wie für dich –, aber auch ich bin unschuldig.«

»Hat Ihre Frau vielleicht einen Selbstmord unternommen, angesichts der angespannten Situation?«, fragte de Vries. »Sie stand schließlich zwischen Ihnen und Onno Etzinga.«

Harm Mentjes verzog das Gesicht. Angewidert sagte er: »Sie

war so egoistisch, so von sich überzeugt, dass sie eher mir das Gift in das Glas geschüttet hätte, um mich loszuwerden, Herr Klugscheißer.«

»Nun, das hat sie nicht getan, denn Sie leben noch und sind verdächtig, sie ermordet zu haben«, sagte de Vries.

»Und auch Onno ist tot«, bemerkte der Kommissar.

»Ja, das ist nun einmal so«, sagte Harm und deutete an, dass er keine weitere Lust verspürte, die Fragen der Beamten zu beantworten.

»Onno war unser Skatbruder, Harm«, sagte Ideus. »Du hattest zu ihm einen guten Kontakt. Kannst du mir zu einem Motiv verhelfen, das sein Mörder gehabt haben könnte?«

Harm Mentjes bückte sich nach dem Wetzstein und begann die Ecken des Stahlsägeblattes zu bearbeiten.

Der Wind heulte um das Gebäude. Der Vietnamese bearbeitete vernehmbar irgendwelche Teile der Schnittmaschine mit einem Hammer.

»Swantje und mich verbanden mehr als fünfundzwanzig Jahre«, sagte Mentjes leise. »Unser Hof forderte uns, und die Kinder kamen nie zu kurz. Mich hat es hart getroffen, als sie anfing, das alles zu vergessen, und Etzinga auf der Bühne erschien. Sollten meine Kinder davon wissen, dann konnten sie das nicht billigen. Ich hoffte damals, dass Swantje zu mir und den Pflichten zurückfinden würde. Ich habe sie geliebt und nicht umgebracht.« Er kämpfte um seine Fassung.

»Ihren Standpunkt kennen wir zur Genüge, Herr Mentjes«, sagte de Vries. »Nennen Sie uns einen Grund, weshalb jemand anderer Onno Etzinga ermorden sollte.«

»Er hatte einen miesen Charakter«, antwortete Mentjes angewidert.

»Harm, du bleibst verdächtig«, sagte der Kommissar.

»Euch fehlen die Beweise, Folkert.«

»Du bist ein Querkopf«, schimpfte der Kommissar.

Sie verließen die Scheune.

»Jesko, wir fahren zurück zum Revier«, sagte der Kommissar.

17. Kapitel

Gegen zehn Uhr erschien Dr. Duinmann im Dienstzimmer der Kripobeamten.

De Vries half ihm aus seinem Wintermantel.

»Dieser Regen«, stöhnte Duinmann, als mache er ihn für alle seine beruflichen Schwierigkeiten verantwortlich. Er setzte sich zu Ideus an den Schreibtisch.

»Wir haben gestern Harm Mentjes aufgesucht …«, sagte der Kommissar.

»Es ist an der Zeit, eine kleine Zwischenbilanz zu ziehen«, unterbrach Duinmann ihn. »Also listen wir auf: Mentjes besaß das Gift E 605 forte – wie fast alle Landwirte. Der Fußabdruck im Kuhfladen entspricht seiner Schuhgröße. Selbstverständlich fanden Sie bei ihm keine Wanderschuhe vor. Die Bierflasche enthielt sowohl die Fingerabdrücke seiner verstorbenen Frau als auch seine eigenen. In ihr befanden sich Giftrückstände.«

»Herr Staatsanwalt, warum verwahrte Mentjes die Bierflasche auf dem Speicher zwischen den abgelegten Sachen seiner Frau auf?«, fragte de Vries. »Er hätte sie einfach wegwerfen können.«

»Was sagt Herr Mentjes selbst dazu?«, fragte der Staatsanwalt.

»Diese Frage haben wir ihm noch nicht gestellt«, antwortete der Kommissar.

»Und warum nicht?«, fragte Dr. Duinmann vorwurfsvoll.

»Die Bierflasche gehört zwar zu den wenigen Trümpfen, die wir haben«, sagte Ideus, »allerdings beweisen seine Fingerabdrücke darauf nichts. Schließlich kann er sich darauf berufen, dass er sie auf den Tisch gestellt hat. Das Gift kann schon vorher drin gewesen sein. Aber wir werden ihn später fragen.«

»Wie steht es um sein Alibi? Wo war Mentjes, als Etzinga ermordet wurde?«, fragte Dr. Duinmann.

»Nach der Aussage seiner Tochter Anja befand er sich zur Tatzeit betrunken und randalierend in seiner Wohnung«, antwortete de Vries.

»Und diese Version ist glaubwürdig?«, fragte Dr. Duinmann.

»Davon können wir ausgehen. Tochter Anja hat das Protokoll unterschrieben«, antwortete der Kommissar.

»Wie wir wissen, war Etzinga nicht der Gentleman, für den er sich ausgab. Er war ein Windhund«, stellte der Staatsanwalt fest.

»Es gibt da noch eine andere Geschichte. Etzinga hat einen Freund nicht nur schwer enttäuscht, sondern ihn auch mit seiner Freundin betrogen. Es handelt sich um einen Bankmanager. Hier, Herr Staatsanwalt, verschaffen Sie sich einen Überblick.« Ideus reichte Dr. Duinmann die Akte.

Der Staatsanwalt vertiefte sich in die Protokolle.

Der Sturm warf den Regen gegen das Fenster. De Vries drehte sich eine Zigarette.

»Unser Ersatzmörder«, sagte er spaßig.

Der Staatsanwalt überhörte die Bemerkung. Nach einer Weile legte er die Akte ab und lehnte sich zurück.

»Es wäre schon von Interesse, Dr. Zander als Zeugen zu hören«, sagte der Kommissar.

»Das ließe sich einrichten. Sie besitzen ein Foto des Bankmanagers?«

»Ja, es zeigt ihn in vertrauter Einigkeit mit seiner damaligen Lebensgefährtin und Onno Etzinga in Bremerhaven«, antwortete der Kommissar.

»Und Frau Multhaupt gebar Etzinga einen Sohn. Der gehörnte Banker war unwissend und wollte seine Freundin nach New York holen. Verworrene Verhältnisse«, murmelte der Staatsanwalt.

»Dr. Zander hielt sich zur besagten Zeit dienstlich in Bremen auf. Wenn er in den Fall verwickelt sein sollte, was ich für etwas weit hergeholt halte, dann muss er sich logischerweise zur Tatzeit hier in Aurich aufgehalten haben«, sagte der Kommissar.

»Und Sie denken an entsprechende Recherche?«, fragte der Staatsanwalt.

»Wir wollen nichts unversucht lassen, bevor wir Harm Mentjes endgültig verhaften«, antwortete der Kommissar.

»Vielleicht reden Sie vorher noch einmal mit Frau Multhaupt. Fragen Sie sie, ob sie Dr. Zander getroffen hat.«

Der Staatsanwalt ließ sich von de Vries in den Mantel helfen.

»Dieses Mistwetter!«, schimpfte er und verließ das Dienstzimmer.

Die Beamten erreichten kurz vor siebzehn Uhr die Klipperstraße in Oldenburg. Sie blieben im Wagen sitzen und warteten in der Nähe des Reihenhauses mit der Nummer 22a. Schon wenige Minuten später hielt ein Mercedes vor dem Haus, aus dem Frau Multhaupt stieg.

Der Fahrer, ein eleganter Mann Mitte der dreißig, begleitete sie in das Haus. Er trug einen kleinen Aktenkoffer.

»Der sieht aus wie ein Makler«, stellte de Vries fest.

»Wir haben Zeit, Jesko«, antwortete der Kommissar.

»Hm, Chef, wir benehmen uns ziemlich hysterisch. Weil wir

Mentjes nicht packen können, suchen wir nach einem Ersatzmörder«, sagte de Vries.

Ihre Geduld wurde auf eine harte Probe gestellt. Erst nach einer halben Stunde trat Frau Multhaupt mit ihrem Besucher vor die Tür und verabschiedete den Gast, der zufrieden in seinen Mercedes stieg und davonfuhr.

Die Kripobeamten verließen ihren Wagen und gingen zur Haustür. Der Kommissar klingelte. Frau Multhaupt öffnete die Tür. Sie bemühte sich, ihre Überraschung zu verbergen, und lächelte gequält.

»Sie?«, fragte sie freundlich.

»Wir haben ein paar Routinefragen, Frau Multhaupt«, sagte Ideus und betrat bereits den Flur.

Die Alte erschien. Sie schaute die Beamten mit leeren Augen an.

»Mutter, geh bitte. Die Herren möchten zu mir«, sagte Frau Multhaupt. Sie nickte Ideus und de Vries zu. »Kommen Sie mit.« Sie führte die Besucher in das Wohnzimmer.

Auf dem Tisch befanden sich Akten, die sie hastig zusammenraffte und auf den Schrank legte.

De Vries beobachtete, wie sie ein gerahmtes Stehfoto hinter eine Blumenvase legte.

»Nehmen Sie Platz«, sagte sie. Sie wirkte nervös und fahrig.

»Frau Multhaupt, Ihr ehemaliger Gefährte Dr. Zander hat im Februar seinen Urlaub in Deutschland verbracht. Er hat Sie aufgesucht. Können Sie uns sagen, in welchem Hotel er gewohnt hat?«, fragte der Kommissar.

Frau Multhaupt wurde sichtlich nervös.

»Irgendwo, vielleicht in Bremen. Ich habe ihn nicht gefragt«, antwortete sie schnippisch.

»Es ist nicht sonderlich wichtig, dennoch glauben wir zu wissen, dass er zumindest einige Tage hier bei Ihnen gewohnt hat«, sagte der Kommissar.

Der Chef ist ein Schlitzohr, dachte de Vries und beobachtete Frau Multhaupt, die verlegen auf den Tisch blickte.

»Wir haben schließlich vorher lange zusammengelebt«, antwortete sie.

»Sie haben sich wieder vertragen?«, fragte de Vries.

»Was geht Sie das an?«, fragte sie böse.

»Frau Multhaupt, irgendwann und irgendwo hat Ihr Lebensgefährte Onno Etzinga einen Menschen zutiefst enttäuscht. Diesen suchen wir«, sagte der Kommissar.

»Und was hat das mit mir zu tun?« Sie war bemüht, ihre Ruhe nicht zu verlieren.

»Onno Etzinga und Herrn Dr. Zander verband eine Freundschaft. Vielleicht kennt er den Mörder«, sagte de Vries.

»Fragen Sie Dr. Zander selbst«, sagte sie und stand auf.

Die Beamten erhoben sich ebenfalls. De Vries näherte sich unbemerkt dem Schrank und blickte auf das Foto. Es zeigte Dr. Zander.

»Frau Multhaupt, wir werden ihn als Zeugen befragen«, sagte der Kommissar. Die Sparkassenangestellte begleitete sie zur Tür. »Ich muss mich um meine Mutter kümmern. Sie ist verkalkt. Sie redet wirr und ist unberechenbar.«

»Entschuldigen Sie, ich möchte Ihnen eine Frage stellen, die Sie hoffentlich nicht zu sehr verletzt«, sagte der Kommissar.

»Bitte«, antwortete sie äußerst misstrauisch.

»Lehnte Onno Etzinga Ihren gemeinsamen Sohn ab, weil er – behindert war?«, fragte der Kommissar.

Beate Multhaupt schaute Ideus hassverzerrt an.

»Gehen Sie! Ich habe genug gelitten!«, stieß sie heftig hervor. Sie begann zu heulen, lief zurück zur Couch und ließ sich darauf fallen.

Die Beamten verließen das Haus und gingen zu ihrem Wagen.

Ideus fuhr an diesem Morgen etwas später als üblich zum Dienst. Seine Frau hatte Geburtstag, und sie hatten gemeinsam mit dem Sohn gefrühstückt.

Als er das Dienstzimmer betrat, saß de Vries bereits an seinem Schreibtisch.

»Moin«, sagte der Kommissar und hängte seinen Mantel an die Garderobe.

»Heute spielt Werder Bremen gegen Spartak Moskau, Chef«, sagte de Vries. »Mein Nachbar schenkte mir seine Karte. Er leidet an einer Grippe.«

»Jesko, meine Frau ist heute fünfzig geworden.«

»Und unsere Überstunden?«, fragte de Vries.

»Wenn unsere Arbeit es zulässt – nur dann, Jesko«, antwortete der Kommissar.

»Ich habe bereits mit dem Leiter der Oldenburger Stadtsparkasse telefoniert, Chef. Frau Multhaupt hat gekündigt.« De Vries schaute den Kommissar triumphierend an.

»Gekündigt?«, fragte der Kommissar ungläubig und setzte sich an seinen Schreibtisch. »Wo jeder froh ist, wenn er einen Arbeitsplatz hat?«

»Sie hat auch ihr Haus dem Immobiliendienst der Stadtsparkasse anvertraut und zusätzlich einen freien Makler mit dem Verkauf beauftragt«, antwortete de Vries.

»Eine kluge Entscheidung für eine Frau, die so enttäuscht worden ist«, meinte der Kommissar.

»Dann hat Dr. Zander ihr den Seitensprung verziehen, Chef«, sagte de Vries.

»Jesko, ich gönne Frau Multhaupt in New York das ersehnte Happy-End. Aber warum hat sie uns das gestern nicht mitgeteilt? Sie hat doch nichts zu befürchten?«

»Dieser Dr. Zander in der Rolle des Rächers? Ich weiß nicht«, antwortete de Vries.

»Wir sollten ihn dennoch als Zeugen hören, Jesko. Wir müssen jeder Spur nachgehen, die Harm Mentjes als Mörder Etzingas entlasten kann.«

»Und wie sehen Sie die Chancen, dass Dr. Zander sich in Aurich aufhielt, als Etzinga ermordet wurde?«

»Wie die von Werder Bremen, heute zu gewinnen«, lachte der Kommissar.

»Gehen wir davon aus, dass er bei Frau Multhaupt gewohnt hat, dann können wir das Übernachtungsgewerbe für unsere Befragungen ausklammern. Vielleicht trank er irgendwo einen Kaffee, stärkte sich in einer Gaststätte oder trank sich Mut in einer Pinte an!«

»Ich bezweifle selbst, dass wir Erfolg haben werden, Jesko. Doch was soll's, wir beginnen in der Innenstadt«, schlug der Kommissar vor.

Es war ermüdend.

Sie zeigten den Wirten und dem Bedienungspersonal das Foto des einstmals befreundeten Trios, hielten die Polizeimarken in der Hand und kamen sich vor wie Vertreter. Erschwerend kam hinzu, dass, falls Dr. Zander sich in Aurich aufgehalten haben sollte, mittlerweile sehr viel Zeit verstrichen war.

Erst der Besuch der Araltankstelle brachte eine überraschende Wende. Der Tankwart erkannte den Mann auf dem Foto und erinnerte sich an einen Vorfall.

»Wenn der Typ einen Mercedes gefahren hat, dann war er es. Ich sah, wie er den Schlauch für Benzin in der Hand hielt und einen Diesel fuhr. Ich bin zu ihm hin und habe ihm den Zapfhahn aus der Hand gerissen«, sagte der junge Mann stolz.

»Sie sind sich der Sache sicher?«, fragte Ideus.

»Ja, Herr Kommissar. Er gab mir ein Trinkgeld«, antwortete der Tankwart und schaute auf das Bild.

»Und Sie sind bereit, das zu Protokoll zu geben und zu unterschreiben?«, fragte de Vries.

»Jederzeit«, antwortete der junge Mann und rieb sich seine ölverschmierten Hände am Overall ab.

»Danke«, sagte der Kommissar.

Sie verließen die Tankstelle.

»Was wollte der Bankmanager in Aurich? Hat er Onno umgebracht?«, fragte de Vries.

»Wir müssen ihn selbst befragen«, sagte Ideus.

Sie hatten einen Zeugen.

Sie fuhren zum Revier, um sich mit dem Staatsanwalt zu besprechen.

Dr. Duinmann empfing die Beamten unwirsch. Er machte keinen Hehl daraus, dass ihm der Fall zuwider war. Zusätzlich vermisste er eine klare Linie bei den Ermittlungsarbeiten. Dieses lange Hin und Her ging ihm an die Nerven.

»Es steht also fest, dass Dr. Zander sich zur Tatzeit hier in Aurich aufgehalten hat. Wissen Sie, ich habe das Gefühl, Sie jagen irgendeinem Phantom hinterher, nur weil Sie Ihren Skatbruder nicht hinter Gitter bringen wollen, Herr Kommissar.«

Duinmann saß an seinem Schreibtisch und zeichnete nervös Kringel auf einen Block.

»Herr Staatsanwalt, reichen Sie den eingefrorenen Haftbefehl an uns weiter. Wir nehmen dann Harm Mentjes fest. Lasten Sie ihm die Morde an! Dennoch fühle ich mich verpflichtet, jeder Spur nachzugehen, die auch nur die geringste Chance bietet, ihn zu entlasten«, sagte Ideus verärgert.

»Nicht so hitzig! Aber Sie werden doch zugeben müssen, dass wir uns seit Monaten höflich um notwendige Konsequenzen drücken. Dem Untersuchungsrichter und auch mir geht die Geduld aus«, schimpfte Dr. Duinmann.

»Dr. Zander besaß ein Motiv, das ich keineswegs überbewerten möchte«, sagte de Vries. »Wenn er Onno Etzinga nicht umgebracht hat, dann ist er für uns immerhin noch ein wichtiger Zeuge.«

»Und Sie erwarten von mir, dass ich ihn bitte, uns in der Mordsache Etzinga als Zeuge aufzusuchen?«, fragte Dr. Duinmann und grinste.

»Ja«, antwortete der Kommissar.

»Und was ist, wenn Dr. Zander sich erfreut ein Ticket kauft und eine Vergnügungsreise antritt?«, fragte Dr. Duinmann.

»Er wird zumindest reagieren und sich um eine Stellungnahme bemühen«, antwortete der Kommissar.

Dr. Duinmann schwieg für Sekunden und blickte auf sein Gekritzel. Dann hob er den Kopf.

»Ich lasse mich von Ihnen zu diesem Schritt verleiten und nehme einen weiteren Zeitverlust in Kauf«, sagte er mürrisch. »Das soll aber die letzte Schonfrist für den mutmaßlichen Mörder Etzingas sein!« Er stand auf und nickte müde.

Die Beamten verließen sein Amtszimmer und gingen durch den Park zum Revier.

Harm Mentjes, von dem seine Kollegen sagten, dass er nicht nur tüchtig und wohlhabend, sondern auch unkollegial sei, hatte seinerseits seine Nachbarn nie um einen Dienst gebeten, allerdings seinen Kollegen auch nie einen Dienst erwiesen. Seine Landmaschinen blieben in der Scheune, wenn er seine Ernte eingefahren hatte. Die Notrufe der kleinen Landwirte überhörte er, wenn das Wetter ihre Ernte in Gefahr brachte.

Ihn ließ auch der Tratsch kalt, der an Wirtshaustischen und auf Bauernversammlungen sein Verhältnis mit seiner vietnamesischen Braut zum Inhalt hatte.

Viele sahen in ihm den Mörder des Kollegen Etzinga, und nicht weniger stempelten ihn mit vollen Bierkrügen in der Hand an den Stammtischen sogar zum Doppelmörder ab.

Sie rügten das Verhalten der Polizei und nahmen selbst Kommissar Ideus unter Beschuss, weil, so vermuteten sie naiv, er als Freund seine schützende Hand über ihn hielt.

Dabei verhielt Harm Mentjes sich selbst für den Kommissar und dessen Assistenten rätselhaft. Er arbeitete mit seinen Gehilfen an den Wochentagen bis in die Dunkelheit auf den Feldern. An den Samstagen schritt er mit Traa Kim Hand in Hand über den Wochenmarkt und besuchte anschließend mit ihr das Hallenbad.

Der Kommissar hatte von seinem Freund Wert Koller einen Hinweis bekommen. Er und sein Assistent waren daraufhin zum Friedhof gefahren.

An einem Sonntagnachmittag standen sie versteckt hinter Lebensbäumen und knospenden Rhododendronsträuchern und beobachteten Harm und seine Gehilfin, die Swantjes Grab wie Gärtner bearbeiteten und es mit frischen Blumen schmückten.

Bereits wenige Tage später setzte die Firma Stiller einen behauenen Stein auf das Grab, der Swantjes Geburtstag und Sterbetag in Goldschrift auswies.

Konnten sie bald sein Geständnis erwarten? Oder zog Harm Mentjes, der schlitzohrige Landwirt, eine Schau ab?

18. Kapitel

Der Staatsanwalt betrat das Dienstzimmer der Kripobeamten. Er schaute auf die Uhr.

»Dr. Zander ist mit der planmäßigen Lufthansa-Maschine geflogen«, sagte er. »Wachtmeister Gerdsen und sein Kollege holen ihn in Hamburg ab. Ich habe im Forsthaus ein Zimmer bestellt und den kleinen Konferenzraum für uns reservieren lassen.«

Folkert Ideus fühlte eine aufsteigende Nervosität. Es war schon sonderbar, dass Dr. Zander ohne wesentliche Stellungnahme und ohne Schützenhilfe eines Anwaltes ihrem Anliegen sofort nachgekommen war. Fühlte er sich so sicher?

»Was haben Sie mit dem Tankwart vereinbart?«, fragte Dr. Duinmann.

»Er wird in seiner Arbeitsmontur an einem Wagen arbeiten, wenn die Kollegen auf den Parkplatz fahren«, antwortete de Vries. Er drehte eine Zigarette und steckte sie an. »Wer ist es denn nun, Chef? Dr. Zander oder Harm Mentjes?«

»Dr. Zander besitzt entweder eine reine Weste, oder er spielt den Naiven«, sagte Ideus.

»Fahren wir«, ordnete Dr. Duinmann an.

Sie gingen zu dem bereitgestellten Dienstwagen und stiegen ein. Ideus setzte sich ans Steuer.

Sie verließen die Innenstadt und nahmen den Weg am Eikebusch entlang direkt zum Forsthaus.

Ein Frühjahrssturm fegte über den Wald. Ideus sah die hochgestellte Motorhaube und den Tankwart, der gebückt vor dem Fahrzeug stand. Der Wind spielte mit seiner blonden Mähne.

Sie warteten im Wagen.

Nach etwa zwanzig Minuten fuhr der neutral lackierte Passat vor.

Sie verließen ihren Wagen und schritten dem Gast entgegen.

Dr. Zander, im blauen Trenchcoat, gehörte zu den sportlichen Vertretern der Manageretage. Sein Haar war zu einer Stoppelfrisur gestutzt. Sein Gesicht verriet Energie und Durchsetzungsvermögen.

Ideus fühlte seinen kalten, abschätzenden Blick, als der

Staatsanwalt ihn dem Gast vorstellte. Er schaute zum Tankwart hinüber. Der junge Mann nickte.

Nach der Begrüßung führte Dr. Duinmann sie in das kleine Konferenzzimmer des Forsthauses. Der Raum war getäfelt und wirkte kühl. Die Tische bildeten ein Viereck. Sie waren gedeckt, und frische Blumen sorgten für eine private Atmosphäre. Ein Kellner stand bereit und nahm die Mäntel an.

Der Gast lächelte freundlich, als sie sich setzten.

Dr. Duinmann ergriff das Wort.

»Herr Dr. Zander, wir heißen Sie herzlich willkommen und bedanken uns, dass Sie die Strapazen auf sich genommen haben, um uns hier als Zeuge zur Verfügung zu stehen«, sagte er.

»Der Kursverfall an der Börse und die Dollarschwäche erforderten den Besuch bei meiner Bankzentrale«, antwortete Dr. Zander.

Der Kommissar schaute misstrauisch de Vries an. Was soll das Theater?, fragte sein Blick.

Der Kellner betrat das Zimmer. Er brachte Teekännchen und Stövchen und stellte sie auf die Tische. Danach reichte er Butterkuchen an. Sie bedienten sich.

»Herr Dr. Zander, Sie hatten mit Ihrer Lebensgefährtin Frau Multhaupt in Bremerhaven eine Wohnung von Herrn Onno Etzinga gemietet«, begann Ideus das Gespräch.

Dr. Zander nickte. »Herr Kommissar, folgen Sie bitte meiner Darstellung. Sie können sofort einschreiten, wenn sie von dem abweicht, was meine ehemalige Freundin ausgesagt hat. Nun, ich bekam einen Posten in New York und wollte nach der Einarbeitungsphase Frau Multhaupt zu mir in die Staaten holen. Sie können sich vorstellen, wie enttäuscht ich war, als ich erfuhr, dass mein Freund Onno Etzinga sie geschwängert hatte. Ein Melodrama? Keineswegs, nach heutigen moralischen Vorstellungen eher ein alltägliches Ereignis. Ich brach die Beziehung ab. Meine neue Position erforderte von mir den vollen Einsatz. Im Stadtteil Queens erwarb ich einen Bungalow auf Mietkaufbasis.« Er brach ab und machte sich über den Butterkuchen her.

»Und Ihr Aufenthalt hier in Norddeutschland im Februar? War er privater oder dienstlicher Art?«, fragte de Vries.

Dr. Zander trank einen Schluck Tee. Er lächelte smart. Ganz der Manager, dachte der Kommissar.

»Sowohl als auch«, antwortete Dr. Zander. »Ich habe in New York einen Antrag auf Naturalisierung gestellt und benötigte einige behördliche Unterlagen.«

»Ist das nicht etwas früh?«, fragte der Kommissar.

»Nicht für mich. Ich habe einige Semester drüben studiert«, antwortete Dr. Zander.

Dr. Duinmann hörte zu. So, als ginge ihn das alles nichts an, aß er ein zweites Stück Butterkuchen.

»In dieser Angelegenheit besuchten Sie auch Aurich?«, fragte der Kommissar. Er beobachtete, wie Dr. Zander für Sekunden seinen Blick senkte. Er strich sich mit Daumen und Zeigefinger über seien Oberlippenbart.

»Ach, was sollte ich in Aurich?«, fragte er und lächelte arrogant.

»Vielleicht wollten Sie Ihrem ehemaligen Freund Onno Etzinga guten Tag sagen«, antwortete Dr. Duinmann und schob den Kuchenteller von sich.

»Ich sagte Ihnen doch, dass ich …« Dr. Zander zögerte.

»Waren Sie in Aurich?«, unterbrach ihn der Kommissar.

Der Kellner brachte frischen Tee. Dr. Zander schwieg und bediente sich. Als der Kellner die Tür hinter sich zugezogen hatte, forderte Dr. Duinmann den Gast auf: »Nun heraus mit der Sprache, Herr Dr. Zander.«

Der Bankmanager im dunkelblauen Dienstanzug der Wallstreetangestellten gab sich einen Ruck.

»Haben Sie Zeugen?«, fragte er in seiner lässigen Art.

»Sie sind uns die Antwort schuldig geblieben«, sagte der Kommissar.

»Nun gut! Ich war in Aurich zur besagten Zeit. Ich wollte Onno an ein Versprechen erinnern«, antwortete er.

»Und dazu benötigten Sie eine Axt«, sagte der Staatsanwalt.

»Entschuldigen Sie, Äxte gehören nicht zu dem Werkzeug, mit dem ich umzugehen gelernt habe«, sagte Dr. Zander und schaute die Beamten geringschätzig an.

»Sie mieteten in Bremen oder Bremerhaven einen Mercedes-Diesel. Sie fuhren nach Aurich. Dort bespitzelten Sie Ihren früheren Freund Onno Etzinga«, sagte de Vries.

Dr. Zander straffte die Schultern, zupfte an der Krawatte und lächelte.

»Wenn Sie so gut im Bilde sind, dann erfahren Sie von mir den Rest: Onno Etzinga hat mir damals unter die Arme gegriffen. Die vermögensrechtlichen Auseinandersetzungen nach meiner Scheidung brachten mich in einen finanziellen Engpass. Wir Banker dürfen keine Schulden machen. Die Position in New York stand für mich auf dem Spiel. Ich verpfändete einen echten Chagall aus dem Besitz meiner verstorbenen Mutter. In den Staaten hat das Bild heute den zehnfachen Wert.« Dr. Zander war bemüht, gefasst zu bleiben.

»Bei Ihrem Versuch, Herr Dr. Zander, das Bild zurückzubekommen, schlichen Sie in der abendlichen Dunkelheit um das Stallgebäude des ehemaligen Freundes?«, fragte der Kommissar.

Der Manager, so in die Enge getrieben, reagierte böse.

»Herr Kommissar, Sie lassen mich ja nicht einmal ausreden«, empörte er sich.

»Geht es noch ohne den Ruf nach Ihrem Anwalt?«, fragte de Vries.

»Ja, noch und auch in Zukunft. Am besagten Abend beabsichtigte ich, wie bereits gesagt, Etzinga aufzusuchen. Ich verfuhr mich mehrmals und fand den Hof nicht. Die aufkommende Dunkelheit und die unbeleuchteten Nebenstraßen veranlassten mich, die Suche schließlich aufzugeben. Ich entschloss mich, hier im Hotel Forsthaus zu übernachten und am Morgen mit Onno zu sprechen.«

»Und haben Sie Kerstin Etzinga am Morgen einen Beileidsbesuch abgestattet?«, fragte der Kommissar.

»Es wäre beinahe dazu gekommen. Ich ließ mir von der Hotelangestellten nach dem Frühstück auf dem Stadtplan den Weg zeigen. Dabei erfuhr ich von dem grausamen Mord.«

»Daraufhin verließen Sie Aurich?«, fragte der Staatsanwalt.

»So verhielt es sich«, antwortete der Manager.

»Und Ihr Chagall?«, fragte de Vries.

»Den schrieb ich ab. Das Geschäft zwischen Etzinga und mir basierte auf Vertrauen. Es gibt keinen Vertrag«, antwortete Dr. Zander und hob bedauernd die Schultern.

»Wir werden Ihre Aussage überprüfen«, sagte der Staatsanwalt.

»Ich stehe Ihnen zur Verfügung. Die momentane Dollarschwäche und der Crash an den Börsen beschäftigen mich noch für gut eine Woche bei meiner Bank.«

»Gibt es auch private Gründe für Ihren Deutschlandaufenthalt?«, fragte de Vries.

»Ich glaube nicht, dass Sie das etwas angeht«, sagte Dr. Zander.

»Herr Dr. Zander, das Protokollarische erledigen wir dann bei mir im Büro«, sagte der Staatsanwalt.

Das Verhör war damit beendet.

War es überhaupt ein Verhör gewesen?, fragte sich der Kommissar.

Der Staatsanwalt rief die Bedienung, um zu zahlen. Der Kommissar verließ mit de Vries das Konferenzzimmer und ging zum Dienstwagen.

Dort warteten sie auf den Staatsanwalt und den Gast aus New York.

Als beide zum Wagen kamen, bat de Vries Dr. Zander, mit ihm auf der Rückbank Platz zu nehmen, während der Staatsanwalt sich neben Ideus auf den Beifahrersitz setzte.

Der Kommissar fuhr los. Er hörte, wie de Vries mit Dr. Zander ein Gespräch über New York begann.

Der Staatsanwalt schwieg. Ideus steuerte den Wagen durch den dichten Verkehr in die Innenstadt. Als er den Wagen von der Julianenburgstraße zum Schlosspark fuhr, flüsterte der Staatsanwalt: »Eine tolle Geschichte.«

»Wir werden sehen«, antwortete Ideus leise. Er hielt vor dem Revier. Der Gast und Dr. Duinmann stiegen aus.

»Wir treffen uns nachher«, sagte der Staatsanwalt.

De Vries stieg zu Ideus nach vorne. Der Kommissar fuhr los.

»Ich bin kein Kunstkenner, Jesko. Aber ein echter Chagall! Was würdest du mit solch einem dir anvertrauten Kunstwerk anfangen?«

»Vor lauter Angst, es zu verlieren, bei einer Bank in einem Tresor verwahren«, antwortete de Vries.

»Und wenn wir nun zur hübschen Lehrerin fahren und uns nach dem Verbleib des Bildes erkundigen?«, fragte Ideus.

»Dann wird sie davon nichts wissen, Chef. Sie hatte zwar keine Geheimnisse mit ihrem Vater, dennoch …«

»Dr. Zander ist mir unsympathisch, Jesko. Dieses Hochnäsige von oben nach unten«, sagte der Kommissar.

»Und wenn seine Schuhgröße unserem Gipsabdruck entspricht?«

»Dann erhärtet das unseren Verdacht. Jesko, ein Mann von Welt fährt mit einem geliehenen Mercedes durch unser schönes Ostfriesland. Sein Freund Etzinga hat ihn mit seiner Geliebten betrogen, und nun möchte er sein Kunstwerk zurückerhalten, das ihm bei einer Versteigerung aus seinen finanziellen Nöten helfen kann …«

»Und er findet nicht zum Etzinga-Hof. Gut, er war vorher nie hier gewesen, und New York ist eine andere Welt«, stellte de Vries fest.

Der Kommissar fuhr zum Marktplatz und fand eine Parklücke.

»Etzinga arbeitete mit der Raiffeisenbank zusammen«, sagte er.

»Sehen wir uns vorher die Fußspuren unseres Gastes an«, sagte de Vries.

Sie stiegen aus. De Vries öffnete die hintere Wagentür und hob die Fußmatte hoch. Auf der präparierten Unterlage hatten die Schuhe des Gastes aus New York bläuliche Abdrücke hinterlassen. De Vries holte das Gipsmodell aus seiner Tasche und nahm Maß.

»Es gibt keinen Zweifel. Die Schuhgröße stimmt«, sagte er.

»Reiner Zufall, Jesko. Nach seinen Angaben kann er es nicht gewesen ein, der in die Kuhscheiße trat«, antwortete der Kommissar ironisch.

Sie schlossen den Wagen ab, überquerten den Marktplatz und betraten die Schalterhalle der Raiffeisenbank. Der junge Angestellte führte sie zum Bankleiter.

»Herr Moorner, wir recherchieren im Fall Etzinga«, sagte der Kommissar.

Der Filialleiter wies ihnen Plätze an. »Und was kann ich für Sie tun?«, fragte er.

»Der Landwirt Onno Etzinga war Kunde Ihrer Bank, Herr Moorner. Unser Interesse gilt einem echten Kunstwerk. Es handelt sich um einen Chagall von hohem Wert«, antwortete der Kommissar.

Der Filialleiter nickte. »Beim Tod eines Kunden sind wir verpflichtet, dem Finanzamt die Kontenstände zu melden, nicht aber die hinterlegten Wertsachen. Solange sich keine Erben melden, gelten die Bedingungen weiter, die der Verstorbene mit uns vereinbart hat.«

»Und das Bild befindet sich im Safe?«, fragte de Vries.

»Etzinga hat es bei uns deponiert. Mir kam das Gemälde, verzeihen Sie, kindisch naiv vor.«

»Auch wir sind keine Kunstexperten, Herr Moorner«, sagte der Kommissar.

»Wollen Sie es in Augenschein nehmen?«, fragte der Filialleiter.

»Nein, jetzt nicht«, antwortete der Kommissar.

Sie verabschiedeten sich und verließen die Bank. Als sie zum Revier zurückkamen, saß der Staatsanwalt bereits in ihrem Dienstzimmer. Er sah geschafft aus.

»Und?«, fragte er.

»Das Bild befindet sich im Tresor der Raiffeisenbank. Das spricht für Dr. Zander«, sagte der Kommissar.

»Und was spricht gegen ihn?«, fragte der Staatsanwalt.

»Seine Schuhgröße«, antwortete de Vries.

»Dr. Zander verschweigt uns etwas«, sagte der Kommissar.

»Warum gab er nicht sofort zu, dass er sich zur Tatzeit in Aurich aufgehalten hat?«, fragte de Vries.

»Einerseits befürchtete er, aus beruflichen Gründen in etwas hineingezogen zu werden, was seiner Position schaden könnte. Andererseits ist das Motiv, das wir ihm unterstellen, bei genauerer Betrachtung äußerst schwach«, stellte Dr. Duinmann fest.

»Das Bild wird einen enormen Vermögenswert besitzen«, sagte der Kommissar.

»Onno Etzinga hat Beate Multhaupt ausgezahlt. Er glaubte sich damit von seiner Vaterpflicht freigekauft zu haben und wollte den Chagall als Kapitalanlage nicht herausgeben«, folgerte de Vries.

»Dr. Zander besuchte Onno Etzinga am besagten Abend, und nach einer Auseinandersetzung tötete er ihn im Affekt. Eine denkbare Lesart«, stellte der Kommissar fest.

»Gegen diese Version spricht allerdings der Gebrauch des Beiles. Die Mistgabel kann zufällig irgendwo in der Nähe gestanden haben«, sagte der Staatsanwalt.

»Herr Staatsanwalt, Sie gehen davon aus, dass Dr. Zander sich in den Staaten einen Colt hätte besorgen können, wenn er die Tat geplant hätte«, sagte der Kommissar.

»Kerstin Etzinga vermisste kein Beil. Es wurde von ihrem Vater selten benutzt und befand sich dort, wo es immer lag«, sagte de Vries.

»Und fanden Sie bei Harm Mentjes ein Beil vor?«, fragte der Staatsanwalt.

»Ja, es war nicht sonderlich alt. Harm hatte es höchstens zum Anspitzen der Weidenpfähle benutzt«, antwortete de Vries.

»Es ist zum Verzweifeln. Dr. Zander kann der Mörder gewesen sein. Dennoch reichen unsere Indizien nicht einmal aus, ihn zu einem Verhör vorzuladen«, schimpfte der Kommissar.

»Nach den Gesetzen der Logik gehört Harm Mentjes hinter Gitter«, sagte Dr. Duinmann. »Der gehörnte Ehemann vergiftet seine Swantje und nimmt grausame Rache an seinem Skatbruder Onno. Doch Harm Mentjes besitzt ein Alibi! Und selbst den Giftmord an seiner Frau können wir ihm nicht nachweisen.«

»Die neue Harmonie zwischen Beate Multhaupt und Dr. Zander gibt mir zu denken«, sagte der Kommissar.

»Onno Etzinga wurde ermordet. Der gemeinsame Sohn war verstorben. Damit waren die Hindernisse für einen Neuanfang überwunden«, stellte der Staatsanwalt fest.

»Und Dr. Zander, der Mann von Welt, brachte ein Beil mit,

um seinen verlassenen ehemaligen Freund umzubringen?«, sagte der Kommissar und lächelte.

»Er ist gerissen genug, um uns damit von sich abzulenken«, sagte de Vries.

»Andererseits hat Harm Mentjes den Zufall mächtig in Anspruch genommen«, warf der Staatsanwalt ein. »Er besitzt ein Alibi, das auf vier Zufällen basiert. Er wird am besagten Abend zufällig rückfällig und trinkt Schnaps. Seine vietnamesische Freundin oder Geliebte befand sich zufällig in Oldenburg bei einer Cousine. Sein Gehilfe Jong Kim hatte bereits zufällig Feierabend und den Hof verlassen. Und rein zufällig besucht ihn seine Tochter.«

»Und was folgern Sie daraus, Herr Duinmann?«, fragte Ideus.

»Dass Harm Mentjes uns mit seinen Machenschaften ausgetrickst haben kann«, antwortete Duinmann.

»Und wie könnte ihm das gelungen sein?«, fragte de Vries.

»Nehmen wir einmal an, seine Magd wäre nicht nach Oldenburg gefahren, sondern hätte in der Wohnung für Lärm gesorgt«, sagte der Staatsanwalt.

»Eine fantasievolle Auslegung. Und wenn ich Ihrer Deutung folge, dann könnte auch Jong Kim mitgespielt haben«, sagte de Vries.

»Vielleicht zahlte Mentjes an seine Angestellten ein Schweigegeld«, sagte Dr. Duinmann.

Der Kommissar nickte. »Wir werden uns um die Angestellten kümmern«, sagte er.

19. Kapitel

Über Aurich schien die Sonne. Marktbesucher schlenderten bei frühlingshaften Temperaturen an den Ständen der Händler entlang. Der Duft von Blumen und Gewürzen mischte sich in die frische Frühlingsluft.

»Chef, es gibt Tage, an denen gefällt mir Aurich besonders gut«, sagte de Vries.

Sie schritten über den Markt der Raiffeisenbank entgegen.

»Dr. Zander wird New York aufregender finden, Jesko. Harm Mentjes sucht diese Idylle samstags auf, und unsere Asylanten sind der Meinung, dass wir hier im Paradies leben«, sagte der Kommissar.

Sie betraten den Schalterraum der Raiffeisenbank. Einige frühe Kunden warteten bereits vor den Schaltern.

»Herr Moorner ist in seinem Büro«, sagte der Angestellte am Tresen. Sie kannten den Weg. Der Bankleiter begrüßte sie freundlich und wies ihnen Plätze an.

»Sie wollen das Kunstwerk betrachten?«, fragte er.

»Später, Herr Moorner. Landwirt Mentjes wickelt seinen Zahlungsverkehr über Ihre Bank ab. Wir interessieren uns für die Kontenbewegungen, speziell für seine Lohnüberweisungen an seine Mitarbeiter Frau Traa Kim und Jong Kim«, sagte der Kommissar und reichte ihm das Schreiben des zuständigen Untersuchungsrichters an.

Moorner warf kurz einen Blick auf das Schreiben.

»Warten Sie einen Moment. Ich besorge mir die Unterlagen«, sagte er und verließ sein Dienstzimmer. Nach wenigen Minuten kam er zurück.

»Herr Moorner, das Bankgeheimnis müssen Sie nicht weit lüften. Wie hoch waren die Lohnüberweisungen, und gab es Sonderzahlungen?«, fragte de Vries.

Der Bankleiter stutzte. »Herr Mentjes überwies stets zum Monatsende an Frau Traa Kim tausendzweihundert Mark, an Jong Kim vierhundertfünfzig Mark. Ende Februar gingen auf beiden Konten Sonderzahlungen in Höhe von tausend Mark ein.«

»Und was stimmte Sie so nachdenklich?«, fragte der Kommissar.

»Herr Ideus, alle Einzahlungen gehen unsererseits per Dauerauftrag auf ein Konto der Stadtsparkasse Juist«, antwortete Moorner.

»Die Konten zeigen also nicht die üblichen Bewegungen?«, fragte de Vries.

»So ist es«, antwortete der Bankleiter.

»Die Asylanten sind genügsam. Vielleicht zahlt ihnen Mentjes ein zusätzliches Trinkgeld«, sagte der Kommissar.

»Wünschen Sie weitere Auskünfte?«, fragte Moorner.

»Danke. Das war es bereits«, antwortete der Kommissar. Sie verabschiedeten sich von Moorner und verließen die Bank. Sie überquerten den Markt und gingen über die belebte Burgstraße zum Revier.

»Chef, Harm Mentjes bezahlt seine Leute angemessen«, sagte de Vries.

»Und was stellen die tausend Mark dar? Eine Leistungsprämie, Kleidergeld oder Schweigegeld?«, fragte der Kommissar.

»Vielleicht will Mentjes Traa Kim heiraten. Es handelt sich möglicherweise um die Brautprämie«, frotzelte de Vries.

»Jesko, die Genügsamkeit der Vietnamesen bewundere ich, doch warum schicken sie ihre Lohngelder auf ein Konto der Stadtsparkasse Juist?«

»Fahren wir zu Mentjes, Chef, und fragen seine Angestellten dort selbst«, schlug de Vries vor.

»Wir wollen die Armen nicht verunsichern. Wir fahren nach Juist und erkundigen uns dort bei der Stadtsparkasse«, sagte der Kommissar entschlossen.

Die Kripobeamten stellten ihren Wagen in Norddeich vor dem Geräteschuppen des Wasser- und Schifffahrtsamtes ab. Das Wetter war frühlingshaft mild, und die Flut hatte ihren Höchststand erreicht. An den Masten der Fischkutter hingen die Fangnetze. Möwen kreischten und segelten im Wind.

Die Beamten schritten zur Mole und betraten über eine Gangway die *Frisia X.* Im Restaurationsdeck setzten sie sich an einen Fenstertisch und bestellten bei der Bedienung Kaffee. De Vries drehte sich eine Zigarette und rauchte schweigend. Der Kommissar trank Kaffee und schaute auf das Meer. Ihm kamen Zweifel. Sie machten keine Vergnügungsreise auf Staatskosten. Dennoch fühlte er ein Unbehagen, weil sie dabei waren, die armen Asylanten in den Kreis des Verbrechens einzubeziehen.

Erst als die Dünenkette der Insel Juist in Sicht kam, brach de Vries das Schweigen.

»Zum Träumen schön«, sagte er.

»Und sündhaft teuer«, antwortete der Kommissar.

»Auf der Insel sind vietnamesische Landarbeiter fehl am Platze«, sagte de Vries.

»Vielleicht arbeiten dort ihre Verwandten, Jesko. Im Beherbergungsgewerbe sind Angestellte, die nicht stets auf die Uhr schauen, sicherlich erwünscht«, antwortete der Kommissar.

Sie beobachteten durch das Fenster das Anlegemanöver der *Frisia X* und verließen im Schwarm der Fahrgäste das Schiff. Für den Weg vom Anleger bis zum Gebäude der Stadtsparkasse benötigten sie nur wenige Minuten. Sie betraten die Filiale und gingen zum Schalter.

»Wir wünschen einige Auskünfte«, sagte der Kommissar zu dem jungen Angestellten und zeigte ihm seine Dienstmarke.

»Ich führe Sie zu unserem Filialleiter«, sagte der Angestellte. Das Büro befand sich seitlich der Schalterhalle. »Herr Visker, Besuch. Die Herren kommen von der Kripo Aurich«, sagte er und ging davon.

»Ein seltener Besuch«, sagte der gesetzte Filialleiter und begrüßte die Beamten.

»Herr Visker, Sie sind Insulaner und kennen sich hier gut aus. Wir recherchieren in einem Fall, der im wahrsten Sinne des Wortes Fremde betrifft«, sagte der Kommissar.

»Nehmen Sie bitte Platz. Sie machen mich neugierig. Ich führe diese Filiale seit fast zehn Jahren, ohne auch nur einen ungedeckten Scheck zu Gesicht bekommen zu haben«, sagte er.

»Herr Visker, in Aurich bemühen sich ein fleißiger Vietnamese und seine rührige Schwester aufopferungsvoll um westlichen Wohlstand und Unabhängigkeit von der Sozialhilfe. Ihre relativ kleinen Einkünfte, abgesehen von einigen Sonderzahlungen, fließen per Dauerauftrag von der Raiffeisenbank Aurich auf ein Konto Ihres Hauses.«

»Herr Kommissar, unser Prinzip ist Ihnen bekannt. Auch Kleinvieh bringt Mist«, sagte der Banker spaßig.

»Herr Visker, bleiben wir bei dem Bild. Traa Kim und ihr Bruder Jong Kim wurden in ihrer Heimat wie Vieh behandelt. Sie wagten den Absprung und schafften es. Nun sind sie vielleicht zufällig und unverschuldet in die Nähe eines Verbrechens gerückt. Deshalb interessieren wir uns für ihre Kontostände«, sagte der Kommissar.

Visker schaute überrascht auf.

»Ich erinnere mich an einen Vorgang«, sagte er ernst. Er erhob sich und verließ sein Büro. Als er zurückkam, sagte er: »Eine nicht unattraktive Kapitalanlage.«

De Vries schaute den Filialleiter überrascht an. »Wir vermuten ein Sparvolumen im Kellerniveau«, sagte er.

Der Filialleiter lachte trocken. »Herr Kommissar, Frau Traa Kim und ihr Bruder Jong Kim haben einem alten Hotelier, der sich zur Ruhe setzen wollte und sich nicht in der Lage befand, sein heruntergekommenes Hotel zu renovieren, den Komplex abgekauft.«

»Donnerschlag!«, rief de Vries überrascht aus.

»Uns kamen keine Bedenken«, sagte der Bankleiter. »Die Anzahlung befand sich auf dem Konto. Den Rest finanzierten wir. Ein China-Restaurant auf Juist ist keine uninteressante Kapitalanlage.«

»Gibt es einen anonymen Teilhaber?«, fragte der Kommissar.

»Davon weiß ich nichts«, sagte Visker. »Es gibt einen Zusatzvertrag. Der Verkäufer bekommt nach Eröffnung eine monatliche Altersrente von den Betreibern. Der Notar war Veno Broers, Aurich.«

»Wir danken Ihnen für die Auskünfte, Herr Visker«, sagte Ideus und erhob sich.

»Wo befindet sich das zu renovierende Hotel!«, fragte de Vries.

»Auf der Düsselstraße«, sagte der Bankleiter. »Sie können es nicht verfehlen. ›Juister Woge‹ hieß es unter dem Vorbesitzer.«

»Danke, Herr Visker. Ihre Auskünfte werden wir streng vertraulich behandeln. Auf Wiedersehen«, sagte der Kommissar.

Bis zur Abfahrt der *Frisia X* blieb ihnen viel Zeit. Sie suchten die Düsselstraße auf und betrachteten den wuchtigen Altbau, vor dessen Eingangstür und breiten Fenstern sich hässliche Bretterverschläge befanden.

»Eine gute Lage«, stellte de Vries fest.

»Und ein Gewinn für die Insel, Jesko. Ich hasse diese Frittenbuden«, sagte der Kommissar.

20. Kapitel

Sie erreichten Aurich gegen achtzehn Uhr.

Rechtsanwalt Veno Broers hatte seine Kanzlei bereits geschlossen. Er wohnte privat auf dem Dodeweg 15.

Sie parkten vor seinem Bungalow und trafen ihn gerade noch an, als er in seinen Wagen steigen wollte.

»Herr Broers, eine Sekunde«, sagte der Kommissar. Er hielt die Polizeimarke in der Hand.

Der Rechtsanwalt stutzte.

»Bringen Sie mir Verdruss?«, fragte er freundlich.

»Nicht unbedingt. Wir kommen von Juist zurück. Ein vietnamesisches Geschwisterpaar hat dort ein altes Hotel gekauft. Sie versahen den notariellen Dienst«, sagte der Kommissar.

Broers, er war um die vierzig, zeigte auf seine Tennistasche.

»Ich habe einen Platz in der Halle gebucht. Nur kurz. Sie wollen wissen, woher die Asylanten das Geld bekamen? Nun, dieser Jong Kim hatte einen Fünfer mit Zusatzzahl im Lotto. Ich habe mich mit den Armen gefreut. Ansonsten habe ich morgen meine Praxis ab acht Uhr geöffnet.« Er nickte Ideus zu, stieg in seinen Wagen und fuhr davon.

»Eine simple Erklärung für den Wohlstand, Chef«, sagte de Vries.

»Allerdings. Fahren wir zum Revier. Du kennst Dr. Duinmann. Der steht morgen um acht Uhr auf der Matte«, sagte der Kommissar. Im Dienstzimmer holte Ideus die Schreibmaschine auf seinen Tisch.

»Jesko, setz ein Fernschreiben auf und frage bei der Niedersächsischen Zahlenlotto GmbH in Hannover nach, ob Jong Kim oder seine Schwester auf der Gewinnliste gestanden haben«, forderte er seinen Assistenten auf.

»Sie hegen Zweifel, Chef?«, fragte de Vries.

»Nicht unbedingt, Jesko«, antwortete der Kommissar und tippte das Protokoll.

Der Kommissar hatte sich getäuscht. Der Staatsanwalt war am Morgen nicht erschienen. Er hatte auch kein Interesse an ihrem Protokoll gezeigt.

Am späten Nachmittag traf die Antwort der Niedersächsischen Zahlenlotto GmbH per Fernschreiben ein.

»Merkwürdig«, sagte de Vries, »unsere Asylanten standen nicht auf der Gewinnliste.« Er reichte dem Kommissar das Fernschreiben an.

Ideus grinste schmal. »Es gehört nicht zu den Pflichten des Notars, die Herkunft des Kapitals zu ergründen, Jesko. Aber Broers war wohl ein wenig blauäugig.«

De Vries nahm den Telefonhörer in die Hand.

»Ich rufe Notar Broers an«, sagte er. Ideus nickte. Hatten sie jetzt das Ende des Fadens gefunden?

Er ging zum Automaten und zog sich einen Becher Kaffee. In Gedanken überschlug er die Einkommen der beiden Asylanten. Juister Grundstückspreise sind nicht von Pappe, dachte er. Das Risiko war nicht sonderlich groß. Auf der Insel in gepflegter Atmosphäre chinesisch zu essen, konnte Gefallen bei den Urlaubern finden. Die Sparkasse hatte sicherlich eine Rentabilitätsrechnung aufgestellt, bevor sie den Kredit bewilligt hatte.

Nachdenklich betrat Ideus das Dienstzimmer.

»Die beiden besaßen zwanzigtausend Mark Erspartes, Chef«, sagte de Vries. »Der angebliche und vorgetäuschte Lottobetrag belief sich auf dreißigtausend Mark.«

»Und die zu zahlende Rente?«

»Nach Eröffnung des Lokals pro Monat dreitausend Mark.

Der alte Hotelier trinkt, seine Lebenserwartung ist nicht sonderlich hoch.«

»Ein Geschäft, das aufgehen könnte. Doch woher stammen die dreißigtausend Mark?«, fragte der Kommissar.

»Könnte Harm Mentjes als Strohmann dahinter stehen?«

»Das Geschäft stinkt zum Himmel«, antwortete der Kommissar.

»Denken Sie vielleicht an eine Killerprämie?«, fragte de Vries zweifelnd.

»Ja, möglicherweise gewährt als eine stille Kapitaleinlage von Harm Mentjes.«

»Kerstin sah einen kleinen Mann, Chef. Jong Kim ist klein«, stellte de Vries fest.

»Hm, das würde einiges erklären. Harm vergiftete seine Swantje, weil sie mit Onno ein Verhältnis hatte. Dann lässt er Onno Etzinga umbringen. Geld spielte keine große Rolle. Harm ist vermögend, und zusätzlich kassierte er die Versicherungsprämie.«

»Der Kreis schließt sich«, murmelte de Vries. »Wir haben Harm Mentjes lange genug in Freiheit gelassen. Nun sollten der Staatsanwalt und der Untersuchungsrichter ihn inhaftieren lassen. Der Rest ist Juristerei.«

Der Kommissar nickte. »Es sieht so aus, als ob die Gier nach Wohlstand Jong Kim zum Verhängnis geworden ist.«

»Er ist auf dem Wege, Harm Mentjes Schwager zu werden«, antwortete de Vries.

»Eine schöne ›Mafia‹. Dann müssen in der Tat die Herren Juristen entscheiden«, sagte der Kommissar.

Sie verließen das Revier, durchquerten den Schlosspark und suchten den Staatsanwalt auf.

Dr. Duinmann befand sich in seinem Büro und blickte überrascht auf die Besucher.

»So kurz vor Feierabend?«, fragte er und bat sie, in der Besucherecke Platz zu nehmen.

»Herr Staatsanwalt, es gab keinen Lottogewinn! Und nun gerät Harm Mentjes in den Verdacht, an seinen Angestellten Jong Kim eine Killerprämie gezahlt zu haben«, trug der Kommissar vor.

»Meine Herren, ich habe den Untersuchungsrichter bekniet, den Haftbefehl auszusetzen«, sagte Dr. Duinmann mürrisch, »und jetzt verlangen Sie von mir, dass ich wieder zu ihm gehe und eingestehe, dass wir einen Fehler gemacht haben?«

»Das sehen Sie falsch, Herr Staatsanwalt«, sagte de Vries. »Nach unseren neuesten Recherchen gibt es eine Menge Fragen, die Sie Harm Mentjes stellen können. Ich halte es allerdings auch für dringend erforderlich, dass wir uns Jong Kim vornehmen!«

»Erst Harm Mentjes, dann Dr. Johann Zander und nun Jong Kim! Spielen Sie Ringelreihen?«, schimpfte der Staatsanwalt.

»Es ist ein Spiel, das wir häufig spielen müssen, Dr. Duinmann«, sagte Ideus, »und nach seinen Regeln möchten wir von Jong Kim wissen, wer ihm das Geld gab, das ihm fehlte, um die ›Juister Woge‹ zu kaufen.«

»Sie denken dabei an Ihren Skatbruder Mentjes?«, fragte der Staatsanwalt.

»Ja. Die Geschwister Kim verfügten über Mittel, deren Herkunft recht nebulös sind«, sagte der Kommissar.

»Selbstverständlich wird Harm Mentjes vorgesorgt haben. Es wird keine Quittung oder ein Überweisungsformular in seinen Akten abgeheftet sein«, fügte de Vries hinzu.

Der Staatsanwalt fühlte sich herausgefordert. Er war kurz vor dem Ruhestand.

Dies war sein letzter Fall.

»Der Untersuchungsrichter befindet sich noch im Hause,

meine Herren. Sie entschuldigen mich bitte.« Er erhob sich und verließ sein Amtszimmer.

»Das Mobiliar hier ist so alt wie Duinmann selbst«, sagte de Vries. »Repräsentativ nennt man das, Jesko. Duinmann hat seine besten Jahre hinter sich und möchte keine Fehler machen.«

Sie warteten geduldig.

»Ich komme meiner Kur näher«, sagte Dr. Duinmann freundlich, als er zurückkehrte. »Wir werden Jong Kim in Untersuchungshaft nehmen. Zur Zeit befindet er sich noch auf dem Mentjes-Hof. Wir warten, bis er Feierabend hat.«

»Sollen wir die Vorbereitungen treffen?«, fragte de Vries.

»Lassen Sie ihn observieren. Ich komme um zwanzig Uhr zum Revier.«

In Begleitung eines Beamten der Schutzpolizei fuhren die Kripobeamten und der Staatsanwalt zum Asylantenheim. Sie parkten den Wagen vor dem Textilmarkt und gingen zu Fuß zu dem Gebäude, das im Knick der Ludgerstraße und der Hirtenstraße lag.

Der Innenhof lag im Schatten der Bäume. An den Lampen des Gebäudes trieben Nebelschwaden im leichten Wind.

Ein junge Beamter tauchte hinter abgestellten Autos auf. Er nickte, wies auf den Eingang des alten ehemaligen Pastorenhauses und schlenderte davon.

Im Korridor spielten Kinder. Es roch nach Putzmitteln. Hinter einem Tresen stand der Hausmeister im grauen Kittel.

Der Staatsanwalt stellte sich vor. Der Mann musterte die Beamten misstrauisch.

»Herr Benninga, bei Ihnen wohnt der Landarbeiter Jong Kim. Wir müssen ihm einen Besuch abstatten«, sagte der Staatsanwalt.

»Wohnen ist etwas übertrieben«, murmelte der Hausmeister. »Die Armen sind hier notdürftig untergebracht.«

»Und wo können wir ihn finden?«, fragte Ideus.

»Hier im Parterre, Zimmer acht«, antwortete der Hausmeister.

»Danke«, sagte der Staatsanwalt.

Der lange Flur war sauber. Auf den Steinfliesen spiegelte sich das Licht der Deckenleuchten.

Der Staatsanwalt klopfte an die Zimmertür.

Jong Kim öffnete. Das Lachen auf seinen Lippen erstarb. Er duckte sich und versuchte auszubrechen. Der Wachtmeister warf sich ihm entgegen. De Vries zog die Dienstwaffe, während Jong Kim sich mit gezielten Karateschlägen freizukämpfen versuchte.

»Schluss!«, schrie de Vries.

Der Wachtmeister legte dem Vietnamesen die Handschellen an. Sie drängten ihn in eine Ecke des Zimmers.

»Herr Jong Kim, Sie sind verhaftet. Hier ist der Haftbefehl. Ihnen wird zur Last gelegt, den Landwirt Etzinga mit einem Beil und einer Forke ermordet zu haben«, sagte der Staatsanwalt.

Der Vietnamese rang nach Luft. In seinen Augen spiegelte sich Verzweiflung.

»Sie müssen hier nicht aussagen«, belehrte ihn Dr. Duinmann. »Doch wenn Sie zu den Vorwürfen Stellung beziehen wollen, werden Ihre Äußerungen für und gegen Sie verwendet. Da Sie unserer Sprache mächtig sind, benötigen wir keinen Dolmetscher.«

Der Vietnamese schwitzte. Er begriff, dass es für ihn keinen Ausweg mehr gab.

»Herr Jong Kim, wer bezahlte Ihnen die Killerprämie?«, fragte der Kommissar.

»Ich töten Herr Etzinga, weil er Schwester in Wohnung nach

Bremerhaven geholt, belästigt und dort ausgenutzt hat ihre Not«, gestand Jong Kim überraschend schnell.

»Das ist ein Geständnis, Jong Kim«, sagte Dr. Duinmann. »Allerdings gewannen weder Sie noch Ihre Schwester einen Betrag im Lotto. Sie kauften auf Juist ein altes Hotel. Wer gab Ihnen das Geld?«

»War unser Geld, verdient bei Landwirt Mentjes«, antwortete Kim Jong hastig.

»Das haben wir überprüft. Die Bezüge, die Sie und Ihre Schwester bei Herrn Mentjes erhalten haben, hätten gerade für einen vierwöchigen Inselurlaub gereicht«, sagte der Kommissar.

»Ich hasste Etzinga! Er wollte, dass man mich schickt zurück; ausweisen, dann ich Todesstrafe«, antwortete der Vietnamese mit weinerlicher Stimme.

»Hat Landwirt Mentjes Ihnen eine Prämie für den Mord gezahlt?«, fragte der Staatsanwalt.

»Nein! Chef ist gut. Bezahlen gut«, antwortete Jong Kim.

De Vries begann sich im Zimmer umzusehen. Es war einfach möbliert. In einem kleinen Schreibtisch fand er Briefe.

Jong Kim unternahm einen Versuch, zum Schreibtisch zu gelangen. Der Wachtmeister hielt ihn zurück.

De Vries vertiefte sich in die abgelegten Briefe.

»Das darf doch nicht wahr sein!«, sagte er plötzlich. »Herr Staatsanwalt, hier lesen Sie. Der Mörder hat heute noch ein Rendezvous.«

Der Wachtmeister zwang den kleinen Vietnamesen, der sich trotz der Handschellen aufzubäumen versuchte, in die Knie.

Dr. Duinmann schritt zum Schreibtisch. Er nahm den mit Maschine verfassten Brief und las.

Mein lieber Jong Kim,
ich glaube schon, dass ich die letzten Bedingungen unseres Übereinkommens am Dienstag, dem 29. 4. 1988, erfüllen kann. Vorausgesetzt, du hast dich an meine Weisungen gehalten und die Anzahlung nicht vorzeitig und unüberlegt irgendwo investiert. Wir treffen uns um 22 Uhr im Garten des Forsthauses. Im kleinen Saal übt eine Akkordeongruppe, im großen Saal feiert eine Lehrergewerkschaft das Frühlingsfest. Du kannst also ungesehen in den Park gelangen. Ich werde mich bei der dritten Gartenbank aufhalten. Bitte sei vorsichtig.

Der Brief trug keine Unterschrift.

Jong Kim war fertig. Sein Widerstand erlahmte.

»Wer hat den Brief geschrieben?«, fragte der Staatsanwalt.

Jong Kim schwieg.

»Der Brief ist an Sie gerichtet«, sagte Dr. Duinmann. »Der Absender will Ihnen den Rest der Killerprämie auszahlen. Mit seinem Geld zahlten Sie das Hotel auf Juist an.«

Der Vietnamese schaute auf den Boden.

»Reden Sie! Wer schrieb den Brief?«, fragte der Kommissar verärgert.

»Will sprechen Anwalt«, antwortete Jong Kim schließlich.

»Herr Jong Kim, wir werden Sie zum Untersuchungsgefängnis bringen und dem Amtsrichter vorführen«, sagte der Staatsanwalt.

Ideus nickte. »Gehen wir, uns bleibt wenig Zeit.«

Sie verließen das Zimmer. De Vries verschloss die Tür und klebte eine Siegelmarke auf das Schloss.

Sie gingen zum Wagen und fuhren zum Revier.

21. Kapitel

Der Kommissar forderte bei der Einsatzleitung der Schutzpolizei einen Streifenwagen an.

»Für eine große Lagebesprechung bleibt uns kaum Zeit«, sagte er.

Dr. Duinmann betrat das Dienstzimmer.

»Eine Zelle ist belegt«, sagte er erleichtert, »nun warten wir auf den Gast für die zweite.«

»In wenigen Minuten trifft ein Streifenwagen ein«, sagte der Kommissar.

»Von einem Überrumpelungskommando halte ich wenig«, murmelte Dr. Duinmann. »Der Mann, der Jong Kim zum Mord angestiftet hat, könnte eine Waffe besitzen und wild um sich schießen.«

»Ich bin nicht übermäßig groß, Chef«, sagte de Vries. »Bei diesem Wetter könnte ich den Mann ablenken, während Sie mir mit den Kollegen Rückendeckung geben und ihn festnehmen.«

»Aber nur, wenn Sie vorsichtig zu Wege gehen und Ihr Leben nicht aufs Spiel setzen, Herr de Vries«, antwortete Dr. Duinmann.

Jesko de Vries steckte seine Dienstwaffe in die Jackentasche.

Sie verließen das Dienstzimmer, als vor dem Schlossflügel der Streifenwagen eintraf.

Der Staatsanwalt versammelte die Beamten um sich und gab seine Anweisungen.

Jesko de Vries fühlte das aufsteigende Lampenfieber. Er holte den Handscheinwerfer aus der Heckklappe des Dienstwagens.

Für Sekunden dachte er an seine Freundin. Sie würde ihn einen Idioten schimpfen, der für ein karges Gehalt sein Leben zu riskieren bereit war.

Jesko lachte geringschätzig. Er war kein Held, doch was sollte schief gehen?

Vielleicht saß Harm Mentjes als der große Unbekannte auf der Parkbank. Verkleidet und auf Distanz achtend, weil er Jong Kim anonym für das dreckige Geschäft gekauft hatte.

Jesko blickte kurz zum Untersuchungsgefängnis auf, sah den Nebel, der an der rissigen Wand entlangtrieb, und gab sich einen Ruck.

»Ich fahre los. Es ist genau einundzwanzig Uhr fünfzig. Bis dann«, sagte er und stieg in den neutral lackierten Polizeipassat.

Das Forsthaus war hell erleuchtet. Scheinwerfer strahlten den voll besetzten Parkplatz aus. De Vries fuhr seinen Wagen auf ein seitliches Rasenstück. Er hörte Akkordeonmusik, und in der Luft lag Bratengeruch.

Lautlos schlich er an den Rhododendronsträuchern vorbei in den Park. Nebelschleier zogen über den Rasen. Er mied die erste Gartenleuchte. In der einen Hand hielt er die Taschenlampe und in der anderen seine schussbereite Dienstwaffe. Er fühlte die nasse Kälte auf seiner Stirn.

Langsam und gefasst passierte er die erste Bank. Die zweite Bank lag in der Nähe einer weiteren Gartenlampe. In ihrem Licht verflüchtigte sich der Nebel.

De Vries betrat den Rasen und schritt im Bogen um das Hindernis. Als er den Parkweg wieder betrat und einige Schritte weiter gegangen war, blieb er stehen. Er sah das helle Plastikgestell der Bank und die dunklen Umrisse des Mannes.

»Kim?«, fragte eine Stimme, die ihn verwirrte. Ein kalter Schauer fuhr ihm über den Rücken.

»Kim?«, drang es ihm erneut entgegen. De Vries empfand eine panische Angst. Er musste antworten. Wo war der Kommissar mit den Kollegen der Schutzpolizei? De Vries kniete sich auf den Boden und schaltete den Handscheinwerfer ein. Er sah das Mündungsfeuer und hörte die Detonation. Für Sekunden war er wie gelähmt. Der Mann näherte sich ihm!

Er vernahm Geräusche der heranstürzenden Kollegen.

Jesko de Vries schoss. Der Mann wankte. Doch erneut wurde Jesko von einem Mündungsfeuer geblendet. Er fühlte einen kurzen brennenden Schmerz am linken Oberarm und schoss zum zweiten Mal.

Dann sah er im Licht der vielen Handscheinwerfer das Opfer. Es lag mit dem Gesicht auf dem Boden. Die Pistole war ihm aus der Hand geglitten.

»Mein Gott, das ist Frau Multhaupt, Jesko!«, sagte der Kommissar. »Sie ist tot!« De Vries erhob sich. Er starrte ungläubig auf die Gestalt, die auf dem Boden lag. Sie trug Jeans und einen Troyer.

»Herr de Vries, Sie haben sie in Notwehr erschossen«, sagte der Staatsanwalt.

»Mein Gott, Beate Multhaupt«, sagte de Vries überrascht. Er erinnerte sich an ihre Stimme.

»Jetzt stehen wir vor einem neuen Rätsel, Jesko«, sagte der Kommissar leise.

Dr. Duinmann wandte sich an einen Wachtmeister. »Fordern Sie über Funk einen Arzt und den Sarg an«, befahl er.

De Vries fühlte, wie Blut seinen Arm hinablief. Es drang durch die Jacke.

Der Staatsanwalt klopfte ihm auf die Schulter.

»Sie wollte den lästigen Zeugen Jong Kim loswerden und hätte Sie beinahe erwischt«, sagte er.

»Komm mit, Jesko, ein Kollege bringt dich zum Krankenhaus«, sagte der Kommissar.

Es handelte sich wirklich nur um einen harmlosen Streifschuss. Nach einer ambulanten Versorgung durch den dienstbereiten Nachtarzt konnte Jesko de Vries selbst seinen Wagen nach Hause steuern.

22. Kapitel

De Vries trat am Morgen pünktlich seinen Dienst an. Er verfasste mit dem Kommissar ein lückenloses Protokoll über die Vorgänge und Hintergründe der Geschehnisse im Garten des Forsthauses. Danach erstellten sie eine gewissenhafte Dokumentation der Notwehrsituation, in der sich der Kriminalbeamte befunden hatte.

»Ich hatte keine andere Wahl, Chef«, sagte de Vries, »dennoch bleibt ein bitterer Nachgeschmack.«

»Nimm die Sache nicht so schwer, Jesko. Frau Multhaupt hat keine Skrupel gekannt, als sie Onno Etzinga umbringen ließ. Und denk dran, dass du dem Vietnamesen das Leben gerettet hast.«

»Ein verkorkstes Leben«, antwortete de Vries.

»Wer will hier richten, Jesko? Da wird noch einiges zutage kommen. Jong Kim, ein ideologisch gestutzter Held, zum Töten ausgebildet, der Gier nach westlichem Wohlstand verfallen. Der Mann befand sich noch im Krieg, obwohl er bei Mentjes in Freiheit lebte.«

»Mit seinem Verbrechen schadet er dem Ansehen vieler Asylanten, die unter großen Gefahren ihr Leben retten konnten«, antwortete de Vries.

»Ich bin sicher, dass seine Schwester Traa Kim immer noch an den Lottogewinn glaubt«, sagte Ideus.

»Und Harm Mentjes wird die angesagte Verlobung im kleinen Kreise feiern«, sagte de Vries.

»Ob Mentjes schuldig am Tod seiner Swantje ist oder nicht, das wird noch zu klären sein. Erledigen wir unseren Verwaltungskram, denn nachher müssen wir zu Dr. Duinmann. Wir werden erfahren, was er und der Amtsrichter für das weitere Vorgehen geplant haben.«

Im kleinen Sitzungssaal der Staatsanwaltschaft hatte Dr. Duinmann zu einer Kaffeetafel eingeladen. Die Tische waren gedeckt. Platten mit dem üblichen Butterkuchen standen neben Warmhaltekannen. Die Kripobeamten setzten sich überrascht an den Tisch und begrüßten Wachtmeister Gerdes. »Gibt Duinmann seinen Abschied?«, fragte de Vries und grinste. Gerdes hob die Schultern. Doch dann betrat Dr. Duinmann den kleinen Saal. Er war in Begleitung zweier Herren, die zurückhaltend grüßten und sich an den Tisch setzten.

»Meine Herren, ich habe Sie zu einem verspäteten Frühstück eingeladen«, sagte Dr. Duinmann. »Ich bin mir sicher, dass der Abschluss meines letzten Falles in greifbare Nähe gerückt ist. Uns ist es gelungen, schicksalhafte Verstrickungen von Mitbürgern transparent zu machen. Wir sind keine Richter. Ich lege Wert darauf, dieses Zusammensein nicht als eine Siegesfeier zu betrachten. Sagen wir bescheiden, wir haben beruflichen Erfolg gehabt. Einen Teil der Aufgabe haben wir erfüllt. Vor uns liegt die Klärung des Restes. Wir wollen uns ungezwungen unterhalten und notwendige Konsequenzen aus dem ziehen, was wir zurzeit wissen. Bitte bedienen Sie sich.«

Die Anwesenden schraubten die Warmhaltekannen auf und langten nach dem Kuchen, während sich die unbekannten Gäste vorstellten. Es war ein Kriminalrat aus Oldenburg mit seinem Assistenten.

»Das Motiv«, sagte der Kriminalrat, und jeder wusste, dass er Beate Multhaupt meinte, »entsprang einer sich spiralartig eskalierenden Hassituation.«

Dr. Duinmann fügte erläuternd hinzu: »Die junge Frau war enttäuscht worden. Onno Etzinga hatte ihr die Ehe versprochen. Sie gebar ihm ein geistig behindertes Kind, das er ablehnte. Etzinga kaufte sich frei. Beate Multhaupt kannte keine wirtschaftliche Not, befand sich allerdings in einem seelischen Tief.«

»Sie meinen, dass die Fakten, die uns bisher bekannt sind, nicht genügen, die Handlung der Beate Multhaupt richtig einzuordnen?«, fragte der Kommissar.

»Eine Kurzschlusspanik! Wer weiß«, sagte der Staatsanwalt.

»Das sehen wir anders«, sagte der Kriminalrat aus Oldenburg. »Wie wir erfuhren, waren die familiären Verhältnisse in Ordnung, als meine Kollegen die Frau Multhaupt aufsuchten.« Er schaute Ideus und de Vries fragend an.

»Sie beabsichtigte, zu Dr. Zander nach New York zu ziehen und kündigte ihre Stellung«, sagte der Kommissar.

»Das ist richtig. Zu diesem Zeitpunkt war der kleine Jochen, ihr behinderter Sohn, bereits tot«, sagte der Oldenburger Kollege.

»Und wann nahm sie den Kredit für die Killerprämie auf ihr Haus auf?«, fragte Dr. Duinmann.

»Einige Tage nach der Beerdigung des Kindes«, antwortete der Kriminalrat.

»Könnte es sein, dass dieses geistig behinderte Kind ihr im Wege stand?«, fragte de Vries.

Die Anwesenden schwiegen. Er hatte einen Verdacht ausgesprochen, der die Tote so ungeheuerlich belastete, dass sie ihn nicht zu Ende denken wollten.

»Haben Sie ihre alte Mutter befragt?«, fragte der Kommissar den Kriminalrat.

»Ja. Sie ist senil und – verzeihen Sie – total verkalkt«, antwortete der Kriminalrat. »Wir haben sie in ein Heim eingewiesen. Sie redete wirr von einem Handwerker, der vor dem Tod des Kindes die Zimmer ausgemessen hätte.«

Der Kommissar sah die Alte vor sich. Sie hatte kaum gesprochen, als sie Beate Multhaupt aufgesucht hatten.

»Haben Sie das Kind exhumieren lassen?«, fragte er.

»Noch nicht. Vielleicht wird das notwendig«, sagte der Staatsanwalt.

Ideus dachte an Onno Etzinga. Er fand seinen Verdacht ungeheuerlich. Aber Onno hatte sie alle über Jahre hinweg getäuscht.

»Vielleicht war Onno Etzinga der Handwerker«, sagte er.

Alle starrten ihn an.

»Werden Sie deutlicher, Herr Ideus«, forderte ihn der Staatsanwalt auf.

»Nur so ein Verdacht. Onno verlor Swantje durch einen Giftanschlag. Vielleicht zog er Bilanz. Er war ein Ästhet. Er liebte Jugend und Schönheit und genoss beides im Übermaß. Dabei hatte er einen Sohn gezeugt, der sein nahendes Alter zu belasten drohte.«

»Herr Kommissar, Sie glauben also, Etzinga hätte als starker, gesunder Mann die Existenz seines behinderten Kindes als lebensunwürdig betrachtet und es umgebracht?«, fragte der Kriminalrat.

»Ich halte es für möglich«, antwortete der Kommissar.

»Und Beate Multhaupt vermutete den Zusammenhang und ließ ihn umbringen?«, fragte de Vries.

»Das wäre zumindest nachvollziehbar und würde einiges erklären«, sagte der Kriminalrat.

»Es gab, wie wir von Jong Kim wissen, eine Beziehung des gedungenen Mörders zu Onno Etzinga. Allerdings wissen wir noch nichts über die Beziehung zwischen Beate Multhaupt und Jong Kim«, stellte Kommissar Ideus fest. Er griff nach einem Stück Butterkuchen und aß es. Er trank Kaffee dazu und schmeckte nicht einmal das Aroma. Er hörte, wie der Kriminalrat sprach. »Im Leben der Beate Multhaupt hatte sich nach dem Tod des behinderten Kindes einiges geändert. Sie besuchte Diskussionsabende und kümmerte sich um Ausländerkinder und Asylanten.«

»Lassen Sie den kleinen Jochen exhumieren«, sagte der Kommissar. Jochen war, so vermutete Ideus, keines natürlichen Todes gestorben. Hatte sich Onno vielleicht sogar so weit verstiegen, dass er meinte, seinem lebensunfähigen Kind einen Dienst erwiesen zu haben? Der Staatsanwalt erhob sich und beendete die Gesprächsrunde mit den Worten: »Wir überlassen die weiteren notwendigen Recherchen unseren Oldenburger Kollegen.«

23. Kapitel

Im Haus Mentjes spielten sich rührende Szenen ab. Harm, der große Landwirt, der stets seine Gefühle zu verbergen suchte, tröstete seine Traa Kim. Mit Tränen in den Augen versuchte er ihr den Gedanken der Sippenhaft und Mitschuld auszureden. Traa Kim kam sich zu unwürdig vor, die Verlobung einzugehen, und dachte in langen Nachtstunden an den Freitod.

Obwohl selbst noch verdächtigt, seine Ehefrau Swantje vergiftet zu haben, gelang es ihm, seine Braut aufzurichten und von seiner Liebe zu überzeugen.

Befreit von dem Verdacht, seinen Nachbarn Onno Etzinga umgebracht zu haben, blieb er nervenstark und handelte. Er beauftragte einen namhaften Rechtsanwalt aus Jever mit der Verteidigung seines zukünftigen Schwagers.

Anja und Uwe hielten sich zurück. Sie hatten verwundert hingenommen, dass ihr Vater trotz der Ereignisse die Verlobung mit Traa Kim am Ostersamstag feiern wollte. Ihnen war es peinlich, als sie erfuhren, dass ihr Vater Hand in Hand verliebt mit der jungen Frau seine Einkäufe in Aurich getätigt hatte. Für Mutters Belange hatte er so viel Hingabe nie aufgebracht.

Deshalb schien es ihnen, so ihr Fazit, als stünde auch das zweite Fest, zu dem er sie eingeladen hatte, unter einem ungünstigen Stern.

Am Abend des Ostersamstages bummelten nur vereinzelte Spaziergänger durch Aurichs Innenstadt. Die sonst so begehrten Parkplätze vor dem Schlossflügel standen leer.

Der Kommissar und sein Assistent warteten mit zwei Beamten der Schutzpolizei im Bully vor dem Revier auf Dr. Duinmann. Das festliche Geläute der Glocken von St. Lamberti drang zu ihnen.

»Im Kittchen ist noch ein Zimmer frei«, sagte de Vries und zeigte scherzend auf die verwitterte Fassade des Untersuchungsgefängnisses.

Der Kommissar fand keinen Gefallen am Humor seines Assistenten. Sie hatten Harm Mentjes lange, sehr lange auf freiem Fuße gelassen. Doch nun war es so weit. Der Untersuchungsrichter hatte konsequent eingegriffen.

Dr. Duinmann hinkte zum Bully.

»Nach Ostern reiche ich den Antrag auf eine Kur ein«, sagte er und setzte sich ungelenk in den Autositz.

Er legte seine alte Ledertasche auf die Knie.

»Wir können«, sagte er zum Fahrer.

Die Straßen waren wie leer gefegt. Ideus fühlte ein leichtes Lampenfieber.

Der Staatsanwalt schwieg.

Als der Fahrer den Bully von der Kreisstraße auf die Dorfstraße von Tannenhausen und danach auf den Versorgungsweg lenkte, schaute der Kommissar auf die Uhr.

»Zwanzig Uhr dreißig, die richtige Zeit«, sagte er.

Dr. Duinmann nickte missmutig.

Seitlich lagen die Felder und Weiden. Am Himmel trieben weiße Wolken vor dem dunkler werdenden Horizont. An den Gebäuden des Hofes brannten bereits die Außenleuchten.

Die Gäste hatten ihre Wagen vor der Scheune abgestellt. Der Fahrer parkte den Bully in der Nähe der Haustür.

Dr. Duinmann richtete sich auf und stöhnte.

»Versehen wir unser Dienstgeschäft. Meine Herren, bleiben Sie wachsam«, sagte er und verließ den Wagen.

Die Beamten folgten ihm zu der kleinen Seitentür. Sie war nicht verschlossen. Das Stimmengewirr der Feiernden drang ihnen entgegen.

»Hallo! Besuch!«, rief der Kommissar in den Flur.

Für Sekunden wurde es still. Jemand schaltete das Licht ein. Sie vernahmen Schritte.

Uwe Mentjes schaute sie überrascht an.

»O Gott«, sagte er nur.

»Herr Mentjes, wir bringen keine Blumen«, sagte der Staatsanwalt.

»Aber Ärger«, sagte der Student verbissen.

»Unser Dienst …«, antwortete der Kommissar. Sie folgten Uwe durch die Milch- und Wohnküche zum Wohnzimmer.

Im Kamin brannten klobige Holzscheite. Die Tische bildeten ein Karree. Auf den weißen Tüchern standen Flaschen und Gläser.

Die Verlobungsgäste blickten ihnen überrascht entgegen. Das Gemurmel erstarb nach wenigen Sekunden.

Harm Mentjes, der neben seiner hübschen Traa Kim saß, fuhr hoch.

»Was soll dieser Überfall?«, brüllte er die Beamten an, die in Türnähe stehen blieben.

»Herr Mentjes, überlassen Sie bitte uns das Wort«, erwiderte der Staatsanwalt. Seine Hände zitterten, als er den Haftbefehl aus seiner Tasche zog.

»Wer gibt Ihnen das Recht, meine Feier so unverschämt zu stören?«, brauste Mentjes auf.

Die hübsche Braut begann zu weinen.

»Harm, behalte die Verlobungsringe noch ein wenig. Es besteht kein Grund zum Feiern. Gegen dich liegt ein Haftbefehl vor«, sagte der Kommissar.

Die Gäste schwiegen. Die Stimmung war gespannt.

Der Staatsanwalt hielt das Dokument in der Hand. Harm spielte wie schon so oft vorher den nervenstarken Mann.

»Herr Staatsanwalt, haben Sie Geduld mit mir. Ich werde reden!«, sagte er und blickte seinen Skatbruder Ideus verächtlich an. Er kümmerte sich nicht um die fragenden Blicke der anwesenden Familienangehörigen. »Herr Mentjes, ich mache Sie darauf aufmerksam, dass alles, was Sie hier sagen …«, begann der Staatsanwalt den mutmaßlichen Giftmörder zu belehren.

»Ersparen Sie sich die Hinweise. Ich möchte, dass alles, was ich hier vor Zeugen vorbringe, gegen und für mich ausgelegt wird«, unterbrach Mentjes.

»Sie haben das Wort, Herr Mentjes«, antwortete der Staatsanwalt.

Traa Kim schluchzte. Die übrigen Gäste schwiegen mit ernsten Gesichtern.

Mentjes stand vor dem Tisch, und alles sah danach aus, als würde hier in der guten Stube des Landwirtes, in der am Heiligen Abend Swantje Mentjes an einer Dosis Gift verstorben war, ein Theaterstück aufgeführt.

»Sie halten mich also für den Mörder meiner Frau, Herr Staatsanwalt«, sagte Mentjes.

»Das ist korrekt. Sie müssen hier nicht aussagen. Sie können Ihre Stellungnahme vor dem Untersuchungsrichter abgeben«, sagte Dr. Duinmann. Man sah ihm an, dass sein Amt ihn nervlich belastete.

»Herr Staatsanwalt, Sie erfahren von mir die Wahrheit. Ich habe meine Frau nicht umgebracht«, sagte Mentjes, sammelte sich für Sekunden und fuhr dann fort: »Sie verweigerte mir den Beischlaf und begriff nicht, dass sie mich immer tiefer in den Sog des Trinkens stürzte. Unsere Gemeinsamkeiten schwanden dahin. Als Kerstin meinen Sohn Uwe in Hamburg während der Weihnachtsferien besuchte, fuhr ich wegen eines Skattermines zum Etzinga-Hof. Dort stand ein Golf, und wie ich heute weiß, war es das Auto meiner Frau. Onno und meine Frau hatten am Übungsabend des Kirchenchores teilgenommen. Weitere Beobachtungen bestätigten mir, dass sie es miteinander trieben. Ich war wie von Sinnen und beschloss, sie zu strafen.«

»Sie hegten Mordabsichten gegen Ihre Frau?«, fragte der Staatsanwalt.

»Lassen Sie mich ausreden«, forderte Mentjes Dr. Duinmann auf. »Swantje schleppte nach meinem Verzicht auf harte Sachen mengenweise Corvit in das Haus. Überall standen die Flaschen griffbereit herum. Ich wurde misstrauisch und befürchtete, dass sie mit Onno ein Komplott schmiedete.«

Harm schwitzte.

Er ließ sich Bier reichen und nahm einen kräftigen Schluck, dann sprach er weiter.

»Swantjes häufige Abwesenheit nahm mir den Schlaf. Ich wollte Anja und Uwe nicht mit meinen Problemen belasten und auch nicht den Ruf ihrer Mutter schädigen. Dass ich heute vor einem Staatsanwalt stehe, verdanke ich allerdings nicht meinem Misstrauen, sondern einem Zufall. Wir feierten den Heiligen Abend. Swantje und Onno baten mich zu sich an ihren Tisch. Meine Frau war böse, weil ich hart blieb und es ablehnte, mit Onno einen Korn zu trinken. Sie holte Bier vom Getränketisch. Zwei Flaschen, eine für mich und eine für sich selbst. Es gab einen kleinen Disput zwischen mir und Swantje, der auch mich erregte, dabei vertauschte ich zufällig die Flaschen, und Swantje trank in einem Zuge ihre Flasche leer, die für mich bestimmt war.«

Mentjes zitterte. Sein Atem ging schnell.

Im Zimmer löste diese Darstellung Unruhe aus. Mentjes hatte sich frei von jeder Mitschuld an dem Tode seiner Frau gesprochen und sie und den Nachbarn zum ersten Mal glaubwürdig belastet.

»Ruhe!«, schrie der Staatsanwalt, als besäße er das Hausrecht. »Herr Mentjes, Ihre Frau und auch Ihr Nachbar Etzinga können keine Gegendarstellung mehr abgeben. Das Ehrenwort eines Angeklagten wird oft in Zweifel gezogen.«

»Ich habe Beweise, Herr Staatsanwalt! Oben auf dem Boden habe ich die Bierflasche versteckt, die das Gift enthielt«, antwortete Mentjes aufgeregt.

»Harm, wir haben die Bierflasche bei der Hausdurchsuchung gefunden, und das Labor hat bestätigt, dass sie Rückstände des Giftes E 605 forte enthielt«, sagte der Kommissar.

»Das Gift war für mich bestimmt«, sagte Mentjes aufgebracht.

»Das klingt äußerst naiv, Herr Mentjes«, sagte de Vries. »Angenommen, Sie hätten Ihre Frau mit dem Bier vergiftet, dann würde die aufgefundene Bierflasche Sie nicht entlasten.«

Mentjes stutzte. »Dann hätte ich sie einfach weggeschmissen«, sagte er.

»Harm, und warum hast du uns deinen Verdacht vorenthalten?«, fragte der Kommissar.

»Hätte ich Swantje nach ihrem Tode hassen sollen? Hätte ich

ihren Nachruf schädigen sollen? Der Arzt hatte Herzversagen testiert. Das war plausibel und tragisch. Ich verzieh ihr, denn wir hatten vorher zufriedene Jahre mit unseren Kindern gemeinsam verlebt.«

»Herr Mentjes, uns fehlen die Möglichkeiten, das Geschehen am Heiligen Abend nachzuprüfen«, sagte der Staatsanwalt.

»Sie wollen weitere Beweise?«, fragte Mentjes und lächelte sicher.

»Haben Sie welche?«, fragte der Staatsanwalt.

»Ich habe Swantjes Handtasche versteckt. Onno Etzinga war so geschockt, als Swantje starb, dass er diese übersehen hat«, sagte Mentjes trotzig.

»Und was hat es auf sich mit der Handtasche?«, fragte de Vries.

»In ihr befindet sich der Behälter mit dem Gift«, antwortete Mentjes.

»Ohne deine Fingerabdrücke?«, fragte der Kommissar.

»Ja, das Gift wird aus Onnos Bestand kommen«, sagte Mentjes.

»Wir werden die Tasche an uns nehmen und den Giftbehälter im Labor prüfen lassen«, sagte der Staatsanwalt.

»Herr Mentjes, vielleicht richtete sich Ihre Frau selbst, angesichts der wachsenden Spannungen«, sagte de Vries.

»Das sehe ich anders. Swantje wollte leben und mich umbringen! Sie hatte die Hofarbeit satt. Sie träumte mit Onno vom späteren Glück und der nach meinem Ableben zu erwartenden Lebensversicherung«, sagte Mentjes kühl.

»Sie belasten mit Ihren Aussagen ebenfalls den ermordeten Nachbarn«, stellte der Staatsanwalt fest.

»Vielleicht schmiedete er den Plan. Swantje war ihm hörig. Es hätte geklappt. Bei meinem Übergewicht! Ich wiege fünfundneunzig Kilo. Ich rauche. Ein Infarkt hätte keine Fragen aufgeworfen.«

Traa Kim schluchzte und legte den Kopf auf die Tischplatte.

Die Beamten standen immer noch im Türrahmen. Im Kamin knisterten die abbrennenden Holzscheite. Die weiß gedeckten Tische und die irritierten Feiergäste wirkten wie Beiwerk einer gespenstischen Theaterinszenierung.

Mentjes strich seiner Braut über das Haar und wandte sich an den Kommissar.

»Folkert, Jong Kim wird nicht lange schweigen«, sagte Mentjes. »Er hasste Etzinga. Onno hat Traa Kim schamlos auszunutzen versucht. Sie hatte sich nach der Absolvierung eines Deutschkurses in Norddeich auf eine Zeitungsannonce nach Bremerhaven beworben.«

»Und es gab nicht die versprochene Arbeitsstelle, sondern unser Skatbruder erwartete bei zugesagter Versorgung ihre Liebesdienste, wenn er anreiste«, sagte Ideus.

»Das weißt du?«, fragte Harm überrascht.

»Noch schweigt Jong Kim«, antwortete der Kommissar.

»Er hat Onno bedrängt und bekam Ärger mit der Ausländerbehörde. Sie drohten ihm mit der Abschiebung und trennten die Geschwister. Jong Kim bekam einen Platz in Oldenburg, und Traa Kim kam nach Aurich.«

»Seit wann kennst du die Zusammenhänge?«, fragte Ideus.

Traa Kim hob den Kopf.

»Ich sagen Chef, nachdem Bruder verhaftet«, sagte sie mit verweinten Augen.

»Harm, vielleicht werden die Richter seine Schwierigkeiten in ihrem Urteilsspruch berücksichtigen«, sagte der Kommissar.

»Können Sie uns weitere Hinweise aus dem Umfeld Ihres Landarbeiters geben, Herr Mentjes?«, fragte der Staatsanwalt.

»Ich war Zeuge, als er Onno umbrachte«, sagte Mentjes.

»Vater, du warst in Onkel Onnos Scheune?«, fragte Uwe entsetzt.

»Ihr Alibi, Frau Anja Mentjes?«, fragte der Kommissar und schaute die junge Frau vorwurfsvoll an. Sie war sehr bleich und schwieg.

»Herr Staatsanwalt, ich muss einiges klarstellen, wie ich meine. Jong Kim und ich hatten länger als üblich gearbeitet. Traa Kim übernachtete in Oldenburg bei Verwandten. Jong Kim und ich aßen in der Küche einige Schnitten und tranken ein Bier. Als sich Jong Kim verabschiedete, machte ich noch einen Rundgang um den Hof. Kim radelte davon. Ich sah, dass er auf dem Gepäckträger seines Rades einen Jutesack unter die Klammer gesteckt hatte. Das machte mich stutzig. Die Tür zum Werkzeugraum stand einen Spalt offen. Ich betrat den Raum und sah sofort, dass ein Beil fehlte.«

»Sie schöpften Verdacht?«, fragte der Staatsanwalt.

»Nicht direkt. Ich fühlte eine Unruhe in mir. Jong Kim konnte von mir alles haben, was er sich wünschte. Ich fragte mich, was er mit einem Beil wollte. Ich ging ins Haus zurück und legte eine präparierte Kassette in den Recorder.«

»Verzeihung, wieso eine präparierte Kassette?«, fragte der Staatsanwalt.

»Ich hatte die Kassette mit Lärm und Trinksprüchen vorbereitet und bereits einmal benutzt, als ich abends hinter Swantje und Onno herspioniert habe«, sagte er.

»Berichten Sie weiter«, forderte Dr. Duinmann ihn auf.

»Ich stellte meinen Mercedes vor die Garage, fuhr den Golf heraus und verschloss sie. Dann fuhr ich langsam in Richtung Aurich. Nach meinen Berechnungen hätte ich Jong Kim hin ter dem Sägewerk in der Nähe der Edeka überholen müssen. Ich sah ihn nicht. Ich fuhr weiter. Erst an der Einfahrt zum Ostfrieslandhaus wendete ich. Ich kam mir albern vor. Ich fuhr im Schritttempo zurück. Erst als ich am Versorgungsweg zu Onnos Hof hinter Sträuchern ein Fahrrad sah, stutzte ich. Ich stieg aus. Fahrräder sehen alle gleich aus. Der Gepäckträger war leer. Misstrauisch stellte ich den Golf auf einem Feldweg ab. Ich schritt ein wenig hin und her und beobachtete das Gelände. Es war noch nicht ganz dunkel. Dann sah ich einen Mann, der sich Onnos Hof näherte. Zunächst war ich mir nicht sicher, denn beim zweiten Hinsehen war er verschwunden. Entschlossen ging ich hinüber. Als ich mich dem Stall näherte, hörte ich, wie die Kühe unruhig muhten. Das war ungewöhnlich. Wenn die Tiere gesund sind, suchen auch sie den Schlaf.«

Mentjes griff wieder nach der Bierflasche und trank einen Schluck.

»Ich ging näher an den Stall heran«, fuhr er dann fort. »Das Wohnzimmerfenster war erleuchtet. Ich sah, dass die Stalltür geöffnet war. Vorsichtig schlich ich an der Hauswand im Schutz der Rhododendronsträucher entlang. Im Stall wurden die Lampen angeschaltet. Die Kühe zerrten an ihren Ketten. Ich schlich an die angelehnte Tür und sah, wie Jong Kim Onno Etzinga mit einem Beil entgegenstürzte. Der Vietnamese traf Onno mit dem Blocksatz an der Schläfe. Onno taumelte. Er versuchte, den kleinen Mann zu packen, doch Jong Kim entwischte ihm. Er ergriff eine Mistforke und rammte sie Onno in die Brust. Entsetzt rannte ich zum Wassergraben zurück und legte mich flach auf den Boden. Ich war einem Infarkt nahe und blickte gebannt auf die Stalltür. Ein Mann schlich, wie ich vorher, zum Seitenflügel des Tores. Ich sah, wie Jong Kim davonrannte. Der Mann betrat kurz den Stall und hastete dann ebenfalls geduckt davon. Ich wusste nicht, was ich tun sollte. Sollte ich mich stellen und beteuern, dass ich Onno nicht gehasst hatte? Sollte ich meinen Landarbeiter verraten? Ich entschloss mich, zu schweigen.«

»Vater!«, rief Anja Mentjes in die Stille.

Harm Mentjes setzte sich. Er war verschwitzt und blickte schuldbewusst um sich.

»Eine tolle Geschichte, Herr Mentjes«, sagte der Staatsanwalt.

Harm verließen die Kräfte. Er setzte die Bierflasche an den Mund und trank sie gierig leer.

Mentjes hatte einen zusätzlichen Zeugen erwähnt.

Wer war der Mann, der sich für nur wenige Sekunden am Tatort aufgehalten hatte?, fragte sich der Kommissar und kannte die Antwort.

»Harm, du bist ein Dickschädel! Erinnere dich: Wie sah der Fremde aus, der nur kurz am Tatort erschien?«

»Er war größer als ich und schlanker«, antwortete Mentjes.

In die entstandene Stille sprach der Staatsanwalt. »Herr Mentjes, Herr de Vries wird Sie begleiten. Händigen Sie ihm die Handtasche Ihrer Frau aus.«

Harm Mentjes erhob sich. Er schaute Uwe und Anja an.

»Es tut mir Leid, dass alles so gekommen ist«, sagte er leise. »Bevor ich Mutters Handtasche den Beamten aushändige, möchte ich mich mit Traa Kim verloben.«

Er griff in seine Jackentasche, holte die Goldringe hervor, streifte der bleichen Vietnamesin den Ring über den Finger und steckte sich den anderen selbst an.

»Gehen wir, Herr de Vries«, sagte er.

24. Kapitel

Im Reihenhaus in der Klipperstraße 25a waren die Räume stickig. Durch die geöffneten Fenster stieg die kalte, feuchte Luft des verregneten Nachmittags.

Das Haus wirkte ohne Leben und schien auf seine Besucher zu warten, die schicksalhaft alles hinter sich gelassen hatten.

Das Zimmer der alten Frau, mit vollem Kleiderschrank und dem gemachten Bett, daneben das Nachtschränkchen, das Tablettenschachteln enthielt, stimmte die Besucher nachdenklich. Sie warfen einen Blick in das Schlafzimmer der Beate Multhaupt. Auch ihr Zimmer wirkte so, als hätte sie es eben verlassen.

Schockiert jedoch waren die Besucher, als sie das verlassene Kinderzimmer betraten. Das klobige Holzspielzeug, das Netzgeflecht des Krabbelställchens, die Steifftiere, die mit blinden Augen auf die Rückkehr eines Kindes zu warten schienen. Dies alles war mehr als deprimierend.

Der Kommissar vernahm die Stimme des Oldenburger Kriminalrates.

»Und hier ging Onno Etzinga mit einem Zollstock herum, um die Alte zu täuschen. Sie erkannte ihn auf einem Foto wieder. Für nur wenige Minuten war sie bei vollem Verstand, dann redete sie wirres Zeug. Doch nun sitzt sie in der Psychiatrie und dämmert ihrem Tode entgegen, der für sie eine Erlösung sein muss.«

»Hat er das Kind vergiftet?«, fragte de Vries, der dieses unglückliche Haus so schnell wie möglich wieder verlassen wollte.

»Ja«, sagte der Kriminalrat. »Sein Kind starb an einem Brei, der E 605 forte enthielt. Etzingas Leben war verspielt, als Beate Multhaupt von dem Tod der Swantje Mentjes erfuhr. Er hatte erneut eine Frau unglücklich gemacht. Beate Multhaupt fand bei ihrer Sozialarbeit im Asylantenheim zu Jong Kim, der sich bereit erklärte, als ›Soldat und Kämpfer‹ Onno Etzinga zu töten, nicht zu ermorden: Sie zahlte ihm den Sold.«

»Herr Dr. Zander, Sie verloren Ihre Geliebte zweimal«, sagte der Staatsanwalt.

Der Bankmanager sah leidend aus.

»Beate hatte düstere Prophezeiungen von sich gegeben, Herr Staatsanwalt«, sagte Dr. Zander tonlos. »Sie erwähnte einen Traum ihrer verkalkten Mutter und redete von dem

Geschwafel ihres behinderten Jochen, der, so meinte sie, zwischen uns gestanden hatte. Es gelang mir nur schwer, ihre Gedanken zu deuten. Als ich sie zu Hause nicht antraf, fuhr ich in Panik nach Aurich. Das mit dem Bild stimmte. Ich nahm es zum Anlass, um Onno Etzinga aufzusuchen. Vielleicht wollte ich ihn warnen? Ich war wie von Sinnen. Als ich den Hof gefunden hatte, hielt ich alles für einen irrsinnigen, hysterischen Einfall. Doch ich wurde Zeuge und stand vor dem Opfer, das der Vietnamese im Auftrag von Beate getötet hatte.«

»Sie vergewisserten sich, dass der ehemalige Freund Onno tot war?«, fragte der Kommissar.

»Ja«, sagte der Bankmanager.

»Der Fußabdruck«, sagte de Vries.

»Was hat er auf sich?«, fragte Dr. Zander.

»Nichts, Herr Dr. Zander. Sie kamen zu spät«, sagte der Staatsanwalt.

Sie gingen nach unten. Der Kriminalrat legte die Protokolle auf den Tisch.

»Ich benötige noch Ihre Unterschriften«, sagte er müde.

Die toten Mädchen von Jever

Die Sommerferien waren zu Ende. Studienrat Baumann war mit seinem neuen Stundenplan nicht sonderlich zufrieden. Er freute sich zwar darauf, in der Jahrgangsstufe 12 am Technischen Gymnasium Deutsch zu geben, aber die Aussicht, im neuen Schuljahr auch eine unter den Lehrern allgemein gefürchtete Tankwart-Klasse unterrichten zu müssen, behagte ihm gar nicht. Die Klasse wurde von einigen Rowdies tyrannisiert, die den Lehrkräften mit ihren Disziplinlosigkeiten alles abverlangten und sie psychisch häufig überforderten.

Baumann scheute sich davor, dem Direktor offen zu gestehen, dass er sich diesen schwierigen Schülern nicht gewachsen fühlte, denn sicherlich mussten seine Kollegen ebenfalls Problemklassen unterrichten. Er dachte aber auch an seine bevorstehende Beförderung. Schweren Herzens nahm er sich also vor, sich der Herausforderung zu stellen.

Als er sich am ersten Schultag der Klasse näherte, huschte sein Blick über die in Jeans und Leder gekleideten Schüler, die ihn erwartungsvoll anstarrten. Sie spürten sofort seine innere Abneigung.

Baumann schloss den Klassenraum auf und ließ die Schüler eintreten. Er suchte krampfhaft nach passenden Begrüßungsworten und wusste gleichzeitig, dass er bereits verloren hatte. Ihm fehlte einerseits die Bereitschaft, die Schüler aus ihrer Situation heraus zu verstehen, andererseits besaß er nicht die notwendige Härte, sofort durchzugreifen und sich Respekt zu verschaffen. Die Schüler spürten das und legten provozierend lässig ihre Füße auf die Tische. Schon nach wenigen Minuten war der Lärm in der Klasse so angestiegen, dass Baumanns Stimme völlig unterging.

Hoffnungsvoll wandte sich der Lehrer an die Mädchen in der Klasse. Sein erkrankter Kollege Landner hatte ihm diesen Rat erteilt. Landner hatte fast nur in schwierigen Klassen gearbeitet, und das mit großem Erfolg. Doch vor kurzem hatte er einen Herzinfarkt erlitten und daraufhin beschlossen, nach seiner Genesung nicht mehr an die Schule zurückzukehren.

Doch Baumann besaß nicht das Einfühlungsvermögen und nicht die Geduld seines legendären Vorgängers, den die Tankwarte regelrecht verehrt hatten.

Die erste Schülerin, die er ansprach und nach ihrem Namen fragte, grinste breit.

»Du kannst mich Helga nennen«, antwortete sie. Die anderen kicherten.

»Habt ihr Herrn Landner geduzt?«, fragte Baumann irritiert.

»Gelegentlich. Er redete uns auch mit du an«, sagte Helga.

Baumann erblickte einen blassen, schmächtigen Schüler, der eingekeilt zwischen zwei kräftigen Typen saß und ihn mitleidig anschaute. Um ihn musste er sich kümmern. Der Junge gehörte wie er nicht hierher.

Baumann setzte sich an das Lehrerpult. Bemüht, die Schüler kennen zu lernen, schlug er das Klassenbuch auf und las die Namen laut vor. Sofort gab es Gelächter. Erst als er kundtat, dass er die Klasse in Zukunft an Stelle von Landner unterrichten und ihre Abschlussprüfung mit abnehmen würde, gelang ihm ein kleiner Achtungserfolg.

Er beobachtete, während er sprach, wie ein tätowierter, brutal aussehender Schüler dem blassen Jungen den Taschenrechner entwendete und wie verrückt auf die Tasten drückte.

»Jürgen Kniping, Sie sind bereits dreiundzwanzig, Sie waren beim Bund und haben erfolgreich eine Lehre als Koch abgeschlossen«, sagte Baumann und blickte den blassen Jungen freundlich an.

Der viel jünger wirkende Schüler lächelte gequält.

»Ich fand keine Stelle als Koch, und da meinte mein Vater, ich sollte auf seiner Tankstelle arbeiten«, antwortete er.

»Seinem Daddy gehört auch das Torfhaus mit der Disko!«, rief ein Schüler.

»Jürgen muss endlich ein Mann werden«, scherzte ein Mädchen.

»Kochen kann er bereits. Vielleicht versucht er es hinterher mit einem Nähkurs!«, rief eine andere Klassenkameradin.

Der Junge saß mit rotem Kopf in der Schulbank und schwieg. Sein Nachbar legte ihm den auseinander genommenen Taschenrechner in Einzelteilen auf den Tisch und grinste höhnisch.

Da war es um Baumanns Ruhe geschehen. »Was denken Sie sich eigentlich dabei?«, brüllte er den Unruhestifter an und ging mit geballten Fäusten auf ihn zu.

Blitzschnell erhob sich der Schüler, nahm eine Karatehaltung ein und schrie »Hu!«. Baumann sah sich schon von einem Handkantenschlag getroffen zu Boden gehen, doch der Junge hielt im letzten Moment inne. Um seinen Schrecken zu verbergen, drehte der Lehrer sich rasch um und ging gespielt lässig zum Fenster.

»Das sind also die Scherze, von denen Kollege Landner gesprochen hat«, sagte er laut, während er über die weiten Felder blickte. »Aber bei mir läuft das nicht.«

»Herr Baumann, ohne unsere Zustimmung erreichen Sie nichts! Wir müssen zusammenarbeiten«, sagte eine Schülerin. Sie hatte ein nettes Gesicht und eine schlanke Figur.

Ihr Vorschlag klingt vernünftig, schoss es Baumann durch den Kopf. Er las den Themenkatalog mit den vorgegebenen Lehrinhalten vor und erntete schallendes Gelächter. Es entbrannte eine lautstarke Diskussion, in der sich Baumann aber wider Erwarten ganz gut behaupten konnte. Als der Gong ertönte, ließ er die Schüler erleichtert in die Pause gehen. Baumann war mit den Kräften am Ende. Sein Kopf dröhnte, aber er hatte in den letzten Unterrichtsminuten Hoffnung geschöpft, dass er die Klasse vielleicht doch in den Griff bekommen konnte.

Bemüht, seine Anspannung zu verbergen, griff er im Lehrerzimmer nach einer Zeitung. Er musste versuchen, Abstand zu gewinnen.

Noch zwei Stunden bei diesen Rowdies, dachte er. Wie soll ich das nur überstehen? Als es klingelte, verließ er im Schwarm der sich laut unterhaltenden Kollegen das Lehrerzimmer.

Er suchte mit unguten Gefühlen den Klassenraum auf, schloss die Tür auf und ließ die sich drängenden Schüler eintreten. Die Jugendlichen forderten, dass Baumann den Unterricht interessanter gestaltete, als es üblich war. Sie wünschten Diskussionen über die Umweltverschmutzung, über die Kälbervergiftungen und die politischen Skandale. Es könnte gut gehen, dachte Baumann, wenn es mir gelingt, meine Vorurteile den Schülern gegenüber abzubauen.

»Herr Baumann, bitte zum Sekretariat!«, erklang es in diesem Moment durch den Lautsprecher.

»Nix wie hin!«, rief ein Schüler.

Mein Gott, was soll das?, fragte Baumann sich verunsichert. Gerade war er dabei, Fuß zu fassen, da wurde seine Arbeit schon wieder unterbrochen.

Baumann verließ die lärmende Klasse und eilte zum Sekretariat. Die Sekretärin zeigte stumm auf die Tür des Chefzimmers, und Baumann trat ohne zu klopfen ein.

»Herr Baumann, Ihre Schüler haben den Notschlüssel aus dem Glaskasten genommen und die Nottür geöffnet. Außerdem war eine Toilettentür aus den Angeln gehoben. Sie müssen unbedingt durchgreifen! Ihre nachgiebige Haltung bringt unsere ganze Lehrerschaft in Misskredit. In unsere Schule nistet sich das Chaos ein, wenn es so weitergeht!«, empfing ihn der Direktor aufgebracht.

»Aber es handelt sich nicht um normale Schüler«, versuchte Baumann zu erklären. Der Schweiß trat ihm vor Aufregung aus allen Poren.

»Aber, Baumann, Sie haben doch Ihre Prüfungen bestanden! Sie werden doch wohl nicht kapitulieren. Stellen Sie sich bitte Ihren Aufgaben, für die Sie bezahlt werden! In jungen Jahren muss sich ein Beamter bewähren!«, dozierte der Chef, und seine Miene verdüsterte sich bedrohlich.

»Ja«, sagte Baumann nur und erhob sich.

»Sie sind der verantwortliche Lehrer, deshalb erwarte ich von Ihnen, dass sich solche Vorfälle nicht wiederholen«, schloss der Direktor.

Verärgert verließ Baumann das Chefbüro. Er fand es ungerecht, dass er gemaßregelt worden war und nicht die Schüler. Als er sich damals entschlossen hatte, Lehrer an Wirtschaftsschulen zu werden, gab es im kaufmännischen Bereich noch keine Tankwarte, erst recht keine derart ungehobelten Schüler wie diese. Mit solch einem belastenden Berufsalltag hatte er wirklich nicht gerechnet. Baumann fühlte die typischen Schmerzen einer beginnenden Magenschleimhautentzündung. Eine plötzliche Hitzewelle trieb ihm den Schweiß ins Gesicht, als er den Lärm vernahm, der aus seiner Klasse drang.

Ich muss mit den Schülern einen Kompromiss finden!, dachte er, öffnete entschlossen die Tür des Klassenzimmers und prallte entsetzt zurück.

Zwei starke Burschen hielten den sich windenden Jürgen Kniping fest, dessen heruntergelassene Hosen sich um seine Füße gewickelt hatten, während ein paar Mädchen mit Filzstiften das nur im Ansatz vorhandene Schamhaar des Jungen schwärzten!

Als die Schülerinnen Baumann bemerkten, huschten sie schnell auf ihre Plätze, lachten aber immer noch schadenfroh.

»Seid ihr wahnsinnig?«, schrie Baumann außer sich.

»Jürgen hat ein Glied wie ein Bleistift!«, rief eine Schülerin, und die Meute brüllte vor Vergnügen.

Baumann stieß die Rowdies mutig beiseite. Sie ließen Jürgen Kniping unsanft auf den Boden fallen, der weinend seine Hosen hochzog.

»Ihr wollt Männer sein? Ihr seid Kraftprotze, die sich auf Kosten von Schwachen ihren Spaß machen. Fühlt ihr Dummköpfe nicht, dass in jedem von uns etwas Göttliches steckt? Sie, Fräulein, auch Sie haben sich auf Jürgens Kosten amüsiert! Wie hätten Sie reagiert, wenn die Schüler Sie nackt vorgeführt hätten?«, fragte er wütend. Baumann wirkte kämpferisch. Er war bereit, für Jürgen in die Bresche zu springen, selbst wenn ihn die anderen dafür fertig machen würden.

»Das wäre eine Vergewaltigung gewesen. Ich hätte Holger und Eilert angezeigt«, sagte das Mädchen schnippisch.

»Und soll Jürgen Anzeige erstatten?«, fragte Baumann und strich dem weinenden Kniping über das Haar.

Alle schwiegen betreten.

Baumann setzte sich an den Lehrertisch. Seine Hände zitterten.

»Herr Lehrer, es sollte nur ein Spaß sein«, entschuldigte sich der kräftige Junge, der Holger hieß.

»Den habt ihr gehabt, und Jürgen habt ihr gedemütigt. Wenn wir zusammenarbeiten wollen, dann bitte ich darum, dass ihr nicht nur mich, sondern auch euch untereinander akzeptiert! Ich habe für Tankwarte die Bildungsziele nicht eingeführt. Ich tue nur meine Pflicht. Ich bitte euch, benehmt euch fair, es gibt auch noch für euch einiges zu lernen«, sagte er. Er dachte an den Direktor. Sollte er ihn holen?

»Herr Studienrat, ich will keine Anzeige erstatten«, meldete sich Jürgen eingeschüchtert zu Wort.

Baumann wusste, dass der Schüler diesen Schock nicht so schnell verwinden würde. Und der Direktor? Er würde nicht die Schüler, sondern Baumann fertig machen. Der Lehrer begann, auf Kosten eines Schülers sein Ansehen zu steigern. Der Vorfall hatte ihm geholfen, die Klasse in den Griff zu bekommen. Aber er hatte gelernt. Er war entschlossen, das Geschehene nicht der Schulleitung zu melden. Doch mit Jürgen Kniping musste er bei Gelegenheit ein Gespräch unter vier Augen führen, das nahm er sich fest vor.

Der Wecker klingelte. Baumann fuhr aus dem Schlaf. Er schaute sich irritiert um und stellte erstaunt fest, dass er in Jeans geschlafen hatte. Die Tür zum Wohnzimmer stand offen, und ein schaler Geruch nach Rauch und Bier lag in der Luft.

Der Lehrer stand auf und ging ins Wohnzimmer. Ihm fehlten ein paar Stunden seiner Erinnerung. Er wusste beim besten Willen nicht mehr, was er am letzten Abend gemacht hatte.

In Gedanken versunken, öffnete er die Balkontür und ließ frische Luft einströmen. Angewidert leerte er den vollen Aschenbecher und warf die klebrigen Bierflaschen und die leere Schnapsflasche, die auf dem Tisch standen, in den Mülleimer.

Das Foto der Klasse 7 des Berufsgrundbildungsjahres Wirtschaft und Verwaltung hatte Bierflecken abbekommen. Für Sekunden nahm Baumann das Foto hoch. Er hatte es selbst bei der Einschulung auf der Wiese vor der Schule nach dem obligatorischen Rundgang geschossen.

Er lächelte, als sein Blick über die hübschen jungen Mädchen glitt. In dieser Klasse machte ihm die Arbeit Spaß.

Er legte das Foto wieder auf den Tisch, ging zum Schreibtisch, griff nach den zurechtgelegten Büchern und packte sie in seine Tasche. Dann verließ er die Wohnung, um zur Schule zu fahren.

Auf ein Frühstück verzichtete er; er hätte sowieso keinen Bissen heruntergebracht.

Die Klasse 7 des Berufsgrundsbildungsjahres (BGJ) war eine reine Mädchenklasse. Die Schülerinnen besaßen alle die mittlere Reife. Sie strebten nach dem Abschluss der einjährigen Schulform einen Ausbildungsplatz bei den Banken, Industrie- und Handelsbetrieben und den Verwaltungen an.

Die Schülerinnen kicherten, als Baumann die Klasse betrat. Er legte das Klassenbuch auf das Pult und ging erst einmal die Anwesenheitsliste durch.

»Herr Baumann, lassen Sie sich einen Bart wachsen?«, fragte eine Schülerin.

Er fuhr sich mit der Hand über das Kinn und fühlte die Stoppeln.

»Ich habe vergessen, mich zu rasieren«, sagte er leicht verlegen und begann hastig über die ›Rechtlichen Grundlagen‹ zu sprechen, ein Thema, das er im Schlaf beherrschte.

Baumann verblüffte die Schülerinnen mit seinen fundierten Kenntnissen. Er trug den Stoff lebendig vor und baute sogar hin und wieder Späßchen ein, denn das gelegentliche Gekicher und Gemunkel der Mädchen erfreuten ihn.

Tanja ist die Hübscheste, dachte er, während der Lehrstoff ihm routinemäßig über die Lippen floss. Er tastete ihren Körper mit Blicken ab. Die jugendlichen Brüste, das lange Haar, der dunkle Teint! Aber auch Anja war hübsch, gertenschlank. In Gedanken zog Baumann die Mädchen aus, selbst die etwas pummeligen stellte er sich nackt vor. Der Restalkohol, den er noch im Blut hatte, stützte dabei seine Fantasie. Am vorigen Abend dagegen hatte der Alkohol ihm geholfen, Begebenheiten zu vergessen, die ihn einmal völlig aus der Bahn geworfen hatten. Sein Leben war nicht immer so ruhig verlaufen wie im Moment …

Das Klingeln nach zwei Unterrichtsstunden überraschte ihn selbst. Er stellte sich an das Fenster und beobachtete, wie die Mädchen in luftigen Sommerkleidern oder in engen Hosen die Klasse verließen. Zum Schuljahresende werden sie achtzehn und ich zweiunddreißig sein, überlegte er.

Die erste Schulwoche nach den Ferien hatte Baumann gezeigt, wo seine größten Belastungen lagen. Er hatte daraus seine Konsequenzen gezogen und sich besonders gründlich auf den Unterricht in seiner Tankwartoberstufe vorbereitet.

An diesem Tag musste er wieder in der Tankwartklasse unterrichten, und dementsprechend bedrückt betrat Baumann das Lehrerzimmer. Die Kollegen saßen in Grüppchen an den Tischen und diskutierten die neuesten Skandale, von denen die Zeitungen berichteten.

Baumann ging an sein Fach und entnahm ihm einen gelben Zettel, der die Bemerkung ›Rücksprache‹ trug. Ohne Erbarmen bombardierte ihn der Chef darauf mit Vorwürfen, die seine Klasse betrafen. Baumanns Hände zitterten. Die krampfhaften Kopfschmerzen, die er schon so gut kannte, stellten sich wieder ein.

Entschlossen ging er zum Sekretariat. Der Chef war anwesend, und die Sekretärin meldete den aufgebrachten Lehrer sofort an.

Direktor Luitgenhuis saß hoch aufgerichtet hinter seinem wuchtigen Schreibtisch. Sein schmales Intellektuellengesicht drückte Missfallen aus. In den Händen hielt er ein Klassenbuch.

»Nehmen Sie Platz, Herr Kollege«, sagte er kalt. Baumann rückte den Stuhl in Schreibtischnähe und setzte sich. »Können Sie mir sagen, was das ist?«, fragte der Direktor und hielt das Klassenbuch hoch.

»Was soll diese Frage?«, antwortete der Lehrer verärgert.

»Sie scheinen nicht zu wissen, dass Klassenbücher von Beamten gewissenhaft geführte Verwaltungsakten sind, die den Nachweis liefern, dass die vorgesehenen Lehr- und Lernstoffe im Unterricht behandelt wurden und zudem über die Anwesenheit und das Fehlen der Schüler Rechenschaft geben. Mir tut es Leid, dass ich Ihnen hier vorwerfen muss, dass Sie das Klassenbuch Ihrer Tankwartklasse schlampig geführt haben. Die Anwesenheitsliste hat Lücken, die Namen der Schüler, die den Unterricht versäumt haben, sind im Tagesbericht nicht aufgeführt.« Mit strengem Blick reichte der Direktor Baumann das Klassenbuch.

»Aber Herr Luitgenhuis …«, setzte Baumann an.

»Herr Kollege, kein Aber, es ist Ihre Schuld, wenn wir uns hier öfter sehen, als mir lieb ist«, sagte Luitgenhuis und erhob sich.

Baumann stand ebenfalls auf und verließ ohne ein weiteres Wort den Raum. Mit müden Schritten ging er zum Lehrerzimmer. Dort setzte er sich an einen Tisch, um sich für den Unterricht zu sammeln.

Keiner seiner Kollegen interessierte sich für seinen Kummer und ständigen Ärger mit dem Chef. Sie sahen lieber ihn in der Zwickmühle als sich selbst. Baumann schlug das beanstandete Klassenbuch auf und ging seine Eintragungen durch. Das waren Lappalien, die der Direktor gerügt hatte. Seine Kollegen verfuhren nicht anders. Auch sie ergänzten erst zum Ende des Schulhalbjahres ihre Eintragungen. Und außerdem war dies erst der zweite Berufsschultag der Tankwartoberstufe. Baumann hätte sich am liebsten krank gemeldet.

Als es klingelte, verließ er zusammen mit seinen Kollegen das Lehrerzimmer und ging seiner Tankwartklasse entgegen. Er bemühte sich erst gar nicht um ein gewinnendes Lächeln, als er den Schülern die Klassentür aufschloss.

Unbarmherzig trieben die Schüler ihre Spielchen mit ihm. An ihm ließen sie ihren Ärger über ihre aussichtslose berufliche Situation aus. Denn die Schüler sahen in ihm einen Vertreter des Systems, das es duldete, dass sie zu unterbezahlten Gehilfen geworden waren, ohne Hoffnung, nach abgelegter Prüfung von ihren Ausbildungsbetrieben fest übernommen zu werden. Dabei leisteten sie während der Saison viele unbezahlte Überstunden.

Ihnen fehlt die Motivation zum Lernen, dachte Baumann und beobachtete die Schüler, die sich lachend und lärmend an die Tische setzten.

Er stellte seine Tasche auf das Pult, schlug das Klassenbuch auf und las die Anwesenheitsliste vor. Dumme Sprüche verleideten ihm seine dienstliche Pflicht. Er war froh, als er damit fertig war. Nun konnte er mit dem Stoff beginnen. Für diese Stunde hatte er alte Prüfungen fotokopiert und hoffte, damit einen großen Teil der Klasse anzusprechen.

Ihn hatte jede Kopie sieben Pfennig gekostet, die er nicht einsammelte. Umso verärgerter war er, als er sah, wie die Schüler begannen, aus den Arbeitsblättern Flugzeuge zu falten. Wie hätte sich der legendäre Kollege Landner verhalten?, fragte er sich aufgeregt. War sein Herzinfarkt die Folge des Unterrichtes in diesen Klassen gewesen?

Ein Gemurmel ging durch die Klasse, dann erhob sich lautes Gelächter. Mareike, ein kräftiges Mädchen, stand auf und kam grinsend auf Baumann zu. Als sie sich vor seinem Pult aufbaute, wurde das Gelächter zu ohrenbetäubendem Gegröle.

»Was soll das?«, rief Baumann entsetzt, als Mareike eine Plastiktüte auf den Lehrertisch legte, in der in blutigem Schleim ein Stück Fleisch schwamm.

»Herr Lehrer, das ist der Hoden eines Jungbullen! Mein Freund ist Schlachter. Er sagte, dass es eine Delikatesse ist und die Potenz hebt«, sagte sie und ging kichernd zu ihrem Platz zurück.

Die Klasse glich einem Irrenhaus. Baumann stürzte wie von

Sinnen aus dem Zimmer und hastete zur Toilette. Er konnte den Brechreiz gerade noch so lange unterdrücken, bis er den Waschraum erreicht hatte.

Soll ich die Sache nicht besser Direktor Luitgenhuis melden?, überlegte er, als sich sein Magen wieder etwas beruhigt hatte.

Doch dann schüttelte er den Kopf. So etwas war noch keinem Kollegen widerfahren. Der Chef würde ihm Unfähigkeit vorwerfen, ja, die Sache an die große Glocke hängen und ihn vielleicht sogar in Osnabrück bei der Bezirksregierung bloßstellen.

Erschöpft und entmutigt ging Baumann zurück in die Klasse. Er hatte nicht mehr die Kraft loszubrüllen, stellte sich nur vorne hin und sah die Schüler an.

Er merkte, dass Jürgen Kniping sich für seine Mitschüler schämte. Sie waren also nicht alle so brutal. Es waren nur ein paar Typen, die ihre Mitschüler tyrannisierten.

Baumann nahm ein Stück Kreide in die Hand und löste die Aufgaben an der Tafel. Kommentarlos, krampfhaft bemüht, die Zeit hinter sich zu bringen und den Lärm zu überhören.

Am Mittwoch, dem 17. August, stieg das Thermometer auf stolze fünfundzwanzig Grad. Ein Traumwetter für die Feriengäste. Wer in Jever Zeit hatte, fuhr an den Strand von Neuharlingersiel.

Die Schülerin Tanja Jansen setzte sich nach dem Mittagessen unter den Sonnenschirm im elterlichen Garten und erledigte recht oberflächlich ihre Schularbeiten. Danach zog sie den Bikini an, stellte den Sonnenschirm beiseite und legte sich auf eine Liege. Sie genoss die heißen Sonnenstrahlen auf ihrer Haut. Sie hatte sich für den Abend mit ihren Freundinnen verabredet. Um sieben Uhr wollten sie sich treffen und mit den Fahrrädern zum Torfhaus fahren, wo sich die Disko Frisco-Sound befand.

Tanja war sich ihrer Wirkung auf Männer bewusst und genoss naiv deren Bewunderung. Selbst ihr Klassenlehrer, der blasse und linkische Baumann, den sie bereits nach vierzehn Tagen wegen seiner gebeugten Haltung und seines traurigen Gesichtes ›Trauerweide‹ nannten, begann sie zu bevorzugen. In seinen Blicken konnte sie deutlich die Sympathie und Bewunderung lesen, die er für sie hegte. Ja, seine Blicke wirkten mitunter vertraulich, aufmunternd.

Tanjas Vater war Oberstudienrat im Carl-Jaspers-Gymnasium in Jever. Ihre Mutter versah den Haushalt. Die Eltern waren miteinander glücklich, und Tanja war froh, dass sie in einer solch intakten Familie lebte. Es gab kaum Streitereien, und Tanja hatte viele Freiheiten. Ihre Mutter hatte sie früh aufgeklärt, und der Vater hatte vor einiger Zeit sogar über Aids offen mit ihr gesprochen. Tanja hatte keine Angst vor der modernen Seuche, denn sie wollte erst dann mit einem Jungen intim werden, wenn sie ihn wirklich liebte und schon lange mit ihm zusammen war.

Als sich die Sonnenstrahlen in den hohen Tannen des Gartens verfingen, beendete Tanja das Sonnenbad. Sie ging ins Haus, zog sich an und setzte sich an den Küchentisch. Ihre Mutter bereitete ihr einige Schnitten Brot zu und servierte Tee.

»Kind, Vater kommt gleich zurück. Er kann dich zur Disko fahren, und ich hole dich abends ab«, sagte die Mutter.

Doch Tanja schüttelte den Kopf. »Da wird nichts draus, Mama. Elke, Kerstin und ich, wir fahren mit dem Rad. Wir kommen auch zusammen zurück«, erklärte sie.

»Tanja, Papa ist in der Schule. Sie haben eine Konferenz. Aber du weißt doch, er sieht das überhaupt nicht gern«, sagte die Mutter.

Tanja trank den Tee und nahm einen Bissen von ihrer Schnitte. »Mama, ich bin siebzehn! Ihr könnt mich nicht immer noch wie ein Kleinkind behandeln!«

Die Mutter schwieg. Sie und ihr Mann hatten sich entschlossen, ihrer Tochter die Loslösung vom Elternhaus nicht zu erschweren. Frau Jansen betrachtete ihre Tochter liebevoll. Tanja sah niedlich aus und war gut gewachsen. In Jeans und einem T-Shirt wirkte sie besonders sportlich und lässig.

Tanja griff in ihre Jeanstasche, holte die kleine Geldbörse hervor, öffnete sie, prüfte den Inhalt, steckte sie wieder ein und verließ mit einem kurzen Gruß die Küche.

»Heinrich wird das nicht recht sein«, stöhnte die Mutter, während sie durch das Wohnzimmerfenster beobachtete, wie Kerstin mit ihrem Hollandrad an dem Bungalow des Nachbarn vorbeiradelte.

Tanja traf Kerstin vor dem kleinen Edeka-Laden an der Moorwieke. Sie saß auf dem Fahrrad und hielt sich mit der Hand an einem Briefkasten fest. Kerstin, Tanjas Mitschülerin seit der ersten Klasse, war auch im BGJ ihre vertraute Freundin. Wie früher auf der Realschule saßen sie zusammen in einer Schulbank und lachten über ›Trauerweide‹, wenn er verklemmt seinen Lehrstoff darbot. Kerstin war vollschlank und hatte ein hübsches Gesicht. Ihr Haar trug sie streichholzkurz geschnitten, was sie stets frech und optimistisch aussehen ließ.

»Elke hat Verpflichtungen. Ihre Eltern sind auf einer Party in der Nachbarschaft, und deswegen muss Elke auf Kläuschen aufpassen«, sagte Kerstin und stieß sich vom Briefkasten ab.

Sie fuhren über den kurvenreichen ›Swinspadd‹, der an reifen Weizen- und Kornfeldern vorbeiführte. Einige Höfe lagen auf beiden Seiten des Weges hinter Weiden, auf denen Kühe grasten. Für die Kornblumen, die hochgeschossenen Schafgarben und Kamillenblüten hatten sie keinen Blick, denn sie waren selbst in der Blüte ihres Lebens. Sie genossen das Abenteuer Jugend und erwarteten in der Disko Frisco-Sound den zeitgemäßen Freizeitspaß.

Die Mädchen schoben ihre Räder in den Fahrradständer. Die Disko mit den reflektierenden Lichtern, den heißen Scheiben und den drei Tanzflächen war auch an diesem Abend ein Treffpunkt vieler junger Menschen, die einfach unbelastet unter sich sein wollten.

Studienrat Baumann war entschlossen, nicht aufzugeben. Trotz des Lärms und der ständigen Provokation durch einige Unruhestifter wollte er sich weiterhin um seine Tankwartklasse bemühen. Er musste den schmächtigen Jürgen Kniping vor diesen Rowdies schützen. Der Schüler war ihm irgendwie seelenverwandt, das spürte er. Doch Baumann musste seine depressiven Phasen und seine zwiespältigen Gefühle mit Valium bekämpfen, sonst würde er nicht mehr lange durchhalten.

Immer mehr fühlte er sich von der schönen Tanja seiner BGJ-Klasse anzogen; immer mehr stießen ihn Typen wie Holger und Eilert, die die Tankwartklasse im Griff hatten, ab. Hinzu kam Baumanns Kontaktarmut und seine Schwäche, sich anderen anzuvertrauen. Er begann zu dividieren in das, was er schön und gut fand, und das, was seine Gesundheit zu belasten begann.

Auf seiner Guthabenseite stand auch der blasse Junge Jürgen Kniping.

Am 17. August entschloss Baumann sich, zum Torfhaus zu fahren. Es dämmerte bereits, als er in seinen Wagen stieg. Wie wird Jürgen mit den schrecklichen Erlebnissen fertig?, fragte Baumann sich. Er wollte dem Jungen beistehen. Er litt mit ihm, denn auch ihm war vor Jahren eine tiefe Demütigung widerfahren.

Er dachte an den schrecklichen Abend in Hannover-Herrenhausen zurück. Vor den weiten Gartenanlagen in unmittelbarer Nähe des Wilhelm-Busch-Museums hatte er die größte Niederlage seines Lebens hinnehmen müssen. Die schwärzeste Stunde, an die er sich erinnern konnte, hatte er als ein Feigling wimmernd und heulend ohne Kampfbereitschaft passiv verstreichen lassen …

Baumann erreichte das Torfhaus. Er fuhr an dem noch ziemlich leeren Parkplatz vorbei, parkte vor dem Hotel und schritt zur Eingangstür. Die Rezeption war nicht besetzt. Ein Serviermädchen erkundigte sich nach Baumanns Wünschen.

»Ich hätte gerne Herrn Kniping junior gesprochen« sagte er. Er betrachtete das junge Mädchen wohlwollend und lächelte freundlich.

»Ich weiß nicht, ob er da ist«, erwiderte sie. Ihrem Tonfall entnahm er, dass der Junior bei ihr kein hohes Ansehen genoss. »Aber Herr Kniping senior befindet sich in seinem Büro. Oben.« Sie zeigte auf die breite Holztreppe.

»Danke«, antwortete Baumann und überlegte, ob er mit dem Vater seines erwachsenen Schülers sprechen sollte. Aber warum nicht? Er stieg also die Treppen hoch und fand das Büro. Für Sekunden sammelte er seine Gedanken, dann klopfte er an und öffnete die Tür.

Hinter einem Schreibtisch saß Kniping senior. Er nahm seine Brille ab und musterte den unerwarteten Besucher misstrauisch.

Das Gesicht des etwa sechzigjährigen Mannes war von tiefen Falten durchzogen. Sein graues Haar fiel ihm seitlich über die Stirn. Er wirkte unnahbar.

»Wenn Sie mir was zu verkaufen haben, dann kommen Sie bitte morgen Früh zu mir. Jetzt beginnt hier das Geschäft mit der Disko«, sagte Kniping senior unhöflich.

»Herr Kniping, ich will Ihnen nichts verkaufen. Ich wollte Ihren Sohn sprechen. Ich bin sein Lehrer«, erklärte Baumann schnell.

Der Alte lachte zynisch. »Von der Grundschule über die

Orientierungsstufe bis zur Realschule hin haben Lehrer sich um meinen Sohn, wie ich annehme, redlich bemüht. Jürgen ist und bleibt ein Versager«, antwortete er verächtlich.

»Herr Kniping, Jürgen ist sehr verschlossen, aber intelligent. Er ist für die um sich greifende Härte in der Welt zu bescheiden. Er braucht Hilfe und Beistand«, sagte Baumann aufgeregt.

Der Alte lachte schallend. »Ja, er benötigt die Mutterbrust! Doch meine Frau ist verstorben, und ihre Brüste wären auch heute zu alt, den Tunichtgut zu stärken! Zu meiner Überraschung überstand der Weichling die Bundeswehr. Wissen Sie, ich arbeite mich zu Tode, baue auf und weiß nicht einmal, ob Jürgen später diesen Laden führen kann!«, rief Kniping verächtlich.

»Ich möchte ihm jedenfalls behilflich sein«, sagte Baumann entschlossen.

»Und nun wollen Sie kassieren! Sie rechnen nach Unterrichtsstunden ab und bringen ihm das Lesen von Bilanzen bei?«, fragte Kniping und beugte seinen Körper vor.

Baumann ärgerte sich. »Von Geld ist nicht die Rede. Ich opfere meine Freizeit, um Ihrem Sohne beizustehen!«, widersprach er wütend.

»Nicht so forsch, Herr Lehrer. Sehen Sie, ich habe für Jürgen einen Ausbildungsvertrag zum Tankwart unterschrieben. Er wird zu denen zählen, die ganz unten sind. Ihre Anwesenheit bestätigt mir, dass er selbst im schäbigen Rest der Gesellschaft versagt«, antwortete der Alte und grinste.

»Und wo beginnt für Sie der schäbige Rest? Die jungen Leute haben wenig Chancen und tragen deshalb das Geld in die Disko!«

»Jürgen jedenfalls hatte Chancen, nach oben zu kommen«, entgegnete Kniping, »aber er hat sie alle vertan.«

»Haben Sie Ihren Sohn stets ins Wasser geworfen, ohne ihm das Schwimmen beizubringen?«, fragte Baumann erregt.

»Wie kommt man denn sonst nach oben? Warum unterrichten Sie nicht an einem Gymnasium, wo Sie sich doch so schlau vorkommen? Hat es dazu nicht gereicht?«

»Herr Kniping, wenn bei Ihnen nur das Geld als Maßstab zählt, dann kann ich Sie beruhigen: Die Kollegen am Gymnasium verdienen keinen Pfennig mehr als ich, nur geht ihre Arbeit mit ausgesiebten Schülern problemloser über die Bühne. Meine pädagogische Arbeit muss sich auch bei den unteren Schichten bewähren, die für Sie den ›schäbigen Rest‹ darstellen. Bildungsmäßig gehören allerdings auch Sie zu dieser Schicht«, entgegnete Baumann verärgert.

»Herr Lehrer, Sie nennen mich umgebildet. Aber ich kann zahlen. Und die Gerichtsvollzieher werden heute von den Akademikern beschäftigt. Mein Sohn ist ein Weichling. Gedichte schreiben! Scheiße ist das!«, schrie er.

Baumann bereute, dass er hergekommen war.

»Grüßen Sie Ihren Sohn«, sagte er kurz und verließ eilig das Büro. Es hatte keinen Sinn, weiter auf diesen Mann einzureden.

Er schritt durch das Lokal. Einige Vertreter saß an den Tischen und führten ihre Bestellbücher. Draußen, auf der Terrasse, saßen Urlauber und genossen die frische Luft. Auf dem Weg zum Auto kam ihm Jürgen entgegen. Er stutzte.

»Herr Baumann, Sie hier?«, fragte er, als hätte Baumann eine unwürdige Stätte betreten.

»Ich wollte zu dir. Ein Gespräch unter vier Augen, verstehst du?«, erklärte Baumann.

Jürgen winkte müde ab. »Herr Studienrat, alle erwarten etwas von mir; alle fordern mich heraus, und ich versage. Ich selbst erwarte ja auch etwas von mir, aber ich bringe nichts. Auch Holger und Eilert, diese miesen Typen, hatten erwartet, dass ich ihnen mehr Widerstand entgegensetzen würde.«

»Jürgen, sollen wir uns nicht drüben an einen Tisch setzen und reden?«, fragte der Lehrer.

»Herr Baumann, lassen Sie es gut sein! Ich muss mit mir selbst ins Reine kommen und endlich mal das tun, was mich befreit! Die Achtung der anderen wird sich dann schon einstellen oder auch nicht«, sagte er. Er ließ Baumann einfach stehen und schritt davon.

Der Lehrer ging zurück zur Terrasse, setze sich an einen Tisch und bestellte Bier wie die Urlauber.

Im Restaurationsraum des Torfhauses schob Otto Jutze, der knapp vierzigjährige Vertreter der Firma Rheinfarben AG, den kleinen Taschenrechner beiseite und bestellt einen Klaren und ein großes Bier. Er war mit seinen Geschäftsabschlüssen mehr als zufrieden, denn er hatte den Rekordumsatz seines in den Ruhestand gegangenen Vorgängers um gute sieben Prozent gesteigert. Die Artikel gingen in der Küstenregion gut, denn der stete Wind und die salzhaltige Luft fraßen regelrecht die Farbe von Fensterrahmen, Türen und Fassaden.

Hinzu kam, dass auch in Ostfriesland eine Konzentration des Handels um sich griff. Einige Große wurden größer, und immer mehr kleine Meisterbetriebe fielen als Nachfrager aus.

Ein Jahr lang hatte Jutze den älteren Kollegen auf seinen Geschäftsreisen begleitet. Der Mann hatte ein altes Hotel in Norden bevorzugt, in dem er wie ein Familienangehöriger bewirtet wurde, doch Jutze suchte sich seine Unterkunft dort, wo etwas los war.

Er wusste, dass in der heutigen Zeit auch das Aussehen ein Instrument des Erfolges war. Deshalb trug er angemessene Sakkos und Hosen und hielt sich durch Sport fit.

Jutze hatte sich im Restaurant an einen der Eichentische gesetzt. Der Raum war mit ansprechendem Mobiliar ausgestattet, und die gemütliche Atmosphäre half, die Anstrengungen des Tages zu vergessen.

Das Bier, genossen mit kleinen Schlucken des gekühlten Küstenkorns, stimmte Jutze munter, und so entschloss er sich, zur späten Stunde noch einen kleinen Spaziergang zu machen.

Als er vor das Haus trat, schlug ihm der Lärm aus der Disko entgegen. Auf dem Parkplatz standen unter grellen Lampen junge Leute vor ihren Autos. Jutze überquerte rasch die Straße und schritt in den Wald. Er wollte dem Krach entfliehen. Das Licht des nächtlichen Himmels reichte aus, um eine Strecke am Moorkanal entlangzulaufen und sich einzuhorchen in die Stille, um Abstand von den Problemen des Alltags zu gewinnen.

Seine Frau hatte sich von ihm getrennt. Er hatte ihr den Sohn gelassen. So lautete kurz die eine Version. Die andere lief darauf hinaus, dass er seine Petra wegen seiner vielen Geschäftsreisen zu oft allein gelassen hatte, immer in Angst, sie könnte während seiner Abwesenheit einen anderen finden. Er hatte stets unter seiner Eifersucht gelitten, aber er hatte sie nicht unterdrücken können – und schließlich hatte sich sein Verdacht bestätigt. Seine Petra, jung, schön und allein, hatte sich einem anderen zugewandt.

Lange hatte Jutze nur still gelitten und mit dem Schicksal gehadert, doch dann begann sich seine Einstellung zu ändern. In den Hotels seines Bezirkes, der Nordfriesland, die Stader Gegend, Bremen, Delmenhorst und Ostfriesland umfasste, hatte er doch genügend Chancen, sich zu amüsieren! Und so suchte er auch an diesem späten Abend nach Zerstreuung.

Nach einer Stunde trat er den Rückweg an. Er schritt ohne moralische Skrupel wie ein Jäger dem Torfhaus entgegen. Bei dem klaren Spätsommerwetter konnte er im Grünen lieben. Bei schlechtem Wetter stand ihm ein luxuriöses Hotelzimmer zur Verfügung.

Jutze fühlte die innere Anspannung. Er strich sich über sein Geschlecht und wusste, dass es keine Probleme geben würde.

Als er die Straße überquerte, sah er, dass der große Parkplatz fast leer war. Jutze mied die grellen Laternen und schritt auf die Sträucher zu.

Schon bald fand er ein hübsches Mädchen, das, an einem Baum gelehnt, im Drogenrausch lachte und weinte und sich ihm entgegenbeugte. Jutze nutzte zufrieden die Gelegenheit.

Dr. Heinrich Jansen aß eine Schnitte Brot mit Magerkäse. Mit der Gabel pickte er nach den Tomatenscheiben, die seine Frau Meta nur schwach gesalzen und gepfeffert hatte, denn bei der Überprüfung des Cholesterinspiegels bei seiner letzten Routineuntersuchung waren hohe Werte herausgekommen. Sein Blutdruck galt Gott sei Dank als normal, bezogen auf seine dreiundfünfzig Jahre.

Dr. Jansen schwieg beim Essen und schaute seine Frau liebevoll an. Sie kannte seine Eigenart, den Stress des Tages erst nach den Fernsehnachrichten bei einem Korn zu vergessen. Im Mittelpunkt ihres bescheidenen Glücks stand die Tochter. Den Hauptgesprächsstoff allerdings bildeten die Salden der Kontoauszüge, denn sie bemühten sich seit Jahren, ihren einfachen Bungalow schuldenfrei zu bekommen, indem sie auf vieles verzichteten. Eine langwierige und mühsame Prozedur.

Dr. Heinrich Jansen haderte nicht mit seinem Beruf. Nein, im Gegenteil. Er liebte die Arbeit mit den jungen Menschen. Doch im Laufe der letzten Jahre hatte sich die Atmosphäre in seiner Schule verändert. Immer mehr Schüler, die schulmüde waren, blieben sitzen, mussten Nachhilfestunden absitzen, unwillig Leistungen erbringen, um zunächst mit der mittleren Reife in den Genuss eines Ausbildungsplatzes zu kommen.

Er war gezwungen, nicht nach Begabungen zu beurteilen, sondern nachlässig hingekritzelte Klassenarbeiten zu bewerten – und damit Chancen zu verteilen. Ein wahrer Teufelskreis.

Er sah in Metas Haar die grauen Strähnen, die Falten in ihrem Gesicht, und strich sich unwillkürlich über sein gelichtetes Haar.

»Wo ist Tanja?«, fragte er und schob den Teller von sich.

»Mit zwei Freundinnen zur Disko«, antwortete Meta, bemüht, ihren eigenen Unwillen nicht durchblicken zu lassen.

»Wer hat sie hingebracht?«, wollte er wissen.

»Heinrich, sie ist siebzehn. In wenigen Monaten wird sie achtzehn«, sagte seine Frau und begann das Geschirr abzuräumen.

»Heute haben aufsässige Schüler Lehrerfahrräder willkürlich demoliert!«, schimpfte Dr. Jansen.

»Und was sagt der Direktor dazu?«, fragte Meta.

»Der steht wie ein Fels im Strom. Von ihm wird gefordert, hart zu sein, und er fordert das Gleiche von uns.«

Er ging in den Korridor, nahm die prall gefüllte Aktentasche mit auf sein Arbeitszimmer und legte den Packen Fotokopien mit den Neuerungen der auf Computer umgestellten Verwaltung auf seinen Schreibtisch. Das musste er alles durcharbeiten. »Das reicht ja für die halbe Nacht!«, stöhnte er.

Meta störte ihn nicht. Sie hatte sich im Wohnzimmer vor den Fernseher gesetzt und vergaß auf ihre Weise die Anstrengungen des Tages.

Gegen elf Uhr abends betrat ihr Mann das Wohnzimmer. »Wann wollte Tanja zurückkommen?«, fragte er.

»Heinrich, sie hat morgen nur vier Stunden. Sie wird wohl gleich nach Hause kommen«, sagte Meta, doch auch sie begann sich allmählich zu ängstigen.

Dr. Jansen vertiefte sich in die Unterrichtsvorbereitung. Am nächsten Morgen saßen zweiundzwanzig zukünftige Abiturienten vor ihm. Mehr als die Hälfte gehörten verschiedenen Parteien an. Da konnte er nicht mit Binsenweisheiten kommen. Die wussten, um was es ging.

Um Viertel nach zwölf betrat Meta sein Arbeitszimmer. »Heinrich, Elke Schöning und Kerstin Classen sind mit ihr zur Disko«, sagte sie mit ängstlicher Stimme.

Dr. Jansen griff zu der Flasche Schnaps, die auf seinem Schreibtisch stand, und goss ein Gläschen voll. Seine Hände zitterten, als er den Klaren trank. Danach erhob er sich und ging zum Telefon. Er wählte die Nummer des Gastwirtes Classen und wartete unruhig. Schließlich meldete sich Frau Classen.

»Hier Dr. Jansen. Ihre Tochter ist doch mit Tanja zur Disko gefahren, oder?«, sagte er.

»Kerstin ist schon zurück«, antwortete Frau Classen, die sofort ahnte, um was es ging.

»Kann ich sie sprechen?«, fragte Dr. Jansen.

»Ich hole sie«, meinte sie sofort.

Jansen hörte die Geräusche aus der Gaststätte. Eine tiefe Unruhe nahm von ihm Besitz.

»Ja, hallo? Hier ist Kerstin«, meldete sich das Mädchen.

»Ich bin der Vater von Tanja. Sie ist noch nicht zurück«, sagte er aufgeregt.

Kerstin schwieg einige Sekunden lang. Jansen hörte sie atmen.

»Sie hatte einen Platten. Ich wollte mit ihr zu Fuß nach Hause gehen, doch Tanja sagte mir, sie hätte einen Helfer gefunden«, erzählte Kerstin.

»Wann war das?«, fragte Dr. Jansen. Der Schweiß trat ihm auf die Stirn.

»Vor etwa einer Stunde.«

»Haben Sie den Helfer … gesehen?«, fragte er.

»Nein«, antwortete Kerstin.

»Danke. Entschuldigen Sie die Störung.« Müde legte Dr. Jansen den Hörer auf. Er stierte auf die Eingangstür, als könnte er Tanja dadurch zwingen zu erscheinen.

»Was ist?«, fragte seine Frau mit Tränen in den Augen.

Statt zu antworten, wählte Dr. Jansen die Nummer der Polizei. Kühl und sachlich teilte er seine Befürchtungen mit.

»Ich schicke einen Streifenwagen zur Disko. Für alle Fälle«, sagte der Dienst tuende Beamte am Telefon.

Meta und Heinrich Jansen saßen im Korridor ihres Bungalows und starrten wie gelähmt auf das Telefon. Alles hätten sie hergegeben für ein Lebenszeichen von ihrer Tochter. Doch der erhoffte erlösende Anruf blieb aus. Um zwei Uhr früh fuhr Dr. Jansen zum Revier. Er legte ein Foto seiner Tochter vor sich und gab eine Suchmeldung auf.

Das Telefon läutete. Klose fuhr erschrocken aus dem Schlaf. Schlaftrunken sprang er aus dem Bett, eilte in den Korridor zum Telefon und meldete sich.

»Herr Kommissar, wir haben eine Vermisstenanzeige. Eine Siebzehnjährige ist nach dem Diskobesuch nicht nach Hause gekommen«, meldete der Dienst tuende Beamte vom Revier.

»Das kommt schon mal vor. Die liegt irgendwo mit einem Freund im Bett, und mich trommeln Sie deswegen aus dem Schlaf«, sagte Klose müde. Er schaute auf seine Armbanduhr. Es war fünf Uhr zwanzig.

»Herr Klose, so eine war das nicht. Die Sorgen der Eltern sind begründet«, entgegnete der Beamte.

»Ich komme«, sagte Klose entschlossen.

Er ging ins Bad, rasierte sich und zog sich an. Auch seine Frau war aufgestanden. Sie hielt den kleinen Sohn auf dem Arm.

»Alma, die suchen nach einem Mädchen. Ich fahre gleich los!«

Er küsste den kleinen schreienden Sohn, strich Alma über das Haar und ging zur Garage. Seine Müdigkeit war verflogen, als er in seinen Golf stieg. Er wohnte in der Heinrich-Heine-Straße. Das Polizeirevier erreichte er in wenigen Minuten.

Der Dienst tuende Beamte legte ihm sofort die Personenbeschreibung der Vermissten vor. »Vor der Disko warten Polizeimeister Heeren und Schnyter«, berichtete der Beamte.

»Wann endet Ihr Dienst?«, fragte Klose.

»Um sieben Uhr.«

»Haben Sie Hauptkommissar Dirksen benachrichtigt?, erkundigte sich Klose.

»Ja.«

»Bitten Sie ihn zu mir, wenn er kommt.« Klose eilte die Treppe hoch und betrat sein Büro.

Er setzte sich an den Schreibtisch und rief die Kriminalpolizei in Aurich an. Das war kein blinder Alarm, denn die Tochter kam aus gutem Hause. Sie hatte ihre Heimkehr eingeplant. Der Kommissar ging davon aus, dass sie einem Verbrechen zum Opfer gefallen war.

Der Kollege der Kripo in Aurich stellte keine weiteren Fragen. Der mit Telefon und modernster Spurensicherungstechnik ausgestattete Einsatzwagen konnte in etwa zwei Stunden vor der Disko Frisco-Sound erwartet werden.

Klose studierte die Suchmeldung und betrachtete das von den Eltern zur Verfügung gestellte Foto. Die vermisste Tanja war hübsch, und die weitere Beschreibung verriet, dass sie auch gut gewachsen war.

Dirksen, der Leiter der Schutzpolizei, betrat das Dienstzimmer. »Moin«, sagte er.

»Herr Dirksen, organisieren Sie einen Suchtrupp, und veranlassen Sie, dass der Swinspadd für den Verkehr gesperrt wird«, ordnete der Kommissar an.

»Herr Kommissar, halten Sie es für ausgeschlossen, dass das Mädchen noch lebt?«, fragte Dirksen. Er sah enttäuscht und müde aus.

»Ich glaube nicht an Wunder«, antwortete der Kommissar mit einem matten Lächeln.

Am Morgen des 18. August bekämpfte Baumann seinen Kater mit einer Aspirin-C-Tablette. Er verzichtete auf ein Frühstück und fuhr sofort zum Dienst.

Als er vor der Schule parkte, stand der Mercedes seines Direktors bereits auf dem Parkplatz. Die frühen Fahrschüler gingen gerade auf das Schulgebäude zu. Die Mädchen trugen leichte Sommerbekleidung, und Baumann schaute fasziniert hinter ihnen her, als er die Schule betrat.

Er ging direkt an sein Dienstfach und fand zu seiner Überraschung einen gelben Zettel darin. Nachdenklich schaute er auf die krakelige Schrift: *Bitte um sofortige Rücksprache.*

Entschlossen betrat Baumann das Vorzimmer. Die Sekretärin blickte ihn traurig an. Zeigt sie mir ihr Mitgefühl?, fragte er sich.

»Der Chef erwartet Sie«, sagte sie nur.

Er klopfte an und betrat das vornehm eingerichtete Dienstzimmer. Der Direktor saß hinter dem Schreibtisch und machte ein ganz betrübtes Gesicht. Baumann schaute verlegen auf die Fotografien der Frau und der Kinder seines Chefs. Zum ersten Mal kam es ihm, dem Junggesellen, seltsam vor, dass der Chef diese Bilder aufgestellt hatte, obwohl er doch jeden Tag seine Familie um sich hatte. Das ist auch eine Marotte, dachte er und vergaß für einen Moment seine eigenen Schwierigkeiten.

»Herr Baumann, nehmen Sie bitte Platz«, sagte der Direktor und schien dem Weinen nahe.

Baumann zog einen Stuhl vom Nebentisch heran und setzte sich. Er fühlte, wie ihm der Schweiß ausbrach.

»Haben Sie es schon gehört?«, fragte der Direktor.

Baumann hatte nichts gehört. »Was meinen Sie?«, fragte er eingeschüchtert.

»Die Tochter des Kollegen Dr. Jansen vom Karl-Jaspers-Gymnasium wird vermisst. Sie ist nach einem Diskobesuch noch nicht wieder aufgetaucht. Vor ein paar Minuten habe ich mit Jansen gesprochen. Er ist völlig verzweifelt.«

»Sie besucht meine Klasse, das BGJ 7«, bemerkte Baumann überrascht.

»Sie müssen gleich in die Klasse. Machen Sie Ihren Unterricht, und warten Sie auf die Kripo. Sie wird einige Fragen an die Mitschülerinnen stellen«, sagte der Direktor.

Baumann überfiel eine tiefe Traurigkeit. Er konnte nicht verhindern, dass ihm Tränen in die Augen traten. Schockiert verließ er das Chefbüro und verkroch sich im Lehrerzimmer. Er mied das Gespräch mit den Kollegen, wartete nur stumpf auf das Klingeln zur ersten Unterrichtsstunde.

Kommissar Klose steuerte seinen Wagen im Schritttempo über den Swinspadd. Er suchte die Straßenränder mit Blicken ab, in der Hoffnung, per Zufall erste Spuren des vermissten Mädchens zu finden.

Er hatte seinen Assistenten zur Disko bestellt, und auch Dirksen, der Leiter der Schutzpolizei des Reviers, wollte mit seinen Beamten dorthin kommen.

Als Klose sich dem Torfhaus näherte, lag das Hotel, Ausflugslokal und Disko-Unternehmen friedlich und idyllisch vor dem kleinen Wäldchen am Horst. Auf dem Parkplatz stand der Kleinbus der Beamten. Klose stellte seinen Wagen ebenfalls dort ab und stieg aus.

Hauptwachtmeister Heeren kam ihm schon entgegen. Er sah müde aus. »Herr Kommissar, das Hollandrad«, sagte er nur und führte Klose zu den Fahrradständern. Der Kommissar sah sofort, dass der Vorderreifen platt war.

»Bringen Sie das Rad in Sicherheit«, wies er den Beamten an.

»Wir haben uns schon umgesehen, aber ohne Erfolg«, sagte Heeren.

Klose blickte über den weiten Parkplatz. Die Stadt hatte vergessen, die hohen Leuchten abzuschalten. Sie brannten noch, was bei Tageslicht irgendwie Mitleid erregend aussah.

Hier hat mit Sicherheit kein Verbrecher zugeschlagen, dachte Klose. Eher drüben im Wald oder am Swinspadd, der kurvig am Schlot entlang verläuft, der braunes, mooriges Wasser führt.

In diesem Moment fuhr der mobile Untersuchungswagen der Polizei auf den Parkplatz. Ein junger Beamter stieg aus. »Mein Name ist Heyen. Ich bin Ihnen zugeteilt worden, Herr Klose«, sagte er.

Dirksen und die Beamten der Bereitschaftspolizei trafen ebenfalls ein. Auch Kloses Assistent Poppinga verließ gerade seinen geparkten Wagen und kam zu seinem Chef.

»Dann sind wir ja vollzählig«, sagte der Kommissar.

»Ich konnte nicht früher kommen, Chef«, entschuldigte sich Poppinga.

»Wir kommen alle zu spät«, antwortete der Kommissar resigniert. »Herr Dirksen, Hinni und Sie, Herr Heyen, kommen bitte mit zum Einsatzwagen«, ordnete er an.

Sie setzten sich in dem ausgebauten Mercedes-Transporter an den kleinen Tisch, studierten die Generalstabskarte und entschieden, dass ein Suchtrupp das Gelände entlang des Swinspadds absuchen sollte, während ein zweiter den Horster Wald bis hin zu den Moorwiesen abschreiten sollte, um nach etwa drei Kilometern den Rückweg am Horster Tief vorbei zum Torfhaus anzutreten. Klose händigte den Gruppenführern Walkie-talkies aus. Er ernannte Dirksen zum Koordinator der Suchaktion, während Poppinga und der junge Assistent Heyen zur Spurensicherung und Funksteuerung im Bereitschaftswagen bleiben sollten.

Für den Kommissar stand fest, dass das Mädchen einem Verbrechen zum Opfer gefallen war. Er fuhr deshalb zur Eduard-Spranger-Schule, um die Freundinnen des Opfers zu befragen.

Der großzügige Neubau der Eduard-Spranger-Schule am Stadtrand von Jever besaß genügend Parkplätze, sodass Klose keine Schwierigkeiten hatte, eine freie Lücke zu finden.

Die zweite Stunde hatte bereits begonnen, und nur wenige Schüler saßen auf den Bänken, die an den Fenstern in der Nähe des Verkaufstresens des Hausmeisters aufgestellt waren.

Klose fühlte eine leichte Beklemmung – wie früher, als er selbst noch zur Schule gegangen war. Etwas zögernd folgte er den Hinweisschildern zum Schulbüro. Die Sekretärin erwartete ihn schon und führte ihn sofort zum Direktor.

Luitgenhuis war ein schlanker, hoch gewachsener Mann mit schütterem Haar.

»Klose, Kripo, Sie wissen Bescheid«, sagte der Kommissar kurz angebunden.

»Herr Klose, ich kenne den Vater des Mädchens persönlich. Gibt es noch Hoffnungen?«, fragte Luitgenhuis.

»Unsere Männer suchen das Gelände nach einer Toten ab, wenn ich das so offen sagen darf. Es kann natürlich sein, dass das Mädchen einfach nur von zu Hause ausgerissen ist, doch nach dem, was mir vorliegt, war Tanja Jansen ein verlässliches, häusliches Mädchen, sodass diese Möglichkeit eher unwahrscheinlich ist«, antwortete Klose.

»Herr Kommissar, Sie können davon ausgehen, dass Tanja keine Herumtreiberin ist. Aber lassen Sie uns nun in die Klasse gehen. Sie werden verstehen, dass ich dabei sein möchte, wenn Sie die Schülerinnen aus Studienrat Baumanns Klasse befragen«, sagte Luitgenhuis.

»Ich habe keine Einwände.«

Gemeinsam gingen sie über lange, menschenleere Flure zu dem betreffenden Klassenzimmer.

»Die Schule ist nicht mehr das, was sie einst war«, erzählte Luitgenhuis. »Ein großer Anteil unserer BGJ-Schüler gehört hier eigentlich nicht her. Sie sind zum Teil schulmüde und reagieren ihre Aggressionen bei den Lehrern ab. Kollege Baumann hat keinen einfachen Job. Er ist ein sensibler Mensch, und die Schüler setzen ihm sehr zu. Nur kann ich nicht mit ihm heulen, sondern muss hartes Durchgreifen fordern, wie das von mir ebenfalls gefordert wird.«

Der Kommissar verkniff sich einen Kommentar. Er wollte Luitgenhuis nicht mit Schlagworten wie Ferien und Halbtagsarbeit der Lehrer verstimmen. Schweigend stiegen die beiden Männer eine Treppe hoch. Auf dem Boden lagen leere Milchtüten und Getränkedosen.

»Ich habe die Aufsichten verdoppeln lassen, um die Schüler zur Ordnung zu zwingen. Sie sehen ja, es ist bitter nötig«, sagte der Direktor und wies um sich.

Schließlich blieb er vor der Tür eines Klassenraumes stehen, klopfte an und öffnete. Luitgenhuis ließ den Kommissar eintreten und betrat hinter ihm die Klasse.

Der Kommissar blickte für Sekunden in die fragenden Augen der jungen Mädchen und bemerkte dann erst den blassen Lehrer, der sich vom Pult erhob und ihnen wie ein Kranker entgegenkam.

»Herr Kollege, Herr Klose kommt von der Kripo und möchte den Schülerinnen einige Fragen stellen«, erklärte der Direktor.

Die Mädchen blickten betreten drein. Klose fühlte, dass ihnen das Schicksal ihrer Klassenkameradin unter die Haut ging. Das war nicht wie vor dem Fernsehschirm. Hier erlebten sie die erschreckende Wirklichkeit.

»Wie Sie bereits erfahren haben, wird Tanja Jansen vermisst.

Für uns stellt sich die Frage, ob Tanja Opfer eines Verbrechens wurde. Um zuerst einmal den Fall optimistisch anzugehen, frage ich Sie, ob Tanja Jansen mit einem Freund ausgerissen sein kann, sich irgendwohin abgesetzt haben kann?« Er sah, wie die Mädchen den Kopf schüttelten.

»Wer von Ihnen begleitete Tanja gestern Abend zur Disko?«, fragte er.

Kerstin Classen erhob sich. »Wir wollten zu dritt hin, aber Elke hatte keine Zeit, sie musste auf ihren kleinen Bruder aufpassen.«

»Besucht Elke auch diese Klasse?«, erkundigte sich der Kommissar.

»Nein, wir waren nur zusammen auf der Realschule«, antwortete Kerstin.

»Gut, Sie und Tanja fuhren also mit dem Rad zur Disko«, sagte der Kommissar.

»Zuerst saßen wir gemeinsam an einem Tisch, doch dann traf ich Bernd Osterkamp. Er ist Zivildienstleistender in einem Göttinger Krankenhaus. Ich bin mit ihm an den Tresen gegangen. Und … ja … wir hatten uns lange nicht gesehen … wir waren dann draußen. Als ich mit Bernd Tanja um halb zwölf Uhr wie verabredet am Fahrradständer traf, sagte sie recht vergnügt: ›Mein Fahrrad ist platt.‹ – ›Dann gehen wir zu Fuß‹, hat mein Freund, ich meine Bernd, gesagt. ›Meine Eltern drehen durch, wenn ich so spät nach Hause komme‹, hat sie gemeint und mir zugezwinkert, ›es gibt noch Ritter. Ich lasse mich nach Hause bringen.‹ Bernd und ich sind dann losgefahren.«

»Sie beide mit dem Fahrrad?«

»Ja. Als ich bereits eine Zeit lang zu Hause war, rief Herr Dr. Jansen bei uns an«, sagte sie und begann zu weinen.

Lehrer Baumann hatte der Klasse den Rücken zugewandt. Er starrte nach draußen und betrachtete den Turm des Schlosses, der die Stadt zwischen hohen Bäumen überragte. Ihm fiel ein, dass Tanja nicht die Erste war, die nicht nach Hause zurückgekommen war. Maria von Jever, so erzählte die Sage, hatte das Schloss vor knapp zweihundert Jahren verlassen und war nie wieder gesehen worden …

Baumann hatte noch nichts gegessen. Er spürte eine leichte Übelkeit im Magen, und seine Kehle war trocken. Er wunderte sich darüber, dass er überhaupt die Kraft besaß, vor seiner Klasse zu stehen.

Er drehte sich um und blickte seinen Chef an, der schweigend neben dem Kommissar stand. Luitgenhuis strahlte Menschlichkeit und Vertrauen aus, obwohl er die Lehrer seiner Schule immer wieder unbarmherzig in die Pflicht nahm.

Tanja war nicht nur eine Schülerin meiner Klasse, gestand Baumann sich in Gedanken ein. Nein, sie bedeutete mir mehr. Ich liebte das Mädchen. Sie war der Inbegriff meiner sexuell bestimmten Fantasie, wenn ich abends im Bett die Einsamkeit fühlte …

Er wischte unbemerkt die Tränen weg, die ihm über die Wangen liefen. Er musste hart bleiben. Hart gegenüber sich selbst und noch härter gegenüber den Schülern, die an nichts anderes dachten als an Hamburger, Videos, Diskomusik, Haarfärber und Ohrringe. Drogen statt Taten war eine weit verbreitete Devise. Irgendwo lief alles in dieselbe fatale Richtung. Das hatte er begriffen. Baumann fühlte sich dem Chef nahe und bedauerte seine eigene Weinerlichkeit. Er wünschte, er könnte manchmal auch so gut durchgreifen wie Luitgenhuis.

»Herr Kollege, die Klasse kann nach Hause gehen. Ich hoffe, dass alle Schülerinnen sich der Gefahr bewusst sind, wenn sie das nächste Mal zur Disko gehen«, sagte der Direktor.

Klose fuhr zum Torfhaus und parkte neben dem Einsatzwagen.

Die Suchtrupps hatten noch keine Spur gefunden, doch schon

hatten sich die Reporter der örtlichen Zeitungen am Einsatzort versammelt, um die ersten Ergebnisse ja nicht zu verpassen.

Klose winkte ab. »Etwa fünfhundert Jugendliche haben die Disko besucht. Wir haben noch keine Spur. Allerdings wäre es für uns dienlich, wenn Sie das Foto des Mädchens mit einer Suchmeldung veröffentlichen würden«, sagte der Kommissar.

»Gab es Spannungen im Elternhaus?«, fragte ein Reporter.

»Nein. Tanja Jansen hatte auch keine Schulprobleme. Sie war weder dem Rauschgift verfallen, noch hatte sie Männerkontakte«, antwortete Klose böse.

»Ihr Vater ist Oberstudienrat am Carl-Jaspers-Gymnasium?«, fragte ein Reporter.

»Ja.« Der Kommissar nickte.

»Eine saubere Deern?«, fragte eine Pressevertreterin.

»Ja, hundertprozentig.«

Schließlich verabschiedeten sich die Presseleute, und Klose betrat den Einsatzwagen.

»Hinni«, wandte er sich an seinen Assistenten, »fordere den Hubschrauber an. Das Wetter ist ideal.«

Er selbst rief die Feuerwehr an und bat den Feuerwehrchef, den Moorkanal und das Horster Tief absuchen zu lassen.

Die Stunden vergingen, doch es gab keine Erfolge zu vermelden. Gegen sechs Uhr abends bestellte der Kommissar die Suchhundestaffel für den nächsten Tag und ließ die Suchaktion abbrechen.

Als die Helfer abgefahren waren, bat Klose seinen Assistenten, ihn auf ein Bier in das Torfhaus zu begleiten. Herr Kniping, der Wirt und Hotelier, hatte sich bisher nicht bei den Polizisten sehen lassen.

So, als ginge ihn die Suche nach dem vermissten Mädchen nichts an, waren ihm selbst die Toilettenbesuche einiger Beamten nicht aufgefallen.

Die Disko war tagsüber geschlossen, während das Hotel für

Urlauber und Vertreter geöffnet hatte. Die Beamten setzten sich an einen freien Tisch, bestellten Bier und baten die Kellnerin, den Chef von ihrer Anwesenheit zu unterrichten.

Sie tranken bereits ihr zweites Bier, als Kniping sich endlich zu ihnen gesellte. Er wirkte müde und gereizt.

»Sie wollten mich sprechen?«, fragte er und ließ sich von der Bedienung ein Bier servieren.

»Herr Kniping, Sie haben keine Informationen? Und Ihr Personal meldete Ihnen keine besonderen Vorfälle?«, fragte der Kommissar.

»Meine Herren, wenn ein junger Mensch sich in einem BMW zu Tode rast, dann machen Sie die Autofirma ja auch nicht dafür verantwortlich«, sagte der Wirt verärgert.

»Das stimmt, Herr Kniping. Allerdings besteht der Verdacht, dass in Ihrer Disko auch gedealt wird«, erwiderte der Kommissar.

»Meine Disko ist sauber!«, widersprach der Wirt heftig. »Ich werde eine Beschwerde einreichen!«

»Herr Kniping, warum regen Sie sich so auf? Niemand von uns belastet Sie. Es sind kleine Fische, die bei Ihnen verkehren«, versuchte Klose den Mann zu beruhigen.

»Dann ist es Ihre Aufgabe, diese Kriminellen von meiner Disko fern zu halten«, sagte Kniping.

»Wir fahnden nach Lieferanten. Doch heute beschäftigt uns das Verschwinden der Schülerin«, meldete sich Poppinga zu Wort.

In diesem Moment kam ein blasser junger Mann an den Tisch.

»Entschuldigung! Vater, ich brauche die Autoschlüssel. Du hast den Wagen eines Gastes eingeparkt.«

Kniping reichte dem jungen Mann die Autoschlüssel. »Mein Sohn«, stellte er vor. »Die Herren kommen wegen des vermissten Mädchens.«

Eine leichte Röte überzog das blasse Gesicht des jungen Mannes. »Ich weiß über das Mädchen nichts. Ich war nur ganz kurz in unserer Disko an dem Abend«, sagte er und ging.

»Arbeitet Ihr Sohn in Ihrem Betrieb?«, fragte Klose.

»Noch nicht. Jürgen ist während unserer Aufbauphase etwas zu kurz gekommen. Er liest lieber Gedichte statt Bilanzen«, antwortete Kniping, und sein Gesichtsausdruck zeigte, dass ihm das gar nicht recht war. »Meine Herren, noch ein Bier?«, fragte er und rief schon nach der Bedienung.

»Eigentlich müsste ich jetzt beim Training sein«, meinte Poppinga. »Aber es verschwinden ja nicht ständig junge Mädchen. Da muss man schon mal eine Ausnahme machen, nicht wahr, Herr Kommissar?«

Das Fräulein brachte die Biere. Sie prosteten sich zu, und Kniping verteidigte wortreich sein Konzept, der ländlichen Jugend das zu bieten, was erst in den fernen Städten Wilhelmshaven und Oldenburg seinesgleichen fand.

Jürgen Kniping fuhr das Auto seines Vaters in die Garage, brachte den Schlüssel in das Büro und zog sich danach auf sein Zimmer zurück.

Für einen jungen Mann, der seinen Berufsschulunterricht in einer Fachklasse für Tankwarte absolvierte, besaß er eine Menge Bücher. Allein zwei Reihen füllten Fachbücher über die Psychologie und Persönlichkeitsformung. Titel wie ›Der Weg zu meinem Ich‹ waren genauso anzutreffen wie Erich Fromms ›Die Kunst zu lieben‹. Es folgten Romane, die meisten im Taschenbuchformat, in denen Helden beschrieben wurden, die mit äußerst schwierigen Lebensschicksalen fertig werden mussten. Selbst die ›Blechtrommel‹ und ›Das Parfüm‹ befanden sich im Regal. Auch die Gedichte, die Jürgen Kniping schrieb und streng verschlossen hielt, kreisten um

Helden, denen das Leben und die Gesellschaft tiefe Wunden zugefügt hatten.

Doch an diesem Abend setzte sich der Junge nicht an seine Schreibmaschine, sondern holte ein ausgeliehenes Videoband aus seiner Tasche, das den Titel ›*Willow*‹ trug, und schob die Kassette in den Videoapparat. Er zog die Vorhänge zu, setzte sich bequem in einen Sessel und ließ sich in eine Zwergenwelt entführen, die auch nicht besser war als seine Welt.

Er dachte an all die Demütigungen, die er nicht nur in der Schule, sondern auch von seinem Vater erfahren hatte. Wie geschichtliche Ereignisse hatte er sie in seinem Unterbewusstsein chronologisch gespeichert. So war ihm auch in seiner Erinnerung haften geblieben, dass seine fürsorgliche Mutter einmal sehr aufgeregt mit ihm zum Kinderarzt gefahren war. Im Behandlungszimmer hatte sie ihm die Hose runtergezogen und ängstlich auf sein ›Pimmelchen‹ gezeigt.

»Herr Doktor, ist sein Glied nicht zu winzig für sein Alter?«, hatte sie den Arzt gefragt.

Dr. Mehler hatte gelacht. »Frau Kniping, schauen Sie sich um in der Welt. Die Natur liebt die Vielfalt! Es kommt später darauf an, wie der Junge sein Glied nutzt.«

Danach war Jürgen das Schulbaden verhasst gewesen, weil seine Mitschüler ihn beim Duschen gehänselt und die Mädchen ihn ›Strichmännchen‹ gerufen hatten.

Jürgen genoss den Film und entschloss sich, in der ›Körperschmiede‹ einen Bodybuilding-Kurs zu besuchen.

Am Freitag, dem 19. August, saßen Klose und Dirks im Einsatzwagen vor einer Landkarte und erweiterten den Radius der Suche. Sie hatten zusätzlich Verstärkung von den benachbarten Polizeirevieren bekommen. Noch einmal sollte der Hubschrauber die Planquadrate überfliegen. Die Zeitungen hatten die Landwirte gebeten, bei den beginnenden Erntearbeiten behutsam zu verfahren, da das vermisste Mädchen einem Verbrechen zum Opfer gefallen sein konnte und der Mörder die Leiche in den hohen Getreidefeldern versteckt haben konnte.

Gegen elf Uhr verließ Klose den Einsatzwagen. Assistent Heyen versah den Dienst, während Poppinga im Revier auf Telefonanrufe wartete. Der Kommissar fuhr zur Zeltburgstraße, wo die Jansens wohnten. Dr. Jansen öffnete und blickte Klose hoffnungsvoll an, als der die Polizeimarkte zeigte.

»Nein, Herr Jansen, wir haben noch keine Spur«, sagte der Kommissar sanft. Frau Jansen kam in den Korridor geschlichen. Sie war blass und weinte.

»Geben Sie mir bitte eine Socke oder ein anderes Kleidungsstück Ihrer Tochter? Ich habe die Hundestaffel angefordert«, erklärte Klose.

Dr. Jansen verließ wortlos den Korridor und kam wenig später mit einer kleinen Schürze zurück.

»Tanja trug sie immer, wenn sie irgendwelche Hausarbeiten erledigte«, erzählte er und steckte sie in eine Plastiktüte.

»Danke«, sagte der Kommissar.

»Haben Sie Anrufe von Lesern der Zeitungen erhalten?«, fragte Dr. Jansen.

»Mein Assistent Poppinga versieht den Dienst im Revier. Er hat sich noch nicht gemeldet«, meinte Klose bedauernd. Dann verabschiedete er sich.

Er stieg in seinen Wagen und fuhr zum Revier. Die Kollegen mit der Hundestaffel waren noch nicht eingetroffen. Im Dienstzimmer telefonierte Poppinga und schrieb Notizen auf seinen Block. Klose setzte sich an einen Schreibtisch. Er schwitzte, denn es war schwül im Zimmer.

Poppinga lege den Hörer auf. »Chef, einige Diskobesucher haben angerufen. Wenn ich das Fazit ziehe, dann hat Tanja Jansen gegen Viertel nach elf Uhr die Disko verlassen. Das entspricht auch der Aussage ihrer Freundin, die Tanja um halb elf Uhr wie verabredet am Fahrradständer angetroffen hat.

Ein Zeuge hat das Mädchen kurz danach noch gesehen. Er erinnert sich daran, dass Tanja alleine an der Disko entlang zum unbeleuchteten Hoteltrakt ging, als er in sein Auto stieg.«

»Um dort ihren Mörder zu treffen«, sagte der Kommissar.

»Wahrscheinlich hat sie ihn gekannt«, folgerte der Assistent.

»Und dieser Unbekannte hatte seinen Wagen vor dem Wald gegenüber dem Hotel, für den Parkplatzbenutzer nicht sichtbar, geparkt«, führte der Kommissar aus.

»Er hat das versprochene Fahrziel nicht angesteuert, die Kleine vergewaltigt und umgebracht und das tote Mädchen irgendwo versteckt, aber nicht dort, wo wir gesucht haben«, schloss Hinni Poppinga bitter.

»Und unsere Suchtrupps haben keine Chance«, murmelte der Kommissar.

»Chef, wir können die Suche einstellen, wenn Sie wollen.«

»Das werden wir nicht tun. Ich bin sicher, der Mörder triumphiert, weil er glaubt, uns ablenken zu können. Aber wir werden die Recherchen intensivieren«, erwiderte der Kommissar.

In diesem Moment meldete ein Beamter die Ankunft der Hundeführer.

»Hinni, viel Erfolg während deiner Stallwache«, sagte Klose, »ich kümmere mich um die Kollegen aus Hannover.«

Klose begrüßte die Beamten, die den Wagen auf dem Hof des Reviers geparkt hatten. Im abgetrennten Laderaum des Omega-Kombi saßen zwei Schäferhunde. Es waren Prachtexemplare, die jedem Hundefreund das Herz höher schlagen ließen.

»Folgen Sie mir«, sagte Klose zu den Kollegen und stieg in seinen Passat.

Er fuhr langsam durch den Stadtverkehr und beobachtete den nachfolgenden Wagen im Rückspiegel, um ihn nicht zu verlieren.

Auf dem Parkplatz des Torfhauses standen die Autos der Feriengäste. Es waren meist ältere Menschen und junge Ehepaare mit Kleinkindern, die das gute Wetter der Nachsaison nutzten. Ohne Rücksicht auf die wenigen zufälligen Passanten warf ein Beamter den Hunden die Schürze vor. Die Tiere beschnupperten sie kurz, fletschten die Zähne und rissen die Schürze in Fetzen. Die Hunde waren so gut abgerichtet, dass sie das Gekläffe ihrer Artgenossen überhörten, die neugierige Besucher an den Leinen führten. Kommissar Klose sah zu, wie die Hunde die Halter schnaufend zum Fahrradständer zogen. Sie bellten, und nach kurzen Befehlen der Beamten senkten sie die Schnauzen auf den Boden und liefen an der voll besetzten Terrasse vorbei über die Straße zum Waldrand.

Auf einem seitlich der Straße liegenden Grasstück hoben sie plötzlich die Schnauzen. Die Tiere bellten und sprangen wie toll an den kurz gehaltenen Leinen.

»Das Mädchen stieg hier wahrscheinlich in ein Auto«, sagte einer der Beamten. »Die Spur verliert sich hier.«

»Das habe ich mir gedacht«, erwiderte Klose.

Er blickte zu den Feriengästen hinüber, die auf der Terrasse des Torfhauses unter bunten Reklameschirmen speisten, und dachte voller Mitleid an die Männer der Suchtrupps, die schwitzend und müde immer noch erfolglos das Terrain absuchten.

»Danke«, sagte er zu den Beamten und begleitete sie zum Fahrzeug.

Die Hunde bewegten sich in Richtung Disko, doch die Halter zerrten sie zu der Ladefläche. Klose unterschrieb den Einsatzzettel.

»Essen Sie etwas, oder trinken Sie Kaffee auf unsere Rechnung«, bot er an und zeigte auf das Torfhaus.

»Danke, wir lassen uns die Spesen gutschreiben«, sagte der Beamte.

Klose ging zurück zum Einsatzwagen.

»Hat es noch Zweck? Wir suchen bereits in einem Gelände, das so unwegsam ist, dass der Verbrecher eine Expeditionsausrüstung gebraucht hätte, um da durchzukommen«, sagte Heyen ironisch.

»Herr Heyen, wir wollen uns den Vorwurf ersparen, wir hätten ungenau gearbeitet. Erst am Abend blasen wir die Aktion ab. Morgen ist Samstag, und wie ich die Hysterie der Bevölkerung kenne, ziehen hier morgen scharenweise Hobbydetektive über die Wiesen, Äcker und Weiden.«

Am Samstag, dem 20. August, zogen Wolkenbänke über die Küste. Der Wind war aufgebrist, und die Temperaturen waren merklich gefallen.

In der Kleinstadt Jever gab es kaum noch freie Parkplätze. Die Feriengäste der Küstenbadeorte besuchten das Schloss, standen in Trauben dicht gedrängt vor dem Schloss-Café und warteten auf den Beginn des Glockenspieles. Selbst vor der modernen Glasfassade der Brauerei, die samstags keine Führungen machte, drängten sich fotografierende Besucher, die Marktbetreiber in der Altstadt verkauften vor der renovierten Christuskirche im Schatten der kleinen Häuschen mehr Gemüse und Obst als an den Markttagen während der Hauptsaison.

Die Einwohner gingen ihren Geschäften nach oder bummelten durch die überfüllte Stadt. Schüler standen am Bahnhof und warteten auf ihre Busse. Die Cafés waren überfüllt. Das Verschwinden der Tochter des angesehenen Gymnasiallehrers, so tragisch es war, wurde notwendigerweise hingenommen, und Trauer und Leid konzentrierten sich auf die Eltern und die engsten Bekannten.

An diesem Samstagmorgen saßen die Kriminalbeamten im Revier, schrieben Protokolle, telefonierten und suchten nach neuen Wegen, das Verbrechen aufzuklären. Sie hatten das Landeskriminalamt eingeschaltet, und das wiederum hatte sich an das Bundeskriminalamt gewandt. Nach Tanja Jansen wurde inzwischen bundesweit gesucht. Ihr Foto erschien selbst in süddeutschen Zeitungen.

Über den Fernschreiber bekamen die Beamten kurz darauf die Daten der Diskomorde von Stade übermittelt. Dort waren drei Mädchen innerhalb eines Jahres zu ihrem Mörder in ein Auto gestiegen.

Ihre Leichen waren in Bremerhaven, Verden und Langenhagen gefunden worden. Die Fundorte besaßen Gemeinsamkeiten. Sie lagen im Kreuzungsbereich von Fernstraßen in unwegsamen Waldbezirken.

Kommissar Klose legte das Fernschreiben ab. »Hinrich, sicherlich zeichnet sich eine Parallele ab. Ich hoffe nur, dass die Befürchtungen der Kollegen vom Landeskriminalamt sich nicht erfüllen werden«, sagte er und starrte auf die Karte. Das Waldstück um das Torfhaus entsprach genau den bevorzugten Verstecken des Stader Mörders.

»Wir wollten doch noch mal die Eltern aufsuchen«, erinnerte Poppinga seinen Chef.

»Ja, natürlich.«

Der Kommissar stand auf und nahm seinen Mantel von der Garderobe. »Gehen wir, Hinni.«

Dr. Jansen öffnete ihnen die Tür. Er wirkte müde und übernächtigt.

»Herr Dr. Jansen, wir kommen, ohne Ihnen Hoffnungen machen zu können«, sagte der Kommissar.

»Ich weiß.« Der Lehrer führte die Beamten in das Wohnzimmer und bat sie, in der Sesselgruppe Platz zu nehmen. »Möchten Sie einen Tee?«, fragte er.

»Danke, Herr Doktor. Nur keine Umstände«, antwortete der Kommissar.

»Meine Frau bereitet mir nun zusätzlich Sorgen. Sie isst

kaum noch etwas. Sie liegt nur noch im Bett. Ihr Lebensmut ist dahin«, erzählte der Lehrer.

»Herr Dr. Jansen, es ist zu befürchten, dass Ihre Tochter zu ihrem Mörder ins Auto gestiegen ist«, sagte Klose.

Dr. Jansen rauchte nervös. Seine Augenlider zuckten, als er erwiderte: »Herr Kommissar, Tanja trank nicht; sehen wir einmal von einem Cocktail dann und wann ab. Sie war clean in jeder Hinsicht.«

»Dennoch muss sie zu einem Mann, wie wir annehmen, genügend Vertrauen gehabt haben, der ihr versprach, sie nach Hause zu bringen«, sagte Hinrich Poppinga.

»Meine Tochter war sehr selbstsicher«, erwiderte Dr. Jansen.

»Hatte Tanja einen Freund?«, fragte Klose.

»Vielleicht Diskofreunde. Eine Bindung, wie sie junge Leute heute schnell eingehen, hatte sie nicht«, antwortete der Lehrer.

»Kennen Sie Personen, zu denen Ihre Tochter Kontakte unterhielt?«, wollte Poppinga wissen.

»Sicherlich wäre sie zu jedem Nachbarn ins Auto gestiegen. Ihre Bekannten aus der Disko und vom Tennisspielen kenne ich leider nicht«, sagte Dr. Jansen.

Der Kommissar erhob sich. »Ich halte es für zwecklos, ihre persönlichen Sachen nach Hinweisen zu durchforsten. Deshalb bitten wir Sie, sich im Zimmer ihrer Tochter ein wenig umzusehen. Sollten Sie dort irgendetwas bemerken, was uns die Arbeit erleichtern würde, dann benachrichtigen Sie uns bitte«, bat er.

Der Lehrer begleitete die Beamten zur Tür. Er weinte leise, als er sie hinter den Beamten schloss.

Am Sonntag, dem 21. August, setzte gegen zehn Uhr ein prasselnder Regen ein, der den ganzen Tag anhielt und Jever unter Wasser setzte. Die Gullys schafften es nicht, die Wassermassen zu schlucken, und die Feuerwehr fuhr mehrere Einsätze, um Abflüsse zu reinigen oder Keller auszupumpen.

Die Feriengäste hockten auf ihren Zimmern, und nur wenige besuchten das Schloss, das die kleine Stadt einst historisch mit dem russischen Reich verbunden hatte. Die verschwundene Maria von Jever war eine geborene von Anhalt-Zerbst und mit der legendären Katharina der Großen von Rußland verwandt gewesen. Im Erbstreit schickte die Kaiserin russische Soldaten in die kleine Bierstadt. Doch das interessierte nur die wenigen Gäste, die sich der Schlossführung angeschlossen hatten. Die übrigen Touristen warteten auf eine Wetterbesserung.

Am Nachmittag dieses Sonntages starrte Dr. Jansen ernst durch das Fenster in den Garten und sah dem Regen zu, der den Rasen unter Wasser setzte. Im Blumenbeet bildeten sich kleine Strudel, die die Erde von den Pflanzen wegrissen.

Dr. Jansen wandte sich ab. Meta bereitete ihm ernstlich Sorgen. Sie begann dem Kummer zu erliegen und vor Leid fast zu ersticken. Sie hatte das Mittagessen nicht angerührt. Nicht einmal die Hühnerbrühe hatte sie zu sich nehmen wollen. Sie lag einfach im Bett und weigerte sich aufzustehen. Kein Lächeln erhellte ihr trauriges Gesicht, wenn er sich zu ihr setzte.

Dr. Jansen schaute auf die Uhr. Es war halb vier Uhr. Vielleicht sollte ich einen Tee aufbrühen, dachte er. Er erinnerte sich daran, dass Meta Blätterteiggebäck mit Vorliebe aß, ja für diesen Kuchen ließ sie alles stehen.

Kurz entschlossen ging er in den Korridor, zog seine Jacke über, nahm den Autoschlüssel und schlich sich aus dem Haus. Er hastete durch den sintflutartigen Regen zur Garage und stieg in seinen Wagen.

Bis zum Schloss-Café war es nicht weit. Dr. Jansen fand direkt vor den vielen Schaufenstern des Cafés einen Parkplatz. Als er den Verkaufsraum betrat, drängten sich viele Gäste und Einheimische vor dem Tresen, doch Dr. Jansen drängelte sich vor. Er war in Eile, weil er befürchtete, dass Meta während seiner Abwesenheit nach ihm rufen könnte.

Dabei kam er sich selbst seltsam vor. Im ersten Café der Stadt nach Kuchen zu fragen, während sie auf ein Lebenszeichen von ihrer Tochter warteten! Die Urlauber verstanden sein Drängen nicht, blieben aber höflich und ließen ihn vor. Die Bedienung setzte die gewünschten Gebäckstücke auf den Pappkarton und kassierte wortkarg.

Erleichtert eilte Dr. Jansen nach draußen, stieg in seinen Wagen und fuhr so schnell es ging nach Hause. Meta schlief noch, wie er zufrieden feststellte. Also setzte er Teewasser auf, holte das Rosenmustergeschirr aus dem Schrank und stellte alles hübsch auf ein Tablett. Er gab sich Mühe mit der Zubereitung des Tees, denn Meta war eine Ostfriesin. Beim Tee stellte sie Ansprüche. Dann trug Dr. Jansen das Tablett samt Stövchen, Sahnetopf und Kluntjebecher in das Schlafzimmer.

»Meta, wir müssen auch an uns denken«, sagte er. »Irgendjemand muss doch später an das Grab des Kindes gehen.«

Seine Frau reagierte nicht. So als schliefe sie, hatte sie die Arme von sich gestreckt. Ihr Mund war ein wenig geöffnet.

»Meta, du musst etwas essen. Hier habe ich deinen Lieblingskuchen«, sagte Dr. Jansen und stellte das Tablett vorsichtig auf die Ecke des Nachttischchens.

Da bemerkte er das geleerte Wasserglas und die halb volle Sprudelflasche. Das Röhrchen mit den Medikamenten lag geöffnet daneben. Von Entsetzen gepackt, rüttelte er die Schulter seiner Frau. Meta reagierte nicht. Ihr Kopf fiel kraftlos zur Seite. Wie von Sinnen stürzte Dr. Jansen zum Telefon. Er rief den Hausarzt an, danach rannte er zurück zum Schlafzimmer, griff nach der Hand seiner Frau und schluchzte. Die Hand war kalt!

In seiner Verzweiflung eilte der Lehrer zur Haustür und öffnete sie für den Arzt. Da fühlte er plötzlich einen entsetzlichen

Schmerz in seiner Brust. Bunte Lichter begannen wie Diskogeflimmer vor seinen Augen zu kreisen, dann fiel Jansen bewusstlos zu Boden.

Der Arzt fand Dr. Jansen in der Nähe des Telefons und forderte sofort den Krankenwagen an. Der Lehrer war das Opfer eines Herzinfarktes geworden. Der Arzt gab ihm eine Spritze zur Beruhigung und zur Blutverdünnung. Er dachte an Gott, der nun entscheiden musste.

Da er die Wohnung kannte, hatte der Doktor keine Schwierigkeiten, Frau Jansen zu finden, deren Tod er nur noch feststellen konnte. Das leere Medikamentenröhrchen war Erklärung genug, was geschehen war.

Am späten Sonntagnachmittag durchsuchten Kommissar Klose und sein Assistent Poppinga die Wohnung der Jansens. Sie fanden keinen Abschiedsbrief von Meta Jansen. Sie betraten auch das Zimmer der Tochter, doch sie konnten keine Hinweise entdecken, die ihr Verschwinden hätten erklärlich werden lassen.

»Hoffen wir, dass wenigstens der Lehrer überlebt«, sagte Klose, als er das Siegel auf die Tür klebte.

Sie fuhren zum Krankenhaus und erfuhren vom Arzt, dass Dr. Jansen noch in akuter Lebensgefahr schwebte und auf der Intensivstation medikamentös behandelt wurde.

Die Bürger der Kleinstadt Jever diskutierten und bedauerten zutiefst die tragischen Vorfälle im Hause Jansen.

Aber das Leben ging weiter. Der Direktor des Karl-Jaspers-Gymnasiums bat seinen Dezernenten bei der Bezirksregierung Weser-Ems, eine Planstelle auszuschreiben, da er mit der Rückkehr seines verdienten Pädagogen Dr. Jansen vorerst nicht rechnen konnte.

Tanjas Platz in der Eduard-Spranger-Schule blieb leer, und

Lehrer Baumann bemühte sich zu vergessen, dass seine Fantasie das schöne Mädchen einst in einsamen Nächten so sündig hatte Gestalt werden lassen.

Die Kriminalpolizei in Jever ging jedem Hinweis nach, um das Verbrechen aufzuklären, doch es gab keine Ergebnisse. Tanjas Leiche wurde nicht gefunden.

Kommissar Klose wandte sich schließlich sogar an das Fernsehen. Er trat in der Sendung ›Aktenzeichen XY ungelöst‹ auf, doch auch diese Bemühungen brachten keinen Erfolg. Stade und Jever bildeten eine mysteriöse Achse des Verbrechens, an der alle Aufklärungsversuche scheiterten.

Studienrat Baumann litt seit dem Verschwinden seiner Lieblingsschülerin Tanja Jansen mehr als früher an migräneähnlichen Schmerzanfällen. Selbst mit den Schülerinnen seiner Lieblingsklasse kam er nicht mehr zurecht. Die Mädchen beklagten seine Ungeduld während des Unterrichts und übten Kritik an seiner Art, mit dem Rotstift Druck auszuüben. Angewidert nannten die Schülerinnen ›Trauerweide‹ nun gehässig ›Trauerkloß‹.

Seine negative berufliche Einstellung zeigte sich auch während seiner Deutschstunden am Technischen Gymnasium. Die von ihm in den Ferien sorgsam vorbereiteten Unterrichtseinheiten über den Zeitgeist der zwanziger Jahre, mit geschichtsorientiertem Beiwerk zu der Lektüre des Romans ›Der Untertan‹ von Heinrich Mann, gab er desinteressiert und wirr von sich. Begeisterung zeigte er den Schülern nur dann, wenn er Parallelen in der Gegenwart vorfand und seine Schulleitung und selbst das Kultusministerium mit Schmutz bewerfen konnte. Baumann stilisierte sich zum Helden hoch, der zu einem Opfer verfehlter Bildungspolitik geworden war.

Doch ihm fehlte der Mut, einfach aufzuhören, auf Beamtentum und Sicherheit zu verzichten, und das brachte ihm nur Unverständnis und Spott von Seiten seiner Schüler ein.

Baumann betrat seine Tankwartklasse wie immer verkrampft und mit angespannten Nerven.

Er hatte den Unterricht mit dem Ziel vorbereitet, die Schüler zum ›Selbermachen‹ zu animieren. Das Thema hieß ›Der Zahlungsverkehr‹. In seiner Tasche befanden sich genügend Scheck-, Überweisungs- und Postscheckformulare, Zahlkarten und Postanweisungen, um den Unterricht anschaulich zu gestalten.

Seine Begrüßung ging in ohrenbetäubendem Lärm unter. Angewidert zog Baumann das Lineal aus der Halterung neben der Tafel und schlug es mit der Breitseite auf das Lehrerpult. Die Schüler fuhren erschrocken hoch.

»Wir haben Unterricht! Wenn ihr nicht aufpasst, dann lasse ich euch durch die Prüfung fallen!«, schrie er, fast blind vor Wut.

»Und danach, Herr Baumann? Haben Sie eine Glasversicherung für Ihr kleines Apartment in der Mariastraße?«, fragte Holger und erntete lautstarken Beifall.

Baumann blickte Jürgen Kniping an, der ebenfalls frech grinste. Der Junge verhielt sich irgendwie anders als früher. Selbstbewusster, den Rowdies angepasster, als hätte er die Seiten gewechselt.

Baumann wurde unsicher. Jürgen war die letzte Bastion in dieser Klasse.

»Wer von euch hat bereits Erfahrungen im Umgang mit der Kasse gesammelt?«, fragte Baumann, bemüht, ruhig zu wirken.

»Ich habe einen Freund, der hat eine mitgehen lassen!«, rief ein Schüler. Er grinste schlitzohrig, wobei seine gelben Zähne sichtbar wurden. Sein T-Shirt zierte ein schießender Rambo.

Die Klasse tobte vor Begeisterung. Der Unterricht war erneut unterbrochen. Baumann packte die Formulare auf den Tisch. Er hatte sie sich extra bei der Stadtsparkasse und der Post besorgt.

Eine Schülerin blinzelte ihn an.

»Herr Baumann, was ist aus dem Mädchen geworden?«, fragte sie.

»Wie bitte?« Baumann sah sie irritiert an.

»Nun ja, die Kleine von der Disko, mit der Sie gesprochen haben«, sagte sie herausfordernd.

Baumann fühlte einen Stich im Magen. Für Sekunden verschlug es ihm die Sprache.

Jürgen Kniping half nach. »Sie meint diese Tanja, die verschwunden ist«, erklärte er.

Baumann ging an das Fenster. Er öffnete es und atmete gierig die frische Luft ein, die ihm entgegenschlug. »Sie ist noch nicht wieder aufgetaucht«, antwortete er möglichst gelassen.

»Wird sie wieder auftauchen?«, fragte Eilert und rieb sich mit dem Daumen über seine hässliche Drachentätowierung am Unterarm.

»Sie war Ihre Lieblingsschülerin«, erinnerte ihn ein Mädchen mit knallroten Lippen und grünen Strähnen in den Haaren.

Baumann straffte die Schultern. »Für diese Fragen ist die Kripo zuständig, für eure Prüfung bin ich verantwortlich. Also, ich verteile jetzt Formulare, die wir gemeinsam ausfüllen werden.« Er nahm die Packen und ging damit zu den Tischen.

»Herr Baumann, wenn ich Sie zur Disko einladen würde, würden Sie dann auch mit mir in den Wald gehen?«, fragte eine Schülerin ironisch.

»Der ist doch impotent!«, rief Holger.

Baumann erwiderte nichts auf diese Bemerkungen. Was musste er noch alles schlucken? Die im Ministerium nannten das Bildung und Unterricht. Lebten die denn im Wolkenkuckucksheim?

Es klappte nichts an diesem Tag. Während Baumann fingierte Firmennamen an die Tafel schrieb, hatten einige Schüler bereits voreilig mit ihrem dumpfen Verstand die Namen von Freunden auf die Formulare gekritzelt. Baumann wartete sehnlichst auf das Klingelzeichen. Seine Stimme war schon heiser, als er verzweifelt erneut um Ruhe bat. Doch auch diesmal interessierte sich niemand für das, was er sagte.

Die Rheinische Lack AG Neuss hatte einen neuen umweltfreundlichen Kunstharzlack für Sportboote entwickelt und in das Programm aufgenommen. Auf der ›Düsseldorfer Boot Ausstellung‹ war es ihr gelungen, mit diesem Produkt die Aufmerksamkeit der Fachwelt zu erringen. Otto Jutze hatte mit einer Prospektwerbung die Kunden seines norddeutschen Bezirks zusätzlich interessiert.

Am Montag, dem 12. September, besuchte er im strömenden Regen seine Kunden in Cuxhaven. Neben den üblichen Standardbestellungen konnte er zusätzlich einen guten Umsatz des neuen Produktes verbuchen. Das übertraf alle seine Erwartungen, denn bisher bildeten die Monate August und September das absolute Schlusslicht in der Absatzstatistik. Doch dieser Sommer ging früh zu Ende, und die Segler dachten anscheinend an eine vorzeitige Überwinterung ihrer Boote. Die Auswirkungen der Werbemaßnahmen stellte Jutze auch in Stade fest. Die Umsatzsteigerungen stimmten ihn richtig glücklich. Leider wurde aus den sonst so erholsamen Deichspaziergängen oder dem obligatorischen Altstadtbummel auf dieser Reise wegen des Dauerregens nichts. Erst als Otto Jutze am Mittwoch, dem 14. September, das Hotel Altländer Hof in Stade nach dem Frühstück verließ und sich auf den Weg nach Ostfriesland machte, stach die Sonne zaghaft durch die Wolkendecke. Abgesehen von einigen Schauern, begann sich das Wetter zu bessern.

Otto Jutze besuchte noch am Vormittag in Norden, Esens und Wittmund einige Kunden, aß im Neuharlingersieler Hof zu Mittag und notierte danach in Wilhelmshaven ebenfalls einige Aufträge. Mit den Geschäften zufrieden, lenkte er seinen Wagen in Richtung Jever, um sich dort im vorgebuchten Hotel Torfhaus von seinen Anstrengungen zu erholen. Für den 15. September hatte er sich bei einem Kunden auf Spiekeroog angesagt.

Renate Fresenborg, die siebzehnjährige Auszubildende des Tankstellenbesitzers Jan Menken in Jever, begann mit der Abrechnung der Kasse. Ihr Chef war bereits gegangen, denn er wollte mit seiner Frau an diesem Mittwoch an der Elternversammlung in der Realschule teilnehmen. Auf Renate war Verlass, das wusste Menken. Er konnte sie alleine lassen.

Renate war dabei, die Einnahme in dem versteckten Tresor zu deponieren, als noch ein Kunde vorfuhr. Sie schaute routinemäßig auf das Autokennzeichen. Der Fahrer stieg aus und blickte fragend in ihre Richtung.

»Ich habe bereits abgestellt. Es ist schon nach acht Uhr, mein Herr!«, rief Renate ihm von der Tür des Kassenhäuschens aus zu. Der Mann, so um die vierzig, sah gut aus.

»Fräulein, dann müssen Sie mir helfen, den Wagen zum Torfhaus zu schieben. Ich bin Vertreter und mit dem letzten Tropfen im Tank meines Wagens an die Tanksäule gerollt«, erklärte er in rheinischem Tonfall.

»Gut, ich schalte die Säule eins an«, sagte Renate.

Das grüne Licht leuchtete auf. Otto Jutze nahm den Zapfhahn und steckte ihn in die Tanköffnung.

Renate wartete ungeduldig. Sie wollte in die Disko, musste aber vorher noch mit dem Fahrrad nach Hause. Sie schrieb mit dem Kugelschreiber auf den für Kunden unsichtbar angebrachten kleinen Block ›NE-U 1‹ und lachte leise vor sich hin, denn ihr Chef hatte diese Maßnahme angeordnet, nachdem ihrer Vorgängerin ein später Kunde ohne zu zahlen davongefahren war. Dieser nette Mann gehörte nicht zu den Ganoven. Das spürte sie. Außerdem war sie nicht ängstlich.

Der Vertreter betrat den Kassenraum und ging langsam an den Regalen vorbei, die ein Minisortiment gängiger Spirituosen, Getränke und Süßwaren feilboten. Er griff nach einer Schachtel Pralinen und kam lächelnd zur Kasse. Als der Kunde gezahlt hatte, reichte er ihr die Schachtel.

»Für Ihre Hilfsbereitschaft«, sagte er und ging nach einem kurzen Gruß zu seinem Auto.

Renate deponierte die Kasse im Tresor, löschte die Lichter, schloss die Tankstelle ab und fuhr beschwingt mit dem Rad nach Hause. Dass es solche Kavaliere noch gab, hätte sie nicht gedacht!

Renate Fresenborg, Tochter des Fernfahrers Menno Fresenborg, war ein Einzelkind. Ihre Mutter arbeitete im Textilhaus Sturmann. Sie war sehr häuslich.

An den langen Abenden, wenn ihr Mann für die Firma Erth zwischen Süddeutschland und Jever mit dem Lastzug unterwegs war, strickte sie und genoss das reiche Angebot des verkabelten Fernsehers.

Renates Vater hatte sich einen Sohn gewünscht. Seine Tochter hatte früh begriffen, dass sie ihrem ›Vati‹ Freude machte, wenn sie wie ein Junge Fußball mit ihm spielte oder sich auf einem Motorrad an ihn klammerte, wenn er aufdrehte. Renate hatte Röcke abgelehnt und sich stets nur in Hosen wohl gefühlt. Das Hobby ›Auto‹ teilte sie mit ihrem Vater. Aus diesem Grunde hatte sie auch die Lehrstelle an der Tankstelle angenommen.

Die Fresenborgs bewohnten eine hübsche, geräumige Wohnung in der Pastorenstraße und besaßen zwei Autos. Die Mutter fuhr einen Panda, und der Vater war stolz auf seinen BMW. Diese Hobbys waren teuer. Deshalb hatten sie nicht gebaut.

Als Renate nach Hause kam, saß ihre Mutter bereits vor dem Fernseher. Es lief ein rührseliger alter Hollywood-Film.

»Das Essen steht auf dem Herd«, sagte die Mutter.

»Ich ziehe mich nur schnell um. Ich habe keinen Hunger. Fährst du mich zur Disko?«, fragte Renate.

»Ja. Rufe bitte an, wenn ich dich abholen soll. Vater kommt heute noch zurück. Ich bleibe also sowieso auf«, antwortete die Mutter.

Renate ging zu ihrer Mutter, küsste sie auf die Wange und suchte ihr Zimmer auf, um sich für die Disko zurechtzumachen.

Die hohen Leuchten waren bereits eingeschaltet, und der Diskoparkplatz war schon fast belegt. Otto Jutze bevorzugte die Abstellfläche auf der Waldseite vor dem Hoteltrakt. Er hatte Angst um seinen Firmen-BMW.

Die Terrasse des Torfhauses lag im grellen Licht der Strahler, doch kein Gast suchte dort bei den herbstlichen Temperaturen Kurzweil. Das Geschäft mit den Fremden hatte nachgelassen, und im Restaurant gab es viele unbesetzte Tische. Die Kellnerin nahm Jutzes Bestellung entgegen, brachte ihm das gewünschte Bier und reichte ihm den Hotelzimmerschlüssel. Jutze aß ein Krabbenbrot mit Zwiebeln, bestellte ein weiteres Bier und einen Küstenkorn.

Ungestört führte er seine Auftragsbücher. Bei Bier und Korn verstrich die Zeit. Erst gegen elf Uhr verließ er das Restaurant, suchte das ihm vertraute Zimmer auf, zog sich um und verließ dann das Hotel noch einmal, um einen ausgedehnten Spaziergang durch den nächtlichen Wald anzutreten.

Menno Fresenborg lenkte den IVECO-Turbo-Lastzug am Ahlhorner Dreieck auf die Autobahn Wilhelmshaven. Er war müde und abgespannt. Hinter Dortmund auf der A1 hatte er stundenlang im Stau gestanden, nachdem ein schwedischer Skania einen PKW regelrecht von der Fahrbahn in den Graben geworfen hatte. Der Fernfahrer schaute auf die Uhr. Noch etwa eine Stunde bis Jever. Heute war Mittwoch, der 14. September. Am Montag, dem 19. September, musst er in Emden um fünf Uhr laden, um Tütjes-Erdnusskerne nach Mailand zu bringen. Bis dahin hatte er frei. Er freute sich auf zu Hause. Am Freitagabend wollte er seine Frau und seine Tochter zum Chinesen zum Essen einladen.

In Jever brannten die Straßenlampen, aber die Stadt wirkte ausgestorben. Nur ein Taxi huschte an Fresenborg vorbei. Der Fernfahrer lenkte den LKW auf den Hof, setzte seinen Zug neben die abgestellten LKWs der Kollegen, nahm die Papiere und verschloss den Wagen. Pfeifend ging er zu seinem abgestellten BMW und fuhr nach Hause. Es war bereits nach Mitternacht, als er die Wohnung betrat. Seine Frau begrüßte ihn nervös und gab ihm nur einen flüchtigen Kuss.

»Was ist los?«, fragte er irritiert.

»Renate ist noch nicht zurück. Sie wollte anrufen, wenn ich sie abholen soll«, sagte sie.

Menno Fresenborg war enttäuscht. Schimpfend ging er zum Kühlschrank und entnahm ihm eine Flasche Bier, die er in wenigen Zügen leerte.

»Möchtest du etwas essen?«, fragte seine Frau.

»Nein, ich möchte, dass Renate kommt«, sagte er aufgebracht.

Er, der unter ständigen Gefahren seinen Job versah, begann zu begreifen, wie dünn die Fäden waren, die ihn mit dem verbanden, was er unter seinem Glück verstand.

Kommissar Klose fuhr aus dem Schlaf. Er schaltete das Nachttischlämpchen an und blickte auf die Uhr. Das Telefon schrillte erneut. Es war zwei Uhr. Hastig verließ er das Bett und eilte zum Apparat.

»Ja«, sagte er leise, bemüht, den kleinen Sohn nicht aufzuwecken.

»Wenninga, Herr Kommissar, ich habe Nachtdienst. Die Eltern der siebzehnjährigen Renate Fresenborg befinden sich hier im Revier. Das Mädchen ist nach einem Diskobesuch nicht nach Hause gekommen«, berichtete Wenninga.

Klose stutzte. Seine Müdigkeit verflog. »Torfhaus?«, fragte er nur.

»Ja, Herr Kommissar«, antwortete Wenninga.

»Ich komme.«

Klose legte den Hörer auf und ging eilig zum Bad. Rasieren kann ich mich später, dachte er und trat an das Waschbecken. Er hielt die Arme unter den Wasserstrahl und warf sich einige Hände Wasser ins Gesicht.

Danach zog er sich an. Seine Frau kam im Nachthemd an die Badezimmertür.

»In Jever spielt einer verrückt. Es ist schon wieder ein Mädchen verschwunden«, erklärte Klose ihr und ging schon zum Korridor. Dort zog er seine Wetterjacke über und verließ die Wohnung.

Als Klose das Revier erreichte, sah er den BMW, der vor dem Eingang stand. Die Eltern, dachte er und parkte seinen Wagen neben dem Fahrzeug. Dann hastete er der Eingangstür entgegen.

Hinter dem in Brusthöhe angebrachten Empfangstresen stand Wenninga und wies auf die Eheleute, die mit ernsten Gesichtern auf den Besucherstühlen saßen.

Klose wandte sich an sie. »Sie sind die Eltern?«, fragte er. Die Eheleute nickten.

»Mein Name ist Klose, kommen Sie doch bitte mit in mein Zimmer«, sagte der Kommissar und hielt ihnen die Tür auf. »Herr Wenninga, benachrichtigen Sie bitte Herrn Poppinga«, ordnete er an.

Lehrer Baumann ließ eine Sprudeltablette in ein gefülltes Wasserglas fallen und erhoffte sich eine wohltuende Wirkung von dem Getränk. Er versuchte seit dem Aufwachen vergeblich, sich an den vorigen Abend zu erinnern, und das machte ihm Angst. Er griff zusätzlich zu dem Röhrchen, das Beruhigungstabletten der Stärke 10 enthielt. Seine Hände zitterten, und der Gedanke an den Unterricht in der Tankwartklasse trieb ihm den Schweiß auf die Stirn. Er wollte an diesem Tag aus den Prüfungsunterlagen Aufgaben und Fragen besprechen, um den Schülern den notwendigen Ernst abzuringen. Baumann dachte daran, eine Kur einzureichen, doch er wusste, dass er damit seine Probleme nicht lösen konnte. Eine Kur würde für ihn nur eine kurze Erholungspause bedeuten. Der Tod von Tanja Jansen hatte alles verschlimmert. Hinzu kam, dass der kindliche Jürgen Kniping ihn im Unterricht plötzlich als Feind zu betrachten begann und sich mit den ›gemeinen‹ Typen arrangierte. Der Schulleiter ließ Baumann ›im Regen stehen‹, und jede Unkorrektheit, die von den Schülern der Eduard-Spranger-Schule begangen wurde, schrieb er seinen Tankwarten zu.

Als Baumann am 15. September seinen Wagen auf dem noch fast leeren Parkplatz vor der Schule abstellte, hatte er keinen Blick übrig für die eng sitzenden Jeans der Mädchen. Ihn interessierten die hübschen jungen Gesichter, die Optimismus und Lebensfreude ausstrahlten, nicht mehr. Baumann trug schwer an seiner Belastung. Erst wenn der Unterricht überstanden war, wollte er sich besinnen, mit sich ins Reine kommen.

In seinem Fach im Lehrerzimmer fand er erneut einen dieser hässlichen ›Rücksprache-Zettel‹ des Chefs vor. Baumann nahm ihn in die Hand. Er sehnte den Tag herbei, an dem er die Kraft besaß, diese Aufforderungen zu zerreißen und aufrecht seinen Protest in das Lehrerzimmer und seinem Chef entgegenzuschreien. Doch an diesem Morgen mied er wie immer die Blicke der Kollegen, die hinter vorgehaltener Hand tuschelten, als er zum Sekretariat schritt.

»Es ist verrückt«, sagte die Sekretärin Frau Mannot nur und blickte bedauernd auf die Tür des Chefbüros.

Baumann stellte keine Fragen. Vielleicht bin auch ich verrückt, dachte er und öffnete die Tür.

Der Chef und Kommissar Klose blickten ihm neugierig entgegen. Baumann zuckte zusammen, als habe ihn ein Schlag getroffen. Wie aus weiter Ferne vernahm er die Stimme seines Direktors: »Herr Baumann, es ist unvorstellbar!«

Baumann schloss die Tür hinter sich und setzte sich unaufgefordert an den kleinen Seitentisch, den eine braune Batikdecke zierte, von der er wusste, dass die Frau des Chefs sie angefertigt hatte.

»Herr Studienrat, gestern Abend besuchte Renate Fresenborg die Disko Frisco-Sound. Ihre Eltern gaben am frühen Morgen eine Vermisstenanzeige auf. Auch dieses Mädchen besuchte Ihre Klasse«, sagte der Kommissar.

Baumann schluckte. Er versuchte wieder verzweifelt, sich den letzten Abend ins Gedächtnis zu rufen, doch es gelang ihm nicht. »Renate Fresenborg«, wiederholte er monoton. »Ja, sie besucht meine Berufsschulklasse. Sie lernt Tankwartin«, sagte er, bemüht, gelassen zu bleiben.

»Herr Kollege, Herr Klose wird Sie begleiten. Er muss den Mitschülern einige Fragen stellen«, meldete sich der Direktor zu Wort.

»Sie denken an den Fall Jansen?«, fragte Baumann verwirrt.

»Natürlich, Herr Studienrat, die Fälle haben sehr große Ähnlichkeit. Renate hatte ihrer Mutter versprochen, sie anzurufen, doch die Mutter hat vergeblich am Telefon gewartet. Das Mädchen kam nicht nach Hause. Wir vermuten ein Verbrechen«, erklärte der Kommissar knapp.

Hilflos fragte Baumann: »Sie haben die Leiche, entschuldigen Sie, Sie haben Tanja Jansen noch nicht gefunden, und nun suchen Sie nach Renate Fresenborg?«

»So ist es. Vielleicht können die Mitschüler uns ja Hinweise liefern«, antwortete der Kommissar.

Dem Kommissar stieg der Geruch eines scharfen Reinigungsmittels in die Nase, als er mit Baumann auf den Flur trat. Schüler und Schülerinnen eilten laut und hektisch an ihnen vorbei, ihren Klassenzimmern entgegen. Die Lehrer, denen sie begegneten, wirkten ausgeglichen und machten nicht den Eindruck, als schritten sie Leidensstationen entgegen. Deshalb wunderte Klose sich über das Verhalten von Baumann, der wortlos neben ihm herschritt, als begleite er ihn zum Schafott. Die Schüler und Schülerinnen, denen Baumann am Ende des Ganges die Klasse aufschloss, sahen zwar abenteuerlich aus in ihren Leder- und Jeanssachen, doch auch sie alberten herum und verhielten sich ganz normal schülerhaft.

Klose hörte, wie eine Schülerin laut sagte: »Trauerkloß bringt Verstärkung mit.«

Sicherlich war das nicht die geistige Elite, die sich da vor ihm undiszipliniert in den Klassenraum drängte. Während ihrer langen Schullaufbahn waren sie unter sich geblieben oder hatten sich hier kennen gelernt, nachdem die Begabten zu weiterbildenden Schulen geschickt worden waren oder die besseren Ausbildungsplätze erhalten hatten. Lärmend nahmen die Schüler ihre Plätze ein. Die Lehrinhalte der theoretischen Bildung waren nichts für sie. Sie widersetzten sich missmutig dem Versuch, erneut mit Noten bewertet zu werden. Einen Reifen aufziehen, einen Zylinderkopf ausbauen oder eine Ölleitung erneuern – das waren Aufgaben, die sie mochten und beherrschten.

Die Schüler unterhielten sich lautstark. Einige tranken bereits aus Kakaotüten, die sie sich aus einem Automaten gezogen hatten. Ein Lehrer, der mit solchen Schülern fertig werden will, muss aus anderem Holz geschnitzt sein als dieser Baumann, dachte der Kommissar.

Er vernahm, wie der Studienrat sich mit seiner überforderten Stimme Gehör verschaffen wollte. Gelächter war die Antwort.

Klose schaute in die Gesichter der Schüler. Er erkannte den blassen Jungen, der ihn, eingekeilt von kampfeslustigen Schülern, geringschätzig anlächelte. Baumann schritt an einen unbesetzten Platz der zum Karree zusammengestellten Tische.

»Herr Kommissar, hier saß sie!«, sagte Baumann; es kostete ihn sichtlich Kraft, gegen den Lärm anzusprechen.

Durch die Klasse ging ein Raunen, dann trat Stille ein. Klose wirkte jung und drahtig. Er trug eine sportliche Wetterjacke im Stile Schimanskys. Er stellte sich vor die Klasse und lächelte.

»Mein Name ist Klose, ich bin von der Kripo. Ihre Mitschülerin Renate Fresenborg ist von ihren Eltern als vermisst gemeldet worden.«

Die Schüler sahen sich irritiert an.

»Was ist mit Renate?«, fragte ein Mädchen, das in sein gefärbtes Haar eine große schwarze Schleife gesteckt hatte.

»Sie ist nach dem Diskobesuch gestern Abend nicht nach Hause zurückgekehrt«, antwortete der Kommissar.

»Das ist ja schrecklich. Renate war keine Herumtreiberin«, sagte eine andere Schülerin.

»Davon gehen auch wir aus. Hat jemand von Ihnen Renate Fresenborg vor ihrem Verschwinden noch gesehen?«, fragte der Kommissar.

Klose sah, dass Baumann am Fenster stand und der Klasse den Rücken zugekehrt hatte, als ginge ihn das alles nichts an.

Der schmächtige Sohn des Wirtes stand auf. »Herr Kommissar, fragen Sie Herrn Baumann«, sagte er und setzte sich wieder.

Der Lehrer fuhr herum.

»Jürgen, was soll das?«, fragte er.

Klose war verwirrt. Gab es hier einen Grabenkampf? Hatte Baumann den schmächtigen Jungen mit dem Kindergesicht vielleicht irgendwie gedemütigt?

»Herr Kommissar, ich habe nicht auf die Uhr geschaut, wann das war, aber Herr Baumann war bei uns. Ich habe ihn erkannt, als er spätabends um den Parkplatz schlich«, sagte der Junge.

»Moment, wo schlich Herr Baumann herum?«, fragte der Kommissar ganz ruhig und schaute Jürgen Kniping ernst an.

Im Gesicht des Jungen bildeten sich rote Flecken. »Herr Kommissar, Sie kennen meinen Vater. Ihm gehört, wie Sie wissen, die Disko«, erklärte er.

Baumann rang immer noch um seine Fassung. »Jürgen, so wie du das hier darstellst, war das nicht. Warum verhältst du dich so unfair?«, fragte Baumann aufgeregt.

Die Klasse schwieg. Dieser Jürgen war dabei, mächtig Punkte zu sammeln. Das Muttersöhnchen zeigte Mumm. Die Schüler witterten eine Sensation.

»Herr Baumann, wollen Sie den Vorwurf vor der Klasse in das rechte Licht rücken?«, fragte der Kommissar.

Der Lehrer nickte.

»Jürgen, ich streite nicht ab, dass ich gestern Abend bei euch war. Das war auch nicht das erste Mal, wie du weißt. Ich habe einige Biere getrunken. Mit deinem Vater verbindet mich ein Gespräch, das sich um deine Zukunft drehte. Gestern hoffte ich dich anzutreffen, denn dein Verhalten in dieser Klasse ist unmöglich geworden. Doch die Bedienung sagte mir, du seiest nicht anwesend«, berichtete Baumann erschöpft. Er war am Ende seiner Kräfte.

»Haben Sie Ihre Mitschülerin in der Disko getroffen oder gesehen?«, wandte sich der Kommissar an den Sohn des Diskobetreibers.

»Herr Kommissar, da waren so um die fünfhundert Gäste, und wenn ich mitmache, dann sagen sie immer, ich solle einen ausgeben«, antwortete Jürgen Kniping.

»Sie haben also Fräulein Renate Fresenborg gestern Abend nicht gesehen?«, fragte der Kommissar nach.

»Nein, ich habe gelesen und bin dann für einen Spaziergang einmal um das Viereck gelaufen. Dabei habe ich Herrn Baumann gesehen, der auf der anderen Straßenseite am Wald entlangging«, sagte er.

»Dass Jürgen spazieren ging, das kann ich bestätigen. Ich habe auch Renate gesehen«, meldete sich ein Schüler, dessen nackte Arme den Erfolg seines schweißtreibenden Bodybuilding-Trainings zeigten.

»Wann war das?«, wollte der Kommissar wissen.

»Gegen elf Uhr. Meine Freundin musste nach Hause. Ihr Alter erteilt ihr Ausgehverbot, wenn sie nicht um halb zwölf Uhr zu Hause ist. Ich stand an meinem Wagen«, erzählte der Schüler.

»War Renate alleine?«, fragte der Kommissar.

»Als ich sie sah, ja«, antwortete der Schüler.

»Ich kenne den Parkplatz. Wo hielt Renate sich genau auf?«, bohrte Klose.

»Ich stand wohl in der zweiten Parkreihe, und sie ging unten etwa in Höhe der Disko in Richtung Wald«, erläuterte er.

»Danke, geben Sie mir bitte Ihre Adresse an. Wir werden Sie wegen eines Protokolls aufsuchen«, sagte der Kommissar.

»Enno Wübbens, Am Sportplatz 15, Wittmund.«

Die anderen Schüler schwiegen bedrückt, aber Jürgen erhob sich noch einmal. Sein Kindergesicht wirkte ernst. »Herr Kommissar, auch ich unterschreibe, was ich gesehen habe«, sagte er verbissen.

»Wir hätten Ihre Aussage sicher nicht vergessen. Wir werden uns bei Ihnen ebenfalls melden«, meinte der Kommissar.

Baumann setzte sich an sein Lehrerpult.

Er stützte den Kopf in die Hände und starrte mit leeren Augen vor sich hin.

»Das war es dann«, sagte Klose und blickte den Lehrer mitleidig an.

Baumann nickte. »Für Sie, Herr Kommissar. Ich muss noch durch die Hölle.«

Klose verließ die Klasse.

Er hörte draußen, wie sich die Spannung der Schüler in einem Riesenlärm entlud.

Der arme Pauker, dachte er und schritt erleichtert dem Schulausgang entgegen.

Der Kommissar hatte Revierleiter Dirksen und seinen Assistenten Poppinga zu einer Besprechung in sein Dienstzimmer eingeladen.

»Hier ist ein Verrückter am Werk. Genau vor vier Wochen verschwand Tanja Jansen – und nun Renate Fresenborg«, stellte Hinni Poppinga fest.

»Herr Klose, wir haben wenig Hoffnung, dass Renate Fresenborg noch lebt; wir müssen erneut eine Suchaktion starten«, forderte Dirksen.

»Ich sehe das nicht anders. Das Wetter ist optimal. Treffen wir die Vorbereitungen«, sagte der Kommissar. Er nahm den Hörer in die Hand und begann zu telefonieren.

»Alles wie gehabt«, meinte Hinni Poppinga.

Gegen zehn Uhr zogen die ersten Suchtrupps los. Ein Hubschrauber überflog das Gelände.

Um zwölf Uhr sorgte die freiwillige Feuerwehr sogar für Unterstützung.

Doch bei der Pressekonferenz um sechs Uhr abends stand Klose wieder einmal ohne Ergebnis da.

Am 16. September überflog der Hubschrauber erneut vergeblich das Terrain. Polizei und Feuerwehr fanden keine Spur. Auch die wieder angeforderten Suchhunde kläfften nur hilflos auf dem Rasenstück vor dem Wald gegenüber dem Hoteltrakt des Torfhauses.

Renate Fresenborg war wie ihre Leidensgenossin Tanja Jansen wie vom Erdboden verschwunden.

Der Unmut in der Bevölkerung wuchs. Doch die Berichterstattung über die beginnende Olympiade in Seoul begann die Menschen bald wieder abzulenken. Bald dachten sie kaum noch an die Verbrechen in ihrer Kleinstadt.

Für Dr. Jansen stand fest, dass ein Mörder oder schlimmer noch, ein Sexualverbrecher seine geliebte Tochter Tanja umgebracht hatte. Seine Meta hatte nicht die notwendige Kraft besessen, sich erneut dem Leben zu stellen. Auch sie hatte ihn zu früh verlassen. Sie und seine Tochter lebten, aber nicht im Diesseits, sondern im Jenseits, das war für ihn eine Realität.

Wenn er abends alleine in seinem Bungalow saß und Fotografien betrachtete, dann fühlte er die Nähe der Verstorbenen, und seine Lippen formten Sätze, die sie, so glaubte er, verstanden.

Er lehnte den ihm verordneten Aufenthalt in Bad Zwischenahn im Rehabilitationszentrum ab und begab sich in die Obhut des Hausarztes. Der Gedanke, er sei nun ein Invalide, kam ihm nicht. Er war vorerst für ein halbes Jahr krank geschrieben. Bei ausgedehnten Spaziergängen und Schwimmbadbesuchen erholte er sich schnell und kam zu dem Entschluss, sein Haus zu verkaufen. Er liebte keine Gartenarbeit, obwohl sein Arzt ihm diese empfahl. Er stellte fest, dass er sich von vielem trennen musste. Tanjas Mädchenzimmer, Metas Nähzimmer, das große Wohnzimmer. Das ganze Haus steckte voller Erinnerungen, die ihn erdrückten. Er musste neu anfangen.

Dr. Jansen zog sich zurück, wünschte keine Besuche. Er ließ Kollegen und auch den Personalrat abblitzen. Mit seinem Direktor hielt er nur den notwendigen telefonischen Kontakt.

Schließlich bot er einem Makler das Haus an. Er fand bald einen Käufer, der auch das überflüssige Mobiliar zu übernehmen bereit war.

Am 19. September zog er um.

Er hatte sich für den Kauf einer Eigentumswohnung entschieden, die an der Seezungenstraße lag und bezugsfertig war. Von dort konnte er zu Fuß in etwa fünfzehn Minuten in der Innenstadt sein, im Schloss-Café seinen Kaffee trinken oder in knapp zwanzig Minuten den Friedhof und damit das Grab seiner Meta erreichen. Dort sollte auch Tanja die letzte irdische Bleibe finden.

Selbst zur Disko, die seiner Tochter zum Verhängnis geworden war, benötigte er nur zwanzig Minuten.

Sein Gesundheitszustand besserte sich weiterhin. Die vorsorglich geplante Bypass Operation erwies sich als überflüssig. An seine Schule dachte er kaum. Er las esoterische Bücher und schaute Fernsehen. Am Wochenende und mittwochs zog es ihn abends in die Nähe der Disko Frisco-Sound.

Der Musiklärm störte ihn nicht.

Ihn faszinierte das Leben vor der Disko mit den abfahrenden und kommenden Autos und den vielen jungen Menschen.

Wenn das Wetter sehr schlecht war, trank er im Torfhaus ein Bier und beschränkte sich auf kurze Rundgänge um das Gelände der Disko.

Die Landwirte hatten die Ernte eingefahren. Nur der Mais für die Silage stand noch auf den Feldern. Die Woche vom Montag, dem 19. September, bis zum 24. September brachte einige schöne Tage, doch dann begann der Herbst mit ersten Stürmen und Regen seinen frühen Einzug. Die letzten Herbstblumen zierten die Gärten, und die Blätter der Bäume begannen sich zu verfärben. In den Badeorten wurden die Strandkörbe zur Überwinterung in die Scheunen gefahren, und zum Schrecken aller Bewohner der Küste brachte eine Salmonellenvergiftung das Badewasser der Nordsee in Verruf. Ein Seehundsterben schockte die umweltbewussten Bürger.

So gab es genügend Gesprächsstoff für hitzige Diskussionen und Hilferufe in Richtung Hannover und Bonn. Die bereits vor Jahren eingeleitete Aktion ›Rettet den Seehund‹ fand endlich Gehör. Die ersten Schiffe der weißen Rotte fuhren zur Umrüstung in die Werften, um mit Tanks zur Entsorgung der Fäkalien umgerüstet zu werden, die bisher unbeachtet in das Wattenmeer abgeflossen waren.

Das Schicksal der vermissten Schülerinnen geriet aus den Schlagzeilen. Die Bürger gingen davon aus, dass ein Triebmörder mit einer hohen Intelligenz sich der Leichen auf raffinierte Weise entledigt hatte. Der Kriminalpolizei konnte man keinen Vorwurf machen. Sie hatte getan, was getan werden konnte.

Die wenigen Hinweise aus der Bevölkerung reichten nicht aus, irgendjemanden zu verdächtigen, Kommissar Klose und sein Assistent Poppinga hatten allerdings die Fälle noch nicht zu den Akten gelegt. Sie unterhielten einige Kontakte mit ihren Kollegen in Stade. Doch auch dort gab es keine Fortschritte bei der Aufklärungsarbeit.

Am Donnerstag, dem 29. September, erschien der Tankstelleninhaber Jan Menken im Dienstzimmer der Beamten. Er hielt einen Zettel in der Hand.

»Nehmen Sie bitte Platz, Herr Menken«, sagte der Kommissar.

Klose kannte Menken, denn gelegentlich hatte er bei ihm seinen Wagen aufgetankt. Er blickte auf die klobige Hand des etwa vierzigjährigen Tankstellenbesitzers, die den Zettel hielt.

»Herr Kommissar, meine Frau begann gestern Abend mit der Monatsabrechnung. Dabei fand sie diesen Zettel. Renate Fresenborg hat ihn am Abend ihres Verschwindens hinterlassen«, sagte er und reichte Klose das von einem Block abgerissene Notizblatt.

Klose las: »NE-U 1. Es handelt sich um ein Autokennzeichen«, vermutete er.

»Ja. Renate hatte Spätdienst, wie Sie wissen. Ich hatte angeordnet, dass sie im Zweifelsfalle die Kennzeichen fremder Wagen zur Sicherheit aufschreiben sollte, falls jemand ohne Zahlung einfach davonfahren würde. Das war hier nicht der Fall. Der Kunde hat bezahlt«, sagte er.

»Herr Menken, Sie gehen davon aus, dass Renate dem Kunden beim ersten Sichtkontakt nicht traute?«, erkundigte sich der Kommissar.

»Das ist möglich. Renate bongte übrigens nicht nur die Tankfüllung, sondern auch noch einen Betrag für Süßigkeiten ein«, antwortete der solide Handwerker.

»Danke, Herr Menken. Sie haben mitgedacht. Wir wissen, dass Renate nach Betriebsschluss nach Hause gefahren ist, sich umgezogen und dann die Disko besucht hat«, dachte der Kommissar laut nach.

»Eben. Und weil die Zeitungen berichten, dass möglicherweise ein Vertreter, der auch in Stade zugeschlagen haben kann, der Mörder der Mädchen gewesen sein kann, bin ich zu Ihnen gekommen«, sagte Menken stolz.

»Sie hätten Detektiv werden sollen, Herr Menken«, meinte Poppinga spaßig.

Der Mann stand auf und lachte. »Wissen Sie, selbst um eine Tankstelle heute rentabel zu führen, muss man ganz schön helle sein im Kopf!«

Der Kommissar rief die KFZ-Zulassungsstelle des Kreises Neuss an und erkundigte sich nach dem Halter des Wagens mit dem Kennzeichen NE-U 1. Der Wagen war zugelassen auf die Rheinische Lack- und Farbenwerke AG in Neuss.

»Hinni, frag bei der Geschäftsleitung dieser Firma nach, wer den Wagen zurzeit des Mordes benutzt hat«, bat der Kommissar.

Poppinga setzte sich sofort an die Schreibmaschine und verfasste die Anfrage.

Vielleicht sind wir dem Diskomörder auf die Spur gekommen, dachte der Kommissar hoffnungsvoll.

Am 29. September begannen in Niedersachsen die Herbstferien. Die Lehrer atmeten auf, für wenige gut Betuchte fiel eine Woche Mallorca ab. Ältere Lehrer packten ihre Wanderschuhe ein und suchten in den Mittelgebirgen Erholung vom Schulstress.

Auch Studienrat Baumann hatte ein Ziel. Seine Mutter war als Pastorenwitwe vor wenigen Jahren in ein Altenstift in der Wingst gezogen und dort unter gleich gesinnten Schwestern und Brüdern glücklich gewesen. Nun begann sie zu verkalken und ohne geistige oder gefühlsmäßige Regungen vor sich hin zu dämmern.

Baumanns Schwester lebte mit ihrem Mann im Elternhaus in Stade.

Sein Schwager war Kapitän auf großer Fahrt und in der Regel für neun Monate des Jahres auf See, um danach seinen dreimonatigen Landurlaub im Alten Land mit seiner Familie zu genießen.

Im Elternhaus besaß Baumann noch sein Kinderzimmer, das später sein Jugendzimmer, danach sein Studierzimmer geworden war und ihm immer noch offen stand, um ihm ein Stückchen Heimat zu erhalten. Seine Schwester sah es allerdings nicht gerne, wenn der Bruder zu Hause war und unruhig, ohne Rücksicht auf ihre Kinder zu nehmen, noch spät durch das Haus geisterte.

In der Nachbarschaft wohnte Baumanns ehemalige Freundin, die sich vor geraumer Zeit in spektakulärer Weise von ihm getrennt hatte. Es war in Stade viel darüber geredet worden.

Doch nun hatte es Baumann nach Hause gezogen. Zur Schwester!

In die vertraute Nähe seiner Ehemaligen!

Im alten Land stand die Apfelernte an. Kindheitserinnerungen trieben Baumann zu den Obstanlagen. Stundenlang spazierte er am Elbdeich entlang.

Abends suchte er die Altstadt auf und suchte in Kneipen nach vertrauten Gesichtern aus seiner Jugendzeit.

Stade war geblieben, was es immer war: eine hübsche kleine Stadt, die immer den Eindruck einer heilen Welt vermittelte.

Neu war der Professor für Psychiatrie. Seine Praxis unterhielt er dort, wo Baumann früher seinen Friseur aufgesucht hatte. Mehrmals näherte Baumann sich dem weißen Emailleschild und machte dann doch im letzten Moment einen Rückzieher.

Voll widerstreitender Gefühle lief er danach schwitzend

und ziellos durch die kleinen Gassen. Er wusste, dass er nur bei dem Arzt Hilfe erhoffen konnte – wenn es überhaupt noch eine Rettung für ihn gab.

In der Eingangspost des 3. Oktober befand sich ein Schreiben der Rheinischen Farbe- und Lackwerke AG Neuss. Der Kommissar las den Brief, den ein Prokurist des Personalwesens unterschrieben hatte. »Hinni, ein Herr Otto Jutze ist der alleinige Vertreter der Firma für den Nordbereich. Er ist Besitzer des Firmenwagens der Marke BMW«, sagte er.

»Chef, dieser Jutze hat also am besagten Abend in Jever getankt. Renate Fresenborg hat ihn bedient. Für einen Vertreter ist es ziemlich leicht, die Autobahn zu verlassen und Leichen in Müllcontainern zu verstecken oder auf Abfallhalden zu deponieren«, überlegte Poppinga.

»Hinni, setz ein Fernschreiben auf und teile unseren Kollegen in Stade mit, dass Otto Jutze unser heißer Tipp ist«, sagte der Kommissar.

Poppinga verließ triumphierend das Dienstzimmer, und Klose schrieb das Protokoll für den Tankwart, der gesehen hatte, dass Renate Fresenborg kurz vor ihrem Verschwinden in Richtung Wald gegangen war. Auch für Jürgen Kniping bereitete er das Protokoll vor. Als Poppinga zurückkam, sagte Klose: »Hinni, es ist anzunehmen, dass der Vertreter hier in Jever übernachtet hat. Telefoniere mit den Stammhotels, in denen die Vertreter absteigen. Das Torfhaus kannst du auslassen. Wir müssen heute Abend sowieso zu Jürgen Kniping, wegen des Protokolls.«

»Chef, vielleicht ist dieser Vertreter nur ganz zufällig in unsere Recherchen geraten«, gab Poppinga zu bedenken.

»Das müssen wir in Kauf nehmen. Wir jagen schließlich einen verrückten Triebmörder«, sagte der Kommissar.

Es war bereits dunkel, als sie den Wagen vor dem Hotel Torfhaus abstellten.

Sie gingen noch einmal zu dem Parkstreifen und schauten zur Disko hinüber.

»Hier sind die Mädchen zu ihrem Mörder in den Wagen gestiegen«, sagte Poppinga.

»Hinni, komm, trinken wir ein Bier und fragen nach dem Junior«, schlug der Kommissar vor.

Sie betraten die gemütliche, rustikale Gaststube und setzten sich in eine stille Ecke. Sie bestellten bei der Bedienung Bier und baten sie, dem Junior mitzuteilen, dass sie ihn zu sprechen wünschten.

»Auf einen Erfolg«, sagte der Kommissar und prostete Poppinga zu.

Kurz darauf erschien Jürgen Kniping. Er wirkte blass und erschöpft. »Darf ich?«, fragte er und setzte sich zu den Beamten an den Tisch.

»Bitte, Herr Kniping, wir bestehen darauf, dass wir Ihnen einen ausgeben. Das soll hier für Sie nicht so sein wie in der Disko«, sagte der Kommissar. Er winkte das Fräulein an den Tisch. »Was darf es sein?«, fragte er Jürgen Kniping.

»Sie werden lachen. Obwohl es draußen zwar herbstlich, aber noch nicht kalt ist, möchte ich einen Grog«, antwortete der Junge.

Die Kellnerin ging davon, um das Gewünschte zu holen.

»Herr Kniping, hier ist das Protokoll, das Sie unterschreiben sollten«, sagte der Kommissar und holte die Akte aus seiner Tasche.

Jürgen Kniping las den Text sorgfältig durch, dann nickte er. Wie in der Schule zogen rote Flecken in sein Gesicht. »Das ist korrekt. Ich weiß nicht, aber wenn ich so nachdenke, dann fällt mir ein, dass ich noch etwas beobachtet habe«, sagte er und nahm den Grog in Empfang, den die Bedienung brachte.

Dem Kommissar stieg der Rumgeruch in die Nase. »Und das wäre?«, fragte er.

Kniping rührte den Zucker unter und nahm einen Schluck. »Nein. Da ist doch nichts mehr«, murmelte er verlegen.

»Herr Kniping, sollte Ihnen noch etwas einfallen, was uns weiterhelfen könnte, sichern wir Ihnen äußerste Diskretion zu«, versprach Hinni Poppinga. Er griff nach dem Bierglas und trank es leer.

»Herr Kniping, wir haben noch ein Problem. Aber um das zu lösen, müssen wir mit Ihrem Vater sprechen. Ist er im Hause?«, fragte der Kommissar.

Jürgen Kniping leerte das Grogglas. »Ich melde Sie bei ihm an«, sagte er und verschwand im Korridor.

»Er mag seinen Lehrer nicht«, sagte Poppinga.

»Hinni, mehr noch; er versucht ihn naiv zu belasten. Nach den Ferien werden wir Studienrat Baumann um eine Unterhaltung bitten. Der arme Pauker hat es verdammt schwer«, erwiderte der Kommissar.

Der alte Kniping nähere sich ihrem Tisch. Er bemühte sich, seinem mürrischen Gesicht ein Lächeln abzuringen.

»Sie wieder hier?«, fragte er jovial, während er sich an den Tisch setzte. »Eine Runde Küstenkorn?«

»Gerne! Herr Kniping, wir möchten von Ihnen wissen, ob hier in den letzten Wochen ein Vertreter übernachtet hat, der Otto Jutze hieß«, sagte der Kommissar.

»Herr Klose, ich unterhalte hier keine Absteige. Das wird sich schnell herausstellen«, versicherte der Wirt hastig.

Das Fräulein brachte die Schnäpse. Sie waren eiskalt.

»Prost«, sagte Kniping.

Die Beamten folgten seinem Beispiel und kippten den Korn hinunter. Plötzlich stand Kniping auf und verließ das Lokal, kam jedoch wenige Minuten später mit einem prall gefüllten Ordner zurück.

»Also, Jutze, Otto – haben Sie nähere Angaben?«, fragte er.

»Ja. Uns interessieren die Übernachtungen vom 17. August zum 18. August und vom 14. September zum 15. September«, antwortete Poppinga.

Der Wirt stutzte. »Ach ja, Jutze, Otto«, las er verwirrt und blätterte hektisch im Ordner herum.

Das Bedienungsfräulein brachte unaufgefordert noch eine Runde Bier.

»Hier, ja, ich habe den Anmeldeschein, warten Sie, ja, da ist auch der zweite abgeheftet«, sagte Kniping stolz.

»Dürfen wir diese Formulare mitnehmen?«, fragte Poppinga.

»Ja, wenn Sie sie wiederbringen. Man kann ja nie wissen.« Er blinzelte verschmitzt. »Und was hat es mit dem Kunden auf sich?«

»Es ist eine Routinesache. Wir holen nur eine Auskunft für Kollegen ein. Dennoch bitten wir um äußerste Verschwiegenheit«, sagte der Kommissar.

Sie unterhielten sich noch einige Minuten über Belangloses, dann brachen die Beamten auf. Jürgen Kniping hatte sich nicht mehr blicken lassen.

Der Kommissar und sein Assistent bearbeiteten auch am Donnerstag, dem 6. Oktober, die zeitaufwändigen Fälle, die sie stets nach der Saison bis spät in den Winter und oft noch darüber hinaus beschäftigten.

Gäste hatten mit gestohlenen Schecks bezahlt, Zechpreller waren ohne jede Spur verschwunden, Hochstapler hatten teure Wohnungen belegt, ein Auto war gestohlen worden und vieles mehr.

Kurz vor der Mittagspause erhielten sie das erwartete Fernschreiben ihrer Kollegen aus Stade. Der Vertreter Otto Jutze hatte im Rhythmus seiner Geschäftsreisen im Altländer Hof übernachtet. Seine dortige Anwesenheit überschnitt sich allerdings nur in einem Fall zeitlich mit dem Verschwinden einer

Schülerin. Aus diesem Grunde bat die Kripo Stade ihre Kollegen in Jever, die weiteren Recherchen von ihrem Revier aus weiterzuführen.

Klose und Poppinga beschlossen daraufhin, den Staatsanwalt aufzusuchen. Der Kommissar rief in Oldenburg an und bekam sofort einen Termin.

Um drei Uhr nachmittags betraten der Kommissar und sein Assistent das Vorzimmer des Staatsanwaltes. Wenige Minuten später führte die Sekretärin sie zu Dr. Ewening. Er begrüßte die Beamten freundlich.

»Das Gespräch war schon lange fällig«, sagte er und bestellte bei der Sekretärin Kaffee.

»Herr Staatsanwalt, Sie haben unsere Berichte studiert«, ergriff der Kommissar das Wort.

Der etwa fünfzigjährige Staatsanwalt gehörte zu den Juristen, die der Kriminalpolizei viel Freiraum ließen und nicht mit dauernden Rücksprachen für zusätzlichen Wirbel sorgten.

»Herr Kommissar, wenn wir aufgrund der immerhin bedenklich stimmenden Anwesenheiten des Vertreters Jutze in Jever und Stade zu dem Schluss kommen, dass dieser Mann der gesuchte Diskomörder sein könnte, dann dürfen wir dennoch nicht voreilig urteilen oder sogar agieren. Kein Zeuge hat den Mann gesehen. Er ist und bleibt vorerst ein unbescholtener Bürger«, sagte er.

»Aber wenn wir nichts unternehmen und er erneut zuschlägt, dann wirft man uns schlampige Ermittlungsarbeit vor«, entgegnete Poppinga.

Die Sekretärin brachte Kaffee.

»Bedienen Sie sich«, sagte Dr. Ewening.

Das Gebäude der Staatsanwaltschaft grenzte an die Fußgängerzone der Innenstadt von Oldenburg. Durch das geöffnete Fenster drang der Lärm der Menschen, die an diesem sonnigen Herbstnachmittag in der Altstadt bummelten.

»Und wenn wir Otto Jutze unter dem Vorwand einladen, er solle als Zeuge aussagen?«, schlug Poppinga vor. »Schließlich gehört er zu den wenigen Kunden, die Renate Fresenborg vor ihrem Tod bedient hat.«

»Solche Mätzchen bringen nur zusätzlichen Ärger. Außerdem ist der Vertreter dann gewarnt«, antwortete der Staatsanwalt.

»Und wenn Sie sich äußerst diskret bei den Farbenwerken nach dem Termin seiner nächsten Nordtour erkundigen?«, fragte der Kommissar.

Dr. Ewening überlegte. »Das ist vertretbar.«

»Meine Herren, Otto Jutze kann uns etliche Male an der Nase herumführen, falls er der Diskomörder sein sollte«, warnte der Staatsanwalt.

»Wir werden wachsam bleiben, und auch die Kollegen in Stade können sich entsprechend verhalten« beteuerte der Kommissar.

Es war ein stürmischer Tag, an dem Baumann sich ein Herz nahm und die Praxis des Professors betrat. Durch das Fenster des Anmeldezimmers sah er, wie sich im Garten die Baumkronen im Sturm bogen und Blätter und leichtes Astwerk auf den Rasen fielen. Baumann hatte Glück, das jedenfalls teilte ihm die Sprechstundenhilfe mit, als sie seine Personalien in eine Karteikarte eintrug. Ein Patient war verhindert, und damit hatte er eine lästige Voranmeldung für Baumann überflüssig gemacht. Das Fräulein bat den Lehrer lediglich, noch eine kleine Weile im Wartezimmer Platz zu nehmen.

Baumann betrachtete verlegen die Anwesenden, die ruhig auf ihren Stühlen saßen und geduldig vor sich hinstarrten. Er nahm sich eine Illustrierte, die den Werbeaufdruck des Lesemappenverleihs trug. Seine Hände zitterten, als er sie aufschlug. Seine Gedanken kreisten um die bange Frage, bin ich auf dem Wege, verrückt zu werden, oder schlimmer noch, lebe ich in der Gefahr, Dinge zu tun, dich ich im Besitze meines klaren Verstandes nie tun würde? Er blätterte einige Seiten der Zeitschrift um, ohne die Bilder und Texte wahrzunehmen.

Er dachte an die Erinnerungslücken, die er in letzter Zeit bei sich festgestellt hatte. Auch nach dem Abend, an dem er in der Nähe des Torfhauses Tanja Jansen getroffen hatte, die danach als vermisst galt …

In ihm stieg der Hass hoch, den er stets empfand, wenn er an die ungezogenen Schülerinnen und Schüler seiner Tankwartklasse dachte, die er unterrichten musste und die Jürgen Knipings Glied mit Filzstiften entwürdigt hatten. Warum belastete der junge Mann ihn, obwohl er ihn doch aus einer inneren Neigung heraus in Schutz genommen hatte?

Er ertappte sich bei dem Gedanken, eine Pistole zu kaufen, um sich irgendwo hinter dem Elbdeich zu erschießen. Vergeblich hatte er mehrmals versucht, seine Exverlobte in Stade anzutreffen. Halbherzig und voller Zweifel hatte er den Telefonhörer gehalten, als brenne er in seinen Händen. Zu früh hatte er ihn wieder aufgelegt. Mehrmals hatte er vor der Tür des Hauses gestanden und nicht genügend Mut besessen, den direkten Weg zu seiner ehemaligen Freundin zu finden. Konnte der Professor ihm vielleicht helfen, seine wirren Gedanken und Gefühle wieder in den Griff zu bekommen?

Für Sekunden zweifelte er und spürte das dringende Verlagen, die Praxis zu verlassen, bevor er Äußerungen von sich gab, die womöglich seine Bezirksregierung später einmal gegen ihn verwenden konnte.

Studienrat Baumann schwitzte. Er beobachtete, wie neue Patienten sich auf die Stühle setzten, die die zur Behandlung gebetenen verlassen hatten. Er hatte jedes Zeitgefühl verloren.

Wartete er seit Stunden oder erst seit Minuten auf den Professor? Er wusste es nicht.

Schließlich vernahm er seinen Namen. Er fuhr zusammen und schaute sich um. Er fühlte, wie ihm das Blut ins Gesicht schoss. Auch für ihn war der Besuch eines Psychiaters, obwohl er sich zu den Akademikern zählen durfte, sehr belastend, geriet man doch zu schnell in den Verdacht, verrückt zu sein. Mit gesenktem Kopf folgte Baumann der Sprechstundenhilfe in das Behandlungszimmer.

Professor Milters saß an seinem Schreibtisch. »Herr Baumann, nehmen Sie bitte Platz«, sagte er freundlich und wies auf den Besucherstuhl.

Baumann sah die Couch, die links von ihm an der Wand stand. Er schaute den Professor misstrauisch an und fühlte die Sicherheit, die der Mann ausstrahlte, dabei war Milters anscheinend nur wenige Jahre älter als er. Der Professor hatte einen fast kahlen Schädel, seine Schultern wirkten breit in dem weißen Kittel.

»Herr Baumann, Sie sind Lehrer an einer berufsbildenden Schule. Von einigen Patienten weiß ich, dass gerade dort die Schere zwischen den Lehrplanmachern und den Lehrern, die die Lehrpläne zu erfüllen haben, besonders weit auseinander klafft. Ja, ich kann sogar als Laie sagen, dass diese Schulen regelrechte Frustanstalten sowohl für die Schüler als auch für die dort Unterrichtenden darstellen. Deshalb nehme ich an, dass Sie mich wegen gesundheitlicher Störungen aufsuchen, die mit Ihrem Beruf zusammenhängen«, sagte Professor Milters.

Baumann überlegte kurz. »Herr Professor, das trifft auf einen Teil meiner Beschwerden zu. Vielleicht waren diese schulischen Stresssituationen der Auslöser, mich in einen Teufelskreis zu stürzen«, erwiderte Baumann. Er nahm sich vor, ehrlich zu sein, um die mögliche Chance, Hilfe zu bekommen, zu nutzen.

»Herr Baumann, Sie sind einunddreißig Jahre alt, nicht verheiratet. Sie üben einen Beruf aus, für den ein Studium notwendig ist. Sie gehören zu der Elite unserer Gesellschaft. So gesehen, haben Sie Leistungen erbracht, auf die Sie stolz sein können«, meinte der Professor aufmunternd.

Baumann nickte. »Aber leider beginne ich in diesem Beruf zu versagen! Meine Mutter hat mich gedrängt, solch eine sozial abgesicherte Position anzustreben – ich selbst habe das eigentlich nie gewollt. Ihr Ehrgeiz hat mich belastet. Und dann gab es auch noch andere Tiefpunkte in meinem Leben.« Er hatte immer leiser gesprochen, bis der Professor ihn schließlich kaum noch verstehen konnte.

Professor Milters erhob sich, ging um den Schreibtisch herum zu Baumann und legte ihm die Hand auf die Schulter. »Herr Baumann, wie wäre es mit einem Gespräch im Tiefschlaf? Sie legen sich auf die Couch und entspannen sich, und ich lasse ein Tonband laufen und unterhalte mich mit Ihnen«, schlug er vor.

Baumann fühlte Angst in sich aufsteigen. Die Angst vor seinem eigenen ihm verborgenen Unterbewusstsein.

»Herr Professor, wenn ich zustimme, bleibt das Ergebnis hier unter uns?«, fragte er besorgt.

»Ja, natürlich. Sie müssen wissen, dass ich Ihnen erst eine wirksame Hilfe anbieten kann, wenn wir den Ursachen Ihrer Probleme in mehreren Sitzungen erfolgreich zu Leibe gerückt sind«, antwortete der Professor.

Gehorsam legte Baumann sich auf die Couch, und der Professor half ihm, eine entspannte Körperhaltung einzunehmen. »Herr Baumann, Sie sind völlig entspannt. Ihre Arme und Beine werden schwer. Sie werden sich auf meine Fragen konzentrieren. Sie sind völlig ruhig und entspannt und schlafen.«

Baumanns Atem ging ruhig und gleichmäßig. Sein Bewusstsein tauchte ein in eine tiefe Dunkelheit.

Professor Milters schaltete das Tonband ein. Er begann Baumann in Situationen zurückzuführen, die möglicherweise seine gesundheitlichen Störungen hervorgerufen hatten. Der Studienrat antwortete in Hypnose. Er wusste nicht, wo er war und was um ihn herum vorging. Erst als er die Stimme vernahm, die ihn zurückrief, öffnete er verwundert die Augen. Er blickte Professor Milters müde und unsicher an, doch der Psychiater lächelte aufmunternd.

»Ich habe viel herausgefunden, Herr Baumann. Da war eine Sache, die ganz sicher mitverantwortlich ist für Ihr Dilemma«, sagte er und bat Baumann, wieder auf dem Stuhl Platz zu nehmen. »Hören Sie sich Ihre Äußerungen an«, sagte er und schaltete das Tonbandgerät ein.

Baumann lauschte gespannt seiner eigenen Stimme: »Ich war am späten Nachmittag mit dem Linienbus nach Herrenhausen gefahren, um dort spazieren zu gehen. Ich mochte die weiten Grünanlagen Hannovers. Ich war glücklich, hatte ich doch mein zweites Staatsexamen bestanden und auch eine Zusage der Eduard-Spranger-Schule in Jever in der Tasche. Ich konnte dort als Diplom-Handelslehrer und Assessor meinen Dienst antreten. Ich hatte Uschi ein Telegramm mit der freudigen Nachricht geschickt. Ich war entspannt und guter Dinge, als ich am Abend den Rückweg antrat. Ich näherte mich gerade dem Weg, der zum Wilhelm-Busch-Museum und zum Leibniztempel führte, als ein Kleinbus neben mir hielt. Der Fahrer, ein Ausländer, fragte mich nach einer Straße. ›Ich fahre mit Ihnen und zeige es Ihnen‹, sagte ich und stieg in den Bus. Kaum hatte ich die Tür geschlossen, da richtete der Mann eine Pistole auf mich und forderte mich auf, in den hinteren Teil des Busses zu treten! Er zwang mich mit vorgehaltener Pistole, mich auszuziehen! Ich war wie von Sinnen. ›Was soll das?‹, rief ich empört. Doch der Kerl hielt mir einfach die Waffe an den Kopf. ›Los, ausziehen, sonst ich schieße!‹, zischte er. Also zog ich mich aus. Er zwang mich auf den Boden. Ich fühlte die kalte Pistole auf der Haut. Der Kerl schob meine Beine auseinander und bestieg mich. Ich wollte schreien, doch die Waffe saß an meiner Schläfe. Seit meiner Kindheit hasste ich Homos, und plötzlich wurde ich ein Opfer. Der Ekel, den ich empfand, raubte mir all meine Kraft. Doch mehr noch war es die Angst, die mich zu einem willenlosen Opfer werden ließ. Um nicht zu sterben, ließ ich den Mann gewähren und hoffte auf eine Überlebenschance. Die bekam ich, denn als ich endlich spürte, wie der Kerl von mir abließ, schnappte ich mir meine Kleidung und schlich aus dem Bus. Lange habe ich dort am Straßenrand hinter einem Busch gelegen und geweint. Dann ging ich zur Polizei. In meiner Verwirrung hatte ich mir das Autokennzeichen des Mannes jedoch leider nicht gemerkt, sodass er nie gefasst werden konnte. Vor Ekel geschah mit mir etwas Seltsames. Meiner Verlobten verschwieg ich diesen Vorfall, doch ich war liebesunfähig geworden.«

Baumann horchte. Seine eigene Stimme kam ihm fremd vor. Doch er weinte, denn das, was er ausgesagt hatte, war wahr und hatte ihn seit jenem tragischen Ereignis schwer bedrückt.

Am 10. Oktober schien die Sonne warm auf das bunte Laub der Bäume im Schlosspark. Baumann saß im Schloss-Café und erholte sich von einem Unterricht. Der Lärm der Schüler, die zu den Bussen gingen, drang zu seiner Oase herüber. In Gedanken versunken blickte der Lehrer in die Kronen der Bäume, die die mit Katzenköpfen gepflasterte Straße säumten. Er saß vor einem Kaffee und einem Cognac und wollte etwas später ein Omelett zu sich nehmen. Er schöpfte Hoffnung, nachdem Professor Milters zuerst einmal den Ursachen seiner Depressionen auf die Spur gekommen war.

»Die Behandlung wird eine Weile dauern«, hatte Milters gesagt und ihm einen Termin für eine weitere Sitzung gegeben.

Baumann war gestärkt aus Stade abgereist. Doch bereits nach den ersten Unterrichtsstunden waren ihm Zweifel gekommen, denn dieses stete Begehren nach den Körpern der jungen Mädchen hatte sich wieder eingestellt. Darüber hatte er mit dem Professor noch nicht gesprochen.

Aber das war noch nicht alles, was ihm auf den Magen geschlagen war. Die Polizei hatte sich für einen Besuch angesagt. Baumann schaute auf die Uhr. Noch zweieinhalb Stunden, dachte er. Er blickte auf die Telefonzelle, die seitlich vor dem Taxistand stand. Sollte er die Kriminalpolizei anrufen und einen neuen Termin ausmachen? Doch was würde ihm dieser Zeitaufschub bringen? Nichts!

Den Besuch der Polizeibeamten verdankte er nur diesem hinterhältigen Jürgen Kniping.

Der Junge spielte falsch!

Baumann nahm sich vor, gelassen zu bleiben, genoss den aufmunternden Cognac und bestellte bei der Bedienung das Omelett.

Als er wieder zu Hause war, nahm er eine Valium X und warf sich auf die Liege. Er musste versuchen, sich zu entspannen und ganz gelassen zu sein, wenn die Beamten kamen. Um drei Uhr deckte er den Tisch. Die Polizisten würden diese Geste wohlwollend annehmen, denn in Friesland gehörte der Tee traditionell zu einem Gespräch. Baumann füllte eine Schale mit Teegebäck, setzte Wasser auf und wartete.

Die Beamten kamen pünktlich. Als der Gong der Haustür ertönte, stellte Baumann den Schalter des Elektroherdes hoch und drückte den Türöffner. Er wartete im Treppenhaus. Er hörte die Schritte und erkannte den Kommissar, der ihn in der Schule aufgesucht hatte.

»Guten Tag, Herr Klose«, sagte Baumann.

»Herr Baumann, dies ist mein Assistent, Herr Poppinga«, stellte der Kommissar vor.

Baumann führte die Besucher in sein Apartment. »Nehmen Sie bitte Platz«, sagte er.

»Das ist sehr freundlich. Eine Tasse Tee ist schon Grund genug, den Besuch für einen Erfolg zu halten«, scherzte Poppinga.

Baumann ging in die Küche, und die Beamten schauten sich neugierig um. Es war eine normale Junggesellenwohnung für höhere Ansprüche. Einige spöttische Poster hingen an der Wand. Ansonsten bestimmten Bücher in Regalen die Atmosphäre. Selbst der Fernseher stand eingekeilt zwischen Büchern.

Baumann servierte den Tee. »Nehmen Sie bitte Kluntjes«, sagte er.

Der Kommissar wunderte sich über die Unruhe des Lehrers, dessen Hände leicht zitterten, als er den Tee eingoss.

»Herr Baumann, Sie sind zufällig der Klassenlehrer der Opfer«, sagte er.

Baumann schaute den Kommissar irritiert an. »Ja, ich unterrichte aber auch noch Deutsch an der Fachoberschule und am Gymnasium«, erwiderte er.

»Ihr Direktor hat uns Ihren Stundenplan gezeigt. Er bedauerte es, Ihnen, wie fast allen Kollegen, zusätzliche Belastungen aufgebürdet zu haben, da die Schulsituation dies erforderlich mache«, sagte Poppinga.

Baumann atmete auf. »Es tut mir gut zu hören, dass der Chef das einsieht«, meinte er.

»Herr Baumann, Tanja Jansen kam aus einer Akademikerfamilie, während Renate Fresenborg zur Bürgerschicht zu zählen ist. Uns interessiert es zu erfahren, ob Sie als Pädagoge irgendwelche gemeinsamen Merkmale oder Verhaltensweisen der Opfer beobachtet haben, die uns auf die Spur des Täters führen könnten?«, fragte der Kommissar. Er trank Tee, nahm ein Plätzchen vom Gebäckteller und blickte den Lehrer aufmerksam an.

»Nein, Herr Kommissar. Wenn Sie es wünschen, dann berufe ich Klassenkonferenzen ein, und Sie können dann diese Frage auch an meine Kollegen richten«, antwortete Baumann.

»Diesen Vorschlag finde ich nicht uninteressant, nur scheitert die Durchführung an der Unterbesetzung unserer Abteilung. Wir schaffen kaum das Pensum«, sagte der Kommissar.

»Eine Gemeinsamkeit fällt mir noch ein. Die Mädchen sind beide unter dem Sternzeichen Wassermann geboren«, erzählte Baumann und lächelte zum ersten Mal.

»Und was schließen Sie daraus?«, fragte Poppinga irritiert.

»Diese Menschen lieben Abenteuer. Sie sind neugierig und sehr selbstbewusst«, antwortete Baumann und lächelte erneut.

»Herr Studienrat, auch Jürgen Kniping ist Wassermann. Was mag ihn dazu bewogen haben, Sie zu belasten?«, fragte Poppinga.

Baumann überlegte. Sollte er seine Hilflosigkeit im Unterricht preisgeben? Verdächtigten ihn die Beamten etwa? Ihre freundliche Art, sich zu geben, konnte Tarnung sein!

»Ich finde sein Benehmen undankbar. Ich habe versucht, ihm zu helfen, weil die Klasse ihn zum Prügelknaben auserkoren hatte«, sagte Baumann.

»Was genau meinen Sie damit?«, fragte der Kommissar und knabberte an seinem Gebäck.

»In der Tankwart-Klasse befinden sich auch nette Schüler. Allerdings tyrannisieren einige Rowdies nicht nur die Mitschüler, sondern auch mich. Als ich wegen einer Lappalie die Klasse verlassen musste, sorgten die Muskelprotze für Hochstimmung. Als ich zurückkam, führten sie Jürgen Kniping schadenfroh mit entblößtem Unterkörper vor«, berichtete Baumann und schüttelte sich leicht bei der Erinnerung.

»Und Sie sind dazwischengegangen«, stellte Poppinga fest.

»Ja, später habe ich den Vater des Schülers aufgesucht und ihm meinen Beistand angeboten«, sagte Baumann.

»Und?«, fragte der Kommissar.

»Ich bin abgeblitzt«, antwortete Baumann knapp. Er schwitzte und deutete an, dass er genug davon hatte, am Nachmittag erneut mit schulischen Dingen belastet zu werden.

»Herr Baumann, haben Sie Tanja Jansen vor ihrem Verschwinden noch gesprochen?«, fragte Poppinga.

»Ja, das habe ich Ihnen doch bereits vor der Klasse bestätigt«, sagte der Lehrer ärgerlich.

»Und Renate Fresenborg?«, fragte der Kommissar.

»Nicht dass ich wüsste«, antwortete er.

»Aber am Abend ihres Verschwindens hatten Sie das Torfhaus aufgesucht«, sagte Poppinga.

»Ich bin Junggeselle. Abends trinke ich mal ein Bier zur Entspannung, und da sitze ich nicht gerne unter Rentnern im Jever-Keller, wissen Sie.«

»Und Sie sind nicht zum Tanzen in die Disko gegangen?«, fragte der Kommissar.

»Nein, Herr Kommissar. Zur Zeit steht mir danach nicht der Sinn«, sagte Baumann.

Der Kommissar erhob sich. »Herr Baumann, wir danken für die freundliche Bewirtung. Versuchen Sie Ihre Schüler doch ein wenig auszuhorchen, wenn sie nach Diskobesuchen morgens vor Ihnen sitzen«, bat der Kommissar. »Sie könnten uns eine große Hilfe sein.«

Die Disko Frisco-Sound begann Dr. Jansen magisch anzuziehen. Er kaufte sich ein Nachtglas und setzte sich an den Diskoabenden zwischen die Sträucher des Kriegerdenkmals. Dort richtete er das Glas auf den Parkplatz und suchte in der Menge der kommenden und gehenden Besucher nach dem hübschen Gesicht seiner Tochter, die, wie er wusste, doch nie wieder nach Hause finden würde. Oder? Ja, seine Wunschvorstellung ließ ihn vergessen, dass er seine Zeit vertat. Er bezog seine Lauscherposition mit dem Pflichtbewusstsein, mit dem er früher seinen Dienst als Lehrer des Karl-Jaspers-Gymnasiums versehen hatte.

Er entdeckte im Katalog der Firma Kattier, der Utensilien für Jäger und Abenteurer feilbot, einen Stocksitz, den er sich per Nachnahme ins Haus schicken ließ. Und das war nur der Anfang. Um gegen Regen, Sturm und Nässe geschützt zu sein, kaufte er einen Ansitzlodenmantel, der mit Schafwollvlies gefüttert war; und er erstand ein Paar Pirschstiefel mit Goretex-Ausstattung und ein festes Zelttuch, das er an den Ästen anklemmen konnte, wenn er sich bei dichtem Regen vor das Kriegerdenkmal zwischen den Büschen setzte.

Dr. Jansen reagierte fair, wenn sich Liebespaare in seiner Nähe befanden. Er versuchte sie dann durch ein leises Rascheln zu vertreiben, oder er schaute einfach weg, wenn die jungen Menschen sich liebte. Er platzierte seinen Stocksitz so, dass er an der Disko vorbei auch auf den Grasstreifen vor dem Wald blicken konnte.

Dr. Jansen, der sein Leben lang ein Naturfreund gewesen war, begann wie ein Jäger zu fühlen und zu denken. Selbst wenn die Disko bereits geschlossen hatte, der Parkplatz geräumt war, beobachtete er das Wild, das sein Blickfeld kreuzte. Ihn erfreuten die Rufe der Käuzchen, und er sah begeistert den plumpen Flügen der Fledermäuse zu.

Er hatte seine Schule vergessen, und auch die Schule begann, ihn zu vergessen. Dr. Jansen wurde zu einem Nachtmenschen, und die Besucher des Friedhofes und seines Lauscherplatzes hinter dem Kriegerdenkmal vor der Disko gaben seinem Leben einen neuen Sinn.

Jürgen Kniping bemühte sich, Lehren aus dem Studium seiner Lektüre zu ziehen. Er kam sich erbärmlich vor, als er duschte und mit der Hand über sein Glied strich. Er dachte an die Demütigung durch seine Mitschüler und verspürte ein Lustgefühl. Er hörte erneut die Rufe ›Strichmännchen‹ und die Stimme seiner Mutter beim Arzt, als sie ihm die Hose heruntergezogen hatte.

Er setzte all seine Hoffnungen in das Bodybuildung. Stolz trat er vor den Spiegel und spannte seine Muskeln. Der Fortschritt war deutlich zu sehen. Jürgen nahm sich vor weiterzumachen und freute sich darauf, es denen zurückzuzahlen, die ihn mit Hohn und Spott verletzt hatten. Auch seinem Vater wollte er entgegentreten, der ihn wie einen Idioten behandelte und ihn von allen Geschäften fern hielt. Dabei war er der Erbe, so oder so!

Jürgen Kniping frottierte sich ab und zog sich den Bademantel über. Dann legte er eine Videokassette in den Recorder und schaute sich den amerikanischen Film ›Ein Mann sieht rot‹ an.

Am 22. Oktober versammelten sich im Sitzungszimmer des Reviers Jever die von ihren Dienststellen für einen Sondereinsatz freigestellten Beamten. Klose stellte ihnen den Staatsanwalt Dr. Ewening vor, der sofort das Wort ergriff.

»Meine Damen und Herren«, er schaute in die Gesichter der Anwesenden, »der Vertreter Otto Jutze, ein bislang unbescholtener Mann aus Neuss, gerät in den Bereich unserer Recherchen. Er hat an beiden Abenden im Torfhaus in Jever übernachtet, als die Schülerin Tanja Jansen und die Tankwartin Renate Fresenborg nach dem Diskobesuch als vermisst gemeldet wurden. Dieser Mann wird, wie wir erfahren haben, heute wieder hier im Torfhaus übernachten, und die Disko wird wie an jedem Mittwochabend von vielen jungen Menschen besucht werden. Ich betone, dass Herr Jutze für uns nicht der Täter ist, sondern nur möglicherweise als solcher infrage kommen kann. Herr Poppinga wird Ihnen ein Bild des Mannes zeigen, das uns die Kollegen aus Neuss besorgt haben. Doch vorher wollen wir Sie mit dem Gelände rund um das Torfhaus vertraut machen. Schauen wir uns die Dias an«, sagte er und nahm Platz.

Klose zog die Vorhänge zu, und Poppinga schob die Dias in den Projektor.

Otto Jutze besaß volle Auftragsbücher. Er kam von Wilhelmshaven und konnte am Nachmittag in Heidmühle beim Baustoffhändler Hajo Fehnen noch zusätzlich eine Bestellung über Bootslacke, Fassadenfarben und Trockenleim buchen.

Zufrieden fuhr er nach Jever, und da es noch früh war, parkte er vor dem Schloss-Café. Sein Zimmer im Torfhaus hatte er vorgebucht. Er suchte das Café auf, las bei Kaffee und Kuchen den ›Stern‹ und den ›Spiegel‹ und genoss die gemütliche Atmosphäre des Cafés. Dies war sein letzter Besuch in seinem Nordbezirk in diesem Jahr. Er fühlte sich gut. Vielleicht gelang es ihm am Abend, in der Disko ein Mädchen aufzureißen … Es war bereits spät, als Jutze zum Torfhaus fuhr. Er parkte den Wagen, wie gewohnt, nicht auf dem Parkplatz, sondern vor dem Hotel. Er blickte auf den dunklen Wald, atmete die würzige Luft tief ein und betrat das Torfhaus.

An der Rezeption bediente an diesem Abend ein sommersprossiges Fräulein, das Otto Jutze lächelnd den Schlüssel aushändigte.

Vergnügt trug der Vertreter sein Gepäck auf das Zimmer. Er entnahm seiner Reisetasche den Schlafanzug, legte ihn auf das Bett und zog sich um. Im Jogging-Anzug verließ er kurz darauf das Hotel, um mit einem Waldlauf etwas für seine Gesundheit zu tun.

Als Jutze aus dem Wald kam, schwitzend und keuchend das Tempo verlangsamte, um die Straße zu überqueren, bemerkte er im Schein der Hotelreklame einen jungen Mann, der ihn neugierig ansah. Jutze dachte sich weiter nichts dabei, trabte zum Hotel zurück, suchte sein Zimmer auf und duschte.

Er zog seine Jeans an, entschied sich für einen flotten Pullover und betrat wenig später das Restaurant. Dort bestellte er sich zwei kleine Schweinesteaks mit Pommes frites und gemischtem Salat. Er trank Pils zum Essen und ließ sich hinterher einen eiskalten Corvit servieren. Danach ging er zur Disko. Das Kreisen der Lichter, der harte Sound und die volle Tanzfläche schreckten ihn nicht ab. Er steuerte einen leeren Tisch in der äußersten Ecke an. Niemanden störte es, dass er hier als Angehöriger des ›Establishments‹ nach Unterhaltung suchte. Bei der Bedienung bestellte er Bier und bezahlte, als das Fräulein ihn bediente.

Otto Jutze fand Gefallen an dem Treiben der jungen Leute. Er bemühte sich um freie Sicht und beobachtete die tanzende Menge. Er konnte den Blick nicht von den Mädchen abwenden, die im Lichtgeflacker ihre Körper bogen und ihre Hände im Takt der Musik hochhoben. Jutze stand auf schlanke Mädchen mit knabenhaften Körpern. Er bemerkte nicht die jungen Männer, die an den benachbarten Tischen saßen, Cola tranken und ihn beobachteten. Er interessierte sich auch nicht für die junge Frau, die ihn von einem Nebentisch aus freundlich anlächelte.

Otto Jutze hoffte, eines der jungen Dinger verführen zu können, wenn der Alkoholgenuss und der Drogenkonsum ihren Willen geschwächt hatten. Ein wenig überrascht fühlte er, wie es in seinem Bauch rumorte. War der eiskalte Corvit die Ursache, dass er plötzlich das Gefühl hatte, an Durchfall zu leiden? Während die Disko aus den Nähten zu platzen drohte, die Menge sich auf der Tanzfläche austobte, sprang Jutze spontan auf und hastete dem Ausgang entgegen. Er musste die Toilette aufsuchen. Im Zickzackkurs eilte er an den Tanzenden vorbei, hastete zum Hoteltrakt und suchte sein Zimmer auf.

Wenig später verließ er durch den Hoteltrakt das Haus. Er ging in den Wald und setzte sich im vorderen Waldabschnitt auf eine Bank. Vielleicht zwang ihn sein Durchfall in Kürze erneut, die Toilette aufzusuchen. Er wartete. Er hatte Zeit. Die Ruhe und die frische Luft taten ihm gut. Die Darmverstimmung konnte ihm seine gute Laune nicht verderben. Bald würde sich der Parkplatz leeren, dann wollte er die Suche nach einem hübschen Nachtfalter aufnehmen.

Er beobachtete junge Leute, die sich vor dem Hotel im Schein der Werbelichter zusammenfanden und sich alkoholisiert, wie es schien, zu einem Waldbesuch aufmachten. Otto Jutze war kein Feigling, doch warum sollte er sich hier, wo er Erholung suchte, von Fremden anmachen lassen? Er verließ die Bank und schlich hinter die Büsche der Moorkanalböschung. Von dort konnte er die Gesichter der nächtlichen Wanderer nicht erkennen. Jutze ließ die Gruppe passieren. Er wartete zur Vorsicht noch einige Minuten, dann verließ er den Wald und suchte sein Auto auf. Er öffnete die Tür, setzte sich auf den Fahrersitz, drehte diesen in eine Ruhestellung nach unten und machte es sich bequem. Es dauerte nicht lange, bis er einnickte.

Kommissar Klose und sein Assistent Poppinga betraten kurz nach elf Uhr abends das Torfhaus. Sie setzten sich an einen Tisch und bestellten bei der Bedienung Bier. Der mutmaßliche Diskomörder war anwesend, und die Beamten waren im Einsatz, um einen weiteren Mord zu verhindern. Dieses Beobachtungsspielchen mussten sie bei dem nächsten Besuch des Vertreters vielleicht wiederholen.

Klose und Poppinga machten keine große Zeche und schoben weitere Bestellungen hinaus. Sie waren überrascht, als die Kriminalassistentin Herma Cassjens sich zu ihnen an den Tisch setzte und einen Corvit und ein Bier bestellte.

»Er hat uns abgehängt«, sagte sie.

»Doch wohl nicht absichtlich?«, fragte Poppinga.

»Es war ein Zufall. Er ist plötzlich im Gewühle der Diskothekenbesucher untergetaucht und vermutlich in den Wald gegangen. Er hat sein Zimmer noch nicht wieder aufgesucht«, berichtete sie.

»Wer überwacht den Hoteltrakt?«, fragte der Kommissar.

»Jensen«, antwortete die Assistentin.

»Er soll dort bleiben. Beobachten Sie noch für eine Stunde den Parkplatz. Morgen um neun Uhr treffen wir uns wie besprochen im Revier«, ordnete Klose an.

Herma Cassjens trank das Bier und den Schnaps aus. »Bis dann«, sagte sie und ging davon.

»Chef, und wenn der Mörder nun erneut zugeschlagen hat?«, fragte Poppinga.

»Dann gnade ihm Gott!«, antwortete der Kommissar. Er war enttäuscht über den Verlauf der Aktion.

Dr. Jansen, den das Schicksal in die Rolle eines Sonderlings getrieben hatte, saß auch am Abend des 22. Oktober in seinem Versteck und beobachtete die Diskobesucher. Er erwartete keine einschneidenden Ereignisse mehr in seinem Leben und setzte es sich zum Ziel, erst dann zu sterben, wenn seine geliebte Tochter neben der Mutter im Grab zur ewigen Ruhe gebettet worden war.

Dr. Jansen irritierte an diesem Abend die Hektik vor der Disko, die fremde, ältere Besucher hervorriefen. Nach ein Uhr leerte sich der Parkplatz.

Dr. Jansen beobachtete beunruhigt einen jungen Mann, der

ein Mädchen von sich stieß, danach in seinen Wagen stieg und davonfuhr.

Dr. Jansen verlor die Spur des Mädchens, doch gerade als er seinen Feldstecher absetzen wollte, glaubte er zu sehen, wie es dem dunklen Teil des Hotelgeländes entgegenlief. Aufgeregt starrte er durch sein Nachtglas. Seine Augen begannen zu tränen. Es war nicht seine Tanja. Aber ein Mädchen wie Tanja. Ein Mann, mehr ein Schatten, tauchte auf. Dr. Jansen nahm einen Schluck aus seinem Flachmann. Ihm war kalt. Mädchen und Mann zerschmolzen zu einem kleinen dunklen Fleck.

Jansen rieb sich die Augen. Für Sekunden glaubte er, hinter dem Mädchen herspionieren zu müssen. Was würde sein Direktor von ihm denken, wenn er wüsste, dass er, der invalide Pauker, hier nach Mitternacht mit einem Fernglas die Diskobesucher beobachtete? Wären es Hasen, Eulen oder Rehe, würde er bei ihm auf Verständnis stoßen. Aber Menschen zu beobachten, das war ein Hobby, das auf seine tiefe Abneigung stoßen würde. Dr. Jansen kam sich richtig abartig vor.

Er schraubte erneut den Verschluss seines Flachmannes auf und trank den wärmenden Schnaps. Vielleicht bin ich verrückt, dachte er. Doch ich halte durch, bis man mir Tanja bringt! Er hörte das Geräusch eines davonfahrenden Wagens und musste plötzlich weinen. Er dachte an seine Meta, die in ihrer Verzweiflung das Medikamentenröhrchen geleert hatte. Ihn zog es zu ihrem Grab. »Geisterstunde!«, flüsterte er vor sich hin. Der bereits genossene Schnaps zeigte seine Wirkung.

Dr. Jansen verließ sein Versteck, schritt wie ein Jäger über die Rahdumer Straße zur Schützenstraße und bog in die Schulstraße ein. Leise näherte er sich dem Friedhof. Die Nacht war klar, und der zunehmende Mond spendete fahles Licht. Leichter Wind strich durch die Bäume und trieb welkes Laub von den Ästen. Die Luft war frisch und kühl. Bald wird es frieren, dachte Jansen, während er sich mit gleichmäßigen Schritten dem

Friedhof näherte. Niemand begegnete ihm. Er hörte seine eigenen Schritte, wenn seine in festen Wanderschuhen sitzenden Füße das Pflaster traten. In der Hand hielt er den Knauf des Sitzstockes wie eine Waffe. Dabei empfand er keine Angst. Er glaubte fest an ein Leben nach dem Tode und wusste, dass die Seelen der Verstorbenen anderes zu tun hatten, als über den Friedhof zu geistern. Unsichtbar würde Meta ihm am Grabe zuhören, seine Ängste um die Tochter mit ihm teilen und ihm die Kraft verleihen, durchzuhalten, um für Tanja da zu sein, wenn ihr geschundener Körper hier zu ihr gebettet würde.

Jansen betrat den Friedhof. Das Mondlicht fiel auf die Grabsteine. Lebensbäume, Tannen und Sträucher bildeten undurchdringliche dunkle Wände. Um die Friedhofskapelle flogen Fledermäuse mit plumpen Flügelschlägen. Dr. Jansen kannte seinen Weg. Er folgte einfach einem inneren Drang. Seine Welt war geschrumpft. Vieles, was ihn früher belastet hatte, was sein Denken und Handeln bestimmt hatte, existierte nicht mehr. Seine verstorbene Frau war der eine Pol, seine vermisste Tochter der zweite.

Unter einer Trauerweide befand sich die Bank, die er suchte. Er setzte sich, schraubte die Kappe des Flachmannes ab und nahm wieder einen Schluck. Weit entfernt entdeckte er einige flackernde Kerzen, die in Windlichtern auf jungen Gräbern brannten.

Er musste auch Meta ein Windlicht zum Grab bringen. Und Licht brauchen auch die Herren der Kriminalpolizei. Dr. Jansen wusste, dass nicht er alleine litt. Der irre Verbrecher hatte auch die Familie Fresenborg in tiefes Leid gestürzt. Konnte Tanjas Seele sich mit der Seele der Renate Fresenborg treffen? Konnten sich Lichter vereinigen zu einem größeren Licht, das genügend Glanz besaß, um auf irdische Kümmernisse einzuwirken? Jansen blickte zum Himmel hinauf. Lichter gab es über ihm genug. Die Sterne. Der Mond. Aber sie gaben keine Antwort. Er griff noch einmal zu seinem Flachmann. Er nahm einen Schluck und sagte mit schwerer Zunge: »Gift! Gift zum Betäuben, Heinrich, aber wenn du erwachst, dann ist der Schmerz umso stärker.«

Dr. Jansen schloss die Augen und ließ vor seinem geistigen Auge Bilder passieren. Erschrocken fuhr er hoch, wie aus einem Traum, als ein Mann an ihm vorbeilief. Er hörte den schnellen Atem des Mannes, der schon zu einem Schatten wurde. Die Schritte verklangen. Der Himmel hatte sich leicht erhellt, so glaubte Jansen.

Er griff nach seinem Feldstecher, doch die Umhängeschnur war völlig verdreht, und als er das Glas endlich an seine Augen hielt, sah er nichts mehr als die grauen Umrisse der Grabsteine und Büsche.

Ein Geist, sagte er sich, oder ein lebender Toter, wie ich. Irgendwo heulte der Motor eines Autos auf. Eine Autotür wurde mit einem blechernen Scheppern zugeschlagen.

Nicht nur ich bin verrückt, dachte Jansen. Es gibt noch mehr Verrückte, die das Leben zugrunde gerichtet hat. Sie wollen alle tot sein.

Er erhob sich und ging mit schleppenden Schritten zum Grab seiner Meta, um sich dort auszuweinen.

Als Otto Jutze aus seinem Nickerchen hochfuhr, wurde ihm seine komische Situation bewusst, und er musste über sich selbst lachen. Er blickte auf das Hotel. Nur die Bierreklame war noch eingeschaltet. Da bezahlte er neunzig Mark für sein Zimmer und schlief in seinem Wagen! Er schraubte den Sitz hoch und suchte nach seinem Hotelschlüssel, dabei schaute er auf die Uhr im Armaturenbrett. Es war schon nach ein Uhr.

Als er ausstieg, sah er ein Mädchen, das direkt auf ihn zukam. Ihr Gang wirkte unsicher. Das Licht der Bierreklame fiel in ihr

Gesicht, und Jutze bemerkte, dass sie weinte. Sein Blick fiel auf ihre strammen Brüste, die den Rollkragenpullover dehnten. Sie trug eine offene Lederjacke darüber und enge Jeans.

»Können Sie mich nach Hause bringen?«, fragte das Mädchen mit schwerer Zunge und strich sich die langen Haare aus dem Gesicht.

»Haben Sie Kummer?«, fragte Jutze und spürte sein Verlangen.

»Krach. Krach mit dem Freund, Krach mit den Eltern, Krach mit dem Chef«, antwortete sie und lehnte sich müde an den BMW.

»Wo wohnen Sie?«, fragte Jutze. Er sah sich um. Niemand beobachtete sie.

»In Heidmühle, aber da will ich nicht hin«, hauchte sie. Tränen liefen ihr über die Wangen.

»Fräulein, das ist für uns beide nicht ungefährlich«, warnte Jutze sie schmunzelnd.

»Mir ist alles egal. Fahren Sie mich zum Meer oder sonst wohin, aber nicht nach Hause, damit ich Schluss machen kann«, murmelte das Mädchen schluchzend.

»Steigen Sie ein«, sagte Otto Jutze und öffnete galant die Wagentür.

Kripoassistent Jensen saß auf dem Teppich hinter einer Blumenbank an die Wand gelehnt. Der Hotelflur war dunkel. Nur gelegentlich dröhnte die Spülung einer Toilette in den Flur. Er blickte auf die leuchtenden Schalter der Minutenlichter.

Jensen hatte bei der Bundeswehr gedient und gelernt, in Geduld einen Befehl auszuführen. Er fühlte sich wie im Gelände. Er trug hier zwar keinen Stahlhelm und kein Tarnzeug, doch er hatte seinen Platz so gewählt, dass er von dem noch zu erwartenden Hotelgast nicht gesehen werden konnte.

Er glaubte allerdings nicht mehr an dessen Rückkehr. Andererseits war er sich sicher, dass dieser Vertreter sein Zimmer nicht aufgesucht hatte.

Aufkommende Zweifel kämpfte er nieder. Er tastete nach seiner Waffe, denn sollte dieser Mann in der Tat der Mörder sein, dann musste er mit allem rechnen, falls der Spätheimkehrer ihn überraschte.

Jensen bemühte sich, nicht einzudösen. Je später es wurde, desto mehr haderte er mit seinem Vorgesetzten, der ihm diese Aufgabe zugeschanzt hatte. Doch plötzlich vernahm er, wie ein Schlüssel in das Türschloss gesteckt wurde, das eingeschaltete Licht blendete ihn. Er wagte nicht zu atmen, als er beobachtete, wie der kräftige Otto Jutze durch den Flur seinem Zimmer entgegenschritt. Der Mann öffnete sein Hotelzimmer und betrat es, ohne sich umzuschauen.

Menke Jensen wartete noch einige Minuten, dann erhob er sich und verließ das Hotel.

Friseurmeister Hajo Voerdorf nahm seine Frau in den Arm. »Mutti, komm«, sagte er mit schwerer Zunge und verließ mit ihr das noch voll besetzte Wohnzimmer der jungen Nachbarn. Der Rundgesang war abgeklungen, und einige der Gäste begaben sich in die Küche, um die Reste des kalten Büffets zu vernaschen.

Der Hausherr trat mit den Voerdorfs an die Haustür. »Danke und tschüs«, sagte er.

Sie hatten den Bogen abgefeiert, den sie den neuen Nachbarn zum Einzug an der Haustür angebracht hatten. Hajo und Antje Voerdorf hatten zu hastig und schnell getrunken und in geselliger Runde den Kummer vergessen, den ihnen ihre Tochter bereitete.

Dunja hatte einen jungen Mann kennen gelernt, der nicht

nach ihrem Geschmack war. Das Gerücht, dass er Drogen nahm, hatte sie aufgeschreckt. Dieser neue Freund, von Haus aus verwöhnt, fuhr ein Auto und arbeitete nicht.

Dunja hatte nach dem erfolgreichen Abschluss der Realschule den Wunsch geäußert, Tankwartin zu werden, womit ihre Eltern gar nicht einverstanden gewesen waren. Antje Voerdorf und ihr Mann hätten es lieber gesehen, wenn ihre Tochter das BGJ Körperpflege besucht hätte.

Aber damit war der Ärger noch nicht zu Ende. Dunja, noch nicht achtzehn, äußerte danach den Wunsch, zu ihrem Freund zu ziehen, der in Heidmühle eine Wohnung besaß. Sicherlich war das eine Möglichkeit, die ständigen Streitereien zu beenden. Doch der Freund wünschte, dass Dunja sich tausend Mark zur Bestreitung des gemeinsamen Haushaltes von den Eltern auszahlen ließ. So in der Klemme, schaltete Hajo Voerdorf das Jugendamt ein. Es gab weiteren Streit. Die Tochter zog aus, blieb weg und fehlte des Öfteren an ihrem Ausbildungsplatz.

Hajo Voerdorf, in Laune getrunken, beruhigte seine Frau auf dem Heimweg. »Antje, wenn Dunja auch nicht zu Hause ist, so wissen wir doch wenigstens, wo sie ist«, sagte er.

Die Voerdorfs frühstückten um acht Uhr. Kurz vor neun, als Hajo Voerdorf sich zum Frisiersalon begeben wollte, riss ihn das Telefon aus seinen schwermütigen Gedanken, die schon wieder bei seiner Tochter Dunja gewesen waren. Es war der Besitzer der Tankstelle, der Dunja zum Kassendienst eingeteilt hatte. Er beschwerte sich, dass Dunja schon wieder nicht zum Dienst erschienen war. Die Eltern wussten nicht weiter. Nun konnten sie ihre Sorgen und Ängste nicht mehr unterdrücken.

Antje Voerdorf entschloss sich zu einem Schritt, den sie vorher nie für möglich gehalten hätte.

Sie griff zum Telefonhörer und wählte die Nummer des Freundes ihrer Tochter.

»Ist Dunja bei Ihnen?«, fragte sie, den Tränen nahe.

»Gnädige Frau, die Frage stelle ich Ihnen. Ich hatte nämlich Knatsch mit ihr«, sagte der junge Mann hochnäsig.

»Sie ist und war also nicht bei Ihnen?«, fragte Frau Voerdorf nervös.

»Nein! Richten Sie ihr aus, dass ich ihr verzeihe, wenn Sie sie sehen«, vernahm sie und hörte, wie er den Hörer auflegte.

»Hajo, das halte ich nicht aus! Unternimm doch etwas!«, rief sie verzweifelt. Schluchzend barg sie das Gesicht in den Händen.

Die Tische im kleinen Sitzungszimmer bildeten ein Karree. An der Stirnseite hatten Kommissar Klose, Poppinga und Dirks Platz genommen.

»Meine Dame, meine Herren, da ist einiges schief gelaufen. Sie haben den Sichtkontakt mit Herrn Jutze bereits sehr früh verloren. Ich gehe davon aus, dass er Sie nicht bemerkt hat und Sie keineswegs abgehängt hat«, sagte der Kommissar.

»Herr Kommissar, der Vertreter sprang in der Disko ganz unerwartet auf und verschwand blitzschnell in der Menge der Tanzenden. Die Lichtverhältnisse erschwerten zusätzlich eine weitere Observierung«, erklärte Assistentin Cassjens.

»Der Mann muss sich hier gut auskennen. Ich stand am Ausgang und habe ihn nicht gesehen«, meldete sich ein anderer Kriminalassistent zu Wort.

»Und Sie, Herr Jensen?«, fragte der Kommissar.

»Es war bereits vier Uhr in der Früh, als er zurückkam und sein Hotelzimmer betrat«, antwortete der junge Beamte.

»Welchen Eindruck machte er?«, fragte Poppinga.

»Ich hatte stundenlang in der Dunkelheit auf ihn gewartet. Das Licht blendete mich. Mir fiel nichts Erwähnenswertes auf«, antwortete Jensen.

»Na, Herr Jensen, war er betrunken? Was hatte er an?«, hakte der Kommissar nervös nach.

»Nein, er war nicht betrunken, und er trug Freizeitkleidung. Ich glaube, Jeans und einen weiten Pullover«, erwiderte Jensen.

»Seine Schuhe, ich meine, hinterließ er auf dem Teppich Schmutzflecken?«, wollte Poppinga wissen.

Jensen war verärgert. »Ich habe nicht darauf geachtet. Ich war aufgeregt und übermüdet und froh, dass er endlich da war!«

»Herr Jensen, nehmen Sie sich das nächste Mal bitte etwas mehr zusammen. Müdigkeit ist in unserem Beruf kein Grund, nachlässig zu werden!«, meinte Klose tadelnd. Ein Beamter des Schalterdienstes erschien. »Herr Kommissar, unten wartet ein Herr Voerdorf. Er möchte Sie in einer dringenden Angelegenheit sprechen«, sagte er.

»Wir haben eine Besprechung«, antwortete der Kommissar.

»Herr Kommissar, Herr Voerdorf befürchtet, dass seine Tochter … na, er hat noch Hoffnungen, aber …«, druckste der Beamte herum.

»O Gott, doch nicht schon wieder! Meine Dame, meine Herren, wir werden gleich mehr wissen«, sagte Klose und verließ eilig das Besprechungszimmer.

Voerdorf, ein schlanker Mittvierziger, schaute den Kommissar ängstlich an. Sein Gesicht war blass, sein Haar schon ziemlich grau. Er sah aus, als sei er in seinem modischen Jackett plötzlich zusammengeschrumpft und gealtert. Er reichte dem Kommissar die Hand. Sie war eiskalt.

»Herr Kommissar, meine Tochter Dunja ist nicht nach Hause

und auch nicht zu ihrem Freund zurückgekommen. Sie war in der Disko. Sie ist noch keine achtzehn, hat uns aber schon verlassen, um mit dem Freund zusammen zu wohnen«, sagte er.

»Sie denken an ein Verbrechen?«, fragte der Kommissar.

»Nicht unbedingt. Wir waren mit Dunja zerstritten. Andererseits – sie hat heute Kassendienst, und ihr Chef, der Inhaber der Elf-Tankstelle, sagte, sie sei nicht zum Dienst erschienen«, berichtete der Friseur nervös.

»Langsam, Herr Voerdorf, Ihre Tochter macht also eine Ausbildung bei der Elf-Tankstelle?«, fragte der Kommissar.

»Ja, und sie wohnt bei ihrem Freund. Sie hat sich aber auch mit ihm verkracht. Eifersucht. Und nun ist sie verschwunden. Wir haben uns schon überall erkundigt, wo sie hätte eine Unterkunft bekommen können, aber es war vergeblich«, sagte der Friseur.

»Und nun befürchten Sie, dass ihr das gleiche Schicksal widerfuhr wie den beiden Mädchen?«, fragte der Kommissar.

Der Friseur begann zu zittern. Er setzte sich auf den Stuhl und weinte leise.

»Haben Sie ein Foto Ihrer Tochter mit?«, fragte der Kommissar.

»Ja«, antwortete der Besucher schluchzend.

»Nehmen Sie die Angaben für eine Suchmeldung zu Protokoll«, wies der Kommissar den Schalterbeamten an, dann wandte er sich wieder an Herrn Voerdorf: »Wir werden sofort mit der Suche nach Ihrer Tochter beginnen.« Er verabschiedete sich und ging in das Sitzungszimmer zurück.

»Vermisst wird Dunja Voerdorf, siebzehn Jahre alt. Sie war gestern in der Disko. Der Vater macht sich noch Hoffnungen, dass sie gesund zurückkommt, aber ich glaube, wir können uns die Hoffnung abschminken«, sagte er mit bewegter Stimme.

»Alles spricht dafür, dass der Vertreter erneut zugeschlagen hat«, meinte Dirks.

»Unsere Bemühungen, die Tat zu verhindern, waren also vergeblich.« Poppinga zuckte mutlos die Schultern.

»Wenn ich das Fazit ziehe«, sagte der Kommissar, »dann reichen die Verdachtsmomente zumindest aus, um Otto Jutze zu einem Verhör zu laden. Er soll glaubhaft machen, dass er in der Zeit zwischen neun Uhr abends und vier Uhr morgens Dingen nachging, die ausschließen, dass er mit dem Verschwinden der Dunja Voerdorf etwas zu tun haben kann. Das Mädchen hatte übrigens Streit mit ihren Eltern und war auch mit seinem Freund verkracht. Einen Freitod können wir deswegen nicht ganz ausschließen.«

»Chef, dieser Jutze gehört zunächst einmal in Untersuchungshaft«, stellte Poppinga fest.

»Ich unterrichte den Staatsanwalt. Sorgen Sie dafür, dass die Protokolle keinen Anlass zu Beanstandungen geben.«

Otto Jutze hatte auf der Insel Spiekeroog einen ansehnlichen Auftrag notiert. Er war mit seinem Geschäftspartner im ›Fischerhuis‹ eingekehrt und hatte mit Blick auf das bunte Laub der Kastanien, Buchen und Linden eine hervorragend zubereitete Kutterscholle gegessen, ohne Stress und Terminnot.

Danach war er alleine zu Fuß am Strand entlanggelaufen und hatte das stete Rauschen des Meeres in sich aufgenommen. Bei einer Tasse Kaffee im ›Dünenblick‹ hatte er auf den blassen Horizont geblickt und den Flügen der Möwen zugeschaut. Als er im Fährschiff saß, das nach Neuharlingersiel fuhr, ging die Sonne unter, und ihr Licht spiegelte sich auf der ruhigen Nordsee. Jutze genoss diesen Abschluss eines unvergesslichen Tages.

In Neuharlingersiel lagen die Fischkutter im Hafen. Fischer bereiteten sich auf das Auslaufen vor. Jutze verließ das Fährschiff und ging zu seinem abgestellten Wagen. Er blickte noch einmal überwältigt an der Hafenmauer entlang auf die Fassaden des Kapitänshauses, der kleinen Fischerhäuser und Pensionen, bevor er in den Wagen stieg. Schaudernd dachte er an seine verkorkste Ehe und an Neuss, die hektische Industriestadt, die der Metropole Düsseldorf gegenüberlag, und nahm sich vor, im Sommer seinen Urlaub an der friedlichen See zu verbringen.

Er stieg in seinen BMW und fuhr los. Nach Jever war es nicht weit. Er entschied sich für die Kreisstraße, die durch kleine Orte führte und erst kurz vor Jever auf die Bundesstraße traf. Er schaltete die Scheinwerfer des Wagens ein und fuhr gelassen und ausgeglichen Jever entgegen.

In Jever brannten die Straßenlaternen. Der Schlossturm und der Marktplatz waren beleuchtet. Passanten eilten über die Bürgersteige, und Busse warteten auf Fahrgäste, denn vor wenigen Minuten hatten die Geschäfte ihre Türen geschlossen. Jutze fuhr zum Hotel Torfhaus. Die Außenleuchten brannten, doch der Diskoparkplatz lag im Dunkeln. Heute war kein Diskotag, das wusste Jutze, und er war froh darüber. Er wollte im Torfhaus etwas essen und sich mit Bier und Küstenkorn an den Inselaufenthalt erinnern. Er parkte seinen BMW, wie immer, vor dem Hotel und blickte kurz zu dem Wald hinüber, der dunkel wie eine Wand vor ihm lag. Dann ging er die Treppe zum Eingang hinauf.

Kommissar Klose, Assistent Poppinga und zwei Beamte der Schutzpolizei saßen in einem Polizei-Kleinbus und beobachteten den Vertreter, der gerade aus seinem Wagen stieg.

»Lassen wir Herrn Jutze ein wenig Zeit, sich im Zimmer einzurichten«, sagte der Kommissar, als der Vertreter seinen kleinen Reisekoffer aus dem Kofferraum seines Wagens nahm.

»Ein gut aussehender Mann«, meinte Poppinga. »Der gibt für kleine Mädchen schon was her.«

Der Kommissar war ein wenig nervös. Er hatte den Haftbefehl in der Tasche, und im Revier wartete der Staatsanwalt auf Jutze, um ihm einige unangenehme Fragen zu stellen.

»Gehen wir«, sagte Klose schließlich.

Sie verließen den Wagen, gingen über die Straße und betraten das Hotel. Die Rezeption war nicht besetzt, und so drückte der Kommissar auf den Klingelknopf. Sie warteten geduldig, bis Jürgen Kniping am Tresen erschien. Sein Atem ging schnell.

»Entschuldigung, die Treppen«, sagte er und lächelte verlegen.

Der Junge hat sich verändert, dachte der Kommissar. »Wir möchten Herrn Otto Jutze sprechen«, sagte er.

»Ach so«, meinte der Sohn des Hoteliers, wobei er schon wieder rot wurde. Er blickte auf die Holzwand mit den Zimmernummern. »Der Schlüssel hängt nicht am Haken. Herr Jutze bewohnt Zimmer vierzehn«, erklärte er, während er nervös nach den Anmeldeformularen griff, die auf der Theke lagen. »Was ist denn los, Herr Kommissar?«

»Lappalien«, antwortete Poppinga gelangweilt.

Sie gingen zu dem Flur, in dem Jensen die halbe Nacht verbracht hatte. Der Kommissar klopfte an die Tür von Zimmer 14.

»Herein«, tönte es ihnen entgegen.

Klose öffnete die Tür und betrat mit seinen Begleitern das Zimmer. Otto Jutze stand an dem kleinen Tisch und blickte die Besucher überrascht an.

»Ich hoffe nicht, dass Sie zu den Grünen zählen und gegen unseren neuen Bootslack Einwände haben«, meinte Jutze und zog seine Stirn kraus, als er die beiden Beamten in Uniform bemerkte.

»Klose, Kriminalkommissar. Herr Jutze, packen Sie bitte einige Sachen ein, wir müssen Sie festnehmen. Sie stehen unter dem Verdacht, Tanja Jansen, Renate Fresenborg und Dunja

Voerdorf ermordet zu haben«, sagte der Kommissar mit ernstem Gesicht.

Jutze machte einige Schritte in ihre Richtung, dann blieb er stehen. Er wischte sich mit dem Ärmel den Schweiß von der Stirn.

»Sind Sie verrückt?«, fragte er fassungslos.

»Herr Jutze, Sie bekommen Gelegenheit, Ihren Standpunkt vor dem Untersuchungsrichter darzulegen. Hier ist der Haftbefehl. Machen Sie bitte kein Theater«, bat der Kommissar.

Jutze starrte entsetzt auf die Handschellen, die der Beamte der Schutzpolizei von seinem Gürtel löste.

»Das ist doch Wahnsinn! Ich habe die Mädchen nicht umgebracht! Sie gaben sich mir hin!« Jutze war totenblass und rang um seine Fassung.

Klose gab dem Beamten einen Wink, woraufhin der dem Vertreter die Handschellen anlegte.

Jutze begann zu brüllen: »Sie irren sich. Ich bin Vertreter und unschuldig! Ich kenne die Mädchen nicht!«

»Herr Jutze, der Staatsanwalt wartet im Revier auf Ihre Stellungnahme. Bestimmen Sie, was meine Kollegen für Sie einpacken sollen. Alles andere entscheiden wir später. Ihre Aufträge werden wir an Ihre Firma schicken, damit Ihr wirtschaftlicher Erfolg nicht geschmälert wird«, versprach der Kommissar.

Jutze schrie und brüllte. Doch schließlich ergab er sich in sein Schicksal.

Die Beamten führten ihn ab. Kommissar Klose sah, wie Kniping junior und senior sich hinter dem Tresen der Rezeption versteckten und dem Schauspiel zusahen, als die Polizisten mit dem Vertreter das Torfhaus verließen.

Das Verhör fand im Dienstzimmer der Beamten statt. Poppinga hatte Stühle hereingeholt. Er saß mit Klose neben dem

Staatsanwalt, der den Platz des Kommissars am Schreibtisch eingenommen hatte. An der Tür stand zur Sicherheit ein Beamter der Schutzpolizei. Otto Jutze, von den Handschellen befreit, schwitzte und kämpfte. Als Vertreter hatte er gelernt zu reden, doch seine Antworten und Argumente brachten ihn immer mehr in den Verdacht, die Mädchen ermordet zu haben.

Der Staatsanwalt, der mit seiner liberalen Gesinnung ohne jede Erregung das Verhör mehr im Stile eines Gespräches führte, gewann immer mehr den Eindruck, den Diskomörder vor sich zu haben.

»Herr Jutze, Ihre kalte, berechnende Art, junge Mädchen für Ihre sexuelle Befriedigung aufzugabeln, zeigt, dass Sie ihnen wenig Mitgefühl entgegenbrachten. Wie Sie eben sagten, machten Sie sich ein Mädchen gefügig, das hilflos und willenlos im Drogenrausch den Beischlaf hinnahm. Nach Ihren Worten kümmerten Sie sich dann nicht weiter um das Mädchen. Und nun behaupten Sie, dass Sie sich an das Gesicht des Opfers nicht erinnern können«, sagte Dr. Ewening gelassen. Er hatte dem Vertreter das Foto der Tanja Jansen hingehalten.

»Herr Staatsanwalt, Sie können mir charakterliche Schwächen vorwerfen, aber ermordet habe ich das Mädchen nicht!«

»Und Opfer Nummer zwei. Hier ist das Foto! Sie kauften Renate Fresenborg eine Schachtel Pralinen und suchten auch bei ihr das, was Ihnen Ihre Frau wohl nicht mehr geben will!«, behauptete der Kommissar.

»Ich habe getankt und danach das Mädchen nicht wiedergesehen!«, protestierte Jutze.

»Das Opfer Nummer drei stieg zu Ihnen in den Wagen, nach Mitternacht, verkracht mit der Familie und dem Freund. Weil es niemanden auf der Welt gab, der das Mädchen trösten konnte, gaben Sie als Mann alles, um dem armen Mädchen weiterzuhelfen. Sie mieteten ihm in einem Hotel, an dessen Namen Sie sich nicht erinnern, ein Zimmer. Das ist Ihre Version. Nun,

Herr Jutze, das Mädchen kam nirgendwo mehr an, es wurde seit Ihrer Beglückung nirgendwo mehr gesehen«, sagte der Staatsanwalt und zog misstrauisch die Stirn kraus.

»Herr Jutze, hier ist das Foto! Erkennen Sie das Mädchen wieder?«, fragte Poppinga.

»Nein, ich entdecke keine Ähnlichkeiten. Aber Sie glauben mir ja nicht! Das Mädchen, mit dem ich zusammen war, war fertig. Sie wollte ins Wasser gehen!«, schrie Jutze verzweifelt.

»Nun, vielleicht haben Sie nachgeholfen«, sagte der Kommissar.

Jutze sprang erregt auf. Sofort kam der Schutzbeamte herbei und griff nach den Armen des Vertreters.

»Sie Schwein, sie mieser Hund! Ich will einen Anwalt. Möglichst schnell. Das ist ja das reinste Irrenhaus! Sie alle gehören hinter Gitter!«, brüllte Jutze mit hochrotem Kopf.

»Bringen Sie Herrn Jutze zum Untersuchungsgefängnis nach Oldenburg«, ordnete der Staatsanwalt an. »Herr Jutze, Sie werden morgen dem Untersuchungsrichter vorgeführt. Benennen Sie dann einen Anwalt Ihrer Wahl, der Ihre Rechte wahrnimmt. Es ist zu spät geworden für ein weiteres Gespräch. Wir benötigen Abstand von dem, was Sie hier vorgetragen haben.«

Kurz nach Dienstbeginn fuhren der Kommissar und sein Assistent zur Eduard-Spranger-Schule. Die Sekretärin führte sie direkt in das Zimmer des Schulleiters.

Direktor Luitgenhuis nahm die Vase mit dem Blumenstrauß vom Tisch und brachte sie in das Vorzimmer, dann setzte er sich zu den Beamten. Sein Gesicht verriet seine Trauer.

»Meine Herren, ich bin zutiefst erschüttert. Drei Schülerinnen meiner Schule. Ich leide mit den Eltern, und außerdem macht mir Kollege Baumann Sorgen. Er ist seit dem 24. Oktober krankgeschrieben«, sagte der Direktor und schob dem Kommissar ein Attest zu.

»Stade?«, fragte Klose überrascht.

»Dort ist er zu Hause. Seine Schwester bewohnt das Elternhaus. Seine Mutter lebt in einem Heim«, antwortete Luitgenhuis.

Der Kommissar las: »Professor Dr. Werner Milters, Facharzt für Psychiatrie.«

»Kollege Baumann ist mit den Nerven fertig«, erklärte Luitgenhuis und legte das Attest zurück in seine Mappe.

»Herr Direktor, wir müssen die Schüler seiner Klasse noch einmal befragen«, sagte Assistent Poppinga.

»Die Klasse wird das erneute Verschwinden einer ihrer Schülerinnen auf ihre Art verkraften müssen«, antwortete der Schulleiter. »Ich habe übrigens einen erfahrenen und bewährten Pädagogen mit dem Unterricht betraut.«

»Wir hegen wenig Hoffnung, dass sich alles als harmlos herausstellt«, sagte der Kommissar und erhob sich.

Die Schülerinnen und Schüler saßen diszipliniert in ihren Schulbänken und füllten Vordrucke von Euroscheckformularen aus, als die Polizisten zusammen mit dem Schulleiter das Klassenzimmer betraten.

»Herr Kollege, die Kriminalbeamten möchten ein paar Fragen an die Klasse richten«, sagte der Direktor.

Der schlanke Lehrer mit dem gelichteten grauen Haar nickte nur. Die Schüler und Schülerinnen blickten die Besucher neugierig an. »Sie haben von dem schrecklichen Ereignis gehört. Dunja Voerdorf ist nun die zweite Schülerin Ihrer Klasse, die vermisst wird. Hat jemand von Ihnen Dunja am besagten Abend gesehen?«, fragte der Kommissar.

Ein Schüler meldete sich zu Wort. »Ich traf Dunja gegen elf

Uhr in der Disko. Sie stand ziemlich traurig da herum. ›Was ist?‹, habe ich gefragt. Sie hat nur geantwortet: ›Ein blöder Typ hat mich angemacht, und mein Freund ist sauer.‹ – ›Der kommt wieder‹, habe ich gesagt.«

»Hat jemand Dunja später noch gesehen?«, fragte Poppinga.

Es gab keine Meldung. Der Kommissar beobachtete Jürgen Kniping, der unruhig auf seinem Stuhl hin und her rutschte.

»Gibt es Hinweise, die uns helfen können, eine Spur zu finden?«, fragte Klose.

»Herr Kommissar, ich glaube, Herr Baumann hatte etwas geahnt. Fragen Sie ihn«, sagte Jürgen Kniping. In sein Gesicht traten wieder rote Flecken, als leide er unter einer Allergie.

»Herr Kniping, werden Sie bitte genauer«, verlangte Poppinga.

»Nun ja, in der Zeitung stand noch nichts. Aber Sie haben wohl den Mörder bereits verhaftet. Ich habe Baumann beobachtet, wie er sich in der Nähe des Verdächtigten versteckte. Vielleicht spielte Herr Baumann Detektiv«, antwortete Kniping.

Die Klasse wurde unruhig. »Jürgen, raus mit der Sprache! Wer war das Schwein?«, rief ein Mädchen empört.

»Wann sahen Sie Ihren Lehrer?«, fragte Klose und lächelte freundlich.

»Es war zwischen elf und zwölf Uhr. Ich hatte in der Gaststätte ausgeholfen und bin dann noch einmal in die Disko gegangen«, antwortete Kniping.

»Und Herr Baumann war in der Disko?«, fragte Poppinga.

»Nein, er hatte vorher im Restaurant Bier und Schnaps getrunken. Ich sah ihn vor dem Hotel. Er schlich zum Wald, als ein Hotelgast an seinen abgestellten Wagen trat«, erzählte er.

»Herr Kniping, war der Gast ein Vertreter?«, fragte Poppinga. Kniping nickte nur.

»Danke, Herr Kniping«, sagte der Kommissar.

Der Lehrer schaltete sich ein. Mit freundlicher Stimme fragte er: »Gibt es noch Beiträge, die den Herren der Kripo dienlich sein können?«

»Danke, Herr Kollege«, sagte der Direktor, als sich niemand meldete. Dann verließ er mit den Kriminalbeamten die Klasse.

Am Mittwoch, dem 26. Oktober, trieb ein Herbststurm dunkle Regenwolken über die Küste. Ein Schauer überraschte den Staatsanwalt, als er den Wagen vor dem Revier in Jever parkte. Er hastete durch den Regen und betrat niesend das Dienstzimmer der Beamten.

»Moin«, sagte er und hängte seine nasse Jacke an den Haken. Er rieb sich mit einem Papiertuch das Gesicht trocken.

»Einen Tee?«, fragte Klose.

»Später, Herr Kommissar«, sagte er und wies auf seine Aktentasche.

»Herr Staatsanwalt, nehmen Sie bitte meinen Platz ein.« Der Kommissar griff nach dem Besucherstuhl.

Dr. Ewening setzte sich an den Schreibtisch, öffnete seine Tasche und legte einen Ordner auf die Tischplatte.

»Meine Herren, Otto Jutze hat kein Geständnis abgelegt. Er hat vor dem Untersuchungsrichter im Wesentlichen das zu Protokoll gegeben, was er bereits beim ersten Verhör hier ausgesagt hat. Diese Dunja Voerdorf, das letzte Opfer, sei zu ihm in den Wagen gestiegen. Das Mädchen hätte Selbstmordgedanken gehegt. So seine Version. Er hat das Mädchen zu einem Hotel gebracht, das Zimmer bezahlt, dort mit ihr geschlafen und sich danach nicht weiter um Dunja Voerdorf gekümmert. Er ist nach Jever gefahren. Und da der Umgang mit dem Mädchen sich fast nur im Dunkeln abgespielt hat, kann er sich nicht mehr an das genaue äußere Erscheinungsbild erinnern. Er gibt allerdings zu, dass es eine Ähnlichkeit mit dem ihm gezeigten Foto besaß. So seine Aussagen. Der Name des Hotels sei ›Lestant‹ gewesen oder so ähnlich, und das Dorf könnte nach dem Studium der Karte Wattwarfen oder Neuenburg gewesen sein«, sagte der Staatsanwalt.

Der Kommissar nahm die Akten an sich. »Die Überprüfung des Alibis dürfte schwierig werden«, meinte er.

»Chef, vielleicht entstellt er den Namen absichtlich. Er meint möglicherweise das Hotel ›Let-Kant‹ in Wattwarfen«, sagte Poppinga.

»Otto Jutze ist ein harter Brocken. Gehen Sie seinen Aussagen unbedingt nach«, ordnete der Staatsanwalt an. »Fahren Sie nach Wattwarfen!«

Der Donnerstag, der 27. Oktober, war ein schöner, milder Tag. Die Bäume leuchteten in bunten Herbstfarben. Auf der Duhms- und Pferdegraft schwammen Enten und ließen sich von Spaziergängern füttern. In den Glastürmen der Brauerei brach sich das Licht der tief stehenden Sonne. Der Italiener in der Neuen Straße verkaufte an diesem Tag mehr Eis als an den gesamten Tagen der letzten Woche. Vor dem ›Haus der Getreuen‹ saßen noch späte Feriengäste aus dem Saarland an den Plastiktischen und erfrischten sich.

»Ein herrlicher Tag«, sagte Klose, der den Passat steuerte. Die Straße führte von Jever durch das weite, landwirtschaftlich genutzte Land direkt nach Wattwarfen. Friedlich lagen die Höfe mit ihren roten Dächern zurückgezogen hinter Weiden und Äckern. Das Buntvieh war noch auf den Weiden, und Traktoren pflügten bereits die abgeernteten Felder. Nur der Mais stand noch mit verwelkten Stängeln, an denen die gelben Kolben reiften. Wattwarfen, ein Dorf mit einer Kirche, einer alten Post, einigen Hotels für Feriengäste, einer Schmiede und einem Supermarkt, genoss die Ruhe der Nachsaison.

Das Hotel ›Let-Kant‹ lag hinter der Warf, auf der die Kirche immer noch als das höchste Bauwerk des Ortes thronte. Eine

Treppe führte zum Kirchturm hinauf, und die Seitenstraße zum Hotel lief an dem alten Friedhof vorbei, der von verrosteten Kreuzen und verblichenen Grabsteinen geprägt war. Der Kommissar parkte auf dem Hotelparkplatz, der, von Büschen umrandet, das Ende der Sachgasse bildete.

»Hübsch«, sagte Poppinga, als er ausstieg.

»Jutze hatte Geschmack. Hier vernaschte er das Fräulein Unbekannt, das sich umbringen wollte«, meinte der Kommissar und griff zur Tasche.

Im ›Let-Kant‹ waren noch Zimmer frei, das verhieß das weiße Werbeschild. Eine Speisekarte prangte im schmiedeeisernen Schaukasten neben der Eingangstür. Das Haus war vom ADAC empfohlen, wie das gelbe Emailleschild verriet. Und nicht zu Unrecht. In dem alten Gemäuer verbarg sich eine gediegene Tradition. Rustikales Mobiliar im Speisesaal, geschwärzte Deckenbalken und ein Kamin mit echten ostfriesischen Kacheln vermittelten eine gemütliche Atmosphäre. Alles war von früher, echt, ohne Nachbehandlung.

Es roch nach Essen. An den Tischen saßen rüstige Rentner aus den Ballungsgebieten der Bundesrepublik. Sie genossen in teurer Kleidung das, wovon sie in jungen Jahren nicht gewagt hatten zu träumen, als sie mitgeholfen hatten, die Republik aufzubauen. Die Beamten setzten sich an einen Tisch in Kaminnähe und schauten auf die kleinen, züngelnden Flammen. Die Kellnerin brachte die Speisekarte.

»Zwei Portionen Tee, bitte«, sagte der Kommissar und zeigte ihr die Polizeimarke. »Und fragen Sie Ihren Chef, ob er für wenige Minuten zu uns kommen kann.«

»Wünschen Sie den Tee mit Sahne oder Zitrone?«, fragte die hübsche junge Frau.

»Aber, aber, wir sind Friesen«, sagte Poppinga und lachte.

»Im Protokoll steht nicht, unter welchem Namen Jutze das Zimmer genommen hat«, stellte der Kommissar fest.

»Vielleicht war er ja überhaupt nicht hier«, meinte Poppinga.

Sie warteten geduldig. Schließlich brachte die Kellnerin den Tee, echt ostfriesisch, mit Kluntjen, Sahne und Stövchen im vertrauten Rosenmusterporzellan. Sie bedienten sich.

Der Herr, der kurz darauf auf sie zukam, trug einen modernen Streifenanzug. Er mochte um die fünfzig sein. Sein Gesicht zeigte eine gesunde Röte. Er war mehr als vollschlank und ganz ein Chef.

»Mein Name ist Schäffer. Ich führe das Familienunternehmen und bin Vorsitzender des friesischen Hotelier- und Gaststättenverbandes. Sie sind Beamte der Kriminalpolizei?«, fragte er und setzte sich an den Tisch.

»Ja, mein Name ist Klose, und Herr Poppinga ist mein Assistent. Wir bemühen uns, das Verschwinden von Diskobesucherinnen aufzuklären. Ich könnte auch von Diskomorden sprechen, doch noch haben wir keines der Opfer gefunden«, erklärte der Kommissar.

»Und nun führen Ihre Recherchen Sie zu meinem angesehenen Betrieb«, sagte Schäffer misstrauisch.

»Verbrecher kennen da keine Schranken. Doch unser Anliegen ist schnell vorgetragen. Ein Vertreter, der Otto Jutze heißt, hat hier, so sagt es das Protokoll seiner Vernehmung aus, am 22. Oktober ein Mädchen einquartiert, die Rechnung bezahlt und mit dem Fräulein geschlafen. Danach hat er das Hotel verlassen. Für uns ist seine Eintragung wichtig. Wir müssen wissen, ob das Mädchen ein Frühstück eingenommen hat oder hier als Leiche aus Ihrem Haus getragen worden ist«, sagte der Kommissar.

Der Verbandsvorsitzende rümpfte die Nase. Das war nicht nach seinem Geschmack. Er hatte am kleinen Stammtisch mit dem Pastor und dem Rektor der Grundschule das kriminelle Geschehen rund um die Disko Frisco-Sound ausgiebig diskutiert. Ihnen war diese Brutstätte moderner Kriminalität mit ihrem schummrigen Licht, dem hohen Alkoholkonsum zu junger Menschen und den dunklen Geschäften von Dealern, die die labilen jungen Menschen den Kirchen und Elternhäusern entrissen, schon lange ein Dorn im Auge.

»Herr Kommissar, ich weiß nicht, wer am Abend des 22. Oktober die Rezeption bediente. Derjenige muss gegen die Regeln unseres Hauses gehandelt haben«, sagte er und spielte den Empörten. Kein Wunder, denn er hoffte auf Sterne, die der neue Gaststättenverlag zu vergeben versprochen hatte. Der Kommissar holte das Foto von Dunja Voerdorf aus seiner Tasche. »Herr Schäffer, so sah das vermisste Mädchen aus«, sagte er. »Hat dieses Mädchen am besagten Abend bei Ihnen übernachtet?«

Schäffer blickte angewidert auf das Bild des hübschen Mädchens. »Wir beschäftigen in der Saison Studenten«, erwiderte er.

»Herr Schäffer, am 22. Oktober war Ihre Saison längst zu Ende«, sagte Poppinga.

Schäffer erhob sich.

»Ich erkundige mich«, versprach er.

Als er zurückkam, begleitete ihn seine Frau. Sie hatte ihr Haar blond gefärbt und trug es wie zu einer Krone geformt. Ihre Handgelenke waren mit Goldreifen behängt. Ihr Kostüm war eine folkloristische Spitzenleistung eines Designers.

»Ich versah den Dienst an der Rezeption«, hauchte sie mit geschminktem Schmollmund und gebräuntem Gesicht.

Der Kommissar reichte ihr das Bild.

»Jain«, sagte sie und lächelte arrogant.

»Und dieser Herr begleitete sie«, fügte der Kommissar hinzu und reichte ihr ein Foto des Vertreters Jutze.

»Das kann schon sein. Wissen Sie, im Saal feierten die Mischkes, die Eltern unseres Pastors, ihre goldene Hochzeit. Ich habe mitgeprostet. Unsere Fremdenzimmer waren nicht alle belegt. Ich erinnere mich, dass ich noch sehr spät ein Zimmer vergeben habe. Aber mehr ist wirklich nicht drin«, sagte sie.

»Und Sie haben gleich kassiert?«, fragte Poppinga.

»Ja, das kann sein«, antwortete Frau Schäffer.

»Hat das Mädchen möglicherweise bei Ihnen gefrühstückt?«, fragte der Kommissar.

»Herr Kommissar, nach der Feier haben mein Mann und ich uns so richtig ausgeschlafen. Den Frühstücksdienst versah die Studentin Heike Ippen, sie wohnt uns gegenüber. Sie macht ein Praktikum beim Tierarzt Nating«, sagte sie.

Hotelier Schäffer bedauerte es, dass er und auch seine Gattin nichts Konkretes beisteuern konnten. Doch er bat um Diskretion, denn sein Haus begann zur Spitze der friesischen Region aufzusteigen. Da konnte er solch beunruhigende Publicity nicht gebrauchen.

Das Haus gegenüber, ein kleines friesisches Backsteingebäude mit tiefen Fenstern und grüner Holztür, hatte einen winzigen, gepflegten Vorgarten. Der Kommissar drückte auf den Klingelknopf, und eine kräftige junge Dame erschien.

»Sind Sie die Studentin Heike Ippen?«, fragte der Kommissar und wies sich aus.

»Wollen Sie eintreten?«, fragte das pausbäckige Mädchen höflich.

»Danke. Nur ein paar Fragen. Wir haben hier ein Foto eines Mädchens. Frau und Herr Schäffer sind wegen der am Abend gefeierten goldenen Hochzeit nicht sicher, ob das Mädchen zum besagten Zeitpunkt im Hotel übernachtet hat. Sie versahen den Frühstücksdienst am Morgen des 23. Oktober, wie man uns sagte.« Der Kommissar reichte der Studentin das Foto.

»Herr Kommissar, ich verdiene mir drüben etwas Taschengeld. Beim Frühstück geht es hektisch zu, hinter den Kulissen, wissen Sie. Aber ich erinnere mich, dass ich ein Einzelgedeck hatte«, sagte sie und gab Klose das Foto zurück.

»Sie räumen also die Möglichkeit ein, dass Sie dieses Fräulein bedient haben können?«, fragte Poppinga.

»Ja, ich halte es sogar für wahrscheinlich. Man setzt den Leuten Marmelade, Brötchen, Tee oder Kaffee vor, lächelt und schaut sie sich nicht genau an«, antwortete sie.

»Wir danken für die Auskunft«, sagte Herr Klose freundlich.

»Alles Gute«, verabschiedete sich Poppinga.

Die Beamten gingen zum Wagen und fuhren zurück nach Jever.

»Und wenn Otto Jutze nicht der Mörder, sondern nur ein mieser Abstauber ist?«, fragte der Kommissar.

»Chef, dann gnade uns Gott«, antwortete der Assistent.

»Der Mörder setzt auf Serie«, sagte der Kommissar bitter, während er den Wagen an der Tankstelle vorbeilenkte, an der Jutze getankt und Pralinen gekauft hatte.

Klose parkte den Wagen direkt vor dem Revier, und die beiden Beamten gingen gemeinsam in ihr Dienstzimmer.

»Hinni, findest du es nicht auch seltsam, dass Jürgen Kniping nichts unterlässt, seinen Klassenlehrer Baumann nicht nur bloßzustellen, sondern auch zu belasten? Andererseits wissen wir von Baumann, dass er den Jungen zum Schuljahresbeginn in Schutz genommen hat«, sagte der Kommissar nachdenklich.

»Chef, der Lehrer ist fertig. Drei seiner Schülerinnen werden vermisst. Vom Typ her besaßen sie Ähnlichkeiten. Sie trugen ihr Haar lang, waren schlank und sahen gut aus. Ein bemerkenswerter Zufall«, stellte Poppinga fest.

»Vielleicht hat Baumann etwas beobachtet, das ihn so sehr belastet, dass er die Behandlung eines Psychiaters für notwendig erachtet«, überlegte der Kommissar.

»Sollen wir den Arzt befragen?«, schlug Poppinga vor.

»Der wird sich berechtigterweise auf seine Schweigepflicht berufen. Deshalb warten wir lieber, bis Baumann seinen Dienst wieder antritt«, sagte der Kommissar.

Inzwischen war vom Labor ein Bericht eingetroffen. Im BMW des Vertreters waren blonde Mädchenhaare gefunden worden, doch da man noch keine Opfer gefunden hatte, wanderten die Ergebnisse erst einmal in den Speicher des Computers. Vielleicht konnte man ja später mehr damit anfangen.

Kniping senior beobachtete mit Wohlwollen die veränderte Lebensweise seines Sohnes. Jürgen trieb Sport. Er besuchte neuerdings die ›Körperschmiede‹, ein Sportzentrum, das der angesehene dreimalige Norddeutsche Meister im Judo betrieb, und half auch eifrig im Restaurationsbetrieb aus, schaute nicht einmal auf die Uhr, wenn es bei Festlichkeiten bis in den frühen Morgen ging.

Jürgen ging auch dem Kfz-Meister zur Hand, der die familieneigene Tankstelle führte, und er begann selbst in der Disko Pausenzeiten und Tanzphasen nach kaufmännischen Gesichtspunkten mitzugestalten.

Allerdings las er immer noch seine ›Helden-Romane‹, schrieb Gedichte und sah sich die harten amerikanischen Videofilme an. So war es auch nicht verwunderlich, dass er eines Tages ein Verkaufsschild an einem Seitenfenster seines alten VW Busses anbrachte. Jürgen träumte von einem rassigen amerikanischen Flitzer, und der alte Kniping, erfreut über den Sinneswandel seines Sohnes, erklärte sich bereit, eine saftige Zuzahlung zu leisten.

Auch in der Schule gelang Jürgen der Aufstieg. Studienrat Baumann war die Klasse ›abgenommen‹ worden, und der grauhaarige Duis war nun Klassenlehrer. Plötzlich brachte Jürgen gute Leistungen, wobei er sich besonders um das kaufmännische Wissen bemühte.

Baumann hatte sich inzwischen zum Dienst zurückgemeldet und war glücklich über die Stundenplanänderung. Er unterrichtete nun eine strebsame Industrieklasse, deren Schüler fast alle Abiturienten waren.

Am Montag, dem 31. Oktober, blieben die Schulen wegen des Reformationsfestes geschlossen. Es war ein schöner Tag mit blauem Himmel, Sonnenschein und angenehmen Temperaturen. In der Stadt bummelten Besucher durch die Gassen und Straßen, denn in einigen Bundesländern war Allerheiligen am 1. November ein gesetzlicher Feiertag.

Lehrer Baumann saß an seinem Schreibtisch und korrigierte Klassenarbeiten. Diese von ihm nicht sehr geschätzte Tätigkeit nahm viel Zeit in Anspruch und erforderte seine volle Konzentration. Er zählte die bereits zensierten Arbeiten und die, die noch zu bearbeiten waren. Dann betrat er den kleinen Balkon und legte eine Pause ein. Versonnen blickte er in die kleinen Gärten der Nachbarn. Er mochte die Novembertage nicht, an denen es früh dunkel wurde, der Nebel sich in Schwaden über die Felder legte und das fallende Laub ihn an den Tod erinnerte. Er wusste, dass eine schwere Zeit für ihn anbrach.

Baumann verließ den Balkon, setzte sich wieder an den Schreibtisch und nahm den Rotstift in die Hand. Er nahm sich vor, nach weiteren fünf Arbeiten einen Tee zuzubereiten. Doch dazu kam er nicht, denn plötzlich klingelte es an der Haustür.

Jürgen, dachte Baumann hoffnungsvoll. Vielleicht kommt er, um mich um Entschuldigung zu bitten?

Er stand auf und drückte den elektrischen Türöffner, dann trat er auf den Flur. Als er statt Jürgen Kniping den Kommissar und seinen Assistenten erblickte, verkrampfte sich sein Magen sofort. Baumann schmeckte die Säure, die ihm in die Speiseröhre stieg, und hustete. Er fühlte, wie das von Professor

Milters mühsam in ihm aufgebaute Selbstvertrauen wieder zu schwinden begann.

»Hallo, Herr Baumann«, sagte der Kommissar, »ich dachte schon, wir würden Sie nicht antreffen. Viele Lehrer nutzen den schönen freien Tag für Inselfahrten oder Küstenwanderungen.« Der Kommissar lachte spitzbübisch.

»Moin, Herr Kommissar. Wir Lehrer arbeiten mehr, als es uns, den arbeitslosen Kollegen und den Kindern lieb ist«, antwortete Baumann und bemühte sich, gelassen zu bleiben.

»Herr Baumann, wir haben den mutmaßlichen Mörder inhaftiert, denn wir gehen davon aus, dass die Schülerinnen nicht mehr leben. Allerdings konnten wir ihn noch nicht überführen«, sagte Poppinga.

»Kommen Sie bitte rein. Ich habe allerdings nicht aufgeräumt. Bitte entschuldigen Sie die Unordnung. Ich korrigiere gerade Klassenarbeiten.« Baumann wies auf die offen stehende Tür.

Die Beamten betraten die Wohnung, die sie bereits vom ersten Besuch her kannten. Baumann bat sie, in den Sesseln der Sitzecke Platz zu nehmen.

»Einen Tee?«, fragte er, wartete aber gar nicht auf die Antwort der Beamten, sondern ging bereits zur Küche.

»Morgen ist Allerheiligen. Es sind viele Fremde in der Stadt. Im Schloss-Café gibt es keinen freien Platz«, erzählte der Kommissar.

»Das macht das Wetter! Es soll gut bleiben!«, rief Baumann aus der Küche.

Der Kommissar blickte sich um. Es gab keine Veränderungen in der Wohnung. Nur ein auf etwa 30 x 15 Zentimeter vergrößertes Foto der Mädchenklasse, das neben den Regalwänden hing und einen kleinen schwarzen Trauerflor trug, war letztes Mal noch nicht da gewesen.

Baumann brachte das Geschirr. »Der Tee ist gleich so weit«, sagte er.

»Herr Baumann, Sie kommen aus Stade. Trinkt man dort auch Tee bei Besuchen?«, fragte Poppinga.

»Das hält sich in Grenzen. Aber im Vergleich zum Rheinland oder Bayern sind die Stader schon Teetrinker«, sagte der Lehrer und ging wieder in die Küche.

Die wollen etwas von mir, dachte Baumann. Sie versuchen mich abzulenken. Warum kommt der Kommissar nicht zur Sache?, fragte er sich. Er nahm sich vor, nicht wieder in diese hilflose Duckhaltung zu verfallen. Mit forschem Schritt trug er den Tee in das Zimmer.

»Er hat bereits gezogen«, sagte er und wartete, bis die Beamten sich die Kluntjes in die Tassen gelegt hatten, dann schenkte er ein. »Rauchen Sie?«, fragte Baumann, doch die Beamten winkten ab. Er selbst stand aber auf und holte sich vom Schreibtisch die Zigaretten. Sie würden ihm helfen, seine innere Unruhe zu verbergen.

»Herr Baumann, wir suchen Sie auf, weil Ihr Schüler Jürgen Kniping behauptet, dass er Sie auch an dem Abend, als Dunja Voerdorf verschwand, auf dem Diskogelände gesehen hat«, erklärte der Kommissar.

Baumann trank den Tee, rauchte und lächelte, als enthielte dieser versteckte Vorwurf nichts, was ihn belasten könnte.

»Ich bin Pädagoge, und wie ich von mir zu behaupten wage, kein schlechter. Als Jürgen Kniping das erste Mal vor mir in seiner Schulbank saß, fühlte ich die Verwandtschaft seiner Seele mit der meinigen. Ich versuchte, ihm zu helfen. Und nun, im Rückblick, haben meine Bemühungen Früchte gezeigt«, sagte Baumann, drückte die Zigarette aus und blickte die Beamten stolz an.

»Herr Baumann, ich habe eher den Eindruck, dass der Junge Sie irgendwie belasten will, Sie in etwas Furchtbares hineinziehen will«, entgegnete der Kommissar.

Baumann wurde von einer Sekunde zur anderen aschfahl. Sprachlos blickte er den Kommissar an.

»Herr Baumann, Jürgen Kniping hat ausgesagt, dass Sie am 22. Oktober gegen Mitternacht aus einer verdeckten Position am Rand des Waldes den mutmaßlichen Mörder beobachtet hätten, als dieser zu seinem Auto ging. Das letzte Opfer, diese Dunja Voerdorf, sei in der Nähe gewesen«, sagte Poppinga.

Baumann stand auf und ging an seinen Schreibtisch. Doch er kam sofort zurück und setzte sich wieder. »So war es nicht!«, widersprach er erregt.

»Sondern?«, fragte der Kommissar.

»Ich besuchte das Torfhaus und nicht die Disko. Aber nur Illustrierte lesen oder auf den Tisch starren, das liegt mir nicht. So stand ich gelegentlich auf und machte kleine Spaziergänge, um hin und wieder mit jemandem zu plaudern«, sagte er.

»Und Sie sprachen mit Dunja Voerdorf?«, fragte Poppinga.

»Ja, viel früher«, antwortete er.

»Früher als wann?«, wollte der Kommissar wissen.

»Früher, als sie verschwand«, erklärte Baumann.

»Und wann verschwand sie?«, fragte Poppinga.

»Als ich nicht mehr da war!«, rief Baumann böse.

»Und wann sind Sie nach Hause gefahren?«, fragte der Kommissar.

»Ich war mit dem Auto da. Ich weiß es nicht. Ich hatte Zeit und etwas getrunken«, sagte der Lehrer ruhiger.

»Herr Baumann, finden Sie es nicht selbst seltsam, dass Sie immer dann anwesend waren, wenn ein Mädchen verschwand?«, fragte Poppinga.

»Ich war auch an Abenden im Torfhaus, wenn kein Mädchen verschwand«, antwortete Baumann und lächelte müde.

»Herr Baumann, mit Ihnen spielt der Zufall. Alle Mädchen waren Ihre Schülerinnen. Alle trugen ihr Haar lang. Stehen Sie auf solche Mädchen?«, fragte der Kommissar direkt. Baumann sprang auf. »Das geht zu weit! Sie verdächtigen mich!«, schrie er entsetzt.

»Sie übertreiben, Herr Baumann. Wir haben den mutmaßlichen Täter festgenommen. Wir dachten nur, Sie könnten uns als Zeuge helfen, ihn zu überführen«, bemerkte der Kommissar.

»Es war Jürgen, der mich anzog. Immer wieder war er es! Ich bin kein Homosexueller, aber der Junge fesselt mich! Ja, er fasziniert mich immer noch, obwohl er mich zu belasten versucht. Verstehen Sie das doch endlich!«, forderte Baumann.

»Wir werden sehen. Danke für den Tee. Auf Wiedersehen, Herr Baumann«, sagte der Kommissar und erhob sich. Mit einem Nicken bedeutete er Poppinga, dass er sich nicht länger aufhalten wollte, und ging eilig zur Tür.

Am Morgen des 3. November sprachen die Beamten noch einmal die Ergebnisse ihrer Recherchen durch. Sie legten die Akten griffbereit auf dem Schreibtisch aus, weil der Staatsanwalt seinen Besuch angesagt hatte. Kurz nach neun Uhr betrat Dr. Ewening das Dienstzimmer. Er hängte seinen Mantel an die Garderobe. Er wirkte lässig in Kordhose, einem modernen Jackett und offenem Oberhemd.

»Wie war die Fahrt?«, fragte Poppinga höflich.

»Nur ein leichtes Schneegestöber in Westerstede. Die Autobahn war gut befahrbar«, sagte er und trug seine Tasche zum Schreibtisch. »Was haben die Recherchen in Wattwarfen ergeben?«

»Herr Staatsanwalt, Otto Jutze hatte Pech oder Glück, wie man es nimmt. Im Saal des Hotels Let-Kant feierten die Eltern des Pastors ihre goldene Hochzeit. Das war ein Dorffest, und die Wirtin, die den Rezeptionsdienst versah, kann sich nicht genau erinnern, und das Fräulein, das den Frühstücksdienst übernommen hatte, weiß ebenfalls nicht, ob ein Mädchen morgens an einem der Tische saß. Auszuschließen ist es jedenfalls nicht, dass der Vertreter die Wahrheit sagt«, trug der Kommissar vor.

Der Staatsanwalt lächelte. »Das entspricht der momentanen Situation. Es war rechtens, Otto Jutze aufgrund der Tatbestände zu inhaftieren. Ob er nun aber in der Tat der Diskomörder ist, das steht keineswegs fest«, sagte er und öffnete seine Tasche. Er legte eine Akte auf den Tisch.

»Gibt es Bedenken, Herr Staatsanwalt?«, fragte der Kommissar alarmiert.

»Allerdings. Wir haben Otto Jutze gegen eine Kautionszahlung von zweihundertfünfzigtausend Mark, die der Anwalt des Vertreters von der Rheinischen Farbenwerke AG geleistet hat, auf freien Fuß gesetzt. Die Beweise gegen Jutze reichten nicht aus, den für die Firma wichtigen Mann überzeugend zu belasten. Das gilt auch für die Diskomorde in Stade. Ihre Kollegen in Neuss haben Jutze überprüft und seine Wohnung durchsucht. Die in seinem Wagen gefundenen Frauenhaare können zwar von seiner Mitfahrerin stammen, das beweist aber noch nichts in Bezug auf die Morde. Die bundesweite Fahndung nach den Opfern blieb ja bis jetzt erfolglos«, trug Dr. Ewening vor.

»Herr Staatsanwalt, dieser Otto Jutze hat immer zufällig dann im Torfhaus übernachtet, wenn danach ein Mädchen vermisst wurde. Aber auch Lehrer Baumann hielt sich stets zu den fraglichen Zeiten im Torfhaus oder in Diskonähe auf«, sagte Poppinga.

»Wollen Sie den Lehrer belasten?«, fragte der Staatsanwalt.

»Herr Baumann ist der Klassenlehrer der drei vermissten Schülerinnen«, antwortete der Kommissar.

»Den Lehrer haben Sie nur kurz in den Protokollen erwähnt. Welchen Eindruck haben Sie von ihm?«, erkundigte sich der Staatsanwalt interessiert.

»Baumann ist ein Pädagoge, der es mit folgsamen Schülern weit bringen kann. Mit aufsässigen Schülern, wie seine Tankwarte es sind, hat er schwer zu kämpfen«, sagte der Kommissar.

»Das Verschwinden seiner Schülerinnen setzte ihm sehr zu. Er begab sich in psychiatrische Behandlung, in Stade, wo er zu Hause ist«, ergänzte Poppinga.

»Hat er Ihnen das anvertraut?«, fragte der Staatsanwalt misstrauisch.

»Nein, sein Direktor zeigte uns das Attest eines Professors aus Stade«, antwortete der Kommissar.

»Und dieser Professor wird uns abblitzen lassen«, sagte Poppinga.

»Sie haben mit Baumann gesprochen und ihn besucht. Gibt es ernst zu nehmende Verdachtsmomente gegen ihn?«, fragte der Staatsanwalt nachdenklich.

»Nein. Wir haben uns nur am Rand für Baumann interessiert. Ich gebe aber zu bedenken, dass der Sohn des Diskobetreibers keine Gelegenheit ausgelassen hat, seinen Lehrer zu belasten«, fügte Poppinga hinzu.

»Baumann gab an, das Torfhaus nur wegen seines Schülers Jürgen Kniping aufgesucht zu haben, da er sich zu ihm hingezogen fühlt, ohne jedoch homosexuell zu sein, wie er betont«, sagte der Kommissar.

»Ist dieser Jürgen Kniping glaubwürdig?«, fragte Dr. Ewening.

»Das lässt sich nicht so einfach beantworten. Er lernt nach einer Kochausbildung nun in der sich im Familienbesitz befindlichen Tankstelle. Vorher besuchte er bereits die Bundeswehr. Sein Vater hält nicht viel von ihm«, antwortete der Kommissar.

»Eine nicht alltägliche Vita«, stellte der Staatsanwalt fest.

»Die Gespräche mit dem Jungen haben wir protokolliert«, bemerkte Klose.

»Kniping ist doch erwachsen?«, fragte Dr. Ewening.

»Herr Staatsanwalt, genau das hat den Lehrer auf den Plan gerufen. Jürgen Kniping wirkt sehr … jung … ja, zurückgeblieben …«, antwortete der Assistent.

»Der Anwalt des Vertreters Jutze würde Freudensprünge machen, wenn er diese Sachverhalte erfahren könnte«, stellte Dr. Ewening nachdenklich fest.

»So aus Distanz betrachtet, immer unter der Voraussetzung, Otto Jutze wird zu Unrecht belastet, könnte Studienrat Baumann für uns interessant werden«, sagte der Kommissar.

Der Staatsanwalt blickte die Beamten unentschlossen an. »Recherchieren Sie weiter. Man kann nie wissen! Obwohl mir seine Verdächtigung etwas weit hergeholt erscheint«, meinte er schließlich. »Möchten Sie jetzt einen Tee?«, fragte Poppinga.

»Ja, ich schaue mir noch die Akten an, von denen ich Kopien benötige«, antwortete der Staatsanwalt.

Poppinga ging zu der kleinen Kochecke und setzte den Wasserkessel auf.

Lehrer Baumann fühlte sich von Jürgen Kniping immer mehr in die Enge getrieben. Er rief Professor Milters in Stade an, doch der hatte keinen Termin frei und gab ihm nur telefonische Ratschläge, die bereits verpufft waren, als Baumann den Hörer auflegte.

Der Lehrer hatte seine Schülerin Tanja wie einen rettenden Engel verehrt. Nach ihrem Verschwinden war er immer mehr in den Strudel seiner Zwangsvorstellung geraten, seine ihm abscheulich widerfahrene Vergewaltigung durch den unbekannten Ausländer könne in ihm den Wunsch nach einer Männerliebe geweckt haben. Stets bemüht, dieses aufkeimende Verlangen zu verdrängen, fühlte er sich dennoch immer mehr zu Jürgen Kniping hingezogen. In ihm keimte der Wunsch, sich im Umgang mit dem Schüler selbst zu beweisen, dass er nicht homosexuell war. Und je mehr Jürgen ihn von sich wies, desto stärker wurde in ihm der Drang, mit dem Schüler zu sprechen, mit ihm allein zu sein, sein verständnisvolles Lächeln zu gewinnen.

Jürgen Kniping hingegen war selbstbewusster geworden. Er hatte sich auch körperlich zu seinem Vorteil entwickelt. Auch Baumanns Kollege Duis sprach mit Hochachtung von dem bereits älteren Berufsschüler, der ihm half, die Klasse mitzureißen. Baumann schritt an den Tagen, an denen die ihm abgenommene Tankwart-Klasse unterrichtet wurde, als freiwillige Pausenaufsicht über den Schulhof, um Jürgen Kniping zu sehen, ihn zu beobachten, in seiner Nähe zu sein, obwohl der ›Junge‹ sich aus ihm nichts zu machen schien.

Am 11. November fegte ein Herbststurm über die friesische Küste, der sich jedoch am Nachmittag abschwächte. Bereits um sechs Uhr abends blinkten die Sterne vom wolkenlosen Himmel.

Dr. Jansen hatte seinen bescheidenen Einkauf in die Küche gebracht, sich einen Tee aufgebrüht, eine Kerze angezündet, die Lampen gelöscht und schaute durch das Fenster auf den klaren Himmel. Seine Gedanken galten Tanja, und er betete mit eigenen Worten zu Gott, zur Mutter Maria und zu den Heiligen, denn er war überzeugt, dass seine Frau und seine Tochter unter ihnen weilten. Hin und wieder flackerte die Flamme der Kerze auf, als wolle sie ihm ein Zeichen geben.

Nach einer Weile der Versenkung trank Dr. Jansen den Rest des Tees, blies das Licht im Stövchen und die Kerze aus und schaltete die Lampe an. Er holte das Tagebuch heraus und begann seinen ereignisarmen Tagesverlauf in Worte zu fassen und niederzuschreiben. Er hatte mit dem Schulleiter telefoniert, ihm mitgeteilt, dass er vorerst noch nicht zum Dienst erscheinen könnte. Danach hatte er den Arzt aufgesucht und ihn gebeten, ein Gesundheitszeugnis auszustellen, das ihn berechtigte, einen Antrag auf frühzeitige Pensionierung zu stellen. Um zwanzig Uhr begann er ein neues Kapital mit der Überschrift: *Ich darf nicht müde werden! Ich muss Tanjas Mörder finden, Gott soll mir beistehen!*

Er legte den Füller aus der Hand, ließ das Buch aufgeschlagen liegen, räumte das Teegeschirr ab, spülte es in der Küche und zog im Schlafzimmer seine Jägerkleidung an. Mit Sitzstock und Fernglas ausgerüstet, verließ er sein Haus und ging auf ›Pirsch‹.

Am Abend des 11. November saß Baumann in der voll besetzten Disko. Es ging hoch her, denn die Schüler hatten am kommenden Tag, einem Samstag, schulfrei. Baumann trank das Bier aus 0,4-Liter-Gläsern und betrachtete ohne Anteilnahme die tanzenden und lachenden jungen Menschen. Eine Kellnerin bediente ihn. Baumann zahlte und suchte den Bereich der Disko auf, in dem Jürgen den Getränkewagen schob.

Der Schüler sah ihn mitleidig an. »Herr Lehrer, ein Bier?«, fragte Jürgen.

»Ich muss mit dir sprechen«, sagte Baumann.

»Es gibt nichts zu besprechen. Ich bin im Dienst und schaffe es kaum«, erwiderte Kniping und ging davon. Etwas später stellte er ein gezapftes Bier vor Baumann auf den Tisch. »Vier Mark«, sagte er nur.

Baumann zahlte und sah Jürgen hilflos nach, der seinen Getränkewagen eilig weiterschob. Die nächste Bestellung nahm wieder eine Kellnerin auf. Jürgen hatte das Revier gewechselt.

Baumann trank noch einige gekühlte Küstenkorn, um seine Enttäuschung zu vergessen. Mit sich selbst redend verließ er spät am Abend die Disko.

»Nur keinen Blödsinn«, lallte er vor seinem Auto und machte sich zu Fuß auf den Weg. Langsam torkelte er über den Fahrradweg der Innenstadt von Jever entgegen.

Dr. Jansen saß in Lauerposition und beobachtete durch das Fernglas das Gelände der Disko. Es war wie an all den anderen Tagen, an denen er hier schon geduldig als ein Außenseiter das Kommen und Gehen der Mädchen und Jungen betrachtet hatte.

An diesem Abend jedoch fiel ihm ein älterer Besucher der Disko besonders auf, der wie ein Lehrer aussah. Warum nicht? Wenn es ihm Spaß macht, dachte Dr. Jansen. Er hatte wie immer einen Flachmann mit, der ihn gegen Kälte und Nässe schützte. Hin und wieder gönnte er sich einen Schluck. Was ging ihn die Präsidentenwahl in den Staaten an, über die zurzeit alle redeten? Ob Bush oder Dukakis gewann, das war ihm einerlei. In Jever gab es einen Menschen, der sich an jungen Mädchen vergangen hatte, und den galt es ausfindig zu machen – und wenn er bis zu seinem Tode warten musste! Nur das zählte!

Immer wenn er durch die Gläser ein Mädchen sah, das sein Haar lang trug, spürte er einen tiefen Schmerz, der bis in seine Eingeweide fuhr. Unermüdlich, ohne sich zu langweilen, beobachtete er das Diskogelände. Erst gegen Mitternacht, nachdem die ersten Gäste zu ihren Autos gegangen waren und einige ihre Fahrräder aus den Gestellen gezogen hatten, stutzte Dr. Jansen.

Da war er wieder, der ältere Besucher! Er torkelte, nun, das war übertrieben, er schwankte vielleicht. Zumindest ging er angeschlagen zu einem Wagen, schlug auf das Dach und schritt dann zu Fuß davon. Dr. Jansen wagte sich etwas vor. Sollte er dem Mann nachgehen? Nein, dachte er und setzte sein Glas ab, um einen Schluck aus dem Flachmann zu nehmen.

Er hörte die Geräusche einiger Wagen, die den Parkplatz verließen, und schaute durch sein Nachtglas. Er zuckte vor Schreck zusammen, als er ein Mädchen erblickte, das ihn sofort an seine Tanja erinnerte. Es nahm das Fahrrad aus dem Ständer, strich sich mit den Händen das lange Haar aus dem Gesicht und fuhr davon. Tanja war etwas schlanker, dachte Dr. Jansen. Er nahm das Glas von seinen Augen, rieb sich die Tränen aus dem Gesicht und setzte das Glas wieder an. Ein junger Mann kam mit einem Rad vom Hoteltrakt. Auch er bog auf den Fahrradweg ein. Anscheinend hatte er es eilig, denn er trat stark in die Pedale.

Immer mehr Jugendliche betraten den Parkplatz. Der Streifen vor dem Wald lag jedoch in tiefem Frieden. Es ist sinnlos, dachte Dr. Jansen, doch er wusste gleichzeitig, dass er trotzdem weiter durchhalten würde.

An diesem Abend wagte sich kein Pärchen in seine Nähe. Der Boden war feucht, kalt und nass, und es roch nach faulendem Laub. Ob Tanjas Körper irgendwo verwesen und den süßlichen Leichengeruch ausstrahlen wird, den keine Nase erschnuppert? Mit diesem Gedanken schraubte Dr. Jansen seinen Flachmann auf und genehmigte sich noch einen Schluck. Als er das Nachtglas wieder ansetzte, sah er einen jungen Mann, der mit seinem Fahrrad der Disko entgegenfuhr. War das nicht der Fahrradfahrer, den er vorher bereits beobachtet hatte? Es sah ganz so aus, als suchte auch er jemanden! Alle suchen etwas. Das Leben ist ein einziges Suchen mit angeborenen Sehschwächen, dachte Dr. Jansen.

Er machte sich auf den Heimweg. Er wollte nachdenken und seine Eintragungen im Tagebuch fortsetzen. In seine Gedanken drang ein Geräusch, das ihn kurz irritierte. Es klang blechern, als hätte jemand eine Autotür zugeschlagen.

Dr. Jansen war nicht müde, auch nicht sonderlich enttäuscht. Er hatte auch an diesem Abend nur seine Pflicht erfüllt. Wie viele Jahre hatte er noch zu erwarten, denen er keine Freude abgewinnen konnte? Er schüttelte den Kopf und schalt sich selbst einen Narren.

Klose saß mit seiner Frau auf der Couch. Sie hatte sich an ihn gekuschelt und die Beine seitlich angezogen. Im Fernsehen sorgte ein spannender Spätfilm für Unterhaltung. Auf dem kleinen Tisch standen die gefüllten Weingläser und Knabberzeug. Das Ehepaar genoss den Freitagabend, während der kleine Sohn im Kinderzimmer schlief.

Die Kloses bewohnten auf der Gottesflur, einem angesehenen Wohnviertel, einen Flachdachbungalow. Die Miete konnten sie aufbringen, und Klose hoffte auf eine anstehende Beförderung. Sie zahlten in einen Bausparvertrag ein und freuten sich auf ein Eigenheim, das sie sich in einigen Jahren kaufen wollten.

Der unwirkliche Hollywood-Film erinnerte Klose an seine missliche Berufssituation. Was den Akteuren auf der Mattscheibe problemlos gelang, sah in seiner Berufswelt ganz anders aus. Oft lachte er an Stellen, die seine Frau so einfach hinnahm.

Plötzlich läutete das Telefon.

»Immer das Büro«, seufzte Frau Klose enttäuscht, als ihr Mann sie höflich beiseite schob.

Der Kommissar betrat den Flur und ging zum Telefon. »Klose«, meldete er sich.

»Revier Jever. Terfeen, Nachtdienst. Herr Kommissar, eine Diskobesucherin befindet sich hier mit ihren Eltern. Das Mädchen ist überfallen worden, konnte sich allerdings widersetzen«, sagte Terfeen.

»Und Jutze befindet sich nicht im Torfhaus«, stellte der Kommissar fest.

»Herr Kommissar, ich verstehe nicht«, sagte der Dienst tuende Beamte, der in die Ermittlungen nicht eingeweiht war.

»Macht nichts, ich komme.« Klose legte den Hörer auf.

Nachdenklich ging er zurück ins Wohnzimmer, drückte seine Frau an sich und küsste sie. »Der Dienst! Schau dir den Film zu Ende an, Liebling. Ich muss zum Revier«, sagte er.

»Ich finde, dass …«, setzte seine Frau an, doch Klose legte den Zeigefinger auf ihre Lippen.

»Das ist mein Beruf«, sagte er.

»Lass mich nicht wieder so lange warten«, bat sie.

»Alma, wenn der Fall gelöst ist, dann feiere ich meine Überstunden ab, und wir fahren mit dem Jungen in den Harz«, versprach er. Klose verließ das Haus, ging zur Garage und stieg in seinen Wagen. Er fuhr über die Schützenheim- und Bahnhofstraße zum Revier. Auf dem Parkplatz stand das Auto der Eltern des Opfers. Das Polizeitransparent warf kaltes bläuliches Licht auf den Asphalt. Voller Neugier und Hoffnung eilte Klose die Treppe zum Eingang hinauf und öffnete die Tür. Am Tresen standen die aufgeregten nächtlichen Besucher.

»Herr Kommissar, ich habe die Aussagen bereits protokolliert«, sagte Terfeen.

Klose blickte in das Gesicht der verstörten Tochter und hörte das Schluchzen der Mutter. Der Vater, ein kräftiger Bauhandwerker, wandte sich an ihn.

»Herr Kommissar, meine Tochter wäre das vierte Opfer geworden, wenn ich ihr nicht diese Sprühdose gekauft hätte.« Sein Atem ging schnell. Er hielt ein Defenol-CS-Verteidigungsgerät in der Hand.

»Der Reihe nach, Herr …?«, fragte der Kommissar.

»Ich bin Onno Onnenga, Polier bei Ulferts-Bau. Meine Tochter Andrea lernt bei Jakobus Cassjens, der Elf-Tankstelle. Sie wollte in die Disko, war aber ängstlich, weil ja so viel passiert ist in letzter Zeit. Da habe ich ihr diese Sprühdose gekauft.«

»Eine gute Vorsorge, Sicherheit für nur knapp zwanzig Mark. Doch, Herr Onnenga, was ist überhaupt passiert?«, fragte Klose. Die Tochter schaute verlegen auf den Boden. Die Mutter weinte, als hätte sie einen Schock erlitten. Sie war eine einfache Frau, die etwas pummelig war und mit Rock und einer Kaufhauswetterjacke bekleidet war.

»Andrea, berichte!«, sagte der Vater.

Das Mädchen blickte den Kommissar scheu an. »Meine Eltern sind großzügig. Ich darf an Wochenenden bis Mitternacht wegbleiben. Ich fuhr los. Plötzlich ängstigte ich mich. Es war, als verfolge mich jemand. Ich blickte mich um und sah das Licht eines Fahrrades weit hinter mir, doch dann stand plötzlich ein Mann vor mir. Er griff nach meinem Lenker und riss mich zu Boden. Ich fühlte seine Hand … unter … meinem … Rock und schrie auf … Mir gelang es, die Sprühdose zu öffnen und sie dem Mann entgegenzuhalten. Dann bin ich in heller Panik davongerast, habe meine Eltern geweckt und ihnen alles erzählt«, berichtete Andrea Onnenga.

»Und der Fahrradfahrer hinter Ihnen?«, fragte der Kommissar.

»Ich weiß nicht. Ich glaube, er ist stehen geblieben oder weggefahren«, sagte sie.

»Herr Onnenga, Frau Onnenga, bedanken Sie sich beim Schutzengel Ihrer Tochter. Wir wissen jetzt wenigstens, dass der Diskomörder hier unter uns lebt«, meinte der Kommissar. »Fräulein Andrea, können Sie den Mann beschreiben?«

»Nein. Er war nicht sonderlich groß und vielleicht schlank. Aber das ist bereits alles, was ich weiß. Es war zu dunkel«, sagte sie.

»Für unsere Ermittlungen wäre es gut, wenn Sie Ihre Erlebnisse vorerst nicht an die große Glocke hängen würden. Ihre Ängste werden Sie schnell verwinden. Ich hoffe, dass wir dem Diskomörder bald auf die Schliche kommen.« Der Kommissar reichte Andrea zum Abschied die Hand, dann verließ die Familie Onnenga das Revier.

Klose setzte sich auf einen Stuhl. »Wir glaubten schon, den Mörder überführt zu haben, und nun das!«, schimpfte er.

»Vielleicht ein Trick des Täters«, sagte der Polizeibeamte.

»Der Mörder lockte seine bisherigen Opfer in ein Auto. Ob er wohl auch die kleine Onnenga umgebracht und dann mit einem Wagen weggeschafft hätte, wenn sie keine Waffe gehabt hätte?«, fragte Klose.

»Die Bestie lebt hier in Jever unter uns«, murmelte Terfeen schaudernd.

Am Montag, dem 14. November, briste der Wind auf und trieb schwere Regenwolken über die Küste. Die Markthändler hatten ihre Stände aufgebaut und boten ihren Käufern mit ihren im Wind flatternden Überdachungen Schutz vor plötzlichen Regengüssen. Das Angebot an Gemüse, Obst und Salaten war der Jahreszeit entsprechend reichhaltig und der Mark gut besucht.

Dr. Jansen schritt an den Ständen entlang. Er kaufte einen Kohlrabi, eine Stange Porree und ein Kilo Kartoffeln. Beim Schlachter ließ er sich eine Bratwurst abwiegen. Viele Leute grüßten ihn, doch Dr. Jansen mied seine Bekannten. Ihm lag nichts an ihren Fragen. Als er seinen Einkauf davontrug, um über die Schlossstraße zur Sophienstraße zu gelangen, sah er den Kommissar, der ihm entgegenkam. Der Lehrer blieb stehen.

»Herr Dr. Jansen! Wie geht es Ihnen?«, fragte Klose.

»Früher beantwortete ich viel kompliziertere Fragen in der Schule, und jetzt weiß ich auf solch eine simple Frage keine Antwort«, antwortete der Lehrer.

»Ich verstehe«, meinte Klose mitfühlend.

»Verstehen Sie wirklich, Herr Kommissar? Es ist nicht meine

Einsamkeit, die mir zu schaffen macht. Nein, es ist die Einsamkeit meiner Tochter«, sagte Dr. Jansen.

Der Kommissar blickte verlegen auf die Fassaden der kleinen Geschäfte. Er bemerkte, dass die Buchhandlung ihr Fenster mit neuen Büchern bestückt hatte.

»Nun haben Sie viel Zeit zum Lesen«, bemerkte er ausweichend.

Dr. Jansen lächelte. »Ja, Herr Kommissar, ich lese morgens das, was ich nachts geschrieben haben«, erwiderte er.

»Viele Akademiker kommen erst zum Schreiben, nachdem ihnen die berufliche Last genommen wurde«, sagte Klose einlenkend.

»Ich schreibe Heimatgeschichte, brennend aktuell! Irgendwann werde ich Ihnen meine Geschichte zeigen«, schlug der Oberstudienrat vor.

»Sie machen mich neugierig«, sagte Klose. Er hatte es eilig und bedauerte bereits, den Alten angesprochen zu haben.

»Wenn das stimmt, Herr Kommissar, dann kommen Sie mit zu mir. Ich hoffe, dass meine Geschichte nicht ohne Ende bleiben wird. Sie muss fertig sein, wenn ich abtreten muss.«

Klose überlegte. Ihm tat der alte Mann Leid. Der Lehrer hatte begonnen, ein wenig zu spinnen, wie man sich in Jever erzählte. Aber dafür gab es ja genügend Gründe, sodass Klose Verständnis für den Mann hatte.

»Herr Dr. Jansen, übermorgen ist Buß- und Bettag. Meine Familie wird mich dann sicher für einige Stunden entbehren können«, sagte der Kommissar lächelnd.

»Und wann passt es Ihnen?«, fragte Dr. Jansen.

»Sagen wir, um sieben Uhr abends?«

»Abgemacht. Ich freue mich. Sie werden der erste Gast sein, der meine kleine, bescheidene Wohnung betritt. Sie befindet sich in der Seezungenstraße, zweite Etage«, sagte Dr. Jansen und ging davon.

Der Kommissar blickte hinter dem Lehrer her, dessen Haltung leicht gebückt war. Armer Kerl, dachte er. Seine Tochter liegt irgendwo verscharrt hier in Friesland, oder ihr Körper fand zerlegt in tragbaren Portionen den Weg in einsame Müllbehälter.

Klose war verstimmt. Sie kamen in den Ermittlungsarbeiten nicht voran. Er hatte Andrea Onnenga aufgesucht, die dem Mörder entkommen war. Nach einem kurzen Blick auf das Foto von Otto Jutze hatte sie sofort abgewunken.

»Herr Kommissar, es war zwar dunkel, aber dennoch kam mir der Mann schlanker vor«, hatte sie beteuert.

Eine Umfrage bei den Ärzten in der Umgebung hatte auch keine Hinweise gebracht. Nirgendwo hatte ein Patient vorgesprochen, dem Augenhöhlenätzungen oder etwas Ähnliches zu schaffen machten. Klose spielte mit dem Gedanken, an den Diskoabenden den Waldstreifen vor dem Hoteltrakt von Beamten beobachten zu lassen.

Am Buß- und Bettag war das Wetter mild. Der Himmel zeigte sich Grau in Grau, doch es fiel kein Niederschlag. An diesem arbeitsfreien Mittwoch suchten viele Spaziergänger den Schlosspark auf, in dem das abgefallene bunte Laub wie ein Teppich lag. An der Küste genossen viele Besucher bei ausgedehnten Deichspaziergängen die Stille des weiten Wattenmeeres.

Auch Klose fuhr mit Frau und Kind nach Neuharlingersiel. Sie fanden vor dem Meerwasserbad einen Parkplatz, legten den Kleinen in den Kinderwagen und spazierten an den alten Sielhäusern entlang. In Jensens ›Hafenblick‹ waren nur wenige Gäste. Die Kloses nutzten diese Gelegenheit, trugen den Kinderwagen die kleine Treppe hoch und setzten sich an einen Fenstertisch. Sie bestellten Rumflockentorte, fassten sich an den Händen und blickten durch die Scheiben auf den Hafen. Gegen fünf Uhr nachmittags verließen sie das Café und gingen zum Parkplatz zurück. Es war bereits dunkel.

Als sie nach Jever fuhren, sagte Klose: »Das war ein herrlicher Nachmittag. Aber nachher muss ich zu dem alten Lehrer. Ich habe ihm den Besuch zugesagt, doch ich habe überhaupt keine Lust.«

»Helmar, du kannst nicht immer nur an deine Fälle denken. Zu Hause grübelst du auch nur herum. Dr. Jansen ist ein netter Mann und immerhin Oberstudienrat. Er wird sich sehr über deinen Besuch freuen«, meinte seine Frau, während sie den Kleinen streichelte, der unruhig geworden war.

Zu Hause badeten sie den Sohn gemeinsam. Danach fuhr Klose in die Stadt. Leichter Nebel hatte sich über die Bäume des Schlossparks gelegt.

Klose erreichte die Seezungenstraße und parkte vor dem Apartmenthaus. Dr. Jansen empfing seinen Gast im Treppenhaus. Er war sehr gerührt, als er dem Kommissar die Hand reichte.

»Da sind Sie ja«, sagte er, als hätte er an seinem Besuch gezweifelt.

Er führte Klose durch einen kleinen Korridor zum Wohnzimmer, das mit einigen alten, schönen Möbeln recht gemütlich eingerichtet war. Der Kommissar blickte sich um und stellte überrascht fest, dass der Lehrer weder von seiner Frau noch von seiner Tochter Bilder aufgestellt hatte.

So als habe Dr. Jansen seine Gedanken gelesen, sagte er: »Herr Kommissar, die Toten sind ständig um mich.«

Schweigend nahm Klose in einem Sessel Platz.

»Herr Kommissar, ich kann uns einen Tee machen und meinen Schnaps später zu mir nehmen. Ich habe aber auch Bier da.«

»Dann ein Bier. Auf einen Küstenkorn verzichte ich!«, erwiderte der Kommissar.

Dr. Jansen stellte Gläser auf den Tisch, holte das Bier und für sich eine Flasche Schnaps. Eifrig schenkte er ein, erst dann setzte er sich auch hin.

»Prost«, sagte er.

Der Lehrer sah vergrämt aus und wirkte älter, als er in Wirklichkeit war. Sein grauer Bart gab ihm das Aussehen eines Sonderlings. Schließlich setzte er das Schnapsglas ab.

»Keine Angst«, sagte er und wischte sich mit der Hand über den Mund, »ich werde nicht zum Alkoholiker. Aber in Maßen, für den Kreislauf und zum Vergessen genehmige ich mir öfter einen.«

»Ich verstehe sehr gut, wie wichtig die Familie für Sie war und dass der Verlust schmerzt. Ich bin jung, und mein Sohn ist klein. Aber seit der Kleine da ist, bestimmt er unser Handeln und Denken«, erzählte der Kommissar.

»Sehen Sie, das ist es. Das hört nie auf. Und so bin auch ich immer noch nur für meine Tochter da«, sagte Dr. Jansen und erhob sich. »Warten Sie. Ich werde Ihnen das beweisen.«

Jansen verließ das Zimmer, und als er wenig später zurückkam, hielt er eine dicke Kladde in der Hand. Sie erinnerte den Kommissar an die Bücher, die einst die Kaufleute für ihre geschäftlichen Eintragungen benutzt hatten.

Dr. Jansen legte die Kladde vor dem Kommissar auf den Tisch. »Herr Kommissar, blättern Sie doch ein wenig die Seiten durch. Währenddessen werde ich auch meinen geschwätzigen Mund halten«, sagte er und setzte sich in den Sessel.

Klose nickte, trank einen Schluck Bier und lächelte höflich. Er erwartete schnulzige Heimatgeschichte oder Anekdoten aus dem alten Jever.

Er schlug die Kladde auf und betrachtete die exakte Handschrift. Doch dann stutzte er, als er las: *Ich kaufte mir wetterfeste Sachen, um ohne gesundheitlichen Schaden meinen Beobachtungsstand auch bei schlechtem und kaltem Wetter aufsuchen zu können.*

Er blätterte die Seite um. *Das Mädchen schritt an der Disko vorbei, dem Hoteltrakt entgegen.*

Klose wurde unruhig. Er versuchte es an einer anderen Stelle. Doch auch dort berichtete der Lehrer im Stile eines Protokollanten vom Geschehen rund um die Disko Frisco-Sound.

Der Kommissar schaute Dr. Jansen an. »Haben Sie etwa …?«, fragte er und suchte nach Worten.

»Herr Kommissar, keine Diskoveranstaltung habe ich ausgelassen. Anfangs habe ich auf die Rückkehr meiner Tochter gewartet, dann auf die Rückkehr ihres Mörders«, sagte Dr. Jansen gefasst.

»Und?«, fragte Klose.

»Herr Kommissar, meine Tochter kam nicht zurück. Der Mörder aber war mehrmals da«, antwortete der Lehrer und schenkte sich einen Schnaps ein. Er hob das Gläschen. »Auf ein gutes Gelingen, Herr Kommissar«, sagte er.

Klose schlug die letzte Seite der Kladde auf. Er nickte dem Lehrer zu, der sein Glas hart auf den Tisch stellte und zum Bier griff.

Der Kommissar las: *Auch an diesem Abend war der Mann da, der älter ist und ein Lehrer sein kann. Ich habe ihn schon häufig gesehen, wenn er am Waldrand entlangschlich oder mit einem Mädchen draußen vor der Disko sprach. Heute ging er zu einem Auto, berührte es kurz und ging dann zu Fuß, angetrunken, wie ich vermute, über den Fahrradweg in Richtung Jever.*

Der Kommissar schaute auf. »Herr Dr. Jansen, diese Eintragungen sind sehr frisch. Sie haben die Zeilen erst am Freitag geschrieben, nicht wahr?«, fragte er.

»Das ist richtig«, antwortete der Lehrer.

Klose überflog die letzten Zeilen. »Und was hat es mit dem blechernen Türenschlagen auf sich?«, erkundigte er sich schließlich.

»Ich war noch unsicher mit meiner Deutung, doch nun bin

ich mir sicherer. Herr Kommissar, schlagen Sie bitte meinen Beitrag zu den Beobachtungen am 22. 11. auf«, bat der Lehrer.

Das war der Abend, an dem Dunja Voerdorf verschwand, fuhr es Klose durch den Kopf. Seine Finger begannen zu zittern. Nervös las er die Eintragungen und vernahm zusätzlich die Erläuterungen des Lehrers.

»Vielleicht hatte ich einen zu viel getrunken. Ich verspürte einen inneren Drang und entschloss mich, Metas Grab zu besuchen.«

»Einen Moment bitte«, unterbrach der Kommissar und überflog erneut atemlos die Zeilen. Sekunden später fragte er: »Herr Dr. Jansen, sie bemerkten einen Mann auf dem Friedhof?«

»Ja«, antwortete der Lehrer.

»Wie spät war es nach Ihrer Schätzung?«, fragte Klose.

»Vielleicht ein oder zwei Uhr«, antwortete Dr. Jansen und griff erneut nach der Schnapsflasche.

»Der Mann lief an Ihnen vorbei, ohne Sie zu bemerken?«

»Herr Kommissar, der Friedhofsgast schien es eilig zu haben. Die Sichtverhältnisse waren nicht sonderlich gut. Der Mann hat mich aus traurigen Gedanken gerissen, und wenn ich nichts getrunken gehabt hätte, hätte ich vielleicht aufgeschrien. Aber an das Türenschlagen etwas später erinnere ich mich genau«, sagte der Oberstudienrat.

»Und an dem Freitagabend, an dem der mutmaßliche Täter dann Andrea Onnenga überfiel, haben Sie dieses Türenschlagen erneut gehört?« Der Kommissar konnte kaum glauben, was er da hörte.

»Ja.« Der Lehrer trank wieder von dem Schnaps. Als er das Glas absetzte, fragte er mit verkniffenem Gesicht: »Hat er also wieder zugeschlagen?«

»Es ist ihm nicht gelungen. Die Diskobesucherin ist von ihrem Fahrrad gerissen worden, aber sie hatte eine Sprühdose mit Tränengas mit und konnte entkommen«, erklärte der Kommissar.

»War es das Fräulein mit dem langen Haar?«, fragte der Lehrer.

»Es spricht alles dafür, Herr Dr. Jansen«, antwortete Klose.

»Herr Kommissar, ich werde wachsam bleiben. Irgendwann überführe ich den Mörder«, versprach der Oberstudienrat verbissen.

»Auch wir werden uns alle Mühe geben. Kann ich Ihr Tagebuch für eine kurze Zeit ausleihen?«, fragte Klose.

»Ja. Studieren Sie bis Mittwoch die Seiten, dann muss ich es weiterführen.«

Der Kommissar griff zur Bierflasche und füllte sein Glas. Er beobachtete, wie auf der Corvitflasche das Eis schmolz und Tropfen den Tisch nässten.

»Herr Dr. Jansen, schenken Sie mir einen Klaren ein«, sagte er. »Er wird mir gut tun.«

Es war bereits zehn Uhr abends, als der Kommissar nach Hause kam. Seine Frau war schon zu Bett gegangen. Die Betreuung des kleinen Sohnes war manchmal recht anstrengend. In der letzten Zeit schlief er nachts zwar durch, doch pünktlich gegen sechs Uhr in der Frühe fing er an zu schreien und hörte so lange nicht auf, bis sich die Mutti um ihn kümmerte.

Klose holte eine Flasche Bier aus dem Kühlschrank und setzte sich im Wohnzimmer in einen Sessel. Er schlug das Tagebuch des Lehrers auf und las. Auch Dr. Jansen belastete Baumann – wie Jürgen Kniping. Es war unfassbar! Die Beschreibung des älteren Diskobesuchers ließ keine andere Deutung zu. War dieser ausgebildete Pädagoge und beamtete Studienrat Baumann der Diskomörder, der seine Schülerinnen wie eine Bestie umgebracht hatte? Hatte er das Vertrauen, das ihm die Mädchen entgegenbrachten, auf solch eine abscheuliche Art missbraucht? Wäre Andrea Onnenga das gleiche Schicksal widerfahren, wenn sie nicht die Abwehrwaffe zur Hand gehabt hätte?

Der Kommissar trank Bier und steckte sich eine Pfeife an. Nachdenklich schaute er hinter dem Rauch her, der sich in feine Fäden auflöste. Wusste der Sohn des Diskobetreibers mehr, als er ihnen gesagt hatte? Davon konnte Klose ausgehen. Der Junge hatte Angst! Sein plötzlicher Ehrgeiz, sich sportlich zu stählen, seine Besuche im Bodybuildung-Center wiesen in diese Richtung.

Baumann ist die Bestie!, dachte Klose schaudernd. Der Mann ist verrückt! Dieser abartige Lehrer will in der Gesellschaft als geachteter Bürger bestehen und erhofft sich Hilfe von einem Psychiater! Klose stand auf und holte sich eine weitere Flasche Bier. Baumann zählt als Lehrer zu den Intellektuellen und ist sehr sensibel, überlegte er weiter. Er wird unsere Schritte beobachten und sich nicht in eine simple Falle locken lassen. Er tötete aus einem inneren Drang heraus, ohne sich selbst der geringsten Gefahr auszusetzen! Seine Opfer sind Mädchen mit langen Haaren, die schön sind! Mein Gott, wir haben Otto Jutze fast blind in die Mörderrolle gedrängt.

Morgen Früh wollte er handeln, das nahm er sich vor.

Der Lehrer stellte eine Gefahr dar, und Otto Jutze war nur zufällig in die Recherchen der Polizei geraten. Doch wo hatte Baumann die Leichen gelassen? Als Lehrer konnte er sich seine unterrichtsfreie Zeit selbst einteilen. Er fuhr einen Wagen und besaß damit eine große Bewegungsfreiheit. Bis hin zu den benachbarten Großstädten Wilhelmshaven, Oldenburg und Bremen konnte er sich in etwas mehr als einer Stunde Ablagerungsmöglichkeiten für die Leichen gesucht haben. Hinzu kam das weite Küstenland Ostfrieslands. Sie waren bei ihrer Suche nach den vermissten Mädchen stets davon ausgegangen, dass der Täter versucht hatte, sich so schnell wie möglich seiner Opfer zu entledigen. Doch ihre Suchaktionen im Nahbereich waren höchstwahrscheinlich umsonst gewesen.

Der Kommissar trank sein Bier, grübelte und rauchte. Doch schließlich schabte er den Pfeifenkopf aus, löschte die Lichter und schlich in das Schlafzimmer, bemüht, weder den Jungen noch Alma zu wecken.

Der Kommissar war früh zum Dienst gefahren. Er rief sofort den Staatsanwalt in Oldenburg an und vereinbarte mit ihm einen Termin. Als sein Assistent Poppinga erschien, war der Dienstwagen bereits aufgetankt, und die Reiseformulare waren ausgefüllt.

Poppinga staunte nicht schlecht, als der Kommissar ihm mitteilte, dass Dr. Ewening sie um elf Uhr in seinem Büro erwartete. »Chef, nehmen Sie es mir nicht übel, wenn ich ein paar Fragen habe«, sagte der Assistent und griff nach dem Telefon. Er rief zu Hause an und teilte seiner Freundin mit, dass er nicht wie vereinbart zum Mittagessen käme.

»Hinni, komm. Dr. Jansen führt zwar das Leben eines eigenwilligen Kauzes, aber seine Beobachtungen belasten den Lehrer Baumann schwer und entlasten Otto Jutze. Vielleicht sieht Jansen Gespenster, aber ohne die Entscheidung des Staatsanwaltes können wir nichts unternehmen«, erklärte er.

»Na ja, wir haben wenigstens gutes Reisewetter«, meinte der Assistent, als er seinem Vorgesetzten zum Wagen folgte.

Staatsanwalt Dr. Ewening empfing die Beamten in seinem Dienstzimmer.

»Herr Kommissar, Sie versprachen am Telefon, mir Beweismaterial vorzulegen. Ich habe mir noch einmal die Protokolle vorgenommen. Dieser Jürgen Kniping belastet in der Tat seinen Lehrer«, sagte der Staatsanwalt.

»Ich habe die entsprechenden Seiten des Tagebuches mit der Erlaubnis von Oberstudienrat Dr. Jansen fotokopiert.« Klose griff in seine Tasche und legte dem Staatsanwalt die Fotokopien vor.

»Sie gestatten?«, fragte Dr. Ewening und las die Seiten durch. Nach einer Weile hob er den Kopf. »Ist Dr. Jansen Trinker?«, fragte er.

»Er ist kein Alkoholiker. Er versucht nur auf seine Art mit dem Kummer und Leid fertig zu werden. Dazu gehören eben auch einige Klare, die er abends zu sich nimmt«, meinte der Kommissar.

»Die vermissten Mädchen waren alle Schülerinnen des Studienrates Baumann. Sie trugen ihr Haar lang und sahen gut aus«, schaltete Poppinga sich ein.

»Sie meinen also, es handelt sich nicht um Zufallsmorde«, erwiderte Dr. Ewening.

»Meines Erachtens hat der Mörder seine Verbrechen eiskalt geplant, die Opfer vorher bestimmt. Sie sind zu ihm in den Wagen gestiegen, und zwar auf dem Rasenstreifen vor dem Wald«, sagte der Kommissar.

»Aber der Überfall auf diese Andrea Onnenga fällt total aus dem Rahmen«, warf der Staatsanwalt ein.

»Das Mädchen kam nur deshalb mit dem Leben davon, weil es das Verteidigungsspray Defenol CS einsetzte. Die Täterbeschreibung gibt zwar nicht viel her, entlastet den Lehrer aber auch nicht«, sagte der Kommissar.

Dr. Ewening scheute keinen Ärger, keine Mühen und keine Opfer, wenn es um die Verfolgung von Verbrechen ging. Dennoch war ihm nicht ganz wohl bei dieser Sache.

»Haben Sie dem Lehrer Ihre Vorwürfe vorgetragen?«, fragte er.

»Nein. Wir hatten allerdings ein Gespräch mit ihm«, sagte Poppinga.

»Herr Jutze wird entlastet. Bundesweit gab es keine weiteren Disko-Opfer«, murmelte der Staatsanwalt vor sich hin, als wolle er zu einer Entscheidung gelangen.

»Herr Staatsanwalt, Herr Baumann hielt sich öfter in Stade auf. Eine Achse Stade – Jever besteht«, berichtete Poppinga.

»Meine Herren, Sie sind sich darüber im Klaren, dass der Untersuchungsrichter den Haftbefehl nur dann unterschreiben wird, wenn Ihr Belastungsmaterial eindeutig den Lehrer als den mutmaßlichen Täter ausweist. Eine Inhaftierung bedeutet für einen Pädagogen zuerst einmal das totale Aus. Selbst eine spätere Rehabilitierung könnte das Ansehen des Mannes nicht mehr retten«, sagte der Staatsanwalt.

»Baumann ist in psychiatrischer Behandlung«, erwiderte Poppinga. »Eine Überprüfung des Geisteszustandes des Lehrers, abgeleitet aus der Fürsorgepflicht der Behörde, aufgrund des Attests des Psychiatrie-Professors, wäre auch ein Weg, den allerdings gewerkschaftlich orientierte Lehrer zu einer Kampagne gegen ihren Dienstherrn ausschlachten könnten.«

»Damit könnte aus einem Verdächtigen ein Ankläger werden«, sagte der Staatsanwalt.

»Und was schlagen Sie vor?«, fragte Poppinga.

»Sprechen Sie noch einmal mit dem jungen Mann. Kniping ist unser Hauptbelastungszeuge. Danach suchen Sie Herrn Eike Baumann auf. Konfrontieren Sie ihn mit den Verdachtsmomenten gegen ihn, und protokollieren Sie seine Aussagen. Vielleicht verstrickt er sich in Widersprüche, die wir dann zusätzlich verwerten können«, sagte der Staatsanwalt. Die Kriminalbeamten waren nicht sonderlich glücklich über die Zeit raubende Lösung, obwohl ihnen die Brisanz des Falles bewusst geworden war. Der Staatsanwalt dachte nicht nur menschlich, sondern er entschied nach dem Motto, den zweiten Schritt nicht vor dem ersten zu tun.

Am Freitag, dem 18. November, war der Himmel wolkig, und gelegentlich regnete es. Die Beamten saßen im Dienstzimmer vor den Akten.

»Hinni, suchen wir Jürgen Kniping noch einmal auf. Immerhin war er es, der uns half, Lehrer Baumann auf die Spur zu kommen. Diese mögliche Männerliebe, die sich mit den üblichen Geziertheiten zu dramatisieren beginnt, gibt mir zu denken«, sagte der Kommissar.

Der Assistent lachte. »Lambda sucht Lambda«, meinte er ironisch.

»Hinni, rümpfen wir nicht die Nase. Wir müssen die Morde endgültig aufklären, und bewiesen ist so gut wie nichts«, sagte der Kommissar.

»Richtig. Kniping junior und Dr. Jansen sind unsere Zeugen«, erwiderte Poppinga.

»Fahren wir zu Kniping. Er befindet sich in der Tankstelle«, schlug der Kommissar vor.

Sie erreichten die Tankstelle und parkten neben der Waschanlage. Die Zapfsäulen waren verwaist. Der Meister und der Auszubildende standen im kleinen Anbau unter einem hochgehievten Wagen. Sie trugen Overalls mit dem Werbeschriftzug der Benzinmarke und bearbeiteten die Radaufhängung des Wagens. Der Meister blickte nur kurz auf, als die Beamten sich der Hebebühne näherten. Jürgen Kniping aber legte das Werkzeug ab und kam den Polizisten entgegen. Er lächelte kumpelhaft.

»Sie wollen zu mir?«, fragte er und rieb seine ölverschmierten Hände an seinem Arbeitsanzug.

»Herr Kniping, Sie haben Ihren ehemaligen Lehrer mehrmals beobachtet und ihn mit Ihren Aussagen schwer belastet. Wir müssen Sie als Hauptzeugen der Staatsanwaltschaft nennen«, sagte der Kommissar.

»Sie haben meine Aussagen protokolliert«, erwiderte der junge Mann.

Der Meister blickte neugierig zu den Beamten herüber.

»Ist was?«, rief er.

»Nichts Besonderes«, antwortete Poppinga.

»Herr Kniping, Sie sind im Dienst. Wir besuchen Sie am besten ein andermal. Wann passt es Ihnen?«, fragte der Kommissar.

»Heute Abend habe ich Training. Haben Sie auch samstags Dienst?«, fragte er grinsend.

»Ja, wenn Sie nichts dagegen haben, dann sprechen wir uns morgen gegen elf Uhr«, schlug Klose vor.

»Und wo?«, fragte Jürgen Kniping.

»Das überlassen wir Ihnen«, meinte der Kommissar.

»Gut, ich melde mich bei Ihnen im Amt«, sagte der junge Mann.

»Bis dann«, verabschiedete sich der Kommissar, dann verließen er und Poppinga die Werkstatt.

Sie kamen an einem alten VW-Bus vorbei, der neben der Tankstelle auf dem Rasen stand. Ohne sonderliches Interesse schaute der Kommissar auf das weiße Schild, das im Seitenfenster angebracht war. Er las: *Zu verkaufen. TÜV zwei Jahre. Preis 800,– DM.*

Am späten Nachmittag hatte der Wind aufgebrist. Schwarze Wolken trieben über die Küste und entluden sich in unregelmäßigen Abständen. Die Beamten gingen über den Mooshütter Weg zur Bismarckstraße, überquerten die Bahnhofstraße und gelangten von dort zur Schoonstraße.

»Baumann ist zumindest nicht verreist«, sagte Poppinga und zeigte auf den dunkelblauen VW-Caravelle.

»Er besitzt einen VW-Bus?«, fragte der Kommissar überrascht.

»Chef, was überrascht Sie daran? Er ist Lehrer! Denken Sie an die Ferien! Drüben beim Karl-Jaspers-Gymnasium stehen die Dinger massenweise, oft noch mit angehängten Surfbrettern«, antwortete Poppinga.

»Hinni, bitte nicht so gehässig! Ich möchte kein Pauker sein!«, sagte der Kommissar. Er drückte auf die Klingel, und wenig später summte der Türöffner.

»Na, also«, sagte Poppinga.

Sie stiegen die Treppe hoch. Baumann stand auf dem Flur und blickte sie überrascht an.

»Was wollen Sie denn nun schon wieder?«, fragte er unfreundlich.

»Herr Baumann, wie immer, ein paar Fragen«, antwortete der Kommissar und lächelte freundlich.

Baumann reichte den Beamten nicht die Hand. Er blieb vor seiner Wohnungstür stehen und wartete.

»Herr Baumann, ich habe einen leichten Hörschaden und spreche daher etwas laut. Gehen wir lieber rein«, schlug der Kommissar vor.

Der Lehrer hielt ihnen die Tür auf.

»Bitte«, sagte er. »Nehmen Sie Platz. Da Sie nun einmal da sind, will ich gerne einen Tee aufbrühen«, sagte er höflich.

»Danke«, erwiderte Poppinga.

»Herr Baumann, der mutmaßliche Täter ist dabei, uns seine Unschuld zu beweisen. Und nun geraten Sie an seiner Stelle in Verdacht«, berichtete der Kommissar, während er sich setzte.

Der Lehrer starrte die Beamten fassungslos an. Sein Gesichtsausdruck änderte sich schlagartig. Plötzlich war blanker Hass in seinen Augen zu erkennen. »Sie wagen es, mich einen Mörder zu schimpfen!«, schrie er.

»Langsam, beruhigen Sie sich! Sie bekommen Gelegenheit, zu dem Verdacht Stellung zu nehmen!«, sagte Poppinga mit fester Stimme.

Der Lehrer atmete schwer.

»Herr Baumann, niemand schimpft Sie einen Mörder. Es liegt doch in Ihrem Interesse, dass Sie zuerst einmal erfahren, was der Staatsanwalt gegen Sie vorbringen könnte. Sie sind Studienrat und kennen Ihre staatsbürgerlichen Pflichten. Unsere Ermittlungen sind legal und werden von Juristen überprüft«, sagte der Kommissar.

Baumann schaute die Beamten an, als hätte der Satan sie persönlich ausgewählt, ihn, den gestressten Lehrer, zusätzlich zu quälen. Er zitterte, als er böse sagte: »Walten Sie Ihres Amtes.«

»Herr Baumann, wir haben einen Zeugen, der aussagt, und das glaubhaft, dass er Sie immer dann auf dem Diskogelände und am Rande des Waldes gesehen hat, wenn später ein Mädchen vermisst wurde«, trug der Kommissar vor.

»Und dieser Zeuge heißt Jürgen Kniping. Vor lauter Hassliebe will er mich vernichten!«, zischte der Lehrer.

»Herr Baumann, Sie deuteten diesen Gedanken bereits beim vorigen Besuch an, doch es war nicht nur Jürgen Kniping, der Sie beobachtet hat. Der Zeuge ist mehr als glaubwürdig und kennt Sie nicht einmal persönlich«, sagte Poppinga.

Der Studienrat war enttäuscht. Er rieb nervös seine Hände. »Aber ich habe doch keinen Hehl daraus gemacht und Ihnen mitgeteilt, dass ich mich des Öfteren im Restaurant Torfhaus aufgehalten habe, um Jürgen zu treffen«, sagte er.

»Herr Baumann, am Freitag, dem 11. November, besuchten Sie das Torfhaus und auch die Disko, die Sie gegen Mitternacht verließen. Sie befanden sich auf der Jagd nach einem weiteren

Opfer. Sie rissen eine Schülerin vom Fahrrad. Die Zeugin überlebte nur, weil sie eine Sprühdose besaß und Sie damit für eine halbe Stunde außer Gefecht setzen konnte. Das Mädchen fühlte bereits Ihre Hand an den Schenkeln, kam aber mit einem Schock davon«, erzählte der Kommissar.

Der Lehrer atmete auf, und sein Gesicht bekam wieder Farbe. Er lächelte einlenkend. »So war es nicht«, entgegnete er gelassen.

»Sondern?«, fragte der Kommissar.

»Ich hatte einen über den Durst getrunken. Ich torkelte nach Hause. Plötzlich hörte ich ein Klingeln und fuhr herum. Um nicht regelrecht überfahren zu werden, habe ich nach dem Lenker gegriffen und bin gestürzt, und meine Hand landete ohne Absicht unter dem Rock des Mädchens.«

»Herr Baumann, das ist Ihre Version. Unsere lautet anders. Sie haben nach dem Verlassen der Disko noch kurz Ihren Wagen aufgesucht und sind danach über den Fahrradweg in Richtung Jever gegangen. Sie lauerten dem Mädchen auf, ließen das Opfer dann aber laufen, weil das ausgesprühte Tränengas Ihnen das Sehvermögen nahm. Sie haben sich in den Büschen versteckt und sind dann zurück zu Ihrem Wagen gegangen und nach Hause gefahren«, sagte der Kommissar.

Baumann sprang auf. »Sie glauben mir nicht! Sie glauben Jürgen! Sie wollen mich fertig machen!«

Er stürzte an die Schrankwand, riss eine Schublade auf und hielt plötzlich eine Waffe in der Hand. Grinsend lehnte er sich an die Bücherwand und richtete die Waffe auf den Kommissar. Klose erkannte, dass es eine Beretta 92 F war, und erschrak.

»Ich kann schießen. Ich habe es gelernt, beim Bund! Ich habe auf Pappkameraden geschossen.« Baumann lachte irr. »Wenn es sein soll, dann ist die letzte Kugel für mich«, sagte er.

»Herr Baumann, lassen Sie den Unfug«, verlangte Poppinga ganz ruhig.

Die Beamten wussten, dass sie diesen Mann nicht weiter reizen durften.

Ihnen trat der Angstschweiß auf die Stirn, denn sie blickten direkt in die Mündung, die Baumann nun hin und her zu schwenken begann.

»Ich halte das nicht aus! Vielleicht bin ich verrückt! Auch Sie sind verrückt! Los, stehen Sie auf! Heben Sie die Hände hoch!«, schrie er.

Er entnahm der Schublade eine Brieftasche, die er einsteckte, danach stieß er die Beamten vor sich her zum Schlafzimmer. Dort zog er eine Jacke über und nahm von einem Haken an der Wand seine Autoschlüssel.

»Los, nach unten!«, befahl er.

Er verschloss seine Wohnung und trieb die Beamten durch das Treppenhaus. Als sie unten angekommen waren, sagte er: »Sie bleiben hier. Ich schließe die Haustür ab! Damit es nicht zu einer Katastrophe kommt, brauche ich einen Zeitvorsprung.«

Baumann öffnete die Haustür, steckte die Waffe ein und zog die Tür hinter sich zu. Die Beamten hörten, wie sich der Schlüssel im Schloss drehte. Der Kommissar atmete auf.

»Auweia! Das hätte ins Auge gehen können«, seufzte er und setzte sich auf die Treppe.

»Der ist durchgedreht!«, sagte Poppinga.

»Daran besteht kein Zweifel«, pflichtete der Kommissar ihm bei.

Sie hörten, wie die Tür des Wagens laut zuschlug, der Motor ansprang und der VW-Bus sich entfernte. Poppinga fühlte noch das Zittern seiner Beine.

»Chef, es hätte nicht viel gefehlt, und der Pauker hätte geschossen«, sagte er und ging nervös im Flur auf und ab.

»Hinni, er hat drei Mädchen auf dem Gewissen. Eine traurige Bilanz. Ich wüsste gerne, wo er nun hinfährt. Viele Anlaufstationen kann es für ihn nicht geben«, sagte der Kommissar, bemüht, seine Ruhe wiederzuerlangen.

»Chef, vielleicht erschießt er sich in seiner Verzweiflung irgendwo«, überlegte Poppinga.

»Auch Verbrecher hängen am Leben«, erwiderte Klose. Er erhob sich von der Treppenstufe und ging zur Tür. Sie konnten sie von innen nicht öffnen.

»Chef, wir haben Zeit. Er soll seinen Vorsprung haben«, meinte Poppinga.

Es dauerte nicht lange, bis die Tür von außen geöffnet wurde. Ein Mann, vielleicht ein Angestellter, kam nach Hause. Er sah den Beamten irritiert nach, die grußlos an ihm vorbeigingen. Plötzlich hatte Poppinga es eilig. Einerseits sah es nach Regen aus, andererseits erforderte die Flucht des mutmaßlichen Täters schnelles Handeln.

»Hinni, du rennst, als wolltest du den Bus zu Fuß einholen!«, stöhnte der Kommissar.

Um diese Zeit war die Stadt voller Menschen, die emsig irgendwelchen Geschäften nachgingen. Auf dem Alten Markt standen die Busse, die die Stadtbesucher und Pendler nach Hause brachten.

Während der Kommissar schweigend neben Poppinga zum Revier zurückging, dachte er über das Schicksal des Lehrers nach. Was war schief gelaufen in seinem Leben? Er hatte sich immerhin eine gute Position erkämpft. Selbst ohne weiteren Aufstieg gehörte er einer angesehenen und materiell abgesicherten Bürgerschicht an. Dennoch war er zu einer Bestie geworden. Er durfte ihnen nicht entwischen!

Klose betrat das Dienstzimmer und griff sofort nach dem Telefonhörer, um die Staatsanwaltschaft anzurufen. Er schaute auf die Uhr. In wenigen Minuten war es sechs Uhr abends. Schließlich meldete sich die Telefonzentrale in Oldenburg.

»Ich muss dringend Dr. Ewening sprechen«, sagte Klose.

»Der Herr Doktor befindet sich in einer Besprechung«, teilte die Sekretärin mit.

»Richten Sie ihm aus, dass wir auf seinen Rückruf warten. Es handelt sich um den Diskomörder«, erwiderte der Kommissar und legte den Hörer auf.

Für Sekunden blickte er sinnend durch das Fenster in den dunklen Wolkenhimmel. Ihm war das Zuschlagen der Autotür wieder eingefallen, das nicht sonderlich blechern zu ihnen in den Hausflur gedrungen war. Dr. Jansen hatte das Geräusch erwähnt und ihm eine Bedeutung beigemessen. Hatte der Oberstudienrat diesen dumpfen Schlag vernommen, als er auf dem Friedhof war? War es die Tür des Wagens des flüchtigen Lehrers gewesen, die er auch vor der Disko vernommen hatte?

Das Telefon klingelte. Der Kommissar nahm den Hörer ab. »Klose, Kripo Jever«, meldete er sich.

Es war Dr. Ewening.

»Herr Staatsanwalt, Studienrat Baumann hat uns mit einer Schusswaffe bedroht und ist nun flüchtig. Wir benötigen sofort einen Haftbefehl«, sagte Klose.

»Herr Kommissar, der Untersuchungsrichter ist noch im Hause. Ich werde morgen zu Ihnen kommen und den Haftbefehl mitbringen«, versprach der Staatsanwalt.

Klose legte den Hörer auf und atmete tief durch. Er hörte, wie der Wind den Regen gegen das Fenster warf.

»Chef, die Fahndung läuft«, sagte Poppinga, der gerade ins Zimmer kam.

»Verfasse das Protokoll, Hinni. Es gibt noch einiges zu tun«, ordnete Klose an.

Es war bereits halb neun, als sie die Akten verschlossen und sich müde auf den Heimweg machten.

Am Samstagmorgen bereitete Klose das Frühstück zu, während seine Frau den Kleinen versorgte. Er hörte, wie sie ihn im Kinderzimmer herzte. Seine banale Küchenarbeit kam ihm an diesem Tag richtig feierlich vor.

Die Entlarvung des Diskomörders war sein bisher größter Berufserfolg, aber auch seine erste große Herausforderung. Doch noch war der Fall nicht abgeschlossen.

Seine Frau betrat die Küche. »Helmar, ich bin stolz auf dich«, sagte sie und küsste ihn.

»Heute Abend machen wir es uns gemütlich«, versprach der Kommissar und setzte sich mit seiner Frau an den gedeckten Tisch.

Sie frühstückten in Ruhe und besprachen den Einkauf, denn um ein Uhr schlossen die Geschäfte. Nach dem Frühstück fuhr Klose gleich in die Stadt und besorgte alles, was auf seiner Liste stand. Als er danach das Revier aufsuchte, saß sein Assistent bereits an der Schreibmaschine.

»Chef, da gibt es nichts mehr dran zu rütteln. Der Baumann ist die Bestie. Wenn wir auch nur ein Sterbenswörtchen hätten verlauten lassen, dann würde es jetzt in Jever von Reportern wimmeln«, sagte Poppinga.

»Hinni, nur das nicht. Sollen die hohen Herren in Oldenburg den Zeitpunkt und Inhalt der Erklärungen bestimmen«, erwiderte Klose.

Das Telefon klingelte. »Kripo Jever, Klose«, meldete sich der Kommissar.

»Hier ist Staatsanwalt Dr. Ewening. Der Untersuchungsrichter hat den Haftbefehl unterschrieben. Die Vollstreckung müssen wir allerdings aussetzen. Studienrat Baumann hat sich in die Obhut seines Arztes, Professor Milters, begeben. Der Lehrer ist vernehmungsunfähig und befindet sich in einer Klinik«, berichtete der Staatsanwalt.

»Dann ist er in der Tat verrückt«, fand Klose.

»Herr Kommissar, sagen wir, er ist krank. Ich bedanke mich hiermit für Ihren Einsatz.«

»Unser Protokoll geht heute per Post an Sie ab«, sagte der Kommissar.

»Danke, bis später. Schönes Wochenende.«

Klose legte den Hörer auf. »Hinni, der Baumann befindet sich in einer Anstalt. Blase die Suchmeldung ab«, ordnete er an.

»Chef, der junge Kniping kommt noch«, erinnerte Poppinga ihn und verließ das Dienstzimmer.

Richtig! Sie mussten seine Anschuldigungen noch in ein Konzept bringen, denn Jürgen Kniping war ihr Hauptbelastungszeuge.

»Chef, wie wäre es jetzt mit einem Tee?«, fragte der Assistent, als er nach einigen Minuten zurückkam.

»Eine gute Idee«, antwortete der Kommissar. Poppinga setzte den Wasserkessel auf. »Für drei Personen«, fügte Klose hinzu und blickte auf die Uhr. Es war kurz vor elf Uhr.

Jürgen Kniping erschien pünktlich. »Moin«, sagte er freundlich. Er trug eine Ausgabe des *Jever-Anzeigers* unter dem Arm, öffnete seine teure Goretex-Jacke und setzte sich lässig auf den ihm angewiesenen Besucherstuhl. »Nun soll ja der Winter kommen«, sagte er.

»Eine Tatsache, auf die Tankstellen und Autowerkstätten sich doch bestimmt schon eingerichtet haben. Mit Winterreifen, Frostschutzmitteln und vielem mehr«, vermutete der Kommissar lächelnd.

»Herr Kommissar, ich habe wenig Zeit. Ich habe mir gerade einen tollen Schlitten angesehen, den ich mir kaufen will. Dem Besitzer ist die Kohle ausgegangen. Arbeitslos, verstehen Sie. Meine alte Karre bin ich günstig losgeworden«, erzählte Jürgen Kniping stolz, dessen Selbstvertrauen anscheinend stark zugenommen hatte. Er war nicht im Entferntesten mehr der blasse Schüler aus der Klasse des Herrn Baumann.

»Wir haben für Sie eine Tasse Tee mit aufgebrüht«, sagte der Assistent.

»Das finde ich echt geil«, meinte Kniping und rückte seinen Stuhl an die Schreibtischkante.

Poppinga brachte das Geschirr. Er holte Sahne und Kluntjes und servierte den Tee. Kommissar Klose stopfte sich eine Pfeife. Er hielt ein Streichholz an die Füllung und paffte. Da niemand sprach, wurde der eilige Gast unruhig.

»Ich denke, Sie haben Fragen?«, drängte er nach einer Weile.

»Herr Kniping, Ihnen verdanken wir Informationen über die Anwesenheit Baumanns auf Ihrem Diskogelände und in der angrenzenden Waldzeile zu den besagten Tatzeiten. Wären Sie bitte so freundlich, uns noch einmal in der Reihenfolge des Verschwindens der Opfer die verdächtige Anwesenheit des Herrn Baumann zu bestätigen?«, fragte Poppinga.

»Das habe ich Ihnen doch alles bereits vorgetragen und zum Teil unterschrieben. Bitte beeilen Sie sich. Ich habe einen Termin bei dem Verkäufer des Wagens. Ich will die Karre erwerben«, sagte Kniping.

»Na! Sie haben doch schon alles besprochen, oder?«, meinte der Kommissar.

»Man kann nie wissen, ob jemand nicht im nächsten Moment seine Meinung wieder ändert«, sagte Kniping.

»Aber, Herr Kniping, Sie kommen doch vom Fach. Einen Gebrauchten loszuwerden, das ist eine Kunst. Kaufen, das geht sehr schnell«, widersprach der Kommissar.

»Dennoch, das ist ein Schnäppchen«, beharrte Kniping.

»Und was für einen Wagen haben Sie vorher gefahren?«, erkundigte sich Klose interessiert.

»Ich besaß einen alten VW-Bus, den wir fast zehn Jahre für den Hotelbetrieb genutzt hatten«, sagte er.

»War das der Wagen, der auf dem Tankstellengelände stand, mit dem Verkaufsschild am Fenster?«, fragte der Kommissar.

»Den bin ich für achthundert Mark losgeworden«, antwortete Kniping und grinste, als sei das ein gutes Geschäft gewesen.

»Und wer hat ihn gekauft?«, fragte Poppinga.

»Der Sohn eines Pfarrers. Er will mit dem Wagen seinen Umzug von Wattwarfen nach Freiburg machen. Er ist ein Bastler«, sagte er.

»Nun, Herr Kniping, Ihre Zeit ist knapp bemessen. Deshalb eine Frage, die die Schülerin Andrea Onnenga betrifft. Andrea verließ mit dem Fahrrad die Disko. Herr Baumann war bereits vorher zu Fuß nach Hause gegangen. Haben Sie ihn an diesem Abend gesehen?«

»Ja, er hatte seinen Wagen vor unserem Hotel geparkt. Am Morgen war der Wagen nicht mehr da. Ich nehme an, dass der Lehrer ihn in der Nacht noch abgeholt hat«, berichtete Kniping. Er schaute den Assistenten böse an, der mitschrieb. »Was soll das eigentlich? Handelt es sich hier etwa um ein Verhör?«, fragte er kess.

»Herr Kniping, da ist noch etwas. Wir haben den Gesprächen, die wir mit Ihrem ehemaligen Lehrer führten, entnommen, dass er eine engere Beziehung zu Ihnen wünschte. Ist Herr Baumann … homosexuell?«, fragte der Assistent.

Jürgen Kniping blickte die Beamten verlegen an und wurde rot.

»Bei mir hat er es noch nicht versucht«, sagte er und fuhr fort, als die Beamten schwiegen: »Aber ich glaube, er hasst Frauen.«

»Und Sie?«, fragte der Kommissar.

»Ich stehe auf Mädchen. Ich lasse mir Zeit. Es muss die Richtige kommen. Eine für das Geschäft, verstehen Sie? Und dann ist da ja noch die Geschichte mit dem Aids«, sagte er und spielte mit der Zeitung, als wolle er andeuten, dass sein Termin näher rückte.

»Viele Schülerinnen ließen durchblicken, dass Studienrat Baumann zwar etwas verklemmt war, aber trotz des Altersunterschiedes gerne mit ihnen flirtete«, bemerkte der Kommissar.

»Vielleicht zur Tarnung«, meinte Kniping schnippisch.

»Herr Kniping, der Studienrat lebt hier in Jever sehr zurückgezogen. Sie sind der Einzige, der uns etwas mehr über ihn erzählen kann«, meldete Poppinga sich wieder zu Wort.

»Das sehen Sie falsch. Wenn ich seinen steten Bemühungen, mich zu treffen, nachgekommen wäre, dann hätte ich möglicherweise mehr über ihn erfahren«, sagte Kniping.

»Herr Kniping, eine weitere Frage – die letzte, damit Ihnen Zeit bleibt, den Traumwagen zu kaufen.«

Jürgen Kniping rutschte unruhig auf seinem Stuhl hin und her und wippte nervös mit dem rechten Bein. »Ich höre«, sagte er, bemüht, sich zu konzentrieren.

»Halten Sie es für möglich, dass der Studienrat nachts den Friedhof aufsucht?«, fragte der Kommissar.

Kniping bemühte sich, seine Betroffenheit zu verbergen. Er wischte sich über die Stirn, als wolle er unsichtbaren Schweiß entfernen. »Hat ihn jemand gesehen? Vielleicht ist er verrückt geworden«, meinte er schließlich.

»Beides könnte zutreffen«, antwortete Poppinga.

»Und warum fragen Sie Herrn Baumann nicht selbst?«, fragte Kniping, der sich wieder gefasst hatte. Er benutzte die Zeitung als Fächer und stand auf.

»Herr Kniping, Herr Baumann befindet sich in einer Anstalt. Er steht unter dem Verdacht, die vermissten Mädchen ermordet zu haben und die Schülerin Andrea Onnenga auf dem Fußweg in die Stadt vom Fahrrad gerissen zu haben«, sagte der Kommissar.

Kniping setzte sich wieder auf den Stuhl. Er presste die Zeitung mit seinen starken Oberarmmuskeln an seinen Körper. »Dann war er die Bestie! Er ist verrückt!«, rief er schadenfroh.

»Herr Kniping, unterschreiben Sie bitte unseren Bericht, denn Ihre aufmerksamen Hinweise haben uns geholfen, den Lehrer zu überführen«, sagte der Kommissar.

»Es dauert nur wenige Minuten.« Poppinga stand auf, setzte sich an die Schreibmaschine und ergänzte den Bericht. Als Poppinga Kniping die Akte vorlegte, unterschrieb dieser, ohne den Text zu lesen.

Er hatte es eilig. Er wollte sein Traumauto erwerben.

Für Dr. Jansen war der Totensonntag, am 20. November, ein recht trauriger Tag. Der Winter war angebrochen und hatte über die Gräber eine weiche Schneedecke gelegt, aus der Gestecke und Blumen hervorlugten.

Im Schneegestöber hatte Jansen den Friedhof aufgesucht, doch dann hatte ein frostiger Wind die Wolken vertrieben, und nun schien die Sonne über dem verzauberten, in Kälte erstarrten Friedhof.

Auch Klose besuchte am Totensonntag den Friedhof. Sein kleiner Sohn und Alma waren wegen der strengen Kälte zu Hause geblieben. Er schritt an den Gräbern vorbei und betrachtete die Lebensbäume und Hecken, die mit Schnee auf den Ästen leicht im Wind wippten.

Am Grab seiner Eltern und Großeltern blieb er kurz stehen, warf einen prüfenden Blick auf die vom Schnee bedeckten Bepflanzungen und dachte für Sekunden an früher. Er war nicht sonderlich fromm und verzichtete auf ein Gebet. Für ihn war der Tod die natürliche Konsequenz des Lebens. Zu seinen beruflichen Pflichten gehörte der Kampf gegen die, die gewaltsam, aus welchen Gründen auch immer, Menschen töteten.

Als er dem Rundweg folgte, sah er einen alten Mann auf der Bank unter der Trauerweide sitzen, der ihm den Rücken zuwandte. Das ist Dr. Jansen, stellte er fest und ging zu ihm.

Der Oberstudienrat saß in winterfester Jägerkleidung auf der Bank und stützte sich auf den Jagdstock. Auf dem Kopf trug er eine Pelzmütze. Sein Gesicht wirkte eingefallen und alt.

»Ach, Sie, Herr Kommissar«, sagte er.

»Guten Tag, Herr Doktor. Die Toten, deren Gräber ich aufgesucht habe, starben nach einem gelebten Leben, nicht sehr alt, aber alt«, sagte der Kommissar.

»Alt ist die Erde, und alt ist die Hoffnung«, erwiderte Dr. Jansen.

»Ohne Optimismus wäre menschliches Leben nicht möglich«, meinte Klose.

»Und der Zustand des Alterns wäre nicht zu ertragen. Übrigens, ich gratuliere Ihnen dazu, dass Sie den Mörder meiner Tochter überführt haben«, sagte er.

»Und Sie erwarten nun noch von mir, dass ich ihre Leiche finde, nicht wahr?«

»Ja! Mein Arzt spricht jetzt von einem Bypass. Er will dem Tod ein Schnippchen schlagen. Die moderne Medizin! Leben verlängern! Aber ich will nicht. Bringen Sie mir die Leiche meiner Tochter. Wenn diese drüben im Grab liegt, benötige ich keinen Bypass mehr«, sagte er.

»Herr Dr. Jansen, saßen Sie hier in der Nacht, als der einsame Besucher an Ihnen vorbeieilte?«, fragte der Kommissar.

»Ja, versunken in Gedanken, die mich auch jetzt fesseln«, antwortete der Lehrer.

»Und die zuschlagende Autotür kann die eines VW-Busses gewesen sein?«, fragte Klose.

»Ja, dieser Baumann besitzt doch einen VW-Bus«, sagte der Lehrer.

»Das ist richtig. Auch ich vernahm das Zuschlagen seiner Wagentür an einer anderen Stelle. Es war aber nicht so blechern, wie Sie es darstellten«, erzählte der Kommissar.

»Herr Kommissar! Ich war vom langen Warten vor der Disko ermüdet und vom Corvit leicht betäubt«, gab der Oberstudienrat zu bedenken.

»Herr Dr. Jansen, wir werden uns weiterhin bemühen. Auf Wiedersehen!« Der Kommissar hob die Hand zum Gruß und ging zum Ausgang des Friedhofes.

Am Mittwoch, dem 22. November, fuhr der Staatsanwalt vor dem Revier in Jever vor. Er blickte kurz zum Schloss hinüber. Die Bäume trugen Reif. Über Jever lag ein blauer Himmel, und der kalte Ostwind drang durch Dr. Ewenings Mantel. Fröstelnd betrat der Staatsanwalt das Gebäude und suchte das Dienstzimmer von Kommissar Klose auf.

»Moin«, sagte er und hängte seinen Mantel an die Garderobe.

»Soll ich einen Tee zubereiten?«, fragte Poppinga.

»Das wäre mir schon recht. Hier in Jever schmeckt der Tee besser als in Oldenburg«, antwortete Dr. Ewening.

»Das liegt am Wasser«, meinte der Kommissar.

Poppinga setzte den Wasserkessel auf. Der Staatsanwalt nahm den Besucherstuhl und setzte sich seitlich an den Schreibtisch. Er öffnete sein Köfferchen und legte Akten auf die leere Schreibtischkante. »Studienrat Baumann wurde vor einigen Jahren selbst das Opfer einer Vergewaltigung in Hannover. Ein Ausländer verging sich an ihm. Wir haben die Akte eingesehen. Der Täter konnte nicht ermittelt werden. Zu der Zeit hatte der Studienrat eine feste Freundin, die sich bald von ihm abwandte, weil er beim Beischlaf versagte. Und hier liegt wohl der Grund für seine Abartigkeit. Er suchte, so schilderte ein Gutachter glaubwürdig, in depressiven Phasen junge Mädchen als Testpersonen, um seine verlorene Männlichkeit zurückzugewinnen. Das ist eine Version. Dagegen pocht Professor Milters aus Stade, Dozent an der Uni Hamburg, auf die Ergebnisse seiner Hypnosesitzungen. Er weist auf Tonbandaufzeichnungen hin. Für ihn ist der Lehrer nicht der Täter, sondern eher ein Opfer«, trug der Staatsanwalt vor. Poppinga servierte den Tee. »Herr Staatsanwalt, die Argumente der streitenden Gutachter interessieren mich, ehrlich gesagt, nicht sehr. Wir haben recherchiert. Die Ergebnisse sind eindeutig«, sagte er.

»Aber es ergeben sich Widersprüche. Ihre Kollegen vom Landeskriminalamt haben den VW-Bus des Lehrers nach Spuren abgesucht. Sie haben den Wagen fast auseinander genommen. Sie haben das ›Leukomalachit grün‹ gesprüht, das in einem Emdener Kapitalverbrechen äußerst erfolgreich eingesetzt worden ist. Wie Ihnen bekannt ist, weist es noch Bluttropfen nach, selbst wenn ein Tropfen Blut mit tausend Liter Wasser verdünnt wurde. Es fand sich kein Frauenhaar, kein Wolltupfer, kein Faden einer Bluse oder Jeans im Wagen«, berichtete der Staatsanwalt.

Der Kommissar sah Dr. Ewening betroffen an. »Wir könnten also ausschließen, dass der Lehrer die Mädchen im Wagen missbraucht und umgebracht hat?«, fragte er.

»Ja, mehr noch! Die Untersuchungsergebnisse zeigen auch, dass die Leichen der Mädchen nicht mit dem Fahrzeug abtransportiert worden sind«, antwortete Dr. Ewening.

»Herr Staatsanwalt, die Suchhunde verloren die Spuren auf dem Grasstreifen neben der Straße vor dem Wald«, sagte Poppinga.

»Die Opfer sind mit Sicherheit dort in den Wagen gestiegen«, ergänzte Klose.

»Vielleicht in einen Wagen, aber nicht in den Wagen des verdächtigten Lehrers«, entgegnete der Staatsanwalt.

Poppinga schenkte Tee nach.

»Herr Dr. Ewening, im Umfeld des Lehrers gab es einen weiteren VW-Bus älterer Bauart. Es ist allerdings schwierig, den zu untersuchen. Ein Student benutzt ihn zurzeit für einen Umzug nach Freiburg«, stellte der Kommissar fest.

Dr. Ewening blickte überrascht auf. »Wem gehörte der Bus?«

»Jürgen Kniping hat am Wochenende seinen VW-Bus an den Sohn des Pastors von Wattwarfen verkauft«, antwortete der Kommissar.

»Jürgen Kniping?«, fragte Dr. Ewening.

»Ja, er ist der Widersacher des Lehrers und ein wichtiger Zeuge«, erklärte Klose.

»Ich weiß, aber mir fehlt der Zusammenhang«, gab Dr. Ewening zu.

»Herr Staatsanwalt, wir vermuteten eine Männerliebe zwischen ihm und seinem ehemaligen Lehrer. Diese immerhin denkbare Verbindung zu Baumann stritt Jürgen Kniping jedoch energisch ab«, sagte der Kommissar.

»Und nun stellt sich uns die Frage, ob dieser Kniping seinen Lehrer vielleicht absichtlich denunzierte, weil er enttäuscht war?«, fragte Dr. Ewening.

»Nein! Herr Staatsanwalt, ich vermute einen furchtbaren Zusammenhang, der die Fantasie eines Christenmenschen fast übersteigt«, antwortete Klose.

»Herr Kommissar, nur frei weg von der Leber!«, forderte ihn der Staatsanwalt auf.

»In der Schule ist so eine Sache passiert, die für Kniping zu einem Schlüsselerlebnis geworden sein kann. In Abwesenheit des Lehrers haben die ehemaligen Mitschüler der Tankwart-Klasse Jürgen Kniping gewaltsam in der Klasse entkleidet und ihn den Mädchen entblößt vorgeführt. Die Schülerinnen haben ihm mit Filzschreibern wegen der schwachen Behaarung den Unterleib eingeschwärzt und sich über sein … unterentwickeltes Glied … lustig gemacht«, erzählte der Kommissar.

Dr. Ewening blickte nachdenklich auf die Unterlagen. »Eine Parallele zeichnet sich ab«, sagte er schließlich.

»Ein junger Mann, gedemütigt von Mädchen, wendet sich angewidert von ihnen ab. Der Lehrer wurde Zeuge. Er selbst war von Frauen enttäuscht worden und wurde zum Samariter«, folgerte der Kommissar.

»Mein Gott, das darf nicht wahr sein! In ihrem gemeinsamen Hass gegen Frauen wurden sie zu Bestien«, murmelte der Staatsanwalt.

»Der Anfang einer unvorstellbaren, grausamen Zusammenarbeit!« Poppinga schüttelte fassungslos den Kopf.

»Herr Staatsanwalt, diese Vorstellung jagt mir kalte Schauer über den Rücken. Ich würde gern glauben, dass sich meine Fantasie zu weit vorwagt, doch wie sollen wir die sich so widersprechenden Tatsachen sonst miteinander verbinden?«, fragte der Kommissar.

»Ich verstehe. Ihr Schreckensvision fußt auf der Tatsache, dass es einen weiteren VW-Bus gibt, in den die Mädchen eingestiegen sein können. Und diesen Bus, so vermuten Sie, benutzt nun ein Student für seinen Umzug nach Freiburg«, zog der Staatsanwalt das Fazit.

»Herr Staatsanwalt, die Wirklichkeit übertrifft immer wieder das, was Menschen wie wir uns vorstellen können. Denken Sie auch an die Tagebuchaufzeichnungen von Dr. Jansen«, meinte Klose.

»Chef, im Klartext gesprochen: Sie nehmen an, die beiden hätten gemeinsam die Mädchen umgebracht, nachdem sie sich vorher von ihrer Potenz überzeugt hatten«, stellte der Assistent fest.

»So oder ähnlich wurde Kniping zum Erfüllungsgehilfen seines Lehrers«, sagte der Kommissar.

»Der Schuldkomplex trieb beide schließlich auseinander. Und nun versucht der Junge den totalen Ausstieg, weil er nur dabei war«, meinte der Staatsanwalt.

»Dieser Baumann ist verrückt! Und bei objektiver Betrachtung ist auch das verrückt, was ich hier vortrage. Der ganze Fall ist verrückt!«, sagte Klose.

»Herr Kommissar, Tatsache ist, dass es einen zweiten VW-Bus gibt. Versuchen Sie, ihn zu bekommen. Ich muss zurück nach Oldenburg. Um drei Uhr nehme ich an einer Besprechung mit dem Untersuchungsrichter teil. Ich wünsche Ihnen viel Erfolg. Ich setze meine Hoffnung auf ein zu erwartendes Geständnis des Lehrers«, schloss der Staatsanwalt die Sitzung. Poppinga stand auf und half Dr. Ewening in den Mantel. »Über den Gutachterstreit halte ich Sie auf dem Laufenden«, versprach der Staatsanwalt und verließ das Dienstzimmer.

»Chef, zuerst der rheinische Vertreter Otto Jutze. Fehlanzeige! Dann Studienrat Eike Baumann, und jetzt belasten wir Jürgen Kniping als mutmaßlichen Mordgehilfen«, bemerkte Poppinga nicht ohne Ironie, während er das Geschirr abräumte.

»Hinni, der Studienrat befindet sich in der Psychiatrie. Jürgen Kniping spielt die Rolle des Belastungszeugen! Wir können das Duo nicht mit normalen Maßstäben messen. Die beiden sind seelisch krank, vielleicht auch pervers. Der Zufall brachte sie zusammen.« Der Kommissar griff nach dem Telefonhörer. »Stellen Sie eine Verbindung mit dem Pfarrhaus in Wattwarfen her«, sprach er in den Hörer und legte ihn wieder auf.

Poppinga spülte das Geschirr.

In das Geräusch des plätschernden Wasserstrahls drang das Klingeln des Telefons.

Der Kommissar griff zum Hörer.

»Pastor Weideck«, klang es ihm entgegen.

»Kripo Jever, Klose. Herr Pastor, wir recherchieren in einem Fall, der uns viel abverlangt. Ihr Sohn hat doch vor kurzem einen gebrauchten VW-Bus älterer Bauart gekauft, nicht wahr?«, erkundigte er sich.

»Ja, er hat endlich eine angemessene Wohnung gefunden

und führt seinen Umzug nun mit dem Wagen durch«, sagte der Pastor.

»Kommt er in den nächsten Tagen zurück, oder bleibt er in Freiburg?«, fragte der Kommissar.

»Bei uns ist die Familienfeier am ersten Advent eine alte Tradition. Auf die würde Ludger nie verzichten«, antwortete der Pastor.

»Und Sie haben nichts dagegen, wenn wir nach Wattwarfen kommen?«, fragte Klose.

»Ludger fährt die Nacht durch. Wenn Sie am Sonntag gegen vier Uhr nachmittags bei uns sind, dann hat er einige Stunden Schlaf gehabt. Es ist doch Christenpflicht zu helfen«, meinte Pastor Weideck.

»Ich notiere den Termin«, sagte der Kommissar. »Auf Wiederhören und vielen Dank.« Klose legte den Hörer auf und fuhr sich erschöpft durch die Haare.

»Chef, ist das nicht alles ein wenig weit hergeholt?«, fragte Poppinga.

»Wir werden sehen«, erwiderte der Kommissar entschlossen.

Am ersten Advent war die Innenstadt von Jever mit Tannengrün und vielen Lichtern festlich geschmückt. Die Geschäfte hatten ihre Fenster weihnachtlich dekoriert. Vor dem Schloss-Café blinkten Lichter von einer hochgewachsenen Tanne. An den Giebeln der Häuser am Alten Markt brannten tausende von Lampen. In der Glasfassade der Brauerei spiegelten sich die Lichterketten, die sich leicht im Wind bewegten. Den Rasen der Blankgraft bedeckte Schnee. Obwohl die Sonne vom klaren Himmel schien, lagen die Temperaturen im Minusbereich.

»Meine Frau ist mit unserem Sohn zum kleinen Weihnachtsmarkt vor dem Schloss«, sagte der Kommissar. Er fuhr den Wagen langsam durch die Stadt und genoss sichtlich die vorweihnachtliche Atmosphäre.

»Chef, Karin und ich haben uns auch einen Adventskranz gekauft. Die Kerze zünden wir heute Abend an«, erzählte Poppinga.

»Das sind schlimme Tage für die Angehörigen der Opfer«, meinte Klose und bog in die Schlachtstraße ein. Es dunkelte bereits, als sie die Stadt verließen und an Höfen, Wiesen und Feldern entlangfuhren. Aus der Schneedecke ragten Weidepfähle hervor, die Bäume trugen Schnee auf den Ästen, und das aufsteigende Abendrot verzauberte die Landschaft. Der Kommissar steuerte den Wagen und schwieg. Auch Hinni Poppinga hing seinen Gedanken nach. Das Weihnachtsfest rückte näher, und immer noch schwieg Baumann in dem kargen Zimmer der geschlossenen Psychiatrie. War Jürgen Kniping tatsächlich ein Mitwisser?

Auch in Wattwarfen, dem kleinen urigen und gemütlichen Dorf, hingen an hohen Tannen Lichterketten. Die alte Warfenkirche, deren Mauerwerk schon ziemlich rissig war, wurde von einem Scheinwerfer angestrahlt. Auf dem Dach des Kirchenschiffs lag Schnee.

Das alte Pastorenhaus lag am Ende der Sackgasse, die entlang der Warf verlief. Der verharschte Schnee knirschte, als der Kommissar den Wagen vor dem Backsteinhaus abstellte. Der VW-Bus von Jürgen Kniping stand in der Einfahrt.

»Gehen wir«, sagte der Kommissar.

Eine Tropfenlampe brannte über dem breiten Portal. Klose drückte auf den Klingelknopf. Eine kräftige, etwa fünfzigjährige Frau öffnete die Tür. Sie trug ihr graues Haar zu einem Knoten zusammengefasst. Ihr Gesicht wirkte frisch und ernst. »Kripo Jever, wir sind angemeldet«, sagte der Kommissar.

»Ich bin Frau Weideck. Sie wollen meinen Sohn sprechen, nicht wahr? Er ist da. Kommen Sie«, forderte sie die Beamten auf.

Sie gingen durch einen Flur mit weiß gekalkter Wand.

Schließlich öffnete Frau Weideck eine Seitentür und geleitete die Polizisten in einen gemütlich eingerichteten Raum. Auf einem geschrubbten Holztisch lag ein Adventskranz. Eine Kerze brannte. Der Pastor, mit kurz geschnittenem grauen Haar und faltigem Gesicht, erhob sich, als er die Besucher erblickte, und zeigte auf seinen Sohn.

»Das ist Ludger«, sagte er. »Nehmen Sie bitte Platz, meine Herren, der Tisch ist groß genug für uns alle.«

Der Student wirkte sportlich. Auch er trug sein Haar kurz.

»Ich weiß Bescheid. Mein Bus interessiert Sie«, sagte er.

»Ich hole noch zwei Gedecke«, bot Frau Weideck an.

Der Teetopf stand auf dem Tisch, und ein angeschnittener Stollen lag appetitlich auf einem Holzteller.

»Bitte keine Umstände«, wehrte der Kommissar ab.

»Meine Frau hat heute die große Kanne genommen, da wir Sie erwartet haben«, sagte der Pastor beruhigend.

Frau Weideck teilte die Gedecke aus und bediente die Beamten. »Nehmen Sie auch vom Stollen«, sagte sie und setzte sich an den Tisch.

»Danke. Unser Besuch wurde notwendig, weil der Wagen womöglich eine Rolle in einer Tragödie spielt«, erklärte Klose.

»Herr Kommissar, wir kennen keine Einzelheiten, aber manches ist doch zu uns durchgedrungen. Sie recherchierten wegen der Morde an den Schülerinnen auch schon in Wattwarfen, nicht wahr?«, meinte der Pastor und lächelte.

»Ja«, sagte der Kommissar.

»Sie waren auch bei unserem Nachbarn, dem Hotelier«, fuhr der Pastor fort.

»Das erforderte der Fall. Ein Vertreter hatte ausgesagt, dort ein Mädchen für eine Nacht untergebracht zu haben. Wir kamen nicht weiter, denn Sie feierten am besagten Abend die goldene Hochzeit Ihrer Eltern dort«, erzählte Poppinga.

»Die Welt ist klein. Heute Morgen sprach ich nach der Messe mit Herrn Schäffer. Das Mädchen hat tatsächlich im Hotel übernachtet! Ihr Vater hat sich bedankt, denn er hatte befürchtet, seine Tochter hätte Selbstmordgedanken gehegt«, berichtete der Pastor.

Poppinga ließ das Stück Stollen auf den Teller fallen, und der Kommissar schaute für wenige Sekunden sprachlos in das ernste Gesicht des Pastors.

»Die Kleine lebt?«, fragte Klose.

»Ja. Ein Mädchen aus Heidmühle. Ihr waren die Probleme über den Kopf gewachsen. Krach mit den Eltern, Krach mit dem Chef, Krach in der Disko mit dem Freund. Ein älterer Mann hat sie hierher gebracht«, sagte die Pfarrersfrau.

»Danach hat sich eine Tante aus Schortbus um sie gekümmert.«

»Und sie hatte blondes Haar?«, fragte Poppinga.

»Ja, langes blondes Haar«, antwortete der Pfarrer.

Der Kommissar schüttelte den Kopf.

»Das ändert einiges!«

Er trank Tee und aß vom Stollen. Es war gemütlich bei der Pastorenfamilie.

»Und mein VW-Bus spielt eine ernste Rolle in dem grässlichen Mordgeschehen?«, fragte Ludger.

»Nicht unbedingt. Aber es könnte sein, dass er uns weiterhilft. Dazu muss ich allerdings bemerken, dass zurzeit gegen den Verkäufer des Wagens nichts vorliegt, um Gerüchten entgegenzuwirken«, sagte der Kommissar.

»Herr Kommissar, wollen Sie den Wagen mitnehmen?«, fragte der Pastor.

»Ja, aber ohne ihn beschlagnahmen zu können. Wissen Sie, um das zu erreichen, ist ein Zeit raubender bürokratischer Weg notwendig«, sagte Poppinga.

Frau Weideck goss Tee nach.

»Wir werden Ludger eine Fahrkarte kaufen«, sagte sie.

»Seinen Schaden werden wir abdecken«, antwortete der Kommissar.

»Wie verfahren wir?«, fragte Ludger.

»Sie übergeben uns den VW-Bus mit den Papieren gegen Quittung«, sagte Poppinga.

»Gut, ich habe ihn schon ausgeräumt. Der Tank ist halb voll«, sagte Ludger und erhob sich.

»Hat der Wagen Macken?«, fragte Poppinga.

»Eigentlich nicht. Sie müssen beim Schalten nur etwas Zwischengas geben«, antwortete Ludger.

»Wir bedanken uns für die freundliche Bewirtung. Das war ja fast eine kleine Weihnachtsfeier«, meinte der Kommissar.

Der Pastor lächelte. »Ich wünsche Ihnen viel Erfolg.«

Es war bereits dunkel, als sie das Revier erreichten. Poppinga stellte den VW-Bus auf dem Hof ab und ging zu Klose, der gerade seinen Wagen verließ.

»Chef, die Mühle läuft noch gut. Dennoch steure ich den Wagen nicht nach Oldenburg. Ich glaube zwar nicht an Gespenster, doch mir lief in dem Ding ein Schauer nach dem anderen über den Rücken«, sagte der Assistent mit bleichem Gesicht.

»Hinni, sei nicht albern. Komm, sehen wir zu, wer von der Bereitschaft Zeit hat, den Ausflug zu unternehmen«, sagte der Kommissar.

Am Tresen saß der Wachhabende. »Ein ruhiger erster Advent«, sagte er und blickte auf die brennende Kerze des Adventskranzes, den er von zu Hause mitgebracht hatte.

»Auf dem Hof steht ein VW-Bus, der zur Spurensicherung nach Oldenburg überführt werden muss. Können Sie für diesen Auftrag einen Mann abstellen?«, fragte der Kommissar und legte die Autopapiere auf den Tresen.

Der Beamte lächelte. »Keinen Mann, sondern eine Frau.

Wachtmeisterin Renate Frerichs hat ihre Grippe vorzeitig auskuriert und sich zum Dienst gemeldet. Für sie hatte ich bereits Vertretung eingeplant«, antwortete der Oberpolizeimeister.

»Danke«, sagte Klose und blickte überrascht auf den Mann, der in Jägerkleidung das Dienstzimmer betrat. »Herr Dr. Jansen, was suchen Sie denn hier?«

»Der Mann, Herr Kommissar! Erinnern Sie sich noch an meine Eintragungen? Er fuhr mit dem Fahrrad von der Disko weg«, berichtete Jansen aufgeregt.

»Ja, Herr Doktor, einer der vielen Unbekannten! Was ist mit ihm?«, fragte Klose.

»Ich komme vom Friedhof. Er kam mir entgegen. Er trug Grünzeug. Ich glaube, er war es auch, der in der Nacht auf dem Friedhof an mir vorbeiging«, sagte der Lehrer. Er war ziemlich aufgeregt.

»Wann war das?«

»Vor wenigen Minuten«, antwortete Dr. Jansen.

»Danke! Hinni, komm, wir sehen nach!« Der Kommissar eilte schon zur Tür hinaus. Es hatte keinen Zweck, mit dem Auto zu fahren. Die Weihnachtsmarktbesucher und Spaziergänger beherrschten die Innenstadt, die für Autos zum Teil gesperrt war. Die beiden Beamten gingen also zu Fuß über die Sophienstraße zum Schlossplatz.

»Chef, Dr. Jansen reagiert meines Erachtens sehr sensibel«, sagte der Assistent.

»Hinni, Weihnachten steht vor der Tür. Für ihn ist nichts drin mit Tannenbaum und Wunderkerzen. Und seine Logik ist konsequent. Er hat einen Mann vor der Disko beobachtet und erkannte ihn auf dem Friedhof wieder«, meinte der Kommissar.

Sie betraten den Friedhof von der Wittmunder Straße durch die Pforte mit der geöffneten, verrosteten Eisentür. Niemand war in ihrer Nähe zu dieser späten Stunde.

»Chef, gehen wir in diese Richtung. Dort ist der Hauptweg, der auch zum Parkplatz führt«, schlug Poppinga vor.

Lebensbäume, Kreuze und Grabsteine waren undeutlich in der Dunkelheit zu erkennen. Hin und wieder blieben die beiden Polizisten stehen und horchten. Schließlich erreichten sie den Hauptweg.

»Wir sind die einzigen Besucher«, flüsterte Poppinga.

Wenig später waren sie bei der Bank, auf der sich Dr. Jansen ausgeruht hatte. Aus dem Dunkel des sie überlagernden Astwerkes der Tauerweide heraus sahen sie ein Licht.

»Das ist eine Kerze«, sagte der Kommissar.

»Wohl eher ein Handscheinwerfer«, meinte der Assistent.

»Komm, Hinni, gehen wir vorsichtig weiter!«

Sie näherten sich dem unruhigen Licht über die verästelten Nebenwege, bemüht, keine verräterischen Geräusche zu machen, und schlichen zu einem Grabstein. Von dort beobachteten sie, wie Jürgen Kniping mit einer kleinen Hacke die Erde eines Grabes bearbeitete und Tannengrün darauf verteilte!

Sie sahen den Strahl seiner Taschenlampe, der wie zur Kontrolle das Grab noch einmal beleuchtete. Kniping steckte einige Windlichter in den Boden, ohne die Kerzen anzuzünden. Dann ging er davon. Die Beamten warteten, bis seine Schritte verklungen waren, verließen ihr Versteck und traten an das Grab.

Der Kommissar näherte sich dem Grabstein. »Wibke Kniping, geborene Wübken, geboren am 23. 03. 1942, gestorben am 18.09.1982!«, las er. »Jürgen Kniping denkt rührend an seine Mutter. Sie wird ihm sehr gefehlt haben. Er war erst sechzehn, als sie starb.«

Poppinga war nicht wohl auf dem Friedhof. Wie in dem VW-Bus liefen ihm Schauer über den Rücken. Er schaute sich immer wieder um, als würden unsichtbare Geister sie beobachten.

Der Kommissar schlug sein Feuerzeug an und führte es über den Grabboden, als könne die kleine lodernde Flamme ihm irgendetwas offenbaren. Dann griff er in den Boden und ließ die kalte Erde durch seine Hand rieseln.

»Hinni, der Alte stinkt vor Geld. Warum lässt er nicht durch einen Gärtner das Grab pflegen?«, fragte er.

»Chef, zum Totensonntag werden die Gräber für den Winter hergerichtet. Jürgen Kniping verbindet wohl etwas mehr mit seiner Mutter. Es ist vielleicht sein Weihnachtsgruß an sie«, sagte der Assistent, der sich vor innerer Kälte schüttelte und sich danach sehnte, in die belebte Altstadt zurückzukehren.

Der Kommissar entfernte sich vom Grab und schritt zu der dunklen Gruppe der Lebensbäume. Auch dort entzündete er sein Feuerzeug.

Er war kein Freund und Kenner von Gartenarbeiten, doch er bemerkte trotzdem die hoch aufgeworfene Erde an den Stämmen.

»Hinni, das spricht für den Jungen. Doch was trieb ihn in der Nacht, als das Mädchen verschwand, an das Grab seiner Mutter?«, fragte er, als er zurückkam.

»Diese Frage kann nur er beantworten«, sagte der Assistent. Dann wandte er sich ab und ging.

»Nicht so schnell! Ich komme mit«, murmelte der Kommissar nachdenklich.

Am Montag, dem 28. November, fuhren die Beamten nach Wattwarfen, um sich bei dem Hotelier Schäffer nach dem Mädchen zu erkundigen, das der Vertreter Otto Jutze ›großherzig‹ vor einem unüberlegten Schritt bewahrt hatte. Der Hotelier gab ihnen bereitwillig die Adresse des Fräuleins.

Sie fanden die hübsche junge Dame schließlich gegen Mittag in Heidmühle im Büro einer Bauunternehmung, wo sie friedlich am Schreibtisch saß und Angebote erstellte. Die Vorwürfe, die die Beamten ihr machten, wehrte sie mit einem Lächeln ab. Ihre Eltern hatten keine Suchmeldung aufgegeben. Ihre Welt war wieder in Ordnung, denn ihr Freund wollte sich Weihnachten mit ihr verloben. Sie lächelte beim Anblick des Fotos von Otto Jutze, zupfte sich ein Haar aus ihrem Zopf und reichte es den Beamten.

»Vielleicht hilft das dem netten Herrn aus den Schwierigkeiten, in die ich ihn gebracht habe«, sagte sie lächelnd.

Aber Dunja Voerdorf ist tot, und nicht Otto Jutze hat sie umgebracht, sondern der Lehrer Baumann, dachte Klose niedergeschlagen.

Der Kommissar steuerte den Wagen langsam durch Heidmühle. An der Ampel bog er in Richtung Grafschaft ab.

»Chef, Otto Jutze entpuppt sich tatsächlich als der miese Abstauber«, sagte Poppinga.

»Richtig. Nun heißt es warten. Baumann sitzt in der Psychiatrie. Er kann uns nicht entwischen. Und Jürgen Kniping spielt den aufstrebenden Yuppie, der nach dem Rezept lebt, leiste was, dann biste was«, erwiderte der Kommissar.

»Der alte Kniping ist bestimmt glücklich! Sein Sohn hat endlich begriffen, dass er eine Goldgrube erben wird«, sagte der Assistent.

Sie fuhren an aufgelockerten Waldflächen vorbei.

»Hinni, das ist hier eine hübsche Gegend, nicht wahr? Ich wollte immer schon mal mit Alma und dem Kleinen hierher fahren«, sagte der Kommissar und lenkte den Wagen auf den Parkplatz des Kaffee-Hauses Barkel.

»Chef, ich lade Sie ein. Hier gibt es um diese Jahreszeit Neujahrskuchen mit Sahne«, erzählte Poppinga.

»Einverstanden, Hinni«, sagte der Kommissar lächelnd.

Sie stiegen aus und betraten das gemütliche Café, um ihre verspätete Mittagspause anzutreten.

Am Nachmittag des 30. November erledigten die Beamten im Dienstzimmer die angefallene Verwaltungsarbeit.

»Otto Jutze wird wohl mit großer Ungeduld auf seine Nordreise warten, um uns seine Verachtung persönlich auszusprechen«, murmelte der Kommissar vor sich hin.

»Chef, als Bürger unseres Rechtsstaates wird er eingesehen haben, dass wir aufgrund seines Verhaltens nicht anders handeln konnten«, erwiderte der Assistent.

»Für seine rührende Betreuung der Selbstmordkandidatin hat er seinen Lohn ja am Abend im Hotel Let-Kant erhalten, wie wir wissen«, meinte der Kommissar lächelnd.

»Die Kleine ist niedlich«, sagte Poppinga.

»Niedlich waren auch die Opfer! Wenn dieser verrückte Pauker doch endlich ausplaudern würde, wo er die Leichen versteckt hat!«

»Chef, wenn Sie nicht an der Wirklichkeit vorbeigedacht haben, dann kann Jürgen Kniping uns eine entsprechende Auskunft geben«, sagte der Assistent.

»Und wenn sein VW-Bus nur Ölflecken und Abdrücke seiner durch Bodybuildung breit gewordenen Pranken liefert?«, fragte der Kommissar.

»Chef, dann glaube ich an die kleinen grünen Männchen, die auf dem Rasenstreifen ihre fliegende Untertasse abgestellt und die Mädchen zum Mars geholt haben, weil es dort keine Schönheiten gibt«, frotzelte Poppinga.

»Hinni, bring mich nicht zum Rasen! Wir müssen die Opfer finden!«, brauste der Kommissar auf.

»Chef, ich bringe den Bericht zur Poststelle«, sagte Poppinga. Er stand auf, nahm die Unterlagen vom Schreibtisch und verließ das Dienstzimmer.

Wir müssen weiterkommen, dachte der Kommissar. Zu Hause bin ich in letzter Zeit immer mürrisch, und selbst der Kleine kommt zu kurz, seit dieser Fall mich beschäftigt. Hatte Jürgen Knipings VW-Bus in der Nacht vor dem Friedhof gestanden? Klose dachte an Dr. Jansen. Der Oberstudienrat hatte das blecherne Zuschlagen einer Autotür erwähnt. Nachdenklich griff der Kommissar nach seiner Pfeife, stopfte sie und steckte sie an. Es war seine erste an diesem Tag. Er hatte gerade den ersten Zug genommen, da klingelte das Telefon. »Klose, Kripo Jever«, meldet er sich gelassen.

Er hörte die Stimme des Staatsanwaltes. Dr. Ewening sprach schneller als sonst. Er schien sehr aufgeregt zu sein.

»Moment, Herr Staatsanwalt«, unterbrach der Kommissar ihn. »Bitte erklären Sie das noch mal langsam.«

»Im Wagen befanden sich Erdreste und Metallspuren von Werkzeugen. Wir haben viele fremde Fingerabdrücke festgestellt. Eine Leukomalachitbesprühung brachte ein wahres Leuchtfeuer des Grauens. Der VW-Bus wurde für die Opfer zu einer Todeskabine. Ich bringe einen Haftbefehl für Jürgen Kniping mit. Bereiten Sie die Festnahme vor. Ich fahre in einer halben Stunde hier ab.«

Der Kommissar fand keine Antwort. Seine Hände zitterten, als er den Hörer auf die Gabel legte.

Poppinga betrat nichts ahnend das Zimmer.

»Bestien! Seelenlose Verrückte! Grausamkeiten, wie sie sich kein Tatort-Schreiber schlimmer ausdenken könnte!«, schimpfte der Kommissar und bemühte sich mit zitternder Hand, die erloschene Pfeife wieder anzuzünden.

»War der VW-Bus etwa die Todeskutsche?«, fragte Poppinga.

Der Kommissar nickte nur.

Bereits um fünf Uhr nachmittags fuhr ein Streifenwagen in Richtung Torfhaus. Die Polizisten versteckten sich im Gebüsch und beobachteten das Gebäude. Um halb sechs Uhr gaben sie die Ankunft des Auszubildenden durch.

Eine halbe Stunde später traf der Staatsanwalt im Revier ein. Er besprach sich kurz mit den Beamten und begleitete sie dann zum bereitstehenden Wagen. Außer dem Fahrer hatte der Kommissar noch zwei weitere Beamte der Schutzpolizei aufgefordert, sie zu begleiten. Gemeinsam fuhren sie zum Torfhaus. Der Fahrer parkte den Wagen an der Stelle auf dem Grasstreifen vor dem Wald, wo die Opfer in den VW-Bus eingestiegen waren. Der Kommissar verließ nach Absprache mit dem Staatsanwalt allein den Wagen und ging zum Hotel hinüber.

In der Gaststätte saßen nur wenige Gäste.

Klose wandte sich an die Bedienung, die am Tresen stand. »Mein Name ist Klose. Melden Sie mich bitte beim Junior an«, sagte er.

»Ich glaube, er ist auf seinem Zimmer«, erwiderte das Mädchen und ging davon.

Der Kommissar brauchte nicht lange zu warten, bis die Angestellte zurückkam. »Herr Kniping erwartet Sie. Nehmen Sie die Treppe. Auf dem Flur befindet sich seine Wohnung.«

»Fräulein, gleich kommen noch weitere Besucher, die mit dem Junior verabredet sind. Schicken Sie diese Herren bitte ebenfalls nach oben«, bat der Kommissar.

Der Korridor war hell erleuchtet. Jürgen Kniping stand vor einer geöffneten Tür und grinste spöttisch. »Am späten Abend als Kurier unterwegs, Herr Kommissar?«, fragte er.

»Moin, Herr Kniping, ich verstehe Sie nicht«, sagte der Kommissar und blieb stehen.

»Baumann schickt Sie doch sicher mit irgendwelchen Bestätigungswünschen zu mir«, meinte der Junge.

»Herr Kniping, der Lehrer befindet sich in einer schwierigen

Situation. Ihm werden die Morde an seinen Schülerinnen zur Last gelegt. Noch schweigt er«, sagte der Kommissar.

»Und was wollen Sie dann von mir?«, fragte Kniping, ohne Anstalten zu machen, den Kommissar in sein Zimmer zu bitten.

»Zuerst einmal mit Ihnen sprechen, und zwar nicht hier zwischen Tür und Angel«, sagte der Kommissar.

»Gut, kommen Sie mit«, forderte Kniping ihn auf. »Meine Zeit ist knapp. Ich habe Sie nicht eingeladen.« Er ging dem Kommissar voran in das Zimmer. »Nehmen Sie Platz«, sagte er.

Der Kommissar setzte sich auf den Stuhl, den der Tankwart ihm anwies. Er schaute über die vielen Bücher, die ein Wandregal füllten. »Sie lesen viel?«, fragte er.

»Ja. Und drüben steht das Videogerät. Ich schaue mir auch oft Filme an.« Kniping stellte sich an seinen Schreibtisch. »Und hier ist eine neue Errungenschaft. Ein Computer. Ich lerne ihn bedienen, weil ich ihn für unser Geschäft nutzen will«, sagte er.

»Sie haben also Interesse am Betrieb Ihres Vaters gefunden. Kochen Sie auch für die Gäste?«, fragte Klose.

»Nein, wenn ich meine Lehre als Tankwart beendet habe, werde ich voll in den Betrieb einsteigen«, antwortete Kniping, der immer noch seine abweisende Haltung beibehielt.

»Herr Kniping, Ihr Verhältnis zu Lehrer Baumann scheint aus unserer Sicht recht zwielichtig gewesen zu sein«, sagte der Kommissar.

Kniping wurde böse.

»Es gab kein Verhältnis!«, fuhr er auf.

»Herr Kniping, Herr Baumann hatte Probleme mit Frauen, und Sie hassen Mädchen. Das war wohl auch die Gemeinsamkeit, die Sie zusammenführte«, sagte der Kommissar gelassen.

Kniping starrte den Polizisten hasserfüllt an. Seine Muskeln spannten seinen eng anliegenden Wollpullover. »Sie widern mich an! Sie wollen mich in eine Sache hineinziehen, die es gar nicht gibt!«, zischte er angriffslustig.

»Herr Kniping, haben Sie Baumann Ihren VW-Bus ausgeliehen?«, fragte der Kommissar.

Kniping stutzte. Er überlegte und runzelte die Stirn. »Warum sollte ich? Er hat mich nie darum gebeten. Er besitzt selbst einen Bus«, sagte er.

»Herr Kniping, haben Sie Ihrem Lehrer geholfen, die Leichen der Mädchen abzutransportieren?«, fragte Klose gelassen.

»Hören Sie auf, mich so zu reizen, sonst …«, schrie Kniping wütend.

»Was ist sonst? Was geschieht sonst?«, fragte der Kommissar.

Kniping riss sich zusammen. »Also doch diese Kröte, dieser schwule Hund! Er will mich vernichten, weil ich ihn nicht gelassen habe!«

»Herr Kniping, wo haben Sie die Leichen hingefahren?«, fragte der Kommissar.

»Aufhören! Fragen Sie Baumann!«, schrie Kniping außer sich. Für Sekunden legte er beide Hände um seinen Kopf. Dann näherte er sich mit hängenden Armen dem Kommissar. »Schluss damit!«, forderte er mit rotfleckigem Gesicht.

Klose sprang auf und zog seine Dienstwaffe. »Herr Kniping, kommen Sie zur Vernunft!«, befahl er.

Jürgen Kniping blieb stehen. Er schaute irritiert auf die Waffe. Dann ging er zu der Couch, die an der Wand stand, und setzte sich auf den Rand. Hinter ihm hingen Filmplakate von Rambo und Rocky.

»Herr Kniping, wir haben Blutspuren in Ihrem Bus gefunden!«, sagte der Kommissar.

Kniping lachte. »Das ist irre! Es kann keine geben! Fragen Sie den neuen Eigentümer!«

In das Zimmer drangen die Geräusche der sich nähernden Beamten. Kniping horchte verunsichert auf, doch schon im nächsten Moment klopfte jemand an die Tür.

»Herein!«, rief der Kommissar.

Der Staatsanwalt, Poppinga und zwei uniformierte Beamte betraten das Zimmer. Sie blieben in Türnähe stehen.

Jürgen Kniping sprang auf. »Was wollen Sie? Das ist mein Zimmer! Das ist Hausfriedensbruch!«, schrie er.

Der Staatsanwalt schaute den Kommissar an. Als Klose nickte, zog Dr. Ewening den Haftbefehl aus seiner Jackentasche. »Herr Kniping, im Namen des Gesetzes, Sie sind verhaftet. Alles was Sie jetzt noch sagen, kann gegen und für Sie verwendet werden. Hier ist der vom Untersuchungsrichter unterschriebene Haftbefehl. Ihnen wird zur Last gelegt, in Zusammenarbeit mit Ihrem ehemaligen Lehrer, Studienrat Baumann, die vermissten Mädchen getötet zu haben«, sagte der Staatsanwalt.

Kniping senkte den Blick. Er zitterte. »Herr Kniping. Sie und Ihr Lehrer Baumann haben in Ihrem Wagen die Mädchen getötet. Wo haben Sie die Leichen hingebracht?«, fragte der Kommissar.

Kniping hob den Kopf. »Sie können kein Blut gefunden haben. Das ist eine Finte!«, schrie er.

»Herr Kniping, Sie haben Ihren Wagen naiv gereinigt, aber unser ›Leukomalachit-grün‹-Test hat Sie überführt. Wo haben Sie die Leichen verscharrt?«, fragte Klose erneut.

»Es gibt keine Leichen!«, schrie der Tankwart.

»Wo sind die Leichen der Mädchen?« Der Kommissar ließ nicht locker.

»Baumann hat Ihnen Märchen erzählt!«, zischte Kniping. Sein Körper war inzwischen durchtrainiert wie der eines Athleten, doch er bekam immer noch die roten Flecken im Gesicht, wenn er nervös war.

»Abführen!«, befahl der Staatsanwalt.

Jürgen Kniping bäumte sich auf, als die Polizeibeamten ihm die Handschellen um die Gelenke legten. »Der Pauker ist verrückt!«, schrie er.

»Herr Staatsanwalt, wir schauen uns in der Wohnung noch ein wenig um«, sagte der Kommissar.

»Wir bringen Kniping ins Untersuchungsgefängnis nach Oldenburg. Der Streifenwagen wird unten auf Sie warten«, erwiderte der Staatsanwalt, dann folgte er den Beamten, die Jürgen Kniping abführten.

Der Kommissar trat an das Bücherregal. »Für einen Koch und Tankwart eine recht ansprechende Auswahl«, sagte er.

»Chef, da stehen eine Menge Bücher für die Seelenmassage«, meinte Poppinga und begann die Fächer der unteren Schrankwand zu durchsuchen. Sie enthielten all das, was auch andere junge Menschen aufzubewahren pflegten. In einem Beischrank fand er die persönlichen Papiere des Auszubildenden. Sie waren sauber abgeheftet. Jürgen Kniping hinterließ nirgendwo eine Unordnung.

Der Kommissar widmete sich dem Schreibtisch. In der Schublade lagen einige farbige Schnellhefter und Videobänder. Die Titel der Videobänder sagten Klose wenig. Es waren amerikanische Streifen.

»Ein Fall für den Psychiater, wenn Sie mich fragen, Chef!«, urteilte Poppinga. Er ging ins Bad, und danach suchte er die kleine Schlafkammer auf.

Als er ohne vorweisbare Ergebnisse in das Wohnzimmer zurückkam, saß der Kommissar auf der Ecke der Liege. Er war vertieft in die Lektüre eines Hefters.

»Chef, versiegeln wir die Wohnung. Die flüchtige Untersuchung brachte nichts«, erklärte Poppinga.

Der Kommissar hob den Blick. »Hinni, hier ist ein Gedicht des jungen Mannes«, sagte er und zitierte:

Zart sitzt zwischen Ritzen das edle Kraut,
ein Pflänzchen, auf das kein Gärtner schaut.
Groß, kräftig, auffallen muss die Pflanze,
sonst geht es ihr wie einer Wanze.
Bevor das Leben sie beglückt,
ein Daumen sie zu Brei erdrückt.
Denn den Starken gehört die Welt,
denn den Starken gehört das Geld,
denn die Starken schlafen mit schönen Frauen,
denn die Starken können Schlösser bauen.
Denn die Starken haben Selbstvertrauen.
Denn die Starken können von oben schauen.
Darum werde stark, kämpfe wie ein Soldat!
Er wird gelobt für jede brutale Tat!

Der Kommissar klappte den Schnellhefter zu. »Hinni, ein Rachegedicht oder Gefühlsduselei? Der Mörder beginnt mir mein seelisches Gleichgewicht zu nehmen«, sagte er ganz leise.

»Chef, so ein Brei!«, stöhnte Poppinga. »Der Typ ist verrückt. Er wurde nicht fertig mit der Welt.«

»Machen wir dem Vater noch einen Besuch, Hinni. Für ihn muss es schrecklich sein. Vater bleibt Vater!«, meinte Klose.

Sie trafen den alten Kniping in seinem Büro an.

»Herr Kniping, auf Ihren Sohn fällt ein schwerer Verdacht. Aber wir sind keine seelenlosen Aufklärungsroboter. Wir möchten Ihnen unser Mitgefühl ausdrücken«, sagte der Kommissar.

Der Mann mit dem grauen Haarschopf blickte gequält auf. »Ich wusste es. Ich hoffte, dass Sie Jürgen nicht überführen würden, damit er den Neuanfang ungestört fortsetzen konnte. Der Junge hat sich gerächt für vieles, was ihm widerfahren ist«, sagte er.

»Herr Kniping, Ihnen können wir keinen Vorwurf machen. Besitzen Sie ein Bild seiner Mutter?«, fragte Klose.

Der Wirt erhob sich. Er schwankte leicht, als er ein gerahmtes Bild aus einem Büroschrank holte. Sein Atem roch nach Schnaps.

»Herr Kommissar, ich habe bereits vor Wochen Verkaufsverhandlungen geführt. Ich haue ab. In Jever kann ich nicht mehr leben«, murmelte er, setzte sich auf den Schreibtischstuhl und begann zu weinen.

Er hielt das Bild in der Hand. Es zeigte eine schöne Frau mit harten Gesichtszügen. Sie trug ihr Haar lang.

Die Beamten gingen zum Polizeiwagen, der auf sie gewartet hatte.

»Bringen Sie uns zum Feuerwehrhaus«, sagte der Kommissar.

»Chef, was ist …?«, fragte Poppinga erstaunt.

»Nachher«, flüsterte Klose nur.

Die im Lichterglanz strahlende Stadt, die Vorweihnachtsstimmung, all das passte nicht zu den Gedanken, in die er sich verstrickt hatte. Dieser Jürgen Kniping war mit seinem Leben nicht fertig geworden. Er hatte sich an jungen Mädchen versündigt. Er war zu einer Bestie herangewachsen und hatte sich gerächt für die ›Demütigungen‹, die ihm widerfahren waren.

Auch Jürgen Kniping musste in sich den Drang nach einer Freundin verspürt haben. Doch die Mädchen hatten ihn verhöhnt! Hatte er sich das, was er bei den Schönen der Disko nicht freiwillig bekommen zu können glaubte, mit Gewalt genommen? Hatte er aus Angst vor der Strafe getötet? Den Kommissar hatte die Ähnlichkeit seiner Opfer mit dem Bild von Jürgens Mutter überrascht. Hatte sie während seiner Entwicklung seine Gefühlswelt unterdrückt?

Der Polizeibus war nicht der richtige Ort, um diese Fragen mit Poppinga zu diskutieren.

Außerdem waren das Fakten, die das Gericht zu analysieren hatte. Ihre Aufgabe war es nun, die Leichen aufzuspüren. Der Kommissar glaubte, einen Zusammenhang gefunden zu haben. Das Bild der Mutter! Die Opfer! Der nächtliche Besuch des Grabes und die fast naiven Bemühungen, das ungepflegte Grab mit vorweihnachtlichem Schmuck zu versehen. Auch der Inhalt des Gedichtes verriet, dass Jürgen Kniping sich von einem gewaltigen Druck zu befreien versucht hatte. In seinem VW-Bus waren außer Blutspuren auch braune Erde und Metallteilchen von Werkzeugen nachgewiesen worden.

Der Polizeiwagen hielt vor dem roten Backsteingebäude. Hinter den großen Eisentoren befanden sich die Brandbekämpfungsfahrzeuge, und oben, wo Licht aus den Giebelfenstern fiel, wohnte Brandmeister de Voss.

»Danke. Sie können zum Revier fahren. Herr Poppinga und ich gehen zu Fuß zurück«, sagte der Kommissar und wartete, bis der Polizeibus abgefahren war. »Komm, Hinni, mich beschäftigt ein Gedanke«, sagte er und schritt zur Haustür, wo er auf den Klingelknopf drückte.

»Das Gedicht?«, fragte Poppinga.

»Ja, auch«, antwortete der Kommissar.

Sie hörten den Summton. Im Korridor ging das Licht an. Ein kräftiger Mann empfing sie auf der Treppe.

»Herr Kommissar, wo brennt es?«, fragte er freundlich.

»Herr de Voss, wir haben Sorgen«, antwortete der Kommissar.

»Kommen Sie«, sagte der Brandmeister und führte sie in sein einfaches Wohnzimmer. »Meine Frau«, stellte er vor.

Frau de Voss schaltete den Fernseher ab. »Darf ich Ihnen etwas anbieten?«, fragte sie.

»Nein, danke«, antwortete der Kommissar freundlich. Er fühlte einen leichten Schmerz in der Magengegend.

Frau de Voss verließ das Wohnzimmer.

»Herr de Voss, Sie sind ein Mann mit starken Nerven. Können Sie um diese Zeit noch ein oder zwei Männer auftreiben, die bereit sind, eine scheußliche Arbeit zu erledigen?«, fragte der Kommissar und setzte sich auf einen Stuhl, der am Tisch stand.

Er schwitzte.

»Herr Kommissar, ich kann Feueralarm auslösen und Ihnen eine ganze Mannschaft zur Verfügung stellen«, sagte de Voss grinsend.

»Und in Jever stürzen die Leute auf die Straßen und fragen, wo es brennt? Nein, die Sache muss diskret abgewickelt werden. Wir haben soeben den mutmaßlichen Diskomörder verhaftet«, erklärte der Kommissar.

»Sie hatten doch bereits den Lehrer überführt«, sagte der Brandmeister erstaunt.

»Mordeten der Lehrer und Kniping zusammen, oder war es nur Kniping? Darum geht es. Wir brauchen Ihre Hilfe. Das Grab der Wibke Kniping, geborene Wubken, und das Umfeld auf dem Friedhof interessieren uns«, sagte der Kommissar.

»Mein Gott!«, stöhnte der Brandmeister. Er fuhr sich nervös durch sein graues Haar. »Wir sollen das Grab öffnen?«, fragte er.

»Herr de Voss, nur einige Probegrabungen; dann werden wir sehen«, antwortete der Kommissar.

Der Brandmeister rieb sich die Stirn. »Warten Sie!«, meinte er schließlich. Er ging zum Telefon und wählte eine Nummer.

»Chef, Sie glauben, dass Jürgen Kniping …«, fragte Poppinga.

»Ja«, sagte der Kommissar, »dafür spricht einiges.«

»Chef, er wird morgen singen«, gab der Assistent zu bedenken.

»Daran glaube ich nicht. Ohne Entdeckung der Leichen der Opfer wird er seinen Lehrer weiterhin mit Märchen belasten und den Mann in den Selbstmord treiben!«, sagte der Kommissar überzeugt.

»Ja, oder in den Wahnsinn! Und kommt frei!«, meinte der Assistent.

»Ich habe die Zusage von zwei vertrauenswürdigen Helfern. Sie werden auf dem Parkplatz der Schulstraße auf uns warten. Gehen wir«, sagte der Brandmeister.

Er führte sie nach unten, und sie betraten durch eine Seitentür die Fahrzeughalle. Der Brandmeister sorgte für Licht und lud Werkzeug und Handscheinwerfer in einen Passat. Dann öffnete er die Tür und bat die Beamten einzusteigen.

Er fuhr direkt zum Friedhof. Dort trafen sie die beiden Männer, die Overalls trugen.

Die vorderen Wege des Friedhofs wurden von Straßenlaternen erhellt. Doch dann waren die Männer von Dunkelheit umfangen. Der Himmel war schwarz. Ein leichter Wind wehte durch die Bäume und Sträucher.

Der Brandmeister richtete den Strahl seines Handscheinwerfers auf den Boden, während der Kommissar die Helfer zum Grab der Wibke Kniping führte. Poppinga bewunderte seinen Chef. Ihm selbst war nämlich speiübel. Doch sicherlich drohte ihnen keine Gefahr. Seine Angst entsprang nur seiner Unsicherheit. Er fühlte eine eisige Kälte und schaute sich ständig nervös um. Er zuckte zusammen, als er einen Lebensbaum in der Dunkelheit versehentlich für eine Gestalt hielt. Er sah, wie der Brandmeister den Scheinwerfer über den Grabstein gleiten ließ.

»Herr de Voss, gehen wir das Umfeld ab. Wenn der Junge hier die Opfer vergraben hat, dann muss er mehr als einen Kubikmeter Erde hier irgendwo verteilt haben«, sagte der Kommissar.

Die beiden Feuerwehrmänner schalteten ihre Handscheinwerfer ein. Die Strahlen huschten über die Erde und die Pflanzen und verbreiteten gespenstisches Licht. Poppinga sah, wie einer der Männer mit einer Forke welke Blumen und verdorrte Kränze von einem Komposthaufen entfernte und dann tiefbraune Erde wegharkte.

»Auch hier zwischen den Tannen ist Erde abgeladen worden«, sagte der Brandmeister. »Jetzt wollen wir es wissen. Halten Sie den Scheinwerfer auf das Grab, Herr Poppinga.« De Voss reichte dem Assistenten die Lampe.

Auch der Kommissar nahm in jede Hand einen Scheinwerfer, während die Feuerwehrleute begannen, das Tannengrün abzutragen. Dann setzten sie die Spaten in die Erde.

Poppinga sah, wie die abgetragene Erde neben der Steineinfriedung zu einer kleinen Halde anwuchs.

Plötzlich vernahm er ein Geräusch, das allen unter die Haut ging.

Der Brandmeister zog Handschuhe über und schaufelte mit den Händen die Erde weg. Er legte einen Kopf frei, der gespenstisch im Licht der Scheinwerfer lag! Dann fiel Erde von einem nackten Oberkörper. Es folgte langes Haar, das wie in einem Gruselfilm mit Erde verwoben für Sekunden über dem Grabrand hing. Poppinga ließ vor Schreck den Scheinwerfer fallen.

Die Männer machten eine Pause, und der Brandmeister bot Zigaretten an. Ein Feuerzeug klickte. Alle schwiegen. Sie fanden keine Worte, um ihrem Entsetzen Ausdruck zu verleihen.

Poppinga warf die Kippe auf den Boden. Die Zigarette hatte ihm nicht geschmeckt.

»Herr Kommissar, sollen wir weitermachen?«, fragte de Voss schließlich.

»Ja, noch schützt uns die Dunkelheit. Ich gehe währenddessen zum Revier. Wir benötigen drei Särge«, sagte er und schritt davon.

Er übergab sich im Schatten eines Lebensbaumes, bevor er der weihnachtlich erhellten und geschmückten Innenstadt entgegenging.

Am Freitag, dem 2. Dezember, schockierte die *Nordwest-Zeitung* ihre Leser mit einem sachlich abgefassten Bericht unter der Überschrift ›Ein Mörder gesteht und bereut‹. Ein Foto zeigte Jürgen Kniping mit gesenktem Kopf und leidender Miene.

Ein weiteres erzählt eine tragische Geschichte, denn der Reporter hatte das ausgehobene Grab mit Grabstein und Erdhalde so fotografiert, dass vor der Reihe der Tannen und Lebensbäume die aus dem Geräteschuppen entwendete Schubkarre und drei Särge zu sehen waren.

Das wörtlich abgedruckte Geständnis des Mörders erschütterte die Leser.

Eiskalt hatte Jürgen Kniping den Opfern nachgestellt, sie zum Beischlaf gezwungen und sie voller Hass von seiner Männlichkeit überzeugt. Aus Angst vor Entdeckung hatte er die Mädchen anschließend umgebracht. Die Mordwaffe war ein geschliffenes Messer aus der Küche des Hotelbetriebes. Knipings Motiv war Rache für die vielen Demütigungen, die er in seinem jungen Leben schon erlitten hatte. Sein Geständnis ließ psychologisch bewanderte Leser einen Blick in seine zerrüttete Seele werfen, der auch die Eltern viele Wunden zugefügt hatten.

Seinen Lehrer, Studienrat Baumann, hatte Jürgen mit seinen raffinierten Belastungen fast zum Selbstmord getrieben. Seinem Geständnis fügte er eine Entschuldigung bei, denn, so der Mörder, Baumann hatte etwas ›geahnt‹ und hatte ihm helfen wollen.

Doch Baumann geriet zu sehr in den Strudel eigener Leiden, fühlte sich überfordert und kam für Jürgen Kniping zu spät.

Der Reporter zollte den Ermittlungsbeamten hohes Lob, da ihre ruhige, sachliche Vorgehensweise der Lösung des Falles nur dienlich gewesen sei.

Am Sonntag, dem 4. Dezember, brachte die *Welt am Sonntag* einen Artikel über das Geschehen in Jever und sorgte damit für eine bundesweite Diskussion.

Überall begann man über die Gefährdung junger Diskobesucher nachzudenken.

Am Mittwoch, dem 7. Dezember, wurden die Opfer unter großer Beteiligung der Bevölkerung nach einer Messe in der Christuskirche auf dem Friedhof beigesetzt.

Oberstudienrat Jansen begab sich danach nach Münster und unterzog sich einer Bypass-Operation. Trotz des schrecklichen Schicksals, das seine Familie getroffen hatte, hatte er den Lebensmut während der langen Suche nach seiner Tochter Tanja wiedergefunden.